寻常人家

韩庆先

黑龙江人民出版社

图书在版编目（CIP）数据

寻常人家 / 韩庆先著 . -- 哈尔滨：黑龙江人民出版社，2019.1（2021.3重印）
ISBN 978-7-207-11629-1

Ⅰ . ①寻… Ⅱ . ①韩… Ⅲ . ①长篇小说—中国—当代 Ⅳ . ① I247.5

中国版本图书馆 CIP 数据核字 (2019) 第 019946 号

责任编辑：姜海霞
封面设计：百悦兰棠

寻常人家

出版发行	黑龙江人民出版社
地　　址	哈尔滨市南岗区宣庆小区 1 号楼
邮　　编	150008
网　　址	www.longpress.com
电子邮箱	hljrmcbs@yeah.net
印　　刷	三河市华东印刷有限公司
开　　本	787×1092　1/16
印　　张	20.75
字　　数	394 千字
版　　次	2019 年 1 月第 1 版　2021 年 3 月第 2 次印刷
书　　号	ISBN 978-7-207-11629-1
定　　价	68.00 元

版权所有　侵权必究　　举报电话：（0451）82308054
法律顾问：北京市大成律师事务所哈尔滨分所律师赵学利、赵景波

序　言

　　许多人都有写一部书的冲动，因为每个人的经历都是一个丰满的故事。我也有这种冲动，只不过是付诸了一些实践。写书不是好活，很累，但在累的过程中享受快乐，这就足够了。每个人心目中都有一块净地，在这块土地上，留有一种真情，正是这种人间最朴实的感情才让我觉得这是一片值得留恋的地方。这个地方或许是梦境中的桃花源，我却把这块称之为圣地的地方叫作故乡。儿时的记忆是丰厚的，虽然只是一些无意中记下的，或是一知半解，却让人记在心中甚至心的底层几十年，甚至一生。人这一辈子无非是七八十年，有的人生命稍长一些，也不过百岁，有的人则更为短暂，像我的记忆中家乡很多老人到五十九岁的时候就死去了，有的还活不到这个岁数。记忆中，五十岁的人便是一个活脱脱的老朽，冬天一到，他们身穿老黑布棉袄，腰系一条黑布条，系黑围巾的人算是比较富足的了，迎着日光，佝偻的身躯背对着一块黑土墙，肩搭一杆冒油的老烟袋，盛烟叶的黑包像弹夹似的，在胸前一晃一晃地。这个时候，他们往往要拾些柴来，点着，伸出粗糙的手，烤一下，脸在烟火的映衬中便愈发难看了。也有的老者，甚至一些年轻的汉子，二三十岁的样子，趁着日头暖洋洋的，便脱掉棉袄，从袄或衬衣的内层取出一些虱子来，置于大拇指盖上，用另一拇指堵住，然后猛一用力，真的可以听到"嘎巴"一声。

　　这些记忆萦绕在每个人的脑海中，特别是六七十年代出生的那些农村人，一些离开家乡到外地谋生的人更有这样深刻的记忆。我算是离开家乡时间比较长的了。如果从1986年离家去县城读师范学校算起，也有三十二年了。这期间，因工作关系，经历了一个又一个地方（以乡镇为主），虽说不上是特别远的地方，在每个地方也仅待上数载，却唯独对家乡人这些特有的形象印象深刻，每每见到儿时的伙伴或家乡的来人，提起这些往事或家乡人固有的特征的时候，总像是发生在眼前的样子，不知不觉中方知自己的年纪也已经不小了。

　　此前的一些年写过几本书，在不同的出版社出版，却总有一些朋友阅读后感到

还是有一些不足，还不足以完完全全地反映那个活泼的年代，这让我有再写一部书的想法。我号称"咣当派"乡土小说的主创者（其实是自封的罢了，没人把它当回事），却对什么是"咣当"不甚了了，如果非要解释的话，大概与家乡人的性格密不可分，有十说万，从不说一，一颗高高在上的心，一个吃苦受累的命，"咣当"一下，从天空中掉下来，摔在地上，疼痛难受，却不当一回事，继续前行，初心不忘，迎着寒风或烈日，躬身于土地之上，猫腰于庄稼丛中，刨一把，吃一把，吃完再刨，不饿死，便又是牛皮吹上天，飘飘忽忽，似乎把人带入一个富足的世界，享天福去了。

写书是个苦差事，有许多人说，穷人才写书，写书基本意味着这人是个穷人。我想说一句反驳的话，可终究说不出口，因为我也知道作家和穷人的确是该画"≈"的。然而，不管怎么说，我是写过书的人，我要用我的书记载老一辈或同辈们在那个年代曾留下的一层一层的薄薄的脚印。是啊，故乡的水塘、故乡的小河、故乡的田野，都在儿时的深刻记忆里，难以忘怀。还有故乡的老井、麦场、洋槐树、喜鹊窝，无一不提醒着我，仿佛又把我带了过去。还有燕子、布谷鸟、野鸡、白鹅、老驴，这些都在心里常翻腾起一些灰白色的浪花来。

如果说人还没有忘本的话，本书里的一些东西完全可以重拾你曾经的精神世界，让你再叹一声：人生苦短。20世纪70年代到80年代初是不平凡的，这话不是我说的，很多人在说，我不是始作俑者。有人说那个时代虽然短暂，却是个社会转折期，后来我也这么认为。我是个人云亦云的家伙，在很多场合都有过类似的表现，对故乡来说，我宁愿做一个这样的人云亦云者。因而，我在《寻常人家》中虚构了一个庄子——后行（其实我的老家也叫后行，这是一种巧合）。作为一个小小的庄子，没有什么代表性，只是寻常的庄子而已。在那个变革的年代，后行也在变化着，尽管不大，却看得出庄户人的思想也在跟着发生一些实质性的改变。与其说，后行的每个人特别是成年人在追求家族的壮大，倒不如说他们在想方设法地去获得过上幸福生活的权利。这个"权利"涵盖很多内容，然而首先是繁衍的权利。在后行这个有名的光棍庄，像"五保户"，像"绝户头"，像"断子绝孙"，这些都不是好的称谓，人人都想和它们划清界限。因而，这些人首先想到的是要把属于自己的姓氏传承下去，后继有人，而不能让自己成了孤家寡人，以至于将来的族谱上出现大片空白，或到此为止，就不好向祖宗交代了。但这很难，至少在那个时候，比登天还难，归根结底，还是因为贫穷。是的，贫穷让每一个男人都付出了沉重的代价。如作品中的男主人公赵连福，因为贫穷被剥夺了追求爱的权利。他和女主人公徐宝珍自由恋爱，但被好事者知晓，便出现了接二连三的痛苦遭遇，被人毒打只是肉体上的痛，精神上受到的伤害却是终生难以弥补的。作品的另一个人物赵骆驼在追求爱情的过程中，不惜用了许多手段，却无从实现自己的愿望。所有这些，都折射出贫穷产生愚昧，愚昧产生灾难，灾难让人逃离。好在赵连福们在不断地改变着自己、调整着自己的心态和行为，在走了一段段的弯路以后，最终在时代发展的浪潮中，把命运牢牢地把握在自己的手中，实现了自我的救赎。

不久以前，我很幸运地去了老家一趟。很久没在那里好好地吃一顿饭了。虽然没什么稀奇的菜肴，但萝卜、白菜、花生米、炒鸡蛋、盐豆子、腌咸菜，这些家乡的一些家常菜却让人感到很温暖。最难得的是坐在窗下，眼睛居然可以看到窗外小路上的行人和一些杨树、银杏树，洋槐树却早就没有了，只能在记忆中去搜寻它的样子了。此情此景，总让我感到酷似儿时残存的东西，像是卷土重来的样子，心中甚是愉快，想赋诗一首，可惜酒喝得多了，难以成句，便把毛泽东的《沁园春·雪》背诵一遍，却不是在那个窗下，而是只身到北边不远处的水塘去了。这个曾经非常美丽的水塘如今却是如此荒凉，没有多少水，由于刚下完雪，冰冻又厚又亮，和以前一样，可以在上面滑冰，我却再没这个兴致了。因为水塘比我小的时候"小"了许多，更因为满滩的芦苇竟没人看上眼，任凭它们在怒吼的北风中扭动着单薄的身躯。

后行（作品中的后行）的一切都是寻常的，包括人，没有多少可圈可点的成就，后行的每家每户也是寻常的。突然，我想起一副对联来——向阳门第春常在，积善人家庆有余。

谨以此书向过世的、老去的、善良的人们致敬。

作者
写于戊戌年端午

目 录

一	01	十七	153
二	09	十八	162
三	16	十九	169
四	24	二十	179
五	32	二十一	189
六	44	二十二	200
七	58	二十三	207
八	66	二十四	219
九	77	二十五	229
十	88	二十六	235
十一	95	二十七	247
十二	104	二十八	255
十三	115	二十九	266
十四	124	三十	278
十五	132	三十一	294
十六	141	三十二	310

一

这一年的四月间，在后行这个普通的平原小村庄里，一切还都和往常一样，平淡又懒散。节气正好到了谷雨，气温渐升渐高，人们终于可以脱掉油黑的棉袄棉裤，换上了单裤单褂，条件稍好一些家庭的孩子会穿上红色或蓝色的衬裤褂，实在令人羡慕。

这一天，赵连福从县里回来了。他在山庙街下了这班连接式汽车的时候，大约是上午的九点钟。赶集上店的人们还未到来，狭窄的街面上冷冷清清的，除了三五个低头摆摊卖青菜的社员，几乎见不到其他闲逛的人。

关于山庙名字的由来有许多传说，但不一定都是真的，或许是人们对这个地方的一些奇妙的幻想。但山庙的确有一座山，名字叫乱营子山，上面长有很多苍翠的松柏，其间最引人注目的是一些红色的石块，这些石块被用来垒砌坟墓，看起来让人生厌。山庙是个穷地方，这里在历史上就没听说过哪个朝代曾富裕过，大概与打仗有关。山庙的历史可以说是一部丰富的战斗史，仅乱营子山上就曾发生过七十六次大型战役，最近的一次和八路军游击队有关。民国二十七年春，游击队在这里消灭日军三十三人，俘虏伪军近百人，缴获长短枪122支，有力地打击了侵略者的嚣张气焰。

连福手里拎着一只黑色皮革包，慌忙地沿着一条小路朝后行赶去。他已经有大半年没回来了，因而走起路来大步流星——外面再好也好不过自己的家，不论身在何处，过上怎样富有的日子，家总是要回来的，这是一个人的根啊！就算他依然过着贫苦的生活，也会眷恋自己的故乡。

这条小路朝西南方向倾斜着，步行十二三里路以后，连福就可以抵达他的目的地了。没有人考证过这条小路是哪一年形成的，然而它的确是一条便道。小路又湿又滑，淤泥较多，时不时会出现几个浅浅的水坑。淤泥聚集的地方像一道鱼脊背，一不小心，脚下打滑，重心不稳，就会被摔得仰面朝天，双臂支地，眼睛干瞪，屁

股坐进水窝里，狼狈得一塌糊涂。

大约走了半个钟头，连福踏上了一条正东正西的田间小路。路的北旁是一眼望不到头的庄稼地，湿漉的沟里冒出来缕缕水汽，让人感到热乎乎的。老天像是眷顾这里似的，前几天已经接连下了三场透雨，让整个田野变得清新透亮。

麦苗喝足了雨水，噌噌地长到了膝盖高，纤细的麦叶油光锃亮的，遮住了一条条麦垄，几乎看不到垄间的黄坷垃——这是后行大队第一生产队种植的小麦，面积约八十亩，成熟的麦子是社员最感骄傲的细粮，因而人们对它格外付出心血。路边已经栽植三五年的白皮杨树已长到十来米高了，错落有致的枝条上冒出一粒粒新的苞芽，一个个伸头探脑似的，像要迫不及待地看看这个世界——由于洋槐等传统的老树的价值越来越让人们感到它们的微不足道，杨树这个外来树种便堂而皇之地登上了历史舞台，大有代替其他树种的趋势。

路南是一片晒垡地，还没有到栽插山芋秧的时间，地里的杂草却已经被社员们清除干净，一道道山芋埂整齐有序地南北方向排列着，眼前看到的这一切都让连福的心里倍感兴奋——这将是一个丰收的年景，后行的庄户汉们有盼头了！

赵连福刚过而立之年，黝黑的脸上透出一丝枣红，这是身体健康的表现。三十年来，在他的记忆中，很少因为发生一些小病小灾而耽误生产或工作。他庆幸自己有着一个好身体，这是他活下去的本钱。他没有生病的时间，无论是家里还是县城的车队都离不开他。

连福的力气很大，一个人能拉千斤重的板车，行走在县城的大街小巷，像个飞人，很少有疲倦的时候，被工友们称为"神大力"。他长着一副宽厚的膀子，肩扛一对百斤重的麻袋不在话下。有一次，一位南京的船老板实在找不到更多的伙计，就让连福一个人在运河码头卸水泥。整整一千袋，连福的眼睛眨也不眨，仅用一个白天，就完成了全部任务。不过，从那次起，他再也没干过那么重的活。不是他不想干，而是再没有遇到那样的机会了。

荏苒如梭的时光匆匆闪过，连福已从英姿勃发的青年变成一个沉稳成熟的壮汉。有的时候，他也会不自觉地感慨岁月的无情，为再也回不到从前那些欢乐的时光深感无奈。连福从离开生产队到县城里打零工，算起来已有八年时间了。究竟做了些什么，得到些什么？他想找到问题的答案，可一切的解释都是那样惨淡和不靠谱，根本说服不了自己。

在县城里，连福靠着体力赚了一些血汗钱。然而，就是这些微不足道的钱，还要交给生产队一部分作为透支款，生产队年底算分时才可以分给他一些口粮。这已经让连福觉得很满足了，心里充满了感激。当然，连福也结余了一些零钱。每次回家，除留够自己的基本生活费，剩余的钱都要交给母亲郑凤妮，作为全家老小的伙食费。

连福是个简单随意的汉子，从不在乎自己的穿戴，什么衣服都能穿，没有合适的，光着脊背也能对付一阵子。这次，他穿来了一身只在城里穿的浅蓝色劳动布衣服，泛白的褂子两侧的口袋不同程度地向外翻卷着，露出来大半个或小半个身躯，黑乎乎的白洋布像被人染了一层墨汁似的。对此，他装作看不见，或者他完全不在乎这些表面化的东西。是啊，出门是干活的，目的是为了赚口吃的，哪来这么多讲究呢？又不是工人，更不是干部，出的力大，汗就流得多，衣服能遮体就行。

连福这个家伙看上去比中等身材的男人要略高一些，但不会超过一米七。在后行，一米七算是个大个头，而连福不是，他只有一米六六，比一米六一的庄里男人均高多出五公分而已。连福常把最基本的长度单位说成公分，而不是厘米，这是学木工手艺时，他师父赵家瑞教他的。连福磕头拜赵家瑞为师的那年是一九六三年，农历七月刚过，离中秋节还有一段时间。赵家瑞来到连福家，说完一番客套话后，就主动提出收连福为徒。这是一个让人震惊的消息——在后行，手艺精通又傲气十足的赵家瑞还没收过一个徒弟。既然赵家瑞肯收徒，郑凤妮心里感激得要命，赶紧准备了一桌丰盛的酒宴，四碟四碗，请来支书韩科成和队长徐凤举，陪赵家瑞喝酒用餐。酒过三巡，菜过五味，两个当家人共同见证了赵家瑞和连福的师徒关系。连福跪在赵家瑞面前，磕三个头，喊一声"师父"，第二天黎明起就到赵家瑞家免费学艺去了。凤妮之所以让连福学木工，完全是希望儿子会点手艺，便于找个焐被窝的媳妇，成就一家人，为赵家传宗接代。可多少年了，连福依然独身一人，虽然他有个不大懂事的儿子。

连福突然萌生了一个念头——他要给儿子顺河找个媳妇，省得孩子长大后打光棍让他操心，也了却一个心愿。但这只是连福美好的愿望，连福明白后行的男人寻媳妇的难度不亚于乘宇宙飞船上天。在县城，晚上没事的时候，连福常想，人怎能上天呢？他只听说过宇宙飞船可以上天，其实，飞机也是可以的，只是他从没坐过，就没往那方面想。给顺河张罗媳妇这事，连福跟凤妮提起过。连福说，他不想让顺河和他一样打光棍。但当凤妮问谁愿意把闺女说给顺河时，连福又无话可讲。

来到自己的新家以后，连福一刻也没有闲下来，劈了两堆木柴，翻了半小时阳沟，掏了二十分钟厕所，结半个渔网，尽管两滴汗珠在他宽阔的脑袋上游弋着，他依然感觉不到有丝毫的疲惫。连福常说，这些年的日子虽然苦一些、累一些，但总比以前要饭强。连福讨饭的经历很丰富，这要追溯到一九五九至一九六二年的三年自然灾害困难时期。为了减轻家里的生活负担，连福连续六次去河南杞县，靠讨饭保住了大妹金花和远房兄弟赵骆驼的命。

连福住的是三间草屋，长九米，宽四米半，高四米，屋顶正中间有一条脊，脊的两侧各铺了一米长的厚泥，以此保证屋上的麦草不被大风吹走。屋上的麦草排列

有序，便于雨水顺流而下。屋子的四周栽植了三十多株杂树，大多是青黑色的洋槐，其间又掺杂几株白皮杨树和乌青柳。树木的枝条已伸展开来，树叶初绽，雾气缭绕，清新通透，给这座平常得不能再平常的小屋子平添了几分神秘的色彩。屋子的东北角有一棵柳树，不粗不细，佝偻弯曲，七八层树枝，最长的一根斜着向上生长，指头粗的枝条直奔太阳升起的地方。由于长期无人居住，这里便成了鸟的天堂。喜鹊登枝，前俯后仰，喳喳叫唤，带来了一缕缕希望。麻雀是这儿的常客。别看这些小家伙尖头扫尾，却精得很，眼睛透亮，点头哈腰。

片刻间，三五只麻雀已腾空跃起，离开柳梢，在空中掠飞一阵，嘴里发出了串串叫声，欢畅淋漓，十分悦耳。小家伙们飞到屋顶，在空中盘旋一周，然后落在屋脊上，默默相视一番，又齐刷刷地望着站在下面的连福，像是列队欢迎这位久违的主人。

连福不忍打扰这群不速之客，只是淡淡地一笑，然后转身面南，双手掐腰，久久凝视着面前这条东西走向的山庙大沟，脑海中即刻浮现出一幅美丽的图景：缓流的水面像一把超级琵琶，连福摇身变成一位巨人，双手托起这把沉重的乐器……

一位妙龄女子从南面走来，身穿一件白风衣，脚穿一双黑皮鞋，手捧一本绿色乐谱，嘴里轻轻哼唱着一首乐曲，双眼情深意切地注视着对岸的连福。女子名叫徐宝珍，二十六七岁年纪。她难掩心中激动，泪水渐渐模糊了双眼。连福问："好久不见，你还好吗？"宝珍说："还好，只是你瘦了，黑了。连福哥，最近我学了一首新曲子，想弹给你听，有琵琶吗？"连福说："有，在这儿呢。"两人相视一笑，眼里都噙满了热泪。

静静的小河水面清澈，杂草轻扬，水质甘甜，行人口渴时，随时可以捧一些饮用。由于小河占用了连福屋前的大块地方，山庙公社特意拨给他四十块钱，作为拆迁补偿。不久以前，这里是一块宽阔的盐碱地，约二百亩的样子，长期被人们撂荒，没有开发耕种。空地上除二三十棵柳树、洋槐、杨树、椿树之类有用处的树木外，每到夏天还会长出二三十片田菁，其余的空地也被野草吞没了。这儿曾是鸟儿、野兔、家禽、牲畜、飞虫的聚集地，孩子们也常出没其中，玩一些简单的游戏，不知不觉中度过了炎热的夏季。然而，这些美好的景色再也看不到了——随着山庙大沟的横空而出，这片曾演绎出许多美丽动人故事的荒土地最终退出了历史舞台。

小河的南面约一百米处是一口汪塘，水塘不大，约三亩，常年有水。这个时候，水面已涨到塘床一半的位置。迎着斜照的阳光，可以清楚地看到那片微风中鲤鱼鳞般的水面，荡漾着，跳跃着，欢呼着，仿佛在迎接着谁。水塘西边是一片约三十亩的空地，再朝西便是另一个庄子了。

后行小学紧邻水塘的南岸，上百棵杂树掩映着两排破烂有序的教室。教室比庄里的房屋要大得多，排列整齐雅致。学校始建于清宣统年间，已有七十年的历史。起初，它只是一座学堂，因其建在一处高台子上，故后人取名为高台子书院。老学堂是赵连福的太祖父赵化勤出资修葺的，建成以后，这位德高望重的老人就驾鹤西游，到另一个世界逍遥去了。从此，连福的祖父赵明堂负责这里的办学事务，一直持续到一九四八年。赵明堂离世以后，后行迎来了隆隆的炮声。解放军在高台子书院排兵布阵，悉数剿灭驻扎在西边庄里的国民政府军约一个营的兵力。后行获得解放后的一九五六年七月迎来了农业合作化，高台子书院更名为后行小学。到了七十年代初期，学校已发展成为一所远近闻名的完全小学，拥有八间教室、两间教师办公室、一间校长室、三间教工宿舍和一座老学堂。每间教室前都栽植了数量不等的洋槐、国槐或柳树，不失为学校一道美丽的风景。学校是后行群众集会的地方，每遇到大事或运动，韩科成都会把社员集中到老学堂前。

老学堂仿佛屹立于一片原始森林之间，神秘的造型显露出的威严让人望而却步。建筑虽老旧，却很坚固。四梁八柱，环环相扣，青砖墙壁没有一道裂缝，汉砖铺成的屋脊平滑规整，自成一条直线；屋脊东西两头两尊玉制貔貅相对而立，四脚有力，眈眈怒视，威风不减当年；屋顶是清一色的黛瓦，瓦瓦紧扣，白中透黑；瓦间长满一人高的野草，干枯的草丛和茂盛的新芽婆娑交叉，相互帮衬，构成一幅有年代感的图画。

连福一个人静静地蹲在门前，望着河里游来游去的灰鸭、白鹅，思绪奔腾，万般情愫一股脑儿地涌上心头。他费了好大的劲才从深邃的记忆中走出来，从上衣右边口袋里掏出一包用报纸裹起来的黑烟叶，颤抖着卷出一根灰白色烟棍。接连抽完七根烟后，他慢慢地站起身，向东走了七八米，绕过盘踞在东墙根儿的石磨，来到了屋后。离家久远了，屋前屋后，每一个角落，都牵着他的心肠。哪里需要修整，哪里需要补栽一棵小树，哪里还需添置一些其他的家伙什儿，他都尽量地去思考一遍。

站在屋后这个方方正正的小坑前，连福踌躇再三，还是决定填平它，以免水里滋生出大量的细菌，影响孩子们的身体健康。这个小坑是建新屋的时候留下来的，约二十六七个平方，深一米有余，雨季来临时常积存一些脏水。如果哪个孩子一不小心掉下去，定会有性命之忧。因而，他打算过几天就去东北湖拉几板车土将它垫平整。这样，他的台子就和其他邻居连成一片了。连福边想着美好的愿景，边吹着口哨，穿过一条斜路，一头扎进西北方向的小槐树林里。

连福不曾料到会在这里和老姑娘赵新菊打了一个照面。赵新菊一辈子独身，是后行唯一一位老姑娘，一个人谨慎地过着小日子。她虽然已到了近知天命的年纪，脸上却还能看出年轻时的轮廓，尖鼻梁、尖下颌、嘴小、眼大、眉毛浓、高个头，

颧骨突出，双唇很薄，下颌上长着一颗黑痣，让人过目不忘。

　　连福和赵新菊之间虽然没有一些大东大西的矛盾，但他绝不想和这个老女人有丝毫的瓜葛，只想敬而远之，省得惹上不必要的麻烦。因而，他简单地和这个老女人打了一声招呼，然后径直朝自己的老屋走去。

　　看连福爱理不理的样子，赵新菊扬起手中那只起皱的白帕，不高兴地说："大孩，老姑哪里得罪你了？好久不见上一面，心里有话想和你说一说，出口气，听听你的见解，没想到你掉头就走。俺这当姑的能把你吃了，还是咋的？小时候，俺携着你、抱着你，你困了，就睡俺怀里，口水流了一大片，俺都没怪你。现在你行了，能挣钱了，在县里混得不错，人五人六的，看不起老姑了。你老姑这把年纪，老是老了，可越老越精神，越老越有人缘。骆驼那孩子就比你懂事，你俩都是俺看着长大的，你有钱就变坏，可骆驼没变，没事就去给俺捶捶背、揉揉肩、劈劈木柴、扫扫庭院，什么活都干，一碗水就打发了。还有你那仇家，隔三岔五也去俺家瞅瞅，问长问短，热热乎乎。说句话，能怎么了？是小了你，还是怕我跟你借钱？不就那点事儿吗？亲没给你转成，就对我横挑鼻子竖挑眼？庄亲庄邻的，至于吗？你娘就比你强，从不记仇，隔三岔五就到我家去，老姊妹俩好着呢。"

　　赵新菊的话越说越长，连福却越走越远了。他不敢搭话，头也不回，向北一路跑去。别看赵新菊这老女人嘴小、牙白、唇薄，却敞得很，像水库，没边没沿，有影没影，经她一搅和就变成了真事、大事，一不留神就被弄得沸沸扬扬，满庄乱传，有鼻子有眼，让人信以为真。与其这样，不如离得越远越好，省得老女人上嘴唇碰下嘴唇，嘀嘀咕咕，叽叽喳喳，啰啰唆唆，这事那事，没完没了，不扯出个新鲜事来心里不舒坦。

　　连福的老屋离新家约一里路的样子，位于他脚下这条小路的正北方，是他儿时和年轻时生活过的地方。若不是凤妮迷信，说老屋风水不好，是连福说不到媳妇的罪魁祸首，他哪里舍得从那里搬到这个新地方来呢。建这三间土屋草顶的新房，连福共花费了七十八块钱，多数用于招待从庄里请来的一二十个帮工。这些人饭量都很大，每人每顿能吃四张煎饼，喝半斤八两老酒不在话下。盖房花费虽然巨大，但这是连福最感骄傲的成就之一——在后行，还没有哪个男人能像他这样，不让家中的老人伸一把手，就独立建起了两处像模像样的房子。

　　连福经过的小路算不上宽阔，却是庄子的一个"咽喉"，凡到北湖干活或到北场上工或去北汪洗澡、洗衣裳的社员都要打这里经过。路窄的地方仅有三米，宽的地方也不过四米有余。小路并不弯曲，但也算不上直顺，每过几十米就要和一些住户门前的小道连接在一起，形成一个个不规范的网格，既给社员出行带来了极大方便，也便于雨水流向大小汪塘。

从路的南端到北头，连福的眼睛所及之处，大约可以看到三十六户人家，尽是老墙小屋。多年来后行一直处于这样的状态之中，基本上没有改变。所有的屋顶上都铺了一层麦草，乌黑一片，远看像黛瓦，近看像蒙了一层黑布。屋子的高度基本统一，色调基本一致，用料也基本相仿，麦草、石块和泥巴，构成了一幅不算难看也并不美丽的图画。每家每户的屋檐下都住进去一些麻雀，它们生活在屋檐和墙体间的小洞内，细心地抚养着一窝窝小麻雀，直到它们长大以后自由自在地飞向天空。无论你走在哪里，都可以听到小麻雀们叽叽喳喳的欢闹声。在韩狗剩屋子前的西南角，两只老麻雀站在那棵已有百年历史的梧桐树的两根青褐色枝条上。为了檐下这群小崽，这对"老夫老妻"已经劳累半天了，它们刚把从田间觅来的青虫填进两只小麻雀的嘴里，难得休息片刻，却被其余几个小家伙吵得心烦意乱。那只稍胖点的家伙看上去已筋疲力尽，灰黑的尖嘴里不时发出叫声。离鸟窝较远的那只麻雀将头埋进翅间，忙里偷闲地挠一次痒，又伸头张望一番，没见到会迫害小崽们的险情，便抖擞精神，腾地飞跃而起，钻进蓝天下那片树林里。待另一只麻雀察觉时，它已不见了踪影。

这个时候，一队并没有多少要紧的活儿，即便有一些，徐凤举也不会去操这份闲心，社员们就更不用说了，都是各家忙各家的事儿，各干各人手头的活儿，实在闲得蛋疼，就躲在一起闲侃或钻进位于庄子中间那个小独屋里，推两把牌九，试试运气。很多闲下来的社员集中在这条小路两侧的台子上或那棵老槐树下，讨论着国家大事，就像这个地球离开他们就不能转了似的。见连福过来，社员们都热情地和他打招呼。一些人还上前几步，问长问短。有人问连福，城里生活过得惯吧？这一走就是大半午，也不回来看一眼，怪想得慌。还有人问，城里人都吃白馍馍和肉片片吧？香不香？馋死人了。咱庄就你小子有福气！看你小脸有红似白，就知道好日子都让你过了。

大伙笑了一阵，接着又瞎侃胡说起来。说荤的有之，说素的有之，嘘寒的有之，问暖的有之，都是自家人，让连福感到十分温暖。离开这么些年，大伙并没有因为他不在家参加生产劳动而刻意疏远他，相反还都觉得他比庄里人有胆识、有魄力，走走总比坐着强，否则那三间新房也建不起来。更让大家感到惊奇并投去羡慕目光的是连福这身劳动布衣裳。就凭这个，足以证明他混得不差。大伙纷纷向连福靠拢，拉着他的手，扯着他的衣角，拽着他的胳膊，看着他的脸，总有说不完的知心话。

连福依依不舍地离开大家，在继续往老宅赶的路上又遇到一些社员。男男女女围在连福身旁，问这问那，弄得他很不好意思，觉得大伙拿他外气了。见赵骆驼从远处走来，连福急忙收住沉稳的脚步。骆驼还是老样子，穿的依然是那件旧黑袄，贴着心坎，里头没穿衬衣，更没有内衣，几缕棉絮裸在外面，像故意扯出来的似的，

沾满了油腻和鼻涕，黑乎乎的。不知是天热的缘故，还是见到连福心情激动，骆驼解开了那个唯一的布条纽扣，敞开怀抱，肌肉隆起，颇有些男人味。骆驼个儿头不高，比连福稍弱，身体单薄，肚皮上积攒了一层灰，看起来已许久没有洗澡了。他头发蓬乱，部分卷起，虽然他在头上喷了一些清水，但依然可以看到几层藏匿于毛发间的白花花的虮崽，泛着光亮。

　　骆驼自称和连福是一对难兄难弟，嘻嘻哈哈，有着说不完的话。连福拿骆驼不外，他从上身口袋里掏出来一盒皱七皱八的"丽华"烟，撕开一条口子，将烟散发给包括骆驼在内的那些嗷嗷叫唤的年轻光棍们、抽烟袋的老头儿们和早晚好一口儿的老年妇女们。骆驼惊讶地说："大哥，发财了，抽这么好的烟！在咱庄里，也只有韩科成爷几个抽得起。"连福热情地说："想抽好烟，就到县城去，那里遍地黄金，只要肯出力，不愁赚不到钱。准备一下，过个把月就带你走，起码开阔开阔眼界，窝在家里，早晚得把人困死。"骆驼挠挠头，说："就我这样子，一到城里就转向，哪混得来？"

　　大伙瞅着手中又白又胖的烟棍儿，着实惊讶和感叹一番——谁料得到一个在县城出苦力的人居然能抽起这种牌子的香烟，且很从容、很大方、不假思索地将烟散给这么多人，简直不可思议啊！大伙将烟棒插进嘴里，凑着别人的烟火点着，猛抽几口，烟气完全咽进肚里，消化一会儿，才从鼻腔里喷出一缕缕白雾。有人闭上眼，细细品尝烟香，陶醉地享受一番；有人是急性子，三口两口抽到头，瞅着连福，希望他别走，再散发一根，过足烟瘾。

二

　　连福家的堂屋还是他父亲生前留下的那几间低矮的草房，是老人家为数不多的遗产。要说还有其他遗产的话，过道大门西旁那棵洋槐和正北方向五十米处的皂荚树也是老人家生前亲手种下的。历经二十几年风雨，两棵大树依然旺盛，尤其是那棵皂荚树，夏天来临的时候，庞大的树冠像一把巨伞，为人们提供三百平米的阴凉。

　　这样一来，很多自以为懂天文地理、历史典故的中老年男人们就端着渍满黑油的老烟袋，歪歪斜斜地蹲在树下面，按顺序倚在苍老的树干上，神乎其神地吹起牛皮来了。皂荚成熟时，可供全村七百多个二十五岁以上的妇女洗半个夏天的衣裳。"识字班"们常对此不屑一顾，她们喜欢赶潮流、追时尚，早在两年前就用上了"海鸥"牌洗衣粉或"大运河"肥皂，洗出的衣服的确干净柔顺，却不被已婚妇女们认同。

　　连福堂屋的正对过是三间南屋，土墙草顶，长度与堂屋基本一致，高度却比主屋低一米左右，空间也要小许多。南屋是连福亲手建起来的，但不像新屋的花费那么大，垒屋的石块、做土坯的土都是他一板车一板车地运来后一个人和泥垒起来的，这已是十年前的事了。那个时候，他有的是时间，而现在，他只忙于出力赚钱。连福的院门朝北。俗话说"门朝北，穷子孙"，连福却从不放在心上。站在大门口的高台子上，连福向北望去，一切如旧——槐树林还是那片槐树林，没有一点儿变化；再往北是社员的自留地，大都种上了黄瓜，一架连一架，像一个个小棚，一字排开，早种的黄瓜已爬上木架，吐出一条条弯曲的绿信子。

　　看见连福回来，正在摔泥钢炮的顺河急忙迎上去。这个孩子似乎有很多话要和久未谋面的父亲说，可连福的态度却冷淡得很，像天上随时要下雨似的，又让他心里犯起了嘀咕。连福用命令的口吻说："跟我回家。"顺河瞄了连福一眼，腼腆地说："爹，这不是家吗？"

　　连福问："你奶奶呢？""谁知道？"顺河扔掉手中黏糊糊的泥巴，用脏手挠着头，继续说，"可能又到媒人家去了。"

郑凤妮的确到老姑娘赵新菊家去了。这几年，老姊妹俩相处融洽，常聚在一起，一边捻线，一边唠嗑，东家长、西家短，哪家狸猫产崽了、哪两只小狗起秧子，徐凤举家的女人韩黑娥扯老婆舌、支书把谁送的礼品扔出了门外等等一切，都是这两个老女人聊天的话题，少有重复，陌生又新鲜。嗑不是白唠的，凤妮的目的很明确，她是想托赵新菊赶紧给连福物色个对象。但赵新菊总是说这事不好办，连福有"前科"，又拖个小油瓶，哪个姑娘眼瞎，愿寻这样的男人。

凤妮站在赵新菊家那棵石榴树下，耐心地等候着赵新菊。这次，她打算跟赵新菊摊牌，不能让钱白花东西白送。赵新菊回来以后，高兴地把凤妮引进屋里，两人并排坐在那张软床沿上。凤妮是个肤色白净的老妇，年龄五十开外，裹一双小脚，上身穿蓝色夹袄，下身的黑裤洗得干干净净。岁月不饶人，这位老人的脸上已显出了几道皱纹，精神头儿却足得很，脸上始终堆着笑容，说话也客客气气。凤妮直截了当地说："他大姑，你说什么，俺照办就是，钱不是问题，大孩能赚，你就说个数。有人才有钱，没人，要钱干吗？"赵新菊和颜悦色地说："老嫂子，还真不是钱的事，谁还嫌钱多扎手？可俺不想就此搭上名声，又搭你一番苦心。说媒这事俺都干半辈子了，成的不少，岔的不多。你别着急，等有合适的，俺会想着大侄子的。"瞅了凤妮一眼，赵新菊站起来，倒了一碗白开水，请凤妮消消火。凤妮当即沉下脸来，招呼也没打一个，愤然离开了赵新菊的家。

见凤妮回来，连福急忙热情地和母亲打招呼。郑凤妮强压着心头的怒火，攥住儿子的手，让他进堂屋说话。堂屋内虽然简陋，摆设却很讲究，该有的家具一应俱全——黑漆书条、红漆菜厨、白茬饭桌、柳木骨牌凳、黄色小木椅，都整整齐齐地摆在各自的位置上。而且，凤妮都把它们擦得干干净净。三间屋相通相连，东边是凤妮的卧室，用高粱秆和西边的两间屋隔开，在南侧留一个小门，吊着一个花布帘。

凤妮提下书条上的暖壶，给连福倒碗水，又从菜厨里取来一只玻璃瓶，用汤匙从中挖出一勺白糖，放进碗中，轻轻搅拌了五六下，催促连福赶快喝下去解渴。连福喝完糖水，顿觉心里一阵舒爽。此时，他有许多话要和母亲说，可一张开口，又觉得无从说起。

连福在县城里经历了很多事情。比如，他受过伤，左腿摔成骨折，工友们劝他去医院打石膏，他却躺在出租房里的小床上硬撑了十七天。还有一件事，是关于一个女人的。女人三十啷当岁，城市户口，脸上涂脂抹粉，打扮得像个妖精，有事没事总爱钻进他的出租房内，说一些不着边际的话，做出一些让他感到莫名其妙的事情。那次，趁还他五块钱的时候，女人冷不丁地搂住了他的腰。不知是享受还是大脑短路，连福居然大半天才缓过神来，急忙挣脱女人，下意识地伸出一巴掌，竟不偏不倚地拍在她红透的脸颊上。那里简直像一只弹簧，瞬间把连福的手掌弹了回来。

女人蹲下身子，两手捂脸，像个不懂事的少女，哭得不成样子。而后，女人又躺倒在地，打了几个滚儿，连滚带爬来到连福脚前，双手抱住他的腿，哭闹着说："这以后让我怎么见人了？"连福问："怎么就不能见人了？"女人站起来，气势汹汹地说："你强奸了我！"女人话音一落，连福吓得不知所措，竟尿了裤子，黄澄澄的尿液从裆部滴到地上。女人愤怒地说："你看咋办吧。"

　　瞅着屋顶上的灯泡，连福一言不发。女人说："这钱你也知道，是我的全部家底，给你，闺女就没法喝奶粉了，只能眼睁睁地饿死。你也不是坏人，总不能见死不救吧。"经过一番激烈的思想斗争，连福不仅没要女人还的钱，还从身上掏出一卷零票，共三块四角，一并塞进女人手里，说："快给你闺女买奶粉去吧。"唯恐再次遭遇麻烦，连福随后便从那女人的邻居家搬出去住了。后来，女人居然打听到连福新的租房地址，坚持要给他当媳妇。

　　她说："别看我年龄大一些，女大三，抱金砖，女大五，如老母，知冷知热，会疼人，又是城市户口，娶了我，你就可以在城里安家了。等将来咱们有了孩子，也是城里户口，上学、上班，都不成问题，将来还吃国家供应，硬壳本，美着呢。"女人继续说："自打上次发生那事以后，我就喜欢上你了。你也别多想，我是个正经女人，从不混吃混喝，娶我是你家几代人的造化。况且，想找我的男人多如牛毛，只要我一松口，什么样的男人找不到？谁让我就看上你呢？说来说去，这都是缘分。我这人最信缘。别不正经，在和你说话呢。"女人扯着连福胳膊又说："我打听了，你也是个过来人，别故作清纯，就我这身材，配得上你，又白又胖，又高又壮，又温柔，又体贴。"

　　连福不得不向女人摊牌，问："多少，你就说个数吧。"女人说："你这人真俗，俺找你就是为了钱吗？"连福说："这钱给你，以后别再折腾来折腾去了，咱俩不是一路人。"女人笑着问："多少？"连福说："和上次一样，八块四。"女人瞪着眼说，这点钱就想把老娘打发了？连福说："那你说个数吧。"女人说："我也不为难你，你这个乡下人手头也不宽裕，我也不要二十，你也别八块四，就折个中，十五块，多了不要，少了也不是个事。我这人干脆利落，不想拖泥带水。给钱以后，你走你的阳关道，我走我的独木桥，想好事，可以去找我，还是那个地儿，奉陪到底，如果不想，咱谁也不认识谁，两拉倒，两不欠，一哈两笑。"

　　连福经历的这些烦心事，他都不想让凤妮知道，省得以后为他操心。凤妮表面坚强，心却脆弱得很，经不起这些乱七八糟事情的折腾，特别是当凤妮提起连福的婚事时，他总是躲躲闪闪，巧妙地移开话题，以至于让凤妮觉得儿子那颗心已不再属于她了。凤妮含着泪，批评道："找不到媳妇，别再指望进这个家了。满庄就数你强，挣钱比人多，脑瓜比人聪明，见了不少世面，怎么就找不到一个女人呢？今

天，你得给俺说清楚，到底是驴不走还是磨不转？整天给俺说顺河是你亲生的，你倒把他亲娘领回来给俺看一看，袖筒里有没有手，伸出胳膊就什么都清楚了。就算顺河娘嫌穷不进咱这个门，那个大你几岁的女人不也行吗？年龄大就大点，总比打光棍强，俺看你这脑袋是让驴踢坏了。这样下去，俺还有脸在后行待吗？死了算了，不就一条命嘛，大不了去地下见那死熊去。"

连福始终弄不明白凤妮是怎么知道他和那个大龄女人之间发生的那些事情的。难道是谷凤玺告诉她的？凤妮得意地说："别看你不愿和俺说话，你那些破事俺都知道。你也别瞎猜了，是凤玺告诉我的。大孩，就算那个岁数大的女人不行，全县的女人又没死光，只要是个女的就行，带家来，把事办了，省得俺再为你操心。"凤妮顿了顿，哽咽了一阵，然后继续说："只要你成了家，俺也就对得起你祖宗了，九泉之下的老熊也能闭上眼了。"凤妮的一席话让连福的心感到沉甸甸的，让他再也没有待下去的心情了。他缓缓地站起身来，准备回自己的新家去。走的时候，他没有忘记给凤妮一些钱。当连福把带着体温的钱交给凤妮时，他的手被凤妮紧紧攥住了，顿时他感到一股暖流涌进了心窝。

看到凤妮眼里滚出的泪珠，连福的心酸楚得难受，他真想大哭一场，排解心中的忧闷。可他毕竟是个男人，儿子又在身旁，绝不可让情绪失去控制。他稳住自己的情绪，压低声音说："娘，您要照顾好自己，我不在家，顺河又小，彩霞又常出门，这一大家子，都靠您呢。至于我，您还是少操些心，一切都会好起来的。找媳妇这事，也不要急，我有我的打算。"

他猛然间看到凤妮沧桑的脸上那几道深深的皱纹，连福真想和心爱的母亲再说上几句话，可当他抽出手臂时，又把千言万语咽回去了。他转过身，忐忑地走出过道，来到大门口，沿着高台子的坡道，大步向西走去。凤妮颤颤地追到槐树下，手扶着黝黑的老树干，呆滞地望着连福的背影，心中涌上一阵悲伤。她放声痛哭起来，她一边哭，一边骂徐凤举那个老家伙是畜生，害苦了连福，迫使儿子走投无路，独自一人离开家，至今还找不到自己的归宿。连福失败的婚姻不仅给他留下难以抹去的阴影，更给凤妮带来了无尽的懊恼。

凤妮多么希望儿子尽快找到一个满意的伴侣，成家立业，过上有着有落的日子，了却她的牵挂啊！看到皂荚树下来来往往的庄人，凤妮止住眼泪，脸上堆起笑容，一声声地和过往的社员热情地打着招呼，像什么事也没发生过一样。等社员走远了，她才慢慢踏上两米宽的过道。

来到堂屋里，凤妮突然间像是活明白了——居家过日子的艰辛中，儿子正扮演着越来越重要的角色，如果没有连福不知疲倦地赚钱养家，她这个孤苦伶仃的老女人不知道日子还能不能坚持得下去。她明显地感到自己衰老了，仿佛是在一夜间老成这副模样的。她不敢站在墙上那只小圆镜面前照，害怕看到自己那张沧桑的老脸。偶尔，她去老井担水，从井口向下看的时候，见到自己头上越聚越多的白发，垂下的两鬓也变得又白又亮，一丝悲哀就会涌上心头。

凤妮一屁股坐在方正的小凳上，心中生出许多感慨。这也难怪，到了凤妮这把年纪，本该过着儿孙绕膝的舒适生活，却要在儿女的婚姻上饱受痛苦和折磨，这是一件多么令人唏嘘的事情啊！凤妮不是没想过自杀，对她来说，死是最好的解脱，她也做好了随时死去的准备。然而她又希望自己死的时间不是这个时候，而是要等连福找到媳妇后坦然地含笑死去。那样，在这个世界上，她才不至于留下太多的遗憾。

凤妮又想起了赵新菊，心中来气，脱口骂道："老处女，真不是个东西，口口声声不要俺的钱。鸡蛋不是钱？俺和孙子都舍不得吃一个，攒了一个月，都送你那儿去了。要那么多钱干吗？买药吃，还是留给野男人花。半筐萝卜不算钱？七棵大白菜不算钱？两包炸果子不算钱？山芋糖不算钱？这都是钱！说话跟个人似的，是个人就做不出这样的事来。给狗吃，狗还能摇摇尾巴，替俺看家护院，给你吃，连个臭屁也闻不到。"

连福再次路过古槐和老井时，已见不到几个人影了。这时，他才知道天色已经不早了。他习惯性地抬起头，看着西去的太阳，少说也有三点，到了该吃午饭的时候了。长期艰辛的生活，使后行人养成了一天只吃两顿饭的习惯。每天，他们大约在八九点钟吃早饭，待吃午饭时已到晌午西了。大人晚上基本不吃饭，省下的煎饼留给饿极的孩子充饥。这与县城里不同。在城里务工时，连福和城里人一样每天都吃三顿饭。连福顿觉肚子咕咕乱叫起来，不得不加快了回家的步伐。

来到家中，连福准备生火做饭。由于地势扁窄，连福没有另建锅屋，就把堂屋西间当作做饭的地方。钻进漆黑的小屋里，连福看到那只高粱秆缝制的锅盖上蒙了一层厚厚的灰尘。他拿起盖子，在墙上用力拍打一番，飞扬的尘土，使他睁不开眼睛。他见桶里的清水被灰尘污染，就提着两只黑色塑料桶，抄起那根靠在墙上的槐木扁担，从老井里挑来了两桶新水。接下来，连福将放在灶台上的刷子清洗一遍，虽不太洁净，也只好将就用了。将铁锅连刷三遍，锈迹才渐渐消失。连福往锅里添了三瓢水，盖上锅盖，坐在灶前的草堆里，往灶坑里填了一把软柴，点着后，又加了三根木棍。随着粗细不均的风箱杆一前一后地来回运动着，灶内瞬间蹿起了几缕金黄色的火苗，照亮了连福黑黝黝的脸庞。

连福将烧好的半锅糊糊面汤盛到那只掉了釉子的瓷盆里，又将饭锅刷干净，然后把切好的白菜帮和糠萝卜胡乱地放在油锅里翻炒着。连福并没有觉得这道菜不好，至于营养更不在他的考虑范围内，能将就下饭就已经不错了。连福坐在饭桌的正北方向，脸对着大门——这是主人的位置，在这个只有父子二人的小家里，顺河是断

然不敢坐在这儿的。在顺河的教育上，连福坚信，不以规矩，难成方圆。因而，一些力所能及的家务，连福就让儿子自己去完成。顺河刷好两只白碗和两双竹筷，舀满稀饭，小心翼翼地端到桌上。凉了一小会儿，他把那只满碗递到连福面前，然后自觉地坐在连福对面的位置上。

连福突然站起来，进入里屋，从箱里拿出那只黑皮革提包，翻出从县城带来的猪头肉，得意扬扬地摆在桌上。连福最喜欢吃这种白红相间的大肉，它不仅味道清香，不油不腻，爽口，还是肉食中最便宜的一种。即便这样，他也不敢常吃，钱省一点是一点，拾芝麻凑斗，牙缝里生金，日子不可长算，一年半载看不出来，十年八年以后，说不定能省下给儿子结婚的钱呢。连福还喜欢吃油炸花生米，别看这种东西身小量轻，不椭不圆，不尖不凸，红衣白瓢，其貌不扬，吃起来却脆生可口，满嘴飘香，无须去皮，口口生鲜，但也不能够常吃。

连福不慌不忙从包里拎出一只半尺高的酒瓶。瓶子造型优美，上细下粗，黄金比例，商标图案清晰，几个"工农兵"手持着不同的劳动工具，排列有序，可亲可敬。酒瓶上的"运河白酒"四个烫金字出自润水县一位书法家之手，字体潇洒飘逸，隽永清秀，细看像运河水一般，流而不激，急而不荡。瓶里约有六两白酒，色泽微黄，酒晕荡漾，没有杂质，醇厚清爽。连福咬掉瓶盖，霎时从里面飘出来一股酒香，沁人心脾，未喝即醉。他倒满一盅，但没有急于喝下去，而是将这只颇有来历的白瓷酒盅审视一番。

酒盅是徐宝珍赠予连福的纪念品之一，烧制于清朝嘉庆年间，宜兴官窑出品，个头中等，口大底小，能盛酒七钱，通体雪白，亮堂生辉，是酒盅之极品。徐宝珍告诉他，酒盅是她母亲韩黑娥的祖上留下来的传世宝贝，传男不传女。因韩黑娥坐家招徐凤举为婿，又接连生下四个闺女，膝下无子，便拿这酒盅不再当一回事，尽管被四妮拿走送人，也未曾察觉，更不去追究酒盅的下落。

连福吸溜完一小口白酒，便让顺河关闭大门。顺河对此深感疑惑，却不敢多问，只得照做。"咣当"一声，大门被顺河关死以后，连福才放心地一口喝掉盅里的酒。屋里漆黑一片，若不是从东窗飘进来一些日光，怕是连酒也倒不进盅里。幸亏连福眼神比往日好些，沙眼病半年未犯，眼球凸显，亮堂有光，黑白相间，聚焦精准。连福对顺河说："让别人看见了不好。"顺河略一顿，问道："喝酒还怕谁看到？"又一顿，笑着说："是怕骆驼来咱家跟你抢酒喝吧。这个骆驼，跟算命先生二大拿似的，只要你一喝酒，他准能知道，鼻子真尖，大老远都闻得到。"

连福笑着伸出手中的筷子，接连夹了三块猪头肉，放在顺河面前，说："这些都是奖励你的。其实，你骆驼叔也不是个坏人，就是家里穷，馋得慌，不是鼻子长，闻得远，是他时常跟踪我，知道咱家有酒有菜，就不请自到了。可这次，咱不能让他看见，因为酒少，他一来，就不够我喝了。"顺河不习惯使用筷子，夹了半天，也未能夹住一块肉，就直接用手了。他抓住一块猪嘴上的瘦肉，塞进嘴里，望着连福的脸，有节奏地咀嚼起来，嘴角露出一丝憨笑。连福问："好吃吗？"顺河说："在奶奶家从没吃过这个。"连福问："那都吃什么？"顺河说："连鸡蛋也吃不到。"连福说："你奶奶家不是喂了七八只母鸡吗？鸡蛋都让谁吃了？难道被奶奶拿街上卖掉了？也难怪，鸡腚眼子是银行。"顺河答："哪里去卖了，都被那个老姑奶奶吃了。老姑奶奶说要给我找个娘。爷，我有娘，为什么还要给我找娘？"

　　连福沉默半天，才微微抬起头来。黑咕隆咚中，顺河清晰地看到连福的左颊上出现了一滴眼泪，就不再追问下去，也不敢再去抓另两片肉。他拿起筷子，费力地夹住一片白菜帮，漫不经心地吃起来。到这时，他才发现桌上连一张煎饼也没有。见顺河一个劲儿地夹白菜吃，连福这才想到自己的包里还有三块锅饼，就让顺河把包拿过来。顺河进入里屋，打开箱子，拿着包来到窗前。借着屋外的亮光，他看到包里有一沓钱和几枚银光闪烁的五分钱硬币。见顺河迟迟不回，连福大声问："磨磨蹭蹭干什么呢？"顺河急忙收回小手，拎着书包，跑到外间，惊慌地把包放在桌上，抽出一块锅饼，低头猛咬一口。连福头也不抬，问顺河："包里有钱吗？"顺河不敢回答，只顾嚼着那片两头一样宽的朝牌。连福说："钱再多也是我挣的，不是你的。我问你，长大了想干什么？"顺河说："上大学。"连福夸道："有出息。"顺河受到鼓励，激动地说："要上就上清华大学。"连福沉默一阵，说："想你娘吗？"顺河坚定地回答："不想。"连福疑惑地问："连你娘也不想？"顺河小声说："我娘死了，是真的吗？"

　　连福没有回答孩子的话，而是陷入了深深的沉思中……

三

那年夏天，后行庄社员一直处于亢奋的状态中，随着一个运动接着一个运动的持续开展，许多人在思想上和行动上都已经发生了深刻的变化，由衷地感到了社会主义依然处于一个青春勃发的时期。按照上级的要求，后行大队成立了宣传队，大张旗鼓地宣传毛泽东思想，"大演大唱"也随即登上了后行的政治舞台。同时，以韩科成为代表的"领导者"趁机把权力牢牢地抓在手上，对一些"不听话"的异己分子实施了疯狂打击，树立了不少"地富反坏右"的典型。一些社员也都像打了鸡血一般，誓将"革命"进行到底，而不去分辨究竟是人民内部矛盾还是敌我矛盾，尽可能地把后行搞乱，绝不担心自己会受到任何惩戒。

连福这个小年轻和徐宝珍一起也报名参加了"毛泽东思想"宣传队，两个青年人几乎把全部精力都投入到大演大唱的活动中。经过一个月的排练，凭借扎实的基本功，他俩已经熟练掌握了京剧的演唱技巧。样板戏《红灯记》是两个小青年的拿手好戏，不仅在公社样板戏会演中获得了第一名，还参加了润水县在碾庄公社片的集中调演，深受领导和社员的喜爱。两个年轻人还和其他演员一道，将样板戏、柳琴戏、自编自演的小品送到田间地头，让社员们一饱眼福。

凤妮和其他社员不一样，她的头脑是清醒的，为儿子张罗对象的事情一刻也不曾忘记。两三年来，这个要强的中年女人几乎用尽了各种办法，托了不少熟人，说了不少好话，求姑姑、拜姐姐，希望有人能给连福说个媳妇，了却她的这桩心愿，但他们都是表面应承，从不去做实际工作，让凤妮感到心寒。连福的师父赵家瑞拿凤妮从来不当外人，每每把凤妮家的事都当成自己的事情去操办。这里有两家祖上要好的原因，更重要的是他和连福有着深厚的师徒情谊。一日为师，终身为父，不管怎么说，赵家瑞都应该维系好这份难得的感情。

赵家瑞是个五十岁左右的老头，双眼皮，大眼睛，生来是一副黑脸，却拥有一颗善良的心。他家庭不算富有，从穿着上看，也和后行的其他兄弟爷们无异，习惯戴一顶灰薄帽，年初戴到年尾，很少见他光着头出门。这天，赵家瑞吃过早饭，就到自己的老娘舅家去了。经过一番打听，他找到了一位待嫁的姑娘。姑娘是他叔伯二舅家的表妹，脸蛋儿长得白白净净，眼睛大而有光，年龄比连福大两岁，高不成、低不就，一直没找到合适的对象。这只能怪姑娘自己，拣花的、挑狸的，最终要找个没皮的。这是个老理儿，不知道能应验否。这事如果成了，就差了一个辈分，但赵家瑞认为这也不算什么，他和连福虽都姓赵，算是一家子，但没有血缘关系，可以各亲各叫。

赵家瑞的二舅比他想象中要开通得多，对他说："照我说，是个年轻人就行，不能让这个熊妮子老死在家里，她不嫌丢人，我还嫌丢人呢。不瞒你说，光给这个熊妮子说媒的人都踏破了俺家门槛，媒人不下三五十个，说的小伙子没有一百，也差不离，可这丫头一个也看不上，恨得我牙根痒痒。外甥，你不知道，我和你婶子，天天愁得睡不着觉，看我这头顶，还有几根毛发，都掉光了，都是被这个熊妮子气的。"接下来，赵家瑞的二舅又说："差亲不差亲的无所谓，只要连福这孩子认干，不瞎眼瘸腿，家庭好坏我也不嫌，是个家庭就对得起这死熊丫头。何况，又是你保媒，他是你徒弟，你一手托两家，我也能放心了。要是真说妥了婆家，嫁了人，就权当没生这个闺女，一趟亲戚我也不会走，顶多到外甥你那儿去坐坐。三姐不在了，三姐夫也老了，就算你这个外甥还惦记你二舅。来了也就来了，还买两包白糖干啥？又不是外人，破费总归不好。来，外甥，抽根烟。"赵家瑞点上烟，笑着对二舅说："连福这孩子我最了解，这么多徒弟中，就数他和我感情最深，手艺学得也精，出活，人又直率、善良，干活不惜力，和表妹很般配。二舅，您老放心，就算现在的日子过得不怎么样，我保证以后会好起来的，而且时间也不会太长。"

五月初五这天，连福勉强吃下凤妮煮的一只鸡蛋，就算把端午节过了。人嘛，有照有的过，无照无的过，若是计较的话，这日子就没法过下去了。连福向徐凤举请了半日假，就跟赵家瑞到山庙街相亲去了，爷俩步行，有说有笑，很快来到街上。初五是山庙街逢大集的日子，九点钟一过，赶集的人就云集过来。梳着长辫子的小姑娘大都是来凑热闹的，很少见到有人从口袋里摸出一角两毛买东西的，只有部分已婚妇女火急火燎地走进供销社，递上钱和布票，扯几尺布料。赶集的男人买几把镰刀和几只槐木刀把，然后匆匆钻进小饭铺里，问老板要三五个油光光的煎包，就着浑浊的小酒，晕去了。按照约定，连福和赵家瑞表妹的见面地点安排在公社供电站内——这里有赵家瑞的一个熟人，专门腾出来一间屋，让两个年轻人见面说话。赵家瑞尽量把事情办得妥当，早于一天前就和供电站的熟人打了招呼，避免两个青年男女因无处见面而心生尴尬。

供电站是解放前的山庙旅社改造的，是个老建筑，古色古香，透出一股民国风

情。在山庙街，像这样的老建筑还有不少。难怪明清的时候，作为古镇的山庙，就和碾庄、八集、官湖三个镇并称为润水县的四大名镇。安顿好两个年轻人，赵家瑞推脱有事，走出了供电站院子。跟姑娘一起过来的还有三个小大姐，是她要好的朋友，过来帮她长长眼。她们仨不愿跟赵家瑞出去，就站在屋后，透过窗户，听两人说话。一男一女很能谈得来，连福天南海北地说了一通，姑娘认真倾听，脸上挂着笑容，嘴巴时闭时张，嘴角上扬，极有韵味。大约谈了半个小时，两人先后走出屋子。三个小姐妹一拥而上，兴奋地问这问那。得知姑娘没有意见，小姐妹们就催促连福去供销社扯两块定亲布料。她们簇拥二人来到供销社的柜台前，姑娘选了半天，最后站在一块毛料布前不再走动。三个小姐妹心领神会，就让连福掏钱买这块布料。连福没带这么多钱，就想先扯一块的确良布，毛料等下次一起去润水县再买。姑娘却一声不吭地朝门外走去，脸上的笑容也在眨眼间消失了。

从山庙街回到庄里，赵家瑞向凤妮赔不是，说他看走眼了，不知道表妹竟是个嫌贫爱富的人。凤妮不仅没有生气，还炒菜打酒，好好招待了赵家瑞一番。

后行宣传队的演出活动一浪高过一浪，成为山庙公社的学习典型。公社书记号召各大队到后行学习先进经验，着实让韩科成长了脸。连福和宝珍也深受鼓舞，尽力演好每一个角色，唱好每一台大戏。除了演八大样板戏，连福还加班加点编写了《向工农兵致敬》《毛主席万寿无疆》两个小戏剧本，供宣传队演出使用。后来，眼看着观众的兴趣逐日减弱，韩科成深感忧虑，让连福尽快创作一部富有地方特色的柳琴戏。连福接受任务以后，苦思冥想，连续三天三夜没合眼，终于创作出了柳琴戏剧本《后行的田野后行的水》。当他把剧本交给韩科成的时候，整个人已憔悴不堪，高烧不退。

拿到这个剧本以后，宝珍即刻对女主人公荷花产生了浓厚的兴趣，主动要求演这个角色。可在选男主角的时候，却没有人敢和宝珍同台演出。这并不是因为宝珍不好配合，而是男主人公新德的台词太多，许多唱段难度极大，对男演员来说的确是个挑战。面对这样的困境，韩科成让宝珍去做连福的工作，希望他带病演出。喝下宝珍熬好的一副汤药，连福的病竟奇迹般地好起来了。他二话没说，就答应了宝珍的请求。经过一个星期的紧张排练，两个年轻人不仅熟练地背出了台词，男女角色也被演绎得生动活泼。第一场正式演出获得了巨大成功，在场的所有观众都被他俩带进戏中，久久难以释怀。春节过后不久，宝珍告别了宣传队，到后行小学当了一名耕读教师。很快，宣传队自行解散，连福回到生产队，继续参加集体劳动。

当一个人无路可走的时候，心里总会产生一些奇妙的想法，表面上看似荒唐，但未必不是一条新路子。到了又一年夏天的时候，凤妮终于下了决心，她打算到山庙街去一趟，希望她的二弟看在当姐的面子上，把他的三闺女嫁给自己的儿子，亲上加亲，不至于断了往来。凤妮的兄弟十分爽快，对大姐也是敬重有加，满口应承下来。吃完饭，凤妮放下碗筷，她的三侄女满婷恰巧回来了。凤妮先把满婷夸赞一番："几年不见，三妮是越长越俊了，十里八里，也找不到像你这样俊的大美人。"而后凤妮又对满婷说："你在家是老小，懂事能干，俺也最疼你。你小的时候，一到过年，俺就把你接到家里，好吃的好喝的都给你。你这丫头嘴馋，那瓶白糖都让你卷煎饼吃了。你大哥、大姐，还有你小妹，都馋得口水直流。唉，那时候不是穷嘛！要是搁现在，白糖还不得让您姊妹几个吃个够。"

满婷笑着说："您要是不说，我还真忘了。我还记得您熬的山芋糖最好吃，现在想想还淌口水呢。大姑，有事您就直说，拐弯抹角也不是您的性格。"凤妮笑着说："那俺就直说了，要不是为了你大哥的事，俺也不朝您家来，又吃又喝的，还得麻烦您爹。就说你大哥吧，你也知道，人长得不赖，又会木工，过日子是把好手。还有，从小你哥就对你这个丫头最好，到如今心里头还有着你呢。"满婷说："大姑，您是想让我嫁到后行，'侄女看姑'吧？"凤妮激动地说："还是三妮聪明，理会当姑的意思。你要是没意见，这事俺就和你爹商量着定了。到了俺家，不会让你吃亏的。你是街头长大的孩子，娇气，什么活都不用你干，只管做做衣裳、干干缝纫就行。"

满婷说："好啊，大姑，明天就让俺哥带我去县城一趟，先买一架缝纫机再说。"见凤妮迟疑，满婷又说："漂亮话谁都会说，你就说明天去还是不去吧。"凤妮笑着说："东风日子长着呢，买缝纫机还不是早早晚晚的事。"满婷不再说话，鼻腔里"哼"了一声，仰起头，抬腿走出了屋子。

望着侄女的背影，凤妮伸出巴掌，狠狠地抽在自己脸上。凤妮从山庙街上踉踉跄跄地回到庄里的时候，天色已经很晚了，若不是空中大半个月亮照着，她还真找不到回家的这条小路了。回想起满婷冰冷的态度，凤妮心里难受极了，在路过老井的时候，竟沿着石阶，一步步地向上走去。来到那口一米见方的老井边，凤妮试探着朝井下看了一眼。天哪，水面上竟出现一个恍恍惚惚的怪影。从形状上看，像她那个死去的老头子，吓得她大喊一声："老熊，死鬼！"在凤妮晕倒在地的二十分钟的时间里，没有人打这儿经过，蹲在她身旁的只有一条黑公狗。这是一条野狗，两年前从庄外跑来的，孤苦伶仃，和骆驼一样，吃百家屎，看百家门，以七八个洋槐林为家。

凤妮是被这只公狗用一尺长的黑舌头舔醒的。她艰难地从地上爬起来，狠狠地在这条狗的脊梁上跺了一脚。公狗叫了一声，夹着光秃秃的尾巴跑了。凤妮不想再回自己那个冰冷的家，她独自一人来到了北汪南面的菜地里。在这里，她数完天落完地，不知不觉中竟迷迷糊糊地睡去了。大概一个钟头的光景，她在一个姑娘的哭声中醒了过来。哭声是从菜园地的东北方向传过来的，最多四五十米远。不错，那

儿是北汪的一个豁口，边角参差不齐，有的地方凹进去，有的地方凸出来，树根盘错，被汪水冲得干净光滑，大多呈墨红色，极个别呈浅黑色。听着越来越大的哭声，凤妮小声地自言自语："又是这个四妮子，好好一个人，会唱会念，会说会笑，怎么非要跳汪自杀呢？这可不得了，只要她两脚一蹬，一个猛子扎进去，准没救了。这妮子，白搭一副好长相！"

哭声确是从那个淹死过六个小姑娘、三个小媳妇、两个小伙子、七个小孩子的三角豁口处传来的。传说中，豁口十分邪乎，只要有人从那里跳下去，准能实现死的愿望，但凡从其余地方跳下去打算自杀的，几十年从未有人如愿过。因此，豁口被人称为"夺命口"。很少有人从那个地方下水洗澡，更没有哪个女人敢在那里洗衣裳。经过那里时，人人都变得心惊肉跳，唯恐一脚滑进去，到阎王爷那里报到去了。

这大半夜的，宝珍为什么要在夺命口哭泣呢？是不是被哪个男人欺负了？凤妮心里纠结得要命，渴望得到一个明确的答案。在凤妮眼中，宝珍是个疯疯傻傻的丫头，平时打扮得像个妖精，走起路来屁股一扭一扭的，完全不同于后行的其他女孩。当民办教师前，宝珍经常去凤妮家玩，和她说话，家长里短说个没完没了。人长得又好，不笑不说话，哪句话不碰人心眼不说哪句，常让凤妮的心美滋滋的，可自从当了公家人，凤妮就再难见到她的身影。凤妮听人说过，公办教师朱为民是个风流鬼，见到女的，不管年龄大的，还是年轻的，都像苍蝇见屎一样，"嗡"的一声飞过去，粘住不松口。骆驼统计过，庄里头共有七个有夫之妇跟他睡过。

这也难怪，朱为民工资高，仅一个月就有三十块钱的收入。跟他姘上后，几个女人都吃香的喝辣的，夜间轮番去伺候他，鸡叫二遍后准时离开。可最近，朱为民像改了肠似的，拒绝与七个妇女来往。有人说，他打起了宝珍的主意。不管是什么情况，一个好端端的姑娘就这样死去，是很可惜的。如果能把这孩子救下来，劝她想开点，或许她一感动，说不定还可以给连福当媳妇呢。

突然，夺命口又传来一阵啼哭声，声音沙哑，似哭非哭。凤妮侧耳倾听，确认声音是从一个男人的嘴里发出来的。这个男人，凤妮一时辨别不出是谁，只感到声音有些耳熟。凤妮晃晃脑袋，她初步判断宝珍的自杀和这个男人有关。宝珍人长得不赖，瓜子脸，尖下巴，身高一米六一，在后行的姑娘当中算是最抢眼的一个。她的眼睛不大不小，像两片月季叶，额上有颗小红痣，长在中间偏左的部位，为她平添了几分亮色。宝珍警觉地说："不是人。"男人甩了一把鼻涕，说："是黄鼠狼，不是，是老鼠，反正都是害人精！"宝珍半哭半笑地说："奇怪，庄里就盛产这两样东西。"男人愤恨地说："粮食越少，两个狗东西就越猖狂，防不胜防。"宝珍揽着男人的脖子，说："骂老鼠可以，它是四害之一，千万别骂黄鼠狼。你知道吗？黄鼠狼又名黄大仙，又精又灵。不知道你是否听说过，四老黑就是因为长期逮黄猫，犯了大忌，夜里才被一群黄狼子咬死的。"男人说："难怪四老黑浑身都是洞，原来是惹怒了黄大仙黄先生，怪不得骆驼刚掀开四老黑的送老衣，就被他儿子七叶子扇了十七巴掌。"

天！凤妮完全听清楚了，和宝珍在一起的男人竟是她的儿子连福。凤妮更加担心宝珍在自杀前一脚把连福踹进塘里，或欺骗连福和她一起去死，从而达到让连福为她陪葬的目的。凤妮打算去解救儿子，可她刚走了几步，又收住了脚，蹲在地上，屏住呼吸，继续聆听两个孩子的谈话。

宝珍喃喃地说："连福哥，你怕我爹？"连福握着宝珍的右手，说："谈不上怕与不怕，可这段时间很怪，他对我横挑鼻子竖挑眼，像要吃了我似的。割麦子的时候，我出力最多，一亩地只用了半天就割完了。我又捆又拉，把麦子弄到场上，铡成两截，堆成两堆。可你爹嫌我干得太快，没等其他人。他教训我说，一队是个大集体，一个人跑得快不算快，大伙都跑在前头才行。我就说，我是给大伙当榜样的，我这一带头，他们就不好意思拖延不干了。你猜他怎么说。他说我干得快是为了冒尖，出风头，捞取政治资本。我问，捞取政治资本想干什么。他说，当队长。"

宝珍安慰连福："想当队长也没错！不想当元帅的士兵不是个好兵。连福哥，我爹就那样，刀子嘴，豆腐心，是你心虚，其实没什么事。对了，我给你带来一本书，是从新华书店买的，送给你。""什么书？""《钢铁是怎样炼成的》，苏联作家写的，名字叫奥斯特洛夫斯基。这是一部奇书，激励一代人乘风破浪，奋勇向前。"

连福把书揣在怀里，激动地说："每个人都有着自己的梦想，我也是。面对这样一个穷村落，作为一个年轻人，我有责任把它建设得更加美丽富饶。唉，眼看着生产队一天不如一天，干得多的人遭到抱怨，懒惰的人却能吃饱饭，我心里不好受啊。"宝珍惊讶地说："还真想当队长？"连福"嗯"了一声，说："你爹老了，该换人了。"

宝珍歪着头，拉着连福的手，深情地说："连福哥，你相信缘分吗？不管你信不信，我信。就说小时候吧，你去河南要饭前，我哭着要跟你去，你不让去，说要来的好东西都送给我吃。你知道吗？就凭你这句话，我就喜欢上你了。我在心里发过誓，要嫁就嫁给你这样有担当的男人。如今，我们都长大了，不缺吃，也不缺喝，可怎么就没有小时候的样了呢？那个时候，我们想怎么样就怎么样，沙埠大队放电影，宋庄大队唱戏，我们手拉着手就去了，没谁能管得了咱们。可是现在，谁都想管咱，谁都能管咱，谁都不想让咱俩的事成了。比如那个骆驼，我们没得罪他吧，可他一天到晚地去俺家了解我的行踪，时间长了，再韧的鼓，也得被他这个小锤敲破了。"

连福坚决地说："越是他们反对的事情，越要做成给他们瞧瞧。都是嫉妒心在作怪，表面上你好、我好、大家好，谁要是真的好了，麻烦事就来了，废水、脏水

都往你身上泼,直到你筋疲力尽,他们还装成好人,关心你,心疼你,问寒问暖,鼓励你继续努力,这点挫折算什么,不要气馁,一切向前看,过了这个坎,阳光就会灿烂的。假模假样!这都是些什么人啊!"沉默了一阵,宝珍轻声问连福:"连福哥,你会一辈子对我好吗?"连福用力搂着宝珍的肩膀,坚定地说:"傻丫头,别说是一辈子,就是下辈子,我也喜欢你。"宝珍捂住连福的嘴,说:"我不要下辈子,只要这辈子。"

明媚的夜空中,亿万颗星星点缀其间,像永远都是配角似的,极不安分地围在月亮身边,却不敢越雷池半步。偶尔有一两颗大胆的流星,热情地滑向白茫茫的月亮,而月亮只眨巴一下眼睛,流星就逃遁而去,连影儿也见不到了。这天晚些的时候,凤妮从代销点里打来了半斤灰白色散酒。她不是犯了酒瘾,而是打算和连福好好说说心里话。她炒了两个热菜,一个是青辣椒炒青黄瓜,一个是红辣椒炒豆腐,糖蒜是现成的,外加新鲜的豆腐乳,摆了半张桌子。

连福平时一个人不大喝酒,只有和庄里的兄弟在一起玩时,才让凤妮弄几个菜,几个男人胡吃海喝一番,吹吹牛,谈个人感情,议国家大事,无所顾忌,无话不说,疯疯癫癫,嘻嘻哈哈,气氛融洽,没有高低,没有贵贱,你言我语,增进友谊。连福手托着酒瓶底,给凤妮斟满一盅。凤妮端起酒盅,扬起脖子,"咕噜"一声,酒下了肚。过去,凤妮的酒量不大,遇到高兴事的时候,也能喝三四盅,但最近她似乎对酒产生了依赖感,尤其在心里有事的时候,更离不开这种东西,有时一次能喝七八盅。

娘俩谁也没有说一句话,倒酒、喝酒、吃菜,一切都是那样自然。约莫十五分钟以后,凤妮的脸已喝得通红,像是醉了,说了一堆胡话。她说:"那晚可吓死俺了,越是不想见的人,越是被俺见到了。大孩,你说你爹怎么就跑到井里去了呢?咱们待他不薄吧,年年节节烧纸没落过,过年烧,清明烧,冬至烧,中元、寒衣两个鬼节也都烧了,钱还不够花,又跑出来吓唬俺?这个人活着的时候就是嫌俺烦,隔几天就发一次疯,跟真事似的,以为俺怕他。俺又怕你什么?日本鬼子俺都给杀了一个,还怕你这个老熊!后来俺又想了,他是对你放心不下,才回来提醒俺的。也是的,你都二十四了,俺还没给你张罗好媳妇,老熊能不生气吗?"

连福慢吞吞地说:"我的事您就不要操心了。"凤妮说:"不操心能行吗?可俺怎么也想不通,你二舅家的三熊妮子她看不起俺,还笑话咱家穷,让俺先给她买一架缝纫机!什么孩子这是,哪有这个道理?八字没一撇,就问俺要东要西,能死她了,她怎么不上天呢?上天也得要俺给她造个梯子吧,想钱想疯了,有那个命吗?心比天高命比纸薄。要搁以前,俺非让她吃俺一耳光不可。死熊妮子,觉得老赵家不行了,是不是?狗眼看人低!当初,没有老赵家资助,把咱家那块藏了十七年的烟土卖掉，换了七块钢洋，你两个舅能有今天吗？早饿死在路旁，坟头草也该没膝盖了，还能轮到她三熊妮子来嘲笑俺。都说过时的凤凰不如鸡，还没过时呢，就算今天过时，明天还照样飞得起来，不信，就骑驴看唱本——走着瞧。"

凤妮说话间眼里已流出了两行眼泪。停了一阵，她又说："侄女看姑，亲上加亲，有什么不好？要我说，你哪点不比她三熊妮子强，要人有人，要个有个，聪明能干，还会手艺，到哪去找这样合适的男人？眼都让狗屎给糊住了！你看中了人，人还看不上你呢，觉得自己不错，当个老姑娘也不是不可能。"连福安慰凤妮，说："儿女自有儿女福，您就别再担心了。"凤妮说："好，再给俺满一盅，最后一盅。酒是个好东西，也是个坏东西，喝得正好养精神，喝多了就伤身子了。不过话又说回来，操不操心，就看你的本事了，全庄跟你般上般下的，也就数你了，你再说不妥媳妇，别人就更不指望了，俺觉得你能带起这个头。有中意的人别计溜了，老天给一个人的机会是有限的，抓住就抓住了，抓不住就白瞎了。当然，真要有个对眼的闺女，也不能处处惯着、供着，捧上天，该来硬的就要来硬的。女人都是属弹簧的，你软她就硬，你硬她就软，处处护着她，把她当人看，她反倒瞧不起你，最终吃亏的还是你自己。还有几句话，不说出来，憋在心里难受。女人不管丑俊，得板正、稳当，不能让外人戳咱的脊梁骨！人过留名，雁过留声，人这几十年，不就是想弄个好名声吗？"

四

这天是星期四，下午的天气还算不错，太阳从云层中跳了出来，把学校照得透亮透亮的。树上鸟的叫声和北汪边牤牛的喊声混合在一起，汇成一篇难得的乐章。三五个去厕所的学生听到"叮叮当当"的上课铃声，撒腿就往各自的教室跑去。一个五十岁的老者佝偻着身躯，手里牵着一头掉了牙的老绵羊，慢慢腾腾地上了高台子，从四年级的教室门前经过，又来到教室的东山墙旁，歇息一会儿，便缓缓地下了土坡。来到东边的杨树林里，老者放开牲畜，自顾自地抽着老烟袋。老绵羊啃着泛黄的青草，不时抬起头来，边嚼着嘴里的东西，边环视着左右，一副怡然的模样。

宝珍在只有十七名学生的班级里眉飞色舞地上完课，嘴里哼着一首革命歌曲，走在了回办公室的路上。难得有这份闲暇，她居然唱出了声音。歌声愈来愈响亮，吸引许多学生跟在她后面，不时地与她合唱。歌声同样惊动了办公室里的男老师们。一个个灰头灰脑的家伙，透过一扇扇破窗，一边聆听宝珍唱歌，一边惬意十足地欣赏着她美丽的身姿。

朱为民坐在办公室南边的窗下，身子动也不动，脸色十分难看。朱为民三十二岁整，个头足有一米八。他是南京人，七年前大学毕业，为支援苏北建设，和其他一百二十五位知识分子一起坐着同一列绿色铁皮火车，从南京来到了润水县。朱为民是山庙教育界有名的"数学王"，单论学生的统考或抽考成绩，整个公社也只有他稳坐在第一名的交椅上。他不光认真从事教育教学工作，还在闲下来的时候刻苦撰写数学论文。他的《小学算术是这样教的》一文在上海一个学术刊物上发表后，深得一些大学教授和专家的青睐。他的母校师范大学曾派人过来，邀请他去大学执教，但最终因为他的意愿，而未能成行。

朱为民和宝珍的相识也是近几个月的事。当老师前，宝珍虽然是个活跃分子，唱了多台大戏，但都难以引起朱为民的关注。朱为民和宝珍对桌坐着，朱为民面朝东，宝珍面朝西，可两人一天也难得说上一句话。但一个月前，朱为民一改过去沉默不言的风格，有事没事就找个问题和宝珍搭讪。宝珍很乐意回答朱为民提出的那些幼稚的问题。后来，朱为民的胆子越来越大了，竟试探着露出喜爱宝珍的心意。宝珍越是闭口不语，他发起的攻势就越猛烈。

有一次，办公室没有其他老师在，朱为民就站起来，举起右手，激动地告诉宝珍："我在心里爱你已经很久很久了！宝珍，虽然我在后行的名声不好，可不怪我，是那几个女人，我也没法形容，她们像商量好似的，一来到我的宿舍，就直接爬到床上，撵也撵不走。为了让你对我放心，我早已不和她们来往了。谁没有犯浑的时候？我是个男人，但没谁瞧得起我。如果不是有幸遇见你，我这辈子也许就废了。这些日子以来，只要一天见不到你的身影，我的心就像被猫抓过似的难受。我对天发誓，我爱你，爱你到永远。你是个好姑娘，心地善良，只有你才能挽救我这颗孤独的心啊！"

宝珍抬起头来，环顾一下办公室，才发觉自己正处于一个危险的环境里。她来不及收拾桌上那些乱七八糟的东西，便站起来，头也不回地走了。朱为民追了出去，口中说："难道你的心是铁铸的吗？"宝珍边跑边说："别费那个心思了，我们不是一路人。"

朱为民一刻也未曾停下追求宝珍的步伐。在他的心里，得不到的才是最完美的。这天夜深的时候，他给宝珍写了一封情书，洋洋洒洒六千字，将上下五千年文学名著上出现的优美词语几乎用尽了。写好以后，他把信纸叠成一只"鸽子"，偷偷塞进宝珍南面靠墙的抽屉里。一连十七日，他共写了十七封信，却始终得不到宝珍的回应。

这是一个霞光灿烂的傍晚，朱为民趁宝珍不在，拉开她办公桌的抽屉。看到自己辛苦叠成的十七只"飞鸽"依然安静地躺在那里，他的心像被一块碾石揉碎了似的，从毛细血管里向外渗着鲜血。

宝珍悦耳的歌声再次响起来的时候，朱为民坐不住了，他跑出办公室，拦下宝珍。宝珍并没有避开这个瘟神似的黏虫，只是向他投去浅浅的一瞥。但就是这可有可无的一瞥，朱为民却甜到了心底。是啊，多少日子以来，无论白天，还是夜晚，宝珍的影子在他的脑子里始终挥之不去，紧紧地箍在他的脑门上、心坎里，说疼不疼，说痒不痒，却极不舒服，让他吃不好饭、睡不好觉。虽然只是一瞥，却比正视他五个小时要温柔甜蜜得多，像大旱的时候突然下了一场细雨，尽管雨量不大，也足以湿润他干涸的心。

宝珍两只纤细的手各有分工，左手拿着一根竹子做的教杆，右手握着两本书，一本是四年级的语文教材，另一个是蓝色备课本。宝珍自年初到学校代课以来，一直很勤快，对自己的要求也非常严格。她只念过两年初中，虽然教小学生语文、算

术不在话下，但她还是刻苦钻研教材，尽量熟练掌握知识。宝珍是个善良的姑娘，拿学生当自己的孩子看待，谁要有个头疼脑热，她都会自掏腰包，买来药片，给学生喂下去。有的时候，个别学生因为家里穷，买不起圆珠笔，她也会主动把自己的钢笔送给学生使用。她不仅注重学校教育，还经常到学生家里走访慰问，从家长那里了解学生在生活中的表现情况。

每天，无论是办公室内，还是办公室外的地方，都被她打扫得干干净净。对自己做出的这一切，她不仅从没有后悔过，有的时候还认为自己做得不够好，常在心里反省。在工作上，她是一个追求上进的姑娘，生活上却从不贪图享乐。平时，和家里人一起吃粗茶淡饭，穿的也和后行庄的其他姑娘一样，都是一些最普通的衣料。毕竟她又不同于普通社员，偶尔也穿一件红颜色衣裳。她常在重要的场合上穿着一双黑皮鞋。这双皮鞋是连福从县城里给她买来的，她平时舍不得穿，怕弄脏了、弄旧了，白搭连福的一片苦心。

大部分学生发现朱为民来了以后，就吐吐舌头，悄无声息地溜走了。只有三五个胆子大一些的孩子不把朱为民当回事，跟在宝珍身后，边小声哼着歌曲，边用手打着节拍。朱为民催促学生回教室去，但没人听他的，还都在继续唱着歌。朱为民气急败坏地吼道："都给我滚回教室去，你们是哪个班的，我要到校长那儿告你们去，轻了扣你们班的分，重了弄个大牌子挂在你们的脖子上，在全校同学面前亮相。"

学校的大课间异常热闹，男学生们你追我赶，做着最简单也最省力的游戏；女生们做的游戏要比男孩的高雅许多，但也不外乎丢沙包、踢毽子之类。老师们坐在办公室里抽着老烟、侃着大山，难得有这样一段闲暇时光。个别爱凑热闹的老师走出屋外，倚在办公室的墙上，嘴里嗑着南瓜子，眼神却瞥向朱为民和宝珍两个未婚男女，希望两人之间能够发生点什么。

学校里共有十一名老师，来的来，走的走，铁打的学校，流水的老师，但这些年来，老师的数量却一直维持着这个数没变。老师们来自不同的地方，六个是本地人，其余五个是外地的下放人员，分别来自南京、苏州、上海三地。除朱为民和宝珍之外，其余的老师都已婚，大多有了孩子。这些已婚的老师都想撮合两个年轻人走到一起，尽管做了不少工作，却未能如愿。

朱为民和宝珍一前一后来到三年级与二年级两间教室之间的地方。朱为民低着头，脸色十分难看，他不希望自己的行踪被别人看到。宝珍的表现和朱为民恰恰相反，她把头抬得高高的，像在审问一个犯人，问道："朱老师，有事吗？"朱为民压低嗓音，说："其实，也没什么大事，就是想问一下，你收到我给你写的那些信没有？"宝珍故作惊讶地说："没有呀！什么事，一个办公室坐着，还要写信？"朱为民挺起胸膛，眼睛直视着宝珍。过一阵，他咳嗽一声，用手背象征性地在脸上擦了一下，说："我发现你的行色不对，就是最近的事，以前你可不是这样。每当遇到问题，都在第一时间和我探讨一番，如今究竟怎么了？是身体不舒服，还是看不起我朱为民？"

宝珍弯下腰去，用手掸了掸鞋上的尘土，不屑地说："我身体好得很，不劳你挂念。朱老师，有什么话，请直接说吧。"朱为民向周围看了几眼，顿了顿，说："那好，我就直说了，我说话也不喜欢拐弯抹角，这你是知道的。看你身上的褂子，人家都穿蓝色，你却穿一件红褂子，这样会把学生带坏的。还有，你脖子上的围巾，系什么颜色不好，偏偏是黑色，多不吉利，也和红红火火的新时代不符。再有，你脸上抹的是什么，自然点不好吗？我这人最喜欢自然。"宝珍歪着头问："还有吗？"朱为民越来越激动地说："还有！如果我没记错的话，你还有一双黑皮鞋。"宝珍答道："是的，怎么了？我就不能穿皮鞋？笑话！朱老师，如果没有其他事情的话，我下面还有一节课，得准备准备。"

宝珍转身向南走去，她懒得看朱为民一眼，更不想继续听他毫无意义地说教下去。宝珍的背影极为清晰，和她的面相一样，在后行庄都是独一无二的。她头发乌黑光亮，飘逸潇洒，像一道瀑布从山顶一泻而下。她走路毫不慌乱，均匀地向前迈着中步，完全没把几个看热闹的老师放在眼里。朱为民急切地追了两步，扯着宝珍的褂子，逼迫她停下来。宝珍头也不回，厌烦地问："你究竟想干什么？"朱为民生气地说："我话还没说完呢。你凭什么能买一双黑皮鞋？五块钱的工资要攒好几个月吧。宝珍，你不该这样铺张浪费。过去，你是多么淳朴，多么自然，多么可爱，我就喜欢你过去的样子。我就直说吧，这几天，你为什么要疏远我？我是人，不是妖魔鬼怪。我外公虽然跑台湾去了，但我已写下声明，和他全家划清了阶级界限。我是清白的，懂不？"

宝珍停下来，转过身，面对着朱为民，一字一顿地说："你意思是和我们一样，都是好人，对吗？"朱为民激动地点了三次头，高兴地拍着手，说："知我者，阿珍也！"宝珍倒吸一口冷气，厌恶地说："牙都酸掉了。"见宝珍又要离开，朱为民迫切地说："我可要到你家提亲去了，就这几日，你得有个思想准备！"宝珍不屑地说："省省吧，我告诉你，咱俩是不可能的。别看你是一个公办教师，工资高，不愁吃不愁喝，可全世界的公办老师又不止你一个，多如牛毛！"

朱为民说到做到，连续到宝珍家去了十二趟，几乎半天一趟，每趟都带去七八块钱的稀罕物，诸如罐头、苹果之类。这倒让徐凤举陷入了混乱的沉思中。是的，从某种意义上来说，朱为民是他祈盼已久的乘龙快婿，但当好事真的要降临到头上时，他又不能不考虑政治上的影响。送的东西多与少无所谓，年龄大与小也无关紧要，关键朱为民不是个好人啊！他这个又红又专的革命家庭又岂能被一个黑五类染

指呢？

到了第十五次的时候，朱为民下了血本，不光提来了两瓶"茅台"酒、一条"大前门"烟，还给徐凤举一百块钱，让他得闲的时候去街上买点茶叶。面对这么厚重的礼物，徐凤举却不放在眼里。他用手摁了摁烟袋锅里的烟灰，抽了一口，缓缓地说："朱老师，又买这么多东西，图的啥嘛？你一个老师，也不容易，死工资，还要人情往来。不过，让你拿走，你又觉得失了面子。不让你拿走，好像我老徐爱财似的。算了，东西留下来，钱你拿回去。这叫什么事？卖闺女吗？我徐凤举还没穷到这个地步。至于你和宝珍的事，我看也不是不行。男大当婚，女大当嫁，你也老大不小了。"

朱为民挺起胸膛，自信满满地说："大伯，我才三十二岁，刚进入而立之年。"徐凤举咳嗽两声，说："人过留名，雁过留声。小朱，你懂不懂？你也不易，一个外地人，父母早逝，别说后行，就是整个润水县，也没个亲人。"朱为民急忙说："那些事我做得是有些过分，可都过去了，杀人不过头点地，我都已经改正了呀。"徐凤举淡淡地问："断了？"朱为民松了一口气，说："断了，心里只装着宝珍一个人。"徐凤举两手一摊，说："其实，那也算不上什么事。"朱为民兴奋地说："您老答应了？"

徐凤举站起来，手背在身后，缓缓地说："自古婚姻讲究门当户对，可你无家可归，年纪又比宝珍大许多，我看这事也急不得，总要征求一下四丫的意见。"朱为民搓着两只手，紧张地说："大伯，您老有至高无上的权威，哪轮得上小辈当家做主？反正我是铁了心的。您老人家看看这事什么时候办合适？定下一个日子，我好准备一下，把学校里的宿舍整个洞房出来，总不能结了婚还住你家吧？"徐凤举猛地转过脸来，气愤地说："我家怎么了？金窝、银窝，也不如我的狗窝，何况又是招赘，不住我家，还能住在学校？俺家笼小，蒸不了你这个大胖馒头，你还是另寻高就吧。"朱为民急忙挽住徐凤举的胳膊，点头哈腰地说："您老别生气啊！招赘倒不怕，怕就怕后行这个风俗。"

徐凤举不屑地瞥了朱为民两眼，用烟袋杆指着他的额头，说："你也怕后行的风俗？告诉你，风俗并不可怕，入赘以后，在家叫徐为民，在学校、在外头，你还是朱为民，不能被人笑话，大男人，总得要个脸。可你知道吗？最大的脸面不是更名改姓，而是你头上这顶帽子。摘下来，你就是个人，戴着它，你只能是个鬼。知道那几个娘们儿为什么去讹诈你吗？讹你，你也不敢吭声。知道你为什么一直找不到对象吗？就是因为谁嫁给你都要受连累。这事我看，也不急，等我问问支书，看他是什么意思，如果能把帽子摘了最好，摘不掉，咱爷俩再从长计议。"

又到了秋高气爽的季节，后行的玉米、大豆已经收割完毕，山芋还没到成熟的时候，小麦播种为时尚早，正是一个相对闲暇的时节。韩科成坐在大队部的办公桌前，一字不漏地看着铺在上面的《人民日报》。韩科成的个头儿在一米六五左右，不高不矮，年纪在五十岁上下，年轻时在新疆当过兵，一直保留着在部队时养成的行为习惯。屋子北头有一张单人床，铺的床单、盖的被子全是军绿色，就连刷牙用的茶缸也是他复员时从部队带过来的。当兵那阵子，他希望长期留在北疆支边，可他的父亲韩万里不同意，因为他是韩家的独苗。韩黑娥也给他写过信，催促他尽快回来。韩黑娥在信中说，如果韩科成年前回不来，她就要嫁人了。

　　接到公社通知，韩科成骑着车子，就到公社大礼堂参加一个重要会议去了。礼堂坐落在公社大院对面，是一个威严的独体建筑，可一次性容纳五百人。礼堂内庄严肃穆，主席像两边红旗招展，喇叭里响起了高亢的乐曲，让人激动不已。没多会儿，公社党委和革委会两班人依次来到主席台前，在指定的位置上就座。革委会主任高福刚坐在公社第一书记的左手位置，面色凝重，一副心事重重的样子。会议开得异常热烈，公社第一书记讲了有关生产方面的内容以后，又向与会同志传达了县群众专政指挥部的工作部署，要求各级加大对"地、富、反、坏、右、特务、走资派、叛徒、资产阶级知识分子"等"九种人"专政的力度，再掀运动新高潮。会议在一曲《国际歌》中胜利闭幕以后，韩科成没有急于回大队布置工作，而是沿着礼堂北侧的小石子路向西走去。在约一百米的地方，他停下来，嘴里抽着一根烟。

　　这是公社的家属院，房子于两年前建成，共两排，青砖青瓦。高福刚的宿舍是个小院，门前有一条南北小路，前面是一片刚铺的水泥地。宿舍的东山墙上有一块黑板，上面有人用粉笔写了一行黑体大字——"将伟大的无产阶级文化大革命进行到底"。黑板的上方镶着一盏罩子灯，光线微弱却足以照亮行人的脸。韩科成尽量离罩子灯远一些，他不想被别的干部瞧见，以免惹出不必要的麻烦。

　　约半个钟头过后，高福刚阔步走来，胳肢窝里夹着一沓文件和几张报纸。高福刚穿着朴素，上身是一件灰色的卡中山装，左兜上别着两只"英雄"钢笔，一支是黑色的，另一只是绿色的。他下身是一条黑棉布裤子，看样子被熨斗烫过，脚上是一双黑色圆头布鞋，上面盖着一层细密的尘埃，看样子已经好长时间没刷洗过了。

　　高福刚进了小院，转过脸来关门的时候看见了韩科成。两个曾在新疆部队战斗过的老战友没有太多的客气话，一切都显得那样自然。两人先后走进屋子。屋内的摆设极其平常，床摆在北头，两把木椅分列在南面的东西两侧。办公桌是公家的，侧面上镂着"山庙公社"四个白字。桌上放着一些文件、报纸和两套碗筷。两人一坐定，就海阔天空地唠起嗑来，从当年在部队时的摸爬滚打一直聊到当前的斗争形

势。韩科成兴奋得像个六岁孩子，不时地对政治形势做出判断。而高福刚却故意转移话题，对韩科成的高谈阔论并不感兴趣。

畅谈之后两个老战友揣着各自的心事，谁也不说一句话。屋里静得出奇，只有墙上那只挂钟发出一串"滴答滴答"的声音。韩科成喝下一口"龙井"茶，换了一副笑脸，对高福刚说："在其位，谋其政，作为革委会主任，就应该毫不犹豫地贯彻上级的指示。高连长，刚才见你在主席台上坐着时的样子，真替你捏一把汗呢。再这样下去，会影响到你政治前途的。看那些领导，哪个不是左右逢源，唯恐跟不上形势落在别人后面。"高福刚面无表情，他把手中的《人民日报》轻轻放在面前的木茶几上，直接向韩科成下了逐客令："没别的事情，回去吧，你和我不一样，我是走读干部，你有家，弟妹还等着你呢。"

韩科成把身子歪在椅背上，并没有离开的意思。他吐了一口烟，说："老首长，还是那件事，别怪我多嘴，也是谈最后一次了。我那闺女莲莲也不小了，今年也算二十一了。这孩子你也见过，心眼直，老实本分，勤快能干。两个孩子的事，我看还是尽快定下来，省得心里打鼓。"韩科成喝了一口茶，放下乳白色茶杯，继续说："按理我不该攀这个高枝，可总觉得两个孩子挺般配的。如果你没忘记咱俩在部队上那些年情谊的话，就把这事趁早办了吧。我三个闺女，你知道，还有一个小子，都撵一块儿去了，办一个少一个。人生不就是这么一回事吗？送走老的，给小的娶上媳妇，闺女打发出门，这一生才算完结。少一样，心里都不舒坦。我和你不同，你是高官，公家人，我只是一个泥腿子，凡事都得看周围人的反应。儿子别管怎么样，反正是娶亲成家，跟老子生活在一起，坏点、好点，事情都不大。闺女就不一样了，不管怎么说，陪嫁是必不可少的，不能让周围亲邻笑话。而且，嫁了过去，还要过日子，陪不尽的闺女，办不尽的年，总要说得过去才是。"

高福刚叹了一口气，说："老韩，你不是不知道，志锐这孩子腿上有残疾，哪里配得上你家侄女呢？如果硬要拉郎配，让我心下又何忍啊！是的，咱俩过去开过玩笑，给孩子定了娃娃亲，也巧，我生了儿子，你又有了一个年龄合适的闺女，可志锐实在让我放心不下啊。"韩科成端起茶杯，说："莲莲你就不要担心了，从小就听话，不会有任何意见的。我只是担心，孩子成家以后，在县城没个正当职业，也不是个事儿，你堂堂革委会主任的面子也不好看，是不是？"说了一圈子话，韩科成终于做通了高福刚的思想工作，觉得再没有必要耽搁下去，就站起来，往门外走去。高福刚兴致却很高，再三邀请韩科成留下喝酒。韩科成手握着车把，说："不喝了，最近胃不大好，一喝酒，就上火。"

高福刚关心地说："要多加注意，少吃酸的、冷的、甜的，多吃热饭，多喝热汤，母鸡汤最养胃，家里有不下蛋的鸡，就让弟媳妇杀一只，炖一碗，喝下去就好了。日子长着呢，好东西还多着呢，得有个好胃口才行。不过呢，你也不要太紧张，十人九胃，哪天让志锐从县里捎瓶胃药，给你送去，预防和治疗一起，不会有问题的。"韩科成佩服地点着头，然后关切地问："志锐这孩子怎么没见到他？这孩子真好，跟我就是有缘，几天不见心里就想得慌。"高福刚扶着韩科成的肩膀，说："回城去了，肉联厂招工，不能让这孩子在这儿瞎胡混，打着我的旗号，身边招了不少混混，再这样下去，我都要受连累了。"韩科成哈哈一笑，说："聪明的孩子都这样，要是一个老实巴交的年轻人，我老韩还看不中呢。"

五

窗外的月光照进屋子,给这个寒冷的夜晚增添了几分温暖。宝珍一个人坐在办公室里,费了好大的劲儿,才批改完学生的数学作业。当她拿出一沓语文作业本时,却猛然看到墙上的挂钟——六点了。天不早了,她把作业本重新归到原位,吹灭了煤油罩子灯,锁好办公室门,兴奋得像一只小鸟,边跑边唱。可当她来到五年级教室东山墙的时候,却遇到了一个黑影。她觉得是骆驼,因为只有他才有时间到处闲逛。白天,骆驼在生产队的工地上点个卯,然后就到处乱逛,到了晚上,他更加如鱼得水,不是在小小的赌博屋里抽点头子,就是到大队部或小学校里转悠几圈,发现哪个女人单独行走,便故意跟在后面,猛吹一声口哨,将女人吓个半死,才兴冲冲地逃遁而去。这人的确是骆驼。但他并没有吓到宝珍,反而引来了"护花使者"朱为民。朱为民手里提着一根铁棍,嘴里喊着号子,追赶骆驼去了。

徐凤举嘴里说当宝珍的家,心里还是有些打怵。万一宝珍死磕,他也没有什么好办法。但为了这个家能够一代一代地传承下去,他还是决定豁出去。一家人坐在一起吃晚饭的时候,徐凤举和韩黑娥两口子还和以往一样,对宝珍这个宝贝闺女表现出很大的热情。这些年来,徐凤举一直把宝珍当成一个男孩子来培养,时时处处都希望闺女能够为他长脸,把这个家维系下去,让徐家兴旺发达,成为后行说一不二的大户。

入赘韩家的头些年里,徐凤举时时刻刻不敢忘记自己卑微的身份,特别是在这个姓氏庞杂的后行庄里,作为一个外嫁的男人,他在与人相处的过程中尽力表现出一个弱者的形象,这才渐渐地得到了别人的怜惜和尊敬。当上队长这些年,他深刻地感到了只有在自己的宗族势力强大的时候,才能获得一些微薄的利益,哪怕只是精神上的。因而,他处心积虑地要把自己的家庭建设好,设法维护和提高自己的尊严。当前,他感到最要紧的莫过于尽快把朱为民招赘入户,让自己的势力变得更加强大起来。瞅了宝珍一眼,徐凤举说:"小朱这人不错,人长得好,心眼也好,挺会说话的。"宝珍淡淡地问："哪个小朱？"韩黑娥用筷子夹住一瓣瘪瘪的醋蒜，说："憨丫头，还有哪个小朱？学校那个朱老师，大学毕业，工资又高。那些风言风语，不听也罢，人家朱老师不是这样的人。"

　　作为后行唯一坐家招婿的女人，韩黑娥并没有觉得有多么荣光。特别是在她年轻的时候，总感到低人一等，远没有嫁出去的女人自由自在，什么时候想娘家了，就回来一趟，亲戚邻里见了，还能热热乎乎。而自她招亲以来，却只能以一个男人的面目出现在大伙面前，完全失去了一个女人应有的柔情，这是一件令她尴尬的事。韩黑娥有的是力气，干活不输一个大男人，可这些年总觉得少了点什么。她和徐凤举共生下四个孩子，却都是闺女，这给她增添了不少压力，人前人后，有时候会感到抬不起头来。近几年里，她也算想开了，什么闺女、小子的，都是身上掉下来的肉，也都一样去疼爱。大闺女红花、三女儿三朵相继嫁出去了，日子虽然过得清清苦苦，可嫁出去的闺女泼出去的水，她也懒得去管她们了。

　　最让她放心不下的是二闺女粉花，在老两口准备让她在家招婿的前一天疯了，然后趁人不备跑了，至今也不知道是死是活。黑娥是不打算让宝珍在家招婿的，唯恐孩子再走粉花的老路，可她拧不过徐凤举，只得当了甩手掌柜。这样，她在这个家的权力也就日渐萎缩了，徐凤举乘机取而代之。徐凤举干涩地咽下一盅苦酒，慢吞吞地说："哪个男人还不犯点错？"韩黑娥瞪徐凤举一眼，然后转脸对宝珍说："什么错不错的，都是那些爱嚼舌根的娘们儿造的谣，巴不得别人都死光，这世上就剩下她一个。咱后行庄什么都缺，就是不缺心眼不正的人。"

　　徐凤举冷笑一声，说："我也不拐弯抹角了，四妮，学校就这么一个公办老师没对象，失去了就知道珍贵了。人家又有这份心，我看挺合适的。当然，这不是在征求你的意见。还是那句话，胳膊拗不过大腿，这事就定下来了，招回家，说不定老徐家从此就兴旺发达了。我说话从来都算数，你不是不知道。"宝珍丢下碗筷，气呼呼地说："你说话算数我知道，那我呢？难道我说话算数你就不知道了？"

　　又过去两日，趁宝珍不在家，韩黑娥问徐凤举："宝珍这孩子怎么变得这么倔了呢？"徐凤举懒得看老婆子一眼，气哼哼地说："都是你惯的。"韩黑娥不依不饶："有其父必有其女，咱家几个孩子，都是跟你学的，龙生龙、凤生凤，老鼠生儿会打洞。可话又说回来，宝珍这孩子心里有事，你是真不知道还是装不知道？"徐凤举打断韩黑娥的话："娘们头子懂啥懂，尽扯这些没用的，该做饭做饭去。"

　　从宝珍的一举一动中，徐凤举并不是没有发现一些蛛丝马迹，相反，他更加肯定地认为，宝珍已在错误的路上越走越远了。无论宝珍跟谁相好，就算是赵连福，那也是不可能的。赵连福这孩子虽然憨厚能干，人缘不错，但毕竟是老赵家的后裔。韩科成教导过徐凤举，要想在后行立足，就必须和赵姓人划清界限，不深交、不结

亲，敬而远之，表面上过得去就行。

在这个思想的指导下，徐凤举更加注意宝珍的行踪，只要宝珍下班回家，就把她看得死死的。宝珍每走一步，他都要在后面不远处盯着，决不许她有非分的行为。即便闺女上厕所，他也不放过，唯恐她爬墙头跑掉。同时，他请骆驼帮忙，设法黏住赵连福，让他脱不开身，不能和宝珍有任何接触。

骆驼倒是听话，没事也往连福家里跑。在连福家，他问这问那，变着法子把话题朝宝珍的身上引。只要骆驼提到宝珍，连福就岔开话题，实在躲不过去，就象征性地应付一下。骆驼弄不到有价值的线索，唠嗑的话题也都说尽了，就自觉地不再去连福家了。但骆驼很难忘记徐凤举给他的承诺，就去找徐凤举，要求他兑现。骆驼竖起两根手指头，问："烟呢？"徐凤举用手摸着胡子，呵呵一笑，说："乖孩子，当真了？"骆驼瞪大眼睛，说："您老人家一言九鼎，何时没当真过？"徐凤举生气地说："帮我办的事办得怎么样，查清没有，有没有这回事？"骆驼吐了下舌头，抬脚跑了。

这些天，外面已经有些寒意了，后行的季节到了中秋。在这个平常得不能再平常的季节里，后行所有的人都在按部就班地过着辛酸的日子。无论谁家，吃的、喝的虽然达不到断顿的程度，但想吃一顿肉还是挺难的。因而，哪家的鸭子或者鸡生瘟死了，都舍不得埋掉，无非弄点白酒消消毒罢了。如果死的是一只山羊，虽没谁愿意吃掉它，但也要连夜拉到山庙街上卖给出长摊的老板。转眼中秋节到了。后行人很少有哪个家庭重视这个传统节日，除秋忙的原因外，大概是和贫困有关。然而，月饼却是少不了的。再难的户，也要从代销点里称一斤月饼回来，人人有份，只不过连半块也匀不到，稀里糊涂地就算把节过了。

这本该是个万家团圆的日子，后行却发生了一件让人痛心疾首的大事。宝珍待在家中的时候，一改过去的做派，这段时间她越发懂得堡垒须从内部攻破的道理，打算先说服韩黑娥，寻求母亲的支持，形成统一战线，最后逼迫父亲就范，放弃招朱为民为婿。如果一切顺利，这只是她向成功迈出了第一步。更关键的是，她要设法让老两口同意她和连福结合。虽然这是个天大的难题，但她也想试一试。因而，在和母亲交流的时候，她的语气尽量变得和缓，也会使用一些肢体语言，这令韩黑娥从心里越发同情她了。

韩黑娥的思想也发生了一些变化，待宝珍不像徐凤举那般苛刻。从宝珍坚定的态度中，她断定孩子心里有人。至于是不是连福，她虽然拿捏不准，但觉得八九不离十。连福这孩子给她的印象算不上多好，但也谈不上有多糟糕，毕竟两家人常有走动。与其让闺女痛苦地生活，不如成全她，让孩子去寻觅自己的幸福。只要是闺女喜欢的人，她又有什么理由去阻挠呢。至于韩姓族人中流传的那些奇谈怪论，她不会去计较的。她更不想让闺女步她的后尘，靠牺牲自己的幸福来换取族脉的延续，实在没有一丁点道理。然而，她又不能和徐凤举当面挑明，那会要了他的命啊！因而，她只能从中迂回，期待一个合适的机会尽快到来。

　　这天依然是个晴天，到傍晚的时候，韩黑娥叫来宝珍，没等闺女说话，就告诉她："就你爹那脾气，硬顶是不行的。"宝珍想问韩黑娥接下来怎么办，却听到了徐凤举的脚步声。韩黑娥自觉迎上去，接过徐凤举手里的铁锨，靠在西墙上，说："几根破萝卜，能值几个钱？"徐凤举骂道："庄户人吃什么，不就是萝卜白菜粉条子吗？看把你洋务的！"没瞅到宝珍，徐凤举又警觉地问："四妮呢？"韩黑娥答："在屋里呢，咋了？"徐凤举兴致高昂地说："刚才和支书说了一阵话，他的意见和我一致，朱为民这小子行，就凭他那股孝顺劲儿，准是个好孩子，给咱养老送终不成问题。蛮子有蛮子的好处，心细，说话不轻不重，尊重人，离家又远，心思就会都放在咱家，错不了。支书到底是自家兄弟，好说歹说，总算答应放朱为民一马，尽可能去找人疏通关系，把他头上的右派帽子摘了。"

　　徐凤举"吧嗒""吧嗒"地接连抽了三口烟，磕掉烟锅里的灰烬，继续说："让你给四妮说日子的事，你说了没有。整天说我是个大老粗，天文地理什么也不懂，可就看日子这项，还真难不倒我。回来的路上，遇到了二大拿，你猜怎么着，他说冬月二十六是今年最大最喜庆的好日子，居然和我想到一块去了，这老小子，五保户，还挺有能耐的！这事我说了算，就这样定了，拾掇拾掇，也就到跟前儿了。到时候，把小朱那孩子接来，也就圆满了。人家是知识分子，要面子，马车肯定不行。支书准备跟公社高主任说一声，到时候从农机站里借辆拖拉机过来。轿子也别扎得太显眼，我看就一个空车厢，红的、绿的，这些都不扎，碍眼。人家是正式老师，新事新办，这么多学生，千人万眼，不能让咱孩子的脸面没地儿搁。娶到咱家以后，这个家就交给四妮了。当初让三朵在家招，你是一百个不同意，说到了耿家，孩子能当家做主，你看现在过的那叫啥日子，才嫁出去几年，就弄得没有人样了。别看四妮平日里话不多，心里头有数，有咱俩照着，谅他小朱也翻不了大花。这就是命，跟你一样，也不知到底怎么了，连着三代都是这个样子，哪天得让二大拿过来看看，怪堂屋，还是怨过道？要是怪宅基地的话，到时候就让小朱那小子出钱盖三间新屋，不能便宜这个蛮货。"

　　徐凤举剧烈地咳嗽一声，吐出一口浓痰。既然宝珍乖乖地待在屋里备课，徐凤举的心也就放下来了。韩黑娥关切地说："让你少抽点，就是不听，早晚得抽出个病来。整天说人的命，天注定，我看还是注意点好，多喝点茶水，少喝点酒，少抽点烟，放宽心，自然能活年纪大。"徐凤举不买账："多大是大，满庄有一个活过七十的吗？说也奇怪，五十九是个大坎儿，全庄的男人也好、娘儿们也罢，

五十七八、五十八九就老了，少有几个能活过六十的，打我杀进后行庄起，也只有连福的二老爷活了六十八。"老两口你一言我一语说得尽兴，骆驼不请自到。受几个赌棍之托，他来邀请徐凤举去玩几把。徐凤举不好意思推辞，就从床下那只小黑罐里取出来三毛钱，捏在手心里，跟在骆驼后面走了。

　　月亮挂在正东方，却失去了往日的风采。输光三毛钱以后，徐凤举不敢继续赌下去，就急急忙忙地从赌场往家赶。路有些湿滑，徐凤举险些被一块石头绊倒在地。爬起来时，才知道今天是传统的中秋节，于是打算回家后开瓶茅台过过瘾。与此同时，徐宝珍从代销点回来了，打了一斤散酒，买了两包"火炬"烟，打算好好"孝敬"一下徐凤举。见酒菜摆满桌子，又有两盒香烟，徐凤举顿觉精神爽快，输钱和跌倒的烦恼也就烟消云散了。韩黑娥告诉徐凤举："闺女使钱就是不一样，又打酒又买烟，花了一两块，还是闺女好啊！"

　　徐凤举狠瞪韩黑娥一眼，伸手抓起酒瓶，拧开盖子，仰起脖子，猛喝一气，早把茅台酒的事忘得一干二净了。幸亏他忘了，如果真想起来的话，爷俩准又是一顿大吵。因为早在三天前，茅台酒就已经被宝珍退还给朱为民了。一两五散酒下肚以后，徐凤举的老脸愈加红润了。他只顾喝酒，一句话也不说。韩黑娥不得不闭上嘴巴，只身去了屋外，唯恐留在这里惹徐凤举烦恼。很快，瓶里的酒被徐凤举喝得一点不剩。他咂咂嘴，又吃了半块月饼，就钻进东屋里休息去了。他爬到床上没多会儿，鼻孔里就发出一串急促的鼾声。

　　韩黑娥倒碗水，拽着徐凤举的胳膊，摇了几下，见没有动静，就喊来宝珍，说："在家看着你爹，等他睡醒了，让他喝点水。鼻子再臭，也不能割掉扔了，这个家，没他哪行。"宝珍惋惜地说："俺爹这么不讲理，也不知道你这辈子怎么跟他过来的。"韩黑娥笑笑说："四妮，过日子就这样，不能争高论低，今天你高了，明天就得低，一直高下去，就不平衡，日子也就没法过了。我坐家招亲，按理说当家的是我，可是不行，你爹是个爷们儿，让他唯唯诺诺的，咱这个家就更被人瞧不起了。你的心思我理解，不就是想和连福好吗？"宝珍一怔，问："你是怎么知道的？"韩黑娥撇着嘴说："知女莫如母。"徐宝珍指着徐凤举，问韩黑娥："俺爹也知道？"韩黑娥轻声说："四妮，你是怎么打算的？"徐宝珍心里一沉，说："走一步看一步吧。""死熊妮子，连我都瞒，是吧？"徐宝珍走上前来，伸出手臂，揽住韩黑娥的脖子，娇滴滴地说："娘，就成全我和连福哥吧。连福是个好男人，跟他过日子，我心里踏实。"

　　韩黑娥指着宝珍的额头，说："你爹是不会同意这门亲事的。你想想，你两个姐都让我给放走了，就剩你一个，我能放你，你爹也不会放的。他这么封建，就想要个传后人，不然死不瞑目。我知道你不喜欢朱为民，可他好歹是个公家人，将来吃喝不愁，又愿意入赘咱家，以后生的孩子就是韩家的后代。连福就不行了。他是独苗，你凤妮大娘是不会同意的。就算连福和凤妮娘俩都同意，你爹也不会同意，谁让他家穷呢，更头疼的是，谁让他姓赵呢？赵、韩、高三大姓，历史上就不和睦，赵家人多，韩、高人少，常受赵家欺负，结怨很深。一百年前，高、韩二姓的祖先就定下一个规矩，不许韩赵通婚，咱家能破这个例吗？"徐宝珍仰起头，说："我不是姓徐吗？"韩黑娥叹口气，说："名义上姓徐，其实姓韩，换汤不换药，换锅不换灶，咱们还都姓韩。"徐宝珍感慨地说："我不管这些，反正我已经是连福哥的人了。"

韩黑娥瞪大眼睛，问："你再说一遍！"徐宝珍甩了一下胳膊，说："再说一遍就再说一遍，我已经和他睡了。"韩黑娥缓缓地说："我去支书家坐坐，透口气去。"徐宝珍着急地问："那我呢。"韩黑娥心不在焉地说："你的事我就不管了，我也管不了，你看着办吧。不过，孩子，无论走到哪里，你都是娘的心头肉啊！"宝珍突然跪在地上，激动地说："娘，谢谢您，我和连福哥会回来孝敬您的。"

韩黑娥摸着宝珍的两颊，嗓眼里像塞进了一条黑虫，她难过极了。她哽噎一阵，然后说："别忘了把娘那件棉袄一块带上，外头要冷了。"望着母亲的背影跨过那道高高的木门槛，宝珍眼里的泪刷地一下流了出来。多好的母亲啊！宝珍再一次为拥有这样一位善解人意的伟大母亲而感到自豪。她不能再犹豫了，这里已经不再属于她，她要和心爱的连福哥远走高飞了。她简单收拾一下行李，把韩黑娥那件从不舍得穿的老绿色棉袄装进一个布包里，背在身后，在徐凤举一片沉闷的呼噜声中走出院子，找她亲爱的连福哥去了。

后行的夜色愈加暧昧了，难得听到一串狗叫，几只胆大的夜虫也只有在这个时候才无休止地鸣叫着。大部分人进入了梦乡，睡得死沉死沉的，连呼噜声也变得轻轻飘飘，像都要与这个苦难的世界告别似的。其实，无须告别，走，也就走了，死，算不上一件大事，有后代的，就哭几声，将他埋进庄稼地里或大堰上，起个半圆坟头，也算交代过去了。后行的习俗谈不上冷酷，历来就是这样，轻轻地不打招呼地来到这个世界，混了几十载，又无声无息地离开这个世界。后行的人们对世界这个词几乎没有什么准确的概念，姑娘们的世界或许要精彩一些，毕竟可以走出去，到一个陌生的男人家中，重新规划自己的生活。而后行的男人们相对要可怜一些，他们几乎从不踏出这个地方半步，头脑中的"世界"就是后行，后行就是他们世界的全部。

连福一个人睡在南屋里，他半躺在床上，就着昏暗的灯光潜心阅读着这部著名的长篇小说《钢铁是怎样炼成的》。他爱不释手，已连续翻看了两遍。他钦佩主人公保尔·柯察金坚强的意志，决心大干一场，为后行做出一番像模像样的事业。其实，连福这个年轻人也算后行男人中的一个佼佼者了，他几乎不把一些世俗放在眼里，想到什么就说什么，想干什么就干什么，从来不去顾忌别人对他的指责。和宝珍谈恋爱的过程虽然是在秘密地进行着，但他敢想敢恨敢爱的品质是别的男人所不能企及的。宝珍长得水灵，所有的光棍都喜欢她，但却从不敢越雷池半步，都是远远地打个招呼，看到她美丽的微笑，便不知所措了。而连福不是，他尽可能地想着法子去靠近宝珍，用心和她进行诚挚的交流。诚然，爱是相互的，宝珍对连福的爱更是透彻得可以见到心底。

曾几何时，封闭的后行也不乏一些吃螃蟹的青年男女，却没有一例成功的，更没有想着去私奔的，都是在一阵紧似一阵的呵斥声中自觉自愿地散伙而去，然后男人成了光棍，女人潦潦草草地嫁人走了。又看了一会儿，连福合上厚厚的书本，欠起半个身子，从烟盒里翻出来半支烟。这是他一个小时前掐灭的烟头，舍不得扔掉，一直放在烟盒里。

吸烟的时刻，对他来说简直太重要了，他可以在这段时间准确地理出一些事情的头绪来——他希望和宝珍的爱情朝着更好的方向发展，又不仅仅是希望，他有这个把握。到那时，两个人成双入对，用他们壮实的肩膀共同承担家庭的事务，将多余的精力投入到集体建设中，为这个贫穷的庄子贡献自己的青春年华，那样的人生才更富有积极意义啊！随着最后一阵烟雾飘入头上的芦苇笆，他的脑海中浮现出宝珍的靓影。每当两个人见面的时候，宝珍的脸上总挂着灿烂的微笑。她的笑容不仅表现在脸上，更体现在心灵里。两人有着说不完的话题，哪怕只是一件小事，也能讨论得津津有味，一聊就是一两个钟头，从来都是感到时间像飞一样消逝了。多少个静谧的夜晚，他俩不约而同地奔向那个唬人的夺命口，相依相偎，手拉着手，四目对视，聆听彼此的心声，感受对方的真情。他俩从后行庄发生的一切故事谈到小的时候，所有的话题都是在非常自然的情况下应运而生，无须刻意提醒或遮遮掩掩。

这就是美丽的人生啊！在这个枯燥的庄子里，谁都梦想着拥有一份美好的经历，为短暂的生命画上浓墨重彩的一笔，即便失足死去，又有什么值得后悔和遗憾的呢。近来，连福已有四五天时间没见到宝珍了。他去找过宝珍，可在她家后面转了几圈，却不敢进去询问。他又去了学校，可半道上又转身回来了。越是到了这个时候，连福越是感到一点点的轻举妄动也会引起别人的猜度和疑惑。正在他往家赶的时候，骆驼追上了他，并明确地对他讲，宝珍到县城进修去了。他信以为真，只能耐心地等待心上人的到来。

扔掉已烧到手的烟头，他强迫自己缩进被窝里，眼睛刚刚闭上，嘴里就不自觉地叫了一声"宝珍"。他没有想到，宝珍已来到他的南墙窗户下。宝珍紧张而又小声地说："傻蛋哥，我在这里呢。"连福听得出来，外面传来的这个尖细的声音是宝珍的。他激动地抓住宝珍伸过来的一只手，惊喜地问："什么时候回来的？"宝珍深情地说:"我哪都没去,上完课,就在家待着。"连福骂道:"又叫这个狗东西算计了。"宝珍问:"谁?"连福苦笑着说:"骆驼告诉我你到县里进修去了,害得我心神不定。"宝珍急促地说:"快出来,有急事。"

后行的夜色更加浓郁了,像笼了一层薄雾。的确是雾,但不大,像一块细纱,却将整个庄子严严实实地罩住了。两个年轻人一前一后,像两个小偷似的,不吭不响地来到北汪边的菜地里。连福还想带宝珍去那个夺命口,可宝珍已抱住了他。两个人深情地吻起来,像什么事情都没发生一样,一切都在忘我中热烈地进行着。杨树上的喜鹊喳喳叫唤的时候,宝珍突然推开连福。这个时候,连福才注意到宝珍身后背着一个布包,不用问,他也知道事情已发展到一个很严重的地步了。连福说:"真要离开这里?"

说句实话,过去连福从未想过这个问题。后行是他的后行,是生养他的家,他又怎会想过离开家乡去别的地方讨生活呢。因而,当宝珍曾经提醒他的时候,他一脸不屑,还批评宝珍杞人忧天。天哪,这一切都是真的!来得这样突然,让他心中感到一阵惊慌和不安。宝珍急切地说:"我爹要是不喝醉,我哪里跑得出来?连福哥,快想想办法吧。"连福又能有什么办法呢?到了现在,也不能盲目地去批评这个年轻人。理想和现实的落差如此之大,是他想都没想过的。可喜的是,连福的脑海里出现的第一个念头并不是私奔。他手托着下巴,说:"那就住进我家,生米煮成了熟饭,让那个老家伙干瞪眼去吧。"

虽然宝珍是一个充满理想化的姑娘,却在这个问题上比连福想得更加实际。她不是没想过直接住进连福的家,接下来过自己简简单单的小日子,而不去考虑所有人的感受,更不用惧怕别人的干涉,我行我素,看你们能把我怎样。可这哪里行得通呢?这是后行,是个大社会,人多嘴杂,他们翻一个白眼,就能颠覆她心里的一道道防线,最终的结果也一定比想象中糟糕得多。宝珍跺着脚,急促地说:"凭俺爹那脾气,死也得把我拽走,咱们的日子就过不下去了!"

连福围着那棵杨树,转了一圈又一圈,最终也没能想出一个更好的办法。其实,办法不是没有,却是唯一的。但让他下这个决心真的很难啊!他并非仅仅担心远离这里以后就再也回不来了,更为宝珍失去老师这个职业而深感惋惜。宝珍拉着连福的手,急切地说:"我看,咱俩还是远走高飞,到一个谁也找不着的地方,过几年清净日子再说。"连福痛苦地说:"不行,老师这个岗位来之不易,失去了会让我内疚一辈子的。"宝珍不屑地说:"老师算什么,五块钱的工资,上不养老,下不养小,只够买一双黄球鞋的。我的连福哥,别婆婆妈妈了,快下决心吧。"连福伸出拳头,用力砸在树干上,大叫一声:"此处不留爷,自有留爷处。"

宝珍的举动虽然瞒过了徐凤举,却没有瞒过骆驼,两人的行踪被他看得一清二

楚。担当徐凤举的眼线，骆驼是主动为之的，他一刻也没有忘记拆散宝珍和连福——他不再顾及往日连福对他的搭救之情，相比较这件大事，其他的事情都显得微不足道了。听到两人随时准备离开后行到外地另谋出路的时候，骆驼感到事态已经发展到更加严重的地步了，如不及时加以阻止，两个人的好事真的就成功了。他不再犹豫，急忙朝徐凤举家跑去。

　　徐凤举睡得正香，像个死去多年的老人，以至于骆驼抓着他的胳膊使劲摇晃了七八下，也未能叫醒他。骆驼只得用力在他的肚皮上狠掐三下，疼得徐凤举呻吟一声，随即睁开了皱巴巴的眼睛。徐凤举不想理睬这个像癞皮狗一样的混蛋，急忙翻个身，背对着骆驼，打算继续睡去。骆驼大声吼道："四妹她都快让连福那个混蛋给带走了，你还在这里睡觉！觉什么时候不能睡，少睡一会儿能死还是怎的。原来你在我心目中的形象是那样伟岸高大，风风火火，料事如神，我看也就是那么回事。倒也无所谓，四妮跟谁过不是过，连福这小子就是有福气。"

　　徐凤举双腿用力，只一下就从床上跳下来，揪住骆驼的领子，问："你说的可是真的？四妮明明在堂屋里，怎么会跑了呢？你大姑呢，她死哪去了？四妮呢，吃了豹子胆了，还是长三头六臂了？娘的，我看这个社会完蛋了，谁想刺毛谁刺毛，谁想撅腚谁撅腚！熊娘们，去哪了？"

　　屋子里空荡荡的，没有一点声音，更没人应答。他急得像鏊子上的一只蚂蚁，东一下、西一下，嘴里愤怒地骂着四妮和韩黑娥。骆驼拉着徐凤举的衣服，说："都不在，您还是跟我去北汪看看吧，再晚一会儿，就来不及了。"

　　连福和宝珍相拥在一起已经有一阵子了，两个年轻人虽然做出了一个大胆的决定，但当真要离开这个生养自己的地方的时候，心中又有多少不舍和无奈啊！宝珍哽噎着说："知道你舍不得这个地方，谁又割舍得下呢？这里毕竟是咱们的家啊！可咱们又有什么办法呢？退一步，是为了更好地前进。"连福紧紧攥着宝珍的双手，坚定地说："宝珍，我们还会回来的。"宝珍哭泣着说："这里永远都是咱的家。"

　　徐凤举站在两个年轻人东边不远的地方，身子气得哆哆嗦嗦。他真想走过去，狠狠地揍连福一顿，可他还是忍住了。他只小声咳嗽一下，就让两个年轻人感到末日已经来临了。连福来不及去思考其他的事情，一手抓起宝珍放在地上的布包，一手扯着宝珍的胳膊，大步向北跑去。可两人只跑了七八米，就不得不同时跳进水中。此时，水温只有零上三四度，使宝珍接连打了四五个喷嚏。

　　这个年轻的姑娘不是娇气，虽然她不常干地里的粗活儿，但家务活从不少干，每天下班回家，除了批改学生作文，也帮韩黑娥处理一些家庭事务。连福的身体强壮，蹚在水里就像一条黑鱼，他勇敢地、毫不费力地朝前走去，还不忘鼓励宝珍，过了前面那个大坑，就可以安全抵达北岸了。走水路是宝珍的主意，她知道徐凤举是个"旱鸭子",从不敢在深水里洗澡。这何尝不是他们逃跑的唯一的一条路啊!如果不跳进水里,凭借徐凤举的能力,至少宝珍是逃不出后行的。

徐凤举站在岸边,竟一时失去了主意,他拼命地跺着脚,嘴里大喊大叫,却听不到汪塘里有半点回应。骆驼是个精明的男人,他眉头略微皱了一下,想出了一个办法。骆驼是会游泳的,游的速度不比连福差,但他绝不敢下水去追赶连福。即便追得上,连福的拳头也会让他心生恐惧。在多次较量中,骆驼始终没有赢过连福,小时候是这样,长到十七八岁,也是挨揍的份儿。更何况,他应该做个"无名英雄",而不能和连福直接发生冲突,从而影响他在赵姓家族中的威信。在骆驼的提醒下,徐凤举沿着汪岸向东跑去,企图在北岸截住两个逃跑的年轻人。

骆驼只身到庄里去了,他嫌挨家挨户叫人费事,就直接叫喊起来:"兄弟爷们儿们,庄里出了一个大混蛋,拐走了宝珍,这在后行庄,还是头一遭。一个是良家妇女,一个贼心不改,败坏了后行的名誉,败坏了后行的门风,不入伦理道德,不讲三纲五常,是人就干不出这样的坏事。都给我快点起床,再不追赶就来不及了,队长还在北汪等着大伙呢,正是立功表现的大好时机,队长说了,只要抓住那个淫贼,统统有赏。"骆驼的声音穿透力很强,也极具鼓动性和号召力,那些光棍们听说宝珍妹妹被人拐走了,来不及穿上更多的衣服,披着一件褂子,就跑出来了。

骆驼表现出少有的组织能力,他让光棍们到北汪北岸和徐凤举会合,一切听从队长指挥,将淫贼一举拿下。大伙跟在骆驼身后,飞快地朝前方赶去。路上,骆驼不失时机地告诉光棍们:"队长这人洞察秋毫,一连半个月没合眼,守护着宝珍,不让淫贼得逞。他这样做的目的是维护后行庄的秩序和尊严,用心良苦,善莫大焉。可百密一疏,蟊贼趁队长上茅坑的空当,抢走了宝珍,企图先斩后奏。发现淫贼的行踪以后,队长就让我通知大伙,务必同仇敌忾,拿出看家本领,还后行一个晴朗的天空。"有人问:"淫贼是谁?"骆驼答:"别管是谁,跟着走就行。"

游泳是赵连福的强项之一。当年,他曾在北汪里一口气游了七圈,用时仅两个小时多一点,让所有男人都望尘莫及。徐宝珍比连福差得多,在接近汪中央大坑的时候,已经累得不行了。连福伸出一只手臂,拖着宝珍的身躯,勉强来到水坑中心。眼看着汪东岸小路上聚集的人越来越多,连福只得改变了路线,拉着宝珍,重新游了回去。上了南岸,两人都冻得哆哆嗦嗦,相互拧干湿漉的衣裳,却不敢回家躲藏。两人最终决定从润水县火车站上车,经云龙市,到郑州徐宝珍的表姑家落脚后再做打算。他俩不敢走大路,只好沿着这条斜路,直奔山庙街。两人边走边相互打气,给对方以精神上的勉励。

两个年轻人终于赶到了山庙街,可宝珍已累得实在走不动了。连福背着宝珍,深一脚浅一脚地爬上这道山坡,费了九牛二虎之力才来到供电站门前的柏油路上。

他们坐在那根电线杆旁的空地上，肩挨着肩，头碰着头，仰望着头顶上的天空。月亮已经隐去了大半个身子，两个人谁也没说话，心里都沉甸甸的，他们做梦也没有料到会走到这一步……

空中飞来一只大鸟，嘴里发出一声怪叫，像是在嘲笑连福这个笨家伙，居然连自己的心上人也保护不了。街上空空的，没有一个行人，公路两旁的住屋里也都没有光亮。突然，两条黑狗从西向东蹿过来，却在靠近他俩的时候停住了。不知道是见了两个人感到恐惧，还是在同情这对无助的年轻人。宝珍的心还算宽，她鼓励连福，只要从润水县火车站上了去往郑州的火车，这个世界就重新属于他俩了。然而这个时候，西边的路上却出现了手电筒的亮光，而且不是一束！宝珍揉揉眼睛，她清楚地看见了六道光束。

紧接着，宝珍看到了一支火把，火光中现出一群男人丑陋不堪的老脸。她看清楚了火光下那张脸是她父亲徐凤举的，两缕胡须在下巴上剧烈地飘荡着。两个人谁也没有动一下，无助而又不安地挨在一起。当那群人来到电线杆下面的时候，连福把宝珍紧紧地揽在怀里，他把自己的安危置之度外了，他不能让这群坏人伤害到宝珍。

这是一个共由一百二十二人组成的庞大队伍。其中，韩姓人居多，大约九十四人，功劳完全归于韩科成。韩科成作为支书兼大队长，在后行庄的威望谁也不能和他相比，只要他发话，没人敢不理不睬。特别是遇到这样的事情，韩姓族人是要给足他面子的。其次是高姓人，一共来了十七位，这和高昌民、高燕华爷俩有关。即便来了这么多高姓人，高昌民也并不满意。赵姓共九人，徐姓和朱姓各一人。

这个宏大的场面离不开朱为民这个主角。趁着人们蜂拥赶往北汪的北岸时，骆驼从学校里把他请了过来。他希望朱为民的参与能够让这池水变得更加浑浊，从而达到他的三个目的——拆散连福和宝珍自不必说，在朱为民知难而退的情况下，让徐凤举招赘的愿望永远实现不了。起初，朱为民并不相信会发生这样的事情，因为骆驼多次到学校骚扰宝珍，都被他逮个正着，使他深深厌恶骆驼这个无赖。骆驼不得不对天发誓，才打消了他的所有疑虑。

连福在人群中艰难地搜寻着能够帮他解围的人，但没有，一个也没有。每个人的脸上都写满了愤慨和嘲弄，嘴里也都叽里哇啦地大喊大叫，恨不得亲手宰了连福。突然，连福想起了骆驼，他多么希望骆驼这位好兄弟能出现在他面前，帮他一把啊，可他连骆驼的影子也没有见到——这样的场合，骆驼是断然不敢露面的，他不仅没过来凑热闹，还在中途赶回后行，到凤妮家报信去了。

朱为民不敢相信眼前的情景，越是看到宝珍对连福不离不弃，他心中的怒火越加旺盛。趁着连福处于最艰难的时候，他蹿过去，抬起一只脚，用力踢在连福的腿弯处。连福倒在地上，半天才爬起来。徐宝珍一边大骂朱为民，一边要和他拼命。但这样一个弱女子，又岂是朱为民的对手呢？朱为民不仅推倒了宝珍，还骑在她的身上，伸出手来，左右开弓，扇了她足足十二个巴掌。这个时候，宝珍多么希望自己的亲人能够制止朱为民的流氓行为，可没有一个人愿意站出来，反倒拍手相庆，夸赞朱为民是一个有血性的人。同时，他们用更多肮脏的言语咒骂连福自不量力，欺负良家妇女，甚至连宝珍也一块骂了，骂她眼瞎，骂她不是后行的闺女，好好的男人不嫁，却要和一个癞皮狗私奔，不守妇道，无耻至极！

　　坏人终究是要受到惩罚的，实施惩罚的人唯有赵连福。当连福一脚踢在朱为民的裆部时，徐凤举下了一道命令："给我往死里打。"九个汉子蜂拥而上，将连福毒打了一顿。连福的嘴角出现了二十来道血口子，其中最深的那道伤口是高燕华用棍戳的。连福侧卧在地上，眼睁睁地看着宝珍被徐凤举架走了。"放下宝珍。"当宝珍听到连福声嘶力竭的喊声时，她猛地挣脱徐凤举，艰难地向连福跑去。谁也想不到，两个年轻人会再一次依偎在一起，仿佛在用更加亲密的行动向所有人宣示着爱情的伟大。

六

　　初冬是个美丽的季节，人们不用穿太厚的衣裳，却可以自由自在地到处游逛。再过几天，情形或许就不一样了，后行的成年男子将会被派往扒河的工地上，再掀兴修水利的新热潮。在这个闲暇的时候，人们要么钻进庄里的小屋里赌些小钱，要么来到井口边、老槐树下闲聊。

　　连日来，谁都难以听到宝珍说上一句话，死对她来说已经无所谓，生命结束了，而爱情还在，如果爱没有了，光留下一个躯壳，倒是一件比死亡还让她感到难过的事情。更让她深感不安的是，连福的伤情不知道怎么样了。后来，她甚至对连福产生过怀疑，在她最需要人帮助的时候他却做了一只缩头乌龟，就连平日里那么霸道的凤妮也不来大闹一场，或许连福那家人对她已不再抱有希望了。宝珍已经有半个多月没去学校给学生上课了，学生家长也都能理解，不管怎么说，得让这个丫头吃点苦头，否则丢的不仅仅是徐凤举的人，整个后行庄也会遭到外庄的奚落。因而，尽管没人给孩子代课，大伙也都没有一点怨言，更没有一个人认为应该去找韩科成，去找校长，先聘请一个老师帮忙上几天课，不致耽误孩子的学习成绩。

　　这段日子里，徐凤举对宝珍采取了更为严厉的措施，他只能这样去做，因为宝珍软硬不吃，甚至寻死觅活，企图用结束生命的办法使徐凤举屈服。闺女大了不由娘，连他这个当爹的也毫无办法，这着实让徐凤举这个老人失去了一些信心。更让他感到痛苦的是，这件事发生以后，朱为民再也没到他家来过。他不能眼睁睁地看着失去朱为民这个女婿，毕竟事情已经发生了，他丢不起这个人啊！在严格看守宝珍的这段时间，徐凤举几乎疯掉了，抽烟量是平时的两倍，酒也比往日少喝了不少，特别是他脸上的胡子已长得不成样了，约有二十公分长，几乎见不到那截黑脖子了。韩黑娥心疼闺女，却不敢说一句同情的话。虽然她常向徐凤举示好，也没能换来丈夫的一个好脸色。徐凤举把罪责全怪在韩黑娥的头上，他甚至扬言，谁让他断子绝孙，就让谁不得好死。

山庙公社大院建在街西乱营子山的南坡上，大门朝北，清一色的青砖小瓦房，两排正房，东西各有几间偏房，围成了一个不算很宽阔的院落。四周的院墙上写满了政治标语，大门、二门横梁上面的红布横幅更加耀眼，显示着阶级斗争已取得了压倒性胜利。此前，山庙公社设立了十七个学习班，一百二十六名干部、社员在学习班里集中学习毛主席语录和老三篇，许多人可以倒背如流。在公社书记的鼓舞下，干部们像上了发条似的，并不希望松口气、歇一歇。可眼看着运动高潮有些低落，有些人心里就产生了一些怨气，他们便把气都撒在了高福刚的身上。

骆驼在公社的厕所里已经蹲了小半天了，但还没有见到高福刚。厕所位于院子的西南角，两个小间，男、女各一间，每间各有四个坑，在男厕所靠里墙的地方还建了一个小便池。骆驼是偷着跑到公社里来的，担心被熟人认出，他特意在脸上抹了一把锅灰，头上还戴了一只褪了色的芦苇夹，看上去像个叫花子。他混了进来，假装在厕所里大便，幸运的是始终没人过来撵他。

等到批斗会散场时，太阳已偏西了。听到骂骂咧咧的吵闹声，骆驼从厕所里跑出来，一见到高福刚，就举报韩科成和学校校长不妥善安排老师代课，使学生天天上自习，不仅误了学生青春，还使祖国的花朵日渐凋零。骆驼说话从来都是成套成套的，让人找不出一点漏洞来。

次日，高福刚来到后行，核实情况以后，把韩科成和校长狠批了一通。韩科成不想让事态继续扩大，在高福刚走后，跟徐凤举交代，让宝珍到校上课。起初，徐凤举不同意，宁愿闺女不当老师，也得制服这匹"烈马"，可又不敢得罪韩科成，只得满口答应了。宝珍去学校上课以后，徐凤举心中的惶恐有增无减，他不仅担心连福趁机再次带宝珍私奔，更害怕朱为民霸占了自己的闺女，使他招婿的梦想化为乌有。到了和朱为民摊牌的时候了，他打算去学校向朱为民要个承诺。

后行小学建在一座高台子上，无须担忧这几间土墙教室会受到雨水的浸泡。每当雨季来临的时候，再大的雨水也能顺着台坡流进前后的汪塘里。前面这口水塘位于学校东南三十米的地方，里面长满了杂草和鸡头子，叶子已经干枯了，偶尔还可以见到一两只野水鸡。四位老师蹲在水塘的北岸，面相、高矮虽然各不相同，穿的却都是清一色的蓝色褂裤和紧口黑条绒布鞋，头戴蓝帽子，嘴里扯着闲篇儿，少有说正经话的时候。四个老师中有两个是南方下放来的，脸长得白白净净，朱为民却不在其中。

宝珍和连福私订终身这件事对朱为民的打击是巨大的，使他变得更加沉默寡言，课有时上有时不上，即便上，也是得过且过。他把更多的精力放在思考和宝珍的未来上。对待一个"背叛"自己的女人，他无论如何也做不到心平气和，不蒸馒头，也要争口气，他做梦都想着报复宝珍和连福这对狗男女。朱为民算是学校的一个老

员工，对这个学校，他付出了一定的感情和努力。后行的人，不论男女，没有他不认识的。他自诩为半个后行人。喜欢上宝珍以后，他一改过去那些坏毛病，把心思都集中在了宝珍身上，对她言听计从，变着法儿地哄她高兴。可宝珍却不领他这份情，把心都给了连福这个穷小子。他更加担心宝珍洁白的身子也被连福占有了。如果是这样的话，他的人生还会有什么意义呢。

对徐凤举这个不速之客，朱为民心中不快，但碍于情面，还是请他到一个没人的教室里坐了下来。朱为民坐在新垒的水泥讲台上，侧身对着徐凤举，跷起了二郎腿。徐凤举表现得比平时更为谦虚谨慎，他依旧把朱为民当成自己的"贵客"，嘴里乐呵呵地说："桥归桥，路归路，一码归一码，该治罪的也治罪了，该惩罚的也惩罚了。赵连福家我也找人去过了，没什么大不了的，无非是剃头挑子，一头热罢了。你也不是不知道我徐凤举的家风，饿死迎风站，冻死不烤灯头火，四妮是老师，心高气傲，又怎能看上连福那个穷小子呢？经过几个婶子大娘轮番做工作，这孩子也想通了，给我表明了态度，坐家招婿，就等你一句话呢。"

朱为民嗫嚅着说："你能保证宝珍和那小子之间没发生什么？"徐凤举压住心中的火气，平淡地说："需要怀疑吗？"朱为民说："不是怀疑，我这人你也知道，只要一句实话。"徐凤举忍不住骂道："屁话！小朱，你拿我徐凤举当什么人了？我闺女是嫁不出去，还是我徐凤举就该断子绝孙？你必须给老子说清楚，不然，大路朝天，咱们各走一边。别说俺闺女没事，就算有事，也对得起你这个右派分子了。你以为是你过了组织的审查关，狗屁！不是我徐凤举托人，你现在还是个五类分子，想哪会儿斗你就哪会儿斗！跟真事似的，以为写个保证就完事了，脑袋都让驴踢碎了！"

徐凤举的一番话让朱为民无话可说。沉默了一会儿，他答应徐凤举，请韩科成作为他入赘徐家的证人。两人相隔不到十分钟先后来到了大队部。徐凤举先到了，把这事向韩科成做了汇报。韩科成是个热情好客的人，别看在小孩子面前常表现出一副高高在上的样子，对待社员还是相当客气的。长辈也好，晚辈也好，平辈也罢，该叫人啥叫人啥，从不乱了辈分。身上装的香烟，不管贵贱，都不失时机地散出几支。这样一来，社员们对韩科成也都毕恭毕敬，从不说一些不着边际的话。家中有什么喜事，最先想到的就是请韩科成到家里喝两盅。谁家儿子传启、闺女出嫁，此类事情，都少不了他这个贵宾去撑场面。

韩科成的装扮又不同于一般的老百姓，他上身着一件中山装，这似乎成了他当官的标志，从未改变过。褂子下方有两个大兜，裸露在外，鼓鼓囊囊，烟就常装在这里。他下身穿一条黑裤，没有一点褶子，板板正正。办公桌也收拾得干净利索，笔墨纸张摆放得整整齐齐。办公桌右侧是一架黑色摇把电话机，韩科成却较少用它打电话，每遇到重要事情，他都要去公社当面向领导报告，除非有特别紧急的事务才偶尔使用一次。

韩科成额头宽大，将其放大若干倍的话，可以在上面跑一辆军用吉普车。他脑袋聪明，一些想法常和大多数公社干部一致，他也不想过早地结束对地富反坏右后代的批斗，可是他没有办法，上级的话他是非听不可的。给朱为民平反，他心里是一百个不情愿，因为除了朱为民，以后再找一个类似的好典型，确是一件费力不讨好的事情。既然徐凤举提出这个要求，他又不能置之不理，毕竟亲戚里道，徐凤举又是他手下一员得力大将——一个异地外嫁的男人在本庄没有过多的宗族瓜葛，只要是韩科成下的命令，徐凤举就像吃了药似的，干起事情来，从不顾忌什么，也从没让韩科成失望过。

韩科成发给徐凤举一支"丽华"烟，饱含哲理地说："任何事情都具有两面性，看似有利，其实不利，看似不利，却又有利，这就是辩证法。朱为民平反了，大队的阶级斗争看似受到了损害，却满足了你老徐的要求。如果平反不了，招这样的女婿，就等于自掘坟墓，自己挖坑自己往下跳，埋了，死了，还要遗臭万年。但又不能说这是一件绝好的事情。朱为民当真能心甘情愿地给你养老送终？我看未必。这个人我是了解的，名声不好，你又不是不知道。但十全十美的人又去哪里找呢？将就将就也就算了。我是个认真的人，但往往又吃了认真的亏。在宝珍这件事上，我还是那个意见，长痛不如短痛，省得夜长梦多，又被连福那个小子占了便宜。人过一世，草木一秋，纠结太多，损兵折将，得不偿失。既然四丫被你说通，那我就给你们当个证人，了结这事，以后该干什么干什么去，省得一天到晚地为这事犯愁。连福那小子不是个好说话的人，看上去是个老实孩子，却一肚子花花肠子，我看这不是一件简单的事！"

韩科成的话还没有说完，朱为民就硬着头皮走了进来。在韩科成面前，朱为民依旧保持过去的作风，恭敬地又是作揖又是递烟。韩科成站起身，请朱为民坐在西墙边的长椅上。韩科成问："和宝珍结婚以后，你就是韩家人了，当然，徐家也行，就看你的意愿，姓韩还是姓徐，也不是个大东大西的问题。你老丈人这人开通，也不计较。希望你进了韩家门以后，和宝珍结为革命夫妻，夫唱妇随，为革命建设做出更大的贡献。我相信你会老老实实、本本分分，待二老如亲爸亲妈。当然，这是你们的家事，我也不想多问，但家是国的组成部分。朱老师，我再问你一遍，后悔还是不后悔？"朱为民虔诚地回答："按支书的指示办。"韩科成问徐凤举："老徐，你呢，什么意见？"徐凤举摇摇头，说："只要支书在，我什么意见也没有。"

既然双方都没有提出任何异议，韩科成拿出一张信笺纸，铺在办公桌上。朱为民写了一份保证书，签上名字，摁上指印，自愿当徐凤举的上门女婿，改姓不改名，

孝敬二老，决不反悔。一切再无话可说，朱为民低着头走了。徐凤举拿着保证书，也屁颠地离开了大队部。

后行的冬色是美丽的，槐树、杨树、椿树、楝树……所有树的叶子都落在地上，成了这个季节最好的见证。柳树落叶要稍晚一些，到深冬的时候，也还能看见几片残叶在寒风中痛苦地挣扎。唯独老学堂后那棵雪松依然直立在那里，挺拔而茂盛，像这个季节和它无关似的。

庄里没什么要紧的事情，自从骆驼被打成反革命以后，所有人都老实多了，但赌博却是必不可少的。韩科成懒得去管那些赌棍，无非是小头小彩，玩得高兴，倒不会惹是生非。与其说选择骆驼替代朱为民以完成上级交办的政治任务是偶然的，倒不如说是一种必然，杀鸡儆猴，何况骆驼连一只鸡也算不上，最多是一只麻雀，公的，连个雀蛋也下不出来。骆驼的父亲赵德彬倒是一只现成的野鸡，因为他不仅是个闲逛的人，还是个外来户，十岁的时候被要饭的同乡扔在这里，来路不明。因而，经过支委会反复商议，赵德彬就被派上了用场。可不知是谁不小心走漏了风声，赵德彬连夜溜走了。无奈之下，韩科成只好让骆驼顶了包。

学校里的老师倒没有其他人那么轻松，偶尔闲下来时他们就围在一起，说着一些不三不四的话。特别是当有人提起骆驼的时候，其他老师的情绪瞬间就被调动起来了。有人说他咎由自取，跟着好人做好事，跟着坏蛋学做贼，与赵连福一脉相承，赵姓人永远是赵姓人，除了干一些偷鸡摸狗的勾当，便什么也不会了，只是能喘气而已。当然，也有人说骆驼委屈，八竿子打不着的事儿，却被他摊上了。有人趁机再次拿连福说事，骂这个家伙螳臂当车，竟抢公办老师朱为民的女人。说完这些话，大家的目光都不约而同地投向了宝珍。

宝珍懒得和这些人为伍，她挺着腰板走出办公室，走进自己的班级里。她在课堂上讲得正起劲的时候，突然发现坐在第二排的那名学生趴在桌面上，一动不动，像睡着的样子。她快步来到学生跟前，弯下腰，脸对着孩子的额头。

孩子连说话的力气也没有了，嘴里呼出一阵急促的热气。宝珍教的孩子大多处于十一二岁的年纪，虽然贪玩，却还算懂事。学生们纷纷凑到宝珍的身旁，都希望出一把力，帮她把孩子送大队诊所去。望着孩子们可爱的脸蛋，宝珍的眼睛湿润了，眼角流出一滴热泪。多么可爱的孩子啊！在长身体长知识的关键时候，她这个老师却要离开他们了。她只能在心里默默地希望孩子们原谅她的自私和无奈。是的，她已做好了打算，上完这节课以后，就远走高飞，离开这个舆论是非的漩涡，去一个谁也找不到的地方，独自过完后半生。包括连福在内，她不会跟后行的任何人联系。她的心碎了，甚至已经死去。过去了这么些天，连福居然像个死人一般，连个影子也见不到。

骆驼并没有因为被打成反革命而在行为上受到丝毫的影响，他一刻也不曾忘记自己的使命，只要宝珍出现的地方，总能见到他单调的身影。骆驼又过来了，在宝珍的教室外面晃来晃去。这个让人生厌的家伙历来都是按照自己的意愿行事，从不觉得自己的行为有丝毫的不妥。骆驼头上倒戴一顶"火车头"帽，身穿一件黑棉袄，眼睛一眨不眨地盯着宝珍。

宝珍恨透了骆驼，是他亲手毁掉了自己的幸福。然而，宝珍又十分庆幸，从某些方面来说，她还要感激骆驼。如果这件事没有发生，她又怎么会知道连福是这样一个不敢担当的男人呢？还有他那些山盟海誓般的表白全是欺骗！

诊所大夫给孩子打了皮试针，十五分钟以后，又开了两小玻璃瓶药，在学生的屁股上打了一针。宝珍交了七毛钱药费，又朝门口看了几眼，确认骆驼没有跟过来，也没有其他形迹可疑的人。可就在宝珍拉着病情已好转的学生准备离开时，院内闯进一个人来。

诊所过去设在大队部院内，几个月前，韩科成的大闺女韩莲莲经县卫校两个月的培训后，被分配到这里，当了一名赤脚医生，莲莲就向韩科成建议，病人需要一个安静的地方。于是，经韩科成批准，诊所就搬到这个独立的小院里来了。平时诊所里病人不多，三三两两，基本是感冒、发烧之类，吃下老大夫开的安乃近等大白药片，最多再打一两小针，也就没什么大碍了，关键靠预防。

莲莲长得并非十分好看，个头一米五七，左腮上有个二分钱硬币大小的黑痦子，这可能是导致她未找到合适对象的原因。不过，近期有一个城里男人看中了她，常来诊所里找她说话。那个男人就是高志锐，是高福刚唯一的儿子。高志锐脸膛白白净净，人长得耐看，但说话却很冲，一脸满不在乎的样子。他左腿有些瘸，但不严重，如果慢慢地走路，也看不出来。这个人由于出生在官宦家庭，有吃有喝，自小拥有一种优越感。

莲莲的性格和高志锐相反，不太喜欢在公开场合说话，当然怕暴露嘴里的大黄牙只是其中一个原因。莲莲喜欢看书，不管是专业书，还是文学作品，都读得津津有味。长期坚持下来，不仅提高了自己的业务水平，还开阔了视野。在庄里人眼中，莲莲的工作单调，除发放防疟疾、霍乱等传染病的药片，就是满庄乱跑。每到一家，除发放药片，叮嘱社员吃下去预防疾病，莲莲还要检查社员家的屋里屋外的环境卫生。哪些传染源该清除，哪些病要预防，哪些东西不能生吃，她都要一本正经地告诉社员。莲莲熬制的草药特别能防病，为社员节约了一些口粮钱。她每周都要熬五大锅草药水，喊来庄里人，吩咐他们喝下去。有的人不相信，说药水苦，趁她不注意，就从嘴里吐了出来。每当看到这样的情形，莲莲就很生气，但从不批评人，而是从小黄挎包里拿出李时珍撰写的《本草纲目》，将里面的相关内容原原本本地念给大伙听,这才使那些人又重新舀一碗喝了下去。这些廉价的草药虽然能够防病,大伙心里也都明白,但都自觉身体硬朗,所以来找莲莲喝药的人就越来越少了。

诊所所在的这个四五年前建设的小院原来是准备搞个门前子厂的。韩科成打算把全大队刻门前子的能工巧匠都集中到这里,进行批量生产,产品直接送给公社,由供销社统一销售,增加集体收入。后来,随着一个运动接着一个运动的展开,他的心思就全部用在批斗上了。

院内那棵洋槐树长得十分粗壮,树干笔直,高度超过九米,是后行最高大的洋槐之一。洋槐的枝条共长出八层,最下面三层枝桠的一小部分铺到瓦片上,屋顶上盖着一层厚厚的黄叶子。诊所共三间房,新粉刷的墙壁还散发着新鲜的白灰味道。诊所内设施齐全,药箱、药柜、图表一应俱全,都被莲莲擦得干干净净,真正做到了一尘不染。

莲莲虽然只是一个新来的工作人员,没有编制,只拿工分,但处处严格要求自己。她每天都要在这里值夜班,早晨七点半准时开门,夜间遇到病人,也会积极地给予治疗。头疼脑热,一个药片就解决问题了,遇到病情较重的社员,她就先进行简单的救治,然后打着手电筒去庄里喊老大夫。

这天莲莲为五队社员送去了一桶草药水,看着他们喝完,才拖着疲惫的身躯回到了诊所。她右脚刚踏过门槛落在地上,就和宝珍撞个满怀。待两人都看清对方时,莲莲急忙向宝珍笑笑,点下头。宝珍说:"你这个疯丫,走路也不看人。"莲莲苦笑着说:"四姐,我哪里想得到,你会猛一个转身。"宝珍闻不得莲莲身上的药味,急忙伸手捂住鼻子说:"还不快找个婆家,嫁出去算了,凤凰迟早是要飞出这个破草窝的。"

莲莲把背上的药箱放在门后,说:"妹妹我哪里是个凤凰,倒是四姐风流时尚又赶时髦,人长得俊,五官周正,十里八里没有不知道的。"

在这个后行,莲莲也只有和宝珍才有一些共同语言,说起话来从不顾忌什么。没等宝珍搭话,莲莲就急切地把宝珍拉到院子的西南角,小声嘀咕道:"连福怎么会在诊所后面?像是有急事的样子,嘴里不停地抽烟。你俩不是散伙了吗?难道他还不死心?你这人就是缺心眼,好好的老师你不嫁,找连福做啥?他家穷得叮当响的,你又不是不知道?当然,我也不是嫌贫爱富,但听大人的话准不会错。"莲莲又说:"你家大爷也是火急火燎的,正满庄子叫人,说是有大事,八成是为了你和连福。上次,连福被大爷带人揍得怪可怜的。要我说,这事都怪你,行就行,不行,给他个准信,让他死心算了。我还听说,朱为民准备下个月就和你办事了。"

宝珍恼怒地说:"朱为民那个混蛋我是绝不会嫁给他的,至于连福,俺俩也没有缘分,走一步看一步吧。"宝珍摸着孩子的头,突然急切地说:"这个小孩,帮我送学校去,我要走了,到一个谁也找不到的地方,去过属于自己的日子。"莲莲急切地问:"去哪?你能去哪?你疯了,是不是?连福这么好的一个男人,对你真心实意,你居然想离他而去,抛下他一个人,在庄里抬不起头来,你这不是害他吗?"宝珍怔怔地望着莲莲,说:"你这个死妮子,刚才还劝我离开连福,跟朱为民过日子,现在又说连福是个好男人,你究竟是什么意思?我真搞不懂你了,莲莲。"

宝珍的脚步刚踏出小院,迎面便碰见了连福。见到连福的一刹那,宝珍惊呆了,眼泪止不住地流了下来。她深情地注视着这个憔悴的男人,心里一阵难过。是什么让连福变成了这般模样,仿佛苍老了几岁,成了一个瘦削的老者,细长的手臂也像失去了往日的力量。当连福的手臂搭在宝珍的肩头时,宝珍纠结的心情再次迸发出来,她有力地伸出双臂,紧紧抱住了连福的头。两个人谁也没说一句话,澎湃的内心中翻起一阵阵巨浪。是啊,纵使他们心中有千言万语,又该从何说起呢?

莲莲焦急地站在路旁,目光一直没有离开。她自觉当一个望风者,只要遇到风吹草动,心就会提起来。她渴望宝珍勇敢地走出这一步,给姐妹们带个头儿,拿下套在她们脖子上的枷锁,和连福有个幸福的未来。可莲莲的心又是矛盾的,在内心的深处,她真切地感到连福这个男人拥有一种别人所不能企及的力量,常使她的心感到沉甸甸的。然而,在这个关键的时候,她绝不会表现出自私的一面,她希望连福和宝珍冲破千难万险,奔向幸福的婚姻殿堂,享受甜蜜的爱情。

徐凤举从北向南大步走来了,他身后跟着一群人,嘴里都在呼喊着整齐的口号,大有将后行铲平的豪迈气势。从庄子到大队部只需要五分钟时间。莲莲清楚地看见这伙人以后,心里骤然紧张起来。她不停地跺着脚,急迫地说:"都什么时候了,还卿卿我我,没完没了。来人了,快躲起来,不然就来不及了。四姐,你去诊所,连福哥,你爬屋顶上躲着,那是个不错的地方,有槐树遮挡,不管谁喊你,都不要下来,不然命都保不住。"

两个彼此相爱的年轻人虽然离开了对方暖意如春的怀抱,四只手却紧紧地握在一起。连福说:"大不了,我和他们拼了。"莲莲着急地说:"别逞强,你拼不过他们。听我的,快爬上去。记住,在屋顶上千万别动。这些人都杀红了眼,抓住你,还不把你活剥了。听话,我的好大哥。"宝珍也劝连福:"留得青山在,不怕没柴烧。我一个女的无所谓,但绝不可让他们抓住你。你是你家的顶梁柱,你死了,残废了,大娘还不得哭死,我一辈子也不得安生啊!"连福含着泪说:"你怎么办?"宝珍倔强地说:"他们不会把我怎样的。只要人在,就什么都在!记住我的话没有?"

连福含泪点着头。到了这个时候,他只能听从莲莲和宝珍的安排。他"噌噌"地爬上槐树,拽着一根不是很粗壮的树枝,纵身一跃,跳到屋顶上。宝珍只能躲在诊所里间的药柜后面的夹角里,她当然知道自己正处于一个凶多吉少的困境中,可

她又有什么办法呢，她只能把希望寄托在天意上，如果老天爷能够成全，她会和连福好好过一辈子，如果命运故意捉弄他们，她也只有一死了之了。

很快徐凤举就带着一群人冲进院子来了。这次的人员构成发生了一些微妙的变化，来人多是韩黑娥的近门，有宝珍叫大叔的，有她叫二老的，其余是她的本姓本家。徐凤举对这个队伍算不上满意。得到连福和宝珍去了诊所的消息，徐凤举让韩黑娥挨家通知姓韩的本家，每家出两名劳力，活要见人，死要见尸，绝不让连福得逞，而完全忽略了自己的面子。徐凤举又安排骆驼去喊赵姓人帮忙，但骆驼不肯，他只好自己去了。徐凤举自觉德高望重，可到了赵姓人家后，没有一人愿意跟他去逮连福，这让徐凤举大感不解。

还是骆驼说出了真相。上次捉拿连福回来以后，几个赵姓光棍自觉对不起凤妮，就向她磕头赔礼。凤妮是个聪明人，不仅没有埋怨他们，还好酒好菜招待一番，又买来两条烟，让人挨家挨户散发，凡接到烟的赵姓人都选择了沉默，这对凤妮来说已算是个最满意的结局了——徐凤举是队长，官比民强，说话有号召力，谁也不偏，谁也不向，已让凤妮很感动了。

徐凤举又亲自去请高姓人，只有高昌民表示同情，但他以为闷驴接生为由，让徐凤举先带人过去，他要等会儿再说。因此，这次来的人数比上次减少了许多，大概有七十来个。

所有来的人都认为是在干一件正义的事，心里不仅激动，劲头也很足。他们列队站在徐凤举的身前身后，嘴里高声呼喊："抓贼拿赃，捉奸捉双。"雷鸣般的声音此起彼伏，回响在狭窄的小院内，经久不息。徐凤举踮起脚，左右瞅了几眼，脸色变得又青又红——这毕竟不是一件光彩的事情啊！同时，他也担心朱为民知道这事以后，拿他不当人看待事小，万一变了卦，局面就不好收拾了。于是，徐凤举说："逮人要紧，说这些话，有屁用？都给我闭上臭嘴。家丑不可外扬，抓到四妮赶紧离开。至于赵连福，他敢反抗一下，就给我往死里打。"

人群气势汹汹地冲进诊所，寻找连福和宝珍的下落。部分人趁机将药柜里的药片和碘酒瓶子装进口袋里，完全不理会莲莲和老大夫愤怒的制止声。宝珍是被徐凤举拽出来的，他像抓一只小鸡一样毫不在乎宝珍的感受。看见诊所的后窗已被宝珍撬出一道半尺宽的缝隙，他气不打一处来，扬起巴掌，不等宝珍张嘴反驳，就猛烈地打在她的脸上。俗话说，打人不打脸，骂人不揭短，宝珍已是一个大姑娘，又是学校老师，当着这么多人的面遭到父亲的痛打，无疑给她的心灵带来了巨大的创伤。

宝珍躲不开徐凤举的巴掌，她目光中充满了愤怒，她想哭，却哭不出来，她清楚徐凤举这个疯狂的举动无疑是要把她和连福往死里整。这个时候，她已深深地感到，她和连福的爱情在徐凤举无情的扼杀中消亡了。她昂起头，任凭大伙用各种目光打量着她。如果能够选择的话，她只希望徐凤举带她一个人走，而不让连福受到任何伤害。

宝珍不是被徐凤举领走的，她是被几个壮汉绑起来拖走的，绳子是高昌民用板车带来的。宝珍的手和脚也是被高昌民捆住的。刚给闷驴接生完的高昌民身上还散发着一股血腥味。

高昌民运来的绳子比井绳粗得多，是交公粮时绑大车用的，杀猪、宰牲口也能派上用场。一直以来，高昌民都竭力反对宝珍和连福结合，虽然有人劝过他，少管韩家这个闲事，可他不甘心。他担心连福这小子一旦有了家小，势必高高在上，万一再当上队长，高家就永无出头之日了。再说了，好端端的一个老师，长得又漂亮，凭什么要去喜欢连福？就算不嫁给一个公社干部，起码也得找个同行吧。朱为民霸占他的叔伯二伯媳妇多年，他一直憎恶这个南蛮子，但他也认为朱为民比赵连福强。给闷驴接生完，他实在忍不住，就用板车拉着一盘大绳来了。不管结果怎么样，他都要帮徐凤举一次，何况徐凤举是队长，会记住他的好的。队长高兴了，支书就满意了，自己就有前途了，起码可以保住保管员兼饲养员这两个差事吧。

和高昌民同样绝情的人有很多很多，他们巴不得连福的光棍一直打到老死。骆驼虽然和宝珍没有多少感情纠葛，宝珍也绝不会委身于骆驼，甚至连看他一眼的兴趣也没有，但骆驼只想拆散他们，他绝不让连福先娶到媳妇。况且，宝珍是个本庄的姑娘，如果非嫁不可，就应该嫁得远远的，绝不能让她嫁给本庄人，让他心里难受。骆驼自认为是个讲原则的人，他完全把这件事和吃连福家的煎饼、盐豆区别开来。与此同时，骆驼另一个愿望也算实现了——接连两次丢丑，已让徐凤举疲惫不堪了，见人抬不起头来，少了一些盛气。

望着这群脸上挂满胜利喜悦的人，诊所的老大夫被惊得哑口无言。老大夫六十来岁，过去是公社医院的医生，退休后回到了后行。先生中医底子厚实，治好很多疑难杂症，又注重培养年轻人，见莲莲聪慧、勤奋，就手把手教她。望着眼前这群五大三粗的汉子，老大夫倒吸一口冷气，手扶着墙壁，以免因脑袋昏沉而摔倒。

莲莲吓得不知所措，她已经失去了主张。回到院子里以后，她胆怯地抬起头，朝屋顶上瞥了一眼，却见不到连福的影子。当看到宝珍的身影渐渐远去的时候，连福再也忍耐不住了，眼里流出了悔恨的泪水。他恨自己不是个男人，保护不了心爱的宝珍。他猛地站了起来，从三米高的屋檐上纵身跳了下去，撒腿向北追了过去。

天哪！莲莲从后窗看到连福像匹未驯服的野马，着实被惊呆了。在这个世界上，竟有如此壮美的爱情！一个痴心男人，为了实现自己的爱情，大踏步地向前奔跑着，她感到不可思议。然而没过多久，她又痛苦地看到连福混乱地使用了一阵拳脚以后，很快被十几个壮汉制服，而后像抬一头死猪一样，把他举到空中，转了三圈。

这是一个小丁字路口，附近是一条小沟。这条流向学校前那口汪塘的小沟，水不算太深，但积满了稀疏的臊泥。沟北是一片杨树林，约三十亩样子，树叶已落得差不多了，只有稍顶上的几片残叶还在摇晃着。上千株杨树干光溜溜地站在那里。树干间的空地已经被人们清扫得干干净净，几乎见不到一片落叶。树叶被后行人视为"宝贝"，不论做饭，还是炒菜，都以干树叶为柴。可怜哪！虽然生活在这里的人们还都过着饥一顿、饱一顿的日子，却对一次次的群众运动有着极高的兴致，爱出风头，喜欢打抱不平，特别是遇到"私奔"这样的事情，男方就是个过错方，不受到惩罚是过不了关的。

宝珍再也听不到连福声嘶力竭的叫喊了，她已被七八个大男人强行拖回家去了。她懒懒地坐在床沿上，肌肤痛感强烈，骨头也几乎被人揉碎了。她的脑袋嗡嗡作响，像塞进去十多只蟋蟀。她浑身颤抖着，心仿佛在滴血，像害了一场难以治愈的重病。屋里站满看热闹的人，大多是新进来的。那些完成使命的家伙早已笑着离开这里了，仅留下徐凤举一个人漠然地望着窗外。这是一扇老式窗户，窗格是个小正方形，由十六个小窗格组成，窗框上油了一层黑漆，虽经历了几十年风雨的腐蚀，仍很坚固。窗是用洋槐木做的，是韩黑娥祖上留下的遗产。在建这座草房的时候，窗、门、棒都派上了用场。徐凤举的三间草屋和庄里大多数草房无异，宽度和长度都是固定的，木棒全是洋槐，梁头用的是柳木，棒上铺的是芦苇笆，屋顶上苫着厚厚一层麦草。

韩黑娥的祖上是个富足的大户，虽不及连福家显赫，在山庙乡也是数一数二。划家庭成分时，韩黑娥家仅剩母女二人，和连福家一样，被划成了中农。这三间屋是徐凤举主持建造的，毕竟要住一辈子，甚至几辈子，不能出现安全问题，他就尽量把屋子垒得牢固一些，特意在石基和土坯间加了两层祖上传下来的青砖，既结实，又耐看，谁见谁都夸他有眼光。

徐凤举嘴里抽着香烟，这支烟是他发剩下来的。一而再、再而三的打击，已让这个汉子心力交瘁，身体再没有以往硬朗，抽了半截烟，竟连咳了七八次。他的脸上多出了不少皱纹，使这个正当年的汉子看上去像个耄耋老人。他脸颊瘦削，嘴向一边歪着，眼里充满了血丝。连日来，他很少睡个囫囵觉，每晚七点钟入睡，到九点钟就醒了，再也睡不着了，就起来到东南方向的坟地里转悠一气，希望哪个小鬼及时现身，带走他算了，但没有如愿。

一拨又一拨新来的人挤满了宝珍狭小的闺房，多是结了婚的老妇女。她们唠唠叨叨，表面上像是在安慰宝珍，更多的是在打听事情的前后经过。后行算是个大庄，但多数人又难以说有出息，也只有通过加入这样的场面，来证实她们或他们还活着。赵新菊从不凑这样的热闹，然而并不等于她的信息不灵。骆驼，还有其他许多光棍，早轮流着把这事汇报给她了。何况，她也要给凤妮留点情面，万一被那个精女人盯上，当着众人的面，数落她吃里爬外，就不好了。这些韩姓或高姓的媳妇们当着徐凤举的面，七嘴八舌地劝导宝珍赶紧和连福划清界限，尽快招朱为民入家，过一辈子的富日子。

宝珍一句话也听不进去，她望着屋上的草笆，不言不语，眼泪都滴到脖子上了，也懒得去擦。她憎恨老天爷不该让她来到这个世界上，如果非来不可，该把她托生成一个男人，而不是一个任人宰割的女人。她憎恨后行这些无聊的人们，他们的内心是丑陋的、龌龊的，容不下真正的爱情。甚至，谁家稍微富足一点，过年吃一顿羊肉，都要被别人当成另类，到处造谣，说这家人出了小偷，还不止一个，否则凭什么就能吃上膻味这么重的羊肉，还有羊油炖白菜，香得让人流口水，凭什么？

这里发生的一切都是对宝珍莫大的侮辱，她发觉自己变成了一只被人任意玩耍的母猴子，只能上蹿下跳，给观众带去嘲弄的嬉笑。这样的人生已毫无意义，活着走下去已是多余，她绝望地感到自己就像一枚花蕾，还未来得及绽放就被一阵狂风暴雨击得七零八落。这个时候，她变得异常平静，在所有人都把注意力集中在徐凤举那支烟和那只大茶杯上的时候，她勇敢地弯下腰去，用尽所有的气力，一头撞向那片青砖墙壁……

天终于降温了，西北风没有告诉后行人一声，就呼呼地刮过来了。空中飘浮着几块黑云，看样子要下雪了。果然半个钟头不到，天上就飘起了巴掌大的雪花。

这是这一年的第一场冬雪，随着风力渐大，地上很快铺了一层白纱。后行的冬景是凄美的，然而在下雪的时候却能给人们带来一种简单粗犷的感受。随着雪花一阵飞舞，屋顶上瞬间变了模样，那一层厚厚的白雪，仿佛要把庄子带进美丽的天堂。

连福躺在小路口的内侧，他已经没有一丝气力了，肩膀上流着鲜血，脸上也被人踹了三脚，青肿的额上留下几个清晰的脚印。他脑袋轻飘飘的，唯一的感觉就是自己要死了。他不甘心这么痛苦地死去，让宝珍一个人在乱世中遭人戏谑和欺侮。连福被韩莲莲和老大夫搀扶进诊所里，在莲莲这个善良女孩的照料下，终于苏醒过来。他缓缓地走下床，试着站了一会儿，感觉双腿并无大碍，就往前走了两步，却被莲莲叫住了。

莲莲问："去哪？"连福痛苦地说："我要去找宝珍。"莲莲说："你疯了！"老大夫说："还嫌小命不大，若不是莲莲及时赶到，劝退那群混蛋，你就被他们整死了。拿鸡蛋往石头上碰，能有什么好结果，吃亏的最终是你自己。"莲莲说："连福哥，还是从长计议吧，你斗不过他们的。"连福说："难道没有王法了？""这个年头，谁给你讲理去，路还很长，好好活着才是正道。"莲莲说着，走上前去，拉着连福的手臂，关切地问他哪里疼，要不要挂消炎水。

连福什么话也不想说，他迈着沉重的脚步朝院外走去。莲莲追到门口，望着连

福渐渐消失的背影，心里沉重地揪了几下，眼泪也随即流了出来。她庆幸那群混蛋没把奄奄一息的连福扔进旁边的水沟里，否则他就要从这个世界消失了。

莲莲的所作所为没有逃过韩科成的眼睛，刚才发生这一切时，尽管韩科成并未来到现场，但事情的前后经过起因结果他都了如指掌。在后行，韩科成是大家公认的智者，他的谋略和手段没有人能够与他并列，都差得太多。这也是韩科成威望居高不下的原因之一。当然，这不是主因。更主要的是每到关键时刻，韩科成总能拉下一副狠心肠，常使一小撮"坏分子"战战兢兢，见他就像老鼠见猫似的，躲藏得不及时，就被他找个理由，或压根连个噱头也不要，就将几个"坏人"关进学习班，改造好了还好，若改造不好，直接挂牌游庄三日，还不准游庄的人自行了断。韩科成多次在公开场合讲过，如果谁因为游庄而自杀，全家人都要被打成反革命、五类分子，万世不得翻案，后代更无招工、当兵、上大学的可能。

唯恐莲莲站错队，和坏分子走到一起，韩科成不得不再一次教导闺女要听党的话。在后行，韩科成代表党。言下之意，莲莲要听从他的安排，包括婚姻大事。在韩科成的眼里，后行的坏人不多，顶多十七八个，在以往连福是排不上队的。他算老几？一个过了气的大户后代，就算不给他念紧箍咒，他也走不出手心。韩科成之所以最近把连福列入坏分子名单，与莲莲经常在他面前念叨连福有关。虽然莲莲只是在替连福鸣不平，却足以让韩科成感到一种无名的紧张。韩科成不想学徐凤举，看不住自己的闺女，闹出大笑话，让人戳脊梁，骂他无能，影响他在群众中的光辉形象。为了给众多"坏人"一个下马威，也让莲莲死了这条心，当晚，韩科成安排三名民兵，将连福捉拿归案，审也未审，就送入大队学习班，让他进行深刻反省。

不知韩科成有意为之，还是兼而有之，总之，他帮了徐凤举一个大忙，为能够集中精力去办宝珍和朱为民的婚事提供了便利。因而，他和韩黑娥专程来到韩科成的家表示感谢。从韩科成的眼神中，徐凤举真正感到了那些传言绝不是空穴来风。他忍不住又瞪了韩黑娥两眼，整张脸瞬间变成一根霜打的黑茄。韩黑娥没有注意到徐凤举脸色的剧变，她依然一个劲儿地用两只杏花眼紧张地望着韩科成愈来愈深沉的脸庞。可怜这位已近知天命年纪的女人，出于世俗的偏见，被母亲以死相逼，离开了同样执着的韩科成，嫁给了什么底细也不清楚的外来人员徐凤举，包括男人的家庭住址、兄弟几人、民族年龄等等在内，还一直无所知。

客气话说完，到了喝酒的时候，徐凤举焦急地等待着。他本不打算留下来，可韩科成的媳妇已备好酒菜，酒盅和竹筷也摆放整齐，又伸出纤细的手指，轻柔地摁在他的左臂上。他嘴里客气着，屁股却不当家，早已坐到了桌边上。趁着韩科成去茅厕、韩黑娥去屋外洗手的时机，徐凤举果断地把右手掌搁在韩科成家的饱满的手指上。看着这个女人绯红的脸颊，徐凤举顿觉找回一种久违的平衡。

韩科成的媳妇问徐凤举："四侄女都安排好了？"得到徐凤举肯定的回答后，她又问："四妮的脾气也够强的，当着那么多婶子大娘三嫂子二奶奶的面，居然撞墙自尽。这孩子性子真烈，后行还没谁盖得过。照我说，这都是他大姑惯的，这么大的闺女，连饭也得端到跟前，要搁我，三巴掌揍得她鼻子蹿血，乖乖地给老娘把饭吃了。这里也有你老徐哥的责任，闺女大了，当爹的不该管管？驴不走，磨不转，居然跟连福好上了。你说那个孬种孩子哪点比朱为民强？一头插蜂窝里去了，看把她惯的，都不把老的放在眼里，自作主张去私奔，这还了得。亏你老徐发现的不算晚，这要是真破了例，那才是叫天天不应、叫地地不灵啊！"

她的话还没有讲完，韩科成和韩黑娥就一前一后进屋来了。韩科成说："老徐，先坐啊！又没有外人。"韩黑娥接着说："酒瘾不是早犯了吗？家花没有野花香，支书家的酒也是从代销点里打来的，都是运河酒厂的散酒，味道还能有二样？看把你急的，狗肚里盛不下二两香油。"韩科成坐下来后笑着说："大姐说得不错，坐吧，没几个菜，将就着喝，咱兄弟也不在酒菜。老徐你这招够狠的，抓得不紧，等于不抓，抓到点子上去了，也就是说抓到了问题的主要矛盾和矛盾的主要方面，这也是辩证法。不过，这也是一着险棋，万一四妮撞出个好歹，是要吃官司的。亏你跑得快，一把拽住了四妮，真悬！整天说你的命不好，我看你这要时来运转了。"

七

后行大队部是一个没有完全封闭的大院，五间正屋，东面三间是大队其他干部的办公室兼会议室，西边两间是韩科成的办公室。西屋也是五间，北面三间门向北，是山庙供销社在后行设的代销点，平时向社员供应一些常用商品，诸如煤油、酱油、醋、卫生纸、毛巾、洗衣粉、散酒之类的，社员基本不用上街，就可以买到一些廉价的东西。代销点的南面是两大间筒子屋，门面向南，是大队的面坊，里面放三台机器。位于西南角的那台是轧糠机，专门轧麦草、干青草之类的东西，轧出来的糠不粗不细，是牲口或猪羊的主食。东北角是一台粗面机，平时和轧糠机一样繁忙。西北角是新添置的细面机，却少有人问津。不管草糠还是粗面，加工的价格都不贵，每斤只要交一二分钱足矣。

面坊以南是片空地，供磨面的社员放置板车、脚车等车辆。空地东面的两间屋格外引人注目，这是大队支部举办学习班的地方。屋子回门向东，前面是一条南北路，诊所在路东偏北的地方。这两间屋被人称为"黑屋"。韩科成不知道出于什么考虑，让人切断了屋里全部的电线。屋子的大门常年关闭，只在屋子北墙上挖了一扇窗，约二十公分见方，关在屋内的人不至于逃掉。很少有人透过窗户，见到屋里的摆设。

连福一个人坐在黑屋里的地面上，他首次感到自己也是个可怜人，甚至觉得不比骆驼强什么。骆驼虽然要到处寻找吃喝，看人家脸色，但见人说人话，见鬼说鬼话，人领不走，鬼领乱转，把全庄人弄得没有对他不满的，尽管没得到多大好处，起码心里感到舒服。

连福就是这样一个人，他从不把别人的缺点当回事，即便像骆驼这样的家伙反反复复设法陷害他，他也从不记仇。关进这个小屋以前，赵连福问过韩科成，自己究竟犯了哪条法律，难道谈恋爱也触犯刑律？韩科成说别问这么多，反正这是对你好，你不想想，我一个支部书记，大队的当家人，手心手背都是肉，还能给你使坏。多读点毛主席的书，只有好处，没有坏处。毛主席他老人家是个圣人，要边学习边思考边记录，这里有纸有笔，你也读过几年圣贤书，好好待在这里吧。什么时候把毛主席著作学深学透了，就让你出去。你能干，脑袋瓜子好使，比那些孩子强，要不了几天，就会大有长进的。

韩科成背着双手走出黑屋以后，大门随之被一个民兵上了锁，屋里只剩下光秃秃的墙壁和往下掉茅草的屋顶。接下来的日子里，连福一边学习毛主席语录，一边思考谁可以救他于水深火热之中。可是十天过去了，谁也没有光顾过这间屋子，使连福的心燥得像要起火似的，喉咙干干的，肚里一点水分也没有，除了吃饭的时候能够吃到凤妮送来的简单饭菜，喝一口汤，其余时间连水也喝不上。不是凤妮不给连福送水，韩科成不批准，谁也当不了家。凤妮几次强行给连福送来一只暖水瓶，都被守门的民兵打翻了。

第十二天的下午，连福重重地坐在湿漉漉的地面上，烟瘾瞬间冲破他的五脏六腑，使他感到从未有过的慌张和惧怕。他站起来，透过墙上这只小窗，向外张望一阵，没人经过这里，即便是来代销点打酱油买醋的个别闲人，也只远远地朝黑屋瞧一眼，就心不在焉地钻进规模不小的代销点去了。或者，他们都习以为常了，压根没有心情去关心屋子里的人；或者，他们明明知道屋里关的是连福，但都觉得和自己无关，没有必要去关注；或者，他们厌恶连福的所作所为，恨不得韩科成关他一辈子。

凤妮担心连福的安危，就去找韩科成理论，说了一堆软话，但无济于事，都难以打动韩科成这位当家人。软的不行，凤妮就想使点硬招，她指着韩科成的鼻子，骂他不通人性，依然得不到他丝毫的让步。见软硬兼施不成，凤妮就躺在地上，像驴一样打滚，随后又站起来。但当凤妮做好弯腰撞墙的准备时，韩科成却不见了。凤妮消沉地走在回家的路上，老泪横流，来到家门口时，却发现莲莲站在皂荚树下，多多少少让从不待见莲莲的凤妮稍感一些安慰。莲莲说到底是韩科成的闺女，总会想出救连福的办法来的。凤妮脸上露出微笑，急忙上前几步，拉着莲莲的袖子，高兴地说："这丫头从来不到大娘家来，快进堂屋坐坐，喝碗热乎水。看大姐长得多俊，准能找个好婆家。你看，还愣着干什么，快，外气了不是。"

莲莲没想到凤妮会这般客气，与平时简直是判若两人。她笑一笑，挽着凤妮的手臂，娘俩肩并肩地走进了小院。莲莲并没有进屋，脚步在梧桐树下停了下来。凤妮急忙走进屋去，倒了一碗热水，放上四汤匙白砂糖，又拿来一只碗，连荡带吹，终于降下了水温。她把茶碗放在莲莲脚前的空地上，又搬来一个小凳，请莲莲坐下。莲莲说："大娘，您老别客气，不管怎么说，小时候，连福哥救过我的命，是我的恩人。"凤妮笑着说："还有这事？"

"六〇年那年，我记得很清楚，那是个冬天，天上正下着大雪。和大伙一样，俺家也断顿了，兄妹几个都饿得脖子伸多长，眼睛眨巴眨巴的。别看俺老爹是支书，

却不敢去公社要救济粮，还爱面子，不好意思和大伙一起去外地要饭。俺哥上学，家里有口吃的，先给他填饱肚皮。妹妹小，自然得到俺爷俺娘的照顾，就苦我一个人，不得不到处去挖树根充饥。下那么大的雪，又刮着大风，手冻得伸不直，哪里找树根去。来到北场，我被一阵暴风刮倒了，不知道在地上躺了多会儿，如果不是连福哥从杞县要饭回来碰见我，我就没命了。连福哥把我拖到一个避风湾儿，烧了一堆火。见我慢慢苏醒过来，又掰半个馒头给我。送我回到家后，他还把口袋里仅有的三个馒头都给我了。"

说完这些，莲莲已泣不成声了。凤妮拿来一块毛巾，帮她擦去脸上的泪珠。这时，凤妮发现莲莲并不像过去那样让人生厌，眼里透出的是一股真诚和善良。凤妮和蔼地说："你这孩子，都过去这么多年了，还记着呢。当时大伙不都这样吗，谁家有口吃的，还能眼看着邻居们饿死？"

莲莲说："俺爹那人过去也不是这样，谁知道这几年里变了，变得六亲不认，连我也又打又骂的。刚才您老人家去大队，我都看见了。俺爹就那脾气，您千万别往心里去。至于连福哥，我会找个机会跟俺爹说说。错不在连福哥，年轻人谁都有追求爱的权利，要怪只能怪这个世俗，怪后行穷，人的思想不开化。"

眼见着天黑下来了，莲莲喝下一口水，就和凤妮告别，走出小院，到诊所去了。诊所里已经没有一个病人，老大夫牵挂出嫁不久的闺女，三天前到县城走亲戚去了。莲莲在院内的小锅屋里忙活一阵，煮好两块地瓜，放在一个小筐里。她把热腾腾的地瓜带到关连福的小屋前。看门的中年男子瞪莲莲一眼，嘴里没说什么，但绝没有打开铁门让莲莲进屋的意思。莲莲只好通过那个小窗把地瓜筐递了进去。

连福吃惊地站起来。望着连福疲惫的脸膛，莲莲没有说话，眼里却闪着晶莹的泪光。就在韩科成准备以流氓罪将连福送公社法办的时候，莲莲走进了韩科成的办公室。她将一根细绳拴在脖子上，逼迫韩科成放了无辜的连福。连福被释放以后，莲莲更加关心他和宝珍的未来，她多么希望两个有情人终成眷属啊！可她知道自己的力量是微薄的，做通徐凤举工作的可能性太小，但她却不愿放弃任何一次机会。这天傍晚，莲莲给王三五的小儿子服完药以后，就背着药箱，只身一人来到了徐凤举家。徐凤举两口子不知道去了哪里，院内只有高昌民一人。莲莲不愿和高昌民说话，她了解这个老头的为人，光朝篮子里抓从不看秤，自己的是自己的，别人的也是自己的。

当莲莲转过身走进过道屋时，高昌民喊道："莲莲，我知道你爱打抱不平，可这个抱不平不该你打，你姓韩，懂不懂？胳膊肘不能往外拐。"莲莲不得不转身回去，问："大爷，你说该谁打？"高昌民脸上挤出一丝笑容，说："你是韩家人，又是支书的闺女，不是我说你，这么大的丫头，又干着医生，不去救死扶伤，管这闲事干吗？"莲莲说："我从不觉得这是一件闲事。我问你，大姑和大爷去哪了？是不是把宝珍姐弄走了？"高昌民说："是又怎样？不是又怎样？"莲莲说："你这是助纣为虐。"

高昌民说："我老了，上学不多，就俺娘教俺那几个字也忘得差不多了，不懂你说的这些洋词儿，以后少在俺面前跩，不知道天高地厚。要不是念着和你家几代人的关系，早把你撵走了。该干啥干啥去，和姓赵的穿一条裤子，不会有好果子吃的。我在这里给你提个醒，离连福那个人越远越好，宝珍就是个例子，别怪我没提醒你。连福算个啥玩意儿，癞蛤蟆别说吃天鹅肉，就是想一想也轮不到他。他算什么东西，凭什么来勾引四妮？宝珍不管怎么说，她也是队长的闺女，人长得标致好看，起码得找个像模像样的吃公家饭的人。"

莲莲气呼呼地说："你这人不分里表好坏，不可理喻。"高昌民说："什么里，什么表？我只知道谁是队长，谁是社员，谁是好社员，谁是耍流氓、欺骗无知少女的坏蛋。"莲莲气愤地说："拆散宝珍和连福好姻缘的罪魁祸首是你和骆驼。我算看透了，你们两个一样，一个小鬼掐两截，穿一条裤子，见不得别人好。"

连福躺在南屋的小床上，他已连续三天没吃东西，仅靠一点白酒勉强度日，他瘦得已没有人样，体重骤减。凤妮劝过连福，让他想开点，积攒力量，不要蛮干，现在不是人家的对手，以后或许能行。凤妮说的这些话，连福一句也听不进去，他在床上一坐就是一整夜。凤妮不是没想过去找徐凤举问个明白，可她觉得自己身单力薄，无法达到说服徐凤举的目的。她只得去找赵姓亲属商量，可大伙都说这事怪不得徐凤举，火炭不掉在谁的脚面上，谁就觉不到疼，要将心比心——这也不是没有一点道理，徐凤举把传宗接代的希望都寄托在宝珍身上，又和朱为民有约在先，绝不会把四妮嫁到凤妮这个穷苦家庭的。既然大伙都说到这个份上了，凤妮不再强求，但她见不得连福一天天地消瘦下去，万一儿子有个好歹，让她将来又有什么脸去面对地下的列祖列宗和那个老熊呢？

越是到了一个几乎山穷水尽的时刻，凤妮的大脑越是清醒，总会想出让人意想不到的办法来。莲莲刚从县城回到诊所里，就被凤妮请到家里。面对连福痛苦的表情，莲莲并没有竭尽全力地去安慰这个可怜的男人，她只想通过激将法，唤醒昏沉许久的连福。她骂道："光棍在后行又不是你赵连福一个，有什么了不起，还是个男人吗？过去你在我心里是个顶天立地的男子汉，现在我发现你已经变了，变成一只毛毛虫，经不起一丝一毫的风浪。"面对莲莲的劝导，连福故意将酒瓶扔出窗外，引得那只老猫跪在地上撅着屁股伸出舌头舔了六七口，竟醉醺醺地卧在原处不动了。望着那只动弹不得的老猫，莲莲委屈地哭着离开了这个寂寥的小院。

两天以后，连福终于爆发了，他变得像高燕华家养的那条又肥又大的公狗。大

黄狗是高燕华从山庙街顺来的，他之所以把它养得膘肥体壮，是希望它替自己看家护院的同时，认清那些不三不四的男人，及时猛扑上去，保护她的新婚妻子不受光棍们侵犯。

经过高燕华一番辛勤的训练，公狗很快成为光棍的天敌，每见到那些长得标致的男人，它就毫不客气地扑过去。庄上所有的光棍对这只公狗都没有好印象，只要想到它凶巴巴的模样，都不由得从心底打怵，夜里也会被连连的噩梦惊醒。连福的表情和高燕华家那只凶残的公狗无异，腰里多出一把菜刀，刀被地用那条长磨刀石磨得锃亮。看连福的样子，谁也无法制止他的鲁莽行为。

凤妮到山庙街去了，她还想去二弟家做她三侄女的工作，拼上一张老脸，让满婷回心转意，使连福尽快脱离感情的苦海。这不得不说，凤妮又是个一根筋的女人，不达目的，不肯罢休。她这样做都是为了连福，不怕遭人奚落，即便受点侮辱又算得了什么呢。

连福蹲在磨盘附近接连抽了半包烟，扔掉最后一截烟头和瘪瘪的烟盒后，就别着这把菜刀，理直气壮地走出小院，朝庄东头去了。来到徐凤举的家门口，他站在那块大石头上，高声说："还我媳妇。"连福推开徐凤举的大门，竟没有一个人在家。他歇斯底里的叫唤引来一群看热闹的闲人。有人说："此仇不报，誓不为人。搁我身上，非一刀剁掉徐凤举的脑袋不可。"

一队的打麦场位于北汪的北面，人称北场。在这个偌大的场面上，除了草垛还是草垛。北场的北侧是一排宽大的草屋，供各生产队储存粮食使用。一队场屋在最东面的位置，和其他生产队一样，也是三间。徐凤举蹲在场屋前的草垛边，正和干完活的社员们一起休息，拉着家长里短。这时，有人说："一队也就这个样了。"徐凤举生气地说："只要我当一天队长，就不让大伙挨饿受冻。想想过去咱们过的什么日子，天天喝稀饭，照人影，别说一个米粒，就是一个面疙瘩，也捞不到一个。在我老徐的领导下，日子已经好转，过节也能对付一两张小麦煎饼，总觉得有些欺祖了。"有人站起来，指着徐凤举的鼻梁，说："漂亮话谁都会说，眼又不瞎，有吃有喝，至于这么多人打光棍吗？"徐凤举两手一摊："打光棍这事也怪在我的头上？"那人说："不怪你怪谁？沙埠整个大队才七个光棍，而咱一个生产队就三十五个，吃了上顿没下顿，不打光棍才怪。"

骆驼不甘落后，他竭力和大伙保持在一条战线上，矛头也指向了一头雾水的徐凤举："人贵有自知之明，见好就收，还来得及，弄得天怒人怨，就不好收场了。占着茅坑不屙屎，撅着屁股不下蛋。队长又不是金子，至于天天护着不撒把吗？"有个小伙子说："牵着不走，打着倒退，连闷驴也不如，驴尚且能下几头小牛犊，你呢，只会喘大气、吹大牛，还不觉脸红。照我说，还是辞职算了，省得干下去丢人现眼。支书被姓韩的占着也就罢了，队长再让姓韩的干，就说不过去了。"徐凤举跳起来，气得用烟袋杆指着这个年轻的小伙，愤恨地骂道："你这个小龟羔子，敢骂我，我日你个六舅。"

小家伙最多十八九岁，身材矮小，胆子同样不大，见徐凤举要来硬的，竟被唬住，站在那里不敢动弹。关键时刻，骆驼总能表现出一副英雄气概，他果敢地朝徐凤举面前迈了一大步，用身躯护住了小伙，用力挥了挥拳头，对徐凤举说："不光要骂你，还要揍人。看，这是什么？拳头。知道鲁提辖拳打镇关西吗？我就是那个英雄鲁智深，你就是那个瘪三镇关西，不信你就试一试，我认得你，铁榔头可不知道你是老几。"

徐凤举居然被骆驼唬住了，徐凤举想不通，心里愤懑，双手攥紧腰间那只又粗又大的茶杯，不由自主地向后退了五六步。徐凤举不敢正视骆驼，更不敢相信一个常到他家蹭酒蹭烟的家伙，表面和他嘻嘻哈哈，像没分家似的，骨子里却和其他人一样厌恶他。为了让自己尽快平静下来，徐凤举点上一袋烟。恍惚中，他明白了。骆驼曾经追求过三朵，但被他拒绝了。后来，为防止出现后患，他就托人给三朵找个男人，草率地把闺女嫁出去了。

不错，三朵离开后行以后，骆驼的心凉了半截，几次试探地找徐凤举算账，但都被他的眼神镇住了。现在，当着大伙的面，仗着人多势众，骆驼就豁出去了。徐凤举不敢直视骆驼那张已变形的脸，害怕看到他咄咄逼人的目光，这让徐凤举第一次伤心地感到权威受到了这群光棍莫名其妙的挑战。

北场上没有一条严格意义上的小路，任何一处都可以走，地面被干活的社员踏起一层尘土。不多久，在众人的"簇拥"下，连福急匆匆地赶到了北场。他一副视死如归的样子，两只裤腿卷到膝盖上方，胳膊也露出来半截，就是这样一个声势浩大的"队伍"，却没能引起徐凤举的警觉，他的注意力依旧放在和几个社员的争论上。

连福一路小跑，来到徐凤举的身后，扬起手中的菜刀，对准了他掉了一片头发的后脑勺。连福没有去思考自己的行为将会带来什么样的可怕后果，心中愤怒的火焰在熊熊燃烧着，他只想让徐凤举尽快地离开这个世界，而完全忘记了跟徐凤举据理力争找回宝珍的目的。连福将仇恨的力量集中到这二十厘米长的刀刃上，恨不得使出吃奶的劲儿，一刀要了徐凤举的老命。他不想看到徐凤举流淌在地上的那摊黑血，更不想见到徐凤举死后那双绝望的眼睛。他甚至希望徐凤举身上那只晃来晃去的茶杯最好在它的主人死后硬邦邦地垫在佝偻的尸体下，硌碎他的骨骼，以便让全庄的狗们都能酣畅地咽下那些松软的肉块。

危难时刻降临的时候，多年行走"江湖"的经验告诉徐凤举，这里将要发生一起后行历史上最让人恐慌的血腥事件。仅听到高昌民的半声呐喊，徐凤举就从慌乱和恐惧中清醒过来。徐凤举天生是个短跑冠军，在没人喊"一、二、三"的情况下，

整个身躯就像一支利箭,"嗖"的一声,向前蹿出了几米远,站在了场屋的东墙边。紧接着,徐凤举扬起手臂,接过高昌民扔来的铁锹,像端着一把卡宾冲锋枪,猫着腰,向连福猛冲过去。不成功,便成仁,这是徐凤举的人生信条。在这个六亲不靠的后行庄,绝不可温良恭俭让,要有一两项绝活,才能立身,越是面对危险的时候,越要有敢拼敢上敢斗敢死的勇气。

　　从连福的眼神中,大家可以看得出来,这个毛头小子实在不是徐凤举的对手。见到这样的阵势,他的心已悬在半空中,信心和气魄明显弱于对面的"老江湖"。即便是这样,连福也没有放下武器,他手中这把石刀始终举在空中,雪白的刃上发出一缕寒光,但终究因为缺乏实战经验,竖劈一下,就被徐凤举轻轻闪过去了。横扫时,却遭遇到徐凤举那把用力劈过来的铁锹。徐凤举趁机连拍两下,"当啷"一声,连福手里的石刀掉在石轱辘上。徐凤举吼道:"这是现行反革命行为,满门抄斩,株连九族。"

　　连福被徐凤举的话镇住了,他愣在原地,脑袋"嗡"的一声,瞬间失去了判断力。他清楚"现行反革命"意味着什么,那是要坐大牢的,还会杀头,甚至连累家人,万劫不复。他瘫坐在地上,完全不知道骆驼已摇身变成了自己的盟友。骆驼不屑地说:"又扣大帽子,姓赵的不吃你这套。"徐凤举指着连福说:"是他企图拐骗良家妇女,受害的是我老徐家,不是他赵连福。"骆驼指着徐凤举的额头,说:"连福和宝珍是自由恋爱,婚姻法有规定,任何人不得包办。你身为生产小队长,又是大队支部委员,故意破坏别人的婚姻自由,拆散连福和宝珍两个有情人,不仅是后行的罪人,更是国家的耻辱。"徐凤举慢慢腾腾地问骆驼:"你是在报仇吗?"骆驼说:"不光我要报仇,所有被你陷害的人都要报仇,是不是,兄弟们?"这时,所有人都振臂高呼:"我们都要报仇!"

　　突然之间,连福觉得自己已拥有一股庞大的力量。赵彩霞来到连福身旁,拽着他的袖子,劝他赶紧离开这里。她不忍看到自己的兄长受伤,也不希望他的兄长伤害到别人。多么好的小姑娘啊!虽然长相一般,却拥有一颗善良的心。彩霞身上穿着一件红底兰花褂子,已被她洗得发白了,下身穿一条浅色丝光蓝裤子,脚穿一双青色绣花布鞋,三十六码,小巧玲珑。她说话的声音低沉,平时也是这样,从不大声讲话,特别是在人多的场合。彩霞退到一旁站着,眼睛却从未离开过连福。当连福再次扑向徐凤举时,在场的人包括彩霞都发出一阵惊呼声。

　　连福扑过来发出的声音引起了徐凤举的警觉,他看了大伙一眼,抓起铁锹,只半个转身,就狠狠铲向发疯般扑来的连福,在距离地面不到半米的空间划下了一道深深的弧线。在场的人们都被惊呆了,纷纷张开嘴巴,愣愣地不知所措。但连福很幸运。因为彩霞只一个箭步,就跑到连福和徐凤举之间的空当中,用她稚嫩的肩膀挡住了铁锨的锋芒。连福的命保住了，彩霞却直挺挺地躺到地上，脖子流出了鲜血，嘴里发出痛苦的呻吟声。

连福傻了，徐凤举也傻了，所有人都傻了，谁也不知道接下来要做些什么。徐凤举料到自己闯了大祸。受再重的伤都不要紧，让他担忧的是，如果彩霞性命不保，他就要吃官司，未必以命抵命，但起码判个无期劳改。于是，他结结巴巴地说："快送医院去，药费，你们不要担心，都算我的。骆驼，你听见没有，快去拉板车，平均，你别愣着，和骆驼一起去。还有你，连福，救你妹妹的命要紧。"连福脑袋清醒了许多。此时，最要紧的是挽救彩霞的生命，报复徐凤举的事只能暂且放在一边。

八

山庙卫生院是附近四五个公社的中心医院，有名望的医生不多，但大病重伤的都要被送到这里救治。医院回门向东，门口这条南北路向北直通著名的刘山船闸，向南十公里可抵达碾庄火车站。医院共建三排房子，最北面的一排房子是门诊部，南面两排是带檐的新房，作为住院区。"小神仙"是南京下放到这里的医生，名牌大学毕业，当初是和朱为民一起分配过来的。两个人交往较深，是无话不谈的好朋友。朱为民被打成右派的几年里，"小神仙"常去县里、省里托人情、找关系，为朱为民平反做了大量工作。"小神仙"并非徒有虚名，行医数年来基本未出过较大的差错，仅办公室的墙上就挂了十八面锦旗。

将彩霞拉至医院的院子内，刚把板车停在门诊房前面，大伙就见到了韩莲莲。莲莲骑的是一辆"飞鸽"牌自行车，两只脚镫子在她脚下飞速地旋转着。这辆车是莲莲的对象高志锐从县供销社买来的，作为他和莲莲的定亲礼物。看来，我们的莲莲真的要化作一只白鸽，离开她心爱的后行庄了。莲莲穿着一身干净的白制服，两条又黑又长的粗辫子在她身后摇来摆去。她是专程从大队诊所赶过来的，额上渗出来一层细汗。她急匆匆地下了自行车后，就着急地询问彩霞的伤情。

莲莲熟悉医院里的一切，对看病的流程一点也不生疏。大伙按照莲莲的安排，有序地忙里忙外。连福用莲莲递过来的毛巾，擦着彩霞脸上的泪水和血水。骆驼帮不上太大的忙，就站在医院的长廊下，一边看着板车，一边看着东西两侧葡萄树上干枯的枝条。葡萄在后行是不常见的，凤妮家以前种过一棵，但不会嫁接，结的果子和楝豆一样大小，味道又苦又涩。凤妮家的葡萄中秋以后才由绿色变成黑色，这意味着果子成熟了。见小孩子们流出口水，骆驼就告诉他们，这种葡萄有毒，吃了会得软骨病，不能走路，一辈子靠爬行。孩子们被吓退以后，骆驼就一个人先后爬上三棵洋槐树，吃得饱饱的。

连福轻声呼唤着彩霞的名字，总算唤醒了这个朴实的小姑娘。他惊喜地叫了一声，而后再也忍不住心中的悲伤，轻声啜泣起来。彩霞慢慢地睁开一双不大不小的眼睛，凝视着连福脸上的汗珠和眼角的泪水，她忘记了自己身上的伤痛，微微地笑着，让连福放宽心。好像此时受伤的不是她自己，而是她的大哥连福。

看到这一切，在场的所有人都被感动得哭出了声。问世间何为真，兄妹手足情深。莲莲的脸上也露出了微笑，彩霞的身体没有大碍，她的心也就放下来了。生在后行、长在后行的这群兄弟姐妹们，平时难得互相帮助一次，更没有在一起交流感情的机会，但在这次救人与被救的接力中，他们终于找到了心灵上的结合点。

经过"小神仙"的包扎，彩霞的伤情稳定下来了。"小神仙"一边吩咐连福去收费处交钱，一边对莲莲说，挂几瓶水消消炎，病人就没事了。连福身上没有带钱，却不好意思张口问别人借。他也知道，只有莲莲身上才可能带钱，可他不想向一个姑娘借。他站在"小神仙"身后，一声不吭，心里却像着了火一样。从连福窘迫的表情上，莲莲看得出来，由于来得匆忙，连福的身上准没带足药费。

莲莲问："是不是没带钱？"连福不好意思地点点头，说："来的急，没带，你们在这儿等着，我去铁木业社，问连贵哥借点。"骆驼自告奋勇地说："你就别去了，我去，连贵哥这人好说话。"连福说："你去也行，借二十块钱先用着，等彩霞挂上水，我就回家拿钱去。"莲莲生气地说："大路不走，走小路，为什么要舍近求远，是不是觉得我是个外姓人？不是我说你们这些大男人，连个顶手巾的妇女也不如，一个庄生活着，分那么清干吗，什么你的我的，什么姓韩姓赵，救命要紧，不是吗？以后您几个谁也别拿我外气，姓外人不外，都是好兄妹。"

放射室那个年轻小伙给彩霞拍完一张X片后，莲莲把片子递给了"小神仙"。"小神仙"仔细察看一番，用蹩脚的普通话一字一顿地说："比我想象得要好，没伤及要害部位，吊两瓶水就没事了。"

莲莲和连福搀扶着彩霞的胳膊，上了三个台阶，进入一条宽阔的走廊，很快来到走廊南头的病床前。彩霞没让人搀扶，自己爬到了床上。护士小姐看上去不过十八九岁，扎针的技术却十分娴熟，一点劲没费，就把针头插进彩霞右胳膊上的血管里。彩霞的眼睛眨也不眨，饶有兴致地看着这只吊在半空中的盐水瓶，居然感到十分幸福——不仅有这么多人在她的身边照顾着，还首次挂上了吊针，这辈子真的没有白过啊！有连福和骆驼两个壮劳力看护，莲莲很放心，就去了一趟厕所。出来的时候，莲莲遇见了骆驼。骆驼笑着说："真巧，你也在这里。"莲莲指了指东南方向，笑嘻嘻地说："什么真巧，这是女厕所，男厕所在那儿，看见了吗？东南，真笨，就那儿，离这儿也不过二十五米。"

骆驼的脸腾地一下红透了，像个大苹果。在后行，见过那么多女人和小姑娘，骆驼从未红过脸，这次居然在莲莲面前失态了。每个年轻小伙的心中都有一朵真正

属于自己的月季花，骆驼也不例外。三朵嫁人以后，莲莲成了骆驼心中唯一的女神，他做梦都想和这个温情脉脉的姑娘聊一番，大胆表白自己心中的爱，可要命的是，莲莲就要嫁人了。当初听到这个消息的时候，骆驼受到了很大震动，哭了一整夜，还去坟地转了三次。他希望有一天见到莲莲的时候，请求她留下来，但当机会真正到来时，他却失去了这份勇气。

　　莲莲大方地和骆驼打了招呼，骆驼竟无话可说，他感到再多的话也已经是多余的了。见到骆驼脸上露出的窘态，莲莲竟"咯咯"地笑了起来。她说："就算我以后嫁到了县城，后行还是我的家，你们还都是我的好兄弟。"莲莲边说边走，来到连福的身旁，用手轻轻拍去他身上的尘土。这一幕，骆驼看得真真切切，让他那颗冰冷的心再次沉入了雪窟。

　　彩霞昏昏睡去的时候，连福去了走廊的东头，又向南拐了个弯，蹲在离男厕所不远的地方，抽出两根香烟，喊来骆驼，给他一支。从连福吞云吐雾的表情上，骆驼看得出来，现在连福已完全放松下来了，惨白的嘴角也泛起了浅浅的笑意，完全和此前判若两人。

　　连福吐出一口浓烟，鼻孔里平稳地向外呼出了多余的烟气。他实在弄不清骆驼究竟是个什么样的人，时好时坏，时冷时热，有时像块石头，有时又热情似火。在他和宝珍的事情上，他知道骆驼从始至终扮演了一个极不光彩的角色，若不是骆驼通风报信，两人早已成功地远走他乡，结为革命夫妻了。他烦躁地盯着骆驼，希望得到一个合理的解释。

　　骆驼没有回避连福的眼神，他说："想知道宝珍在哪里吗？可我明确地告诉你，我不知道。是的，过去我常去徐凤举家，其实，就和常去你家一样，无非是混顿酒喝、混支烟抽。这个我从不避讳，谁让我穷呢，人穷志就短。可我并不喜欢徐凤举这个老狐狸，他从没把我当人待过，只是在用到我时，才假装客气，让我象征性地饮半盅小酒，还骂骂咧咧，让我抬不起头来。我之所以在宝珍的问题上倾向徐凤举，完全不是我的责任，大伙都这样，我又有什么办法？我想当队长倒是千真万确，没有丝毫的虚情假意。我只是想，作为一个招女婿的外地老头，都能当咱们的队长，想骂谁骂谁，我凭什么就不能当队长？况且，我也有自己的打算。"

　　连福眉间的疙瘩已悄然舒展开了，他大口地抽着烟。这已是他抽的第九根了，地上散落的烟头勾勒出了一张台湾地图。连福好奇地问："什么打算？"骆驼蹲下来，说："徐凤举欺人太甚，不收拾他一顿，就不知道姓啥名谁。"连福问："徐凤举是怎么欺负你的？"骆驼睁大眼睛，故作高深地说："欺负你，就是欺负我。我发誓，不找到宝珍，誓不为人，现在机会正好来了。"连福问："啥机会？"骆驼神秘地说："你也不动脑子想一想，莲莲是宝珍最好的姐妹，她应该知道宝珍的下落啊！别说你和宝珍没有关系了，只有胆小鬼才说这样的话，是个男人，就得找到自己的爱人。你在这里等着，我叫莲莲过来，一定能有收获。"

莲莲跟在骆驼身后姗姗而来，这个阳光女孩的脸上始终带着喜人的微笑。骆驼见不得莲莲这副表情，故意对莲莲说："连福这人我太了解他了，他忍辱负重，不想给别人添乱，可心里又放不下宝珍。莲莲，你是宝珍的好姐妹，你家又和徐家关系密切，亲讲近，房讲寸，宝珍的行踪，你不会不知道吧？"莲莲生气地说："看二行不嫌局大，你骆驼是个什么样的人，我不说，大伙都清楚，唯恐天下不乱，连福哥的心情刚平静下来，你又多嘴多舌，让好事变成了坏事。见到又能怎样？眼不见，心不烦，好好过自己的日子不好吗？"

骆驼不敢接莲莲的话往下说了，他明白自己在莲莲心目中的形象已经全毁了。而且，当他看到莲莲的眼里含着晶莹的泪珠时，他彻底蒙了，这串泪珠分明是在为连福流的啊！他不得不逃离这个不再属于自己的场合，假模假样地又到厕所里撒尿去了。连福低着头，只顾抽着嘴里的半截香烟。莲莲怜惜地说："知道你心里苦！可你不知道，宝珍更苦！"连福拽着莲莲的胳膊，急切地希望她能说出宝珍的下落。"你知道宝珍在哪，对不对？"

莲莲不忍看到连福模糊的泪眼，将头转向一边，轻轻拿开他的胳膊，说："在哪都已不重要了，重要的是过好自己以后的日子。"其实，莲莲并不知道宝珍去了哪里，她只知道宝珍已被徐凤举关在山庙街一个极其秘密的房子里，至于具体位置，只有徐凤举清楚。连福仰天哀叹一声，他清醒地意识到自己和宝珍的感情已化作一股烟，飘到远方去了。他不知道那个远方究竟是哪里，但他明白自己面临的将是一个没有宝珍的未来。

徐凤举正在家中喝着闷酒的时候，骆驼从山庙街回来了。徐凤举扭过头去，一副极不待见的样子。骆驼上来巴结徐凤举道："队长，我赵骆驼又打回来了。"徐凤举头也不抬，说："你是胡汉三？回来又能怎样，地球还不是照转。"骆驼蹲在饭桌边，说："才花了十八块六毛钱，彩霞没有大碍，您尽管放心。不过，这得要感谢我，连福想让彩霞住院治疗，要不是被我说服，花个百八十的不在话下，够意思吧，队长？早清子我说的那些话就权当放屁了，我保证以后活是徐家的人、死是徐家的鬼，怎么样，还生气吗？"

骆驼这番话把徐凤举这个老家伙逗得开怀大笑。骆驼趁机端起徐凤举面前那只黑瓷酒盅，"咕噜"一声，酒全被他咽下去了。他咂了七八下嘴，懒得去吃菜，想再喝一些解馋，但装酒的盐水瓶刚一到手，就被徐凤举一把夺了过去。徐凤举说："你小子天生就是个演戏的料，有完没完？想喝老子的酒，就把事情做得利利索索，别留尾巴。"骆驼急忙问："什么事？"徐凤举说："听说莲莲那个死熊妮子也到医院去了，她是什么意思？和四妮一样，也喜欢连福？"

骆驼拼命地点点头。徐凤举继续说："就这事，还不快去给支书汇报。这事不小，不怕一万，就怕万一。办得到，就让你再喝一盅，办不到，咱俩的感情到此为止，你走你的阳关道，我走我的独木桥，井水不犯河水。"

得到骆驼满意的回答以后，徐凤举将酒瓶口对准黑瓷酒盅，倒了四下，斟了大半盅，骂了一声，催促骆驼喝掉。骆驼急忙伸出两只手，分别捏一粒盐豆，先后扔进嘴里，边嚼边回味着酒味。徐凤举沉下脸来，说："还有一件事，顺便去告诉连福，彩霞在医院的花销和我老徐没有一分钱的关系，完全是他自找的，不让支书法办他，就是对他格外开恩了，想要药费，门儿都没有。"骆驼故作愤怒地说："连福这小子是咎由自取，一分钱的药费都不该给他，否则以后谁都敢反抗你了。队长就是队长，不是谁想干就能干的，没有那个头发，别想窝那个卷儿。"

骆驼索性坐到地上，一眼便看到桌底下躺着一只化肥口袋。徐凤举从口袋里抓出一小把皱皱巴巴的生花生，撂给骆驼三颗，其余的又被他放进袋中。徐凤举托起酒瓶，举过头顶，晃了三次，客气地对骆驼说："再喝半盅吧，只能半盅，就这点了。"骆驼说："我来倒。"徐凤举说："还是我来，我有准。""还是队长疼我，做事要凭良心，别把事做绝了。"

看了看徐凤举的眼色，骆驼急忙闭上嘴巴。徐凤举羞愤地追问骆驼："什么叫良心？你必须给老子说清楚。什么叫凭良心？谁凭良心？谁不凭良心？"骆驼解释道："我是说连福呢，要不是你点头，他哪能这么快就从学习班里出来。我最见不惯这样的小人，竟拿菜刀杀你，看他有几个胆！明明是关公面前耍大刀，硬充人物！翅膀硬了，黄豆瓣掉了，能飞了？飞得越高，摔死得越快。"

徐凤举满面放光，说："既然你来了，我就说句掏心窝子的话吧。喝，乖孩子，别光顾说话，我儿，尽管喝，别舍不得。喝完，我再给你倒半盅。其实，咱都是一个队的社员，低头不见抬头见，又没大冤大仇，我也不想把事弄僵，出来进去的，让大家谁都没有脸面。我知道，你也是为四妮的事来的，但我明确告诉你，这是不可能的。四妮是教师，你也知道，算半个公家人。连福有什么？他家里又有什么？别说他家过去怎么长怎么短，再好，那也是过去。有句话叫，叫什么？当时狸猫欢如虎，过时凤凰不如鸡，知道了吧？四妮是被连福骗了，她都原原本本告诉我了。这孩子年幼无知，如果不是连福引诱，又怎能跟他跑呢？婚姻自古是父母之命、媒妁之言，以为跑了就万事大吉了？错了，还有我呢，我还没死。还有，连福就是个现行反革命，企图杀死我这个队长。我知道，希望我死的人不光有连福。"

徐凤举顿了一下，没再继续往下说，骆驼却紧张地端起酒杯，往嘴里倒了一半酒，另一半全洒在了桌子上。趁骆驼伸头舔酒的空当，徐凤举把瓶里剩的酒一饮而尽，完全忘记了刚才的承诺。骆驼觉得再没有待下去的必要了，就一声不吭地离开了。

连福失踪的消息像长了翅膀似的飞进后行的家家户户，有人替连福惋惜，骂徐凤举不是人，招婿不成，鲜亮亮的闺女还被一个不会说地方话的蛮子糟蹋了，偷鸡不成蚀把米。连福直到第三天傍晚也没有回来，凤妮和彩霞急得像两只无头苍蝇，到处打听他的下落，但两人均无功而返。情急之中，凤妮只身来到徐凤举家，她已顾不上太多，该得罪的总要得罪的，找回儿子要紧。凤妮指着徐凤举骂道："不吃人粮食的狗东西，到底把我儿子怎么样了？"徐凤举毫不客气地说："你儿子怎么样，和我没有任何关系，破裤子先伸腿，是你们先逼走四妮的，我还没找你们算账，倒先打一耙了。"凤妮气呼呼地说："你就是一条咬死人不偿命的老狗。"

连福失踪的七天里，尽管凤妮每天两趟去找徐凤举要人，但都没有结果。凤妮又发动自己的亲房近族去所有连福可能去的地方，但依然打探不到一点消息。半个月后，凤妮思念儿子的心情愈加沉重，每日以泪洗面，人渐渐消瘦了下去。莲莲每晚都要过来安慰凤妮，给她说一些高兴的事，帮她料理一些家务，总算使这位老人不再寻死觅活。这晚，莲莲又过来了，手里提着一条漂亮的鲤鱼，约二斤重，红尾巴，活蹦乱跳。莲莲亲手炖了一锅鱼汤，分别给凤妮、彩霞盛了一碗，让两人尽快喝下去。

凤妮的眼里涌出两滴眼泪，她拉着莲莲的手，说："乖孩子，难得你有这份心，还买了这条鲤鱼，哪吃得下去！花这钱。"莲莲说："身体要紧，快趁热喝下去，排出体内的凉气。"凤妮流着泪说："你说连福会去哪呢？"莲莲说："大娘，别想那么多，他无非是出去散散心，要不了几天就会回来的，您老放心吧。"凤妮说："不行，俺还得去找徐凤举算账。昨晚，俺做个梦，徐凤举要对连福下毒手了。"

莲莲回诊所以后，凤妮拐了三个弯儿，来到徐凤举家，坚持要见连福和宝珍。徐凤举蹲在门旁，脸气得铁青，一句话也不说。每逢过年，生产队都要宰杀一头猪，每次，徐凤举都会帮忙杀猪。徐凤举说："不要忘了，我杀过猪。"凤妮威胁说："别忘了，我杀过人。"

凤妮的话一点也不错，年轻时，她真杀过人，还是个日本人。民国二十七年春节刚过去不久，一个日本鬼子带两个汉奸进入山庙街，扬言要找到一个失踪的日本女人。很快，满街道的男女老少都被集中到天主教堂前，听鬼子和汉奸训话。凤妮突然振臂一呼："打倒日本鬼子。"她的话音一落，鬼子的枪声就响起来了，死人躺了一地。当中，不仅有凤妮的大哥，还有她父亲及全镇一百二十七号人——这次流血事件，史称"山庙屠杀"。凤妮钻进地洞里没多久，鬼子和汉奸端着枪就进来了。快要被鬼子发现时，她潜到鬼子身后，用纳鞋底的麻绳套住鬼子的脖子。鬼子来不及叫一声，就像猪一样蹬腿死了。汉奸见状，举手投降，凤妮却不见了。

徐凤举换了一条腿蹲着，他不无讥讽地说："你杀过人，你是英雄，我差点忘

了。"凤妮理直气壮地说："你手里握着两条命，一条是四妮的，一条是俺连福的，万一他俩有什么三长两短，你来负这个责任？"徐凤举霍地站起来，说："想让我负什么责任？告诉你，别说两条命，就是你们全家都死光了，也和我姓徐的没有一点关系。"凤妮气愤地说："亏你还是个党员，说话不干不净。"

徐凤举再无话可说，弓腰钻进院子，"砰"地关上大门。凤妮站在门口，叫喊道："连福要是有个好歹，俺就死在你这里。""吱嘎"一声，大门闪开一条缝，徐凤举露出半个头来，说："想死，我也不拦你。"然而，徐凤举没想到凤妮会从身上掏出来一个青黄色药瓶，拧开木塞，仰起脖子。见到这个情形，徐凤举忙哀求道："彩霞的医药费我赔，还不行吗？"凤妮皮笑肉不笑地说："医药费？俺还真没把它放在心上。"徐凤举缩回头去，从堂屋的床底下掏出二十块钱，回到门口，客气地递给凤妮，说："老嫂子，快把药瓶放下，都是自家人。"

凤妮把一沓钱塞进身上的大口袋里，说："钱是小事，两个孩子的命是大事。四妮在哪？连福又在哪？真闹出人命，你死都没地方去死。你也知道，俺是讲究人，发生这事以来，俺没到你家闹过吧？一次也没有。小妮子让你一下剁成那样，俺也没来找你算账，都是给你留着脸呢。要不是大孩不知生死，打酒请俺，俺也不想沾你这个地方。你家没有小子，想招个女婿，俺理解你的心情，可你不能把俺儿子往火坑里推吧。告诉你，连福没事罢了，出事了就得算在你的头上。"

但凤妮也没有料到的是徐凤举竟扇了自己几巴掌，然后又痛哭流涕地说："要是知道四妮在哪，我早把她弄家里来了，省得在外给俺丢人现眼。"凤妮疑惑地说："不是你把她送走的吗？"徐凤举呜咽着说："是我把四妮送走的，可又被朱为民那个狗东西抢走了。我去找过朱为民，可生米已经做成了熟饭。如今，我恨得牙根痒痒，真想一刀要了朱为民那个狗东西的命。天哪，我这几十年算是白活了，我老徐丢人都丢到后行来了，不如一头撞死算了！"见徐凤举要死要活的样子，凤妮只得晃晃悠悠地走了。来到那棵皂荚树下，她把药瓶丢在地上，瓶里随即流出来一股无色的液体，却闻不到一点刺鼻的味道。

这是一个寂寥的傍晚，也是后行一个普通的傍晚，和其他傍晚基本上没有两样。庄西头的霞光照亮了整个庄子，低矮的草房比往日显得静谧而安详。十五六个光棍懒洋洋地站在那棵古槐下，看着不远处的夕阳美景。过了一会儿，空中的光线由红变黄，由清晰变模糊，最后被黑暗笼罩了。太阳沉下去以后，光棍们纷纷来到老井东旁的小路上，有的盘腿而坐，有的蹲在地上，有的背靠着石台，更多的人站着，热烈地讨论着国家大事和庄里新近发生的是是非非，似乎把连福忘却了。

夜深时，后行再没有白天时的热闹，母狗们混乱地厮咬一阵，便夹起尾巴，晃入一个个孤独的小院里，或直接蜷缩在鸡舍旁，再弄不出什么动静来了。赌徒们大多输得精光,悄无声息地离开撂下不少钱的赌屋,朝着不同的方向去了。唯独一两个赢了钱的伙计,扯起破锣般的嗓子,在伸手不见五指的夜路上奔跑着、号叫着,直到惊动了猫头鹰,才安静下来,歪歪斜斜地寻找自己的简陋小窝去了。

连福回来的时候,凤妮万分惊讶,像不认识儿子似的,眼睛一眨不眨,仿佛正与一个受伤的小鬼不期而遇。她的嘴张得很大,却说不出话来。连福哭丧着脸,淡淡地说:"娘,我回来了。"连福的腿瘸得厉害,走路不当家,竟被一个小凳子绊倒在地上。他脸上挂满愤怒的泪珠,像个受委屈的孩子,嘴角模模糊糊,分不清是水还是血,说话声带着浓重的鼻音。他来到桌前,拿起酒瓶,"咕咚"几声,约三两散酒被他一气喝个光。他一屁股坐在地上,放声哭起来。凤妮问:"酒好喝吗?"连福拼命地点下头,说:"好喝。""啪"的一声,凤妮的巴掌落在连福的脸上。看着连福欲哭无泪的脸庞和受到惊吓的眼睛,凤妮也跟着哇哇大哭起来。连福说:"找到宝珍了。"凤妮问:"真的?"连福说:"真的。"凤妮说:"晚了。"连福仰起头,说:"娘,看我的腿,朱为民让人把我绑起来,几个人轮番用剪刀戳,一共戳了十二刀啊!"

"你就是一根筋,一条道走到黑。没有夫妻命,就别瞎鼓捣了。好在没受重伤,给你留了一条命,忍一忍,也就过去了。好马不吃回头草,四妮再好,也已经是朱为民的媳妇。俺就佩服莲莲那句话,一切朝前看。"说完这番安慰儿子的话,凤妮钻进里屋,倒在床上。凤妮睡的是一张祖上传下来的老床,四根枣木柱子上雕着二十几样花鸟虫兽,龙飞凤舞,花草争艳,好一幅美丽的风光图!凤妮假装睡去,鼻孔里发出"嗡嗡"声。这和凤妮以往的风格是多么不相符啊!可是,你让这样一个老女人又能想出什么办法来呢?其实,凤妮是明智的,面对这个糟糕的局面,她不想火上浇油,只能去说服儿子,放弃过去,路还很长,不能在一棵树上吊死。相反,如果她用更激烈的言语刺激儿子那些错乱的神经,后果一定会不堪设想,遭殃的不仅是赵家的形象,就连儿子的性命也恐保不住了。

连福喝完酒以后,并没有去南屋睡觉,他走出小院,来到北面的小草屋里。小屋的门是三角形的,说是门,其实是个大洞。这间临时性的小屋是连福的父亲生前居住的。老人家患了一种怪病,唯恐传染给家人,就搭建了这间小屋,只身一人住在里面,直到那个寒冷的夜间直挺挺地死去。小屋已很久没人居住了,一股霉味扑鼻而来,呛得连福连咳几声。他点上那盏挂在屋脊上的煤油灯,光线尽管暗淡,屋内却一览无余。里面没有什么像样的摆设,只有一张柴铺和一个方桌。地铺紧靠小屋的西侧,摆在地铺东北方向的破方桌有些年头了,是连福的父亲上私塾的那些年里用的书桌。连福和衣躺在床上,脑子里乱七八糟,他不敢去回忆朱为民那伙人折磨他的情景,索性睡下。他吹灭煤油灯,望着屋外惨淡的亮光。伴着一串模糊的虫

鸣，他迷迷糊糊地进入了梦乡。

　　第二天傍晚，半红半黄的太阳已经落下，夕阳的余晖斜照在诊所的屋顶上。诊所内的长椅上坐着三个老人，老大夫开完药以后，就背着手回家去了。老大夫毕竟年纪大了，精神头不如往日充足，天一上黑，就哈欠连天。给几个病人抓了药，又给其中一个病人打了两小针，一天的忙碌总算结束了。诊所里只剩下莲莲一个人，她坐在老大夫使用的椅子上，面朝屋外，对着不远处的墙壁发呆。突然，她想起了连福。她不知道连福到哪里去了，一直担心他的安危。前些天，凤妮每隔两个钟头，就要来诊所找她出主意。从上个晚上到现在，已经有一整天了，她却再没见到老人的影子。

　　莲莲觉得奇怪，打算去连福家问个究竟。她刚锁上院子大门，就瞧见凤妮踮着小脚从北向南走来。她急忙迎上前去，见凤妮手里拎着一只酒瓶，忙问："大娘，前天不是买过酒了吗，我记得您打了差不多有六七两呢，这么快就喝光了！"凤妮笑着说："傻妮子，不是俺一个人喝。"莲莲走上前去，抱住凤妮的胳膊，惊喜地说："您是说，连福哥，他回来了！"凤妮说："乖乖，打酒只是俺的一个幌子，连福是回来了，可睡了一天一夜了，看样子还打算接着睡下去。俺去叫，他也不理俺，让俺心里着急啊！你说要是真有个三长两短，俺以后还怎么活。俺过来就是想让你去劝劝，你的话他听。""大娘，别急，您先回去，把酒瓶给我。"

　　莲莲来到代销点，花了八毛五分钱，打了一斤散酒后，就提着酒，直接到连福家去了。通往庄里的这条南北路漆黑漆黑的，见不到一个人影，倒是有个别光棍藏匿在学校东边的杨树林里装神弄鬼。每遇到一个过往的行人，那些个光棍就捏着鼻子，一阵狂喊。好在莲莲常走夜路，身体又棒，坚信为人不做亏心事、半夜不怕鬼敲门的老理儿，对这些早已见怪不怪了。来到庄东头这个十字路口时，庄里的人家已清晰可见了。三三两两的人家点起了煤油灯，几只没有名字的小狗"汪汪"地叫唤着，虽然听不出一丝一毫的节奏，倒让人感到亲切。在向西行走的途中，莲莲遇到过一两个熟人，看见她手里的酒瓶，都不敢和这个姑娘说话，尽量避得远远的。

　　为了不让别人把自己看成一个神经病，她主动和别人打招呼，居然没人敢接她的话，鼻腔里只"嗯"了一声，就加快了慌乱的脚步。从这些人的异常举动中，她得出这样的判断：走过去的这几个人手头都不干净，或许已干起了小偷小摸的勾当。通往连福家的这条中心小路已失去了白天的光亮，除两旁林子里的鸟叫声，几乎听不到其他任何杂音。鸟儿本该睡去，却在这里瞎叫唤，不知为何，没人搞得懂。小路像一条黑带子，很自然地将两旁的小黑屋子拴起来，忽隐忽现。莲莲凭着印象，就能知道这是谁的家、那是谁的房子。

　　村庄的夜是美丽的，也是神秘的，星光点点，更多的家庭由于贫穷，而不得不早早熄灯，平时爱疯闹的孩子们也都被大人叫去睡了，一切都归于了平静。尽管庄子看不出有多么祥和，这里却是莲莲永久的家。每当莲莲想到自己即将远走高飞的时候，她的心就很痛。她不想这么早就把自己嫁出去，离开这个熟悉的庄子，去一个陌生的地方，真舍不得啊！她万般无奈。

听到一串轻盈的脚步声，连福终于睁开了疲倦的眼睛。莲莲走进屋里，擦着一根火柴，照亮了屋里的一切。来之前，她并没有刻意打扮一番，只是脱掉了身上的工作服，穿上这件自己平时爱穿的小夹袄。莲莲是个心灵手巧的姑娘，不仅能干，针线活也是一把好手，自己穿的、戴的不用别人为她操心，哥和妹的衣裳也是她一针一线做出来的，有模有样，和成品衣服差不多。

连福坐起来，拉了拉身上的被子，满脸惊讶地说："莲莲，你怎么过来了？诊所里不忙吗？"放下酒瓶，莲莲浅浅一笑，催促连福起来。就是莲莲这个微笑，让连福顿觉一股暖流钻进了心窝。人啊，只有当他处于无助的时候，才发觉友情是多么重要。爱情固然已经远去了，猛然之间出现这么一个关心体贴的朋友，让他感到惊喜的同时，心中那份孤单也开始渐渐地变淡了。

莲莲在两只白碗里斟满酒，然后坐在铺沿上，手持酒碗，双眸凝视着连福的脸颊，伤心地掉下了眼泪。此时此刻，再多的话都是多余的，所有的感情和无奈全在这碗酒里了。莲莲仰起脖子，足足喝下半碗酒。突然，莲莲哭出了声。她的哭声中饱含对连福命运的深深同情，其实又何尝不是为自己的前途而担忧呢。高志锐究竟是个什么样的人，嫁给他以后，究竟要过怎样的日子，一切都是未知数啊！还有，她在这里生活了二十多年，让她嫁到一个陌生的地方，以前想都未曾想过，可命运偏偏做了这样的安排。

连福深感意外地说："你一个姑娘家，喝这么多酒干吗，从来没听说过你也能喝酒。"莲莲带着醉意说："连福哥，你是我最敬重的人，也只有在你面前，我才变得无拘无束。喝吧，哥，喝下去就好了，一切就当什么也没发生过。人这一辈子啊，不遇到几条沟、几道坎，还能叫人生吗？可是沟和坎并不可怕，纵纵身就过去了，可怕的是心里那道坎啊！如果失掉了跨过去的勇气，可就再也站不起来了。"莲莲说着，哭着，竟一发不可收拾了。"连福哥，你知道我的心有多苦吗？你不知道！你心里只有宝珍姐，完全不知道还有一个人也在默默地惦记着你。她那份爱藏在她的心底，从没有表达过。现在，她已无路可走，很快就要离开这个地方，嫁到一个谁也不认识的家庭，淡淡地去度过她的余生了。"

到了此时，连福已完全明白了莲莲的这份心意，可那又能怎样呢。是啊，人的这一生，只是短短的几十年，青春年少的时光就更加稀少了，不论多么争强好胜，在残酷的现实面前，每个人都是弱者。只有面对现实，适应这个弱肉强食的社会法

则，整装待发，才能闯出一片真正属于自己的新天地啊！他用手指抠着碗底，举起这只似有千斤分量的白碗，喝下碗里的白酒。莲莲即将远嫁了，离开这个贫穷的地方，到县城去过好日子。这本该是个值得庆幸和祝福的事情，而连福却无话可说。他想不出什么宽慰莲莲的话，只能在心里默默地祝福这个好妹妹过上幸福的生活。

九

在儿子的婚姻大事上，小闺女彩霞成了凤妮最后的救命稻草。彩霞没上过几天学，大字不识一个，是个典型的"识字班"。彩霞参加过十来次扫盲识字班课程的学习，入脑的东西不多，最多认识自己的名字而已。但她活儿干得不少，工分不少挣，心又细，手工活也做得不错，还会纳鞋底，编出来的苇席和席夹子精致好看。她没事就编，编好就拿街上去卖，卖的钱除给家里买油买盐，剩余的还给自己买块布料，做件衣服或裤子。

连福和宝珍的事告一段落后，彩霞觉得自己身上的责任越来越重了。凤妮之所以一直不让小女儿找婆家，就是想让彩霞给连福换个女人。彩霞理解凤妮的良苦用心，虽然她很不乐意，却只能忍在心里。她从不多说一句话，队里有活就干，没活就在湖边转，或干脆待在屋里，纳鞋底、绣花，很少去邻居家和姐妹们闲聊。彩霞嘴里不说什么，凤妮心里却不是个滋味。夜深人静时，她就会偷抹眼泪，觉得对不起小闺女。但她又很庆幸自己还有个待嫁的闺女，搁在别的只有光棍汉的家，当父母的就只有哀叹的份儿了。只是换亲后，吃亏的终将是自己的闺女，往往嫁不到一个好人家。穷自不必说，关键是所嫁的男人一般都有缺陷。如果没有缺陷，年龄也一定很大，大个十岁、二十岁的是常事。

这又是个好天，阳光普照，不冷不热。赵新菊捎信给凤妮，说她给连福物色个对象，沙埠大队的，离这二里地左右，一袋烟抽不完就能到达庄头。姑娘陈小丫长得俊俏，后脑勺留了一根辫子。凤妮一夜没睡着，她庆幸两条"联盟"烟和三十块钱起到了大作用。天亮的时候，她早早起床，洗完三遍脸，特意抹了一层雪花膏。饭后，她站在大门旁那棵槐树下，等候亲家的到来。不到一个小时，赵新菊一个人匆匆忙忙地来了。看她走路风风火火的样子，精神饱满了许多，这不得不让人感慨，钱的确是个好东西啊！紧跟着，连福的"岳父母"到了。见过连福，两口子都觉得人还不错，穿着得体，心里自然高兴。

大家围着桌子坐下来以后，吃着筐里的花生，聊着天，会抽烟的抽根烟，不抽烟的喝口水，白糖是必不可少的。临近中午，凤妮差遣骆驼从街上买来一块大半斤重的猪肉，东拼西凑，备了六盘热菜。赵新菊带头不走，客人无须客套，也都留下来饮酒说话。趁赵新菊和凤妮说话时，凤妮这对老亲家说庄里有个堂妹，便假借去拜望，起身打听连福的家庭情况去了。回来的时候，又和赵新菊说了一堆闲言碎语，夸庄子大，人朴实，老井也不错，上千口人喝水，都指这口井，该弄个围栏，要是哪个调皮孩子往里撒泡尿，水就没法吃了，或者谁想不开，跳个井啥的，晦气。

　　为给亲家两口子和赵新菊腾出说悄悄话的空儿，凤妮起身出去了。赵新菊噘着嘴说："不是我说你们，不相信我，还叫我给你们办什么事？""真的只是转了一圈，从未来过，庄子的确不小，人也厚道。老姐，不是对你不信任，你这当媒人，又不是一年两年，十里八里，就数你了，哪有不尊重你的道理？"

　　连福的"老丈人"慌乱中掏出一包没开封的"联盟"烟，恭敬地送给赵新菊，总算过了这道关。赵新菊接过烟，不慌不忙地说："没有意见，这事我看就定下来了，不许再反悔。给闺女找婆家，谨慎点不是个坏事，既然看中了，凤妮嫂子和连福这小子也都没什么意见，这事就赶紧办了，省得夜长梦多。看你们家那小子急得跟猴似的，办完，心病就没有了。"连福的"丈人"连连点头，高兴地说："都听你的。"

　　凤妮送走"亲家"两口子，急忙转身回屋，给赵新菊添了一些热水，又挖了一匙白糖，手腕抖也不抖，直接放进碗里，用小匙搅拌均匀，端到赵新菊手里，客气地说："不凉不热，喝下解渴，这事真劳烦你了。"赵新菊笑着对凤妮说："定了！"凤妮像没反应过来，随口问："定了？"赵新菊再次肯定地说："定了！你看这事办得多利索，人家也是个讲究人，见大侄子一眼，就相中了，说连福有福相，闺女嫁过来不会吃亏的。"凤妮问："换亲？"赵新菊不慌不忙地说："换亲叫什么本事，是转亲，三家拐。"凤妮说："彩霞的婆家那边，俺还是有点不放心。"赵新菊大包大揽地说："明天就带你去宋庄看看，人那家庭，什么都有，三转一响，黄金万两，小车一推，白银成堆，哈口气都有一股子新票子味。"

　　次日拂晓，雾气充盈着整个天空，欣喜地拥抱着大地，万物合一，时间像骤停似的，永远定格在这个初秋。太阳懒洋洋地赖在床上，好一阵子才挥着两只大手，拨开云层，直接蹿到半空中。晨雾散去的时候，凤妮和赵新菊一起火急火燎地到宋庄去了。两人步行约四十分钟，见人也都懒得打个招呼，更不停下说话看景，蹚过半截黄豆地，很快来到了彩霞婆家的门口。两个老女人停下来，放眼看去，顿感宋庄是个富足的地方。凤妮审视着亲家三间半截瓦顶半截草顶的新房，早被惊得哑口无言了。走进屋里，凤妮看到一台缝纫机、一辆崭新的自行车、一个座钟，其他家具也一应俱全，心情就逐渐放松下来。

这时，走进来一个男人，约三十七八岁，年纪偏大，嘴巴却很甜，哪句话不好听不说哪句，哪句话不碰人心眼不说哪句，恣得凤妮心里头像吃了一块西瓜。赵新菊对凤妮说，这就是彩霞侄女的对象，不是我吹牛，这长相，咱后行庄还真找不出来一个。咱不说人长得好与差，光听说话，就是个有教养的孩子，人有人，个有个，壮得像头牛，一把就能举起一个石碡辘。

连日来，庄上在疯传一个大好消息，说得有鼻子有眼儿，无论大人孩子，只要一见面，都兴奋地比画着文化站那位年轻的放映员要来庄里放电影了。有人不信，别人就告诉他，是韩科成亲口说的，大伙才真正地相信了。老井东边这块空地是多年来放电影、唱戏的好地方，面积约三亩，地面平整，西头又有两棵椿树，放电影时无须栽杆子，可直接将银幕绑在椿树上。社员们在这里看过《车轮滚滚》《英雄儿女》《上甘岭》等主旋律电影，还欣赏过县柳琴剧团自编自演的柳琴戏《张万户》《蓝丁香》《贵三和夏妞》等等，八大样板戏就更不用说了。

这晚，那位放映员果然提前来到了后行，在这片空地上忙活起来。他来不及吃晚饭，就搭起一张黑边白底的大幅银幕，又把放映机放在一张大八仙桌上，然后急急忙忙地给发电机装满汽油。发电机"吱吱"转动几下，绑在桌腿上的竹竿上头的灯泡就亮了。霎时，将整个场地照得亮亮堂堂，一览无余。

孩子们吵吵闹闹地围着发电机欣赏一番，很快就钻进人群里，来到放映机前后左右最方便观看的地方，耐心地等待着影片的到来。电影《青山恋》上映后，放映员不仅要忙着换片子，还要照看发电机，累得满头大汗。由于三个庄子同放这部老片子，中途出现了断片现象。这是一个再正常不过的事，被人戏称为"跑片"。观众等得不耐烦了，嘴里不时地发出了责怪和埋怨声。看完第二节片子，观众们只好硬着头皮等待第三节。时间过去了一个半小时，片子依然未到，以骆驼为首的光棍们就喊了起来。

很快，场上出现了骚乱。有人骂，有人哭，有人叫，有人趁机摸女人的大腿，场面大有失控的可能。庄看庄，户看户，关键时刻还要看干部。韩科成一声令下，所有干部钻进人群，用沙哑的嗓音一边大喊，一边扬起手中的衣服或树枝，扫向混乱的人群。"三星"升到头顶的时候，第三节片子终于到了。激动的光棍汉们再也找不到兴风作浪的借口，不得不默默地欣赏着影片里赵丹、祝希娟饰演的角色。

凤妮的心思却不在电影的情节上，她无时无刻不在担心家里的彩霞。放电影前，凤妮叫彩霞一起过来，可这个肉货死活不跟来，这让她起了疑心。这是一个没有月光的夜晚，凤妮离开电影放映的地方，迈着小脚，小心翼翼地回家去了。果如凤妮所料。她回到家中，在堂屋内转了一圈，又去南屋里寻找了一阵，再去屋后的小棚、厕所、皂荚树等地寻找，都见不到彩霞的影子。回到屋里，凤妮瘫倒在地上，不禁

伤心地号啕大哭起来。

她边哭边数落:"二熊妮子,俺对你怎么样?要是不好,你跑就跑了,俺也不找你了。可你答应过俺,说什么也不跑,男人再差,长得再丑,年纪再大,你都说要给你哥转一家子人。这话可是你说的,俺又没逼你。何况你要嫁的女婿俺也看到了,人长得标致,家庭条件又好,你说,你这样做对得起谁啊?"

凤妮寻了一夜,终于在北汪的芦苇丛里找到了彩霞。娘俩坐在堂屋里,一宿未眠,谁也不说话。鸡叫了三遍,总算完成了任务,等待主人犒劳。凤妮晃着单薄的身子,走出屋子,把鸡笼打开。公鸡和母鸡伸伸懒腰,便围着凤妮"咯咯"地叫了起来。彩霞拿来一只干瓢,撒了一把麦子,对几只鸡说:"别吃噎着了,外面虫子多的是,活食,长身体,能下蛋。看什么看,你们是你们,我是我,你们能出去散散心,我只能在家里干活,还受气,人家一不满意,就得给我眼色看。"

看着彩霞的身影,连福难过地低下头去,眼角出现两道光线,像要落泪似的。他突然觉得太对不起二妹了。婚姻是他自己的事情,为什么还要牺牲彩霞这个好妹妹的幸福呢?凤妮严厉地说:"谁都有走出去的权利,就你没有。"彩霞冷冷地看了凤妮一眼,转身回屋去了。连福说:"都怪哥无能。"彩霞说:"哥,你别生气,我只是心里不好受才出去转转的,让你担心了。"

凤妮进屋以后,面无表情,狠狠地坐在一只小凳子上。她的脸色越来越难看了,像个死人,让人心生恐惧。她不忍见到一双儿女抹泪水,鼻子酸溜溜的,可她又不得不狠下心来,说:"都给俺听好了,这个家,俺说了算。天该走这一步,谁也躲不过去,就这命,不服也不行。俺是服了,你们俩更得服。怎么不是一辈子,你娘三十多岁就守寡,不也挺过来了,有谁说你娘半个不字吗?没有一个,谁也不敢!背后骂,俺管不着,当面说试试,看我不掰掉他的一颗门牙,俺这老嬷嬷就认栽了。后行庄简单吗?说简单也简单,说不简单,每个人心里头都有一本账。你好的时候,他不给你算,你落难的时候,连屎都朝你头上泼。转亲不好听,这个俺不是不知道,过了一阵子,各过各的日子,生了孩子,一大家人,谁还在乎你是娶的还是转的。什么都可以没有,就是不能没有人。你哥打一辈子光棍,你心里能好受?等俺死了,连个接你回家的侄子都没有一个,你的脸又往哪搁?大孩你也不要想得太多。是,你要面子,处处想比人强。可这也不差。想转亲的人多了,但都没你这个条件。你疼你妹妹,这俺知道,可就凭你妹妹的情况,找个好对象也不易。就这个局,也就是这步棋,该落哪个子,俺心里头有数。"

彩霞满脸泪花,她已被凤妮诚挚的话语感动得哭了。她跪下来,边给母亲磕头,边悲声地说:"我错了,娘,我错了!我不该惹您老人家生气。"彩霞抱着凤妮的小腿,凄楚的眼神里充满了悔意。她的头发还未收拢起来,只能看到半只眼睛。她的眼不大，也失去了往日的光彩。面对连福的泪眼和母亲的苛责，这个曾一心一意为家庭着想的好姑娘又能说些什么呢。

突然，凤妮站起来，来到彩霞面前，伸出一只手，揪住闺女的头发，说："死熊妮子，你错了？你还有错？俺说的话，你是忘了，还是有意和俺作对？"彩霞仰起头来，说："娘，我已经给你磕头认罪了，还不行吗？"凤妮眼里噙着泪花，却愣是没让泪水掉下来。"为什么要跑，熊妮子？你说你娘容易吗？又当娘又当爹，一把屎一把尿，把你们拉扯大，到头来还都是娘的不是。这叫什么事？啊，你要是有本事，就跑得远远的，别让俺逮着，不行吗？既然没那个本事，就别跑，老老实实地在家待着，等上了花轿，到了你婆家，你想怎么样就怎么样，死了，俺也不问你的事了。死熊妮子，你叫俺怎么说你才好啊！"连福说："娘，你别这样，妹妹也就是出去转转，别听风就是雨。"

凤妮顿了一下，说："这事不简单。彩霞，俺告诉你，别去学韩三丫，看一场电影，吃人三根冰糕，就跟那个男人跑了。跟个好男人也就罢了，三天不到，就被人揍回来了，鼻青脸肿。就这个名声，到哪再去找婆家？还不如喝口农药死了算了，丢人不丢人，脊梁骨都让人戳弯了！二妮子，俺问你，谁让你躲在芦苇丛里的，是不是有人打算去接应你？"彩霞小声说："王鸿海。""王鸿海？还真有个男人？学校老师？啊，他叫你去死，你也去？"凤妮的声音变得有些不像自己了，又尖又利。彩霞恐惧地回答："鸿海，他说，能让我吃上大米饭。"

连福的泪奔流而出了，他转过身去，用袖子擦掉脸上的泪，鼻孔里抽泣着。他的鼻尖红红的，像是被人用刀剜去了半个，几乎流出血来了。凤妮恶狠狠地对连福说："快把小熊妮子给俺绑了，绑了，拿绳子去，快，过道里。"连福祈求似的说："娘，算了吧，还是给彩霞一条出路吧，妹妹怪可怜的。"

"就她可怜，你不可怜，你娘不可怜，咱这个家不可怜？"凤妮每说一句话，心头就颤抖一次。当她把话说完以后，嘴巴再也张不开了。凤妮把彩霞带进南屋，锁上了小门。她从北墙的窗口对屋里的彩霞说："敢走出一步，就打断你的腿，让你爬都爬不动。还王鸿海，一个民办老师，有什么好？就那几块钱，俺还看不上眼呢。别说是一个民办老师，就算是个正式的，俺照样瞧不起他。这叫什么事？光明正大的路他不走，尽走歪门邪道。你躲在芦苇丛里，他来接你了吗？没有吧。他为什么不来？无非是想哄哄你，只要达到了他的目的，就把你一脚蹬开了。好好想想吧，死熊妮子，烂眼珠子，比你大姐差远了，看人家过的是什么日子。你呢？要是能有她一半的能耐，俺也就放宽心了。死熊妮子，不识好歹，不知天高地厚，就算不给你哥转亲，也不能让你去寻王鸿海。"

百密一疏，凤妮看管彩霞也有松懈的时候。这天上午，凤妮来到菜园地里，看

到满地的秋黄瓜长得又长又大，心中窃喜，就随手摘了一根，用手搓掉软刺，直接放进嘴里吃了。由于光照时间短，秋黄瓜远不及夏黄瓜的味道鲜美，产量也低，但总算是一盘菜，招待个亲戚啥的，也能派上用场。凤妮心里美滋滋的，她手握着半根黄瓜，高兴地向东西两头望去。所有的菜园地都荒芜不堪，有的户已扯断黄瓜架，松散的支架和透黄的秧子被扔得到处都是，一片狼藉；有的社员正在挖地，准备在地里撒上萝卜或白菜种，希望收获一些过冬菜。黄瓜地的东边是凤妮种的大豆，长得很茂盛，已结出许多饱满的荚角，可望丰产丰收。所有这些都让凤妮兴奋得合不拢嘴。吃完黄瓜，她又摘了一些通红的辣椒，放进篮子里。见豆地里有几株野草，虽不碍大事，她也不想放过，就蹲下来，边哼着小曲边拔草。

骆驼闪身钻进凤妮的院子，站在南屋的小窗边，和彩霞打了声招呼。这是个单扇窗，白茬，没有上漆，经不住风吹雨淋，窗掌已变成黑色。里外的窗台上被凤妮收拾得利利索索，不曾见到任何一样物品。看到眼前这个小姑娘满是泪痕的脸庞，骆驼心里很不好受，眼泪像不由他支配似的，顺着他瘦瘦的脸颊滑了下来。彩霞惊喜地说："是你，骆驼哥。""听说你被关起来了，早想来看你，只是没有机会。"彩霞对屋外的骆驼说："骆驼哥，进屋吃糖，攒给你的，舍不得吃，还有半包烟。"

骆驼好奇地问："你也抽烟？""我哪抽得了烟，看我的两只手，还被绑着呢。"骆驼问："手被绑了，怎么吃饭？""到吃饭的时候，俺娘就给我解开手脖上的绳子。"骆驼问："恨这个世界吗？""什么世界不世界的，我不懂。我只知道娘是对的。没有娘辛辛苦苦操持这个家，就没有我的今天。"骆驼摇摇头，说："恨这样的人生吗？"彩霞笑着说："骆驼哥，你学问深，我瞎字不识一个，听不懂你的话。""你是真不懂，还是装不懂？"彩霞摇摇头，说："我哪里会装？锅台前磨到锅台后，做饭、刷碗、洗衣裳，上工、干活、做针线，见我装过没有？我这人你不了解，实心眼子，脾气直，有饭就吃，有活就干，没事就算。"

骆驼靠近门前，见门上有一把老式小铜锁，长方条状，就愣着说："锁着呢，怎么进得去？"彩霞提醒骆驼："去堂屋里找钥匙。"骆驼走进堂屋，在小箱里找到那把拴着黑布条的单条钥匙。他回到南屋门旁，打开了小门。这扇门是连福做的，新式新样，上面镶着一块砖头大小的毛玻璃。小屋虽然暗淡，却也看得清里面的一切。骆驼穿过屋子中间的芦苇围挡，来到了里间，首先映入他眼帘的是放在桌上煤油灯旁的硬糖，一共七块。他不好意思去拿糖块，怕被彩霞笑话，随口问："烟呢？""在中间抽屉里，自己拿。"

这张办公桌是连福新近打出来的，新刷上去的油漆散发出的味道并没那么难闻。办公桌共设计了三个抽屉，耳状的拉手上已经生了一层黑锈。骆驼打开中间的抽屉，从纸包里取出一盒连福抽剩的香烟，放进嘴里一支。彩霞说："先吃块糖，甜得很。"

骆驼笑眯眯地含着糖，两腮一瘪一鼓，口中发出一阵声音。骆驼多情地看着彩霞，说："亲妹妹你还惦记我，满庄的小姑娘都不拿我当人待。""骆驼哥，想吃，就再吃一块吧。"骆驼吃完六块糖以后，点上手中这支烟。彩霞说："什么事，直说吧。"

"也没什么，就是想，想你了，来看看。万一，有什么好机会，或许我能帮帮你。""既然想我，就帮我把绳子解开。"骆驼沉思了一下，还是俯下身子，可他并没有去解绳头，而是用手攥住了彩霞柔软的手。彩霞笑了一声，说："骆驼哥，我的手热乎吗？"骆驼急忙松开手，说："妹，绳头咋这么难找呢。""如果我说，解开以后，跟你走，你就不会解不开了。"骆驼苦笑一声，说："我也知道，自己没这福气。只是，你这么嫁出去，亏了。"

"哥，还是去学校给鸿海捎个话吧，让他找个机会带我走，办得到吗？"骆驼惊讶地说："真的是王鸿海？说梦话了吧，彩霞。""是他，怎么了，有意见？难道我就不能找个当老师的？""王鸿海那小子油头滑脑，你怎能和这样的男人处对象？像我，骆驼，你骆驼哥，不好吗？是长得不如王鸿海，还是心地不如他善良？憨丫头，不要被假象迷惑了眼睛，那孩子不是个好种，就算你跟了他，也不可能长久，早晚会把你蹬了。"彩霞生气地说："我认了，再坏，我赵彩霞也认了。"

望着骆驼失望的背影渐行渐远，彩霞嘴角露出了一丝期盼。此时此刻，这个平时温顺得如一只羊羔的姑娘真心追爱的喜悦表现得淋漓尽致，她兴奋的表情、自信满满的内心以及对王鸿海带她远走高飞的期待，无一不让她对美好的幸福生活充满了憧憬。诚然，她不希望背叛自己的家庭、苦难的母亲和身心疲惫的大哥，可她已经控制不住内心的情感。她要大胆地去爱，去和心爱的男人永远生活在一起，过真正属于自己的好日子。

凤妮从菜地回来以后，越来越懂得当断不断必受其乱的道理。到了夜间，星星点点的空中射来了不起眼的光线，本来是大半轮凄美的月亮高悬在空中，愣是被远处飘来的几块黑云挤没了。后行庄静得有点吓人，没人在这个时候还要出来做一些无聊的事情，大多穿着旧棉袄和衣睡去了。几个夜行鬼在一串狗吠声中渐渐失去了踪影，估计又到饲养场或大队部找乐子去了。

凤妮辗转反侧，反复思考着对付彩霞的办法。在凤妮看来，彩霞只是做样子给她看的，她骨子里还在想着王鸿海。如果不尽快找到一个解决的办法，彩霞迟早会背叛这个家的。凤妮面无表情地望着窗外，透过密密麻麻的梧桐树叶子，可以清楚地观察到南屋的门和窗，那里发生的一切就像放电影似的及时传递到她的大脑里，使她的心稍稍安稳下来。凤妮不是没想过要退缩，让彩霞和王鸿海结为夫妻，可这个想法一露头，又被她很快打消了。她索性坐在床头，一直挨到天似亮非亮。鸡的叫声越来越清晰，却越来越让凤妮感到心慌意乱。她急忙从床上爬起来，穿上那件紫灰色外套。凤妮的这件外套是大闺女金花给她买的成品，穿在身上很合适，也是她最能穿得出去的人情衣服。

　　她绑上两根深绿色腿带，缠了六道，又穿上那双小尖头黑布鞋，用手掸去上面的浮土，轻手轻脚地走出了屋子。她绕过那棵粗壮的梧桐，悄悄来到南屋的小窗下，听到了彩霞均匀的呼吸声。她又来到东山墙和邻居家形成的小巷里，确定墙上没有被撬动的痕迹，又确信地面上没有脚印，这才放心地走入幽暗的过道，小心地打开两扇干裂的木门。收到凤妮送来的半包鲜嫩黄瓜和半篮新鲜红椒，赵新菊顾不上吃饭，推着脚车，就到宋庄去了。

　　给赵新菊开门的是个四十五岁左右的丑陋男人，眼睛不好使，耳朵却很尖。接过赵新菊手里的脚车，男人凑近赵新菊的脸，看了半天，客气地说："原来是大姑，来就来呗，还送辆车子。"赵新菊没好气地说："尽想好事！要不是你娘送我几只冬瓜，我还用推车过来，累死你老姑我了。"男人说："彩霞，她没跟你一起来？"赵新菊说："你的好事就要到了。"

　　正说着话，男人的父亲从屋里走出来，热情地对赵新菊说："大妹，你来得正好，昨天摘了几个冬瓜，想今儿个送你那儿去，没想到你主动来了。"赵新菊明知故问："去我那儿有事？"男人快人快语："俺爹还不是担心夜长梦多，怕到手的儿媳妇没了。"男人的父亲问赵新菊："彩霞的娘上次来，没看出什么不妥吧。"赵新菊沉下脸，说："郑凤妮那人精得跟猴似的，估计已猜出个八九分来了。"

　　凤妮烧好一锅咸汤，泡半块煎饼吃了一碗，然后独自坐在磨盘前的小凳子上，将刷好的碗和盘子分放在地上。刷筷子的时候，她用手搓了一遍又一遍，直到十五分钟后停下来时，才发现彩霞的碗筷还未收拾，就走了过去，打开了南屋门。见碗筷摆放齐整，碗里的咸汤和盘里的青菜被彩霞吃得精光，她高兴地拿起碗碟筷就走。彩霞讨好地说："娘，别太累着，要保重身体。"凤妮转过身子，刚想温柔地回答彩霞，猛见闺女那张笑盈盈的脸，又将身子狠狠地转了回来，口中气哼哼地说："你娘的身体还行，死不了。"

　　凤妮来到磨盘前，她似乎明白了彩霞话中的弦外之音，就把一只碗举过头顶，猛一用力，甩在旁边那块大石头尖上，瞬间七零八落。彩霞大声问："怎么回事？"凤妮说："碎了。"彩霞说："娘，您没事吧。"凤妮说："能有什么事，死丫头，不就是一只碗吗？别说一只，就是一百只，一千只，俺也不心疼。"

　　赵新菊吃晌午饭前准时来到凤妮的家，一坐下来，就将此番辛劳经历念给凤妮听了。凤妮热泪盈眶，激动地伸出两只长满老茧的手，紧张地握着赵新菊的一只手，大妹长、大妹短，高兴而甜润地叫了一遍又一遍。两个老女人看上去像一对多年不见的双胞胎姐妹，似有说不完的话。

赵新菊说:"走了不下三十里路,去了三家,见到几十口人,老少都得同意才行。好说歹说,功夫总算没白费,二侄女的生辰给姓宋的说了,又把姓宋丫头的生辰带到沙埠的老陈家,费了一番劲,才要来你儿媳妇陈小丫的生日,腿还差点被她家那只大黄狗咬了。大妹你看,这张纸条,出生年月日都写得明白,陈小丫的时辰记不太清了,大概是晌午头。转了一大圈子,两家总算齐整,都答应无须传启,既省时间,又省钱,两全其美。两个亲家都客客气气地留我吃酒,哪顾得过来。差点忘了,大妹,跟我出来,看看给你带来了什么好东西。"

二人一前一后来到院外。赵新菊指着车子上面的大口袋,对凤妮说:"看这脚车上的东西,都装不下了,人都能累死,图个啥嘛?"凤妮这才仔细看那脚车一眼,只见车上有四只口袋,都鼓鼓囊囊的,分放在车架两旁。她笑着问:"都是什么好东西?看上去怪沉的。"赵新菊咧着嘴,说:"也没啥,小半袋大米、一袋青菜、两袋冬瓜。给了,又不能不拿,驳人面子总不好。看这么多东西,我一个人也吃不完,快过来,搭把手,卸下来,帮我吃点,烂了白搭。对,就这袋冬瓜,给你了。听说大侄子最喜欢吃这玩意儿。愣着干吗?快,搬屋里去。"

凤妮说什么也不肯要赵新菊的冬瓜,就把她拽走了。两个女人又来到堂屋里坐下。凤妮倒了一碗白糖茶。说实话,后行数百户家庭中能喝上白糖茶的人家微乎其微,这是凤妮最感骄傲的一件事,再穷也不能缺这个,尽管自己从舍不得喝它。凤妮拉着赵新菊的手,说:"大妹,说什么,俺也不能吃你的东西。你这么辛苦,俺也准备了一份,别嫌少,也别嫌坏。"凤妮松开赵新菊的手,走进里屋,不久提着一只小筐出来了。赵新菊伸着头,问:"啥?"凤妮说:"也没什么,二十六个馒头,攒了半年的白面,一直舍不得吃,早清子又没事,蒸了一锅。你说巧不巧,整整二十六个,多吉利。"赵新菊拍着大腿,说:"真是太巧了,老宋找人合了侄女的生辰八字,婚期就定在这月的二十六。"凤妮含着眼泪,激动地说:"还有十多天准备时间,不管怎么说,得让二妮子风风光光走出赵家门。"赵新菊喜笑颜开地说:"光顾高兴了,还没垫肚皮呢。有什么好吃的,尽管弄几样,喝盅小酒,解解乏。"

凤妮踮着小脚进了厨房,系上蓝色围裙。约莫二十分钟时间,就弄出来两盘小菜。鸡蛋必不可少,黄瓜是现成的,没找到大蒜,就用白糖拌了一碟。一荤一素摆上桌面,凤妮又拿出喝剩的半瓶散酒,热情地招呼赵新菊坐下来。赵新菊夹了一块黄瓜,蘸了一点白糖,填进嘴里。她边用心嚼着,边从牙缝里蹦出一句话来:"连福的丈母娘上次来你家,你看出什么问题没有?"凤妮急忙问:"什么事?俺倒没看出什么,是不是对俺这个家不中意?"赵新菊生气地说:"见过不要脸的,还没见过这么不要脸的。"凤妮说:"怎么了?"

"居然去找人打听连福,我是中间人,一手托三家,你说这让我的脸往哪搁?

能有个亲转已经很不错了，还到处打听这打听那，讨厌不讨厌？我最烦这样的人。要不是为了连福，早不睬他们了。"说完这番话，赵新菊故作激动和愤懑，接连斟了两盅酒，都咕咚喝了下去，又连吃几口菜，抹抹嘴。

　　凤妮光顾着听赵新菊说话，既忘了喝酒，也没有吃菜。"这也是人之常情，你也就别生气了。就说彩霞的婆家吧，俺就看不出来他那一家子人还会藏着掖着。不过呢，就算他家的那些好东西都是从别人家借来的，也能理解，只要人不是借的就好！"

　　凤妮特别加重了最后一句话的语气。赵新菊愣了一下没有继续夹菜，只是端起酒盅，晃了又晃，才"滋溜"一下，将剩余的半盅酒都倒进嘴里，却呛得她连咳十七八下，赵新菊红着脸说："喝高了，得走了。"

　　凤妮也不挽留，就站起来，提起装着馒头的篮子，说："还是等连福回来，送你回去，看你喝这么高，一头钻井里去，要是出了鬼，还真怪吓人的。"赵新菊一声不吭地来到了屋外，将黑色的车攀盘在白皙的脖子上，双手紧握车把，转身对凤妮说："那就喜事老殡一块办，省心。开句玩笑，你还别说，你那儿媳妇好看着呢，真好看，没谁能比得上。别耽搁了，快去找人给查查，尽早定下日子。别忘了买两包烟。"话一说完，赵新菊就推着车子，小心地走下高台子，来到皂荚树旁，大模大样地向西走去。

　　凤妮费劲地追上赵新菊，气喘吁吁地说："有件大事差点忘了。"赵新菊停稳车子，用毛巾擦把脸，问："什么事？"凤妮说："彩霞嫁走后，万一陈小丫不嫁过来，那不就麻烦了。俺意思是说，三家闺女和三家儿子要同时嫁同时娶才行。"赵新菊笑着说："我早想你们前头去了。可以说，三家转亲是我第一个提出来的，咱全公社，包括汴塘和周边几个公社在内，还都不兴这个呢。"凤妮点点头，却不满意赵新菊的答复。赵新菊又吹嘘着说："这半年下来，我说成多少这样的媒，估计你也清楚吧。"凤妮在赵新菊的肩膀上捶了一拳，说："那还用说，你是个顶个的大媒。"赵新菊挺着肚子，说："大媒不敢当，也就是给十六个老光棍找到了媳妇，多是三家拐，还有四家磨的，都不是同一天日子，没有一个出差错的，都过得美滋滋的。"

　　凤妮回到堂屋，弯下腰，抓着瓶子，扬起脖子，一气喝光了剩下的一两酒。她不舍得吃菜，放下筷子，将碗筷连同剩菜摆在高粱秆编织的小圆拍子上。在去往南屋给彩霞送饭的路上，凤妮醉得东倒西歪，总算准确地摸到南屋门前，用手晃动一下铜锁，发觉自己没带钥匙，又折回去。打开南屋门，凤妮又发现忘了端菜。几经折腾，她总算解开彩霞手脖上的绳子，眼睛一眨不眨地看着闺女吃掉饭菜。彩霞说："定了？"凤妮突然将碗摞在盘子上，当啷一声，把彩霞吓了一跳。彩霞闭上嘴巴，怔怔地看着凤妮。凤妮又将筷子放在碗口上，从床边站起来，淡淡地说："定了。"

彩霞忙接着说："好歹给我准备点嫁妆。"

凤妮看了彩霞一眼，说："养你这个死熊妮子有什么用，走了走了，还惦记家里的老本。不过你也把心放进肚子里，该陪嫁的一样不少。你丢人不要紧，俺还得要脸呢。"彩霞说："娘，放了我吧，帮你收拾收拾。"凤妮端起拍子，往前迈一步，说："该放你的时候会放的。"彩霞流着泪，伤感地说："娘，我出门以后，就没人给你烧洗脚水了。"

忽然，凤妮悲从心头起，眼里涌出来一些泪花。然而，她并没有让眼泪流下来，鼻子只抽了一下，就回归到常态。在这个时候，她更要表现出一副硬心肠，绝不可让闺女有机会。她慢慢悠悠地说："日子都定下来了，你也听见了，别怪娘心狠，嫁就嫁吧。娘也知道你心里委屈，可一个女人，嫁给谁不是嫁，都是一辈子，几十年，说短不短，说长也不长，等生下几个孩子，不管再看哪个男人，就都一个熊样了。俺嫁给你爹的时候才十九岁，整整比那个老熊小十一岁，日子还不是照样过，一大家子人，比谁家也不差。"

回到堂屋以后，凤妮再也控制不住悲伤的情绪，哭得不成样子。彩霞说的那些掏心掏肺的话在她的脑中盘旋着，让她的心痛苦地揪在了一起。她真想去解开彩霞手上的绳子，让她去自由自在地生活。放掉彩霞，她完全办得到，但她不能对不起这个家，她要向死去的老熊兑现自己曾做出的承诺。她的心乱得像一团麻，不敢继续在这里待下去，唯恐那颗已变得脆弱不堪的心被自己亲手撕碎。她缓慢地站起来，从东巷口里找来一根小木棍，急匆匆地离开了院子。她却不敢走远，只能在皂荚树和洋槐树间来回走动。

十

洋槐树没有皂荚树那么高大，但经过十几年的成长历程，它的高度已超过了十五米，给门口这块地提供了一片阴凉。一片叶子从树上掉下来，飘了一阵，最终准确地落在凤妮的脸上。但叶子没做太长时间的停留，就被一阵风吹到地上去了。树干背面三米高的地方留下一个知了壳，虽经风吹日晒，仍紧贴着树干，不肯掉下来。凤妮多么希望未来的孙子"蹭蹭"地爬到树上，亲手够下那个知了壳。想起山庙药材站收购这种壳，她就举起手里的细木棍，踮起脚尖，却怎么也够不到它。她气愤地丢掉木棍，锁上大门，找二大拿看日子去了。

彩霞拿起床头那把紫红色木梳，轻松地梳着头。多日来，她的头从未梳洗过，如果在镜子前照一照，准觉得自己像个疯女人。可那又何妨呢？她估摸着，骆驼已把信捎给了王鸿海，她必须耐心地等待这个心上人。虽然她还不能深刻了解这个男人，但嫁给民办老师，总比一个农民强。这个简单而务实的愿望正是处于社会底层的农村姑娘们最朴素最普遍的想法，她们希望通过嫁给一个有前途的男人从而改变自己的境遇，这又有什么错呢？从这一点上来看，这些姑娘们就比像牲口一样活在这里的男人们强一点儿。可怜的男人们啊！他们过着像打上烙印似的穷日子，却悠然自得，从来不去思考改变困境的办法。

梳完纷乱的头发，彩霞又故意把头发弄乱，她担心被凤妮发现蛛丝马迹。她坐在柳木椅子上，头靠着办公桌，脸歪向窗外。望着窗外的梧桐树，聆听着斑鸠叽叽喳喳的叫声，她的心情从未像现在这样放松过。不知不觉到了傍晚，周边所有的鸟儿都聚到这里来了。梧桐树的每一根树枝上都站着或蹲着一层小鸟，密密麻麻，大概有上千只。有很多鸟儿没人能叫出它们的名字来，但毛色都很好看，眼睛乌黑亮堂，圆圆的，可以照出人影来。鸟儿的叫声圆润，意味悠长，像一个个天生的歌唱家，仿佛在赞美这里的一草一木一人一物。鸟儿基本上处于一种静态中，口中唱着歌，腿脚却不曾移动一下，完全把这里当成了自己的安乐窝。

天空红彤彤的，鸟的叫声逐渐消失，接着便是死一般的沉寂。彩霞盼望王鸿海将她带出这个清冷寂静得让她窒息的小屋。她多么希望自己能够走进无边无际的原野中，尽情地放声歌唱一番啊！即便不能唱出心中那首情歌，在空旷的田野间大喊一声，也能让郁积心中的阴霾顷刻间消散得无影无踪，那也是一种享受啊！看着一只麻雀从容地从地面飞到树梢上以后，彩霞的神情又变得恍惚和不安起来。鸟类属于大自然，自由自在，而她只是一个受别人控制的木偶，完全不能有自己的思想，更谈不上有让理想变成现实的行动。

骆驼是个口技天才，学什么像什么，这天夜晚，见凤妮的院内没有一点亮光，他纵身一跳，爬进了东巷口，捏着鼻子来到南屋门前那棵梧桐树旁，口中叫道："布谷、布谷。"骆驼学布谷鸟的叫声尽管特别悦耳，却也瞒不过凤妮灵敏的耳朵。骆驼在南屋的门板上连敲了四下，但没有得到彩霞的回应。他又来到窗下，小声说："是我。"彩霞躺在床上，淡淡地问："你是谁？"骆驼说："连我的声音也听不出来吗？"

彩霞大声说："骆驼哥，咱俩之间是不可能的。"骆驼着急地说："不是，是，不是，你都把我弄糊涂了，我来是想告诉你……"彩霞打断骆驼的话，像回答又像提问："知道了？"骆驼说："就今晚……"彩霞再次打断骆驼的话："告诉你，一切都是不可能的，你是我哥，我是你妹，哪有哥哥喜欢妹妹的道理。"骆驼疑惑地问："彩霞，你怎么了，身体不舒服吗？尽说胡话。"彩霞羞愤地说："我有男人，马上就嫁了，你不是不知道？快死了这条心吧。不过，我还得谢谢你，骆驼哥，只有你对我这么好。"

骆驼急得直跺脚，可当他再次呼喊时，彩霞已用被子蒙住了头，再也不搭理他了。骆驼摇着头走了，来到过道间，轻轻拉开门闩，闪身出了院子。彩霞从床上跳下来，透过窗户，看到了凤妮急急忙忙的身影。她得意地笑了一声。凤妮追到大门外，大喝一声，叫住骆驼，然后走上前去，拽住他的胳膊，问："是骆驼吗？"骆驼回过头来，故作惊讶地说："大娘，是您，吓我一跳。"凤妮不无讥讽地说："你这孩子胆子够小的。"骆驼笑着说："胆儿从小就被您吓破了。"凤妮说："没忘记大娘对你的好吧。"骆驼说："您老就像我的亲娘，自然不敢忘记。"凤妮问："见到彩霞了？"

骆驼搓搓手，但他不敢撒谎："您老的眼真尖，我过来无非是想看看您，可您屋里没亮，以为您睡了，不敢打扰，就和彩霞聊了一会儿。不过，彩霞说的那些话都不是真的。她是我妹，我是他哥，兔子不吃窝边草，再怎么，我也不会动她心思的。"凤妮问："就没别的事？"

骆驼拉着凤妮的胳膊，送她回到过道里，说："您还不信我的话吗？真没别的事，我发誓，真没有，您老想多了。这么多年，后行，我最佩服的人就是您老人家，

无论如何也不能背叛您。我对天起誓，如果有半句假话，出门摔倒就死。"

"看俺侄子说的，让别人听见了，还以为大娘是个魔鬼呢。可话又说回来，就算你摔倒死了，也不能死在俺门口吧。骆驼，不是俺说你，胳膊肘再硬，也不能往外拐，就算往外拐，俺也不怕，降服彩霞和王鸿海，俺有的是办法，你就别再操这个闲心了。学好不易，当个坏人就是一句话的事。你连福哥对你也算是仁至义尽了吧，当年在河南要饭，讨半个窝头，也得匀给你一大半，金花也只能吃一小半，连福连个碎渣也舍不得吃一口。拍拍良心，问问自己，从小你在俺家吃了那么多东西，俺跟你计较过吗？谁让俺拿你当亲儿呢！可人做事得凭良心，连福和宝珍的事都过去了，俺也不想再提。如今求姑姑、拜姐姐，好不容易给连福说了门亲事，还是你二妹给转的，这也碍你眼了？想着法子去学校巴结王鸿海，给他通风报信，以为俺不知道？俺又不聋不瞎，你做的那些事，当真就没人告诉俺？还是那句话，要想自己好，首先不怕别人好，大家才能都好。"

到了深夜，庄里死一般的沉寂让人感到恐惧，偶尔可以听到几声狗吠，也再难以引起庄人的注意。天上的月亮被天狗吃掉了一小半，对这种司空见惯的天象，已经没人再对它产生丝毫的联想了。凤妮呼呼睡去，喉咙里发出阵阵鼾声。这段日子，为了一对儿女的婚事，这个老人太劳累了，以至于钻进被窝里，就沉沉地入睡了。没有比儿女结婚再让这位老太太感到兴奋的事情了！其他的事再大，都是小事，即便自己生病了，病得不轻，是急症，或是癌症，或是肺气肿，或是大肚子病，她也都懒得去医院瞧看。她的胃病已不是一天两天了，疼起来时真要命，浑身出冷汗，站也不是，坐也不是，总让她感到生命已走到了尽头。好在她有着强大的意志，加上平常彩霞对她的悉心照料，白天包揽了家务活，晚上烧水给她洗脚，总算让她硬撑着过了一年又一年。

突然，凤妮被一阵急促的狗叫声惊醒了。她急忙爬起来，披上一件夹袄，赤着双脚，走到南屋前，打开房门，把彩霞手上的绳子系上两道死扣，又反复摸着绳头，确信再没有什么破绽，就回屋继续睡去了。可不到一刻钟，她又再次醒来。她院内院外检查了一遍，移走靠在东巷口墙上的那根木棒，心里才觉得踏实多了。

和凤妮一样，睡在屋后小屋里的连福鼾声震耳，仿佛天崩地裂也和他无关似的。后行庄的一切都和平常一样静谧而安详，值班的大队干部也都陆续回家休息了，几个惯偷从宋庄、沙埠、乱营子、前行等庄子空手回来，绕过这间小屋，叹了三五口气，拐了七八个弯儿，最终也都无声无息地回各自的家去了。时间到了子时，连福双脚伸出被窝，在地铺上猛砸两下，口中说着梦语，接着就不见动静了。他梦见了宝珍坐在他的自行车后座上，揽着他的腰，两人兴奋地骑行在去往县城的公路上。过赵墩渡口时，忽然刮来一阵狂风，船只瞬间翻在运河里。连福急于寻找宝珍的下落,却被人告知她已被大水呛死了。梦境中宝珍惨白的脸在他的脑海中挥之不去,他伤心地哽咽着,再也睡不下去,从床头小桌上摸起一盒火柴,点亮了油灯。

连福拾起一张裁好的纸条,放上一些烟叶,轻轻卷了起来。掐掉多余的纸条,将烟棒放进嘴中,用灯火点着,猛抽一大口,干净的烟火照亮了他可怕的眼睛。掐灭烟蒂,再次躺下时,宝珍和莲莲又同时出现在他的大脑里。好大一会儿,他才把宝珍的影子驱走。莲莲是个好姑娘,可她已经离开这个地方,到属于她的天地间闯荡去了。尽管这个姑娘万般无奈,可她还是依依不舍地走了。莲莲出嫁的那天清早,大约八点钟,从县城开来的两辆吉普车和一辆中型货车进了庄子,引来许多人惊奇的目光。大伙围着车队转了一圈又一圈,嘴里不住地发出惊叹和赞美。直到一个小时后,车子才开到韩科成家的大门旁。

韩科成住的房子比一般人要阔气一些,堂屋墙用的是半黄土半青砖,屋顶苫了一半麦草一半青瓦,外面拉了一道院墙,同时建了一个过道和两间东屋,从里到外都显示出一种与众不同的气派。韩科成门前十米的地方从东向西栽了两排梧桐树,共八棵,均有一搂多粗,枝条舒展,硕大的叶丛几乎遮盖住了小院和门前的空地。九点五十分的时候,莲莲迈着轻盈的脚步,从院子里走了出来,正好和在喝喜酒的连福打了一个照面。连福不敢直视她的眼睛,因为她的眼神忧郁,腮上挂着泪痕。莲莲深情地看了连福两眼,急忙转过身,回闺房去了。望着她孤寂单薄的背影,连福接连喝下去两盅白酒。

帮忙的人把莲莲陪嫁的家具一一抬上货车的车厢,又前后左右各揽两道绳子。六个拿嫁妆的男子和三个吹鼓手并列坐在车厢里,四个送新娘的小大姐和两个中年男大客先后钻进后面那辆吉普车里,再也没有露面。莲莲是被她的哥哥韩秀明抱进前面那辆吉普车的。莲莲穿着一身红艳艳的棉衣,让许多看热闹的女人和小姑娘都忍不住点头称赞。她已剪去了头上的长辫子,齐耳的短发里别着一只通红的发卡。她左手握着一只红手帕,右手插进红袄口袋中,像是在抚摸着一件贵重的东西。连福站在那棵离花轿不远的梧桐树旁,抬头望着这个即将远去的妹妹,心里涌来一阵不安和惋惜,但更多的是对莲莲的美好祝福。莲莲坐在前排座位上,眼睛紧盯着远方。她不是没有看到连福的身影,在瞥见他的眼睛后,就再也控制不住心中复杂的感情,"金豆子"也随之滚了下来。吉普车启动的时候,莲莲伸出右手,朝着连福的方向,轻轻摆动了一下。

连福清晰地看到了这一幕。莲莲手握着一只红色小手电筒,十分精致,长度仅十三四公分。这是连福送给她的唯一的纪念品。也就是这样一个廉价的普普通通的物件,却是连福专程从县城买来的,他希望用这把手电筒照亮莲莲前进的道路,不至于迷失方向,遭受一个陌生男人的欺负。莲莲之所以随身携带着这样东西,为的

就是记住这里的一草一木，特别是这里还有一个让她牵挂的人。当她再一次挥动手电筒时，连福已经不见了，连背影也没有给她留下一个。车子缓缓地行驶在门前这条东西小路上。莲莲含着热泪，再看一眼两旁熟悉的树木，再看一眼一片片乌黑的草房，再看一眼曾哺育过她的汪塘，再看一眼走路已蹒跚的诊所老大夫。最后，她什么也看不见了……

所有这些在连福的脑海里过滤一遍以后，已经是下半夜了。他终于踏实地睡去，为了准备彩霞的婚事，他已经两天没合眼了，和两位师弟一起，没黑没夜地为彩霞打制出一套简单的家具，双手磨出了几个血泡，眼睛熬得通红，但他并不觉得有多辛苦，只有这样，他心中才稍感安慰。

王鸿海不敢再睡，他猫着腰离开了学校。他不敢东张西望，好不容易来到老井东面的小路上。他默念着骆驼给他画的路线图，直奔了凤妮家。王鸿海是个孤儿，父母早亡，从小跟自己的大爷过日子，吃过百家饭，穿过百家衣。大爷对他不赖，花钱供他读完高中，又托人把他送进后行小学当了一名耕读教师。王鸿海是个有志向的人，他常说自己是个下凡的龙子，来世间是为了拯救受苦受难的苍生。这话是从骆驼嘴里传出来的。王鸿海感激骆驼，特意花了三块钱买了一瓶洋河大曲酒。骆驼接过酒瓶，揣在怀里，心里却嫌王鸿海不会过日子，倒不如打四斤散酒或直接给他三块钱划算。

王鸿海的胳肢窝里夹着一把锈迹斑斑的两头翘的铁镐。看样子，这把铁镐已好久没使用过了。铁镐是他从学校里带过来的。为了救出彩霞，王鸿海两天前就从学校的储藏室里偷来了这把洋镐，藏在自己的宿舍里。王鸿海已做好了充分准备，包括被人抓住后狠揍一顿，他都想好了对策。他决心已下，无论出现什么情况，都要带彩霞离开这个鬼地方。中心校的于校长是他的远房表叔，事成以后，他打算去找于校长换个小学教书。

连福南屋的南面是一个狭窄的小巷，也算一个空白地带，很少有人到这里来，连凤妮也不曾料到王鸿海会从这里下手。小巷是南屋和前面的邻居家以及左邻右舍自然形成的空当，像一个长廊，东西向，宽一米半，长九十米。这里自然生长出两棵椿树、四棵竹子和几丛荆棘，显得极为阴森可怕，连麻雀也不敢在此停留。到了以后，王鸿海举起了手中的铁镐，狠狠地砸在窗框上。几乎没费什么劲，窗框就被他刨掉了。他钻进屋里，不忘在彩霞的额上亲一口，然后急切地说："快跟我走。"

彩霞惊喜地说："你可来了。"

彩霞和王鸿海先后爬出屋子，两人沿着这条细小的"长廊"，没命地向西跑去。很快，一高一低两个多情的身影在油墨般的夜幕中消失了。狗继续叫着，"汪、汪、汪、汪"，欢快而富有节奏。狗叫声是从皂荚树那边传到彩霞的耳朵里的。彩霞说：

"狗这个时候叫，一定不是好事。"王鸿海说："我才不相信这个。彩霞，跟我跑，不害怕吧？"彩霞扯着王鸿海的一只袖子，轻柔地说："只要你对我好，我什么都不怕。"王鸿海说："要是被人抓住了，把我打死，将来你怎么办？"彩霞说："我就跟你一起去死。"王鸿海笑着说："我们都不会死的。你知道吗？我是龙子。"彩霞问："龙子是什么？"王鸿海说："龙子就是皇上。"彩霞说："那我呢？"王鸿海指着她的额头，说："你就是皇后。"彩霞说："狗又叫了，怪瘆人的。"王鸿海尖声叫道："就是一万条狗，也挡不住我们俩走在一起的决心。"

这哪里是一条狗啊！狗吠声是从骆驼的口中发出来的。黑暗中，骆驼趴在地上，反复拉着俯卧撑的架势，尽量学得像一点。被凤妮训了一顿以后，他像是良心发现，觉得王鸿海毕竟是个外庄人，绝不可以娶到后行的姑娘。因而，从这晚的九点来钟起，他就一直在家里待着，希望庄里的狗一个劲地叫下去，吓退王鸿海这个自命不凡的家伙。但当庄上所有的狗都进入梦乡时，他便走出了家门，潜伏在这棵皂荚树西北方的草丛中，准备见机行事。远远地看到王鸿海和彩霞奔跑的背影，他只得学起了狗叫，希望以此唤醒沉睡的凤妮和连福。

两个人影停下来，又折回头向南跑去。眼看着王鸿海拉着彩霞越走越远，骆驼使出吃奶的力量，拼命地"汪汪"叫唤着，竟出现了转机。两个人又回到正西的小路口上，东一头西一头，徘徊半天，也没有离开路口一步，像遭遇鬼打墙似的。骆驼又疯狂地叫了三声，然后一屁股坐在地上，竟迷迷糊糊地睡去了。

连福居然做了一个梦，梦见宝珍回到了后行。宝珍像个仙女，青丝乌亮，白裙飘飘，脚穿一双小巧尖头黑皮鞋，背挎一只玲珑雪白羊皮包。连福拉着宝珍的手，兴奋地朝北汪跑去。来到那个夺命口，两人深情地对视起来。宝珍朝连福面前凑了一步。连福也向前走了一步。宝珍顺势倒在连福的怀里，说："我怀孕了，是你赵连福的种。"当连福把宝珍紧紧地搂在怀里的时候，这个幸福的梦却在毫无征兆的情况下结束了。他忐忑地坐起来，身子靠在墙上，点着一支烟。

同样从梦中醒来的凤妮走下床，来到南屋门前，打开了铜锁，进入空荡荡的小屋。凤妮尖叫一声，苍白的脸愈加难看了。她打着一把手电筒去找连福。她走路的样子慌慌张张，完全没有平时的精明果断。连福宽慰凤妮，说："他俩一定去学校了。"凤妮很快调整好情绪，从惊恐中回过神来，愤怒地说："跟我去北汪。"娘俩深一脚浅一脚地朝北汪走去。突然，连福停下脚步，认真倾听一番，惊讶地对凤妮说："像是有人。"连福的话音落下来的时候，呼噜声忽然消失了，随即传来一阵狗叫。连福说："原来是条狗。"凤妮说："骆驼这孩子学什么都像。"

"狗"继续叫唤着，只是声音越来越模糊，但大致可以听得出来，"狗"是在二黑家后面叫唤的。因而，凤妮和连福娘俩循着狗叫声，朝二黑家走去。王鸿海竟

崴了双脚，不得不躲在二黑家的茅厕里。他对彩霞说："真倒霉。"彩霞说："半夜三更，哪来那么多狗？"王鸿海苦笑着说："后行不光狗多，还是个迷魂阵。"彩霞说："你要是杨六郎就好了。"王鸿海说："就说那个小路口吧，真的很奇怪，费了那么大的劲才走出来。"彩霞恍然大悟地说："那个路口过去是个官林子，埋了上百个死人。"王鸿海问："咱俩怕是走不出后行了。"彩霞安慰他："别着急，你是皇上。"王鸿海伸手指着南方："不好，有亮光！"彩霞说："俺娘不会想到咱们在这里。""哎哟！""怎么了？"彩霞问。"茅坑，我的脚。"

　　来到二黑家玉米秸搭成的简易厕所前，凤妮手里的电筒照得王鸿海睁不开眼。这时的王鸿海双腿正插在粪坑里，不停地挣扎着。凤妮丢下王鸿海，拽着彩霞回家去了。彩霞在南屋里垂下脑袋，眼睛不敢直视凤妮那张已变形的脸。凤妮坐在凳子上，但她既没有朝彩霞发脾气，更不打算把她再关起来，而是嘲弄似的对彩霞说："这回死心了吧，你就是这个命。人再强，强不过命，人再能算，也算不过老天。老天是干什么的？他老人家就是专门治你们这号人的。跑，你们给我跑去。"

十一

结婚前的几天里，彩霞变得死心塌地，又吃又喝，该干什么干什么，见谁都笑逐颜开，像什么事也没发生过一样，不大的院落里处处留下她娇小忙碌的身影。这天早饭后，彩霞拿起扫帚，将梧桐树下的地面清扫干净，铺上苫子和席子，把棉布理整齐。彩霞擅长套被，套出的被子结实美观耐用。她只用了一个上午就套好三床被，又给自己套一身棉衣，大红色，极为喜庆。

看到床上那摞被彩霞码放整齐的被褥，凤妮数来数去，觉得多出一床，就抽出那个红绿相间的被子，把它抱进堂屋，准备留给连福结婚时使用。按照凤妮的安排，连福逐个去通知各门亲戚，请他们到日子来喝盅喜酒。凤妮特别嘱咐连福，山庙街他亲舅家及远房三个舅都要挨门通知到位，但已嫁到街上的满婷例外。连福结婚的日子定在了下月的初八。这是凤妮的主意。她说，要走，三六九。要回家，二五八，图个吉祥顺溜。

凤妮做事总有一套自己的准则。在这个庄，也只有凤妮才能把事情安排得头头是道，但就是很少如她所愿。比如，连福说不到媳妇，到头来还要靠彩霞转亲。不过，凤妮早想通了，转亲不算一件丑事，相反倒是一件可圈可点的美事。算来，后行没几个能正常说到媳妇的小伙，即便有条件转亲的也不多，这让凤妮深感欣慰。当然，后行也不是没有例外。韩科成的儿子韩秀明就说到了媳妇。对此，凤妮倒不觉得有什么大不了的，毕竟韩科成是支书。

这就是这位女强人的过人之处！有了这样的认识，凤妮心里就平衡多了，再不因闺女为儿子转亲而感到烦恼了。世界上的事情就是这么一回事，越是想得到的东西，越是离自己很遥远，正所谓希望越大，失望就越大，如果能换个角度去思考问题，把追求的标准降低到一定程度，反倒更容易实现了。

韩秀明娶的是一个大美女，街上的，老丈人是中心校的于校长。这也难怪，韩秀明在煤城矿做工，媳妇自然好说。韩秀明的喜事办得热闹隆重，酒席准备了

五十七桌整，街上大小人物都前来贺喜，酒喝多少有多少，大米饭管个够，"淮海"牌烟只管抽，汤可以尽情地喝。本庄社员上礼随意，多是一块、五角，自觉有头有脸的人物上礼两块，随五块的人占少数，多是看在支书的面子上，或得过其恩惠，或有求于支书。喇叭号子吹奏三天，引得村人趁早占位听唱。吹喇叭的中年男人总能吹出花样，堵住鼻子也可以吹奏三五分钟，惹得庄人连连喝彩。酒席办得丰盛，八个盘子、八扣碗，肉多得吃不完。骆驼没上一分钱喜礼，却沾了不少光，足足吃掉七碗大米饭，还没饱，可担心别人说闲话，只好将就了。

骆驼带一群光棍和孩子进入洞房，将新郎和新娘同时扑倒在床。为了省事，问事的大总只好拿来香烟，交给骆驼，才平息了这场闹剧。骆驼收获不少，"淮海"牌香烟自不必说，装满身上所有的口袋，实在容纳不下，干脆把烟掖进裤裆里。糖块有硬糖，也有少量的小儿酥，栗子、大枣、花生是孩子们从被角里挤出来的。光棍们对此不屑一顾，抢到手后，又扔给几个流口水的女人，收获一片赞美声。

栗子、大枣、桂圆、花生寓意深刻，希望小两口早生贵子，当然，还用它们来表达一种祝福，盼望小两口的日子过得甜甜蜜蜜、和和美美。吃罢喜糖、抽过喜烟，骆驼带领光棍们潜伏在韩科成家的附近，不愿离去。夜晚，趁两位新人脱光衣服盖上被子时，骆驼和他的"战友们"就将屋外的垃圾全部扔进新房里，使小两口一夜未眠。

世上就没有十全十美的事情，韩科成的儿媳妇刚嫁过来时，常去小学校找王鸿海玩，虽然两人之间没有发生过什么事，但韩科成对儿媳妇颇有微词，就迁怒在于校长身上，说他白当个校长，养出的闺女不守妇道，完全不考虑王鸿海和新媳妇还是两辈表兄妹关系。

彩霞结婚那天，高燕华的媳妇白蓉花早早地来到了连福家。她忙里忙外，像自家人似的，毫不拘束。

蓉花手里端着一只竹条筐，将糖块和烟散发给客人，惹得众人色眯眯地看着她。骆驼不离蓉花的身后，像个跟屁虫似的。闺房的西南角堆满各种陪嫁品，一对大红箱、一张八仙桌、一张饭桌和四只骨牌凳，靠近床头的地方是一只小木箱，这是连福给彩霞准备的，里面装一些衣物，共八身，虽然简单，但毛料裤子必不可少。

来连福家的妇女们向凤妮和彩霞说着祝愿的话语，房头远点的族人点到为止，男人抽完一支烟，女人吃完一块糖，就先后离开，房头近的便多待一会儿。帮忙的继续帮，不需帮忙的人道贺完，就在梧桐树下蹲着，或干脆在皂荚树下聊着天，都认真地等待开饭时能够吃一顿像样的家席。骆驼把带来的那只红瓷盆郑重地交给凤妮，说："二妹一手托两家，既解决了自己的终身大事，也成就了大哥的锦绣前程，功德无量。这样一来，大娘您悬着的那颗心就算落地了，等着享福吧。"凤妮本打算骂骆驼几句，又觉得不妥，何况骆驼又带来了这件值钱的东西，便马上换了一副笑脸："来了就来了，带东西干啥，你家情况谁不知道，能凑个人就算给俺面子了，你这孩子，真是的，拿你大娘外气了。"

听说骆驼带来一只瓷盆，彩霞深受感动，急忙迎上去，说："骆驼哥，还让你花钱。"骆驼看彩霞一眼，说："我这当哥的，还不应该吗？"彩霞将骆驼拉到一旁，问："他还好吗？"骆驼说："你问的是王鸿海吗？"彩霞佯怒："还能有谁？"骆驼说："还惦记你呢，像个神经病。"彩霞说："他知道我要出门子了吗？"骆驼说："这又不是个小事，怎能不知道？不过，还是别再想那个人了。人生一世，草木一秋，怎么都是一辈子，跟他过日子，我看不是个好事。"

骆驼跟彩霞来到屋里，他若有所思地说："都说闺女是'飞鸽'自行车，迟早有一天要飞走，哪像我们男人，是'永久'牌的，会长期待在这里，直到老去。别难过了，彩霞，你和那些姑娘不一样，宋庄离后行又近，想家了就回来看看。"听着骆驼的话，彩霞的泪水夺眶而出。是啊，男人们是后行的主宰，又怎能轻易离开呢？尽管这里很穷很穷，但毕竟是他们的窝，不到万不得已是不会踏出半步的。

然而，像彩霞这样的"鸽子"们就大不相同了，迟早都要飞出去，离开生养自己的家乡，去一个不被人熟悉不被人关注的地方，或一生富贵，或穷困潦倒，生儿育女，直到默默死去。离开以后，她们和这个庄子就再也没有一点关系，纵使这里发生天大的事情，也和她们无关了，这怎么不让她们伤心落泪呢？可怜的姑娘啊，每个人都要经过这个阶段，或好或坏，就看自己的造化了。抽泣了一阵，彩霞很快调整好心情，面带着微笑，对骆驼说："再怎么着，也得回家来看看俺的骆驼哥，你从小就带我玩，芦苇丛里捉鸟，拿扫帚扑蜻蜓，藏猫猫，捉鱼，这些又怎能忘记呢？"

忙活一阵子后，连福走进南屋，盯着彩霞饱受艰辛的脸颊，顿时觉得对不起这个生活上从不挑三拣四的妹妹。连福瞒着凤妮给彩霞特别准备了二十块钱，作为她的压箱礼。这些钱，不管彩霞在婆家过日子用得着用不着，他这个当哥的都要尽可能地表达一下自己特别的心情。白蓉花走进来以后，忙着向连福道贺，这让连福的脸感到火辣辣的。蓉花的话语中虽然没有丝毫挖苦的意思，但连福心里还是觉得不是个滋味。

是啊，一个年轻力壮的小伙儿，不仅留不住也抢不来心爱的女人，眼睁睁地看着她跟别的男人结婚生子，万般无奈之下，又靠妹妹为自己转媳妇，这是一件多么让他感到丢人的事情啊！

蓉花能够理解连福的心情，她望着这个男人的眼睛，多么希望通过自己温柔的眼神，使这个顶天立地的汉子凄苦的内心得到些许舒缓啊！

该装箱了，可金花还没有从汴塘赶来，凤妮只好把这项重任交给蓉花去做。虽

然蓉花只是个外姓媳妇，但她是个热心肠，很乐意地接受了这项光荣的任务。蓉花一五一十地将连福给彩霞买来的枕头、被面、雪花膏等分别装入箱里。填箱角的时候，连福把二十块钱递给蓉花。接过连福带着体温的钱，蓉花小心翼翼地把它分成八份，用八张红纸包好，缠上红线，分别放在两只箱子的八个角上。

　　远远地看见金花走进小院，骆驼急忙和她打起了招呼："我的好大妹，怎么才来呢？"金花笑着说："这也不晚嘛，骆驼哥。"骆驼指着箱子："大妹，这些活儿都是蓉花嫂子替你完成的，打算怎么谢她？"金花笑着没说话，带着两个闺女出去了。蓉花看到那只躺在地上的红瓷盆，对骆驼说："太阳是不是打西边出来了？"

　　蓉花这句话并没让骆驼感到不好意思。任何时候、任何场合，骆驼都能保持一个良好的心态，这是其他光棍所不能比的。至于骆驼带来的这只瓷盆，并非是他掏钱买的，而是从代销点赊欠的。起初，营业员不愿骆驼欠账，骆驼说是替连福买的，又在账簿上签下连福的名字，答应次日还钱，营业员才把这只没拆包装纸的瓷盆交给他。

　　怀着对庄人的帮助十分感激的心情，彩霞站起身来，紧紧握着蓉花的手，激动得说不出话来。金花从代销点回来的时候，手里握着一条香烟和一大包糖块。骆驼得到两盒烟，其余的被金花散给帮忙的人和看热闹的人了，糖块自然被几个妇女抢走了。

　　九点钟光景，小小的院子迎来了各地宾客，他们脸上都很兴奋，个个有说有笑，见到连福或凤妮，都主动表达最真挚的祝贺。"礼柜"设在堂屋，来人不忘到那里上了礼，多数是五毛钱，个别人一块，上两块钱的几乎没有。上完礼，抽足烟，客人们就在梧桐树东边的饭桌前落座，等待开席。桌子摆了四张，都是从周围邻居家借来的。每张桌子可围坐八个人，算不上十分拥挤。

　　连福已经做好安排，分三番开席，先招待帮忙人及本族本庄人，其次是亲戚来宾。所有这些，连福都在议事的时候和大总及几个重要的头面人物说明白了。事由主办，大伙都图个吉利热闹，也就没发表什么意见。作为大总，赵家瑞尽心尽力，他指挥一群帮忙者干这做那，绝不许有人偷懒躲清闲。由于人多事杂，赵家瑞务必事事躬亲，几乎喊破嗓子，尽量把事情办得周全。在赵家瑞的吆三喝四下，大家尽全力做好各自的事情。赵家瑞过去很少操办婚丧嫁娶这类烦琐的事情，有时候说话不到位，有的事情也压根想不到，好在有连福时刻跟在他的身后，替他出谋划策，使他在狐假虎威中把头排席开完了。徐凤举没过来喝喜酒，但韩黑娥来了，过去两家都有往来，不来贺喜说不过去。韩黑娥特地上了一块钱的喜礼，让很多人猜不透徐凤举两口子的心思。

　　在大伙闲着没事抽烟聊天时，彩霞婆家接喜的马车到了，喇叭号子声嘹亮，十分热闹。经过一番精心装扮，用红毯装饰的花轿格外鲜艳夺目，引来不少妇女围观。她们指指点点，夸赞彩霞的命好，上辈子积了德，寻个富足人家。赵新菊娴熟地放完一挂五十响的鞭炮，带着彩霞的婆家人以及几位闲散人员一窝蜂地进了小院。

赵家瑞本着"金砖不厚、玉瓦不薄"的原则，照顾宾客先来后到的顺序和事情轻重缓急的程度，安排赵新菊等接亲的客人在第二番席就座。大席开始的时候，八碟小菜和八碗大菜相继上了桌面，县城产的"运河曲香"酒也被摆上桌子。大家酣吃酣喝一番，自然十分高兴。

突然，猫在人群中许久的王鸿海迈开几个箭步，从高台子下面的小路口蹿到台上，经过过道，轻而易举地进入了小院。第一个看见王鸿海并确认他是来找碴的人是骆驼，他很想过去，给王鸿海指点一番，可觉得人多眼杂，于是不敢贸然行事。尤其凤妮那双乱转的黑眼球，使骆驼打消了这个念头，以免惹祸上身。

赵新菊清楚王鸿海来这里的目的，急忙把宋庄的来人带出院子。安顿好以后，赵新菊又返回来，把凤妮拽到磨盘西边——这里很少有人过来打扰，便于说出一些私密的话。赵新菊说："再大的事，也不能耽误彩霞上花轿，我可给老宋家说好了，拿人头保证不出一点差错。这是老宋家的头件喜事，亲戚朋友请了上百人，都在家里候着，就等彩霞的花轿到了以后，好好热闹一番。人家的心情，咱得理解，可不能出洋相！嫂子，你是个回脸往外的人，当了一辈子家，不能没打到大雁，反倒让雁啄瞎了眼睛。"凤妮说："这事的前前后后，你也知道得清清楚楚，俺就不再多说了。不过，你放心，嫁闺女是件大事，你不说，俺也明明白白，绝不会出现一点差错，只不过，你得安排好宋庄那边的人，不可让他们知道。"

赵新菊叼着香烟去找宋庄人的时候，凤妮主动找来了王鸿海。她变得和颜悦色，尽量把恼怒压在心里。听到凤妮说的这些软话，王鸿海像抓住救命稻草似的，乖乖地倚在靠近堂屋的梧桐树干上，一声不吭。可没过多久，王鸿海的眼里就喷出一束束焦躁的火焰，似乎要和整个院里的人同归于尽。从王鸿海的这些表现来看，凤妮知道他只是暂时被稳住了，稍不留意，极有可能发生意外。凤妮眉头一皱，安排狗剩和其余三个小伙，一共四人，死死地守在南屋门旁。凤妮交代他们，如果王鸿海胆敢入屋抢人，就往死里打。

赵家瑞明辨是非好坏，他吩咐七八个徒弟，待在梧桐树旁，以防万一。赵新菊来到院外以后，面带笑容，像什么事也不可能发生一样，对宋庄人说："既然跟我来了，就要听我的，我是媒人，出一切问题，都由我来兜着，何况又没什么事！大惊小怪的，好事也能办砸了，都给我沉住气了！该吃的吃了，该喝的喝了，还想咋地？你们是宋庄人不假，可后行也不是好惹的，出了事，别怪我没提醒你们。"好说歹说，几个人才被赵新菊劝到皂荚树下休息去了。

王鸿海前来闹事的消息很快引起了庄上人的好奇和遐想。开始的时候，庄人并不太在意这个事，都觉得王鸿海不是本庄人，只是个民办教师，能有多大能耐，谁也没当一回事。但骆驼从连福家出来以后，见人就吹嘘王鸿海长着三头六臂，是个拳师，大洪拳、小红拳、七十二套梅花拳，样样精通，不死几口人，也得把后行闹个底朝天。经不住骆驼如此这般鼓动，很多庄里人像涨潮一般涌进连福家。而后，这个消息又一传十、十传百，像长了翅膀似的，飞进几百户家庭。庄上所有在家的男男女女再也不能坐视不理，就陆续赶来了。

人越聚越多，不足一百五十平米的小院险些被挤破了，这让王鸿海感到显示自己能耐的时候到了。王鸿海双拳紧握，平稳地放在身体两侧，猛一用力，打出左拳，刚好有一片树叶飘落，于是他将拳头变掌，接住落叶，顺手使这片扇大的叶子向西南方向飞去，着实惊呆了众人。接下来，王鸿海变换个姿势，挥着两只脏兮兮的拳头，左右狂舞，又飞起一脚，踢走两寸沙土。尘埃落尽的时候，居然吓退了不少围在他身旁的人，使他赢来了一个绝对安全的空间。

在这个大约六平方的空地上，王鸿海尽可能地重复着跟别人学来的几招花拳绣腿。为了给王鸿海留下足够的表演场地，人们自觉地退到三米以外的地方。王鸿海的表演终于在气喘吁吁中停下来了。一些人看出了门道，直接戳穿他的鬼把戏。有人劝王鸿海回头是岸，有人骂他是个神经病，王鸿海谁的话都不愿听，依然我行我素，一会摆动双脚，踢向天空，一会双手抱拳，向"观众"致意，让人哭笑不得。然后，他又拉出豁命的阵势，脱掉上衣，系在腰间，口口声声要带走彩霞。

连福来到王鸿海的身边，好说歹说，也打消不了王鸿海带走彩霞的雄心壮志。这让连福十分难堪，他真想暴打王鸿海一顿，让他死了这条心，可又觉得不妥，毕竟王鸿海是学校的老师，又对彩霞真心实意。连福几个师弟干脆站在王鸿海面前，准备动手，但被连福制止了。连福说："各位兄弟，打架解决不了问题，都退到一边去。解铃还须系铃人。鸿海，你跟我来。"连福又说："你的心情我们都知道，但今天是彩霞的喜日子，你这样做分明是来闹事的。看到没有，好汉不打庄，到处都是后行的人，若你执迷不悟，准没什么好下场。我最后给你一次机会，让你见彩霞一面。从此，你们各走各的，互不相干。"

众人急忙闪开一条小道。王鸿海跟在连福身后，来到南屋门前。王鸿海想进屋找彩霞，但被连福制止了。他来到窗下，见彩霞坐在床上，就激动地转过身子，对连福说："我和彩霞相好，今儿个非带走她不可。你放心，我会让她过上好日子。"连福说："我警告你，王鸿海，如果你敢做出荒唐的事情，不仅我不答应你，后行人都不会答应你的，姓宋的也不会答应。弄得遍体鳞伤，最终也改变不了这个铁打的事实。"王鸿海终于平静下来："走也行，但得让我见彩霞一面。"面对这个固执的男人，连福没有其他更好的应对办法，只好说服大伙，同意王鸿海和彩霞见面。

彩霞站起身来，惊喜地对大踏步跑进屋里的王鸿海说："你来了。"王鸿海急切地说："只要你不跟我走，我就死在你家里。"彩霞激动地说："你死，我也不活了。"唯恐事情办到砸锅的地步，再不好收拾，凤妮和赵家瑞来到屋后，带来一整条"丽华"烟，每人给一包，总算计赵新菊及宋庄人的情绪稳定下来。凤妮回到院子，来到南屋前，准备处理这件棘手的事情。

听到王鸿海和彩霞的对话，凤妮忍无可忍，只身钻进屋里，指着王鸿海的鼻子，愤怒地骂道："王鸿海，你这个不要脸的东西，居然蹬鼻子上脸。和你说得好好的，有事慢慢讲，你怎么进彩霞的闺房里来了？俺老赵家可不是你想来就来的。来了好来，走就不那么容易了。不看你是个老师，俺这些侄子亲戚早把你剁成肉酱了。人要脸，树要皮，趁早回去，别找难看。"

王鸿海索性坐在彩霞的闺床上："我就要和彩霞死在一起。"凤妮觉得事情已朝着不利于自己的方向发展了，她即刻把语气缓和下来："鸿海，既然你喜欢彩霞，我也不难为你，就到堂屋里说话。"王鸿海不知道这是凤妮的缓兵之计，他喜滋滋地跟着凤妮来到堂屋里。凤妮安排人端来茶水，对王鸿海一番热情招待。离开屋子前，凤妮笑着对王鸿海说："容俺一会儿，和媒人谈妥以后，你就带彩霞滚蛋！两个孽种，哪眼看，俺哪眼够。"

王鸿海正喝着碗里的糖水时，从屋外蹿进三个人来。这几个都是彩霞的婆家人，长得五大三粗，看样子要置王鸿海于死地。他们并不是凤妮安排的，而是赵新菊让他们过来的。听骆驼讲明详情后，赵新菊觉得不能再等下去了，必须快刀斩乱麻，撵走王鸿海这个混蛋，强行带彩霞上轿，否则不好向宋家交差啊！三个大汉打掉王鸿海手里的白碗，将他拖出门外。几个人的拳头雨点般落在王鸿海身上，连他的眼镜也打碎了。

彩霞不忍看到心爱的男人遭外人毒打，急忙跑出南屋，企图用她瘦弱的身躯挡住几个大汉愤怒的拳脚。连福挣脱凤妮，好歹劝住彩霞的婆家人，才使王鸿海停止哀鸣。此时，王鸿海已被打得血肉模糊，鼻梁折断，嘴角冒出鲜血，头发凌乱，双腿打摆。他费力地爬起来，绝望地离开了小院。赵家瑞一声令下，帮忙的人各干各的活，看热闹的人也纷纷离去了。他们走出老远，却几次忍不住回头，心情依然沉浸在看热闹的兴奋中，嘴里不时发出怪笑声。

到了发轿的时候，所有的准备工作都在赵家瑞的安排下有条不紊地进行着。四床红被被几名妇女先后抱进花轿。蓉花、金花找出粉盒和胭脂盒，擦去彩霞脸上的泪痕，为她上了第二遍妆，总算把这个冤家收拾好了。蓉花又拿来红袄、红棉裤、红鞋子，让彩霞一一穿上。彩霞按照金花的指点，套上红棉裤、红袄。待穿鞋子时，

她却站了起来。她想去厕所一趟，却不好意思张口。蓉花善解人意，让彩霞快去快回。凤妮走进南屋，给赵新菊点着一支烟："这事给你添麻烦了。"赵新菊气呼呼地说："要是都遇到你这样的户，我的媒也就别说了。"

这个时候，院子东巷口的厕所里传来一声怪叫。那是骆驼的声音，谁都听得出来。彩霞虽然不是骆驼放走的，但她的确是在他的掩护下逃走的。彩霞离开以后，骆驼惨叫一声，倒在地上，不省人事。凤妮匆忙赶到这间临时搭的厕所里，问骆驼："彩霞呢？"骆驼比画着说："我遇见鬼了。"凤妮再次询问时，骆驼却翻了一下白眼，再也不吭气了。凤妮急忙回到堂屋，拿出两包烟，塞到赵新菊手里。赵新菊问："谁在叫唤？"凤妮说："骆驼的癫痫病又犯了。"赵新菊又问："二侄女呢？""闹肚子。"赵新菊放心地说："懒驴上套，不拉就尿。"

凤妮不敢把彩霞逃跑的事告诉别人，更不敢让彩霞的婆家人知道，她必须设法尽快找到彩霞。凤妮最终在屋后厕所里见到了彩霞。彩霞躺在茅坑前的空地上，左腿搭在深不可测的粪坑里，右手紧握着一只没有贴标签的绿色药瓶，嘴里喘着粗气，眼睛直勾勾地盯着凤妮……很快，整个屋后变得一片嘈杂，人们又聚集在一起，看热闹的庄人伸头探脑，指指戳戳，有人提出抢救彩霞，有人说赶快把她抱进花轿，死也要让她死在宋庄，但更多的是在看热闹，也帮不上什么忙。

凤妮捶胸顿足，大骂彩霞把她坑了。彩霞被连福背上板车后，她的婆家人指着赵新菊的鼻子叫骂起来。赵新菊硬着头皮，再也不敢说一句大话。确认躺在车上的彩霞会很快死去，接喜的马车掉转车头，准备离开这里。白马一声嘶鸣过后，赵新菊用手试了试彩霞的鼻息，说："彩霞怎么会死呢？"宋家人说："不死也得残废。"凤妮跑过来说："不是真药。"

"让晦气永远留在后行吧。"一个宋庄人骂道。连福拉着板车行走在去诊所的路上，来到诊所后面时，凤妮在他身后大声喊道："别去丢人了。"连福回头看母亲一眼，说："这事不能听你的。""听俺的没错。"凤妮的话音刚落，彩霞就从板车上跳下来，居然像个没事人似的。骆驼说："我去把姓宋的追回来，再给人家解释一下。"凤妮说："算了，二熊妮子就是个老师命。"彩霞破涕为笑，问："您是说，鸿海他没事。"凤妮气不打一处来，狠狠甩给闺女一巴掌。彩霞不仅不生气，还微笑着对凤妮说："只要能让您消气，就再打几下吧。"

躺在芦苇丛唯一一片空地上的王鸿海被连福和骆驼同时发现以后，眼里放出乞怜的白光。他认为自己不久就要死去，口中尽可能地向外吐着白沫。他之所以选择死在这里，除了这是个隐蔽的地方，不易被人发现，还因为这里是他和彩霞曾经约会的地方，给他留下了无限美好的回忆。既然不能和心爱的姑娘白头偕老，共同开辟一块爱情的天地，但死也要死在这个令他魂牵梦绕的地方。连福抬起脚，狠狠地踢在王鸿海的屁股上，他觉得还不解气，攥紧两个拳头，疯狂地砸了下去。骆驼也想趁机揍王鸿海一顿，却不敢向前。王鸿海"哎呦"几声后不再动弹，像个死人，乌青的脸上没有一点血色。

两人抬起王鸿海，朝大队诊所跑去。老大夫让连福买来十二块肥皂，放在一只白脸盆里，又倒入大半盆热水，搅拌一阵，很快使肥皂化成泡沫，然后将皂沫灌进王鸿海嘴里。半盆浑浊的皂水下肚以后，王鸿海突然大喊一声："我没事！""越说没事，就越有事！"骆驼捏紧王鸿海的鼻子，将剩余的皂水全部灌入他的嘴里。

十二

连福在争执、吵闹、贫穷、枯燥、孤独中,过着一天不如一天的日子。连福太累了,不仅是身体上的疲倦,更是精神上的困顿和恍惚,使他缺乏慰藉的内心彻底崩溃了。他不愿再去思考那些虚化与欺骗相融合的梦境,深感自己彻底陷入了绝望的境地,不得不含泪离开了这片让他深爱的贫瘠的土地。连福离开时,没有一个人知道,骆驼也没看出一点迹象。离开前的那晚,连福和骆驼喝了不少酒,一直喝到深夜。酒是骆驼在代销点打来的,足足打了六次,惹得营业员很不耐烦。骆驼每次只打三两酒,每次连福都要多给他四分钱。第五次打酒时,营业员让骆驼还完购买瓷盆的钱才同意卖酒给他。骆驼向连福坦白以后,连福勉强笑了一声,连同买盆的钱一并给了他。

连福走的这天凌晨,凤妮心里总觉得儿子要出事,鸡刚叫两遍,就再也睡不着了,披衣下床,围着院内的梧桐树和磨盘走了几十圈,又来到家后的小屋前,看连福是否睡得香甜。当她看到连福连一只枕头也没留下时,再也抑制不住悲愤的情绪。大风吹皱了北汪的水面,一群灰白色鸭子骤然停止动作,纷纷仰起脖子,假模假样地倾听坐在岸边的凤妮低回的啜泣声。连福这么一走,祸福难以预料,必将成为她永久的牵挂。连福出走已半月有余,凤妮眼里依然充满凄惶和悲伤,这位看上去比实际年龄苍老十几岁的老人越来越担忧儿子的安危。一个星期以后,连福安全抵达山西省位于黄河边的芮城县,找到他大舅家的表哥郑方通。

郑方通在山西落户十年了,这个憨厚的中年男人靠编席手艺在那里娶了两个寡妇。第一任妻子为他生下一对孩子,一男一女,龙凤胎。郑方通办了三桌酒,请来吹鼓手和大队干部欢庆一番。男人们正喝酒时,郑方通的女人竟激动得背过气去,抢救无效,于三天后离世了。郑方通继续靠编席养活一对儿女,直到娶到另一位寡妇。表兄表弟多年不见,又有凤妮作为纽带,见面时格外亲热。喝点小酒,聊些家长里短,连福迫不及待地向表哥说明来意。

连福虽然来得突然,但郑方通和妻子还算关照,次日起就托人到处给连福物色对象，却未能如愿。郑方通的妻子共有姐妹九个，她排行老八，七个姐姐都已嫁人，只有她招婿在家。家中还有一个小妹，年方十七，尚未婚配，高不成、低不就，闲在家里，像个野小子，整天无所事事，到处瞎逛。郑方通和妻子商议，打算把小姑娘交给连福带回江苏去。

当连福和这位水灵灵的小姑娘见面的时候，小姑娘却给他出了一道考题，她说："嫁给你不是不行，但必须完成一道题目。"连福问："做对怎样？"姑娘嬉皮笑脸地说："自然是跟你一起去江苏过好日子。"连福问："当真？"姑娘说："江苏是著名的鱼米之乡，楼上楼下、电灯电话，还能不当真？"连福笑着说："你说吧，让我做什么？"姑娘说："我家别的不缺，就缺板凳，只要你打得出来，就跟你走。"连福说："这还不简单，你说个数吧。"姑娘说："一百个。"

连福想也没想，就从郑方通屋后砍倒十三棵老柿子树，经过十天的努力，终于做出了一百条凳子。凳子做得好看别致，高矮均衡，不大不小，就等小姑娘验收了。但可怜的连福再也见不到她的影子了。小姑娘跑了，她是跟一个河南做翻犁铧生意的四十七岁老头跑的，去向不明。连福遭到奚落，气得骂自己太实在，竟被一个黄毛丫头骗了。

见连福垂头丧气，郑方通骂小姨子不通人性，可又不便多管，就一边不停地给连福赔不是，一边让妻子再去各村打听合适的姑娘。两口子很认真，拿着连福的一寸黑白照片，跑遍周围十三个庄，甚至连远房亲戚家也不放过，愣是没有一个愿意跟连福去千里迢迢的江苏过日子的。无奈，连福只好降低要求，请郑方通帮他找个可以招赘入户的家庭。

对连福的更弦易辙，郑方通从心里产生敬意——活人不能被尿憋死，在自己的终身大事上，连福不拘泥于形式，思想和行为随着情况和环境的变化而变化，说明他在人生的道路上迈出了更成熟坚定的步子。没费多大劲，郑方通就在八章村找到一户人家。这是个老户人家，过去曾是风陵渡富甲一方的大户家庭，经营珠宝和粮油生意，不仅在芮城名气很大，就连整个运城市也数一数二。军阀混战后，家道开始衰落。日军打过来不久，家产悉数被敌寇抢劫一空，后来虽经两代人不懈努力，仍难以恢复元气。

当家人是个老妇，时年六十五岁。在她三十八岁时，第一任丈夫去世，撇下三个闺女。两年后，老妇人又招一河北人为婿，指望添个男丁，续接香火，无奈又相继生了两闺女。老妇居住的地方背靠七座连绵的土山疙瘩，山不高不矮，起起伏伏，像一条金龙，奔向黄河最宽阔的地方。山坡树木成林，郁郁葱葱，远看就像穿着一件绿皮袄。坡的下方被社员挖出了几十个窑洞，里面住满了人。土山的西北方向有个大烟囱，高达数十米，那是八章大队新建的窑厂。

老妇的住所是一处新房子，土墙瓦顶，建于半年前，是村里为数不多的大型建筑。老妇在土山的窑洞里住了几十年，为了图个喜庆吉利，就从窑洞里搬了过来。

这是个大院落，纵深很长，约二十五米。前面是个大门楼，上方有个牌匾，写着"艰苦奋斗"四个红字。对着大门的是主屋的南墙，被涂成白色，上面写着一个大大的"福"字。主屋四间，留两个门，都面向东，北面那个门和两间北屋相通。老妇的小女儿叫王梅，年方十九，短发齐耳，不胖不瘦，端庄秀气。王梅和连福见面后，虽谈不上对这个男人有太多的好感，但觉得他人还厚道，这事就定了下来。

入冬不久，连福在一片祝福声中入赘到了老妇家。两个年轻人谈得来，相处融洽，虽然过着简单的日子，却互敬互爱，从没有因为一件小事而发生磕磕碰碰。

生产队的活不多，连福初来乍到，就没有去参加集体劳动。闲着也是闲着，连福经多次和王梅商议后，他的木工手艺就派上了用场。村子里无论哪家有活请连福过去帮忙，他都不会推辞，打制出不少精致实用的家具，深受村人喜爱。由于主家都是本村人，连福尽量少收一些工钱，赚了许多人情，村民都夸他勤快能干明事理。王梅对连福照顾得无微不至，只要连福在外加班加点做工，她就会烙几张油盐饼或蒸几个馒头、煮两只鸡蛋或咸鸭蛋，给连福送过去补充营养。三个月过后，善良的王梅怀孕了，连福干活的积极性更加高涨，对媳妇也是关爱有加，常从风陵渡的集市上买来一些酸甜可口的食品，让王梅感到无比幸福。

这一天，应风陵渡供销社主任的邀请，连福背着一只装有刨子、锯、钻、铁钉、墨斗的工具箱，携带包裹行李，只身到街上干活去了。这一干就是大半个月。连福结算完工钱，就从副食品柜上买了二斤白糖和一包山楂糕，准备回家犒劳王梅。然而让连福没有想到的是，家里来人急切地告诉他，王梅患上了急性阑尾炎，需立即送往芮城县医院救治。可是当连福赶到公社卫生院，叫来一辆三轮车的时候，王梅已经不行了，整个人蜷缩在病床上，口里已难得吸进一口气了。

北风号叫，万物凋零，就在此时，大雪纷纷扬扬下了起来，大地瞬间变成一个白茫茫的世界。连福抱着王梅的遗体，叫天天不应，叫地地不灵，有好几次竟哭晕过去，让在场的人无不悲戚动容。送王梅入土以后，连福闭门不出，一个人抽着烟，喝着酒，一言不发。喝完酒、抽完烟，连福就望着墙壁上的窗户发呆。他不知道自己将来该怎么办，身为上门女婿，也算老妇的儿子，无论如何都应该给老人家养老送终。

老天爷啊，你为什么要这样残忍地对待一个心地善良的男人呢？连福千里迢迢来到这个陌生的地方，本指望一门心思地过安稳的日子，可却连这样的机会也不给他留一个！你究竟打算把这个憨厚的男人折腾到什么地步才肯罢手呢？

老妇艰难地从失去闺女的悲痛中解脱出来，她心疼能干心细的连福，每顿饭都要给他擀些细面条，放一些葱花油盐，送进连福的屋里。娘俩之间谈不上有多么深厚的感情，这贴心的行为，好歹给这个凄冷的小屋增添了一股暖流。老妇的关心和体贴，让连福深受感动，作为一个堂堂正正的男人，他决不会让老人为自己担惊受怕，更不能让这位不是亲娘却胜似亲娘的老人吃苦受累。他要承担起赡养老人的重任，替妻尽孝，这样才能对得起自己的良心啊！

这天吃罢早饭，连福背上行囊和做木工的小箱子，准备前往华山，挣钱养活老妇，撑起这个摇摇欲坠的家，可他没想到老人已经从大闺女家回来了。老妇冷静地坐在门口里侧的小凳上，见连福要出远门，就扑通跪在他面前："娃子，不能让你受这么大委屈。"连福双手搀扶起老妇，流着眼泪说："娘，您哪能这样，快起来。"老妇说："你不答应，我就跪地不起。"连福说："娘，您说吧，我都答应。"

老妇说："要么在山西另寻一户人家，要么回你的老家江苏去。俺知道，招婿这条道已不好走，谁还愿让一个刚死女人的男人为婿？俺看还是走另外一条路吧。你家母年事已高，身边不能没有儿子照顾。俺身体棒棒的，不用你担心，身边又有四个闺女，去谁家过日子都成。你大姐跟俺说了，收拾一下，俺就去她那儿再过一段时间，你放心吧。"

连福哽咽着说："给您养老送终，是我的责任。"老妇说："傻娃子，回去吧，以后这里还是你的家，想俺，就过来看看，人死了，情分不能死。"既然老人把话说到了这个份儿上，连福再舍不得，也不能勉强了。到了中午，连福下厨，为风烛残年的老人做了一顿可口的饭菜。连福心疼地对老人说："娘，您永远是我的娘。"

望着连福远去的背影，孤独要强的老人已泣不成声了。连福转过头去，再看视他如己出的老人一眼，泪水也止不住地流了下来。连福发誓他还会回来的，虽然他不知道要在什么时候，或许三年两载，或许再来的时候，老人已不在人世了。老人向连福挥挥手："走吧，别牵挂。"

连福再也无法抗拒这个近乎生离死别的情景给他带来的情感上的冲击，他双膝跪下来，冲着老人的方向，磕了三个头，表达了对老人最深情的敬意和祝福。然后重新背上行李，蹒跚地来到埋葬王梅的地方，痛苦地表达了一番对女人的思念之情。看了八章村东头那片柿树林一眼，就悲痛地背着那只木箱，踏上了回后行的路。

宝珍是从骆驼的嘴里得到连福回来的消息的。在公社幼儿园里，宝珍注视着骆驼，傻呆呆地站了半天，愣是没说出一句话来。又能让这个已为人妻的女人说什么呢？虽然她心里还眷恋着连福，但她毕竟已是别人的女人。人啊，身处这样的环境中，是多么无奈，又是多么让人心酸啊！纵使她有这样的心思，也不可能和连福再续情缘。想起和连福在一起时的那些美好的岁月，这个长得漂亮却命苦的女人再也忍不住内心的忧愁和纠结，泪水顺着她的脸颊流到洁白的脖子上。

骆驼挎着卖麻花的小篮离开幼儿园的时候，宝珍从口袋里掏出十块钱，共两张，递给骆驼："给我娘五块钱，那五块就给凤妮大娘，她老人家不容易。"骆驼回到庄里时，天已上黑了，他打算在第一时间把钱交给凤妮，至于徐凤举的五块钱如何处置，他还没想好。收到骆驼递来的五块钱时，凤妮感谢骆驼处处为连福着想，但从骆驼支支吾吾的话语中，凤妮突然提出自己的疑问："四妮不会只给俺捎钱来吧？"

骆驼心里惊叹凤妮简直就是个神仙，什么事也瞒不过她。骆驼如实相告后，不得不把钱交给凤妮处理。冤家宜解不宜结，在去往徐凤举家的路上，凤妮想了很多。对连福和宝珍的感情纠葛，她不希望继续抱怨和责怪任何人，谁对谁错，已不是那么重要，人非圣贤，孰能无过？就算一切错误都在别人身上，时过境迁，再去追究，又有什么意义呢？这就是凤妮的高明之处，对于一个普通的家庭妇女来说，她能有这样的认识，是多么难得，又多么让人佩服啊！同时，对徐凤举当初的行为，凤妮也给予了最大限度的理解和宽容。徐凤举也是个苦命人，韩黑娥没为他生下传宗接代的儿子，寄托在宝珍身上的唯一希望也被朱为民弄得七零八落。而且，宝珍离开以后，徐凤举的身体状况一天不如一天，哮喘病时常发作，常咳出血痰来。

听到徐凤举的屋里传来一阵紧一阵的剧烈咳嗽声，凤妮心里很不是滋味。徐凤举的脾气没有多大变化，见到凤妮，急忙把脸转向那只镶着半块玻璃的衣柜。凤妮坐下后，对徐凤举说："都这把年纪了，还有什么可记恨的？"徐凤举说："说得倒轻巧。"凤妮笑着说："四妮给你捎来十块钱。"徐凤举转过身来："哪个四妮？她还没死！"

从徐凤举脸上复杂的表情中，凤妮看得出来，这个曾叱咤后行喜欢喝假茶叶的老人已失去了往日的威风。究竟是岁月催人老，还是贫苦的生活催人老，谁又说得清呢？凤妮说："别把话说得这么难听，你一个当爹的，怎能咒自己的闺女去死呢？"

凤妮走后，徐凤举关上大门，一个人在院里有一搭没一搭地收拾着一些破烂东西。其实，这些东西堆在原处已不是一年半载了，这个沧桑的老人也只是胡乱地给它们挪个窝而已。扔掉烟头，徐凤举自言自语道："凤妮就是凤妮。"

六月二十这天的日头是多日来最毒的一天，白茫茫的光线照在县城的大小街道上，使行人睁不开眼睛。连福很快适应了润水县城里的环境，同时，他幸福地感到自己已成为这座普普通通的小城的一员了。

红旗砖瓦厂在县城的东南角，位于运河北堰下坡的空地上，最北面那排砖瓦房是厂工作人员办公的地方，机构设置齐全，有生产股、销售股、劳资股、厂长室等。办公室的西北方向建了十八个窑口，生产红砖和红瓦。烟囱高耸上天，几乎和云彩接上了头。

连福从这里装完第三车红砖已是下午三点了。天热得要命，砖块被晒得热腾腾的，几乎可以将山芋烤熟。他身上流着臭汗，却没有感到丝毫疲惫，他把心思全部用在干活上了。从这里到县新兴化肥厂还需走八公里左右的路程。连福走在大堰上的石子路上，弓着腰，像一只大虾，他尽可能地迈开坚实的步伐。连福心里很激动，也对未来的生活有了新的向往。大约一个半小时以后，他拉着沉重的板车来到了县化肥厂。在厂子的西南角，厂方准备再建设一个生产车间，这样，全厂的车间数量就达到四个，生产出来的化肥基本可以满足全县及周边三个县的农业需要。

新兴化肥厂是一九五八年建的老厂，也是云龙地区最大的化肥厂，每年生产的碳酸氢铵有一半左右用于支援兄弟县。卸完砖，码整齐，连福兴奋地坐在光滑的车把上。他一只脚搭在车上，另一只脚用力蹬着地，颠着板车就朝厂子的大门口去了，俨然一个获了军功章的英雄。厂子的大门十分宽阔，东西长约二十米，完全是为了大车进出方便才这样设计的，并不是为了摆排场。来到厂大门外西侧靠近传达室的角落，连福停了下来，他要和传达室的魏师傅打个招呼。人熟是一宝，在这个厂子干得久了，连福基本上能够认全这里的大小人物，从管后勤的副厂长高福刚到一般的工作人员，只要一见面，他都主动递上一支烟。接过连福递来的一支"丽华"烟，魏师傅喜滋滋地去收拾他的小菜园去了。

连福蹲在厂子外面，解开两个衣扣，袒胸露怀。他的肤色比以前红润多了，透出一股成熟稳重的气息。奔波久了，连福已磨炼出坚强的意志，心里充满干事创业的豪情！

连福坐在磨得光滑锃亮的车把上，身靠粉刷没几天的白墙壁，双脚蹬在另一只车把上，悠哉地思考着自己的前途。他扔掉手中的烟蒂，又从"联盟"烟盒里取出一支烟棍，点燃，深吸一大口。烟气在他嘴里转悠几圈，便被他吐成一个斗大的烟圈儿，随着一阵热风吹来，烟圈袅袅升腾到墨蓝色的空中去了。

算起来，连福已有一年零四个月没回后行了。他虽然思念远在家乡的母亲，担心她的生活起居，但他不愿仓促回去，而是要挣足一百块钱，选中一块适宜的宅基地，盖三间新屋——没有一处像样的房子，媳妇怎能主动上门呢？

连福扔掉已烧到中指的烟头，掏出那个蓝塑料皮日记本，上面记载着这段时间里他赚来的每一笔钱以及每一笔大宗的开支。他仔细核算了一下，嘴角露出了一丝笑意，再有四十块钱，就够他盖新房了。连福兴奋地把日记本放进车底装杂物的网兜里，抓起车把，抬头挺胸，大踏步地朝租借的宿舍跑去。

连福的宿舍位于青年路靠近人民剧场的地方，新兴化肥厂和人民剧场虽然都在城里，但从这里步行仍需要二十多分钟。这个距离对连福来说不在话下，每天他都要跑上二百里路才能停下来休息。只用了两支烟的工夫，连福就拉着板车到了人民剧场前的小广场。

人民剧场是一九五六年建的，县政府从雅城搬来不久就建了这座具有苏联建筑风格的文化场所。这里不仅每天放映两部电影，还每个月演两场大戏，戏剧多以拉魂腔为主。

　　拉魂腔解放后被称为柳琴戏，是润水县最有吸引力的戏剧，它深沉博达，摄人魂魄，雅俗结合，人情味浓，并以翘尾音著称，优美程度绝不亚于京戏。

　　人民剧场是一个庞大的独体建筑，走过门口这个广场，拾级而上，可以仰望到"人民剧场"四个红色大字，接着就可以进入剧场看电影或听戏了。大门西侧售票处的两侧贴满了海报，提前向观众宣传即将上演的电影或戏剧的大概内容。生活在这里的人们已适应了这个只有在大城市才流行的文化生活，如果每周不看一场电影或戏剧，这日子就像是没法继续过下去似的。

　　看到三五成群的干部、工人兴奋地结伴进入会堂，连福也想买一张《野火春风斗古城》的影票，消遣的同时也能获得精神上的满足，可他哪里舍得花掉辛苦挣来的两毛钱呢？连福自嘲地摇摇头，拉着板车往回走去，不多会儿就拐进了剧场西边那条黑咕隆咚的小巷。这个小巷其实是一条古街，人称大榆树街，建于明末，兴于清朝，败于民国。新中国成立后，新入驻的县政府对它进行了重建和修整。大榆树街是一条南北街道，和青年路交叉成一个繁华的十字路口，向北走一公里可直达县火车站，向南约五百米就是著名的京杭运河。

　　大榆树街的建筑虽几易其貌，却也仍留存不少古朴的遗迹，最著名的要数那棵靠近运河北岸的千年老榆树。它枝繁叶茂，遮天蔽日，是出苦力赚钱的纤夫和河里来往船主休息交流的好地方。大榆树街的名字由此而来，县火车站也被人称为大榆树站。

　　连福曾见过莲莲一面，那是他刚来县城的时候。想起那次见面的情景，连福睡得很不踏实，只在床上躺了三个钟头，就被一场噩梦惊醒了。他坐起来，拉亮那盏十五瓦的灯泡。虽然他和莲莲之间很少有生活和感情方面的交集，但两个年轻人建立起来的纯真友情让连福常怀一颗感恩的心。莲莲没有因为自己是支书的女儿，又是酒厂的正式员工，而对包括连福在内的庄人有丝毫的歧视。不论在哪里，只要见到后行来的人，她都主动打招呼，嘘寒问暖，解决他们提出的困难。可就是这样一位善良的好姑娘，却嫁给了一个以赌为生的瘸男人，让连福和其他后行人都心生惋惜。

　　莲莲在县酒厂的技术股上班。有了这个正式工作后，莲莲凭借勤奋好学的劲头，很快适应了厂里的环境和这个要求较高的工作岗位。莲莲的公公高福刚是一个不错的老人，对莲莲关爱有加，但他没办法管教好儿子，常常为此唉声叹气。莲莲的丈夫高志锐和莲莲仅相差一岁，两个年轻人刚结婚的时候也算度过了一个和谐的蜜月期。可是后来，高志锐因筹不到赌资，盗窃国家财物，被肉联厂开除了，一直在家闲着。高志锐结交了一些不三不四的朋友，他们要么在一起吃吃喝喝，要么打麻将赌博。高福刚不是没有能力再去给儿子找一份像样的工作，可他宁愿花钱养着这个瘸儿，也不想再让这个独子去外面丢他的人了。

即便这样，也没耽误高志锐聚众豪赌。每次他都输得精光，每次都要怪罪莲莲，骂她是个扫把星，只败家，不生养。只要莲莲说"不怪她"这句话，高志锐就随手扯碎莲莲身上的衣物，将她绑在床上，不折磨到天亮绝不罢手。遇到这样一个混蛋男人，莲莲也没有其他办法，只能把这些遭遇看成是自己的命运。每天清晨，她还要在上班前给高志锐冲两碗鸡蛋茶，补充一点营养，希望他的身体尽快好起来，好歹让她生出个一男半女来。

想到这里，连福的胸口已剧烈地疼痛起来，他强迫自己不再去回忆莲莲那双泪眼。昏暗的灯光下，连福拿起那本放在床头里侧的大部头《钢铁是怎样炼成的》。这本书连福已经阅读了无数遍，正是因为有了这本书的陪伴，才使他有了不懈奋斗的力量。

大部分县办工厂位于这座县城的西部，无论走到哪里，都可以见到一截高大的烟囱。一座座新建的工厂和五六十年代建设的那些老厂交错相映，见证了这个城市的繁荣和躁动。这里除了有化肥厂、肉联厂、港口，还有缫丝厂、织布厂、植物油厂，共四十六家国营生产经营单位。连福对这些厂子再熟悉不过了，因为这些地方都曾留下他寻求幸福的艰苦足迹，洒下他辛勤的汗水。对此，连福感到无比的骄傲。他常对车队的工友们说，看到自己运输的砖瓦石块派上了用场，身体再苦再累，心里也是甜蜜的。连福和车队的工友们相处融洽，在运送笨重的建筑材料的过程中，他也结识了一些厂长、经理。这些"大干部"完全不同于韩科成，他们都把连福看成朋友，关心他，照顾他，使他时时都能感到丝丝暖意。

艳阳高照的这天是星期四，连福在化肥厂卸完红砖后，被高福刚喊进了办公室。让连福惊喜的是，高福刚居然让他承包两截烟囱所需砖块的运送工作。其实，这一老一少并不熟悉，高福刚只知道赵连福是后行人，连福更不可能知道他是莲莲的公公。连福心里异常激动，连连感谢这位"恩人"。他握着高福刚的手，兴奋地说："来县城务工的人太多了，找活真的不容易，要不是您，我们的车队就没法生存下去了。"

高福刚腾出一只手，拍着连福的肩膀，亲切地说："你也算我半个老乡，我虽然不是山庙人，但山庙是我的第二故乡，从参加工作起，我就在你们那贡献了二十多年的青春年华。"连福惊讶地说："还真不知道您在山庙工作过呢，高厂长，您在山庙工作了那么久啊！"高福刚笑着说："在一个地方待得久了，有感情！小伙子，既然活儿来之不易，我看不如另起炉灶，单独成立一个车队，一定能干出一些名堂来的。"连福在头上挠了几下："那怎么能行？"

是啊，连福又怎么忍心撒下蒋队长和其他工友单干呢。在他的心目中，蒋队长是一个热心肠的人，他刚来县城的时候，是蒋队长收留了他，才使他在县城立了足。蒋队长本事不大，要不是连福帮着揽活，车队早解散了，可毕竟都是一起摸爬滚打的"战友"啊！连福不用多想，坚定地说："我们的车队是在走下坡路，可我舍不得那些兄弟，他们大多上有老、下有小，一顿没钱吃不饱。"

高福刚惊愕地望着连福，他真得重新认识一下眼前这个年轻人了，在利益面前，一个从农村走出来的苦孩子并没有被私欲冲昏了头脑，心里装的不仅仅是他自己，更没有忘却患难与共的兄弟们，这让高福刚对连福格外看重了。高福刚双手搭在连福的肩上，竟感动得说不出一句话来。

连福回到车队以后，极其兴奋地把这个赚大钱的好消息告诉了蒋队长。蒋队长和连福一样，也是一个憨直的汉子。一年多来，他和连福结下了深厚的情谊，从内心里感激连福对车队的无私付出。然而，听到这个好消息，蒋队长并没有表现出太多的兴奋，他沉思了一会儿，对连福说："这个车队要不是有你，早散伙了。我不忍看着一个个兄弟没有饭吃，先后离开车队。我有个想法，这里的一切就交给你了。"

连福一支烟接着一支烟地抽着，烟雾弥漫了整个小屋。蒋队长继续说："你倒是回个话，爽快点。"连福突然站起来说："就算只剩下咱们兄弟两人，也要把这个车队撑下去。何况我们接下了一个大活，够咱们兄弟四个干一气的了，有福同享，有难同当，谁也别打退堂鼓。"蒋队长咳嗽了一声："我也不想离开你们，可我家你嫂子生病了，需要回去照顾，还有两个孩子，家里没人哪成。天下没有不散的筵席，你我兄弟一场，无论在哪里，咱们都是好兄弟。连福，这个烂摊子就交给你了，还有其他两位兄弟，你要把他们带好。高厂长人真不错，千万别辜负了人家的一片好心。"

依依不舍地送走蒋队长后，连福在铁路桥涵洞下面来来回回地走着。连福挽留不住蒋队长，或许他家里的确有事，也许是想给自己一个发财的机会。连福在心里暗暗发誓，等将来有了钱，一定去蒋队长的家，看望他的一家老小。

别看这座县城其貌不扬，几乎没有可圈可点的地方，可就是这座架在运河上的铁路桥让小城有了一些名气。谁也不会忘记，二十多年前，为了争夺铁路桥发生了一场关键的战斗，共产党领导的解放军成功堵截了国民党的黄百韬部队，才有了不久以后的碾庄圩战斗乃至淮海战役的辉煌胜利。

这座伟岸的铁路桥从运河西岸一直贯穿至东岸边的索家村，恢宏的气势让人心生敬畏。桥爪南面不远处的索家村是个不到一千人的村庄，却接纳了来自全县各个公社的打工者。可以说，正是有了这群敢于"吃螃蟹"人的无私奉献，才支撑起了县城突飞猛进的发展局面。这群憨厚的农民工平时都是在铁路桥附近揽活，等待工头或厂里领导的召唤。到了夜间，他们大多聚拢到这个村庄，租住在一间间狭窄的砖瓦平房里。

通过三天的努力，连福靠诚恳打动了一些和他相同命运的人，这其中也包括谷凤玺。在索家村招募了十四个来自不同公社的打工者以后，连福很快成立了"运河板车队"——这也是城里第一个取了名字的板车运输队。面对化肥厂给出的两千六百块钱的运输承包费，十七个壮年汉子感到精神振奋，纷纷摩拳擦掌，发誓三天内完成全部任务。这更加坚定了连福对未来的信心。

之后，在连福的带领下，每个汉子都憋足了劲，拉着带车盒的大型板车，从红旗砖瓦厂拉来砖块，又从水泥厂、石灰窑里运回水泥、沙灰，并及时运送到化肥厂的工地上。

这份重活在众人的辛勤努力中终于完成了，连福喜滋滋地从厂财务股结算了钱款。分配报酬时，大伙都希望连福这个队长能多分一些，可连福不愿多拿，就把钱平均分配出去了。大家觉得过意不去，提出到青年路旁的红卫饭店里请连福喝一顿大酒，品尝一下城里饭菜的美味，回家后也可以向庄人显摆一番，但受到连福的批评。连福诚恳地对大伙说："家家户户都在勒紧裤带过苦日子，咱几个人怎么能在这里充大胖子喝大酒呢。等以后大伙都赚了大钱，再下馆子也不迟嘛。"

连福的善意让汉子们涨红了脸，他们都从心里感激连福，没有连福，他们也赚不到这么多的钱。他们把钱小心翼翼地叠放在口袋里，眼里盈满了激动的泪花。

时间一年又一年地过去了，但对于后行的男人和女人来说，没人觉得有什么好奇怪的，从没有过一天少一天的感觉，当然也没有遇到让他们更为激动的事情。如果非要说这个庄子有什么出彩的地方，莫过于哪家又嫁闺女了。唉！我们的彩霞终于在一九七五年的中秋嫁给了死皮赖脸的王鸿海。凤妮既没要他的彩礼，也没让他出钱给彩霞添置几身新衣服。

彩霞的嫁妆还是原来准备的那些，唯一多出的是一只凤妮为她打制的银手镯。打这只手镯，用了她收藏近四十年的四块银圆，她心疼了好几天。除去这四块，她还剩下十二块大洋，但她不准备动用它们，她要等到连福的媳妇进门的那天。她不光要给未来的儿媳妇打副手镯，还要打一条项链和一对脚链。

办完彩霞的喜事，连福做好了回县城的准备。金花从山庙街上扯来六尺迪卡布料，给她亲爱的大哥做了一件白衬衣。心灵手巧的金花还亲手缝制了一双布鞋和两双鞋垫，放在连福的绿色帆布包里。骆驼也前来为连福送行。凤妮忙前忙后，做出几道菜。连福买来一瓶烧酒，兄弟俩就着一盘脆生生的花生米喝了起来。两人推杯换盏，不分彼此，畅叙思念之情。

连福红彤彤的脸上透出果断和刚毅，他深情地看着骆驼兄弟，诚挚地向骆驼表达了深深的祝愿。听着连福恳切的言辞，骆驼逐渐对生活充满了自信，他决心靠自己辛勤的努力解决温饱问题，尽快找个女人结婚，即便对方是二婚或者寡妇，他都不在乎。

金花手里牵着一个小男孩。这个男孩虽然不是金花所生，但她视如己出，眼里充满了爱怜。骆驼心里犯起了嘀咕。起初，他以为这孩子是金花生的，便夸赞一番，可金花笑着没有承认。她说："骆驼哥，这是俺的大侄子，俺哥的孩子。"凤妮接着说："顺河是俺的大孙子，是你连福哥跟县城一个大闺女生的。别看你连福哥憨头憨脑，可就是有人愿意跟他好。你嫂子还是个城里人呢！"

骆驼将信将疑，也不便再问。他打算掏出口袋里仅有的五块钱作为孩子的见面礼，可又舍不得，只好把手抽了出来。凤妮希望连福和城里那个不知姓名的姑娘尽早结婚，给她生更多的孙子。她不怕带孩子麻烦，只要连福能生，她就乐意带，带几年是几年，直到自己死去。

骆驼终究没有走出后行这个破地方，更没有遇到一个合适的女人。经金花介绍，他只在山庙砖瓦厂里干了十一天半，由于忍受不住那份辛苦和煎熬，结到十一块钱的工资时，就黯然回到庄里，继续卖麻花去了。

十三

连福费了很大劲才从激动、愤慨、无奈、幸福的遐想中回到残酷的现实来。他一直认为自己是一个拿得起放得下的男人,可想起自己经历过的种种遭遇,心还是忍不住地疼痛起来。

顺河草草地吃完一块锅饼,准备去庄里转悠一下。他打开两扇黑漆大门,屋里顿时亮堂了许多。不知道出于什么考虑,顺河居然又回到桌前坐下,静静地看着北墙壁上贴的那张伟人画像。这张画出自名家之手,虽是印刷品,却看得出老人家的伟岸,让顺河心里产生了一种敬仰。

饭桌上一片狼藉,连福却顾不上这些,三撕一捋两舔一撑,熟稔地卷出来一根烟棒,形如漏斗,尖处放入嘴中,划根火柴点着,而后十分享受地猛吸一口,烟气入肺,屏息静气一会儿,才从鼻腔里喷出来两缕浓雾。

饭后一支烟,赛过活神仙;成仙不成仙,全靠这支烟。连福养成的这个习惯已不是一天两日,十多年来从未离开过老烟叶。从连福那张阴沉的脸上又不难看懂他内心的愁闷。在他的生活中,烟不可或缺,虽然交给凤妮三十二块四毛五分钱,那是他的大部分积蓄,但他也留足了买烟叶的钱。饭少吃一顿无足轻重,烟不能不抽,舍不得抽洋烟,就卷烟棍吸。虽常引起剧烈咳嗽,每天清晨睡醒后总有吐不完的浓痰,但他从未想过戒烟。从十七岁就开始抽,成了瘾,很难戒得掉。

连福盼望以后能揽下更多的活儿,多赚点钱,除了买好烟抽,节省的钱就留给顺河娶媳妇。

连福见过谷凤玺的乖女儿,小姑娘和顺河年纪相仿,长得不赖,双眼皮,大眼睛,高鼻梁,不笑不说话。连福第一次见到那个小姑娘时就兴奋得一宿未合眼,想方设法和谷凤玺套近乎,说什么也要撮合成这对金童玉女的婚事。虽然连福感到自己是剃头挑子,一头热,他也要试一试。不咬一口,怎么能知道梨子的滋味呢?就像拉车,连骆驼都说,拉车谁不会?三岁小孩也知道向前跑,可骆驼哪里知道那些活儿

是怎么揽来的，需要付出多大的辛劳，跑断两条腿，磨破一张嘴，靠诚意打动客户，靠速度感动客户，靠感情留住客户，靠低价吸引客户。只有经历了一番软磨硬泡，说尽好言好语，才勉强揽下来一些活。若赶不上好运气，三天五天，十天半月，都极有可能劳而无功。

　　关于自己的婚事，连福不是没认真想过，可他已不相信这个世界上还会有属于自己的情缘。他感到累了，但为了母亲和这个破败的家，他要养足精神，养好身体，尽管有时连一根油条也舍不得吃。他的心更累，孤独寂寥，东奔西跑，没有着落。街道是他的"家"，伸开双臂，赤膊露体，拉一辆笨重的板车，双脚覆地，上岗爬坡，迎风雨，踏冰雪，穿梭在县城三五条不算宽阔的马路上，用排出肮脏臭汗的方式来抑制那份越来越扩散放大的孤单。工棚是他的"家"，除了和工友们一起侃大山，说一些毫无边际的笑话、脏话，就是猛喝一气，大醉一场，被子蒙头，身子蜷缩，呼呼大睡，噩梦连天。运河是他的"家"，每逢揽不到活儿的闲暇，他就沿着弯曲的运河东岸和北岸，从北向南，从南向北，从西向东，从东向西，来来回回，漫无目的，抽烟，拼命地抽烟，唱歌，有时像狼嚎，有时像羊叫，汗水相伴，泪珠盈盈，听着船工号子，失落无奈，小声啼哭，艰难地度过一整天或一整夜。

　　连福总归是有"儿子"的人，每当顺河叫一声"爹"，他的心总是热乎乎的。爷俩待在屋里，一前一后，连福坐在桌前没动，抽完烟，就给顺河讲故事。他肚里的故事很多，总也讲不完。他讲县城里发生的故事，讲到高兴时，就哈哈大笑一番。他还讲一些武侠故事，大概与他读的那些大部头书有关。爷俩，一个饶有兴致地演讲，一个托着腮帮聆听。顺河偶尔冲连福笑一下，但从不插言。

　　顺河个头不高，却比后行的同龄人要猛一些，这与他曾在城里生活过有关。初来后行时，孩子的脸蛋胖嘟嘟的，皮肤白皙，像一只活泼的白鹅。经过农村的风吹日晒，那张白脸俨然变成了一个"黑铁蛋"，身体却壮实了许多。面对连福这位不苟言笑的"父亲"，顺河心里既兴奋又害怕，他有许多话要和连福说，可看到连福那张严肃的面孔时，就再也没有说下去的兴致了。顺河曾问过自己，连福究竟是个什么样的人？平时很少见到他的笑脸。这顿饭以后，顺河不再认为连福是个彻头彻尾的坏蛋了。

　　连福讲累了，不再说话，一个劲儿地卷烟、抽烟、喷雾、咳嗽，循环往复。他不想询问儿子在凤妮家过得怎么样，经历哪些新鲜事。他扔掉烟头，站起来，麻利得很。从他走进里屋的样子看，他并没有醉，四两烧酒还不足以使他醉得像一摊烂泥。他将黑皮革包放进那只白茬箱子的底角，又在上面压了几层破衣裳和一床被子，用手指摁了三下，心里才觉踏实。这时，他猛然看到那条穿了又穿洗了又洗足有九年历史的破长裤，依然躺在箱子的一角。这条蓝裤是连福当年的人情裤，由于穿得久了，裤子的颜色已经泛白，存在箱子里也一年有余了。与其放在里面占地方，不如扔掉算了。连福想着，就把它拽出来了。

连福走出大门，准备把它扔在门口的河坡上，等涨水后冲走，眼角却瞥见了顺河身上穿的那条破裤子——左裤脚撕出了一条口子，一缕布条拖拉在地上。他心头一颤，顿觉对不住这个苦命的孩子。于是，他改变初衷，打算把它改成一条顺河能穿的小裤子。他翻出来一把剪刀，先把裤腿的下层裁掉了一截，约二十公分，又找来一根绣针和一个线团。他截了一段半米长的白线，咬了两下，使线头变得细挺。当线头穿过狭窄的针鼻时，他又将线梢挽成一个结儿。

连福显然不习惯干这种细活，他费力地折腾了一阵，额上冒出了一层汗珠。然而，他并没有放弃，硬着头皮把裤脚缝了一圈，看上去皱七皱八，有平原，有高地，有沟壑，极不平整。而他却像是完成了一件伟大的艺术品似的，兴奋地把裤子捧在手里，瞧了一眼又一眼，然后非常满意地扔给顺河。

连福光顾着把裤子改短，却忽略了裤腿的肥度，套在孩子身上显然不合适。可毕竟改好了，又费了这么大的劲，顺河是非穿不可的。顺河不敢抬眼看连福，更不敢不穿。他不想和连福作对，作对是没有好下场的，顺河领教过他的厉害。顺河坐在板凳上，两腿同时插进裤腿里，然后站起来，双手提着裤鼻，眼光从上到下地审视一遍，心里难过极了。两条裤腿就像两个肥大的黑塑料袋，套在顺河细小的双腿上，都看不到他的脚了。

看着顺河极不情愿地穿上这条又肥又阔的破裤子，连福把藏在劳动布裤子里层用塑料纸包裹得严严实实的碎钱翻出来，长长地叹了一口粗气。他打开塑料纸包，伸出两个指头，费好大的劲，才从中夹出一角钱，扔给顺河，说："买糖吃去吧，别买小孩酥，硬糖就很好，十块糖够你吃三天的。"

顺河喜滋滋地弯下腰去，抓起那张掉在地上的钱，紧握在手心里，好大一会儿才站起来，心情舒畅许多，嘴角的笑容好久才退去。抽完两支卷烟，连福又拾起那些被裁掉的布料，缝出一条裤带，勒在顺河的腰间。连福长舒一口气，紧皱的眉头渐渐舒展了，脸上也露出了一些微笑。连福浅浅的笑容虽不易被人察觉，可顺河仍从中捕捉到一些信息——连福已温和许多，能亲手为他缝裤子，足以说明他是个好人。

顺河突然看到连福的嘴巴正中央的两颗四四方方的门牙非常耀眼，再不像以往那么吓人，如同一对"金牙"，发出了暖和的亮光。由于长期抽烟的缘故，加上后行的水含氟量超标，连福的两颗门牙看上去又黑又油，像对"金牙"。连福突然对顺河说了一句没头没脑的话："今年巴望来年好，来年裤子改成袄。"

顺河并不在意连福说什么、做什么，他已被屋檐下麻雀的叫声吸引住了。他走

出屋子，从东墙根弄来一根弯曲的粗棒，斜靠在门东旁的墙壁上，搭成了一个三脚架。顺着木棒，顺河像只猴子，蹭蹭爬到棒梢。他两脚用力，踩稳木棒，站直小小的身躯，然后伸出一只胳膊，恰巧可以将小手插进鸟窝里。他很快就将那只蹲在洞口的小麻雀握在了手中。

连福又将刚才的话重复一遍时，才发现顺河不见了。他走出屋，看见顺河面前蹲着一只小麻雀。麻雀像受惊似的，扑棱着一对稚嫩的翅膀，企图飞走。尽管它很努力地尝试了几次，可仍然飞不起来，只好踮起双脚，朝西南方向蹦去，样子憨态可掬，惹人喜爱。顺河高兴得手舞足蹈，也学着麻雀的样子又蹦又跳。顺河喜欢这种小生灵，麻雀却不喜欢顺河自鸣得意的模样。

最终，小麻雀累得歪倒在地上，两眼呆滞，身子战栗，或许它是在为自己的莽撞而后悔。它的毛刚算长齐，可离自由飞翔还有六七天时间，却不曾想栽在了一个小毛孩的手里。麻雀小巧玲珑，嘴上的"黄豆瓣"尚未褪去，它眼睛半眯，忽睁忽闭，不敢直视这位不苟言笑的小主人，倒向连福投去了半束乞怜的目光。

顺河不知道从哪里弄来了一只青虫，不粗不细，不长不短，头黑无须，身青透黄，黄里有白，俗称"青黄虫"。他把虫儿放在麻雀的面前，不厌其烦地引导麻雀吃掉它。小麻雀却无动于衷，没有丝毫的食欲，将嘴巴闭得紧紧的，俨然一位酷刑下面不改色的勇士，连看一眼都觉得多余和不屑。

"今年巴望来年好，来年裤子改成袄。"连福又重复一遍。从他的表情看，已经有点不耐烦了，对顺河的这些举动开始厌恶了。顺河却装作若无其事的样子，立着身子，眼睁睁地看着麻雀的小脑袋耷拉下去。顺河不是没听到连福的话，而是真的不懂他这句话的意思，不敢贸然接腔。顺河坐在地上，腿自然伸直，像两只生锈的圆规脚。他伸出脏兮兮的左手，手里攥的那只青黄虫已没有丝毫的生命体征。

这种虫子在后行很常见，它繁殖力强，生命力旺盛，身长约三厘米，身体完全舒展后就像一块纤细的绿糖，黏黏的，让人生厌。然而它却是鸟儿的美食，无论是麻雀、架子鸟、燕子，还是黑喜鹊、灰喜鹊、唧唧鬼，都喜欢吃这种虫子。这种虫子算是后行的害虫之一，常隐匿于麦子、玉米、洋麻等庄稼和经济作物的叶间吸食营养。这类虫子也不是没有一点好处，它营养丰富，含有大量的蛋白质，煎炸后就是一盘像样的佳肴。连福小的时候，家里吃不起肉，就常从地里捉来一些，弥补体内的营养不足。

顺河看似漫不经心，其实已经有了自己的计划，他要将这只青虫硬塞进小麻雀的嘴里，让它饱餐一顿，不至于被活活饿死。可麻雀像有意与他作对似的，头抬也不抬，眼睛紧闭。尽管顺河用了不少办法，最终也没能让麻雀对这只虫儿有丝毫的好感。顺河气得将这只黏黏的虫子抛在地上，又飞起一脚，将它踢到墙上。虫子贴在墙壁上仅三秒钟就掉了下来，又被顺河狠狠地踩了一脚。顺河顾不上去弄懂连福那句话的含义，"嗖嗖"进了屋，停在西北方向的墙角处。那里有一只麻袋，里面装满了山芋干。这些山芋干是家里的主粮，连福和顺河就是靠着半袋小麦、一袋玉米棒、一袋山芋干生活的。没有煎饼的时候，顺河就瞒着连福，取来一些干硬的山芋干，放进灶膛里，燃一把火，烤一阵，然后吃掉。顺河俨然已经忘了城里细粮精粉的滋味，完全适应了后行的苦日子。他喜欢闻煳山芋干的味道，香味浓郁，让他流口水。

顺河从麻袋里翻出一沓各式各样的烟纸，不露声色地掖在腰间，轻轻来到门内侧，神秘地向屋外瞧了一眼，随即站直细小的身躯，摆出逃离这里的架势。这些表面华丽的烟纸多数是顺河从外面捡来的，少数是连福为他攒下的，也有极少一部分是顺河从小伙伴手里赢来的"战利品"。玩这种高级的近乎奢侈的游戏，顺河很在行，也很兴奋，每次都能赢来三五张。顺河很在意这些"三角菱"，他常躲进屋里，一张张地翻过来掉过去地欣赏，从正面到反面，从最"值钱"的"宝石"，到最便宜的"火炬"，都能引起他极大的兴致。他每天都要检查烟纸的数量，不是害怕它们不翼而飞，而是从这些花花绿绿的烟纸中可以寻到一些乐趣。

烟纸是用烟盒做成的，大人吸完烟，往往要扔掉烟盒。顺河就拾起来，撕掉商标，然后将烟盒拆开，再将长方形烟纸铺在地上，用手慢慢压平，折成三角形状。和顺河一样，庄里的孩子大都喜欢玩这个游戏，很是痴迷。有的孩子为得到一张"贵"烟纸，往往要花钱从别的孩子手里购买。掌握这个信息后，骆驼就加入了卖烟纸的行列。他共赚了一块一毛钱，但都被徐凤举骗去买酒喝了。酒喝完后，老徐再也不提给骆驼介绍对象的事。骆驼拿他没办法，只能背后骂他几句了事。

顺河绝想不到连福斥责他时，小麻雀竟绝食而亡了。顺河安静地站在门旁，呆呆地望着这个夭折的小生命，心头一酸，却不敢让泪水流出来。连福跟顺河说："穿上这条裤子，就是大人了！大人要有大人样，能做的事自己做，不能像其他野孩子一样到处乱窜，捕鱼摸虾，摘枣偷瓜。"跟儿子说完这番话，连福心里酸溜溜的。孩子虽然不是他的亲骨肉，可他有责任把孩子养大，教育好，让他有出息，长大能娶上媳妇，也算了却他对那个可亲可爱的女人的承诺。

穿上连福改造的裤子，顺河像变了一个人，走路的样子憨态淋漓，仿佛一只横行的肥蟹，又像一头身怀六甲的母驴，越发让人感到滑稽可笑了。更使小顺河感到不安和难堪的是，他想尿尿的时候，却怎么也解不开裤带，又掏不出来，只好尿到裤裆里去。一连数次，弄得他十分尴尬。他真想脱掉这条肥裤，换上原来那条，虽然已破得不成体统，但还算合体，总比这条强，被人看到了，还不笑话死！但想归想，顺河不敢违抗连福的命令，只好将就穿了。

当顺河得知连福要给他找媳妇的时候，他懵懂的心霎时乐开了花。来后行的日子里，大人们都喜欢和他开玩笑，答应给他找媳妇。他信以为真，就和社员们打得火热。后来，他才知道被人涮了。

连福的话一定是真的！顺河对此深信不疑。在他眼里，连福是个顶天立地的男人，不吹牛，不说大话，说话算数，说得到，做得到。顺河咧着小嘴，似笑非笑，惊奇而不失热情地望了连福一眼。趁连福钻进里屋的空当，他左腿向前，双臂抬起，做了个起跑的姿势，而后像小鱼回归大海似的，一眨眼的工夫便钻进庄里，不见了踪影。

这天上午，顺河还和往常一样，在这条通往凤妮家的小路上停了下来。他左顾右盼，但不是在欣赏这里的美景，而是要把说媳妇这个好消息告诉给所有人。小路上残存着一些黄褐色的泥水，路东旁的树木已经披上了一层浓绿的蓑衣，沐浴在斜照的阳光里，显得妩媚和从容。过了老大一会儿，顺河也没见到一个人影，心感失落，就漫无目的地朝老井边走去。他的步调毫无节奏可言，一会儿向左，一会儿向右，一会儿向上跳，一会儿向下蹲，一会儿仰望头上的天空，盯着越飞越远的燕子嬉笑几声，一会儿双手摸地，双脚抬起，倒立前行。

顺河来到井台下，望着台上的人们，希望找到一位"知心人"。顺河是个自来熟，无论见到谁，相干的、不相干的，男的、女的，老的、少的，瘦得皮包骨头的、眼睛凹进去的，他都要冲他们笑一笑，打个招呼，并准确地喊出"叔叔""大爷""表婶""二老"之类的称呼，一副很亲热的样子。庄里头没谁不认识顺河，都会主动回应他，关切地询问他"吃饭没有？连福在家干什么？家里都有谁去过？骆驼是不是又去你家喝酒了"之类的。顺河更是熟悉每一位社员，并在较短的时间里和他们建立起了熟络的关系，包括这些人在哪里住、家有几口人、男人背上有几颗痣、女人胳肢窝里有几根毛，他都说得一清二楚。于是，有人故意问顺河一些奇怪的问题。他正确回答后，常惹得大伙一阵狂笑。人们喜欢逗顺河玩，不仅因为他是个外来的孩子，语气中常带有别样的味道，还因为他长得特别，与庄里孩子不太一样，像个外星人，更因为这孩子天生直爽，无话不谈，可以轻易地说出一些"秘密"来。

顺河的行踪终于被人看见了，大伙不约而同地围住他。有人问，连福在县城又找娘们儿了？顺河右手抓着腮帮，不紧不慢地说，不算林阿姨，还有七八个。那人又问，这些都是连福告诉你的？顺河不假思索地说，是我奶奶。那人嘲讽地说，是俺奶，不是我奶奶，过去你是城里人，现在不是了，别装，好不好？众人一阵大笑过后，那人又问，知道你娘是谁吗？顺河回答，奶奶不让说。那人紧追不放，又说，你肯定是个没娘的孩子，不然你奶怎会不让说？

顺河的娘究竟是谁，包括顺河在内，谁都不清楚。越是不清楚的问题往往越能勾起人们的好奇心。见顺河实在答不上来，他们才恋恋不舍地就此罢休。其实，除了这个问题以外，对于其他事情，顺河还是乐意告诉他们的。没多久，顺河就把连福要给他说媳妇的事抖落了出来。

当听到这个近乎八级地震的消息后，在场的人都被惊得连连摇头，根本不相信顺河的话。惊诧过后，人们又都前俯后仰地狂笑起来，而后挥着脏兮兮的手掌，齐刷刷地指向顺河一本正经的小脸，夸张地说一些讽刺挖苦的酸话。甚至，有个人骂顺河是个"骗子"。面对这个突如其来的情况，顺河心里很不是滋味，他希望通过一轮轮解释让这群人相信自己，但一切都是徒劳。有人开口骂道，这是白日做梦！顺河急忙解释，这是真的，我爹说的，还能有假？那人又说，你爹是个神经病，话不经大脑，还给你说媳妇，可能吗？就算有这事，你告诉大家，你媳妇是谁？莫不是生产队饲养场里那头闷驴吧！长长的辫子，黑黑的头发，大大的眼睛，白白的鼻子。众人又是一阵怪笑。

顺河大真地摇摇头。在他看来，后行的大人们都变成了一个个疯子，得了神经病，病得不轻，急需送医院诊治。他忽然想到，凭自己的力量是不可能把这些疯子都送进医院去的。情急之下，他想到了连福，只有连福才能办妥这件事。连福在哪里？顺河拼命地想着。刚刚，他不是在家吗？这个时候更不会走远。顺河打算让连福过来，送这群人到山庙医院诊疗，绝不可延误。可顺河转念又想，如果把这事告诉连福，或许又会被他揍一顿。

顺河变得烦躁不安起来。过了一会儿，他就和这群人赌咒，发誓说媳妇这事千真万确。见大伙摇头晃脑，顺河指着身上的裤子，委屈地说："看到没有？这裤子原来是我爹的，现在是我的。我是个大人，就该说媳妇。告诉你们，那个女孩漂亮得很，比高文秀的娘白蓉花还俊。"

即便顺河说出这般颇有逻辑和道理的话，还是没人愿意相信他。有人骂道："娘的！今天算是见鬼了。"又有人骂："骗子，后行又出个骗子。"顺河问："还有哪个人是骗子？"那人答："赵新菊、徐凤举、二黑、炷了、锅黑狗、三豁子、黏胶、秃子娘、弯子婶……还有骆驼、黑腚帮、黄脸婆、二仙姑、白蓉花……他娘的，统统都是骗子！都说能给俺说媳妇，酒没少喝，烟没少抽，鸡蛋没少吃，布料没少穿！草席子、席夹子、蒲扇子、粪箕子、舀子、笋子、擀面杖，送了个遍儿，都无济于事，不是骗子，又是啥？"

众人又是一阵哈哈大笑。有人扯着顺河的袖子骂道："生胚子、小癫崴子，凭哪条该你说媳妇？是你长得俊，还是连福有钱？就算连福有钱，连他自己都没本事说媳妇，又如何去给你找媳妇？这孩子，真可笑！不是可笑，是可怜！可怜的小骗子！"

大家看得出再没说下去的必要了，就陆续散开，各忙各的事情去了。其实，也没什么好忙活的，无非都去了老井边，找那几个洗衣裳的中老年妇女寻乐打俏去了。路上只剩下顺河一个人，孤零零的，可他并没有哭，而是痴傻地笑着。他笑起来的样子很特别，庄里没谁是这样笑的。他笑的时候从不张嘴，额头微微上抬，眼睛轻轻眯着，嘴角向两边扩延，只是从鼻孔里流出两道蛇形的黄色稠液，看上去湿漉漉、黏糊糊，既像有钱人家烧的稠米稀饭，又像贴春联时老妇人打出的糨糊。待发觉臭烘烘的鼻涕滴入嘴里时，顺河才伸出小手，胡乱地抹了四五把，用力捏在手心里。无奈，鼻涕和山芋糖一样黏稠，他只得扬起手臂，甩了一阵，却没能让那坨屎一样的东西掉下来。接下来，他把手放在裤腿上，垂直用力，搓了一下又一下，直到鼻涕完全融入布丝间，才弯下腰去，蹲在地上，随手拾起了一块黄褐色的土坷垃。

　　他神态自若地站起来，鄙视地望着站在井边的人们，把这块不规则的坷垃横在眼前，连续做六个准备投掷的动作，着实将那群男人唬住了。有人大声呵斥："你这个野种，作死吗？"有人回应："对待这个小反革命，就要以摧枯拉朽之势，一举击倒，踏上两只脚，让他永不得翻身。"第三个人说："再不放下，就把你绑起来，送到大队部，交给支书，请他老人家裁夺，说不定可以让你尝到蹲学习班的滋味。哈哈，那滋味好受得很！回家去问你爹，他在里面蹲过。"

　　这些恐吓的话顺河并没有放在心上。相反，他那只持坷垃的手臂扬得更高了。

　　眼看险情一步步地逼来，人们再不能无动于衷了，许多人开始叫骂，骂什么话的都有，甚至有人骂连福的祖宗八代。也有人弹跳起来，像一只只身上长满"豆粒"的癞蛤蟆，想跳跳不高，想跑跑不快。也有的人做出和顺河一样的动作，眯上一只眼，另一只眼瞄准顺河，企图逼迫孩子放下"凶器"。见顺河从始至终像个大义凛然的"英雄"，三四个男人干脆丢下那个聊得正起劲的老娘们，抱头跑了。有个人没有像其他胆小鬼一样逃离这里，也没有像部分人那样被吓得失去判断力，而是勇敢地站出来，大声警告顺河："再不放下武器，就报告队长，老徐，知道吗？一队队长，将你五花大绑，胸前挂块牌子，写上'打倒反革命'五个大字，满庄游行，死都不知道怎么死的。"

　　听到这些话，顺河不仅没有被吓倒，反而站得笔直，稳稳地向人群投去不屑的一瞥。见警告不起作用，这个人双手掐腰，眉毛挑得老高，尽量显出恶狠狠的凶态。突然，他像意识到什么，急忙纠正刚才说的话："不是队长，队长算什么？小小芝麻官，我眼角也不夹他。我说的是连福，我要把你交给你爹，让他收拾你。"

　　顺河手里的坷垃居然随着那人的话音掉在了地上，他再不敢正视这个穿着破衣的男人，低下头瞅着身上的裤子，瞬间失去了威风。他清楚地看到自己的裤腿两侧变得油光锃亮，像白蓉花烙煎饼时用的那只破油絮。白蓉花抡起油絮擦鏊子时的动作娴熟而潇洒，有节有奏，有板有眼，该慢时，沉稳有序，需快时，用力滑行。

白蓉花用过的那只油絮每天都风雨无阻地挂在她家灶房的南墙上，颜色和墙壁一样黑，不仔细看，分辨不出哪块是墙、哪块是油絮。油絮是白蓉花用破布缝成的，足足两厘米厚，花了一天一夜时间，才缝成那块边长为十五厘米的"正方形"。由于长期在滚热的鏊子上摩擦，油絮已变得又黑又亮。后行妇女烙煎饼离不开这种油絮。每当受热不均，面糊便会在鏊子上打滑，烙出的煎饼就不能成为一体，有的地方厚，有的地方薄，甚至有的地方会出现一个个小洞，不便于卷菜，味道也差。如果用油絮擦点豆油，在鏊子上轻轻一抹，就可以擦掉鏊子上残留的杂质，让鏊子变得光滑明亮，面糊更容易贴紧鏊面，烙出来的煎饼会像纸一样平滑均匀，表面黄灿，咬起来脆生，闻起来喷香，吃完一张，还想再吃一张。

煎饼是后行人的主食，不论是小麦煎饼、大麦煎饼、玉米煎饼、山芋煎饼，还是三掺两和，一日两餐都离不开它。煎饼不仅可以充饥，还能使人们的口腔得到锻炼，由于长期咀嚼的原因，牙齿会变得更加牢固。

十四

　　老井北部不远处生长着一棵古槐,顺河恰巧在这里遇见了白蓉花。白蓉花面目俊俏,在后行男人的眼里,她的靓丽无人能比,无论她出现在什么场合,一举一动都会吸引大伙饥渴的目光。蓉花懒散地围着老槐转了五六圈,不时伸出两只修长的胳膊,丈量树干的围度。她目光呆滞,嘴里常自言自语,蹦出的音符和她美丽的脸蛋极不协调。蓉花仿佛只是一个外来者,和落后的后行庄没有一丝一缕的关系。她希望用自己单薄的双臂,挖出后行的背景由来和深邃的历史文化,然后神不知鬼不觉地离开这个鬼地方。

　　她俨然把自己看成一个勤奋的考古专家,眼睛从没离开过这棵古树。对过往行人,或驻足欣赏她姿态的光棍,蓉花一律视而不见。蓉花并没有因为光棍汉越聚越多而改变自己看似可笑的行为,始终保持一副认真的模样,偶尔仰头,望着那些交叉婆娑的枝条,嘴里嘟囔出一个数字来:"355。"很多人感到莫名其妙:"355是什么玩意儿?"

　　蓉花没有搭话,她觉得没有必要搭理这些臭男人。槐树西边不远处有个石台,长约一米,宽约八十厘米,上面放着一个泥制的香盆。香灰被雨水冲溅出来,杂乱地落在台面上,在灿烂的阳光下泛出了一层白光,散发出湿润的香气。槐树枝杈繁多,从上至下约十四层,靠近地面的树枝被别有用心的光棍系上百余根红布条,期待通过这种办法找到自己的伴侣。可近期已有十来个年轻壮汉打算解掉这些布条,扔进北汪或山庙大沟里,或干脆扔进二十里开外的大运河里。因为一点也不灵光!留着何用?让大水把它们冲到别处去,把霉运带给沿岸庄子的男人好了。

　　蓉花斜睨的目光穿过七八个光棍淫邪的脑袋,直接落在了顺河身上。她端详着孩子丑陋的模样,轻盈地绕过石台,晃到顺河面前。她以为顺河是什么也不懂的傻子,就举起乌黑的小拇指,笑嘻嘻地指着顺河的额头,先简单骂几句,见顺河不吭声,胆子逐渐大起来,把连福也一起骂了。开始,顺河不愿和这个疯女人一般见识,虽然他和蓉花很熟，但见她一直没有停下来的意思，才和蓉花对骂起来。蓉花骂什么，他就回敬什么。同样，顺河骂什么，蓉花也跟着骂什么，一点也不走样。两人一直对骂了半个小时，直到太阳西斜，双方都没有停下来的意思。蓉花终于失去了再骂下去的气力，她气愤地一屁股坐在潮湿的地面上，不忘脱掉左脚上那只崭新的黑布鞋，垫在屁股下面，嘴里喘着粗气，脚丫蹬向天空，弯曲的脚趾不停地抖动着，却又不像是特别生气的样子。

顺河一边冷笑，一边用手抹着鼻涕。看样子，他和蓉花之间已形成了某种默契。没错，算上这次，两人已对骂了十九回，每回都是半个小时，每次都分不出输赢。

这几天，白蓉花的门槛几乎被人踏断了，庄里庄外几个著名媒婆轮番上阵，给她提亲，发誓帮她找个世界上最疼她、最有钱的男人，年纪相差不大，身材又高又壮，能挣钱，能养家，住瓦屋，吃大米，喝鸡蛋茶，穿华达呢衣裳，骑上海"凤凰"牌洋车子，钱多得花不完，家里有座钟，还有缝纫机，六畜兴旺，五谷丰登，就连闺女也能跟她一起去男人家享清福。

赵新菊也来到蓉花家，假模假样地说："嫂子，我是成全你的好事来了。老话说，人一走运，狗都围你团团转。这不，我手头有好几个年轻汉子，家家都过着人上人的日子，就等你挑拣呢。东庄你大姑家的四表哥，西庄你婆婆表舅的二姨家的六侄子，街上看长摊刘三麻子的三小子，不下七八个，准能让你看花眼！"

见蓉花脸上毫无光彩，赵新菊不好继续说下去。这个老女人善于察言观色，从蓉花的表情上就知道这个寡妇的头不好剃。她点上一支烟，悠然地抽一口，等待蓉花表态。蓉花坐在床沿上，左手拿一张鞋底，右手里的针锥象征性地比画一番。别的都好说，可改嫁这事，天王老子说了也不算，蓉花已经铁了心。其实，蓉花早就想离开这个破地方了，只是找不到更好的出路，甚至连回娘家汴塘的路也失去了记忆。更何况，闺女还小，说什么她也要把孩子带到十来岁，好歹给死鬼男人高燕华留条血脉。

赵新菊不甘心败在一个小娘们手里，就趁着夜色给蓉花的公公高昌民送去四块钱和半斤散酒。没等赵新菊说话，高昌民就领会了这个老女人的意图，拍着胸脯表示去做蓉花的思想工作。赵新菊前脚走出不远，高昌民就锁上饲养场小屋的木门，又用力晃动两下，觉得锁牢了，才挺起胸膛，绕过汪塘东边的芦苇丛，直奔蓉花的住处去了。来到蓉花的门前，望着自己亲手建起的小屋，高昌民心里袭来了一阵凄凉。过去，全家人住在一起，媳妇、儿子、儿媳间虽常有磕绊，总归是一家人，鼻子再臭也割舍不掉，日子总过得下去。可孩他娘和儿子相继过世后，高昌民再也难以享受到人生的乐趣了。和儿媳分家另过以后，两家与邻居无异，若不是小孙女牵涉其中，再难找到来这个小屋的理由。屋内没有亮光，高昌民只得蹲在门口，连抽

三袋老烟,而后假装咳嗽几声,才敢大声说话:"秀娘,我来了。"

听到高昌民的咳嗽声,蓉花默不作声,门却"吱嘎"一声开了。开门的不是文秀,而是蓉花,她淡淡地说:"外头凉,进屋抽吧。"高昌民把两只手揣进宽松的白洋布袖筒里,那只闪亮的长烟袋耷拉在他的手脖上。蓉花用眼角的余光盯着烟袋杆问:"抽得还那么凶?"

"没法,抽一辈子了,哪改得了?"高昌民有些受宠若惊,从刚坐定的板凳上弯腰站起来,瞅着蓉花的肩膀,毕恭毕敬地继续说:"您娘俩还都好吧?""托你的福,都还活着。"蓉花这句话让高昌民站也不是,坐也不安,他一会儿看着蓉花的后背,一会儿仰视着墙上挂着的伟人像,一会儿把双手背在身后,一会儿又把没装烟叶的烟袋叼在嘴里。蓉花问:"还是秀爷那只烟袋吧?"高昌民没想到蓉花还会提及这根烟袋,他嘴里嘟囔一阵,然后骂道:"别提那个短命鬼!"蓉花说:"为什么不提?死了,也是你儿。"

"都过去了,别再说那些伤心事。我就这命,没儿子的命!断子绝孙的命!光有烟袋杆没有烟袋包的命!"高昌民颇有感触地说完,便是一阵哀叹,而后又继续说,"好在还有文秀,孩子一长大,就在家招婿,也不丢人,后行又不是咱一家,徐凤举不也是招来的吗?人过一辈子,就看是个什么态度,只要一切都往好里想,日子就过得有滋有味,如果天天想那些乱七八糟的事,心里就堵得慌,再好的日子也白瞎。"蓉花不屑地说:"也只有你能想得开。"

高昌民忐忑不安地坐在槐木凳上,慢吞吞地说:"我也不兜圈子了,就街上那个看长摊的,你表姑什么都跟我说了,人家是街上的大户,市管会和公社里都有关系,干了十几年买卖,啥事没出。这么说吧,这家人可能什么都缺,就是不缺钱。到时,连文秀一块儿带去,十年八年后,再把钱和孩子一起送来,孩子出嫁还是招婿就不用你操心了,一切都由我来办。我把婚礼给她办得风风光光,让外人难受去吧。"蓉花生气地说:"就算我嫁过去,你又有什么资格去管姓刘的事?"高昌民吼道:"姓刘?千根黑发头上长,万条河流归大海,不管什么时候,文秀也是俺的孙女,老高家的血脉。我不想跟你啰唆,这事也由不得你!嫁鸡随鸡,嫁狗随狗,嫁给老高家,我就是你的长辈,你就得听我的。我和你表姑商量好了,刘家只负责把孩子养到十八岁,时限一到,无条件送回来,外带三百块钱,一个子儿也不能少。"

沉默一阵,高昌民继续说:"孩子,虽然你是我的儿媳妇,可也和闺女一样,我待你从没薄情过。趁年轻,赶紧找个好男人嫁了,日子重头过,总比在后行遭罪强。瞧见那些二郎八蛋的孩子,一个个贼眉鼠眼,轻佻好色,我看着就来气,心里堵得慌,又没法说,只能打碎牙齿自己咽下去,肚子难受自己揉一揉。好在这男人是你大表姑介绍的,又是个有钱的大户,错不了。吃香的,喝辣的,以后两家还都是亲戚。过个年节,让秀打点儿散酒送来,果子糖、烧饼、油条、酱油醋、木耳、银耳、花生米,卖干货的,哪样也不缺,总归是一家人,分什么彼此?我都不在乎,何况那个姓刘的。"

蓉花越发平静地坐在那里,身子一动不动,眼睛却盯着墙壁上那把生锈的镰刀。高昌民趁机又说:"就下月初六,也不用找人看日子,没吃过猪肉,还没见过猪跑吗?这是个黄道吉日,百事全无,适宜嫁娶,说不定明年就能生出个大胖小子。"蓉花强忍住心中怒火,冷漠地说:"不吃你的,不喝你的,闺女我自己带,不碍你的眼。等丫头长大,我自然会走。我也是个要脸的女人,不怕闺女到人家受罪,早抬身远走高飞了。"高昌民说:"打算赖在高家了?"沉思片刻,高昌民又补充说:"那也不是不行,但要有个条件。"蓉花问:"什么条件?"高昌民吞吞吐吐地说:"其实,秀娘,咱们毕竟是一家人,我也舍不得让你走。"蓉花疑惑地说:"一会儿让嫁,一会儿又不让,到底想出什么鬼?"高昌民死皮赖脸地说:"真让我往明里去说吗?"蓉花直截了当地问:"还想睡我?"

高昌民做好了应付赵新菊要钱的准备。这晚,赵新菊又找上门来,催问高昌民事情办得怎么样了。高昌民说:"这不是急的事,你就等我的好消息吧。"赵新菊不耐烦地说:"好消息?当我是三岁孩子?行,还是不行?给个准话。不行,就赶紧退钱,利利索索的,别娘们唧唧的。"高昌民故作惊讶:"什么钱?满嘴胡扯!光听说你这人爱钱,没想到竟嗜钱如命。你问问,长这么大,我欠过谁的钱?"赵新菊骂道:"耍无赖是吗?早听说你是个赖子,今天算是见识了。这么说吧,给钱咱俩拉倒,以后你还是好三哥,我还是你大妹。如果不给钱,我这个人你也知道,不是个饶人的茬子!"高昌民猛吸一口烟,让自己平静下来,缓和地说:"好妹妹,你得沉住气,心急吃不了热豆腐。你再宽泛一两天,说不定文秀娘一夜之间就想通了。"

在之后的四五天里,赵新菊又连续七次来饲养场问高昌民要钱。可高昌民始终装聋作哑,说什么都不肯退这笔钱。第十八次,赵新菊来到饲养场,她又骂又哭又叫,还带来一个近门侄子助威。遇弱愈强,遇强不弱,这是高昌民的人生哲学;兵来将挡,水来土掩,你强我韧,你急我拖,高昌民深谙此道。他说:"别咋咋呼呼,以为这是你家呢,想怎样就怎样。这是饲养场,不是你耍泼的地方,吓到这些牲口,就算我不跟你算账,支书也不能就这么跟你拉倒。"赵新菊指着高昌民的鼻子骂道:"不就缺这点药费吗?四块钱,权当给你买药吃了,吃了嘴不豁、腿不瘸。"

高昌民笑着抹掉溅到腮上的带有赵新菊口臭味的唾液,双手紧紧堵住发黑的耳朵,歪着身躯,倚在门上,嘻嘻哈哈地看着赵新菊表演。赵新菊猛地抬起系着蓝布带的右腿,接连向高昌民踹了九脚,虽然累得大口喘气,钱却依然藏在只有高昌民

知道的地方。赵新菊骂道:"你三豁子就是个孬种!"高昌民两手交叉放在胸前,没皮没脸地说:"我就是孬种,看你能怎么着我?"高昌民在家排行老三,大哥、二哥和母亲相继死去后,家里只剩下他一个人,长期过着穷苦的日子。两位双胞胎兄长死的时候都是十五岁,庄里没谁知道兄弟俩得的是什么病。为治好儿子的病,高昌民的娘一共请来了十七位先生,但都力不从心,只能眼睁睁地看着兄弟二人先是腿瘸,后来嘴里向外冒泡,躺在床上八天后,相继平静地死去。死时,两人的瞳孔放大,大得像两只葫芦,从内向外冒黑血,三个小时后才闭上眼。

  高昌民也有一番相似的经历。他十五岁那年,腿瘸了四个月零七天后嘴开始冒泡,冒了三天半,在床上躺了九天八夜,眼不聚光,呼吸微弱,只能等死了。高昌民的娘觉得这是天意,就不再请大夫诊治,而是喊来庄里的三老四少,请他们帮助料理丧事。经过一番察看,一位有经验的老人翻开高昌民的眼皮,确定他已死亡,就叫大伙坐在一起商议孩子的后事。由于高昌民尚未成年,尸首不能埋入老林,大家一致同意给他做只薄匣子,就近埋在东北湖大堰上的槐树林里——那儿紧靠一条水沟,不深不浅,常年流水,又有两兄长陪伴,不至于感到孤寞。

  按照分工,四五个庄人伐掉高昌民屋后那棵似乎永远也长不粗的桑树,又请来两位木匠,经过一个白天的劳作,到傍晚时分好歹做出来一只薄匣。匣子高一米、宽半米、长两米弱一点,正好可以容纳高昌民不长不短的"尸首"。还是这位自称有经验的老人在匣里铺上一层旧麦草,双手试了又试,觉得柔柔软软、平平整整了,便满意地蹲在墙旮旯,点上一锅水烟,自顾自享受去了。高昌民的娘眼睛红通通的,像爬进去七八条赤虫,但没有流泪。这个刚过不惑之年的女人弯腰站在高昌民的草铺前,最后一遍抚摸着孩子瘦削的黄脸,眼含热泪说:"走吧,孩子,别再惦记这惦记那了,大伙都待你不薄,安心去见你爹,见你大哥和你二哥,也给俺捎个话,就说俺心里头想他们,等有一天,咱全家相聚后,再好好唠叨唠叨。"

  那个老人的烟袋已冒不出烟来,可他舍不得丢弃烟嘴里的烟灰,依然叼在嘴里。他慢慢腾腾地走进屋里,蹲在草铺前面不远处,好生劝慰高昌民的娘一番,希望她从悲伤中解脱出来。老人说:"生老病死,人之常情,大风起兮云飞扬,威加海内兮归故乡,大汉皇帝都得驾崩,何况平民百姓?黄泉路上无老少,该去的留不住,晚走的,还要好好活下去。"听着老人这番入情入理的老话,高昌民的娘悲愤地抬起头,直了直身躯,费了好大劲才直起腰来,望着屋外那只冒着白光的薄匣子,高昌民的母亲说:"都去吧,老的、小的都走了,俺也该走了。"

  当大伙手忙脚乱地准备抬走草铺上的高昌民出屋入殓时,外面刮来了一阵大风,接着一场毛毛雨从空中缓缓飘下。大伙正感到惊奇,却见高昌民从床上弹坐起来,喜笑颜开,竟和一个常人无异。大家不由得瞪大眼珠子,看着眼前不可思议的这一幕，惊呼一声："鬼！"高昌民蹬掉盖在身上的黑棉套，从地上站了起来。高昌民的母亲道："孩子，别吓唬俺，你这些大叔二老三表大爷都是来帮你安葬的，都是好人，平时待咱家不薄，从小就心疼你，谁也不许你吓唬。孩子，走吧，安心地走吧，别担心娘，娘会好好活下去的。听话，孩子，到你该去的地方去吧。过了鬼门关，就是黄泉路，黄泉路上莫回头，上了孟婆桥，喝碗孟婆汤，三生石前尘世完。"说完这些，高昌民的娘整个身子都哆嗦起来，像筛糠似的，脸也扭曲了。她转过身，疾步向棺材方向奔去，步履不稳，忽右忽左，只能迈出小半步。高昌民却大步来到棺材前，手扶着棺材的一角，唱了一支难懂的小曲。所有人都感到又惊又怕，纷纷避开高昌民，不敢正视这个怪物。高昌民的娘是站着死去的，她死的时候，风雨骤停，一切归于平静，那只薄匣子正好派上了用场。

　　这晚，蓉花的小屋门敞开着，从里面透出黯淡的灯光。骆驼探过去大半个身子，朝屋里仔细瞅着。蓉花坐在里间的床沿上，轻轻拍着文秀的肚子。她的床头放着一盏药瓶做的煤油灯，光线极其微弱。为节省灯油，蓉花轻轻拧开瓶盖子，将灯捻向下拽了又拽，使火头变得更小了。看着蓉花透明的后背，骆驼想一脚踏进屋里，揽住她的蜂腰，真切地感受这个女人的温情。此时，他难以控制热烈的欲望，呼吸比平时困难许多，额上冒出一层细汗，心里的小鼓七上八下，敲得他心烦意乱。

　　骆驼壮胆走进屋里。蓉花手里攥着一根半锈的钢针，向骆驼走过去，她展开手掌，问："这是什么？"她并非有意时刻拿着这根针防身，而是打算缝补文秀那条破裤子，担心闺女穿出去丢人。蓉花这句老调重弹的话，骆驼已不止一次听到过，也不止一次领教过它的厉害，可他管不住自己，每当夜幕降临时，更加难以忍受相思之苦，常在梦中呼喊蓉花的名字，惊醒时才知道自己已彻底离不开这个女人了。不就是一根针吗？骆驼不想让到手的鸭子飞走，更不想让蓉花觉得他是个胆小鬼。他鼓足勇气，双眼坚定地望着蓉花姣好的脸颊。

　　正当蓉花被骆驼这个举动吓得不知所措的时候，骆驼突然跪在她面前，眼里充满晶莹的泪水，哽咽着说："嫂子，你也知道，我赵骆驼一直是个苦命人，吃百家饭，穿百家衣，走百里路，挨百人骂，没谁瞧得起，也只有你拿我当个人。可我管不住自己，打见到你的第一眼起，就喜欢上你了。你不仅漂亮，心地更善良，待我像亲人一样。你别笑话，我这人特没出息，只要一躺在床上，脑子里就全是你的靓影。嫂子，长这么大，我连个女人的边也没沾过，更谈不上被哪个姑娘喜欢过。"

　　骆驼号啕痛哭一番，接下来又说："我心里的苦，难道您还不清楚吗？"蓉花忐忑地瞧了骆驼一眼，心里很不是滋味，真想好生安慰骆驼一番。她慢慢地坐直身子，很快躁动的心安静了下来，对骆驼说："没女人就不能过了？庄里这么多光棍，也没哪个像你这个熊样，整天女人女人地挂在嘴上。"骆驼的哭声突然停下来，脸变得阴森森的,像要下雨的样子。蓉花不慌不忙端来针筐,缝补着闺女的裤子。裤子上面已出现了七个大洞和若干个小洞,蓉花舍不得扔掉它,打算补好后再让闺女将就穿个一年半载。蓉花觉得对不住文秀,但当想到每个家庭都在过这样的穷日子时,她心里又坦然不少。

夜深人静,屋外的公麻雀基本丧失了叫唤的能耐,佝偻着身躯,蜷缩在密密麻麻的枝叶间,不声不响地打起了瞌睡。小麻雀们依偎在母麻雀的身边,眼睛紧闭,安然地睡去了。屋里静得要死,文秀身上的小褥子被她一脚蹬到地上,三两只特大型蚊子不约而同地叮住她的两只小脚丫,贪婪地吮吸出少得可怜的红色营养。蓉花像是没有注意到这一切似的,依旧聚精会神地扬起手中的短针,娴熟地缝着孩子的裤子。骆驼压了压嗓子,喉咙里发出尖细的声音:"我快要死了。"

蓉花没有说话,她甚至连看骆驼一眼的兴致也没有,只顾缝着这条破烂的绿裤子。算起来,这条裤子孩子已穿两年零一个月了,裤腿的长度不再适应孩子猛长的个头。放在富足的家庭,像这样的衣裳早被扔掉了,可蓉花不能扔。扔了,孩子就得光腚。再看自己身上穿的这条天蓝色裤子,蓉花觉得可笑,哪个女人的裤子一穿就是七年。骆驼不耐烦地说:"我这人脾气你也知道,不想强人所难。"

蓉花沉下脸来,努着嘴问骆驼:"看,那是什么?"骆驼扭头看去,笑着说:"在哪,不会又是根针吧?"蓉花继续缝补手里的衣裳:"笨蛋,东南角。"骆驼好奇地问蓉花:"扁担,怎么了?"蓉花笑盈盈地说:"兄弟,起来,去看那根扁担光滑吗?"骆驼乖乖爬起来,伸下懒腰,转转脖子,踢踢腿,身体总算舒服了一些。他凑近扁担,仔细看了两眼,然后兴奋地说:"真光滑,从没见过这么好的扁担。"

蓉花突然咆哮起来,像一只母狗,愤怒地拿下左手中指上那只锈顶针,稳稳地砸中了骆驼脑门上的那块红疤。骆驼像只丧家犬一样逃离了蓉花的小屋,但他并没有走远,而是扮成一只发情的黑猫,捏着鼻子,弯着腰,伸长脖子,踱着步,嘴里发出了一阵婴儿般的欢叫声。见屋里屋外没有动静,骆驼索性蹲在蓉花的窗下,希望奇迹能够出现。

窗台上放着两只绿莹莹的酒瓶,细细的脖子,硕壮的屁股,蒙着一层黄土,看上去像两只价值不菲的古董。与其说这是一扇窗户,不如说就是一个土洞。蓉花实在没有钱去安装一只廉价的木窗。每到寒冷的冬季,为不让闺女受冻,她都要在墙上蒙一块白塑料布,用来遮挡雨雪。至于蚊虫,她毫不在乎,无非叮咬几个红疙瘩,涂一层煤油也就没事了;对于那些偷窥者,她更不放在心上,即便自己的身体被看到,那又有什么呢?胳膊还是两条瘦瘦的胳膊,腿还是两条又直又细的长腿。

屋外漆黑一片,蓉花什么也看不见,她仅凭印象从大缸里舀出半盆清水,懒洋洋地端进屋里,放在饭桌前的空地上,又从那只竹壳暖壶里倒出来一些黏糊糊的热水。在温热的水汽升腾到空中的时候，蓉花身上那件从年初穿到年尾的花白背心被她扔在了小板凳上。她用手试了试水温，觉得正合适，就用毛巾蘸些水，再拧去多余的水分，然后把毛巾折叠起来，摊放在掌中，轻轻贴在光滑的胸上。

一阵惬意袭来，蓉花的头使劲向上仰着，舒服地闭上眼睛，恣意地享受一番凉意。约莫三分钟后，蓉花把毛巾重新蘸了一些水，将白里透黄的身子从上至下认真地擦洗一遍，又从下至上重复着这个动作。直到再无擦洗的地方，蓉花又将毛巾展开，两手各扯着毛巾的一个角，笨拙地绕到脑袋后，胡乱地将脊背擦拭一通。干净与不干净，蓉花不再计较，尽管背上浮起一层又细又长的灰泥儿，但的确比刚才舒服多了。蓉花把毛巾扔进水里，盆里溅起几朵小水花，在微弱的油灯光线中闪出几分亮色。蓉花慢悠悠地穿上那件花白背心和红裤头，让骆驼彻底失去了滞留在窗下窥探的理由，就懒散地离开了。

为避人耳目，骆驼选择走一条暗道——这是通往东湖坟地的小路。坟地距蓉花的住处约一百二十米。穿过一片槐树林和十多亩麦田，骆驼赶到墓地。他像走平路似的，心里没有一点儿忐忑与恐惧。他颇为兴奋，为自己的胆识和谋略感到骄傲。他大胆而细致地点着坟头的数量，不多不少，整整一百个。骆驼欣喜地以为这是一个吉祥数字，预示着他和蓉花不光可以结为鸳鸯夫妻，还能手牵着手白头到老。骆驼看中一片空地，他希望在蓉花老去以后，就把她葬在这里。至于自己死后怎么安排，则不是他现在要考虑的。按功德，他至少要活三百年。骆驼兴冲冲地走出了墓地，不到半根烟工夫，就来到了自己屋后的东西小路上。发现无人盯梢，骆驼晃晃悠悠地走到小屋前。

骆驼住的两间小屋十分狭窄，前后长度仅四米，宽也不过三米五多一点，门留在中间，门板被雨水冲刷得黑漆漆的，上面闪出一道裂缝，几乎可以塞进小孩的一只拳头。小屋比周围的房子都要矮一截，与东面徐凤举的房子更形成鲜明的对比。再朝东是骆驼的父亲赵德彬住的小房子，大小高低与骆驼的家没有两样。十多年来，爷俩虽有血脉关系，却分开居住，各过各的日子，井水不犯河水。骆驼小心翼翼地站在自己的小屋门前，怀揣着一颗滚烫的心，紧张兮兮地朝东南方向看了十多眼，但一直未见到蓉花娇媚的身影。他懒散地转过身去，飞起一脚，踢开屋门，一头扎在攀结草绳的小床上，合眼睡去。

十五

  尽管前进的道路上会遇到诸多困难，可骆驼从不气馁。在向蓉花展开新的攻势前，他跪在自己的家门口，面向东南湖的坟地方向，神色凝重，两臂伸直，双手合十，口念不停，小声嘀咕，眼不眨，嘴不斜，心无杂念，情绪稳定，接连磕下十八个头。死者为大，他希望高燕华不要和他计较，并助他一臂之力，早日实现夙愿。骆驼磕头用时很长，几乎每个头都要花七八分钟时间，直到自己满意为止。但骆驼的努力未能奏效，不仅遭到蓉花的百般抵制，更受到庄里光棍的莫名打压。他一次次带着希望去蓉花家，却一次次失败而归。

  骆驼坚信机会总是留给有准备的人。发现大多数光棍集聚在小屋里赌博的这天上午九点钟，他心花怒放地钻进东湖那片坟地里，双膝跪在高燕华坟前，请求这位逝者谅解，并发誓照顾好蓉花、文秀娘俩。直到立下给高昌民养老送终的誓言，骆驼才安下心来。可当他兴奋地转过身去准备离开坟地时，突然听到坟地的东南角传来了一阵窸窸窣窣的声音，像一个矮人，两脚不大，一尖一钝。

  骆驼判断这是个小脚女人。紧接着，脚步声变得忽高忽低、忽左忽右、忽前忽后，毫无规律可循，仿佛一阵飓风，拐了十几个弯，最终在骆驼面前狂舞起来。骆驼吓得赶紧跪在地上，说："三大娘，你就饶了我吧！三豁子再不是人，也是你的老头子啊！是不是我这句连他一起照顾的话惹恼了您老人家？如果您觉得不悆，以后我就只照顾蓉花娘俩，您老看这样如何？"

  不久，一切又重归平静。骆驼得意地以为自己的虔诚打动了神灵，得到老窝子的娘及其各位祖先的谅解和默许，让他不费劲就能娶到貌美的蓉花，收养一个六七岁的闺女，还不用照料高昌民的起居，真是三喜临门、收获颇丰啊！当然，骆驼也感到自己肩上的担子更重了。在从坟地去往蓉花家的路上，他边走边想，不久以后，自己就要结束一人吃饱、全家不饿的单调日子了，迎来的是一大家人温暖而幸福的生活。负担是大了一些，可毕竟有了自己的家啊！这预示着自己的人生步入了正常轨道，比其他光棍提前告别了单身生涯，绝对是一件可歌可泣的大事。这样一来，骆驼认为自己是个成功人士，在众多光棍面前完全可以摆出一副得意扬扬的姿态，接受他们的吹捧、羡慕和嫉妒。

只半袋烟工夫，骆驼就大模大样地晃到了蓉花小屋的东山墙边。蓉花坐在小屋前，竟开口唱起了一支情歌。阳光灿烂，鸟雀鸣叫，微风拂面，树梢颤动……这么美好的景象，无疑是一个成亲拜堂的喜庆日子。骆驼不再犹豫下去，他要直接向蓉花表明爱意，不管她同意与否，他都不准备再离开这个小屋了。整好衣装，拢拢头发，伸伸脖子，咽口唾沫，一切就绪后，骆驼大模大样地朝屋前走去。

听到骆驼的脚步声，蓉花警觉地收住歌喉，一头钻进小屋东南方向的小棚里。这是一间锅屋，面积小得很，只能容下蓉花一个人。棚里除一口铁锅、两个铁勺、一只风箱、一团乱草，再看不见其他东西。蓉花站在锅台前，背对着小门，手攥着一只铁勺，一边颤腕搅饭，一边抖动着屁股。

骆驼蹑手蹑脚地来到锅屋前，伸出双臂，猛地搂住蓉花的细腰，细声细气地说："蓉儿，你是世界上最好的女人，我骆驼无时无刻不在想你、恋你、爱你。我家虽然很穷，但我知道你不是个嫌贫爱富的女人，只要咱两口子并肩战斗，我们的闺女就一定能过上好日子。别看我从前游手好闲，不干什么正经事，以后和你在一起了，我就改掉身上所有的毛病，直到你满意为止。花，我什么都能干，炒菜做饭补衣服，割麦扬场栽山芋，赶集上店卖麻花，拔草磨面施化肥，等等，这一切，我都会干！这些年，你骆驼弟的所作所为，都是为了你。我的痴情，我的仰慕，我的宠爱，难道你还不明白吗？"

蓉花真想大喊一声，让邻居们听到后过来解救她，可她过不了心里这道坎儿。本就被庄人莫名其妙地猜疑和谩骂，如果这事再被人知道，准又传得满天飞。况且，陪着这个无赖丢人现世也太不值得了。蓉花决定从长计议，她小声又不乏温情地说："骆驼兄弟，你这样做，让人看见多不好。"骆驼吼道："我不怕，我就想让人知道我对你的爱有多深。"蓉花说："强扭的瓜不甜。"骆驼"呸"了一声道："甜，甜死了，不光甜，还腻，腻到血液里，腻到骨子里。其他什么话都不要说了，我就爱你，就爱你！"

蓉花嗔怒道："你这不是要耍流氓吗？"骆驼嘿嘿一笑："算你说对了，我就是要耍流氓，同意当我女人，我就是一个顶天立地的男人，不同意，我就是一个流氓，一个无赖，一堆臭狗屎，一件破棉袄，专蘸你的油篓子。"蓉花倒吸一口气，和缓地说："兄弟，这事也不是不行。"骆驼着急地问："究竟行还是不行？行，现在就把事办了。"蓉花说："亏你还是个有学问的人，说话忒粗野！兄弟，别怪我多嘴，你学问深，怎么也没混个老师当当，看人家徐凤举，闺女宝珍初中刚毕业，照样去

当老师,你还自吹自擂,学问全庄第一,连个媳妇也混不着,就欺负我这个女人行。"

骆驼渐渐地松开了两只手,一屁股跌坐在地上。是啊,他是庄里唯一的高中生,却落魄到这步田地,竟三番五次地过来纠缠一个寡妇。骆驼越想心越酸,竟哭出了声。他越哭越悲,哭得满脸狼狈,鼻涕和泪水搅混在一起,哭声和骂声相互交融,忽高忽低,忽长忽短,错落有致,铿锵戚悲。他一边哭,一边说着连自己也听不懂的浑话。头一阵昂上天去,又一阵埋在裆里,像唱戏。无论蓉花怎么劝说,他的哭声始终停不下来。

蓉花的心一下子软了,她轻轻地蹲下来,抚摸着骆驼的额头,柔情地说:"好兄弟,心里再苦,日子也得过下去。你要是真想好了,我就跟你凑合着过。不过,先得去公社把记登了,不能胡打胡闹。"骆驼又惊又喜,双眸大睁,温情十足地瞅着蓉花漂亮的眼睛。这个女人好美啊!骆驼的眼睛舍不得眨一下,能多看一眼是一眼。尖尖的双眉,一对鼓囊囊的杏花眼,腮帮透红,鼻梁高挑,嘴若桃仁,颌如鲫鲤;再看那截白白的脖颈,不短不长,不粗不细,圆溜溜,肉嘟嘟,白皙皙,红通通,两头一般宽,上下一般粗,远看像只馍,近瞅像瓜藕,皮肤紧致,犹如弹簧,轻轻一触,闪烁光芒……

越是到了唾手可得的时候,骆驼越不急不躁。他深知只有把握好前奏,才能唱好这首深沉的歌。他继续表演着,声泪俱下,哽咽一阵,号啕一阵。哭声随风劲飘,钻进屋前左右两片槐林里,劲头骤增,像把利剑,横扫竖搅。

蓉花急得像只断翅的小蝇,脑子嗡嗡作响,羞愤交加,恐惧渐深,完全失去了主意,又劝不动骆驼,只得躲进了小屋,独自哽咽,小声谩骂。听到蓉花优美的哭声和甜甜的叫骂,一股自豪感在骆驼的心中油然升腾起来。他双手拄地,猛一个鲤鱼打挺,稳稳地站起来,接着一阵碎步,一头扎进小屋。他二话没说,伸出胳膊,在蓉花身上一边耐心抚摸、品味,一边安抚道:"人生得意须尽欢,莫使金樽空对月。蓉儿,我的花,这一生一世,我就认准你一个,只要我还有口气,就绝不亏待你。我也想当老师,发挥聪明才智,培养一批像我一样正直忠诚老实可靠勤奋能干的人才,可你知道,韩科成绝不许我这样的人有好日子过,就那几个民办教师指标,他的亲戚好友都顾不过来,还能有我的份?至于煤矿工人就更没戏了,那是一份美差,领皇粮,吃白馍,做美梦,放香屁,月月见钱,岁岁来财,可韩科成只能让他儿子去干,至于我和其他人,想也是白想。算了,这辈子就这样了,什么也不去想,做梦娶媳妇,都是多余的。"

此时此刻,骆驼感到自己是后行最成功的男人,没人可与他相提并论,包括赵连福,到手的女人都能被他弄丢,简直是个笨蛋。正得意地徜徉在美妙的"风景"中的时候,骆驼做梦也想不到他的耳朵被蓉花张口咬住了,尽管她没用多大的气力,还是疼得他急忙松开了两只手。蓉花愤怒地指着骆驼，向他下了最后通牒："给老娘滚得越远越好，别让我见到，再不放尊重，我就豁出去了，到公社去告你强奸民女，让你吃不了兜着走。"

骆驼灰头灰脑地走进西南角的槐树林里，犹如一条丧家之犬，不敢回头，唯恐被蓉花追上来，用那只柳木板凳砸烂他的头颅，流一摊血是小事，坏了名声就得不偿失了。也是从这一天起，骆驼再没敢去蓉花的家，整日待在自己昏黑的小屋里。

骆驼的屋子十分简陋，没有一样值钱的东西，仅有一张床和一张饭桌。床只有三条半腿，东南角的腿下垫着一块石头，勉强使床稳固；桌子仅有两条腿，以西墙为支撑；桌上摆了一只黑瓷碗，碗壁裂三道缝，掉八块釉子，里里外外都脏兮兮的，爬满了小飞虫；桌上还放着两个半截麻秆，这是他吃饭时用的"筷子"，一长一短，弦背分明，一细一粗，胖瘦有序，一弯一直，黑不溜秋。

这一回，骆驼竟在家里睡了七天七夜，没吃一口饭，没喝一口水。这天一早，骆驼再也睡不下去了，就翻身坐起，身靠东墙，伸出手臂，扩一下胸，自觉身体没毛病，但日期已记不起来了。骆驼从床上下来后，迈着松散的步履摸到灶间。他的锅屋紧靠邻居的西墙，四下透风，轮廓大小与蓉花的锅屋相仿，只是回门方向相反。所幸火柴还能擦着，茅草也是干燥的，骆驼顺利烧好了一锅粥，迫使自己喝下六大碗糊涂汤。骆驼将碗一推，翻箱倒柜，寻找半天，也未曾找出半袋烟叶。他强忍烟瘾，抄起黑桶，将桶里的黑水浇在头顶，胡乱抹了几把，使头发变得又黑又亮。那把三齿木梳不知去向，骆驼不得不用手将头发拢成五五开。一番精心打扮后，骆驼阔步走出这间阴森的小屋，直奔徐凤举家而去。

不过分把钟间歇，骆驼就来到徐凤举的门前。大门敞开着，从外到内，一览无余。院子空空荡荡，除了那只磨盘显示出主人还算个过日子人之外，其余物件摆放混乱。叉子、铁锨、刀镂子、刨子、烂绳头、大洋镐、洋盆、瓦罐、推磨棍、麻袋、竹胚子，扔得到处都是。有放磨顶的，有挂墙上的，有塞洞里的，有置于窗台上的，有靠门楼的，有趴在锅屋门口的，看不出一点章法，让人眼花缭乱。一见到徐凤举，骆驼就急忙打了招呼。骆驼满嘴好话，使徐凤举那颗冰凉的心瞬间融化了。徐凤举老态毕现，额上皱纹深深，两腿冒出青筋，说话流口水，走路乱拐弯。

徐凤举的眼角通红，眼球上游弋着几条血虫，大概是长期睡不着的缘故。老徐这些年得了失眠症，夜里睡不好，白天仅下午一两点钟睡一小会儿。他也不避讳这个，逢人就说自己犯了老相，没几年好活头，就等下地去听地狗子喊了。徐凤举五十七岁，背半驼着，对身高多少有些影响。他额头宽大，可见三十几道褶子。徐凤举关切地问骆驼："乖孩子，这几天去哪里了，光见你屋门敞着，就不见你的鬼影。满庄里找不到你，又去东湖北湖里找，连牲口棚也去过了，打听了一二百口人，都说

没见到你。又不便进你的家，怕被人说成小偷。这孩子，是不是被哪个女人把魂勾走了？跟你开个玩笑，别介意，说不定是个好事呢。"

徐凤举谈笑风生，也只有在骆驼面前，他才肯说出这样一些真心话。骆驼答道："哪都没去，就在我的小屋里修炼呢，能去哪？外面再好，还能有咱家里好？照我说，后行就是个风水宝地，泱泱数百年，大人物也出了几个，虽然没有当上宰相、皇帝的，三品、五品官也不乏其人。就说您老韩家的祖上，不也出个九品大老爷吗？那叫一个风光！谁见谁怕，人人下跪，前呼后拥，威风凛凛。"徐凤举颇有些不自在："那是谁祖上？"骆驼故意说："老韩家！您不也姓韩吗？"徐凤举气呼呼地说："说话别下道，我姓徐，永远都姓徐。"盯着骆驼的脸看了一阵，徐凤举发觉骆驼瘦了一圈儿，两只大眼被眼屎遮住，失去了往日的光芒。徐凤举心疼地说："瘦了不少，被哪个女人砢碜的。"骆驼自嘲："八九天不吃不喝，不瘦才怪呢。"

徐凤举说："没个女人疼不行，别管大龄的、离婚的、丧偶的、能不能生育的，咱庄、外庄的，只要是个女人就成，别挑挑拣拣，支支吾吾，看好的，直接办，管他三七二十一，搂在怀里好修理。你这孩子，什么都好，就是胆小，干不成大事。就说那个白蓉花，老窝子家的，死了男人，一个寡妇，无依无靠，还不是手到擒来的事儿？"骆驼疑惑地问："什么白蓉花、黑蓉花？就凭我骆驼的文化程度，还能去娶一个寡妇？"徐凤举笑着说："你就是个三斤半的鸭子。"骆驼问："此话怎讲？"徐凤举答："二斤半的嘴。"骆驼只顾笑，不再说话。徐凤举正经地说："真不想那女人？"骆驼说："只能想想而已。"徐凤举问："就没去过那寡妇家？"骆驼说："寡妇门前是非多。"徐凤举说："本想让你大姑把这女人介绍给你，既然你看不上，就算了。"

这一老一少爷俩正说着话，刚算扯到正题，韩黑娥从韩科成家串门子回来了。骆驼像遇到一个救星似的，热情地拉住韩黑娥的手，左摇摇、右晃晃，上捧捧、下颠颠，嘴角笑盈盈的，眼睛眯成一条缝，亲切地撒娇道："大姑，我的亲大姑，侄儿真是想死您了，要不是一睡七八天，早到山庙街给您买斤把肉拉馋去了。"韩黑娥伸出巴掌，摸着骆驼的脸："这孩子就是嘴甜，有用得着你大姑的地方尽管说。是不是又想白蓉花了？这事包在我身上。你们爷俩先在家抽烟等着，我去去就来。"

韩黑娥走了两步，不忘瞪丈夫一眼，像是在说，别以为我不知道，就你那小心思，还瞒得过我？只是我不说透罢了，我就那点事，谁还没有一段过去，年轻嘛！呲个牙给我看看，不掰下来，也得给你敲掉半个！不信，咱走着瞧。整天疑神疑鬼，就以为我和韩科成怎么长怎么短了，没影的事儿。就算有，你也值了，队长怎么当的，党怎么入的，闺女怎么当老师的，人家不说话，就凭你这个样子能行吗？

骆驼几番咽下干涩的口水，烟瘾早已泛滥开了。他在徐凤举泾渭分明的脸盘上瞅了约五分钟，就直奔主题而去，笑嘻嘻地说："大叔，我的亲大叔，下次赶集给您老捎点好烟叶，行吧？再穷，咱也不至于一分钱掰两半花、拿钱当镜子照吧。"

徐凤举当然清楚骆驼穷得连一块煎饼也吃不上，哪里有钱去给他买烟叶，又说出这些难听的话，心中虽然不是个滋味，但他还是走进过道屋，从一人高的东墙洞里拽出了一个烟叶包。徐凤举小心翼翼地捏了一小撮，最多可以装半只小酒盅，在手里掂来掂去，又倒回一小半，才将其余的送给骆驼，嘴里说："看见了吧，也就这点了，要不是这几天连绵阴雨，早抽光了，哪轮到分给你小子。你大叔待你不薄吧，咱庄上，我还没送烟给谁抽过呢，你是头一个。这也难怪，你是我看着长大的，有口吃的，给你留着，有口抽的，也忘不了你，不像连福那个愣种，有俩臭钱，无非是出苦力挣来的，还显摆得要命，听说都抽起洋烟来了，还是'丽华'的。就他能，满河鱼鹰，就显他这个撅腚虫，穷人乍富，挺腰洼肚，谁看得惯？要搁过去那几年，能有他什么事？跩什么跩？"

在和生产队这位当家人闲聊时，骆驼逐渐悟出了他话中的轻重。徐凤举虽年老体衰，心中那道坎依然没有过去。这也正是骆驼所需要的。大家都一团和气，他也就失去了用武之地。骆驼猛抽一大口，烟气从鼻孔中进入肺里，又从肺里排出废气，总算解了烟瘾，他欣喜地说："这烟就是好抽，比'丽华'强多了。连福这人，我最了解，表面上对您不理不睬，心里却时刻不忘巴结您，只是还没找到一个合适的台阶。我看您大人大量，就别跟这个无所谓的家伙计较了。"

"计较，你是说我跟他计较？他有什么资格让我跟他计较？"徐凤举接着说，"他赵连福不是想当队长吗？我还没死！我还不能死！这笔债我和他没完！就算我死了，这个队长也轮不到他来当，天塌不下来。"徐凤举的脸憋得通红，喉咙里涌上一团黑痰，接着就没完没了地咳嗽起来。骆驼边给徐凤举捶背边说："听说宝珍现在过得还行。"徐凤举骂道："行个屁！"骆驼问："怎么一回事？"徐凤举说："烟叶也堵不住你的臭嘴，不是大叔我说你，你这是哪壶不开提哪壶。不说这事，你就没话了，是不是？"叔侄俩再无话可说，各自抽着闷烟。

骆驼不是一个一条道走到黑的人，对韩黑娥亲自出马，他心里暗自兴奋，或许可以歪打正着，让他捡个便宜。他无意中朝徐凤举瞥了一眼，居然看到这张老脸上挂着一滴泪，停在左腮那颗钱币大的黑痣上再也不动弹了。徐凤举的两只鼻孔向上翻着，乍看像一头猪，仔细瞅也并没那么难看。老徐蹲在小板凳的东面，侧身对着骆驼，不停地抽烟、咳嗽，再抽烟、再咳嗽。他油亮的裤子穿了足足半年了，后面坏了一个大洞，两半磨盘大的屁股清晰可见，隐约露出一尺长的臀沟，向外飘出一股臭气。骆驼后退一步，盘腿坐在地上，卷了半截烟棒，十分惬意地狠抽一口。

云来雾去，熏得他睁不开眼。骆驼打破沉默："队长，给您老讲个故事吧，其

实也不算故事,是真人真事,老窝子家的,白蓉花。"徐凤举一听来了精神,急忙转过来半个身子,面带讥笑地说:"还说没去过蓉花家?"骆驼嘿嘿一笑,说:"去了,也就一两次,明人不说暗话,细皮嫩肉的,比赵新菊还白。"徐凤举眼瞅着骆驼,不屑地说:"赵新菊?你是说那个老处女?"

　　赵新菊的确是个老处女,虽然她曾经有过男人。赵新菊住在老井西面,满打满算就两间主屋和一间偏屋,加起来顶多有二十几个平方。她的门口有块空地,骆驼帮她用树枝围成了一个小院,每天被她扫得干净利索。确切地说,赵新菊和男人没入过洞房,但男人被国民党抓了壮丁后,就不愿再嫁人了。赵新菊常翻出那张《婚约》给骆驼看,以此证明自己是个有男人的女人。

　　赵新菊是后行土生土长的老姑娘,没有兄弟姐妹,双亲早已离世,本族近房也很少过问她的生活起居。她从没见过自己的男人,只知道男人姓魏。二十多年来,她一直在打探男人的消息。后来,她认为没有消息就是好消息,至少在她心里,男人还活着。有人劝过她,即便男人活着,估计也跟老蒋去台湾了,在那儿娶了媳妇,一大家人,再也回不来了。赵新菊不信,就一直等待着。再后来,听说男人在打淮海战役时死了,她就像变个人似的,精神恍惚,整日一个人待在屋里,对着镜子,洗三遍澡,不论寒暑,坚持了两年有余。

　　每次洗澡,她的门都要半敞着,留下两个拳头大的缝隙。兑好水,她脱去身上所有衣服,包括那件自缝的蓝裤头。她之所以在洗澡时留门,是担心关门后高大伟岸的男人进不了小屋,无法看清她冰洁如玉的身子,闻到她身上散出的鲜美气味。

　　赵新菊洗澡的那些时光,骆驼每天都要去她家,但从不进屋,他唯一要做的就是欣赏老处女洗澡的姿态。日子久了,骆驼逐渐掌握了她洗澡的规律:赵新菊早晨是要洗一遍的,但骆驼不会在这个时间去,因为太早,赶不上趟儿,天不明,她就洗好了第一遍。第三遍,骆驼是必须要去的,很少落下。如果因什么事耽误了,骆驼第二天准要早起三个钟头,去看她洗头遍澡。

　　赵新菊很清楚骆驼的所作所为,却从不道破。在她心里,骆驼是个苦孩子,缺吃缺喝缺女人,爱看就看吧,权当骆驼给她把门了,省得别的男人再来窥视。况且,骆驼这孩子嘴甜,平时又能帮她磨个面、砍个柴、说上几句漂亮话,让她心里暖洋洋的。

　　最让她感到烦恼的是徐凤举——一个糟老头子,外地人,又不姓赵,穿得破东烂西,满眼眼屎,口臭又重,吹口气能熏死两条狗,说什么她也不能忍受这个老男人偷看她完整的身体。可徐凤举偏偏是最早发现赵新菊敞门洗澡的家伙。看也无妨,你是队长,想怎么看就怎么看呗。但徐凤举贪心不足,常倚在她的门框上,口中还发出一些让她恶心的声响。有一次,赵新菊实在无法忍受,就对着门外骂了一通。

徐凤举自此再不去了，可赵新菊的工分却被他扣了一小半。

徐凤举无奈地抽了一口烟，好大一会儿才说："这个老女人，不提也罢。"

越是处于困难的日子里，蓉花的身影越是在骆驼的脑海里挥之不去。骆驼已经好久没吃到大肉了，庄里没谁家有大事发生，就连几个快死的人也都顽强地撑着，让他免费吃大席的愿望破灭了。骆驼已瘦得不成样子，两只大眼睛也陷进眼窝里去了，就连脚趾头他也发现细了不少，像是变成了一排鸡骨，好在他的一只脚长着六根脚趾，从宽度上看和其他光棍汉区别不很明显。骆驼蹲在家门口的土台子上，猛然想到蓉花脸上那对小酒窝，不深不浅，红润生动，像能说话似的，心再也平静不下来了。这也好，吃肉的事被他暂时忘却了。他扔掉手中燃了半截的麻秆，站起来走到锅屋，找出一条细绳，夹在胳肢窝里，朝连福家走去。

连福的锅屋乱糟糟的，比骆驼的锅屋还要乱，却多出了几堆木柴。这些上好的燃料，准能把那个老处女打发得美滋滋的。他边想着边抱起一些木柴，放在绳子上，捆了三道，仍不像样子，只好将就着背在身上。骆驼沿着河边，大模大样地朝西走去。他背柴火的样子并不美观，像一个身患重疾的老妇，低着头，一手牵着绳头，一手甩在后面拖着木柴。

河水缓缓地流淌着，从来见不到它急躁的身影，只留下道道微波，像是人体内的一条毛细血管，不被人支配地永远这样流着。河边是一些新栽的小树不成排，却也能看出它们错落有致的样子。枝条上长满了新叶，柳枝摇摆着柔弱的身躯，像一个个长发女郎，吸引着骆驼好奇的目光。他放下木柴，盯着其中一根软枝审视着，不知不觉中他发现这很像蓉花的手臂，是左胳膊，而不是右胳膊。她的右胳膊受过伤，是被高燕华的扁担砸的，留下了后遗症，没有左胳膊耐看，弯弯的、细细的、软软的，也很像她的腰肢。

不知过了多久，骆驼才从畅想中回过神来。他使劲摇了摇头，嘴撇得像一口黑锅，他自嘲地把自己定义为一个"花痴"，全庄的光棍只是想在蓉花身上过把瘾，而他却把心思都花在了这个女人身上，不是花痴又是个啥？他尴尬地笑一声，骂自己没出息，竟让个寡妇把自己弄得神魂颠倒。他伸出一只手，没费什么劲就折断了一截柳枝，去其细叶，两指捏着圆枝，来回拧转，挤掉白棍，剩下嫩壳，咬去半指绿皮，做成了一只"喇叭"。骆驼找到一块干净地，把柴放在一边，一屁股坐在松软的土层上。骆驼的长相虽不十全十美，却也是个少找的美男子，比其他的光棍强多了。他长着一张白净的长脸，黑眼珠很黑，白眼珠很白，看不出一点血丝，更不显浑浊，光滑滑，圆鼓鼓，亮堂堂，像两只小铜镜，能照出人影来。

骆驼在河边猛奏了一阵"柳笛"，噼里啪啦的声音也不乏一些节奏。远距离听的话，还算得上一首完整的曲儿。骆驼的曲儿吹得的确不怎么样，他只会唱戏，是

跟徐宝珍学的。那个时候，宝珍拿骆驼不外，就跟自己亲哥似的。骆驼也曾有过和宝珍谈恋爱的念头，却没想到让赵连福捷足先登了。为此，骆驼憎恨连福。好在连福和宝珍没成，才让他长舒了一口气。觉得时候不早了，骆驼赶紧去找赵新菊。来到赵新菊家，骆驼边放木柴边朝赵新菊嘿嘿一笑，什么话都不用说，赵新菊也懂他的意思。对于骆驼的婚事，最简单的方式莫过于拒绝，赵新菊指着锅屋里那堆柴火说："也不知道咱庄的孩子都怎么了，看这些柴火，小屋都放不下了。你这孩子，又不是外人，心意我领了，弄这些木柴也不易，扛回去自己烧吧。实在不行，就送给白蓉花那个骚女人，那娘们儿家缺这个。你这一送，说不定还歪打正着了呢。"

骆驼高兴地说："大姑，还真让您老人家说准了，我这次来就是想请您出面，给蓉花说和说和，您的话她当圣旨听。"赵新菊生气地说："我的话在她那连屁也不如！上次给她介绍个街里男人，有的是钱，人长得又不赖，就是头上有点秃。那又算什么，传宗接代也不靠这个，灯一吹，黑灯瞎火的，说不定比不秃的男人强得多呢。可我真没想到她拒绝了，拿我的话当耳旁风，当屁放，大风一刮，跑得干干净净，油盐不进，滴水不沾，嘴硬得连根针也插不进去。还有那个高昌民，白白占我四块钱便宜。真是不是一家人，不进一家门。这家子，还是躲得越远越好，逮不到黄鼠狼，惹上一身骚。教你一招，闭上眼，什么话不说，霸王硬上弓。谁睡跟谁亲，这个道理你不懂？你有本事有能耐，拿下白蓉花那个寡妇应该不难。"

十六

　　骆驼是个明白人，既然赵新菊不愿舍一张老脸，这事就只能靠自己了。在以后的日子里，骆驼鼓足勇气试探了几次，最终也没敢靠近蓉花家那扇被光棍们踢了无数脚的小门，可又心里痒痒得难受，只好躲在屋后偷听蓉花唱歌。骆驼恼怒极了，以至于每一次上工，他都当众羞辱这个不要脸的女人一番。但蓉花却装作听不到、看不见，权当这个混蛋家伙不存在。见来硬的不行，骆驼就故意用一些嗲腔，希望引起蓉花的注意，但也不奏效，恨得他牙龈出血，隐隐地疼痛。蓉花不在场的时候，骆驼就骂出一些难听的话，让人误以为他和蓉花已划清了界限。可骆驼又容不得别人辱骂蓉花，只要听到一些污言秽语，他就不由得和那些光棍理论一番，甚至骂骂咧咧，扭打在一起，被传为笑谈。

　　这个社会奇怪就奇怪在每当一个人无路可走的时候，竟遇到了人生中的贵人。这真的要感谢老天爷，他分配给每个人的机会都是一样的，谁也不多，谁也不少，就看谁能抓得住。就算这次抓不住，老人家也会另外给你一条出路。如果这些你都抓不住，估计他就要生气了，再也不会搭理你，因为你是个无药可救的人。

　　骆驼做梦也想不到自己的贵人会是连福，而且竟是连福主动提出来的，说的对象竟和他想的一致，这让骆驼感到真是太阳打西边出来了。激动归激动，骆驼对连福还是有些意见，只是说不出口——既然想说这个媒，就该趁早，也省得他这些年心里难受。不管怎么说，骆驼还是抱有很大希望的，因为连福为救高燕华曾借给蓉花四十块钱，而且不用还。这个恩情她是不会忘记的。也就是说，连福出马，这事准成。骆驼兴奋得一塌糊涂，居然跑到北汪的芦苇丛里唱到半夜才回家。

　　连福是个一根筋的家伙，偏偏把骆驼这样的人当成知己，时时刻刻也没忘记这位曾患难与共的兄弟。其实，不光对骆驼，对庄里的光棍他都尽可能地提供帮助，即便不是物质上的，见上一面、说几句鼓励的话，也能让人心里热乎乎的。连福介绍蓉花给骆驼当媳妇的想法已经不是一天两天了，只是没有机会付诸行动。连福撮合这事大概有三个原因：第一，只要见到连福，骆驼就会把喜爱蓉花的心情一字不漏地告诉他。第二，没吃没喝时，骆驼就来连福家，吃喝随便，让连福觉得这个兄弟是个应该同情的人。第三，高燕华死后，蓉花常来找连福拉呱，东家长、西家短，又笑又骂，哭哭啼啼，拿他不外，让他觉得这是个可怜的女人。可怜的男人娶可怜的女人，是后行的绝配，同命相连的心才能走到一起去。一个柔情，一个善良，一对佳人，成就一段佳话，简直是一拍即合。

连福想得如此美好。骆驼虽然穷得叮当响，好歹是个男人，有一身力气，脑袋瓜又好使，养得起这对孤儿寡母。这对骆驼来说更是一件好事，将来有一天蓉花生下儿子，不至于断了骆驼家的香火。其实，连福之所以这么做，还有另外一个说不出口的原因：他不想看到蓉花喜怒无常的模样，只要她流泪，他心里就像猫抓一样，又堵又疼。他早想给这个疯傻的娘们儿找个男人，省得她一天到晚在自己面前绕来绕去，让别人以为他要占这个漂亮寡妇便宜似的。可连福不知道蓉花已对骆驼反感透顶，连看骆驼一眼的心情也没有，更别说要她嫁给这个只想占她便宜的无赖了。

连福正为没有一道像样的菜招待骆驼而发愁时，赵新菊哈欠连天地过来了。赵新菊胃不好，和她长期喝酒有关，饮食也不规律，一个人过日子，又常出去说媒，吃饭不成顿，就落下了这个病根，在家坐着打哈欠，平时走路也是这个样子。她手里端着一只白柳小筐，里面装着八九个鸡蛋。连福打了个招呼："大姑，有事吗？"

赵新菊热乎乎地说："也没大事，俺一个人吃不了这么多鸡蛋，拿街上去卖，又不值当。顺河这孩子俺哪眼看哪眼喜欢，整天笑眯眯的，脑袋瓜子好使，算起账来，比大队会计老王还要快，谁见谁夸他有出息。孩子不能没营养，一早一晚吃个鸡蛋补一补，正是长个头儿的时候。"

连福激动地接过她手里盛鸡蛋的小筐，走进屋里，放在桌上，又找来一只干瓢，把鸡蛋摆放在瓢里。赵新菊接过连福递来的小筐，缓缓地转过半个身子，迈出几步，来到屋外。她盯着屋前的小河说："要不是扒河，早拉起院墙来了，那就有模有样了。"见连福没有反应，她接下去又说："俺家喂的那几只鸡长得都不赖，又不乱宿，下的蛋都是个顶个。等侄孙吃完，俺再给送些过来，不能亏欠孩子。听说街面上一个鸡蛋要二分钱，九个鸡蛋也就不到两毛，孩子身体要紧，钱一花就完，你说是不是，大侄子？"连福听出了她的话外音，连忙从口袋里掏出五毛钱，客气地说："大姑，前几天来家，想给您带点香油、白糖什么的，一忙就忘了，这点钱，您先拿着，赶明儿个去代销点对付一些。"

赵新菊接过崭新的蓝色钱票，客气地说："还是大侄子知道疼老姑，你事多，是个大忙人，当姑的怎能怪你呢？下次从县里来，记得带点就是了。还是县里的白糖好，冰糖也不赖，俺最喜欢你买的大块冰糖，就上次那样的，听说你娘也好这口。"说完，她送给连福一个笑脸，端着小筐，打着一串哈欠走了。连福来到锅屋，找出来一棵葱，剔除葱叶，将葱白切成两段，一段放在案板一角，另一段被他切出了七八截，长度都在一公分左右，还算整齐。连福每次炒菜都离不开辣姜，便把仅剩的半个姜块全部切成姜条。坐在灶口前，连福发现这堆木柴少了近三分之二，剩下的柴火已不足以做好这顿饭。连福正纳闷，顺河从外面玩耍回来了。连福问："那天我劈的木柴少了许多，被人拿去了？"

顺河虽然不愿过问木柴的事情，但连福问他，他只好硬着头皮答："估计又是骆驼干的，我奶奶说骆驼长着一副奸相，两腮无肉，尖嘴猴腮，坏到骨头，当面说好话，背后下毒手。"顺河这么一说，竟把连福逗笑了，他不再追问下去，就去了东屋山头，将靠在西北角茅厕上的两根木棒取来，放在磨盘东面空地上，又从磨盘底下抄出一把斧头。劈好木柴，连福从屋后西面柴垛上扯下一抱麦草。见油盐酱醋一样不缺，连福开始动手炒菜。过了一会儿，他走出锅屋，却看见顺河正在门前玩弄一只小雀，气不打一处来，就想扔掉这只可爱的小鸟，可又不忍让顺河难过，便又打消了这个念头，说："去叫骆驼来咱家喝两盅。"

顺河一怔，心里虽极不情愿，腿脚却不听使唤。他猛然站起身来，手捧着小鸟，绕过屋后的大坑，直奔骆驼家跑去。听顺河说连福要请酒，骆驼起初不肯相信，怕顺河骗他，可又不想放过这个机会，说："你爹真要请你骆驼叔喝酒？"顺河头也不抬，面无表情："又不是第一次，光我知道就有七十六次了。"骆驼心中暗喜，说："你小子先回去，我等会儿就去。"顺河转脸正要往回走，骆驼说："等一下。"顺河转身问："有事？"骆驼说："好歹咱爷俩一场，我给你准备个礼物，你等着。"骆驼从屋里出来后，手里拿着一只弹弓。

顺河仔细瞅着，左看看，右看看，嘴巴张得很大，嘴角歪得几乎够到了耳朵。弹弓把是一个三角木杈，树皮已被剥光，只剩下发亮的白茬，两个杈上系着一块自行车内胎黑皮。弹弓做工讲究，看不出有一丝粗糙的地方。木杈光滑，皮套紧致，算得上后行最好的弹弓之一。骆驼把弹弓递给顺河："这是你骆驼叔特意给你做的。"顺河疑惑地点点头，将小鸟放在地上，拾起一颗石子，放在皮套正中。他左手握紧弓把，右手将皮套拉至胸前，左眼微闭，右眼紧盯着前面那棵桑树。

见小主人饶有兴致地玩着弹弓，地上那只小鸟扑棱着双翅，身子腾空，斜着朝那棵桑树飞去。与此同时，石子离开弹弓，"嗖"的一声射向桑树。"啪"的一下，小鸟被土块击中，应声落在地上。顺河手握弹弓，跑到小鸟前，左晃右晃，不见小鸟回应。他站起来，愤怒地瞪着骆驼，一言不发。骆驼说："枪法不错，小鸟命薄，谁也不怪，这就叫一物降一物。"

顺河似懂非懂，滴下两滴泪珠，拿着弹弓，低着头走远了。骆驼来到小镜子前，

歪着头，瞪着眼，捋捋发，照照脸，头发五五开，两边倒，像汉奸，沟河分明，棱角清晰，根根倒伏，片片不乱，一抖一颤，悠悠爽爽；脸部残留几颗青春痘，额上的伤疤似乎好了许多，人看上去年轻不少，精神也更加振奋。骆驼之所以精心打扮一番，并非想到了连福要为他做媒，而是不希望自己的形象低连福一等。他特意穿上那件大氅，敞着怀，甩着长臂，走出宅子，偶遇一两个熟人，总要面带微笑，主动和人打招呼。有人问骆驼："吃饭没有？"

骆驼答："喝酒去，有人请，没办法，谁让咱人缘好呢。知道是谁请我喝酒吗？告诉你，吓你一跳，是赵连福，有钱人，我兄弟，在县城赚不少，别人他也不请。等我去品尝品尝县城好酒的滋味，还有丽华烟，抽几根有几根，香喷喷，神仙也不当。"

来到连福屋后那个大坑的北面，骆驼停下脚步，环抱着那棵粗大的柏树，不停地猜测着连福能准备几个菜。或三，或四，不可能更多，除非不止请他一个人，或许是两个菜，那就有点小气了，如果只一个菜，他转脸就走，二话不说，丢不起这个人；其实，一个菜也无所谓，走好走，再回来脸就难看了，将就吃吧；会是个什么菜呢？他猜是盘儿鸡，但可能性又不大，是碟醋蒜，低级，是碟鸡蛋，没意思，是盘盐豆，这酒不喝了；即便是一盘盐豆，也得给连福一个面子，掉头就走，不仅会让连福难堪，还得图个下回吧。想着想着，骆驼就来到了他最熟悉的地方。

连福干起活来像模像样，不慌不忙，腰间系一条破蓝褂，抹得油光铮亮，像多少日子没洗过了。再看连福的两只手，左手拿着油瓶，又黑又滑，被他捏得又死又紧，好像一不用力，瓶子就会落在地上碎掉似的。他的另一只手紧攥着一个纸包，黄生生，四方方，油汪汪，胖嘟嘟，立即引起了骆驼的兴致。骆驼忙问连福："今晚吃烧鸡？别说，这是我第二次吃，记得第一次连鸡屁股也吃掉了，这次再不能犯类似的错误。听说鸡屁股这玩意儿有毒，其实都是肉，有什么毒呢？你身体壮，个头大，吃鸡屁股准没事。可我记不起来上次是在哪里吃的了。"连福笑笑，说："贵人多忘事！那只烧鸡还是我的老工友谷凤玺在县城送我的，舍不得吃，准备给俺娘拿过去解解馋，没想到你小子来了，硬要吃，连鸡屁股也没剩，还喝下七两运河老白干。"

骆驼说："你这人真小气，越有钱越抠，吃的、喝的，都记脑子里了，而我全忘记了，你还好意思再提，不是有意损我的吗？好在我大人大量，不跟你这种人一般见识，不然早厮打起来了。要我说，这只烧鸡估计又是那个冤大头老谷送的，看个头就像。你这人真不赖，见识广，朋友多，人缘好。有钱就是好，什么人都巴结你，但别指望我巴结你！咱俩谁跟谁？你的就是我的，我的也是你的。不过，你也知道，我是一人吃饱、全家不饿，筷子夹油条，横竖都是光棍，没钱、没势、没吃、没喝，媳妇还躺在丈母娘的小腿肚里睡大觉呢，想缠谁缠谁，谁也缠不倒我，无牵无挂，无忧无虑，走到哪都是爷，不怕得罪谁，要钱没有，要命一条，百十来斤，一米六，满脸青春痘，一肚五花肠，尽管拿去。"

连福听骆驼说完，再无心蹭他几句酸腔或批评两句，眼里反倒笑出泪来。骆驼找个地儿坐下，审视着连福手里的纸包。见骆驼低三下四，摇头摆尾，眼睛滴血，双耳齐竖，大嘴猛张，黄牙毕露，口水外溢，连福摇摇头说："你这人哪里都好，就无赖的名声太差，就因为这个才没人给你说媳妇、找对象。娶妻嫁汉，穿衣吃饭，又懒又惰，又骚又硬，心中没有谱，嘴巴不饶人，两条腿的男人到处都是，谁又愿嫁给你呢？给你说了多少次，这也算最后一次，再不多嘴，省得被你说贱。穷是穷了点，人穷，志不能短。一个男人，站如松，坐如钟，眼光平视，心里坦荡，白天干活是条汉，晚上睡眠心里坦。尊敬老的，爱护小的，凭本事挣钱，靠能耐吃饭，一肚学问心地善，一腔热血去赚钱，又何愁说不到媳妇？别瞪着眼瞅我，像两只牛蛋，我和你不一样，媳妇不媳妇的在其次，起码我还有个儿子。"

骆驼哈哈一笑，说："我倒想问你一句，顺河是你的种吗？别拿眼瞪我，也别嫌我话糙，我这人直来直往惯了，真人面前不说假话，假话不说给自己人听。不想回答拉倒，算我白说，也都是为你好，不能有个孩子就万事大吉，没有一个女人就不是个家。其实，别人的孩子也是孩子，时间长了，就习惯了，谁也不会说三道四。好好好，我不说了，快把纸包摊开，让我瞅一眼，是这只烧鸡的个大，还是上次的大。"

连福将纸包放在桌上，取掉扎绳，纸包自然松开，粒粒饱满，油光可鉴，馨香钻鼻。骆驼看到这些油炸花生米后深感失望，起身要走，又怕拉断缸，连花生也吃不上。

连福问："失望了吧。"骆驼说："出去走走。"来到屋外，骆驼转悠一遭，又回到门口，说："大哥，这河挖得离屋这么近，很不安全，顺河年幼，何不趁现在有钱，找块宅地，再建三间屋。"连福说："与人不睦，劝人盖屋，与人不和，劝人喂鹅。你小子，我算是白和你相处这么多年，从没拿你外气，你倒好，我刚建这三间新屋，费九牛二虎之力，几乎倾家荡产，你又劝我盖屋，这不是想坑我吗？"

骆驼说："狗咬吕洞宾，不识好人心，我只是担心顺河，哪天一不小心掉下去，你又常不着家，周边再没个行人，是要出大事的。"连福笑盈盈地说："顺河这孩子艺高人胆大，天不怕，地不怕，脸皮厚实，敢闯敢干，倒是你让我放心不下！抽空去给老徐说说，哪天跟我一起去县城，凭你的小聪明，准能混出个人样。人不怕穷，就怕懒，日子不怕过不好，就怕算计不到。好了，咱兄弟俩边喝边说，就两个热菜，快凉透了。"

连福走进锅屋，从那个半旧风箱上端来一碟鸡蛋和一盘豆腐。骆驼进屋里以后，见顺河迟迟不归，就说："顺河这孩子胆子也太大了，天都黑下来了，还不着家，这要是有个三长两短，如何向嫂子交代？听大娘说，嫂子还是个城里人？"见连福不说话，骆驼继续追问："既然是城里人，又何必把孩子送后行来呢？我问句不该问的话，嫂子是不是死了或者又嫁别人了？"连福手抓一把花生米，大约十四五个，用力摁在骆驼的嘴上："我倒要看看这些花生米能不能堵住你这张破嘴。"

骆驼鼓着腮，边嚼花生米边哭丧着脸说："你好歹还有过女人，我连女人的边也没沾过，这辈子算是白过了，连个男人都算不上，没谁能看得上我，就说咱庄里这七八个寡妇吧，见到她们，我大气不敢喘，大话不敢说，唯恐得罪她们。可她们见到我，都像避瘟神一样，躲得远远的，让我一腔热血东流去。我发过誓，谁要能给我介绍个寡妇，我就改掉身上所有的毛病，重新做人。如果没有这样的机会，我也发过誓，见谁恶心谁，我日子过不好，谁也别想过好。"

酒喝到二八盅的时候，骆驼继续哭哭啼啼，像个没娘的孩子。顺河回来的时候，天色已晚，屋里充满了酒气和烟味，盘子里仅剩下四五粒花生米，却被骆驼一次抓光。在送骆驼摇摇晃晃地来到屋后大坑前面时，连福问："你真打心里喜欢白蓉花吗？"骆驼肯定地说："当然是。"连福说："那就好。"

见骆驼的身影消失在茫茫的夜幕中，连福才放心地回家。看到顺河拾起掉在地上的半粒花生米往嘴里填，连福心疼地来到锅屋，不到一支烟工夫，就煮熟了两只鸡蛋，在凉水里冰了三两分钟，剥掉蛋壳，放入盘中，浇层酱油，吩咐顺河吃掉。望着连福红红的眼睛，顺河激动得说不出话，端起盘子去了堂屋。端详够了，顺河才伸手去抓其中一个鸡蛋。这时，骆驼醉醺醺地回来了，他对连福说："光顾喝酒了，煎饼没吃，饿得慌。"接过连福递来的煎饼，骆驼顺势坐了下来："君子一言，驷马难追，我和白蓉花拜堂成亲的事就交给你了。"得到连福肯定的答复后，骆驼得意扬扬地站起来，趁机夺下顺河手里的半个鸡蛋，转身就跑，身影飞一般地消失在混沌的夜色中。

后行庄的夜静悄悄的，骆驼却兴奋得难以入眠。他从床上跳下来，穿上两只黄球鞋，松松垮垮地走出屋子。站在屋前空旷的台子上，他揉揉惺忪的眼睛，仰望天空。星星不多不少，整整两颗。经验告诉他，今夜无雨。倾听一番，周围没什么动静，各家各户的窗下也都没有亮光。

骆驼隐隐地感到这个世界只有他自己是清醒的，其他人都被污浊的空气熏晕了，不知身处何处。骆驼揣着双手，游走在赶往北场的小路上。趁高昌民没留意，他从生产队的粮库里偷出来半袋白干子。他也不想干这种偷摸的勾当，实在是没有别的办法。连福待他再好，在婚姻这件事上他总要有一番感谢的。好不容易挨到天亮，骆驼早早起床，特地赶了一趟山庙街，换来一瓶浑浊的白干酒。他十分诚恳地请连福尽快保媒，让他和蓉花结为百年之好。骆驼把酒拎到连福家，准备好好答谢这位冰人。过去，兄弟俩喝酒从不在乎有几个菜，有菜喝，没菜也喝，喝的是味道，是兄弟感情。

这次，既然骆驼客气，提来了一瓶散酒，连福也不能让骆驼感到冷淡，就专门做了一道硬菜——粉条炖肉。盐豆、豆腐乳是现成的。此外，连福还把从邻居家借来的三个鸡蛋炒了，黄生生的一小盘，香味扑鼻，不吃心也醉了。二人不分彼此，酒喝得恰到好处。骆驼再三表态，要好好对待蓉花，把她当一个真正的女人，疼她、爱她，好吃好喝地伺候她。连福也趁着酒兴，拍着胸脯向骆驼保证把这事办圆满了，让骆驼深感兴奋。

可连福的承诺最终也没落到实处。他见过蓉花两次，一次是在东湖干活的工地上。见没有其他人跟着，连福就直言不讳地向蓉花提起了这事，但蓉花没有表态。骆驼催得越来越紧了，让连福伤透了脑筋。他踱步在屋后西北方的小槐树林里，接连抽了几根卷烟，也没有想出一个好办法。最终，连福还是决定要把这件事过问到底——答应别人的事情总要有个结果，这是他的人生信条。连福硬着头皮再次去找蓉花，他踌躇再三，还是走进了蓉花的家。他已经好久没进这个只有二十平方的小屋了。

年幼的时候，连福经常来这里找老窝子说说知心话，有时还要留下来喝两盅，菜不菜的倒无所谓，关键兄弟俩玩得开心，有时一盅酒都能喝到半夜鸡叫，没人来打扰，一切都在平静和哭闹声中缓缓地进行着。他们喝着、说着、唱着、跳着、哭着、骂着、闹着、笑着，品味着人生的酸甜苦辣，向往着将来能有一天过上欢快的日子。

老窝子高燕华和蓉花结婚后，连福就很少到这里来了，其中不光有老窝子吃醋的原因，也和蓉花不无关系。老窝子死后，连福尽量绕着蓉花的小屋走，实在绕不过去，也不曾看小屋一眼，更别提进屋和蓉花说句话了。蓉花曾多次质问连福。连福只能避开，他没有任何办法。没等蓉花让，连福就找个地方坐了下来。他不敢抬头看这个女人，手里只顾卷着烟。不大一会儿，他竟卷出了十一根烟棍，却不曾吭一声。蓉花憋不住问："哑巴！不是挺能说的吗？癞蛤蟆都能让你说得眼睛眨巴眨巴的，来这儿怎么又不吭声了？害羞，还是害怕？是我能吃了你，还是咋的？不说我也知道你是为了骆驼那个色鬼！"

连福头也不抬："我看你俩挺合适的，中间有我做媒，骆驼好歹听我的话，将来不会亏待你的。结婚后，如果他待你不好，我第一个和他没完。"蓉花不假思索地回答："你觉得你是谁？不就在县里当几年工人吗？了不起吗？我看你这是多管闲事！有这个闲心，不如带我回娘家去一趟了。"

屋里一片寂静，谁也不再说一句话。连福从上衣口袋里拽出来一根自卷的烟棒，却发现那盒火柴已被汗浸湿了。他连擦三根，火柴头不是被磨碎撒了一地，就是冒

股青烟见不到火头。他终究没点着含在嘴里的烟棍，只好将火柴扔掉。烟卷窝在他的手心里，不知不觉被他搓碎了，烟叶从指缝间飘落到地上。文秀回来打破了屋内的沉寂。一见到连福，文秀就"叔长叔短"地喊着。抚摸着孩子头上凌乱的黄发，连福感叹地说："多乖的丫头，将来准有出息。"蓉花说："再好也和你没关系。"

　　连福对蓉花说："你一个女人家无所谓，可这孩子不能没人照顾啊！将来等她长大了，还要打发出门子，陪嫁多少无所谓，红箱、坐床、被子总不能缺吧。这些，你一个女人哪对付得了。骆驼这人日子过得是苦一些，可喜欢你呀，又答应我好好照顾孩子。两家变一家，整天笑哈哈。"

　　连福如此婆婆妈妈地唠叨个没完没了，像个女人，简直不是个顶天立地的男人，他说的这些话让蓉花觉得很好笑。她不是不理解连福的心情，无非是想让她和闺女今后有个着落。从这一点来说，她心存感谢。可她又厌恶连福，明知她的心思，却装糊涂，硬将她推到别人的怀里。想到这些，她的身子猛烈地哆嗦两下，费力地拾起地上的圆形柳编针筐，从线球上拔出那根生锈的小钢针。

　　关于这根细针的用途，连福也听到过一些传说。它是蓉花的"保护神"，已刺伤过不少光棍，特别是在老窝子死后，它就没离开过蓉花的身边。只要有人冒犯，它就会派上用场，准确而毫不留情地刺向那些恶人。蓉花把钢针平放在眼前，眼睛左右来回瞥了瞥，冷笑一声，让连福感到一阵凉意袭上脑门，身子不由得向后退了一步。见到连福脸上表情的变化，蓉花竟"咯咯"笑起来。她将钢针插在线球上，身子坐得笔直，一脸正经地说："娶我吧。"

　　弄清蓉花的意图后，连福失望地摇摇头，心里瞬间产生了一阵悔意。他承认自己做了一件错事。在没有弄清骆驼和蓉花的关系前，他贸然行动，以为这是十拿九稳的事，到头来却变得如此糟糕，不仅没法向骆驼交代，还惹来一身骚味。

　　离开蓉花的小屋，连福急忙加快脚步，像一个战败者，要迅速逃离这个是非之地。他不知道自己是怎么回到家里的，只觉得出了一身臭汗，像刚从澡堂里出来似的，浑身又湿又痒。

　　连福刚脱下被汗水浸湿的劳动布褂子并将它扔在床前的时候，骆驼像一个幽灵似的，神不知鬼不觉地出现在他面前。连福没有丝毫的思想准备，对如何回复骆驼，他终究想不出一个合适的理由。他沉默许久，以至于忽略了骆驼鬼一般的叫嚣。骆驼手指着连福，像在教训一个犯错的孩子。连福没说一句话，他觉得再多的话都是多余的，谁叫自己没有兑现承诺呢？

　　连福慢腾腾地从桌底下拽出一个小条筐。这是一个烟筐，里面除了一只黑烟斗，还有一些黄灰色烟叶。这些烟叶是他从润水县带来的，质地较差，味道却很冲，能解烟瘾。每当出现疑难的事情，他就抽这种烟叶，往往可以理出头绪来。他深沉而急促地连抽三口，眉间舒展多了。他慢吞吞地说："好烟。"骆驼假装咳嗽一声，说："我真拿你这个熊人没办法。"

从连福手里抢过一支刚卷好的烟棍，骆驼在身上胡乱摸了一阵，又把摸到的火柴用力塞进口袋里，然后将嘴凑到连福面前，就着连福的烟火，点着嘴里的烟棒。骆驼美滋滋地抽上一口，接着又抽一口，两眼眯成一条细缝，大嘴微张，喷出一股臭气，嘴巴半开，吸进一阵氧气，与肺部残存的烟气混合，让他感到由衷的满足。足足十分钟，兄弟二人谁都没说话，谁也不看对方，只顾享受烟叶的味道。在这期间，骆驼居然学会了卷烟，虽然速度远赶不上连福，卷的烟卷也不中看，但小筐里的烟叶慢慢地减少了。

骆驼抽完筐里最后一撮烟叶，再没发现什么值得留恋的东西，便迅速将脸撂下来，向连福吼道："酒不能白喝，又没喝到狗肚子里去，这事就得赶快办妥了。我一个人过日子容易吗？废了好大的劲，才弄点散酒。给狗喝，狗也能摇摇尾巴，瞅瞅我，里里外外分明充满了感激；给你喝，能给我带来什么？都三天了，不是我请你说媒的，是你打肿脸充胖子，硬说自己能办成这事，我才花钱请你喝这酒的，事情总得有个结果。千万别告诉我，这事黄汤了，我不希望听到这话。"

连福郑重地瞪了骆驼一眼，他发觉骆驼不像是在和他开玩笑。看到骆驼越来越难看的脸色，他心里很不是滋味，像被骆驼扇了两巴掌。明明自己是在做一件好事，可谁又能保证好事一定能成呢？何况他已经尽了力，骆驼却不依不饶，让他感到心寒啊！他真想大声对骆驼说，过去你在我家吃的饭、喝的酒，少说也有上千次，不都是白吃白喝！喝你一顿酒就该死，就得给你吐出来，就得把这事办成？你骆驼家是穷，可后行里，谁家又有钱？都是穷将就。何况我从不欠别人的，倒是你骆驼欠我的，喝我的酒吃我的粮食折成钱，少说也得有五六百块。我说过什么，是问你要过一分钱，还是拿你不当兄弟了？以为我怕你吗？后行，我赵连福怕过谁？从韩科成到徐凤举，我谁也不怕，倒是你骆驼敢拿话来噎我，让我喘不过气来。不是想算账吗？那就新账老账一块算！拿出钱来咱拉倒，少一分钱，就让你有来无回。

连福眨眼间已羞愤到了极点，可他还是控制住了自己的情绪。不管怎么样，骆驼还是自家兄弟，一笔写不出两个"赵"字，更何况，狗咬人一口，人还能再咬狗一口吗？那还不被人笑话死。所以，连福话到嘴边还是改变了主意，他不想对不起自己的良心。帮助骆驼解决困难是他心甘情愿的，又没人拿刀逼他去做这件事。连福略微顿了顿，马上改成一副笑脸，对骆驼说："酒已经喝了，事情的确没办妥，错都在我身上，我也没有估计到会出现这样的结果。骆驼，你知道，我家也不宽裕，给你一块钱，就算把这事了结了，以后咱俩还是兄弟。如果嫌少，就给你再加一块，两块钱，总行吧！这事不是我没尽心尽力，我也想给你办成，可那个娘们儿死活不

同意。"

　　骆驼很想知道蓉花最真实的想法，就问连福："那娘们儿是嫌我穷，还是嫌我孤门独户，总得有个说辞吧。"连福只得把蓉花的想法如实告诉骆驼："这些，她倒没嫌弃，可就是不愿改嫁。她说了，想嫁人，早走了，谁还会在后行打磨磨？"骆驼骂道："臭娘们，她这是看不起咱后行男人！当初，她一个水灵灵的大姑娘能跟老窝子睡在一起，那时她还是一朵花呢。老窝子是谁？一个狗不咬、驴不踢、喝水塞牙、走路打晃、满嘴大粪、浑身起疙瘩、两脚长九根脚趾头的家伙，她都能跟这样的男人睡，也不嫌恶心。如今又是什么样，一个寡妇家，带着一只拖油瓶，又与老公公不清不楚，花也蔫了，瓣也谢了，脸也黄了，额头长褶了，两腿弯曲了，笑容勉强了，牙齿闪缝了……难道就不能跟其他男人睡了？大哥你说，咱庄里哪个男的比老窝子差，哪个男人不是处男，哪个男人又配不上她？更何况是我，要人有人，要个儿有个儿，脸膛白净，黑发飘飘，血气方刚，潇洒帅气，潘安见我绕着走，宋玉提鞋我都嫌他丑。"

　　骆驼越说越激动，他突然仰起脖子，眼盯着屋笆，似笑非笑，似哭非哭，表情十分痛苦。他哽咽着继续说："大哥，咱庄的男人都怎么了，就连你也找不到媳妇，苍天不公啊！难道是老赵家的老祖坟出问题了？哪天咱们哥几个都去看看，如果有人使坏，我饶不了他。最可能使坏的是徐凤举，这人别看当队长，不笑不说话，其实就是个笑面虎，笑里藏刀，杀人不见血。他家断子绝孙，就不想让咱老赵家的子子孙孙安生。还有那个三豁子，表面上你好我好大家好，却浑身淌坏水，每个关节、每个器官，甚至每个汗毛孔，都在汩汩地朝外冒着腐败的东西。那个断子绝孙的货色，儿子死了，没有孙子，还打算让文秀长大在家招婿，又连鸡蛋也舍不得让孩子吃一个，好东西都朝支书家送，还装作大公无私。这两个老东西，我算是看透了，如果真是他们从中作梗，就别怪我不客气。"

　　这个时候，连福已从身上掏出来一沓毛票。他点好两块钱，准备给骆驼，也算给这个兄弟赔不是了。他伸出一只手，摁在骆驼的肩膀上，饱含深情地说："兄弟，别想太多，以后有合适的女人，大哥会留心，再帮你介绍。钱你先拿着，一码归一码，以后还有很长的一段路要走，不能只顾眼前。一切都会好起来的，相信老祖林总有冒青烟的那一天。"

　　骆驼凝视着连福，似乎有话要说，可最终却将目光移到连福手里的那沓碎钱上。在来连福家的路上，他一直在考虑找连福的麻烦是不是合适。一直以来，骆驼都把连福的老家和新家当成自己的家，来去自由，吃喝随意，盐豆、醋蒜、煎饼，随便吃、随便拿，酒尽他喝，不过瘾，连福就去代销点打，直到他喝足喝醉，手舞足蹈，边唱小曲，边哭祭死去许久的远房大哥。

走了一路，骆驼也算想明白了。蓉花是不会看上他的，甚至厌恶他，这事压根就没有希望。但这不是他的错，是连福一手造成的，他必须问连福讨个说法。连福在县城工作多年，比在家挣钱轻松，十块八块不成问题。这不是讹诈，是用酒交换的，就这个价，给钱拉倒，不给就非有人倒霉不可。

有了这个想法，骆驼希望尽快把它变成现实。他的目光从那沓钱上挪开，一脸不屑的样子，左腿尽量站得笔直，右脚不住地点着地。连福把钱递到骆驼面前："拿着吧，兄弟，别不好意思。咱们兄弟之间绝不是钱的问题，就算你拿了这两块钱，咱们以后还是好兄弟。别忘了，咱们是患难见真情，当年在河南讨饭，我们互帮互助，走了多少路，吃了多少苦，受了多少白眼，差点丢了性命，不也都走过来了吗？现在，一切又都朝着好的方面发展，虽然我们现在还都不宽裕，可毕竟比过去的日子强多了。只要我们共同进步，好日子一定不远了。"

连福怎么也想不到骆驼不仅没伸手接钱，反而懒得看一眼，好像从不在乎钱似的。骆驼的表现着实让连福惊呆了，连福想知道为什么，嫌少？没错，骆驼要连福把钱拿回去，他说钱不钱的是个小事，我完全可以不去计较，再多的钱，也是你赵连福的，与我赵骆驼无关。我只是想告诉你，我的酒不能白喝，喝什么酒吐什么酒，喝多少酒吐多少酒。吐出来我们俩拉倒，否则只能对簿公堂，大队或公社里见了，相信这个世界总有个说理的地方。实在不行，咱就上县里，县里不管，就直奔中央，老百姓的事情再小也是大事，毛主席他老人家不会坐视不理的。

一口气说完这些话，骆驼的全身不自觉地晃动起来。看着连福满脸窘态，他得意地点着头，像鸡啄米似的。

骆驼又说："大哥，我还叫你一声大哥，说明我是一个讲感情讲义气讲道理的人，绝不像你，喝了人家的酒，把人家托付的事早忘脑勺后去了。钱，再多也是你的，我是个讲原则的人，一是一、二是二，既然不能拿下二白那女人，就得还回我的酒。我只要属于我的那七两白干酒，一模一样，差一钱都不行。好吃的你吃了，不好吃的想吐，没门。我可不是盏省油的灯，两块钱就给打发了。告诉你，本人缺钱不假，但绝不缺两块钱。"

骆驼步步紧逼，连福无计可施，只得又掏出两块钱，诚恳地递给骆驼。可骆驼依然傲慢，坚持要回他的七两白干子酒。连福思虑再三，一次性把钱加到了十二块，狠狠地摔在骆驼的面前。骆驼兴奋地弯下腰去。可正当他一张张地捡起地上散落的钱票时，蓉花魅力十足地摇着步子晃悠悠地从东边赶过来了。

这次出场，蓉花刻意修饰了一番，头发不再像往常那样散开着，而是梳成了两条长辫，辫子上又各扎半根绿头绳。这样，她的额头就全部暴露出来了，让人感到她白皙的脸上发出了道道柔美的光。蓉花每次来连福家都要绕道，她不敢走庄里，

怕被那些爱嚼舌头的女人瞧见。她只能顺着连福门前的小河边，偷偷摸摸地沿着河北岸，从东向西而来。她本打算过几天再来连福家。可她有个愿望，希望连福帮她实现。她知道整个后行庄里只有连福才能帮她，其他人不仅不会伸出援助之手，还会让事情朝相反的方向发展。可她又担心连福说不定哪天连招呼也不打就回县城去了，因而急急忙忙地赶过来。但她怎么也没有料到骆驼会在连福家，更没想到连福会被骆驼欺负。站在门的外侧，蓉花认真地倾听着屋里的对话。没多会儿，她就听出了骆驼醒醒的目的。这下，她忍无可忍，招呼也不打一个，直接冲进屋里来了。

骆驼手捧着一沓钱，兴奋地点着。见蓉花过来，他急忙站起身，满脸堆笑地说："看，我有钱了，有钱就能给你买好吃的。如果能给我当媳妇，这些钱都归你管，你想怎么花就怎么花，我绝不干涉。还有文秀，也该给她买个橡皮筋什么的，女孩子都喜欢玩这种游戏，一二三四五六七，马兰开花二十一，二五六，二五七，二八二九三十一……"

再次见到蓉花红灿灿的脸颊，骆驼的心里乐开了花。这个女人对我还是有点意思的，看她脸上那对小酒窝，心里没我，怎么会一起一伏、一张一合呢？这女人，真骚！平时看不出来，老窝子一死，就变成了一只九斤馋猫，居然打起我的主意来了。打我的主意也不是不行，你也要巧妙一些，至少是在一个秘密的地方，这又不是我的家，也不是生产队麦场上的草垛子，有遮有掩，那样才能爱个死去活来嘛！

骆驼继续在心里玩弄着蓉花脸上那两个深浅均匀的酒窝，不仅仅是这对酒窝，蓉花身上的每一个部位对他来说都是生动活泼的，也是世上绝无仅有的。她是一个凄美的女人，无论姿色还是体态，还是她的举手投足，还是她均匀的呼吸声，都是别的女人无法媲美、无法企及的。骆驼心里发过誓，他不会放过蓉花，只要他还待在世上一天，她就是他的女人，决不许别的男人有任何造次。

然而，让骆驼没料到的是，当他挥舞着两只手准备搂抱蓉花的时候，连福在他的背后猛踹了三脚。其实，连福踹了不止三脚，因为骆驼失去了知觉，他的记忆仅停留在"三"这个数字上。"咕咚"一声，骆驼整个身子重重地摔在地上。他晕厥了，足足半个小时，才缓缓地睁开眼睛，艰难地从地上爬起来，挥了两下弯曲的手掌，在空中费力地画下半个圆圈，战栗地面对着连福。

十七

  后行是个谣言说来就来的庄子。谁家的老母猪被哪个光棍欺负了，下了一窝"四不像"；哪个小男人和哪个老女人好上了，还在芦苇丛里睡了一觉，席也不铺一张，身上扎破几个洞，淌出一摊鲜血来；谁家断顿了，女主人去饲养场的驴槽里找口吃的，被三豁子逮个正着，只得跟老家伙睡了半次，女人嚷嚷来人了，才得以抽身，等等不一。庄里人只闲了大半天，传言又起来了，说连福和蓉花好上了，说得有鼻子有眼，和真事似的。谣言是从不过夜的，当天午后，这个消息就传开了。全庄的大人、孩子都知道了这事。

  一些妇女首先来到老井旁，手里拿着针线，象征性地忙活着，嘴里却在说着这件新鲜事。甚至有人添油加醋，骂蓉花是个狐狸精，专门来克后行的男人，克死一个老窝子，还想克死赵连福。有个女人说，连福当时正躺在家里的小床上，睡得正酣，呼噜连天，蓉花蹑手蹑脚进去了，二话没说，就直接上了床，一屁股坐在连福身上，挺着腰，闭着眼，晃来晃去。另一个女人说，连福这下完蛋了，栽在这妖精手里了，染坊里再难出一寸白布。

  顺河吃了一肚子干煎饼，闲来无事，独自拍了几下烟纸，觉得无聊，就打算到庄里找人一决高下。来到西边邻居家的屋檐下，听见麻雀大呼小叫，他惊喜地收住了脚步，眼睛向上，看到一只老麻雀叼着一只小毛虫，从梧桐树上俯冲下来，直接进入了墙洞。再也听不到鸟的叫声，顺河又向西走了七八米，来到那条南北小路上，直奔凤妮家的方向去了。来到井台边，顺河看见一群人有说有笑，就把去找人拍烟纸的事情忘了。他钻进人群里，听这些女人谈论一些奇闻怪事。他看看这个女人的脸，觉得又黄又瘦，就换了一个女人看，觉得还不如第一个，脸色更加苍白，鼻子凹下去不少，眼睛一小一大，还都是白眼珠子，怪吓人的，便又换一个。只见这个女人嘴角上都是白沫，顺着浓密的汗毛滴到脖子上。女人的颈部很黑，像锅底，看样子有三个月没洗了。

顺着这个女人的脖子往下看，顺河无意中看到这个黑女人的肚皮也是黑色的，像墨染一般。顺河估计这个女人是个黑人，就厌恶地转过脸去。觉得不解恨，他又退回一步，伸出一只手，在女人的屁股上猛掐一把，又急忙弯下腰去，匍匐着从另一个女人的胯下逃走了。被掐的女人大声叫唤："哪个贱孩子，敢摸老娘？老娘可是金枝玉叶，除了那个老不死的摸过俺，还没有一个敢的。"

　　众人听后，都弯腰塌背地狂笑起来。顺河并没走远，他站在离这个叫骂的女人约四米远的地方。由于其他孩子也都过来凑热闹，顺河就不觉得害怕，口中嬉笑，望着那女人，心感得意。顺河是认识这个女人的，他应该叫她大奶奶，是眼子把的媳妇。眼子把和老窝子一样，从不过问家中的事情，任由媳妇当家。但眼子把从不赌博。他不是不想赌，是媳妇管得严，连骂加揍，只能蹲在床头不吭气，口中最多骂出一个"娘"字，声音却小得只有自己才听得到，唯恐吃二茬苦、受二茬罪。

　　谈论还在继续，场面更加热烈，但脏水大都泼在了蓉花和连福的身上。眼子把的媳妇继续表演。她一只手托着鞋帮，举得老高，唯恐别人看不见她。她的另一只手拿着细针，猛烈地在空中比画来比画去，吓得大家都向后撤去。她说，别看白蓉花脸长得俊，有模有样，个头不矮不高，像西施，其实是驴屎蛋子外面光。有个女人不甘落后，故意说，别看连福混得人五人六，身穿劳动布，脚蹬解放鞋，嘴抽丽华烟，也挡不住那骚娘们的折腾，三下五除二，散伙个球的。

　　顺河很快从女人们的议论中理出了头绪，她们骂的人竟是连福。是蓉花害了连福，她光着身子，坐在连福的身上，谁受得了这份压力？顺河想得更远，如果连福被蓉花害死了，他就没爹了，生活也就没着落了，甚至连小命也会丢掉。顺河气愤至极，决定去找连福告状。

　　连福正在家里抽着烟，烟雾在屋内缭绕，味道浓重。连福的脸色铁青铁青的，两眼鼓鼓的，像要吃人的样子。顺河刚想开口，但转念一想，如果和连福说了这事，准得挨一顿揍。他想起了凤妮。顺河屁颠地来到凤妮家，刚一开口，就被凤妮迎头扇了一巴掌。他委屈地说："看样子是真的。"

　　又挨了凤妮一顿揍以后，顺河老实了许多，瞪凤妮一眼，就从过道屋跑出去了。整整一夜，顺河憋屈得难受，在床上躺了很大一会儿才睡着。醒来时，天已大亮，麻雀又在喳喳叫唤了。他没有忘记蓉花欺负连福这件事，脑子里产生了一个大胆的想法：无论蓉花是妖精还是魔鬼，他都要豁出去，斗赢她，为连福报仇。

　　传播连福和蓉花有一腿谣言的是骆驼无疑，大伙都心知肚明，只是从保护造谣者出发，未向外界透露罢了。骆驼无端被连福讹诈了大半瓶酒，没说成媳妇，眼见到手的钱又没了，还差点死在连福脚下。如果不报这个仇，就难在后行混下去，势必遭别人耻笑，再难挺起脊梁做个男人。有了这个想法，他就炮制了这个"谣言"。

骆驼顾不上吃饭，去了徐凤举的家，先和徐凤举说了。他知道这事只能和徐凤举说。徐凤举故意将这个消息泄露给二聋子，二聋子急急忙忙去找李三，还带了半瓢麦麸，让李三又惊又喜。李三两口子肩并肩地去韩科成家，韩科成家的去找赵新菊，赵新菊踮着脚去了井台，每见到一个女人，就把这事重复一遍。就这样，闹了一大圈子，满庄人都知道连福和蓉花真的黏到一起去了。

凤妮不能不认真考虑顺河的话，孩子虽小，说的却是实话。她之所以对孙子又揍又骂，是为了保全儿子的声誉。在凤妮心里，连福顶天立地，是个做大事的男人，赵家的希望都系在他身上。而蓉花充其量是个寡妇，骚而硬，不入五常，不讲人伦，长得再好也配不上连福，配不上她这个大家门庭。

凤妮饭也不想做，更不想吃，想起这事肚子就饱了。她风风火火地离开小院，来到北面的小道上，向东走了不多久，又朝南拐了一个弯，才顺着河边向西来了。她绕了一个大圈子，终于来到连福的新家。见到连福，她坚持要把这事摆在桌面上，当面锣，对面鼓，娘俩掰掰清楚。

她说："哪个女人都行，就白蓉花不行，她是一个疯子，寡妇，男人就是被她克死的。还有更难听的，说她跟三豁子也那个过。不管有影没影，总归名声太差，像个阳沟。大孩，咱是什么家庭，搁几十年前，那是后行响当当的大户，光地就有几十顷，覆盖好几个乡。南面三十里开外的赵仓屋，你知道吧，短短几十年，现在已变成一个大庄子了，当初才去几个人，还是你老太派去看粮食的。远的咱就不说了，你老爹好歹是个先生，远近没有不认识他的，名望大得很。你爹死得早，书倒没少读，字写得也好，刚解放时共产党就让他去当山庙乡的粮管所长，他头拧着不干。现在再穷，瘦死的骆驼也比马大。反正，你和蓉花的事没指望。不管是真是假，有浪就有风，有风就有浪，还是那句话，好鞋不踏臭狗屎，好男不娶二货女，躲得越远越好。"

连福一脸无奈，虽然他也听到了这个消息，但觉得实在没有当回事的必要。爱怎么传就怎么传去吧，反正嘴巴长在别人的身上，他也管不了。他只相信身正不怕影子歪。如果计较了，郁闷了，愤怒了，满庄追查造谣者，甚至将造谣者大揍一顿，就正中了人家的圈套，得不偿失。走南闯北这么多年，连福什么事都经历过，对此，他真的没放在心上。可凤妮的话他不能不慎重对待，哪有母亲不疼儿子的道理呢？他问："这是谁造的谣？"凤妮眼皮不抬，严厉地说："还能有谁？"连福问："谁？"

凤妮气愤地说："想嫁到咱家都想疯了！这女人看上去是个可怜虫，其实一肚子花驴屎蛋，不值得同情。别以为俺一个老婆子待在家里，就什么也不知道。这女人是怎么想的，俺心里清楚得很。你又是怎么做的，俺心里都有数。这样一个不要脸的人，嫁给骆驼，俺不打破子，就对得起她祖宗了，还想嫁大户、攀高枝，什么

人这是？"

听完凤妮的话，连福十分生气，他感到这事被蓉花吵吵大了。蓉花是个可怜的女人不假，但不该用这样下三烂的手法迫使他就范。连福不是一个容易妥协的人，特别是在自己的婚姻方面，他是认真的，拾到篮子里的未必都是菜，何况蓉花离篮子还有相当遥远的距离呢。连福感到这事必须当面和蓉花讲清楚，否则，败坏他的名誉不说，一旦让人信以为真，再不娶这女人，就会被全庄人当成流氓对待了。他不希望在庄人面前毁掉自己的形象，就急匆匆地去了蓉花家。他自以为光明正大，无须遮遮掩掩，没有走小道和河边。

连福沿着这条小路向东走了几十米，经过一个汪塘，绕过一片菜地，跨过一个小路口，穿过两片小树林，总算来到了蓉花家。连福没见到蓉花的影儿，却看到她的门口被扫得干干净净，像要接待重要客人似的。连福纳闷地想着，这女人什么时候也爱干净了。突然，连福瞥见骆驼狼狈的身影正朝着西北方向跑去，胳肢窝里还夹着一把高粱梢笤帚。连福觉得这把白杆红底笤帚特别眼熟，像在哪里见过。经过一番回忆，他猛然想起这把笤帚是他去年买来给凤妮用的。连福随口说："做好事还不留名，这小子！"

"哪小子？"蓉花从屋里走出来，见连福穿着一新，顿觉心头一热。看着自己这个穷家破地，她的脸腾地一下变红了。她低下头去，瞅着地面，问连福："这地是你帮我扫的！真是个好心人，我看上的人准错不了！"连福生气地说："错东南湖去了！我为什么要给你扫地，拿我当你什么人了？"

到了此时，连福才真正佩服起凤妮来。老人家走的桥比他走的路多，吃的糖比他吃的盐多，见识自然广，没看走眼，蓉花这女人对他还真是铁了心。连福厉声说道："没想到你也会造谣！一直以为你是个好人，不忍看你被人欺负，如今却变得如此不可理喻，竟敢污蔑我的清白，让大伙以为我占了你的便宜。"

连福越说越气愤，脸憋得通红，他颤抖地撕开一盒未开封的"火炬"烟，慌慌张张地抽出一支，又把烟盒塞进上衣口袋。蓉花笑着问："怕了？"

"怕什么？莫名其妙。"其实，连福真的惧怕这个女人了。他向四边看了看，虽然没发现有人围观或盯梢，包括徐凤举两口子也都不知去向，他却想趁早逃离这个是非之地。他断然转身，阔步向西南方向走去。

他在槐树林里停了下来。槐树的枝梢上已打出了几只骨朵，不久，槐花就要绽放了。最西边那棵高大的槐树枝上蹲着三五只体瘦的麻雀，都懒洋洋的，嘴里有一搭没一搭地发出难听的声音。东南方向那棵槐树上的一只公雀和一只母雀劲头却很足，喳喳乱叫，像是在打情骂俏，又像是在告诫连福：看事情不能只看问题的表面，要盯紧内在本质的东西，更不可因此去错怪一个好人。

快走出小树林时，连福弯下腰去，拾起地上那块鹅蛋大的坷垃，猛转身子，向上扔去。几只麻雀扑棱着灰色翅膀飞向高空。连福不敢欣赏这里的美景，他平视着前方，发誓再也不来蓉花这里。蓉花却突然出现在他眼前："怕我黏上你！"连福扭过头去："我一直没把你当外人，你却有这份心思。"蓉花板着黄瘦的脸庞："是，又怎样，你是我恩人，我不会出卖你的。"

望着蓉花非常认真的脸庞，连福猛然失去了和她聊下去的耐心，转身走开了。蓉花在他身后大声说："你永远是我心里装的那个男人。"连福边走边粗野地说："放屁！"盯着连福雄壮的后背，蓉花气呼呼地拔掉手指上的顶针，扬起不粗不细的胳膊，向连福扔去。连福不由得加快了脚步，像小跑，又像冲刺，弯着腰，双手在身体两边猛烈地摆动着，唯恐被蓉花追上。

连福一路狂奔，见到谁都懒得说一句话。他两臂坚实有力，脚步迈得均匀，每落下一步，都能听到"咔咔"声。这种力量除了来自老一辈的遗传基因，与他平时出大力流大汗是分不开的。生活上，他自诩是个强者，从不向困难和压力低头，从而养成坚定的信念。正是这种优秀的品质，激励他渡过了一个又一个难关。

连福坐在屋后那块平整的大石头上，点上一根烟。顷刻间，烟雾将他包围了，一时也不见散掉，使他变成一个"仙人"。他脸部放松了许多，心中的忧虑也渐渐消失了。关于这个谣言的来龙去脉，他不想再去打听任何一个人，包括骆驼，或许这事和他有关。即便是骆驼所为，又能拿他怎样？再踢他几脚，庄人会骂他恃强凌弱；骂他几句解恨，可又有什么仇恨可言？从此和他划清界限，井水不犯河水，老死不相往来？没有意思，一个苦孩子，犯不着。倘若这事和骆驼无关，难道让他去找徐凤举两口子新账旧账一起算？算了，没有必要，事情都已经过去了这么多年，即便仇和恨再多，又哪里分得清里和表？旧事重提，有失度量，他自以为不是这样的人。

谣言在当事者不加理会后变得越来越弱，像一阵风，刮来时强劲，刮着刮着就散了，但高昌民却感到事态严重。高昌民算不上一个当事者，他已和蓉花没有关联，虽然他从未正面承认过，可蓉花已在不同的场合强调，即使老东西死了，她也不会让文秀给他披麻戴孝。这让高昌民十分难堪，并记恨在心，发誓要狠狠报复这臭娘们一辈子，让她生不如死，让她死了也要陪伴他度过绵长的来生。

这个中午，高昌民正在饲养场里给牲口拌草料。在他看来，饲养员是一个无比神圣的职业，干一行，爱一行，从未懈怠过。他喜欢听骡子沙哑的叫声，更喜欢闷驴怀孕后蠢笨的样子。于是，有人辱骂他和牲口打交道久了，就变成了一头牲畜。听到这些，他不仅不生气，还从心里恣得很，说人家吃不着葡萄嫌葡萄酸。蓉花和连福的事他是最后一个知道的。过去，他的消息很灵通，那是赵新菊常来这里和他拉闲话的缘故。得罪赵新菊以后，赵新菊从未来过这里，导致他的消息闭塞许多。

让他感动的是，骆驼没有忘记他，连续四天吃睡在他这里。酒是高昌民花钱打来的，总共一斤，一老一少匀着喝，就着盐豆粒，每天每人只喝一两，匀成两次，每次都要喝很长很长时间。但高昌民不是没有收获，骆驼帮他干了不少活。以往，铡草都是高昌民一人干，他一手往铡刀下续草，一手压铡刀把，铡一筐草料要大半天。有骆驼帮忙，高昌民就省劲多了，他只负责续草，而压铡刀这项力气活就归骆驼了。

见风声不大，连福未到这里找碴，酒也喝得见底了，高昌民又不准备再去代销点打，骆驼就打算离开这里。骆驼临走时说："还有件事。"高昌民问："还想喝？告诉你，我没钱了。想喝，就再过两个月，等我攒够了钱，好好撮一顿，但铡草这事你得帮我。干这么些年了，力气也被掏空了，又没人想接这活，总不能让队长亲自兼职干吧。队长这人，咱大伙都知道，是个好人，可平生没个儿子，小闺女宝珍还和他作对，落个鸡飞蛋打的下场。这都得怪连福，这孩子不知眉眼高低，竟想一口吃成胖子。"

骆驼接下来说："好事总不能让这小子都摊着，对吧。打小，您老人家最疼我，有好事第一个想着我，就像我的再生父母一般。没有您，就没有我骆驼的今天。"高昌民客气地说："话哪能这么说，你也是赵家的大户，我还得仰仗你呢。"骆驼激动地说："有件事不告诉你，我真就不是个人了。听说，嫂子被连福那小子给欺负了，一上一下，至于谁上谁下，都说得清清楚楚，一目了然。"高昌民追问："说清楚再走，什么一上一下？"骆驼不再往下说，他诡笑一声，转身溜出了牛棚。

骆驼离开饲养场以后，高昌民越想越生气，越想越觉得问题严重。这样的事情怎么能发生在高家媳妇的身上呢？当初就是怪自己心不狠，留下别人笑话的把柄，如果不得罪赵新菊，把四块钱还给人家，说不定老处女一上劲，就迫使蓉花嫁出去了。无论嫁给谁，都比现在的结局要强，这张老脸实在是没地搁了！高昌民思虑半天，最终决定找个人去叫蓉花，爷俩要当面说个清楚。

徐凤举来得正是时候。他是来察看牲口膘情的。徐凤举也是好几天没来这里了，他不是不想过来，这是他的责任。作为生产队长，虽然官职不大，责任却沉甸甸的。如果哪头牲口患上重疾，需想尽一切办法治疗，医不好，就要上报公社，倘若隐瞒不报，就会受到处分。为此，他小心翼翼，唯恐牲口出了差错。只是这些天里，受几个光棍的吹捧和唆使，他沉迷于赌博，虽都是些碎打零敲，但手气太差，技术不行，眼头不活，就接连输了三夜，共十七场，辛苦攒下的七块六角五分钱，悉数被三个小光棍和两个老光棍赢得光光，又向人借了三块，立下字据，以此翻本，结果越想赢，就越输，最终欠下四块二角钱的赌债，身上连买烟叶的钱都没有了。

脚刚踏上去饲养场的小路，徐凤举就感到抽烟的机会来了。他轻手轻脚地走到那头草灰色闷驴旁，站了半天，许久不说一句话。正是这头不辞辛苦的老驴每年都产下一头骡子，母体康健，小崽茁壮成长，才使得生产队后继有骡，地有牲口耕，粮食有牲口运，病人有牲口送，磨有牲口推，给集体和社员带来了极大的方便。闷驴产下的骡子力气贼大，吃食却很简单，从不挑三拣四，不像那几匹公马，一到干活时，准七个狸猫八个眼儿，不是一路上撒黄尿屙黑屎，就是头仰上天穷咋呼，鞭打不动，吆喝不理，一副傲气冲天的模样，让使牲口的人拿它们毫无办法。作为大集体的功臣，徐凤举和高昌民都没少在闷驴身上下功夫。徐凤举经常交代高昌民，闷驴吃的、喝的，都要给它上好的饲料，鲜草不用说，炒好的豆料每次都要多给它一黑勺。闷驴岁数偏大，本该到了卸磨杀驴的时候，可它还能生崽，依然得到了徐凤举的恩惠。

老徐在闷驴的屁股上轻轻拍了两下子，但他没想到老驴的后蹄居然同时离地，半个身子弹跳起来，又接连尥三次蹶子。幸亏他眼疾手快，每次都躲闪及时，才没被闷驴踢中要害，只是左大腿的内侧伤点皮毛，却很快肿胀起来，像个血馒头，青青紫紫，花花红红，圆圆鼓鼓，将他的青黑色大腰裤撑起了半尺来高。闷驴欢快的叫声和老徐凄厉的喊声交织在一起，回响在饲养场的上空。

高昌民惊手惊脚地跑过来，看见了一幅惨景：徐凤举侧卧在地上，一手摸着受伤的大腿，一手抚在一堆软乎乎的粪便上。粪少有整头整脑的，多散落在地上，像一群被打散的国民党士兵。看见三豁子歪歪斜斜的身影，徐凤举气不打一处来，就抓起地上的粪便、散土和干草，一股脑地朝高昌民的脸上扬去。高昌民躲闪过去，嘴里朗朗地笑了几声，说："队长，早上扫得干干净净，您这一来，牲畜不给面子，屙得到处都是大粪。这是我的错，实在不知道您要来这里，知道的话，准得让牲口们排队夹道欢迎您。"

徐凤举气呼呼地说："别磨磨蹭蹭，那么多废话，快把我拉起来，哪儿都臭烘烘的，想熏死我，是不是？老三，我早看透了，你三豁子是巴不得我被驴踢死完事，你好接任我的队长当家做主。告诉你，这是不可能的，你有什么能耐，连个牲口也喂不好。瞧这几根驴腿，瘦得跟麦秸秆似的，饲料是驴吃了，还是被你咽下去了。这可不是个小事，弄不好，得去县里吃八大两。听说你早想去那里被人伺候了，今天正好成全你，就凭闷驴这几条细腿，也得判你个三年五载，克扣粮饷，挖社会主义墙脚，罪过不轻！"

老徐摔倒的地方正好位于闷驴北面约三米处，如果再朝西北摔三公分，他的头就会碰到那口铁铡，后果将不堪设想。三豁子惊出一身冷汗，急忙掀开老徐的裤子，仔细查看他的伤情，但并无大碍。三豁子倒吸了一口气，不便和老徐计较，就从东向西跑过去，两腿一瘸一拐的样子引得老徐哈哈大笑。老徐顺便从地上拾起一块石头，轻轻投在三豁子跑来的地面上。三豁子哪里料到老徐会唱这出，依旧拖着那条划出半圆的病腿去扶不肯爬起来的老徐。恰巧，他那条孬腿稳稳地绊在三角石块上，使他整个身子向前倾去，瞬间倒在地上，差点折断了鼻梁骨。

没等三豁子弄明白是怎么一回事，老徐已爬起来，双手在裤子上猛擦一阵，直到干净。他捂着肚子，前俯后仰地笑着，竟笑出了眼泪。三豁子的脸通红，好歹他已在这里生活和工作了二十年，哪里有个洞，哪里有个窟，哪里有骚味，哪里用于屙屎，哪里用于牲口交配，他都如数家珍，今儿却在老徐面前出尽了洋相，自觉心里难过，就垂下头去，呆呆地望着地上那些屎粪。

老徐笑了半天，目光最终停留在地上那包散烟上。这烟是三豁子从骆驼身上获得的唯一战利品。骆驼在这里避风头的几天里，到处寻找这包"联盟"烟的下落，但未如愿。哪承想烟已被三豁子拾去，塞在闷驴吃草料石槽下的窄缝内。待骆驼走后，他又把烟盒掏出来，有模有样地装在自己黑褂子的下兜里，平时舍不得抽一根，见人就捂着袋口，既让人知道袋里有一样好东西，又怕被别人抢走抽了。和老徐一样，三豁子的眼睛也瞄准了这包烟。他顾不上伤痛和郁闷，几乎与老徐同时扑向黄白红三色相间的烟盒。最终，老徐抢先一步，猛地将烟抓在手中。瞅了半天，口里蹦出个"五"字。三豁子懊丧地说："六。"老徐笑道："是六，也不是，是五根半。"

老徐说得一点不假，那半根烟是三豁子倒下来时折断的，另一半已变成碎叶。老徐还算客气，将五根半烟装进自己的口袋，剩下的烟叶连同烟纸一并扔给了三豁子。三豁子苦笑着说："我还有酒呢。"老徐急切地问："在哪？"三豁子胳膊肘拄着地，压低声音说："只要让文秀娘来我这儿一趟，就匀二两给你。"老徐不解："匀？"三豁子说："屙屎还得带双筷子。"老徐纳闷："带筷子干啥？"三豁子答："万一屙出来整豆粒子呢。"老徐笑得差点岔了气。三豁子说："从未求过你。"老徐说："喊能喊，就是我不理解，让你儿媳来这里，想干什么？照我说，你别不识好歹，老东西，拿人都当傻子，是不是？那些人，你没看，睡着都比咱们精，千人万眼盯着呢，何况你这个家伙有前科。不过，我也只是听说而已。家丑不可外扬，再闹出什么幺蛾子，就没人拿你值个豆了，好说不好听，兔子不吃窝边草，还是收敛点吧。"

三豁子只得将自己的意思明明白白地给老徐讲了，他最后凄惨地说："总不该让连福那小子占了便宜吧。队长兄弟，你不是不懂我意思。自打年轻时候起，咱兄弟俩就是同盟，一个阶级，一个阵营，一条战线，一道壕沟，谁欺负你，我都是第一个不答应。谁欺负我，你也是胳膊肘向我拐。这份情义，我你之间，只可加强不能削弱啊！社会复杂，人心不古，只有咱俩加在一起，才有分量。分开来，都要被连福欺负。他那小子，别看表面上老实憨厚，却一肚子花驴屎蛋子，整天想当队长，白天想，夜里做梦也想，为取你而代之，和队里几个光棍打得火热，人缘好得很。如果咱兄弟俩再闹别扭，心不朝一处想，劲不往一处使，尿不到一壶，屙不到一堆，遭殃的最终是你我。从历史上讲，赵姓是大门大户，见高家和韩家都没有好脸色，自觉老子天下第一，从不把外姓人放在眼里，高高在上，爬上梯子，也够不到他们的脚后跟。解放后，老韩家当了支书，情况虽然有些改观，但也不能一手遮天，处处要防备赵连福之流，更需高韩二姓联手抗赵。"

老徐听完频频点头，明确地说："侄媳妇这事我来办。不过，答应我的事别忘了就行。我这人记仇，你不是不知道。"徐凤举缓慢地走出饲养场，三豁子仍不放心，就匆匆忙忙地追了过去。在离徐凤举三米远的地方，高昌民剧烈地咳嗽了一声，然后强调："老徐，你也老大不小了，该说的话说全了，不该说的一句也不要说。不是你三哥提醒，你是一队之长，社员的父母官，该做的与该说的自然心里有数。"老徐转身骂道："还要你三豁子教我，当我是你？爬灰的事断然做不出来。"见三豁子脸红，老徐又补允道："跟你开个玩笑，毕竟是侄媳妇，什么表不表、亲不亲的，低头不见抬头见，在我跟前，她就是个孩子。"两人对视一番，嘴角都露出了一丝诡笑，觉得再无话可说，各自转身离去。

十八

　　三豁子重新走进饲养场，拾起被老徐扔在地上的烟盒，小心地取出里面的烟叶，抖在手心里。扔掉烟纸后，他又从腰间取出那根长烟袋，把烟叶摁在烟锅里，用火柴点着。他嘴里叼着烟袋，一边仔细吸，发出阵阵"滋滋"声，一边挎起那只靠近小屋门的腊条筐，装满铡过的短草，倒入闷驴前的石槽里，又端来半瓢麦麸，掺在草中，放一瓢水，搅拌均匀。高昌民重复着这些简单而娴熟的动作，很快将其他牲口也都一并伺候好了。再听不到牲口嘶叫的时候，他就蹲在草垛前，取出嘴里的烟袋，将烟灰磕在地上，又对着烟嘴猛吹三口气，烟袋头和杆管变得顺畅了。见牲口美滋滋地吃着自己辛苦拌成的草料，高昌民备感兴奋，难得地哼了一首润水县的民间小调，为牲口棚增添了一些欢快的气氛，牲口们更加欢喜地吃饱喝足。牲口的吃食虽然简单，大多是麦草，只掺少许麸面或豆面，但都吃得津津有味。

　　一队的饲养场面积在全大队六个饲养场中算是最大的，约三百平米，从外形上看，是个方体，四四方方，不高不矮，有牲口睡觉和吃食的地方，也有牲口玩耍嬉闹之处。饲养场的东北角建有三间小屋，一间作为三豁子的宿舍，另两间分别置放一些细料和铡好的干草。近看，饲养场像个封闭的游泳池，远看，则像一口汪塘，外形和北场南面那口汪塘极其相似，只是有大小之分。和汪塘比起来，饲养场却要小许多，几乎可以忽略不计。饲养场内摆放着十三个两米长、六十厘米宽、三十厘米高的石槽或木槽。青绿色的石槽上或黑灰色的木槽上大多拴着两三头牲口。板槽摆放不一，有东西向，也有南北向，还有东南西北斜放着的，都是为了顺应牲口的吃食习惯。每只槽上凿两只鸡蛋般大的小孔，分别位于槽的两端，可穿进一根大拇指粗细的麻绳。麻绳大多是三豁子搓的，粗细还算均匀，松紧也算有度，虽不及木模子滚出来的绳索有模有样，但也省下不少工夫和钱。闲着也是闲着，高昌民没事的时候就一边抽旱烟，一边搓麻绳。

　　饲养牲口是一项费时费力费心的活儿，高昌民时时刻刻留心留意，绝不许自己出现错误和闪失。他对自己要求严格，视牲口如亲人，捡好吃好喝的款待它们，给它们洗澡、挠痒，还和它们进行感情上的沟通交流。交配繁殖是最大的事情，更是一项重要的政治和经济任务，高昌民为此动了不少脑筋。为避免牲口间的随意交配，高昌民将不同类别或同性牲口拴在同一个槽上。这样做，显然有很大的弊端。比如，拴在西北角的两头黑犍牛吃完草料后就会厮打起来，常发生流血事件。但高昌民倒不认为这是一件坏事。一方面，可以使牲口解乏消食。另一方面，还能让它们在角斗中增加体力。至于牲口繁衍后代，必须严格按照高昌民的指令行事。这也是他最得意之处。

想让哪个雄性牲口留下子女，他就会把发情的母畜和他喜欢的公畜缓缓牵到小屋后头那条长满蒲草的小溪边，让它们尽情交配。这个秘密他始终没让任何一头牲口知道，但饲养场里酱骡的数量却越来越庞大，顶峰时曾多达九匹。所有的骡子都有一个共同的母亲——闷驴，而它们的父亲却分别是三匹黑马和一匹枣绿色公马。至于另三只野马，由于长期不听他的招呼，只能靠边站。

蓉花家门口的西旁是一棵弯了八个弯的桑树，树龄约十八年，树的第六层杈上坐着一只磨盘大的灰喜鹊窝。蓉花对喜鹊比对庄里人好得多，只要发现有调皮孩子试图上树抓鸟，她就抡起那只仅剩下四根竹枝的秃扫帚，吓退那些捣蛋孩子。闲来无事，蓉花坐在树下那块红石头上面，无声地仰望着树上那只直径一米有余的喜鹊窝，眼里竟流出了两行热泪，滴淌在她白皙的脸颊上。鸟窝不是一年工夫垒成的。最早造窝的那只老喜鹊在这里坚守了五年，日积月累才成就了鸟窝的现状。后来，老喜鹊把这个光荣任务交给了自己的闺女。闺女又往下传一代，才让鸟窝形成了现在的规模。

听到窝里两只老喜鹊叽喳欢快的叫声，蓉花的心踏实多了。她眯着两只透亮的眼睛，翘起精细的二郎腿，嘴里哼出一首还算好听的曲子。突然，歌声停了下来。白蓉花大笑一声，又猛然仰头，望着空中那群不成行的飞鸟。她的脖子很白，像面粉一样白，不是八五面那样的灰白，和韩科成家的细面一样白。白蓉花家没有这种细面，平时她连八五面也吃不上。她家只有粗面，是用小麦和山芋干混合后在磨坊碾成的，小麦最多占三成，多数是两头翘的山芋干。更多的时候，她和闺女只能吃上山芋干磨成的粗面，想改善伙食时，就在山芋干里掺些橘黄色玉米，磨成面糊摊煎饼。

蓉花最讨厌韩科成家的女人啃白面馒头时的样子，那些馒头是用韩秀明挣的钱买来的白面蒸的。蓉花更没有忘记，韩秀明当工人的指标是抢占她男人高燕华的。在她心里，当初能吃上白面馒头的人应该是她，而不是韩科成和他龇牙咧嘴的女人。每当想到这里，怨恨就会充盈蓉花的大脑，像被人从耳眼里猛地塞进一只指头粗的

鞭炮，瞬间把她炸成了一个失去知觉的废物。为了男人那个煤矿工指标，为了闺女能吃上一口白馒头，那晚，她被韩科成喊进了大队部。在那间放有一只黑色摇把电话的幽暗的办公室里，韩科成关切地对蓉花说："这个指标，想来想去，还是给你男人燕华吧，其他的孩子愣头愣脑的，都配不上，也出不了这份苦力。"

　　蓉花兴奋地搓着两只瘦小的巧手。她虽然一言不发，心里却想着一家老小即将欣喜地围在饭桌旁，美滋滋地享用白菜粉条炖猪肉和白面馒头的情形。韩科成说："每月三十六块钱工资，够三个社员吃一年的。"望着满面通红的韩科成，蓉花沉默老大一会儿，才怯怯地开口问："真的？"韩科成从抽屉里翻出那张油印表格，摊放在桌面上，说："还能和你开这玩笑？我是支书，完事，就让燕华过来填表。"蓉花惊讶地捂住小嘴，望着韩科成，身子颤抖起来。她惊慌地问："完事，什么事？"韩科成低下头去，果断地把那张诱人的表格重新塞进了抽屉里，慢吞吞地说："想吃白面馒头的人多得是。"盯着蓉花煞白的脸瞅了一阵，韩科成麻利地脱掉了灰色大氅。

　　往事不堪回首，白蓉花愤怒地抓起地上一块小石头，猛然站起身来，扔向那只孤零零的鸟窝。这次，她扔得很准，石头砸在窝边上，惊得两只老鹊从窝里飞出来，在她头上盘旋了九圈才悻悻离开。她吓得急忙跪在地上，哭个不止，直到徐凤举走过来安慰几句，她才止住悲愤的泪水。

　　蓉花走进饲养场时已是黄昏，染红的太阳还没有完全隐去。两头黑犍牛却在这个时候干起架来了，先是角对角，后又角对着头，再后来，两个愣家伙先后刨起各自粗壮的黑蹄，使劲撒个欢，趁对方不备，猛烈地将角刺向对方的腹部。蓉花不忍见到这个血腥的场面，就扭过头去，静静地坐在闷驴前的石槽沿上。她一边瞅着闷驴，一边斜睨着高昌民的侧影。她猛然发现老公公的脸和驴脸一样长，一样难看，长度不下五十公分，颜色灰黑，中间部分有道白痕。这道白痕是高昌民治疗豁嘴时留下的，竟和闷驴脸上的那道白斑一模一样。

　　高昌民虽长着一张看上去憨厚朴实的长脸，说起话来有板有眼，但在蓉花看来，他那张哑巴脸掩饰的是一颗精猴子心，不值得她去尊重。拉开两头正斗得激烈的牲口，高昌民瘸三瘸四地来到位于最西北角的鸡窝前，伸手够出了一只滚热的鸡蛋，兴奋地在手中颠来颠去。他不怕鸡蛋掉在地上，即使打碎，他照样可以用手捧起来，剔除破碎的蛋壳，将黏稠的蛋清、稀松的蛋黄连同杂乱的草棒、臭烘烘的鸡粪，一起喝进肚里去。他从不觉得腥味是世界上最难闻的味道，比起马尿、驴屎和牲口身上的骚味，他觉得鸡蛋最好闻，营养价值最高。

　　这次，高昌民显然小心了许多，鸡蛋并没从手中脱落，这让蓉花的诅咒流产了。高昌民显然没有发现蓉花娇小的身影，但他已经想好了管教她的言辞。只要见到这个疯女人，他会倾尽肚里所有严厉苛刻的话语狠狠教训她一顿，让她知晓自己的厉害，让她明白不按他的意图行事，随时随地都可能遭到家法的严惩。男人死了不假，但还有公公，不是没人管，可以由着自己的性子乱来，那是不可原谅的。

望着高昌民手里那只白中透红还冒着热气的鸡蛋，蓉花在诅咒不成时很想得到它，带回家去，给闺女增加一些营养。她不觉咽下了口水。她很清楚高昌民的意图，无非是想提醒她别和其他男人走得太近，以免败坏了高家的门风。这样的话，高昌民已不止一次在她面前说过。每次听到，她心里都好烦好烦，烦得喝口稀饭也会从嘴里喷出来。她常想，这个看上去知冷知热的老人，骨子里远没外表那般光鲜。更让她不明白的是，一个连儿子的命都可以不要的老家伙，凭什么来管她的私事？各人过各人的日子，互不相干，谁也不指望谁，又何必呢？该死的畜生！她在心里咒骂着高昌民。

几缕透过棚顶三五处碗口大的洞孔斜射进来的凄惨阳光懒洋洋地洒落在蓉花的头顶，完全可以看清她松散的黑发间隐藏的那只透亮的蓝色发卡。这个薄薄的泛着银光的发卡是蓉花身上唯一的奢侈品，是她六天前赶山庙大集时在小摊上花五分钱买的。她本不想戴在自个儿头上，可闺女年幼，才决定戴两年后再给闺女。猛然间，高昌民看到儿媳俊美的脸蛋，他的喉结紧张而有序地抖动了几下。他这张长长的老脸依旧没有一点血色，像一只干瘪的铁皮桶。每次相见，他都迫切希望看到蓉花那张只有和连福说话时才露出灿烂光芒的脸，可蓉花依旧和往常一样冷淡，脸上不仅没有一丝笑容，甚至连一个正眼也不愿投给这个一厢情愿的老家伙。不知不觉中，她已把俊俏的身子转对着闷驴去了。

高昌民知趣地转过瘦弱的身躯，望着那只从不下蛋的黄褐色母鸡，故作轻松地走出了三个碎步。他咬牙切齿地对那只笨拙得动也不动的老鸡说："再摆蛋，就拔你的毛、吃你的肉、喝你的血，看你还敢不！娘的，和我玩这套，还嫩着呢。真要把我惹急了，让你吃不了兜着走。"

别看高昌民一个人独居生活，可他对未来充满了希望，小日子也过得既热腾又紧凑，肉虽不常吃，鸡蛋却从未断过。他养了四只鸡，一只公鸡，三只母鸡，一只不下蛋，两只下蛋，一只每天下一个蛋，一只隔一天下一个蛋。这些他都记得清清楚楚。对那只从不下蛋的黄鸡，他早想卖掉，换点零钱攒起来，可又下不了狠心，毕竟跟他一起生活了六年。他曾连续三次把这只鸡拎到街上去卖，又连续三次带了回来。给再多的钱也不卖！他最终悟出一个道理：钱是钱，鸡是鸡，有钱无鸡，有鸡有钱。就像一个家庭，人口再多也不可怕，吃的、穿的虽然要花很多钱，但钱是人挣的，有人就有钱，可怕的是有钱没人花。

高昌民把自己归结为有钱没人花的这类。孙女长得再好、再俊，将来也是人家

的人，等她出嫁了，一切都将归于零。高昌民渴望文秀是个孙子，可现实不能改变。这事怪不得自己，要怪只能怪燕华不中用，没生个儿子就归西了，这是对老高家最大的不孝。儿子死后，高昌民不再责怪高燕华是个无用之人，而对蓉花产生了偏见，把她看成一个妖精，是她克死了燕华，是她让高家在后行抬不起头来。对蓉花这个让自己绝后的刽子手，高昌民立下誓言：他不仅要让蓉花付出血的代价，更要她给高家一个稳妥的交代。

　　高昌民对待这些鸡和生产队里的牲口一样上心。每天早晨和晚上，他都要逐个摸着那些牲口的脊背，丈量它们的腰围，是否长一截，是否瘦一圈。瘦了缺乏力量，耕不了地，耽误种庄稼，挨徐凤举的骂事小，耽误生产就和犯罪没什么两样。他不想成为罪犯，尽管有时也想进牢房里吃"八大两"，过没人指责的逍遥日子。胖了，就会产生惰性，迈不开步子，耕地使不上劲，气喘吁吁，耽误大事。

　　凭借在实践中掌握的这套养育牲口的真经，高昌民多次受到徐凤举和韩科成的褒扬。韩科成曾让他到其余五个生产队做养殖经验报告，着实让他长了脸。高昌民养的四只鸡确实让他操碎了心。虽然鸡吃的和牲口吃的都是公家的饲料，但他吸取了喂养那只黄鸡的教训，从不让另两只母鸡吃得太多，以免下不出蛋来。

　　文秀做梦都希望吃到高昌民的鸡下的蛋，可从未如愿过。她哭过、闹过，骂他心狠，但都未打动高昌民腊条似的又褐又韧的心。再多的鸡蛋也只属于他一个人。他从不拿鸡蛋送人，包括徐凤举在内，都绝无吃到他鸡蛋的可能。徐凤举多次当面问高昌民要过，可他每次都装聋作哑，及时岔开话题，徐凤举从未得逞过。

　　高昌民从不把文秀当成自己的亲孙女看待。他常想，蓉花准没干好事，才生下这个连"五"也数不到的憨丫头。哼，想吃我的鸡蛋，只能想想而已！为查找导致文秀不识数的缘由，高昌民平时特别留心观察蓉花的一举一动。蓉花去哪里，在哪停留，停了多久，做些什么，和哪个男人说话，他都了如指掌。他特别希望抓蓉花一个现行，可跟踪了两年七个月零四天，愣是没发现她有什么不检点的地方。当然，他并不是没见到过个别光棍在蓉花身上抓一把、挠一把，和她嘻嘻哈哈的情景，但好在那些该死的家伙从没进过蓉花的小屋，这才让他那颗复杂难受的心稍微安稳下来。

　　春节以来，每天夜间零点时分喂完牲口，高昌民都要准时潜伏到蓉花的屋后，聆听儿媳妇均匀的呼吸声。他不忍离开，希望多待一会儿是一会儿，静静地欣赏蓉花两只鼻孔里传出的那些美妙轻柔的声音。可不经意间，蓉花猛打的一阵呼噜或喉咙里突然冒出一声长叹，也迫使他蹑手蹑脚地转身离去，俨然像个越狱逃犯。他会左右各瞅两眼，确定没看到徐凤举、骆驼等人，才不由自主地加快了松垮的脚步。

　　蓉花再不希望看到高昌民那张闷驴般的花脸，和高昌民之间，蓉花已无话可说，她找不到回敬公公的话。面对高昌民越来越难看、越来越复杂的神态，蓉花还和往日一样，伸出双手，捧着没有曲线的肚子，一言不发。高昌民从地上站起来。他个头不高，一米五七，但举起烟袋以后，却极像一个威武的持枪士兵。蓉花突然间感到这个老家伙发黑的五脏六腑里正迸发出和年龄极不相称的威猛力量，矮小的个头也似乎比过去高出不少。

高昌民希望继续欣赏面前漂亮得如仙女一般的儿媳妇，他甚至还想再朝蓉花迈一大步，仔细辨别她脸上的酒窝究竟是左边的深还是右边的深。他终究没有得逞，蓉花已从不堪的往事回忆中缓过劲来。高昌民极不情愿地蹲在地上，后背倚着老屋斑驳的墙壁，吧嗒着大嘴，抽起了老烟袋。这根长度差不多有一米二的烟袋杆下方一尺处有个阴囊般大小的黄帆布烟包，他脑袋耷拉着，像一个失去精神的老头。四四方方的烟斗里向西南方向飘出了一阵阵白茫茫的烟雾。这只少说也有十三公分长的烟嘴是用和田玉做成的，是高燕华死后留在世上唯一值钱的东西。

和蓉花分家时，高昌民唯独看中了这支烟袋。蓉花舍不得给他，就把烟袋藏在屋后的粪茅子里侧，可还是被精明的高昌民发现了。蓉花企图从高昌民手里夺下这根烟袋，高昌民却把烟袋扔进臭不可闻的粪坑里。看到烟袋嘴沾满又黄又绿又黑的臭屎，蓉花胡乱骂了几句，走了。

天上黑影前，蓉花退着走出了饲养场。她仰望着寥廓的天空，天已没有刚才那样蓝，西边烧起七八道红霞。空中再没有一只飞鸟，沉闷的天空上只有几团尚未隐去的云朵。算起来，蓉花已有六天没认真地察看后行的天空了。大概是忘记了，或是被连福、骆驼等人气糊涂了。连福生气不生气倒无所谓，关键让她失去了去连福家游说的理由。可她又觉得没必要和连福解释什么，那些谣言并不值得她去反驳。甚至，她感到这个谣言来得有点迟了。

谣言好比一阵风，刮完就无影无踪了，后行终归于平静。这个破庄子历来就是这样，很多事被说得有鼻有眼，可到头来都是一场空，最多死个把人而已。蓉花不想死，至于别的人会不会死，那不关她的事，只要连福不死就行。她真希望像骆驼之流，比如徐凤举，再比如高昌民，如果关于他们的谣言突然降临庄子，逼迫他们在无处躲避中挣扎着痛苦死去，那将是令她多么兴奋的事啊！特别是韩科成，这个人面兽心的笑面虎，夺去的不仅仅是她的贞操，还让她在这个庄子里永远抬不起头来。好在尚未有人知晓此事，她本人绝不可能主动说出去。她也曾想通过揭开这件事的面纱，让社员们认清韩科成畜生般的嘴脸，可谁又会相信她的疯话呢？

高昌民手里握着的那只烟斗冒出了一股浓烈的白烟。烟雾轻轻袅袅持续不断地升起来，像一颗颗仇恨的子弹，麻利地脱离黑亮的枪膛，温柔地射向干净利落的天空，画出一道道美丽的弧线。蓉花愚笨的脑袋像突然炸开似的，她无力承受这些"子

弹"带来的威胁，不得不转过不太听使唤的身躯，奋力迈开了笨拙的双脚，颤抖地向正南方跑去。

　　蓉花用尽吃奶的力量，唯恐被身后这只狡猾的老公狗咬住脚后跟，不容分说，将她扑倒在地，与她强行交媾。她不愿意，一百个不愿意，一万个不愿意。高昌民就是那只企图追上她和她交配的公狗。她的心全乱套了，像一团团麻，怎么都理不出头绪。她又像患上了急症，大肠和小肠拼命地纠缠在一起，让她几乎丧失了逃跑的力量，甚至连最后一点反抗的勇气也消失殆尽了。慌乱中，她看到了前面不远处那片深邃的芦苇丛。她希望躲进丛中，不被高昌民找到，又希望穿过那片茂盛的苇丛，纵身跳进深不可测的北汪里，一了百了。

　　蓉花终究没有那样做，因为高昌民并没有追过来，而是愤懑地望着蓉花的背影，愣愣地站在原地，一动也不动。他举起手里那根长烟袋，凶巴巴地指着蓉花的背影，嘴中不由自主地骂出难听刺耳的话。

十九

在这个世界上,唯有时间才是打开心锁的金钥匙。蓉花终于找到了一条和连福搭话的捷径,她认为只要能为顺河做点什么,比如补一件破裤子,再如买一块硬糖塞进顺河手里,即使连福是块阳沟里的石头,也会半推半就原谅她的。可顺河见到她总躲躲闪闪,像避瘟神一样,让她不得不用叫骂的方式解决这个棘手的难题。

这天中午,蓉花和顺河又见面了。顺河一只手掐在腰间,另一只手指着蓉花的鼻梁大骂。顺河备感自信和骄傲,他为自己恰当及时地说出那些攻击力强的言语而感动得流出了三滴兴奋的眼泪。同时,他的嘴角也出现了一丝旁人难以察觉到的笑意,破天荒地露出了唇间两颗粉黄色门牙。然而,片刻之后他又紧闭上越来越开阔的嘴巴。

蓉花气愤地也掐起了腰,瞅着顺河花和尚般的脸颊,不假思索地回骂。瞬间,蓉花被自己的骂词震住了。不光蓉花,所有瞧热闹的人在蓉花没闹明白前也被惊得哑口无言,惊愕地愣在原地,毫无表情地端详着蓉花和顺河。蓉花突然仰起头来,怪笑一声,而后又弯下腰去,折断一根筷子粗的藤条。

在这根绿莹莹的藤条上面,叶子已毫不留情地绽放新姿,呈现出墨绿色。藤条不是孤立的,它们自成一堆地拥抱在一起,展示团结向上的风貌,迸发出别的生物难以与其抗衡的力量。藤条丛的后面是一条不深不浅的小沟,里面水不多,因为旺雨季节还没有到来。小沟向东五十米处是口汪塘,人称南汪。水塘里没有多少水,但没有干涸。上一年,徐凤举在塘里放了三百条鱼苗,但都还没长成个儿,偶尔可以看见几条探出头来的小鱼蹦出水面。这是生产队搞的副业,社员都很高兴,期待年底分到几条鱼送给穷酸的老丈人作为节礼。

别看赵顺河年幼,但跑得比蓉花快,又想捉弄这个女人,便撒腿向汪塘跑去。他钻进汪塘北面那片菜地里,裤脚却被一根花椒树枝刮住了。这块被花椒树围起来的菜地是徐凤举的自留地,上面生长着一棵高大的杏树,树龄约二十五年,上面挂满青杏疙瘩。曾有人说，杏树是自生自长的，和徐凤举毫无关系。徐凤举却不这么认为，他对庄里人说，树是他亲自栽下的。孰是孰非，谁里谁表，已无从考究，关键杏树就长在徐凤举的菜地里，别人再无话可说。为保护杏树上来之不易的果实，徐凤举特意在菜园四周栽了三十二棵花椒树。树已长出一人来高，枝条交错，长满针刺，形成一个密不透风的天然栅栏。他每年都希望把成熟的杏卖出去换点酒钱，或买点真茶叶，可愿望每年都落空了。每到杏子成熟的季节，那些黄澄澄的果实都会被孩子们偷光吃净。

　　"刺啦"一声，顺河的裤子被那根花椒枝扯出了一条长长的口子。蓉花双膝跪地，透过密密麻麻的花椒枝条，看见了顺河窘迫的模样。她站直身子，双手捧着肚子，一阵狂笑。稍后，她又解开上衣，露出那件贴身的花白背心，嘴角依然幸灾乐祸地笑着。她牙齿整齐、洁白，门牙很大，像两只盛满烈酒的白瓷酒盅。她比往日多穿了一件外衣，是高昌民让她穿的，或是威胁，也可能不是。六天前，高昌民特地赶了一趟山庙集，从供销社扯来了六尺灰蓝色花布，高兴地交给蓉花。蓉花没说一句感谢的话，心里却美得很，像吃了块冰糖，从头甜到脚。很快，她就缝制出一件衬衣。亲眼看着蓉花穿在身上，高昌民竟咧着大嘴笑了起来。然而，只一袋烟工夫，他就拉下凹凸不平的老脸，吩咐蓉花把剩下的布条贴在他那件已开裆的大裤头上。蓉花不乐意。他又送她一顶草帽。蓉花依然不同意。高昌民只得答应蓉花的请求，让文秀隔日吃到他的一只鸡蛋。

　　顺河从徐凤举的菜园里踉跄地走出来时，蓉花再也不痴痴地傻笑了，她不是担心顺河还会骂她，而是猛然看到顺河脸上挂着两道没擦净的泪痕，她从心里感到了一丝悲哀，觉得这个没娘疼的孩子和自己一样可怜。又看到顺河脸上淌下来的几滴泪珠，蓉花不自主地哭出声来。泪水洒在她的腮帮上。在外人看来，蓉花很少有可怜的时候。可此时她却实实在在地感到自己才是后行最可怜的人。过去，人们都说她的婆婆可怜，可她的婆婆已死去七年整了，可怜的日子早已过到了头，正在另一个世界享福呢。她婆婆是被高昌民捂死的，高昌民从不回避这事，他说纯粹是为了一句玩笑话。高燕华深信不疑，可蓉花不信。

　　蓉花又感慨起来。还是死了好啊！死了，就不再感到饥饿和孤独，不会被人欺负和误解，也能见到连自己亲爹的绿帽子也坦然戴在头上的死鬼男人。虽然那个窝囊废活着时对不起她，没有让她过上好日子，还在她被高昌民欺负时选择了沉默，可这并不妨碍他曾是自己一锅抹勺并一床睡到天明的男人。只要一想起这些年经历的人不人鬼不鬼的日子，蓉花就会感到身边有个男人的好处。有时，她也在想，干脆和骆驼弄个家庭算了，怎么不是一辈子！连福又能怎样？不也是个两条腿的男人吗？跟谁过不是过。高昌民也曾这样教育过她，但她知道高昌民并不是真心的。最近，高昌民对她说，文秀太小，等孩子长大后再改嫁吧。

对高昌民这些微妙的变化，蓉花不是没有留意到，她只是觉得当面戳穿他的鬼把戏不利于孩子的成长，毕竟在隔日一只鸡蛋的滋润下，文秀的小脸蛋已愈发光鲜起来。高昌民不仅常把鸡蛋送过来，还常捎带一些油黄的果棒给她和孩子享用。只要看着她娘俩津津有味地吃下去，高昌民就笑得两眼发直、眼泪乱窜、双唇抖动、嘴角冒沫。蓉花没有因此而把高昌民再当成公公对待，他甚至连个邻居也算不上。她很想把这事说给连福听，希望他趁夜深时潜入饲养场，暴揍高昌民一顿，替她出口恶气。可那个该死的连福却老是躲着她。难道自己不漂亮？不，她漂亮，连徐凤举都说她漂亮，韩科成也说过类似的话，她确信自己漂亮无疑。可连福这个死熊，凭什么就不搭理她呢？她想不通。

"把裤子脱掉，给你缝几针，省得你那个丢人现眼的爹骂你，骂你事小，揍你一顿，你也得受着，谁叫他是你爹呢。不说这个，你爹这个熊家伙也是个好人，别看驴脸寒霜的，心是热了的。他是被骆驼那个杂种算计了，不关我的事。骆驼是个小人，让你爹以后小心点，少和他套近乎。你拿他当人，他偏往驴群里跑。"

蓉花难以忘却骆驼对她的伤害，不过她也憎恨不起来，只是嘴上说说而已。是啊，恨他干吗？一个十足的可怜虫，连个媳妇也混不上！白蓉花仰起头，望着又圆又蓝的苍穹，像有话要和主宰后行生老病死的老天爷絮叨絮叨。顺河连看蓉花一眼也不肯，撒腿向北跑去，身后拖着一根烂布条，像闷驴用来打蚊蝇的长尾巴，更像一根沾满柴草的孝绳。蓉花心里诅咒这根布条，希望它立即掉下来。如果能够如愿，她就可以拿着这根布条去见连福了。顺河身后的"尾巴"终于掉在地上了。蓉花急忙跑过去，拾起布条，紧张地攥在手心里。她攥布条的手背越来越难看，竟没有一点血丝。她的脸和手背一样难看，脏兮兮的，挂在上面的灰尘仿佛要掉下来似的，快要落下来的还有她脸上那滴泪。

泪水和灰尘混在一起，使她的脸更像一幅无比难看的画作。谁也不知道这幅画究竟出自谁的手，它像一条弯曲的小河，河里有一条小船，船两侧分别蹲着一只弯着白脖子的黑鸭。蓉花喂过鸭子，那是前些年的事情，过年的时候却被小偷顺光了。她不知道是谁偷的。她怀疑过韩科成家的，因为韩科成家的骂她是个偷汉子的婊子、魔鬼、六叶子，不仅拉庄里四十多个光棍下水，卖身钱都让男人买药打针败光了，还想来占支书便宜，腐蚀一名优秀的大队干部，心狠如蝎，顽固不化，无疑是个阶级敌人，须一棍子打倒，踏上一万只脚，直到不喘气时，再将尸首暴晒三月，扔进大运河里，唤来大鱼小蟹麻虾美餐一顿，吃得骨头不剩半根，省得祸害更多的男人，乱了后行的伦理规矩。

蓉花甚至怀疑过高昌民偷走了她的鸭子。经一番辨认后，她越发觉得鸭窝前留

下的两行一深一浅的脚印分明是这个老不死的足迹。满庄的男人和女人她都怀疑了一个遍，可就是不肯怀疑连福。一个连四十块钱也不要她还的男人又怎么会去偷几只不下蛋、不值钱的公鸭呢？不知是巧合，还是蓉花有意为之，她饲养的七只鸭子都是公的，想杀吃，又舍不得，拿街上去卖，也没人要，只好凑合着喂。白天放出去，由它们自己到处觅食，晚上她就和闺女每人拿着一根竹竿把它们赶回家里的鸭圈。

　　蓉花坐在那棵弯曲的桑树下的石头上，她饿极了，喉咙开始蠕动起来。她想起小时候的时光。她娘在鱼锅里贴了三块黄澄澄的玉米饼，那是专门为蓉花做的，饼上清晰地留下了五道不深不浅的指痕。蒸熟的饼子那叫一个香，还未出锅，就让她流出口水来了。她娘已经死了七年半，大概还多几天，但不会超过一个月，她记得很清楚。那是她嫁给高燕华第四个月的第八天，也就是她婆婆下湖后的第五天。她娘死前不让邻居过来通知她，知道死讯已是半年后了。其实，高燕华在第一时间就知道了这事，是蓉花好心的邻居来后行报信的。但为了省去块儿八毛的烧纸钱，高燕华就没告诉蓉花，更没去丈母娘家奔丧。蓉花知道后伤心欲绝，可高昌民和高燕华死活不让她回汴塘去祭奠母亲。没办法，她只能花五分钱，买来一刀火纸，在后行庄东头那个专门用来祭奠死者的小路口随便烧了，也算寄托了哀思。

　　回汴塘为死去的母亲烧纸的愿望让她一时忘记了饥饿，她打算过几天就去，可那个明明非常熟悉的渡口却在她的脑海中荡然无存了，她只记得娘家是在街口往里拐的地方，第六个门。谁能陪她一起去呢？她想到了连福。来到连福家，蓉花把布条放在饭桌的横木上，来不及介绍它的来龙去脉，就把自己的想法直截了当地跟连福说了。她希望连福带她回汴塘娘家一趟，孬好给母亲烧把纸，了却当闺女的一桩心愿。见蓉花态度诚恳，又是给母亲尽孝，连福实在找不到拒绝的理由，只好答应下来。临走时，蓉花从怀里掏出两只布鞋，递给连福。

　　在白蓉花的眼里，连福是庄里唯一看得起她且把她当人的男人。别的男人都不是人，是狗，是畜生，只想欺负她，占她便宜，从不真心待她。她不想被任何男人欺负，更不想稀里糊涂地把身子卖掉。尤其是高昌民，如果不是让闺女隔天吃上他的一只鸡蛋，白蓉花早想亲手杀掉他了。徐凤举是个讲实际的人，曾给她五块钱，让她伺候一年。钱被她收下了，却一次也没有让他得逞。老徐气得问蓉花要钱，蓉花就说钱已退给韩黑娥，老徐只好自认倒霉。韩科成从不说给钱，但她害怕见到他那两束阴险毒辣的目光。曾有五六次，韩科成让蓉花去他的办公室，每次都有不同的理由，但均遭到她的拒绝。骆驼更是一个可恶的小人，那个中午，他来到她家，想用两只鸡腿换取她的身子，被她狠狠地踹了一脚。

　　骆驼气愤不过，端起碗就走，也带走了那两只已没有热气的鸡腿。蓉花后来才知道两只鸡腿是骆驼用徐凤举的死鸡煮的。徐凤举养了三只鸡，唯一的一只母鸡却生了瘟，舍不得扔掉，又怕传给两只公鸡，只好埋掉了。后来骆驼知道了这事，就趁没人注意，扒开埋鸡的小坑，回家把鸡煮了。吃完鸡肉，骆驼特意进了徐凤举的茅厕，屙了三次屎，都被徐凤举的公鸡吃掉了，没多久也相继生瘟死去。

顺河待在北场以北的山芋地里，无所事事。山芋地光秃秃的，到处留下大坑小坑，怎么数也数不清。地不知被人翻过了多少遍，连干山芋秧也见不到一截。这是块晒垡地，要等几天才能栽芋苗。到了午后三点多钟，顺河独自一人在地里奔跑起来，就像一只刚过惊蛰的青蛙。跑累了，他就睡在地上，头枕一块硬坷垃，直到发觉天色已晚，才极不情愿地爬起来。

天上黑影的时候，顺河像一个被打败的士兵，懒懒散散地往庄里走去。在芦苇丛东面的小路上，他遇到了蓉花。蓉花的脸洗得很干净，像抹过一层东西，香喷喷的味道却让顺河感到阵阵恶心。蓉花右边的嘴角微微地向上翘着，说出来的话既柔和又动听，和几个小时前判若两人。顺河心里的敌意渐渐消失了。蓉花朝顺河走近了两步，惊喜地说："可找到你了，乖孩子。""哦！"顺河的嘴里虽然只吐出来一个字，心里却感到一丝欣喜和温暖。蓉花手里握着一只煮熟的鸡蛋，对顺河说："趁热吃吧。"顺河的眼睛瞪得很大，他什么话也没说，急忙抢过蓉花手里的鸡蛋，壳也来不及剥掉，就塞进干枯的嘴里。蓉花说："这孩子，壳还没剥呢！"听着蓉花关切的话，顺河后悔自己不该这么对待蓉花。蓉花是个长辈，常把自家的好东西拿给他吃。顺河最喜欢吃蓉花做的山芋糖，红红的、黏黏的，甜得腻人，越吃越想吃。

顺河把鸡蛋吐在脏兮兮的手中，双手捧在胸前，不敢留下一丝缝隙，唯恐蓉花说话不算数，使这个来之不易的果实被同样饥饿的文秀夺走。蓉花眼圈通红，像在流泪，她拍着顺河的肩膀说："快回家吧，你爹一定等着急了。"顺河并没有马上离开，而是和文秀一样围在蓉花的身旁，似乎变成了一个懂事的孩子。他腾出一只手，拉着蓉花的衣襟，望着这个可怜而心地善良的女人，他似乎有话要和她说，又什么都没有说，平静而坦然。顺河的心思像一瞬间发生了重大而莫名其妙的变化，他突然松开抓着蓉花衣襟的手，捂着胸前的鸡蛋，撒腿跑了。他的脚步略显慌张和疲惫，好在是向自己家的方向跑的，让蓉花放心地舒了一口气。她晃着又长又白的手臂，张开的嘴巴似乎想说些什么，但最终闭上了。

她用力抚摸着闺女的长发，眼圈再次模糊起来。

连福一个人待在家里，闲着没事，嘴里叼着一支用废纸条卷成的烟棍。他猛抽一口，烟头发出了惨淡的光线，一亮一闪，一闪一灭，冷峻地反射在他灰黄的脸上。烟火几乎烧到他的食指时，他依然舍不得扔掉。烟叶是他花钱买来的，不是自留地里种的。过去，他种过，那是八年前。后来，他独自一人去县城里闯荡，就再也没种过烟叶。连福深幽的眼睛向外凸起，黑眼珠很黑，像两只饱满的黑豆，白眼珠很

白，像蓉花嘴里的两颗门牙。

蓉花嫁到后行这么多年，牙齿依然是白的，不像庄里那些土生土长的人，牙齿都被氟水渍得又黄又烂。蓉花和高燕华结婚时，连福被大家伙推举为问事的大总。按理，在谁都想当大总的后行，还轮不到连福这个毛头小子料理，可徐凤举偏偏要出他的洋相，就推荐他全权负责此事。连福倒没觉得这是件坏事，就按部就班地安排帮忙者从街上买来青菜、鸡蛋、猪肉、辣椒、粉条、大料，一应俱全，又请来本庄自认为做菜一流的一老一少两位厨师。办席期间，高昌民和高燕华父子俩嫌小厨师炒菜放油太多费钱，就去找连福理论。连福主动担责，从自家拿来十块钱补偿给高昌民，才平息了那场争端。

新婚后的第二天，蓉花觉得高燕华做事不够仁义，就劝男人给连福道歉，高燕华却死活不肯。蓉花只好硬着头皮去找连福，恰巧在老槐树下遇到了他，就急忙向连福赔不是。连福看蓉花一眼，说没事，转身走了。蓉花却愣在原地，一动不动，她竟被连福深邃而特别的眼神吸引住了。她发觉心脏跳得有点快，脸也变得又红又烫。

连福用食指和大拇指轻松地捏着烟棒，准确无误地放进臭烘烘的嘴里，猛抽三口。吮吸着发麻的嘴巴，他猛地站起来，一手抓住顺河的胳膊，一手指着那块搭在桌腿横木上的蓝布条。顺河胆怯地看着被风吹得战栗摆动的布条，顿觉一场血雨腥风难以避免了。屋里的一切处于无声无息的状态，仿佛掉根细针都可以辨出它的重量。顺河知道接下来就要发生一件天大的事情。他无精打采地垂下头，不由自主地屏住时浅时深的呼吸，眼睛瞅着连福那对枯瘦的脚板。这是一双大脚，虽然长度和连福的身高难成比例，却显得格外结实。看得出这是一对出过大力的脚。顺河不由得对父亲从心里产生了敬畏。有记忆以来，顺河很少见到连福的身影。连福就像一只大狸猫，来无影，去无踪。

在连福面前，顺河不过是一只小鼠，半斤沉，和中指差不多长，几乎可以忽略不计。端详着连福的脚掌，顺河小心翼翼地估量接下来将要出现的状况。或许要刮起一阵飓风，或许来一阵滂沱大雨，或许一场斗大的冰雹直落在他的额头上……

面对可能出现的种种结果，他已想好了对策。他可以大声对连福说，是他惩罚了爱嚼舌头的蓉花，替连福出了一口恶气。他得意地想着，竟差点说出口。可他没想到连福却是另一种姿态，完全不同于过去，像变了个人似的。

"裤子坏了？"连福的声音极小，好像不是从他口中发出来的。顺河突然看到连福肩上露出了一道不规则的疤痕。严格地说，那是一道落在衣服上的绳印，像疤痕而已。春节前的那些日子，顺河绝不会认为连福只是一个出苦力的穷人。在他眼里，连福是个伟大的男子汉，起码是县城的一名大工人。为了炫耀，他曾和文秀讲过,说连福骑着一辆黑色"永久"自行车,早上八点上班,晚上六点下班,是一个响当当的大干部。直到上上个月,顺河才准确地弄清了连福只是一个打零工的农民。从那时起,他就再没向文秀炫耀过。

连福说话的声音越低沉,越说明问题的严重性。但当顺河思考着问题究竟有多可怕时,连福竟毫无征兆地从板凳上一跃而起。他的身躯是伟岸的,看得出来,他依然是一只九斤重的大狸猫,而自己仅是一只长着小眼小耳的小鼠。孰轻孰重,顺河已到嘴边的话早被冲得稀里哗啦了。跑!这是他脑海里出现的第一个念头,也是唯一的。他做好了逃跑的准备。趁连福身板尚未站直,他一个狡猾的闪身,钻进黑咕隆咚的东屋去了。他忐忑地寻觅着可以藏身的地方。

屋子极其狭窄,最多不过十平米,陈设也极其简单,除一张吱嘎响的破床,就是那只待在墙角永远都不吭声的小箱子。这只箱子有些历史了,是凤妮的陪嫁品,外层简单涂了一层红漆,即使放在暗处,也比外间那只四四方方的坐床子耀眼明亮得多。箱子应该是空的,顺河最清楚不过,因为他曾在里面藏过。可当顺河打开箱子时,脑海中却猛然出现了连福那双可时刻喷出火焰的大眼睛,亮灿的眼球里插满了又长又细密密麻麻的箭头。连福的眉毛像一张弓,随时都有可能射出那些利箭,要了他的小命。可恨的箱子里竟装满了破被絮!

利箭像要从连福的眼里射出来了。完蛋了!顺河顿觉浑身冷飕飕的,像进入了一座冰窖。他再无其他选择,只能像一只被抛弃在岸的泥鳅一样,跪着爬到了床底。这样,或许可以侥幸躲过一场不亚于地震的巨大灾难。顺河捏住鼻子,不敢大声喘气,害怕闻到墙边发出的那股刺鼻的骚味。这是他的杰作。每次连福回家小住的日子里,他都要从凤妮家来到这里,和连福一起生活。每天清晨尿尿的时间一到,他就准时爬起来,直接对着床和墙形成的缝隙尿尿。时间一久,可怜的墙壁就被他尿出来一个大洞。

顺河的心脏"突突"跳个不停,他不敢眨眼,再次感到了绝望。这时候,他想起来一个人。这人不是文秀,而是白蓉花。他后悔得罪了这个女人,虽然她原谅了自己,又无故送他一个鸡蛋,让他暂时驱散了饥饿。如果蓉花能够突然到来,他会趁机蹿出屋子,自由自在地奔跑在漆黑的庄子里。他多么希望自己马上变成一条黑鱼,体色像水一样乌青,没有人能够看清他的身影,可是已经晚了。

顺河懊悔不该钻进这间屋子,而应直接逃到外面去,消失在苍茫的夜色中。他身上淌出了一层冷汗。他拭拭额头,一片潮湿,指上留下一把滑腻的汗水。他把手指放在鼻尖上,居然没闻出异味。他鼻子少有通气的时候,因为他患上了可怕的鼻炎。上年冬天,他学着到屋外尿尿。每一次,在门外尿完,他都爬到离床头三米远装着半袋山芋干的麻袋上昏昏睡去。冷极的时候,他竭力去抓被子,拽到的却是麻袋的一角。他感冒了十四天，鼻子再不通气了，除非阳光灿烂的时候。

不知在床下跪了多久，顺河发觉自己的膝盖已疼痛难忍。他希望赶快离开床底，两腿却不听从他的使唤。他再没有听到连福的喊声，也没看到他的身影。他庆幸自己首次拥有一股对抗连福的勇气，这在以前是不可想象的。过去，每次犯错，他只能战战兢兢地立在连福的面前，双手垂下，像个即将被押往刑场的死囚，连眼皮也不敢抬一下，更不用说逃跑了。他鼻子虽不畅通，耳朵却很灵敏，他听得出屋外有人来了。从脚步的力度，他判断出这是个女人，一个年纪不大的女人。

顺河暗自惊喜。如果是蓉花，他将毫不犹豫地扯住她的大褂襟，或许可以躲过一劫。连福总要给外人面子的，特别是白蓉花，毕竟这是一个优雅的女人。顺河正为无法准确判断来人究竟是谁而焦虑时，耳朵里突然传来连福喝酒时发出的"滋滋"声。声音不大不小，像中量的雨点缓缓地砸在竹板上，节奏感很强，像唱歌一样。

这个时候，连福居然唱起柳琴戏来了，他唱腔优美，或急或缓，缓的时候像吃蓉花做的山芋糖，急的时候让人喘不过气来。可没多会儿，连福小声啜泣起来，像是早已忘却了藏在床下的这个调皮小子。放下足有半斤沉的酒盅，连福的脸色十分难看，有点红，有点涨，有点青，有点紫，端酒盅的右手毫无知觉地战栗着，整个人像酒精中毒的样子。

"又喝猫尿！"蓉花轻松地站在连福的门前，她左手掐着腰，右手扶着掉漆的门框，冲着正喝酒的连福嚷嚷起来。她显然搞错了自己的身份，既不是连福的至亲，彼此也没有利害关系，他们之间唯一的瓜葛仅是四十块钱的借债关系。听到蓉花训斥连福，顺河倒没感到有什么不合适的地方，相反他却高兴得咧开小嘴，小声痴笑起来。他把解救自己走出困境的希望完全寄托在蓉花身上了。连福早已失去和蓉花打招呼的兴致，他害怕见到这个喜怒无常、变脸比变天还快的漂亮女人。他再一次端起酒盅，仰起脖子，"咕噜"一气，酒被他咽进肚里去了。他微闭着双眼，像是非常陶醉。

蓉花大大咧咧地走进屋里，盯着连福死人般的丑脸端详一阵，居然爽朗大笑起来。她不再说"喝猫尿"之类的话，笑声中也不乏柔情和蜜意。可是没多会儿，她竟小声抽噎起来了。接着，她哭了，哭得很痛，瞬间变成了一个泪人。她的泪水很旺，眼睛像两口田泉，有流不尽的清水。胖胖的泪珠掉在地上，发出沉闷的响声。连福不由地对这个可怜的女人产生了一种比往日更加复杂的情愫。他猛地扔掉手里的酒杯。"咣当"了几声，杯子在脏兮兮的饭桌上转了三圈，才极不情愿地蹦到地上。

谈到这张饭桌的历史，怕是要追溯到解放前。桌面是个正方形，边长八十公分，四条腿的高度均为半米，没装抽屉，完全是民国时的家具风格。这张桌子也是凤妮娘家的陪嫁品，是连福搬入新家时凤妮送给他的。沧桑的岁月已使这张桌子变得破烂不堪，两只桌腿下面分别垫着一块青瓦片，桌面的西北角损坏了一块，露出了巴掌大的方洞。三只苍蝇十分有序地趴在那里，享用着肮脏的营养。

蓉花弯下腰去，捡起那只滚到自己脚前的铁皮酒盅，大胆地向前迈了一步。她小心地把酒盅放在布满尘埃的饭桌上，双眼凝视着连福，期待这个男人也能正视她一次。连福抽出屁股下的小板凳，放在靠近蓉花的地方，而他却蹲在原地，面无表情。片刻间，连福卷出来一根锥状的烟棒。随着袅袅白雾在沉寂的屋里升腾起来，他的脸色好像比刚才好看了一些。

蓉花稳当地坐在那只表面油黑的凳子上，毫不费力地翘起两条粗细均匀的长腿，脱掉两只青花布鞋，露出一对雪白的脚丫。看样子，她的脚已用水清洗过，脚面上没有一点灰尘，甚至连脚趾丫里的肉都看得一清二楚。蓉花脸上的表情和连福一样深沉，她嘴角撇了撇，却再也笑不出声来了。她简单的大脑突然被连福嘴里吐出的浓烈烟气熏醒了。她不希望再给这个可怜的男人带来任何麻烦，便站起来，平静地问："顺河不在家？"连福迅速吐出一口白烟，用力抬了抬眼皮，依然没有正视这个只能给自己带来祸端的女人。

"没打他吧？"蓉花这句话让床底下的顺河激动得差点笑出声来，他真想立即爬出床底，藏匿在蓉花的腋下，然后在她的庇佑下迅速逃离这个充满恐惧的黑屋子。他兴奋地动弹几下，却又趴了下去。他并不是想继续闻这里的骚味，而是对连福的惧怕使他不能有丝毫的侥幸。尽管如此，他的心也坦然了许多。他隐约地感到蓉花对他的关怀完全出自一个母亲的无私胸襟。

连福终于抬起疲惫的双眼，反复眨巴了六七次，驱走布在眼角膜上的眼屎，将目光转向了蓉花。天哪！她的花白背心和布条裤带的间隙竟露出来一小块白皙的肚皮，亮泽而鲜艳。连福缓了缓说："走吧，这里没你什么事！"白蓉花说："明天，别忘了，一大早，咱们就出发，就算再帮我一回。以后，咱俩各走各的路，谁也不打扰谁。"蓉花缓慢的脚步声渐行渐远了，顺河再次感到自己的末日来临了。连福走进东屋里，仅伸出一只手，就把顺河揪了出来。

暗淡的煤油灯光下，顺河哭丧着脸，无精打采地瞅着桌下那只被连福喝光的绿酒瓶。他猛一抬头，看到连福脸上竟藏着一丝以前从未见过的浅笑。他从心底感到可笑，可又笑不出来。在连福面前，他怎么能笑呢？他哭了，哭出了声。他只能哭，唯有哭才能感化连福的铁石心肠。他哭得很自然，腿一哆嗦，眼泪就随之流出来了。哭完，他站直身子，盯着连福的脸。父子二人的目光第一次恰到好处地交织在一起，让顺河感到一种从未有过的幸福袭上心来。

瞧见连福脚上这双新做的布鞋，顺河又瞧瞧自己脚上两只耳朵早已耷拉下来的烂黄球鞋。谁给连福做的新鞋？他的眼睛没有肿胀的感觉，只是有点发痒。他擦去

眼泪，继续观察这双宽口布鞋。绒布是黑色的，缩紧带也是黑色的，鞋底却是白色的塑料，硬邦邦的那种，很好看，也很时髦。骆驼没穿过，徐凤举没穿过，顺河只见韩科成穿过。

顺河觉得连福的性情变了，比过去温柔了许多。当然，连福的脸依然阴沉，像有人欠下他巨债似的，一句话也不说，只管往肺里咽着烟。连福拿来一只针筐，翻出那把生锈的剪刀，将那条已打了八块补丁的旧裤子裁掉一截，直接扔给儿子。

蓉花侧着单薄而美丽的身子，安静地睡在这张只能容下娘俩的小床上，心里却比往日踏实了许多。连福好歹答应了她的请求，给她娘烧纸事小，她还要办一件更要紧的大事。睡前，白蓉花带闺女到高燕华的坟头去了一趟。高燕华是患大肚子病死去的。谁也不知道这究竟是一种什么怪病，庄里人都说是不治之症，到哪都治不好。蓉花却不信邪，先是乞求高昌民带高燕华去县医院诊治，可高昌民死活不肯。他不是不心疼燕华这个单苗独子，可他确认这病到哪里都医不好。蓉花只好挨家去筹借燕华的诊疗费。大伙都不说借，也不说不借，只一个劲地劝她别瞎忙，弄不好人财两空。万般无奈之下，她想起了在县城工作的连福。

白蓉花把去找连福帮忙的想法给燕华说了，燕华却死活不同意。他说，即使现在就去见阎王，也不想在连福面前丢人现眼。可说归说，当死亡真的快要降临时，他从床上滚下来，双膝跪地，苦苦哀求蓉花，希望她尽快去县城找连福借钱，多活一天是一天。了解到高燕华的病情以后，连福心里十分难过。不管怎么说，他和燕华是同学，尽管燕华曾做了一些对不起他的事情，但一辈子同学三辈亲，他没有忘记父亲生前对他的那些教诲。连福总算凑齐了四十块钱的救命钱。但谁也没想到，蓉花在去县医院的路上，将这些救命钱弄丢了，再也没有找到。蓉花哭哭啼啼，再不好去找连福帮助，只得拉着奄奄一息的高燕华，慌乱地走在回家的路上。

高燕华是半道上死去的。死时，黑眼球完全消失了，剩下的尽是白眼珠，像两张鱼肚皮，仿佛在用最后一丝气力非把蓉花带走陪葬不可。他的目光中毫无怜悯，蓉花不敢直视燕华那双令人恐怖的眼睛，就像两个深不可测的无底洞，随时都会把她瘦弱的身躯拉进去。她更不敢用手去抚弄男人的眼皮，害怕一旦触到他松散的皮肤，男人的鬼魂就会立刻融入她的体内，腐蚀她的五脏六腑。

二十

  天黑漆漆的，基本看不到人影。连福起个大早，在北汪芦苇丛东面的小路上等着蓉花。两人会合以后，谁也不说话，都闷着，往汴塘方向出发了。蓉花的确记不起回娘家的路了，她不是真的傻，而是过运河的渡口太多，她显然已忘记在哪个渡口过河更合适。当小大姐的时候，她大门不出二门不迈，很少过问生活上的事情，一切都由母亲料理。她从不到大运河的南岸去，那里既没有亲戚，也没有熟人，传说中"红眼绿鼻子、四个毛蹄子"的家伙更让她吓得慌。她只想待在家中，蹬那个二手缝纫机，过悠闲自在的日子。倒是连福分析得很透彻：去汴塘街无非有十三个渡口，过河后并作三条道，中间那条路离汴塘最近，也就是说，第七个渡口最为便捷。

  "无论从哪边数，都是第七个。"连福指间的烟头还在冒着一缕缕青烟，指头被熏黑的程度已经很惊人了。注视着连福发黑的手指，蓉花却不像看见高燕华的手指那样恶心，甚至反感透顶，相反她认为这是一个男人应有的形象和标志。不抽烟的男人算不上真正的男人，最多像一条蚯蚓，在地上爬着爬着就被炽热的阳光烤成肉干了。白蓉花没有为自己的双重标准感到害臊，反而让她更加佩服连福了。她十分赞同连福的说法，决定从第七个渡口过河。

  两个人肩并肩地朝土岗下方缓缓地走去。来到渡口时，蓉花看到大运河对面驶来了一条小船。船上有两个人影，一个是乘客，另一个显然就是那个老船工。老船工已经七十岁，满头鹤发，身披蓑衣，头戴斗笠，好像天随时要下雨似的。船靠岸的时候，连福突然想起一件事来，说什么也不愿上船，扭头向堰顶跑去。连福在前面跑，蓉花就在后面追。望着他的后背，她嘴里不住地骂着："该死的。"

  这句本该骂高燕华的话，她却用在了连福的身上。她并没有感到有什么不合适的地方，嘴里又重复了几遍。燕华生前，她从未骂过这句充满爱意的话，而常说的是"怎么还不死的""活着丢人现眼"。这些话不是她发明的，而是燕华说她的，只要见她从外面回来，燕华就劈头盖脸地骂她："死哪里去了？招蜂引蝶，丢人不

丢人？"

　　蓉花多么希望连福也能骂她这样的话，可惜没有。她仔细听了三次，的确没有，一点声音也没有。严格地说，除了槐树林里鸟的叫声和连福脚下拖拖拉拉的跑步声，再没其他的声响。连福不明白蓉花为什么要骂他"该死的"，就算仅仅是一句玩笑话，也不能够随便应答啊！他不由得加快了脚步，步子迈得很大，节奏也极快。他只想尽快完成这项乱七八糟的使命，也是最后一次，他的心提溜着，精神极度紧张，像是一个小偷拿了人家一只铁勺舍不得扔，需尽快到街上卖掉，换一毛钱或五分钱，花了算完。来到第十个渡口时，两人的脚几乎同时跨上了一条机动船。船主手持大型摇把，只稍一用力，柴油机便开动起来，铁烟囱里霎时冒出来一股黑烟。

　　这个时候，蓉花打算扑在连福怀里，像小鸟一样享受这个男人的爱。她似乎已经听到了他那颗心脏跳动的声音，一股巨大的魔力吸引着她。她偷偷地挪动着细碎的脚步，以为没有人看得到。就算有人看到，她也要这样去做。连福早有防备，蓉花往他身旁蹭一步，他就向后退一下。如此反复几次后，他的身子蹭到了另一个女人旁边，后背也紧贴着那根晃晃悠悠的缆绳，再没有躲避的空间了。他紧张地望着左边河面上翻腾的波澜，内心深处涌出一股复杂的情绪。

　　盯着连福痛苦的脸颊，蓉花居然笑出声来。她没想到连福的胆子会这么小，和她心里想的居然有这么大的差距。事已至此，白蓉花也顾不了那么多，她只想早早地投入这个男人的怀抱，享受一番温存。然而，她也没想到自己身旁的那人会腾出一点空隙，让她没费劲就来到了连福的右边。可就在她自鸣得意时，连福身旁的女人居然蹲了下去，连福的身子下意识地向前倾去。

　　"我的娘来！"蓉花惊叫一声，身躯立刻斜倒在缆绳上。若不是连福手疾眼快，伸手抓住她的花白背心，后果真的不堪设想。透过这件软软的花白背心，蓉花雪白的肌肤再次暴露在连福眼前。蓉花生过一个孩子，但髋部却像个少女，给庄人留下了一些津津乐道的话茬。韩科成家的逢人就说燕华勉强种下瘪种后身体越来越不行了，害得蓉花每到夜间就想闻男人身上的汗臭味。燕华的身体行还是不行，骆驼最为关心，当面问过燕华，但被燕华抄起扁担揍了一顿，再也不敢多问了。燕华那根扁担共揍过十七个人，蓉花和骆驼不算，还有十五个人被他打过，都是庄里清一色的光棍。那根扁担像是燕华生命的重要组成部分似的，每当他苦闷的时候，就把扁担搂在怀里，像疼儿子一样抚来摸去。燕华生病以后，家里倒冷清多了，扁担再也没派上用场。

　　蓉花的脸色从苍白转向微红，站稳后，她娇气地低声说："该死的！"连福转过脸去："不怪我！"蓉花嗔怒："怪谁？"连福面向滔滔的大河说："真倒霉！"见连福满脸怒火，蓉花就不再往他身上靠了。"倒霉的事多着呢！"她只是随口一说，并不知道这句话会有多大的魔力。连福倚在船正中那根生锈的站棍上，心七上八下，透过晃来晃去的人头，一直盯着北方。

河流、轮船、杂草、大堰、树木尽收眼底，但连福知道这一切都和自己没有多大关系。听到艄公喊出的号子声，他感到万分的不自在，表情、情绪和心灵的震颤，烦琐地交叠在一起，让他低落到极点。天哪！他真想冲远处的天空大喊一声，可他还没有张开嘴，就瞥见从蓉花的眼角里射来的多情的目光。是的，是两束光，像两支箭头，几乎同时朝他射过来，继而击穿他的心脏，他的双腿下意识地哆嗦起来。

连福没想到会出现这样的状况。万一，他说的是万一，万一蓉花化作一只轻飘的母蛾，震颤着两只薄薄的羽翼，钻过他的鼻孔，飞进他的五脏六腑，跳跃着、颤动着、飞掠着、腐蚀着、啃啮着、吞噬着，俘虏甚至消灭他那颗压抑许久的心，那会是一种什么样的境况呢？连福不敢再想下去了。

驳船靠岸了。艄公不知道因为什么，老早就扯起嗓子开始叫骂了，或许是嫌乘客下船的速度太慢吧。他举起手中那根底部长满绿苔的竹篙，恨不得扫向慢腾腾的人群，将他们统统赶下河去。没人愿和艄公一般见识，依然有说有笑地挪着碎步。有的已经走下船，朝北方去了；有的还在船上，做简短的逗留，等待长者先下，完全没把艄公的叫骂放在眼里。

从河边到大堰上是一片缓冲地带，由于过河人长年行走的缘故，这里变成了一片光洁的开阔地，约三十亩，上面没有一点杂物。对，光秃秃的，连一棵杨树也没有，只有八九百道清晰可辨的车辙沟，见证着这里的繁忙和无聊。连福火急火燎地爬上了大堰，拐了三个弯，和其他人一起来到了这条南北小路上。蓉花踮着深浅不一的脚跟，总算踏上这条尘土飞扬的便道。或许再过一阵子，她就要被漫天的尘埃淹没了。白蓉花跟在连福身后，艰难地向前行走着。但这并不意味着她是个娇气的女人。然而，步行近三十里的路程，着实让她感到自己身子的单薄和渺小。

这条路是白蓉花最熟悉的小路。望着两旁一望无垠的田地、大小密布的小塘和远处重叠的荒山，蓉花打开了记忆的闸门——这里离自己的家不远了。连福和蓉花一前一后地走着，两人保持着一定的间距，约三十米的样子，至少在连福看来是安全的。蓉花走在前面，猛地转回头，冲连福轻声笑了一下。她的牙齿洁白又整齐。连福看了她一眼，低下头去，好像在想着心事。他能不想吗？再走几里路，或许会遇上金花，或她的丈夫，或她婆婆——那个最会烙单饼的驼背老女人。如果遇见，怎么回答他们的疑问，难道说误碰？难道说杀人要杀死，救人要救活？如果是其他人倒还能糊弄过去，要是金花，她才不管这些，和凤妮一个脾气，非得问个底朝天不可。这事大了，完蛋了。连福突然觉得被蓉花卖了，卖了也就卖了，还要替她数钱。

"五块六毛六！"

"给我，都给我。"

"六分你也要。"

"都是我的。"

"见鬼了！真是。"

蓉花收住脚步，款款地说："怕是见到金花吧？"连福面无表情，没有应答，只是低着头继续往前走。他不得不把这件事做到底，他找不到中途退场的理由。哪怕是说家里的猪生病了，他也不去撒这样的谎。他不会，从小就没学过，即便是小时候躲在洋麻地里逃学，也和老师实话实说，我不喜欢上你的数学课。连福大概忘记了蓉花就在他前面。他的头撞在蓉花怀里。他抬起头来，看到面前的一切，脸腾地一下红透了，像一颗熟透的山楂。他愣在那里，一动不动，心咚咚跳着，眼睛忽上忽下，再也聚不到一个焦点上。显然，他被这个情形吓坏了，或许他还没有意识到蓉花表情的变化。她和连福一样，笑容僵在脸上。回过神来，她发觉肩上的布包已滑落在地。弯腰捡包时，她发现连福的手已摁在那只布包上。她欣喜地攥住他的手。

瞬间，两颗大小不一的心脏同时猛烈地战栗起来。蓉花惊喜地看着连福的手，感到一股暖意流入心间。这是一只有力量的手，黑黢黢，红彤彤，结实耐磨，吃尽苦头，却能给别人带来温暖。连福不再去管那只布包，他急忙站起身子，抽出那只已恢复知觉的手，径直朝前跑去。从后行出来，连福不是没后悔过，他一直为自己的决定感到荒唐。他不得不多次提醒自己，要和蓉花保持一定的距离，包括心理上，都要和这个女人划清界限。可当他触摸到蓉花那只柔软而红润的手时，竟像触电似的逃离了。他不敢朝前看，更不敢转脸，只能加快脚步。他边走边想，万一这一幕被某个好事者撞见，后果将不堪设想啊！他的心跳得更加急促而慌乱了。

好在小路不长，不多会儿，他就跑到了头。连福不得不停下脚步，坐在那块青石上，等待蓉花。他仰起脸，朝空中吐出了一个盆口大的烟圈。远远地看到蓉花栽了几次跟头，他心里不忍，就责怪自己不该这样去对待她。现在不是一味地去自责和悔恨的时候，而是应该好好地享受做一件好事的快乐。慢慢地，他搞懂了，心情也就好了许多。生活在这个世界上的人啊！谁也不能保证自己不遇到这样或那样的难处，对遇到困难的人，主动伸出手拉一把，使他或她走出困境，这对被救者来说是多么重要啊！同样，对施救者来说也是一件功德无量的好事，虽然不可能流芳千古，起码可以让自己那颗浮躁的心得到安宁。

赵连福抽着一根"丽华"烟。出趟远门，连福特地从大队代销点里买来了这包烟。蓉花答应过他，到蓉花的娘家以后，他只需待在家里，不用和她一起去坟地祭扫。蓉花理解连福的心思，她还打算遇到自己的熟人时，向别人介绍连福是她婆家的小叔子。望着手里的烟棒和通红的烟盒，连福多么希望以后可以天天抽这种牌子的烟啊！他并不愿用烟和酒来麻痹自己的神经，但面对苦难的生活和荒芜的精神天地，他只能这么做。

连福没有想到，蓉花来到他面前做的第一件事就是从那只布包里掏出来一整条香烟。她拿烟的手在连福面前晃动了几下，然后撕掉半截外包装。居然是一条"丽华"烟！那露出来的烟盒上清晰地印着一台拖拉机，他恨不得立刻接过这条好烟，在自己手里颠一颠、颤一颤，真实地感受一下它的分量。同时，他也惊愕地感到蓉花已不再是个普通的女人。这女人对娘家人就是好，自己和闺女都吃不上、喝不上，还要花大价钱买来一条烟，整整十包，去孝敬娘家的邻居，简直不可思议啊！草灰的外包装、沉甸甸的重量，足以证明这是一条货真价实的香烟。看样子，女人都这样，婆家再好也比不上自己的娘家。其实，他想多了，蓉花并不是这个意思。

这条烟是她特意为他准备的。连福能够答应来汴塘，让蓉花非常感动，就买来这条烟，打算给连福一个惊喜。在这个世上，还没有哪个男人让她感动过，包括死去的燕华。燕华如果不是烟抽得凶，也不会患病早早死去。蓉花劝过男人，少抽烟，省下来的钱给闺女买块糖吃也是好的，总比把钱烧了只看到一股烟强。可燕华从不听她的话，骂她头发长见识短。除此，燕华还把家里的钱看得死死的，钱虽然不多，但都被他锁在一只大箱子里。蓉花算过，家里的钱不会超过十五块，且都是毛票、分币，几乎见不到一块钱的整钱。有一次，蓉花趁钥匙没被男人带走，就偷偷打开了那只大箱子，可里面竟还有一只小箱。蓉花翻遍整个屋子，也没有找到开小箱的钥匙。为此，她哭过，闹过，但没有用。燕华并不认为他是错的。她恨自己嫁给了一只无情的铁公鸡，只把她当作一个泄欲的器皿，稍不如意，便大打出手。

蓉花是个拧头筋，后来，她就故意和燕华作对。每当男人有生理需求时，她就满庄跑，去找老女人聊天，有时深更半夜也不回家。燕华只好耐心等着。天明时，见蓉花回来，他就抡起扁担，毫不留情地打她一顿。燕华每次都打得很准，只一下，扁担就会准确地落在她的腰部。每次倒下后，她都会被燕华平整地扔在床上。她不想挣扎，眼里噙满了泪水。在燕华生前大概两年的时光里，她依旧遭到重病男人的毒打。每次挨打后，她还要忍受燕华给她带来的精神上的折磨。那是一段连母狗也不如的漫长日子。母狗尚且有不交媾的自由，而她除了像猪一样吃着糠菜勉强填饱肚子，多余的生命只能在男人的拳打脚踢和言语上的讥讽羞辱中慢慢地消耗掉。

燕华终于死去了！死比活着强，燕华的身心得到了解脱，她也变成了一个正常人，几乎散架的身子获得了彻底的解放。可是不久，她的精神却瘫痪了。每天夜里，她独自睡在被窝里，睁着眼，一直挨到天亮。白天，她脑子乱糟糟的，连福凸起的

眼睛常浮现在她面前。一个人坐在屋里时，她也会在无意中喊出连福的名字。如果闺女来到她的身旁，她就变得歇斯底里，像个疯子，一阵大笑后便骂闺女不是人，是从天上掉下来摔在她家门口的短命鬼。

"给你买的，第一次买烟，也不知道合不合你口味，千万别嫌孬。见人时，掏支烟，好说话，再说，也不能白使人。"蓉花瞅了连福一眼，把烟抱在怀里，声音变得低沉，却透出一股强烈的底气。"我知道说这话，让你伤心，可我心眼直，你不会嫌弃吧。"她又说："看我都说到哪里去了，我这人真糊涂，不该在你面前说这样的话。我知道在你眼里，我就是一个什么也不懂的憨娘们，让你见笑了。"蓉花的话乱七八糟的，连福虽然难以理清头绪，但还是感动一番。

连福没想到蓉花会这么大方地待他，这些客气话，还有一整条香烟。略一沉思，他没去接蓉花递来递去的烟。他站起来，略微调整下姿势，继续向西走去。他的腰杆笔直，像半截烟囱。其实，连福的腰杆平时没有这么直，他是故意表现出来给蓉花看的，脚步明显带着一丝慌乱。

"你是好人！"蓉花追上连福。她气喘吁吁的样子让人爱怜，走路的架势倒不难看，只是脚步轻盈，像从心里害怕这个世界似的。她想扯着连福的衣衫向前走，但伸出的手又缩回去了。她说："不慌，晌午前赶到就行，反正我娘都死这么多年了，也不差这一会儿半会儿。慢点走，别累着。如果为我累坏了身体，我不知道要有多难受。我还要告诉你一件事，我不是娘亲生的。过去我不知道，是前天做梦时我娘说的。她说，我的老家在河南，至于什么地方，我没听清，像是开封，又像是郑州。至于具体的地方，我想，娘以后会告诉我的。我不是娘亲生的，但和亲生的没有两样。我没见过俺爹，很早以前他就死了，娘说他死的时候我才一岁半。"

见连福收住脚步，像在聆听她说话，蓉花惊喜地笑了一声。她的声音不很响亮，连福却听得清清楚楚。蓉花又把刚才的话重复说了一遍。她的话总让连福感到莫名其妙，难以捉摸到她真正要表达的意图。连福是个直来直往的汉子，说话从不拐弯抹角，也不喜欢别人绕弯子。他想纠正蓉花，甚至打算批评她几句，让她好好说话，至少别像刚才那样让他觉得稀里糊涂。蓉花却沿着自己的思路继续往下说，说完身世，她又说和燕华相识的经过。她本不想说这些，可她控制不住，还是说出来了。她没有看连福的脸色，她不认为连福不喜欢听她这些碎嘴子。好在她很快调整了思路，又说到自己这些年的遭遇，才使连福紧皱的眉头渐渐舒展了。

看到连福脸上有了微笑，虽然是皮笑肉不笑的样子，但蓉花的心里就像塞进了一块冰糖。她举起双手，完全把自己想象成一只快乐的百灵鸟，不仅毫无顾忌地说着自己想说的话，还悠然地唱起歌来。她的歌唱得不赖，高高低低，起起伏伏。她唱的都是那些小时候学过的老掉牙的歌曲。她读过三年书，认识一些汉字。学会几首歌是她最大的收获。她学习不很用功，不愿被老师批评，就嚷着辍学了。她会唱很多革命歌曲，只是在连福面前，她不好意思张口，因为这些歌连福比她唱得好听多了。

"告诉我这干吗？我只是负责送你来给你娘上坟，你还是高家媳妇，知道不知道？上完坟，我还有事要做，别啰唆，快走吧，天不早了，真要等晌午西再回后行吗？"连福一时不知道说什么才好，而且担心刺激蓉花脆弱的神经，他又说，"你的亲生父母是河南的，想不想去找他们？"

蓉花惊喜地追赶着已转身而去的连福，大声说："你不是在河南要过饭吗？你对那儿熟，只要我娘在梦里告诉我地址，你就带我去找我亲爹亲娘好吗？"连福走起路来像疯跑似的，蓉花追赶不上，嘴里又开始嘟囔："该死的，等等我。"蓉花说这话时的底气比刚才明显小了许多，看得出她内心有一些胆怯。不为别的，她害怕连福突然转身离去，她就再没有实现那个计划的机会了。说实话，她不愿那样做，无疑是在逼迫连福远离自己。可事到如今，她只能鼓励自己，别怕，他是个男人，是男人就要吃腥，像一条狗离不开屎一样，像一头猪离不开糠一样，甭管是草糠、米糠，都是糠，吃了压饿，像一只猫离不开鱼一样，再腥也是鲜味。于是，她紧跑几步，去追赶连福。

连福倒像个飞人，只一口烟工夫，背影就变得不那么清晰了。越是看不清，蓉花越把连福想成一匹骡子。可她知道骡子只能耕地，却不能和其他牲口一样享受春天般的欢乐。她很想知道其中原委，又不好向别人打听，更不能去询问高昌民。还真有那么一次，高昌民不知道是有意还是无心，居然跟蓉花谈到了骡子不能繁殖的问题。她眼神立即表现出一丝兴奋，倾着身子，扭着脖子，一副认真聆听的样子。高昌民咳嗽一声，给了她一个严厉的眼神，吓得她再也不敢小声笑了。连福绝不会是匹骡子，打死她也不相信，这个世上，除了高燕华，还有谁能像骡子一样地活着，没有，一个也没有。就算全世界的男人都是骡子，连福不是，他是匹骏马，浑身有着使不完的劲。她幸福地想着，眼见着连福的背影越来越模糊了。

连福再也不想得到蓉花那条烟了，尽管他刚才很想接过来。他并没有考虑得到这条烟后意味着什么，而是对蓉花的做法十分反感：既然把他当成一个外人，就不该让他一起来汴塘。他真想转头回去，不再帮她实现心中的夙愿。他的脑子很乱，从未这样乱过。他对自己的过去产生了疑问，他甚至认为自己已不再是个风风火火的男人了，在蓉花面前，竟成了一个病妇，没有一丝活力，婆婆妈妈，心里只有纠结，甚至连四肢也不再属于自己了。连福终究没有回头，他继续阔步向前走去，直到一棵大槐树隐约出现在他的视野中，才放慢了脚步。算来，连福已走完不下四十里路了。出发前，他打算去借辆自行车，可蓉花说不用。一个女人尚不怕步行几十里路，

又过一条河，他就更无话可说了。

连福探着头，朝东北方望了一眼，一幢两层小楼尽收眼底，那是他大妹金花的家。连福的心不由得紧张起来。然而，他最终战胜了自己。他是来帮一个弱者实现梦想的，尽管这个弱者是个寡妇，可寡妇就不该有人帮衬吗？他并不全是为了燕华。燕华活着时太可怜。凡比他弱一点的人，他都要毫不犹豫地帮衬他们。连福不知道自己这样做究竟为了什么，但只要心里好受，就觉得值。燕华在世时，他是这样做的。面对高燕华的遗孀，他更感到这样做是十分必要的。在其他人眼里，蓉花是个傻女子，疯疯癫癫，没有正形。而他认为，不论蓉花正常与否，他都应该在她困难的时候拉一把。如果能让她和孩子都过上好日子更好，即便不能，起码让蓉花在庄里做个正常人。

连福绕过这棵槐树，找个僻静的地方蹲下来。槐树干乌黑乌黑的，见证着老树的沧桑经历。树下有两个石台，边上坐着五个老茶客，手里都捧着半尺宽的白碗，嘴里有永远说不完的怪话、脏话和关心国家大事的话。连福喘着粗气，他解开灰褂，撩起衣角，往身上扇着风，以驱走满身的汗珠，顿觉舒畅了许多。他点燃一支烟，吹出一圈圈烟雾。蓉花来到他面前，两眼只顾盯着他的胸部看。他急忙把褂襟披起来，惹得蓉花哈哈大笑。她的笑声怪怪的，像夜间蝼蛄的叫声。她不怕别人认出自己，因为见到第一个熟人时，她主动打了招呼，可那人不仅没有应答，还躲得远远的，像是遇到了一个麻风病人，怕被传染上似的。再见到其他熟人时，她就不再打招呼，竟没有一个人认出她。

街道还是那条街道，和蓉花记忆中的一模一样，狭窄得只能并排通过两辆板车。小街没有丝毫的变化，连耿奶奶家的碓窝子依然放在她家小门的南侧。如果非要她说出一丝变化的话，耿奶奶门外南面的那块大青石的表面已不再像原来那样坑坑洼洼了，而是磨得亮光闪闪。耿奶奶也没有变，还是那头白发，手里那根拄棍依旧像个龙头拐杖。很早她就被人称为"耿老太君"，不知人们现在还这样称呼这个老人吗？蓉花懒得去问。耿奶奶也懒得询问街上走来的这一男一女究竟要干些什么。直到蓉花来到自己的家门前，耿奶奶也没瞥两个人一眼，这让连福略显惊慌的心渐渐松弛下来。

蓉花家的院门不大，不是双扇，只是一个单木门。看样子，连福要躬身才能进去。门没有上锁，"吱嘎"两声，就被蓉花毫不费力地打开了。木门紧贴着院墙。墙上的泥土已经十分陈旧了，泛青的野草下可以闻到陈旧的老土味。门上贴了一张薄薄的白纸，由于长期淋雨的缘故，已被侵蚀得只剩下半层了。白纸卷起的部分十分羞涩和低调，耷拉的纸条像凄惨的孤儿，在风中凌乱着。院内满是荒草，极显凄凉，西北、西南两个角落里堆满了黢黑的柴火和腐朽的木棍。堂屋低矮，是两间石头墙草房，房屋木门已被人摘走，从外面可以清楚地看到屋里的一切，空洞而昏暗。

她独自走进屋里，寻觅着和母亲一起生活过的迹象。她记忆中的缝纫机、饭桌和黑书条都已不知去向。可怕的是，她没有看到母亲的遗像，唯独可以唤起她回忆的是西墙上那只挂了二十五年的花灯架，那是她三岁时母亲亲手做的。每年，母亲都会在灯架上重糊一层花纸，元宵节时供她和街上的孩子们一起玩耍。如今，花灯上那层花纸已风化了，只剩下三根佝偻的高粱秆。灯架和黑墙间结满了灰黑色蛛网，着实让白蓉花感到一片悲凉。她颤抖地离开了老屋，眼里没有泪，心中却留下了数不尽的凄冷。遥望西南角那棵高大的梧桐，她突然仰天大吼一声，接下来便是一阵号哭。她的哭声并没有引来昔日邻居好奇的目光。

邻居们无一例外地都把这片地方当成了凶宅，以至于听到蓉花的哭声后，都不约而同地以为那个飘忽不定的鬼魂又来作怪了。连福被蓉花的举动吓到了，他惊慌地看着她苍白的面庞，顿觉一阵寒意袭上心头。他很想安慰一下这个可怜的女人，可又无从开口。是的，说些什么好呢？他没有合适的言辞，而只能蹲在墙边，苦闷地抽着卷烟。随着袅袅的烟雾升到空中，他站起来说："该去给你娘烧纸了，别忘了问邻居，你娘的坟墓在什么地方，烧错了坟头，可是个大罪过。"他希望自己的话可以使蓉花清醒过来。其实，蓉花已经醒过来了，悲愤只在一刹那间就从她的心灵深处消失了。她面带着微笑对连福说："不急，你等着。"

蓉花走到小院的门旁，"吱嘎"一声，这扇破门就被她关上了。她腰身纤细，像葫芦的中央部分，和八年前当姑娘时基本没有两样。她轻轻地倚在乌黑的门闩上，眼睛火辣地盯着连福凸起的眼球。她感觉依旧，还和以前一样，她的心颤抖着，不知不觉地撩起了那件贴身花白背心……

连福急急忙忙地从院子里跑出来。到这个时候，他已经明白过来了，那个在门口转来转去的人是骆驼——那身黑衣是他的标准行头。骆驼朝正北方向去了，他的大分头依稀可辨。连福的心里像打翻了五味瓶，很久很久，也难以从苦痛、烦闷、怨恨、后悔中解脱出来。他想追上去，问个究竟，却又担心骆驼什么也没看到，反倒自露马脚。

蓉花羞羞答答地迈出门槛，手里攥着那条黄方巾。她不敢奢望连福再次和她肩并肩地走进小院。她迈着碎步，慢悠悠地朝连福走来。她的胳膊上像被什么东西划了一道深深的口子。她希望拽住连福的衣角，可她又将手缩了回去。她呆呆地站在连福身后，像个无助的孩子，双手不知怎样放才觉得合适，两只脚也不自觉地抖动起来。好大一阵，蓉花才问："那个人是谁？"连福猛地转过半个身子，吼叫道："是你爹！"

蓉花惊呆了，泪珠从眼眶中滚出来，挂在腮上。她有些认不清眼前这个可怕的男人了。她惊诧地看了连福一眼，顿觉血液涌上了脑门，"嗡"地一下，她的脑子全乱了，心也乱了，五脏六腑都乱了，天转了起来，地旋了起来。她嘴角颤动着。突然，她双手抱头，倒在地上，像驴一样打起滚来。地上泛起一缕缕尘土，随着细风，飘荡在连福四周，再也看不清蓉花的脸。连福狠狠地甩掉刚吸一口的烟棒，转过身子，大步朝正南方向奔去。

二十一

　　进入这年的八九月间,唐山大地震仅过去一个月,全国就掀起了抗震防震的热潮,后行的家家户户也响应上级的号召,纷纷搭起防震棚。顺河家的防震棚搭在新家东面二十米的地方,三角形,约八平米,里面打了一张地铺,铺了一层干草,不算特别精致,地震的时候,如正好躲在里面,基本没大问题。不仅仅是连福的防震棚这样简易,庄里所有临时搭建的四百来个棚子都没有太大考究,几根棒,几捆草,简简单单,赶个早,唯恐地震来了跑不了。

　　防震棚建好的第二天,顺河就和文秀在小棚里玩耍。顺河擦着火柴,鬼使神差地点燃了小屋里的柴草。当熊熊大火几乎要吞噬两个孩子的时候,骆驼脱下上衣,把大火扑灭了。孩子们最终得救了,可防震棚已被烧得只剩下半根杨木脊棒。

　　骆驼躺在地上,把顺河喊到跟前,责怪道:"你这个熊孩子,让我说你什么好?明知道柴火一点就着,还要点?一个防震棚无所谓,值不了几个钱,看见着火,为什么不赶紧跑出去?万一人被烧死了,你爹,还有你文秀,你娘,去哪找你们去?记住你骆驼叔一句话,再多的钱都不如这个小命!我倒不是说有钱不好,咱们这些人做梦都想发财,可发得了吗?大家都去发财,钱是有数的,你挣多一些,他就只能少挣一些。钱多钱少,每个人都是一条命。挣再多的钱,命没有了,一切都没了。我问你俩,究竟是谁点的火?"文秀理直气壮地说:"不是我,是顺河。"

　　顺河忐忑地说:"是她让我拿的火柴。"骆驼笑着对文秀说:"快回家吧,我要等顺河他爹回来喝两盅。回到家后,告诉你娘,你的小命是骆驼叔救的,别一见我就是一张阴沉沉的脸。关键时刻,石头碗碴儿还顶着用呢。"文秀"嗯"了一声,就顺着山庙大沟边离开了。

　　顺河问骆驼:"碗碴能有什么作用?"骆驼摸着顺河的头,像对待自己的孩子似的,说:"看到你骆驼叔家那张桌子没有?"顺河说:"嗯。"骆驼说:"没有那两块碗碴,桌子就不能稳定。"顺河觉得骆驼变了,从一个鬼头鬼脑的家伙变成

了一个真实存在的人了，待他也比过去热情多了。这让顺河想起了一件事。

后行的夏天是男人和孩子们的夏天，因为每当夏天来临的时候，他们就可以尽情地在北汪里洗个痛快，女人却只能在他们洗完清场以后下去洗一番，名曰"洗脸"。北汪的水十分清澈，无论在哪个位置，都可以看到自己在水中的倒影。过去，没有镜子的时候，妇女们就是对着北汪里的水梳头的。女人们对北汪更加情有独钟，只要不结冰，她们就会端着一盆衣裳，坐在汪边的石块上，一边欣赏水里的藻类植物和搔首弄姿的鹅鸭及蜻蜓的表演，一边抡起手里的木棒，在平滑的石块上用力敲打皂角和衣服，便于涤净上面的脏物。

这是个月亮钻云彩的夜晚，骆驼来不及吃饭，就早早地蹲在凤妮菜园地的一角，静候着洗澡的女人。凤妮喝完汤，没有别的大事需要料理，拿着一条毛巾，带着顺河，就去了北汪。

顺河想再洗一次澡，凤妮不让，就叫他在菜地里等着。凤妮和其他女人陆续走下水去，她们边洗边拉家常，有说有笑，好不热闹。骆驼半蹲在那棵杨树东侧，张着嘴观赏着水面上的"美景"，他没想到顺河会在他的肩上用力猛拍一下。

为了不让顺河把此事说出去，骆驼对顺河说："想要什么，尽管说，你骆驼叔有的是钱。"顺河问："真的？"骆驼说："今晚的事，只要你不告诉任何人，就给你买两块小孩酥。"顺河说："不要。"骆驼问："为什么？"顺河说："不为什么，就得把你看娘们洗澡这事告诉俺奶，还有俺爹。你这人太坏，坏到骨头，从头坏到脚后跟儿。俺奶和俺爹都说了，再不让你踏进俺的家门，权当过去那些好东西都喂狗了。"骆驼祈求地说："给你一支钢笔。"顺河摇摇头："什么都不要。"

骆驼再也没有说一句话，他站起来，直接回家去了。躺在小床上面，他翻来覆去，怎么也睡不着。顺河的一番话像一把尖刀插进他的心脏，在里面搅了又搅，让他疼痛难忍。一个小孩子尚且如此，大人们就更不用说了。

毛主席的逝世给顺河带来了巨大的震动。这缘于孩子们都说庄里的路是毛主席修的。不光是一条条小路，就连北汪、山庙大沟这些复杂的东西，也是毛主席亲自挖的。主席逝世后的那几天，后行所有的大人们都哭成了泪人，胳膊上也都箍着一块块黑纱，上面绣着一个"考"字。其实，那不是一个"考"，而是个"孝"字。顺河不认识这个字，觉得它和"考"差不多，就念"考"了。

接连几天，全生产队的社员都集中在饲养场里。他们双腿紧盘，严肃地坐在臭烘烘的牛屎堆旁，忆苦思甜，追着过去，想着未来。男人们一边抽烟，一边放声哭泣，哭声撕心裂肺，表达了一种最朴素的思想感情。徐凤举扔掉烟袋，缓缓地站起来，透过两排高粱秆栅栏形成的"小巷"，遥望着南面那片深邃的芦苇丛，沉重而悲伤地说："主席这一走，咱们这些穷人就都没有奔头了。"高昌民试探地问徐凤举:"将来,我们咋办?"徐凤举摇摇头:"天知道!"蓉花突然悲哀地号了一嗓子。她这一号,大家刚稳定下来的激动情绪又像海浪一样奔涌而来。

麻孩家的哭得惊天动地,鼻涕一把泪一把,甚至晕厥了三次,被人接连掐了人中、泼了冷水,才苏醒过来。麻孩媳妇的岁数和凤妮差不多,如果脸上没有七十七颗麻子,确是个美人胚子。年轻时,她常受庄人追捧,和现在的蓉花差不多,是光棍们的梦中情人。只是岁月不饶人,她白净的脸蛋上已变得山高水远了。女人脸上麻子的数量是骆驼数出来并传播出去的。过去,曾有人说过,她脸上只有五六十颗麻子。也有人说是三十七颗。还有人说,离上千不远。只有徐凤举说得还有点靠谱,大差不差,大概七八十个。骆驼发誓非弄出来一个具体数字不可,在帮她梳头时,认真地看着对面的镜子,梳了十五次,终于查准了麻子的数量,不多不少,大麻子和小麻子一共七十七颗,小麻子仅三颗。

仿佛受到麻孩的媳妇感染似的,所有的男人和女人都哇哇大哭起来。骆驼哭得最凶,两只眼肿得像灯泡,他跪在主席像前,哭丧着脸:"您老人家这一走,我骆驼就更难找到媳妇了。"没有人怀疑骆驼的肺腑之言,所有人都虔诚地跪在地上,哭个没完没了。哭得凶的除骆驼外,还有徐凤举的三闺女徐三朵。三朵这个已过三十的女人因和男人耿道波吵架,三个月前来后行避风头,赶上了队里举办的毛主席追思会,就和大伙一起参加了。

三朵长得还行,在本庄上出嫁的闺女中算是比较出众的一位,圆脸,大眼,嘴唇厚重。三朵的牙齿还算整齐,虽然没有一颗白牙,都发黄,但好在没有发黑的,和骆驼的牙齿明显不同。骆驼的牙不仅黄,而且黑。黄很正常,黑却是烟油渍上去的,虽然他不常买烟,但他脸皮厚,蹭一根是一根,蹭一撮是一撮,被蹭者都得给个面子,因而烟也没少抽。庄里人的牙齿大部分呈黄颜色,包括嫁过来的许多妇女和招赘韩家的徐凤举,只要在这里生活七个月以上,牙齿基本会由白变黄、由黄变褐、由褐变黑、由黑变焦,接下来就等着掉牙了。后行所有男人的牙都是黑的,因为男人们喜欢抽烟,抽的劣质香烟都是在大队代销点里购买的,多是八分钱一包的"火炬"牌,烧包的人才抽一毛四的"联盟",多数人只能抽老烟叶。

大队干部抽的烟略显"烧包",但也不外乎两毛七一盒的"淮海"和两毛三一包的"丽华"。抽再好点烟的人不多,但不是没有,韩科成算一个,也是唯一一个。韩科成去公社和县里办事,通常要买一包"红旗",这种烟四毛三一盒,他却舍不得抽一根。韩科成身上要装三盒烟,用处各不相同——"淮海"留着自己抽,"联盟"散给其他兄弟爷们和少数姊妹娘们,而"红旗"烟只在办大事时给公社里的大干部抽。县里有人来考察过,认定后行是氟灾区。改变现状的唯一办法是使用自来水,但又绝无可能。有人开玩笑说,别看牙齿黑,媳妇说成堆。这无疑只是个美好的愿景。

偷偷瞄了美丽的三朵一眼，骆驼的心乐开了花。三朵虽然是个已婚的半大女人，却比当小大姐时更富有神韵，女人味很足，额上的刘海更加吸引人。如果三朵能和耿道波离婚，这对骆驼来说将是一个千载难逢的机会。骆驼曾去徐凤举家打探过三朵和男人的底细。韩黑娥支持三朵离婚，不让闺女将就，跟谁过不是过？两条腿的蛤蟆不好找，两条腿的男人到处都是，娶妻嫁汉，穿衣吃饭，只要能给闺女挣口饭吃，瞎眼瘸腿也比哮喘强。退一万步，大不了不嫁，回到娘家，还能被饿死？

三朵也是这么想的，但她又不想踏二道门槛，被人说成是个水性杨花的女人。偏偏她又是一个要面子的女人。她说过，如果自己的小矮个男人不来后行接她，向她使小，磕头认错，说句软话，就不打算再和那个病胎子过下去了。三朵是个可怜的女人，刚结婚的第二天，男人下河去捞鱼，一头扎进水里，就不见了踪影，等打捞上来后，就变成了一个只能吃面条喝稀饭的废人。徐凤举不同意娘俩的意见，他说嫁出去的闺女泼出去的水，嫁鸡随鸡，嫁狗随狗，嫁给扁担扛着走，再孬也是自己男人，在娘家过算什么？被庄人耻笑，让他的老脸往哪里搁？

这些日子，顺河去代销点给连福打酒或给凤妮买盐打醋常遇见韩科成。第一次见面的时候，韩科成出了六道算术题让顺河回答。顺河无须思考就能说出正确答案。韩科成买了两块糖塞给顺河，高兴地说："这孩子真聪明，这两块糖是奖励你的。"盯着韩科成红通通的脑袋，顺河咧开嘴笑了，因为他感到这个后行庄的当家人性情变了，成了一个和蔼的老头。

抚摸着顺河的脸颊，韩科成的眼里涌出一层红雾，他想起了苦命的莲莲和她同样苦命的孩子峰峰。那些年里，韩科成很少去县城，即便县里开大会的时候去了，也较少去莲莲家，特别是在莲莲去世前的一年里，他再也没和闺女见上一面，更没见过莲莲的儿子峰峰。后来，顺河有事没事就去代销点里玩。他运气很好，每次都能吃到韩科成给他买的一两块硬糖。这样，顺河的算术水平就提高了许多，不仅算得正确，速度也快，无论韩科成如何变着法考，他都能对答如流，以至于后来竟帮了文秀一个大忙。

暑假开学的时候，文秀顺利上了一年级，顺河却"名落孙山"，他只能独自一人在庄里继续干着偷瓜窃枣的"勾当"。有人曾截住顺河，说庄上少的那些瓜桃李枣都是被他偷走的。当顺河低下头无言以对时，文秀告诫那人说，少诬赖好人，顺河从不偷瓜摸枣。麦子成熟前，顺河和文秀度过了一段最快乐的时光，他俩最常去的地方是饲养场北面那块一望无垠的麦田。豌豆混种在麦稞间，细长的秧子，月牙般的荚，煞是诱人。暖风吹来，麦稞和豌豆秧一起一伏，韵味十足。有人说，又是一个丰收年，可顺河觉得丰收不丰收和他毫无关系。他和文秀像贼一样钻进豌豆地里，将半生不熟的豌豆角塞进嘴里，直到傍晚才回家。有一次，他俩的行踪被高昌民发现了。

高昌民看青很敬业，从不让集体的粮食流入个人的口袋，尽管这事轮不到他负责，但只要对生产队有利的事，他都要一一过问。庄里的妇女统计过，全队六十多个"妇联"和"识字班"中，没有一个人没被高昌民骂过。有人开玩笑说，谁要不凭良心，偷粮食就遇见三豁子。小麦成熟以后，高昌民不许任何人靠近麦地，只要离豌豆地五米以内，他就会蹦起来叫骂，就连平时能说会道脸皮厚的老媳妇也被他骂得七开六透，不敢吭声。但也有例外。高昌民虽然待在不远处，完全可以看见麦地里的顺河和文秀，可他只咋呼一声就走远了。即使这样，也把顺河吓了一跳。

顺河双膝跪在地上，屁股撅上天，嘴里的豌角嚼也不是、吐也不是。后来，顺河再也不敢去那块豌豆地了。高昌民问顺河："豌豆角不好吃吗？"顺河说："我从不吃那玩意儿，一点也不甜，涩涩的，还不如搓麦子吃过瘾。"高昌民笑着说："狗黑子吃饱不认铁勺子！"顺河还击说："文秀才是狗黑子。"高昌民说："你俩都是狗黑子。"

几天后，顺河和文秀又一次来到豌豆地。开始时，他不敢吃，见没有动静，才拽了一把，却不敢往嘴里填。文秀吃到第十五只时，顺河才敢放进嘴里一只，直到文秀吃饱，顺河嘴里那只豌豆角才被他用牙截成两段。还没等完全嚼碎时，高昌民走进了麦地。顺河不敢说话，低着头，嘴里含着半截豌豆角。趁高昌民不注意，他爬起来就跑。听到文秀在地里舒坦地唱起了《大海航行靠舵手》，他居然羡慕地回头看了两眼。他发誓立即上学，好好学习唱歌。

暑假开学后，顺河如愿成了一名系上红领巾的小学生，居然和文秀同班。文秀留级的具体原因他不清楚，但他相信蓉花不会骗他。蓉花说，文秀是为了等你，才留一级的，这丫头玩野了，心里心外都想着你。第一天进校，上完第一节课，顺河感到肚里咕咕乱叫，没向老师请假，直接回家去了。凤妮爱怜地给顺河卷了一张煎饼，叮嘱他说："别噎着，在家慢慢吃，俺再给你倒杯糖茶。"顺河说："不行，还要上课，徐老师厉害着呢，谁不听话，就打谁屁股。还有朱校长，他更狠。走了，奶，上学去了，再见。"凤妮高兴地说："比你爹强。"

顺河边咬着煎饼，边撒腿往学校跑去。来到教室门口，他被一位女老师叫住了。这位女老师就是徐三朵。当上民办教师以后，三朵就和她的哮喘男人耿道波离婚了。三朵是一个爱打扮的女人，脑后梳着一条长辫子，差不多有一米长，头戴一顶黄军帽，虽然上面没有那颗令人艳羡的红五星，但也给她增添了几分英气。她乌黑的眼珠更加透亮，修长的身躯愈显靓丽。三朵严厉地责问顺河："哪里去了？"顺河振振有词地说："不是课间休息吗？"

"是。"三朵的话虽短，却很严肃，这是顺河没料到的。他无话可说，只觉得头皮一阵发麻，泪珠很快在眼眶里打起转来。顺河要哭了。不，他真的哭了，虽然嗓眼里还没有发出悲怆的声音，但已让人觉得很可怜了。其实，更让顺河害怕的是，这事被校长朱为民知道。朱为民调来这里之前在中心小学执教，于校长念他是个人才，就推荐他来后行小学当了校长。朱为民本不情愿再到这个让他伤心的地方工作，可又不得不服从公社革委会的决定，硬着头皮过来上任了。说起来，他和宝珍已经离婚两年多了。两个人算不上好聚好散，可宝珍执拗，宁愿一个人过，也不想再和朱为民有什么瓜葛。朱为民不想离，可他没有任何办法，只得在离婚协议书上签了字。

其实，两个人的婚姻注定是要失败的。当初，如果不是朱为民强行霸占了宝珍，她就和连福走到一起去了。就算徐凤举竭力反对，她也不会嫁给朱为民。宝珍的儿子蒙蒙出生以后，宝珍把全部精力放在孩子身上，心中完全没有朱为民。两个人几天都懒得说上一句话，甚至各睡各的，就连吵架也都觉得不屑和多余。离婚对宝珍来说是个解脱，她终于可以不用再去面对一个只想占有她身体的恶魔了。朱为民却像害了一场大病，久久不愈，身心受到了极大的打击。朱为民住在后行学校里，每到夜里，他就像一个饥饿的小鬼似的，出入在老堂的前前后后，有时候还扯着嗓子大吼大叫，像猫叫春，也像鬼嚎。唯有这样，他心里才感到好受一些。朱为民不屑和王鸿海说上一句话，两家尽管住得不太远，但互不往来。朱为民看不起王鸿海这个民办老师，学识不高，为人还特别小气。

朱为民办公室的西北角有一顶"帽子"，是用纸盒儿糊成的，高一米三，顶部尖尖，像一只特制的圆规脚。只要有同学犯了错误，他就要把这顶纸帽子箍在学生头上。顺便说一下，这只帽子是黑颜色的，是用墨水染出来的。三朵上第一节课时就和学生说过，帽子是校长亲自染黑的。她还说，戴上帽子后，校长还要在犯错的同学胸前挂一个大牌子，牌子也是用墨水染过的，在上面会写下犯错误同学的名字，或用粉笔写，或用毛笔蘸白漆写，但都要在名字上打个"叉"。那个"叉"很大很大，和山庙大沟里的白鹅一样大。她最后说，"叉"要校长亲自打上去才算数。

三朵身穿一件蓝裤子，两道不很明显的条纹是她用烧热的茶缸烫出来的，使裤子看上去不显旧。她教书认真，虽然她只上过一年初中，但教学生一套一套的，显得很有学问的样子。她不仅教语文，还教算术、唱歌、体育，几乎包揽了一年级的全部课程。顺河跟徐三朵学会了《东方红》《大海航行靠舵手》《学习雷锋好榜样》等主旋律歌曲。只要一放学，他就在凤妮的家里唱这些经典的革命歌曲。他还跑到井台边、老槐树下、洋槐林里，唱给庄里所有人听。

为庆祝"四人帮"反党集团被英明的党中央、华主席一举彻底粉碎一周年，韩科成安排十四个民兵在连福家东大桥北头的路东旁垒起了四个泥像，从上面刻的字可以看出他们的身份。泥像一字排开，中间留半米距离，方便群众参观。一些人抬起脚，愤怒地踢在泥像上，留下许多清晰的脚印。骆驼不仅用脚踢，还将最黏稠的唾液吐在泥塑的各个部位上。顺河也加入吐唾液的队伍中，并成为一名"战斗小英雄"。吐唾液的人多是小学校的学生，学生们在塑像前自动站好，排成一支长队，按顺序朝塑像上吐唾沫。每人只准吐一次，如果再吐，就要重新排队。

顺河吐得最凶，嘴里的唾液也特别多，特别黏，稠糊糊的，只要吐在它们身上，很难掉下来。为显示自己的实力，他就和其他学生比赛，看谁吐得远、吐得准、粘上不掉。每次比赛，他总能获得第一名，受到学生们的吹捧。顺河得第一名的消息终于被徐三朵知道了。这天晨课前，三朵板着脸，命令顺河到黑板前站着。她说："你这个捣蛋孩子，真是天不怕、地不怕！"顺河低头不语。说实话，他不太惧怕三朵这个女老师，只怕校长那个比白鹅还大的"叉"。三朵又说："上学了，举止要文明。告诉我，谁让你干的？"顺河不假思索地说："还能是谁，骆驼呗。"

算起来，三朵已有三天没见到骆驼这个人了。骆驼给她留下的印象不算太好，但也说不上很坏，低头不见抬头见，正常都会打个招呼。不过，这段日子，三朵发觉骆驼的眼神不对，每次见面，总想多看她一眼，话也稠密，言辞间充满了关切。三朵笔直地站在讲台前，眼睛呆滞地望着窗外，满脸凄凉，似乎顺河压根不在她身后。三朵小时候长得像个男孩，头发剪得短短的，俗称"屁毛茬子"，她有时候还直接剪个小平头，完全是一副男孩子装扮。她喜欢爬上爬下、捕鱼摸虾，再深的汪塘，她都敢下去游泳。她游起来就像一条黑鱼，姿态翩翩，轻松自如。那次，她和骆驼比赛，居然一口气游进了芦苇丛的深处。可就在她笑骆驼时，手中的芦苇秸突然接连折断。失去支撑后，三朵呛了几口水，身子不停地往下沉。眼看要被大水吞噬了，骆驼机灵地从水里捞出来一根木棍，用力扔在三朵面前……

半个月后的那天，三朵教学生珠算，足足讲了三节课，文秀依然弄不清算盘最上面的珠子是几，幸亏顺河小声递话，才使文秀渡过难关。对此，文秀感激顺河，自愿充当顺河的"保护伞"，不离其左右。吐"四人帮"这事还是被朱为民知道了。朱为民的办公室位于学校前排教室的最西头，七墙瓦顶，却比农舍气派得多。

办公室门前那棵楝树长得歪七扭八，样子十分丑陋，但就是这样一株难看的小树，却担当了一项重要使命。在树干和树枝交叉的地方挂着一个"铃铛"，每逢上下课，值班老师就拿着一把锤子在上面猛敲几下，声音虽不十分响亮，却足以让学生感到学校纪律的严明。"铃铛"不是真正的铃铛，那只是半截废旧铁轨，长度一米二左右，宽十五厘米，上面生满了铁锈，常被锤子敲击的地方却闪着斑斑亮光。

顺河低着头走进了校长办公室，他不敢瞅朱为民的脸，更不敢直视屋角那顶著名的"圆规"。朱为民让顺河站在西墙边，脸贴着墙壁，然后爱怜地伸出一只手，

轻轻抚摸着顺河的后脑勺，使顺河感到一阵温暖袭来。然而，朱为民的手突然发力，"咕咚"一声，顺河的头狠狠地撞在了墙壁上。顺河受到了惊吓，两只手放在身前不停地揉搓着。受点皮肉之苦不可怕，让他恐惧的是，朱为民要给他画一个白鹅般的大叉。

　　担心顺河遭到朱为民的严厉惩罚，三朵上完课以后，就急急忙忙地来到朱为民的办公室，她小声哀求："看在宝珍的份上，饶了这孩子吧。"朱为民停了好大一会儿，才狡黠地反问："看宝珍的面子？宝珍是谁，我怎么不认识？赵顺河和宝珍又是什么关系？云里雾里，让人摸不着头脑。"接下来是死一般的沉默。忽然，朱为民大骂一句："妈的。"三朵低下头去，眼瞅着脚尖，神色越来越慌张，以至于两腿不停地抖动起来，完全没有任何章法。看到三朵慌乱的样子，朱为民哈哈大笑，他用手拧着顺河的脖子说："这孩子挺好玩的，是个战将，应当奖励。"

　　顺河明白"奖励"这个词的含义，这和韩科成有关。韩科成每次给他买糖，都说是奖励的。顺河粗略算了一下，他从韩科成手里共获得了一百二十二块硬糖。这种糖似红非红，似黑非黑，或红黑各半，或黑色居多，但甜蜜的味道一直萦绕在他脑海里，从未消失过。三朵眼睛一亮，惊喜地说："怎么奖励？"朱为民在三朵身上瞅了半天，然后伸出两只长毛的糙手，猛地转过身去，"啪啪啪啪……"连响九声，雨点似的巴掌脆生生地落在顺河的小脸上。朱为民得意地问："小家伙，是我手响的，还是你脸响的？"顺河疼得嗷嗷大哭，哪顾得上回答朱为民的问题。三朵羞愤地拉着顺河的胳膊，冲出了办公室。望着三朵基本没走形的身影，朱为民"呵呵"冷笑两声："宝珍已离我而去，你正好也是孤家寡人，咱俩就凑合着过日子吧。"

　　放学以后，文秀担心顺河遭到连福的责骂，两个人分开后，就只身来到凤妮家，请老人出面为顺河讲情。看到连福，顺河把满肚子委屈藏在心里，只是嘴巴在剧烈地抽搐着。连福并不是一个护短的父亲，在他的一再追问下，顺河才一股脑地倒出了事情的经过。连福说："为什么要哭？委屈吗？照我说，没什么可委屈的。你是个男子汉，哭鼻抹泪是娘们儿干的事，不是男人所为。"凤妮只轻轻咳嗽一声，就让连福扔掉了手中的柳条。

　　连福对凤妮说："三天不打，上房揭瓦，就该让这孩子长长记性。"凤妮说："不长记性的是他朱为民！吃柿子尽拣软的捏，不给那蛮贼一点颜色，他还以为俺老赵家好讹呢。"凤妮没好气地继续说："俺要去学校找他算账去，凭什么打俺孙子？当个老师，就不认得人了？就算是个校长，也是个蛮熊，不光害俺儿子，还想害俺孙子。这种人，就不能对他客气。你越让着他，他越爬你头上屙屎。胆小的怕胆大的，胆大的怕不要命的，俺就拼了这七八十斤，找他讲理去。说好了，什么事没有，说不好，喊几个人揍他一顿，什么狗屁校长，俺看他眼里进屎了。"

说着,凤妮的一只脚迈出了门槛。连福担心凤妮把事情闹大,好说歹说一番,总算稳住了母亲激动的情绪。凤妮对连福说:"其实俺也不想去丢这个人,他要不是欺负俺孙子,拿咱全家不值个,俺也不能生这么大的气。谁又想把屎盆子扣在自己头上?俺也不想翻旧账,自找难看。算了,不说这些了,记住俺的话,好孩子是教出来的,不是打出来的。"连福没有吭声,他虽然嘴上不说,心里却记住了凤妮的这句话。凤妮走的时候,回过头来,骂了连福一句:"舍料。"

连福并不是块舍料,他只想就事论事,不愿再去翻那段令他悲愤的过去。他抽着烟,问顺河:"告诉我,长大后,是不是想当一个大男人?"顺河"嗯"了一声,连福不满意地骂道:"是哑巴吗?"顺河挺起胸膛,大声答:"我懂了。"连福说:"懂就好,明天继续去上学,既要把成绩搞上去,也要做个堂堂正正的男子汉。不论以后遇到多大的困难,只能迎风上,绝不可退缩。我也上了几年学,但白搭你奶奶一番苦心,没上成,但我懂一个道理,男人必须站得直、走得正。要想得到别人的尊重,自己必须要争气,学到真本事。"

连福抽了一口烟,转过身去,他眼角潮润,喉咙哽咽,再也说不下去了。连福学问不深,但他明白穷人家的孩子只有严格要求,长大以后才能成为对社会有用的人。顺河虽然不是他的亲骨肉,但他答应过他的母亲,一定会尽力把孩子培养成人。经过多年来的相处,在他心里,顺河就是他的孩子。他不愿看到儿子一遇到难题,就想让父亲充当保护伞。他不希望儿子成为温室里的花朵,一旦离开舒适的环境,就再也无法生存下去。

经过几年县城生活的历练,连福越来越清楚地感到,时代正朝着更好的方向前行,劳动改变生活,知识最终改变命运。他热切地盼望顺河能够成为社会的栋梁。为了实现这一目标,他只能对孩子要求更加严格。从这一点来看,又让庄人普遍感到顺河确是他的亲生骨肉。

谁也不会料到,次日,朱为民把"圆规"规规矩矩地套在了文秀的脖子上,除了那根"圆规"脚,那块画着大"叉"的牌子也端正地挂在文秀胸前。文秀站在操场旁边那棵具有三十年历史的楝树下,头几乎触到地上。横在她面前的是黑压压的人群。顺河惊慌地站在队伍后面,却不敢探头,害怕见到文秀那张苦难深重的脸。他更不敢正视朱为民,在他幼小的心灵里,朱为民是一个凶神恶煞的化身,比"四人帮"还坏。

顺河十分佩服文秀的坚强。她没有哭,更没流一滴眼泪。他庆幸躲过了一劫,但他不明白,本该属于自己的牌子,为什么会挂在文秀的脖子上?台上的朱为民叽里呱啦地念着"天书"。顺河只听懂了一句。朱为民对文秀说:"你是小偷。"文秀小声说:"我是。"朱为民说:"大点声。"文秀大声说了一遍后,眼泪旋即滚

出了眼眶。看到文秀狼狈而又难过的样子，顺河伤心透了。

自从当上"小偷"以后，再也没人愿意和文秀一起玩，但顺河例外。这天大课间，顺河把文秀拉到学校后面的汪塘边。塘里长满了蒲草，赤褐色的蒲棒直挺挺地站立在草芯间，像一块块红色冰糕。对后行的孩子来说，冰糕是他们最大的奢侈品，虽然每块只值五分钱，相当于买一块小孩酥糖，但透心凉的甜味给他们带来了最美好的回忆，久久难以散去。顺河做梦都想让连福为他做一只小木箱，以便趁卖冰糕时赚点碎冰碴解馋，但他从未向连福提起过。文秀神秘地说："我救了三朵。"顺河摇摇头说："她这么大的人，还要你去救？你是长三头六臂，还是哪吒孙悟空？"文秀说："别不信，就是昨晚，在校长的办公室，听到三朵喊'救命'，我就拼命地砸朱为民的门。"

顺河急于知道事情的真相，问："后来呢？"文秀说："后来，门开了，三朵从屋里跑出来，披头散发，像个妖精，眼泪哗哗的，纽子也扣错了。要不是我，校长就把三朵吃下去了。你说，是不是我救了她的命？"顺河说："你还真管。后来呢？"文秀说："后来，校长就说，是我偷了五年级学生的作业本。再后来，他就把那个'大白鹅'给我了。"顺河说："你不是小偷，为什么要承认？"文秀说："俺娘让我承认的。俺娘说，我要是不承认，校长就得把牌子挂在你的脖子上。你是个男孩，挂牌子丢人！"

顺河把文秀说的话原原本本地告诉了骆驼。骆驼难以接受水灵灵的三朵无端遭到朱为民欺凌的残酷现实，决定实施最壮烈的报复，重燃那份藏于他内心深处的最朴实的爱情。他找来一根足有一米二长的铁棍。这根铁棍与其说是他从生产队仓库里偷来的，倒不如说是他用二两散酒从高昌民那里换来的。见到散酒的那一刻，高昌民兴奋地脱去裤子，换上一件大裤衩。见高昌民喝得带劲，骆驼就趁机卸掉两只平车轮子，将车轴藏在外面的草垛旁。回到小屋里，骆驼和高昌民闲扯了一通，觉得再无话可说，就趁着夜色扛着车轴回家去了。

骆驼找到三朵，希望替她报仇。三朵一句话也不说，只是一个劲地哭。骆驼咬牙切齿地说："我去教训那个畜生！"她说："你这话什么意思？简直莫名其妙。"骆驼抓住三朵的胳膊，悲戚地说："告诉我，是不是被朱为民那个禽兽欺负了？"三朵望着星空，淡淡地说："无中生有，玷污我的清白！"骆驼说："你还护那蛮子！我就明说了吧，上个星期一的晚上，在那个畜生的办公室里。是文秀告诉顺河，顺河又给我讲的，小孩子们不会撒谎。我的好三朵，还要我说多详细，你才肯承认。别说你是我最喜欢的人，就算和我毫无瓜葛，我也不能坐视不管，让这个畜生在后行横行霸道下去。"

三朵的眼泪唰地流了下来，她边哭边说："骆驼，你这样做，让我以后怎么在后行做人?"骆驼说:"只要你不嫌弃,我照顾你一辈子。从小到大,你是我赵骆驼最关心最挂念的人,没有第二个。不知道你还记得不,你出门子那天,在你的花轿旁,我拿着一块青砖,当时我真想把花轿砸碎,带你远走高飞。到现在,我心里还后悔呢。我恨自己无能,恨自己胆小,恨自己不是个男人。你离婚了,老天又给我骆驼一次机会,如果我再任由别的男人欺负你,我还是个男人吗?"骆驼手持着铁棍,往学校方向大步跑去,他完全忽略了三朵内心深处的复杂感受和表情的骤变。

　　三朵愣了一阵,她痛苦地想起那个晚上。朱为民扑上来以后,经过她的奋力反抗,加上文秀突然敲门,最终没让那个禽兽得逞。可骆驼这样做,无疑是火上浇油啊!现在,她唯一要做的是制止骆驼的鲁莽行为,可骆驼却对她的劝告一句也听不进去啊!

　　仇人相见,分外眼红,再见到朱为民的时候,骆驼果断地扔掉手中的车轴,举起肮脏的双手,跪在地上,哀求朱为民网开一面,饶过他的小命。朱为民手握一把带红缨的长刀,质问骆驼:"三朵呢?"骆驼吓得爬起来就跑。回到庄里,他却再见不到三朵的影子。

二十二

又是一年春，赵家瑞用唾液掀开桌上那个很少翻阅的日历，才知道时光老人已经把后行带进了一九七八年农历三月二十五。喝完连福孝敬他的三两运河香醇酒，这个孤寡老人突然萌生出师父要对徒弟的婚事关怀到底的决心。作为全公社六位最著名的木匠之一，赵家瑞收的十九个徒弟中如今只有连福还是孤家寡人一个，其余的十八个徒弟除一个在训练从内蒙古贩来的一批野马时被一匹枣红色小马踢中蛋窝疼死以外，其他十七个小伙均轻而易举地找到了水灵灵的媳妇。目前他光徒孙就有三十一个，还不包括九个徒孙女。

赵家瑞穿上那件乳白色衬衣，一个人来到凤妮家，将从山庙得到的消息原原本本地告诉了凤妮。觉得赵家瑞说话在理，凤妮就把给连福物色对象的重任再次托付给他。真正让凤妮焦虑的是她的家庭在整个后行的地位和威望，而连福迟迟得不到解决的婚事是实现她心中目标的最大障碍。凤妮总算明白过来，外地女人也是女人，不管是哪个省的，也比连福一直打着光棍强。凤妮用虔诚的口吻对赵家瑞说："这事就拜托给你了，帮俺找人打听打听，俺就不信，还有你家瑞办不成的事？"

关于外省女子入嫁润水县的消息，赵家瑞深信不疑，只是他还不知道去哪里才能找到这样的女人。但面对凤妮的殷殷嘱托，他又不能不应承下来。见赵家瑞面露难色，凤妮又给予他最大程度的理解。虽然赵家瑞和连福仅限于同姓关系，没有房头，甚至连一个老祖也算不上，可凤妮知道，赵家瑞一直关心着连福，作为一位严师，赵家瑞的确尽到了职责。凤妮客气地说："也不能太难为你。"赵家瑞站起来："我一定尽力。"

再一次从县城回来的连福没有先回自己的家，也没有去凤妮那儿看望顺河这个调皮捣蛋的家伙，而是直接去了后行小学。见到疼爱自己的大哥，彩霞瞬间泪流满面。经过连福一番关切的开导，彩霞答应连福回家看望凤妮。唯恐妹妹因缺钱而尴尬，连福临走时给彩霞留下三十块钱。连福来到老宅没多会儿，彩霞就满面红光地从学校赶来了。进屋后,她没有落座,而是将一张五块钱的钞票搁在饭桌上。望着桌上那张攥得褶七皱八的钱,凤妮懒得瞅一眼。她倒不是嫌钱少,而是对彩霞的怨气还未消解。

不过,既然闺女来了,连福又凑巧在家,凤妮不愿再和婚后一直没回来过的闺女置气。何况,连福的婚事即将有眉目了,让凤妮精神抖擞,仿佛又回到从前似的,身子骨也明显硬朗起来了。她错误地认为自己当家做主的年代又回来了。她不咸不淡地随口问彩霞一句:"鸿海他怎么没跟你一起来?"彩霞系上凤妮扔在老式椅上的围裙,回答说:"到县里学习去了。"没等凤妮开口再问,彩霞的双脚就跨出那道被磨得光滑透亮的石门槛,到锅屋烧饭去了。凤妮还想多说彩霞几句,虽然她没打算大骂闺女,起码她希望在连福面前通过讥讽或嘲笑那个不知天高地厚的女婿王鸿海一顿,来营造一个有利于自己凌驾于别人特别是连福之上的紧张氛围。

揽着顺河的肩膀,连福边和儿子讨论小人书《李自成》上的图画,边向儿子讲解他在县城里的所见所闻。在连福的教育下,顺河已不再是个好哭的小孩,像是突然变成大人似的,懂事地将头歪在连福的肩上,不时将余光亲热地投向说话不多但比过去明显多些人情味的父亲。在顺河的心目中,连福虽然还是个出苦力的男人,但一个好父亲的形象已在他幼小的心灵中悄然形成了。连福本不想在这里待太久,但考虑彩霞和母亲的关系还未缓和,就留了下来,不能让娘俩的矛盾随时间的推移而继续加深。连福的胳膊从顺河头上滑下来,望着母亲深沉的脸庞,他替彩霞解围说:"鸿海准备参加师范学校的招生考试,才没和彩霞一起来的。"

对于王鸿海这位固执的妹夫,连福并不十分了解他的性情,但他知道王鸿海是个追求上进的人。仅凭这点,他就打心眼里喜欢这位说话不多的小学老师。连福曾叮嘱过彩霞,要千方百计在生活上照顾好王鸿海,保证他有个安静的学习环境,以便在教育改革的浪潮中一显身手。那次在县城偶遇王鸿海时,连福对王鸿海说过,如果在钱的方面存在难题,就去找他,他完全可以助其渡过难关。

通过在县城数年的打拼,连福已深刻地认识到,作为民办教师,王鸿海只有改变自己亦师亦农的尴尬身份,成为一个公家人,才能走出这个穷乡僻壤,去一个更广阔的天地开辟自己的事业。听完连福十分有道理的话,凤妮心中的兴奋却丝毫没有表现在脸上。一个女婿半个儿,女婿有出息,闺女跟着沾光,自己脸上也有光彩。可在一对儿女面前,凤妮愈加清晰地忆起说一不二的辉煌过去,自然将激动和兴奋抑制在心中,但脸上泛出的一点红光还是被敏感的彩霞捕捉到了。

彩霞由衷地感到喜悦。这些年,她多么希望看到母亲露出一张笑脸啊!她已经等了许久。她之所以不愿再进这个令她魂牵梦绕的家门,不仅仅因为害怕听到母亲生硬的话语,更为自己没有尽到一个乖女儿的责任而感到愧疚。现在,母亲有了笑

脸，说话也比以前客气许多，她心中的忧愁顿时烟消云散了。来到凤妮身后，彩霞扬起娇嫩的拳头，轻轻砸在母亲的背上。然而让彩霞没想到的是，凤妮突然站起来，向门外走去。凤妮不无感慨地说："人算不如天算，该吃哪行饭是注定的。"

连福深情地看着凤妮的背影，心中泛起难以名状的波澜。尽管这些年来他似乎和母亲疏远了一些，但心中那份亲情永远藏在他的心中，一刻也不曾变过。过去，无论凤妮说什么，他都无条件地听从。即便她的有些做法过于激烈，他也从未抵触过，尽力让母亲的想法变成现实。然而现在，他不想再一味地迁就母亲了，而要巧妙地表达自己的想法，让包括母亲在内的全家人都能在他认为的正确道路上前行，从而把这个一穷二白的家庭彻底带出困境。

望着满脸惊愕的彩霞，连福说："国家政策越来越好，对有本事的人越来越公平，不仅农民有了指望，知识分子也有了奔头。今年县师范学校破例在全县招两个班的民办教师，毕业后就转户口，成为一名正式老师。你的命真不错，嫁给鸿海也算嫁对了。你虽是个嫁出去的闺女，也是赵家的血脉，我们不指望沾你什么光，但出来进去也会有面子。对不对，彩霞？"彩霞没想到凤妮根本没有走远，当母亲的身影突然出现时，她惊愕地张开了嘴巴。凤妮心里感到恣意，但对连福的话，她又是那样不以为然。彩霞回过神来，轻声说："俺哥说的是。"凤妮瞪着眼睛说："是个屁！"

连福了解母亲的性格，他不愿和她计较，而是深沉地对凤妮说："人总不能老是生活在过去的恩怨中，鸿海是破坏了你的计划，影响了我的婚事，可他对彩霞好啊！妹妹的日子过好了，咱全家不也就放心了吗？再者，这事都过去那么久了，您老人家再计较的话，会让别人说闲话的。您老是个讲大面的人，满庄没人不这么说。其实，只要心气顺了，什么事就都没有了。"

听着连福一番饱含关怀又入情入理的话，彩霞心里热乎乎的，她感动地看了连福一眼，而后轻轻地来到凤妮面前，双膝跪在地上，一边流泪，一边给母亲叩首。三个头磕下去后，彩霞紧握着母亲粗糙的手，泪眼婆娑地说："小时候，您对我是那么疼爱，有好吃的第一个给我。想到这些，我的心就难受啊！记得那次，咱家的母鸡下了第一个蛋，您煮好后，掰了一大半给我。看我馋了，您又把另一小半塞到我嘴里。"凤妮被闺女诚挚的话感染了，她的眼眶里旋即滚出两行热泪。她抽泣了一阵，扶起跪在地上的彩霞，把她拉进怀里。彩霞激动地说："以后我要好好孝顺您。"凤妮指着彩霞的鼻尖说："吃俺二十七八年的粮食，都给俺老赵家吐出来。"彩霞愣了一下，然后把头深埋在凤妮的胸前，笑着说："吐不出来啊！"

接连四五天，凤妮都没有理睬连福，倒不是因为在自己的诱导下彩霞终于说出连福劝她回娘家的真相，而是连福希望早日脱离母亲的羽翼或干脆由他支撑门户的行为伤害了她可怜的自尊心。连福也十分清楚母亲在和自己较劲，然而他已决定豁出去，在不影响母子感情的前提下，他希望尽早地让老人家明白只有他才是家庭的主宰。

这天傍晚，凤妮忍不住来到连福的新家。她抄起一把扫帚，将门口打扫一番。见连福从屋里出来，凤妮严肃地说："俺看，这县城去不去的，也无所谓了。好好一个新家，都弄成这个样子，还去县城混，有意思吗？"连福勉强笑了一声，问凤妮："为什么？"凤妮随口说："你是土命，俺找人算过，待在家里才能发财。"

连福笑着说："娘，怎么还信这个？虽说老祖宗留下不少有益的东西，但事事都往命上扯，人还怎么进步呢？尤其是像我这样的年轻人，不靠一双手努力奋斗，怎么能改变困境呢？再说，咱们的生产队充其量也就三百来亩地，就算一个劳力种五亩，六十个劳力也就足够了。而咱生产队光能下地干活的就有一百二十多人哪！剩下的劳力都窝在家里，永远也发不了财啊！"

望着连福一脸认真的模样，凤妮突然明白儿子已真正长大成人了，有了独到的见解和自己的思想，离她却愈来愈远了。连福的翅膀硬了，见过世面和没见过世面的确不一样。凤妮感到不甘和无奈的同时，心里又有很多激动和骄傲。是啊，儿子是一只小鸟，小的时候，需要当娘的一口一口地喂食，现在他长大了，也就不需要母亲拉着、搂着、抱着了。但连福不是一个忘本的人，依然眷恋着她和这个家庭。作为母亲，凤妮认为，她应该放手，让儿子成为一个自由自在的男人。

凤妮的心像被人用刀剜掉一半似的，不得不停住手中的活计，扔掉那把扫帚，跟跄地回自己的家去了。回到家里，她的大脑仍处于一片混沌。她里里外外，去找自己的围裙。她在锅屋里踱着步，嘴里不停地叨念："围裙呢？俺的围裙呢？"凤妮的脑子彻底乱了，老大一会儿，她才反应过来，吼叫着冲彩霞发了一通无名火。唯恐母亲有什么想法，连福紧跟着来到老宅。他把肩上的那只粪箕子放下来，咳嗽了一声，让彩霞找到了台阶。彩霞说："哥，娘不知道发什么疯？"凤妮说："发疯，敢说你娘发疯？才出门子几天，就不认你这个娘了？"彩霞只好闭上嘴，不再说话，眼眶里却堆满委屈的泪水。

连福非常明白母亲发"疯"的缘由，她并不是责怪彩霞系了她的围裙，而是他这个儿子的"不恭不敬"让她精神上产生了痛苦。让母亲疯一阵吧，只有这样，才能发泄出她心中的怨气，最终平和下来。连福坐在桌前，抓起一双筷子，夹起一根亮灿灿的萝卜条，放进凤妮的碗里。凤妮的气顿时消去了大半，只是她的两眼闪动着泪花。这位要强的老人扔掉手里的围裙，端坐在老式椅上，双腿半搭在一起，既像自言自语，又像给连福下了最后通牒："顺河的事我不管了，都交给你。"

时间拖得越久，赵家瑞心里的压力就越大，他很想立刻尽到一个当师父的责任，

尽管凤妮从未催促过他。这天中午，他来不及喝完杯里的酒，便独自一人步行来到山庙。他没想到被街人称为"百事通"的老友王继民已经搬家，离开了供电站西的老巷子。经过一番打听，他在公社的小学附近找到了王继民。他开门见山，请王继民帮着寻找一位待嫁的外地姑娘。他给王继民一个底线，即便是死了男人的女人，也在考虑之列，只要人心眼好，能生孩子就行。听清赵家瑞的来意以后，王继民满口答应下来。

赵家瑞一回到后行就奔连福家去了。连福好久没和师父拉知心话了，以前，他每次从县城回来，只象征性地给师父送去几斤酒，话来不及多说，就回城去了。这次，见到这位德高望重的老人，连福竟激动得连话也说不成句了。连福急忙搬来一条板凳，请赵家瑞坐下休息。爷俩相互拉着对方的手，问寒问暖，心里都暖暖的。连福敬重师父的为人，凡事都尽量听从赵家瑞的安排。

赵家瑞待人谦和，高能答应，低也能答应，是一位善良的老人。但赵家瑞对徒弟的要求却非常严厉，每当发现徒弟出差错时，他都要抠鼻挖眼地怒吼一通。徒弟们都惧怕这个师父，连福也不例外。每次见到赵家瑞，他都从心里打怵。

赵家瑞的头顶已见不着黑发了，脸上长了十几个榆钱大的老年斑，驼背的身躯再也看不出当年的雄风。然而，老人语气坚定，声音洪亮，不容置疑的话语让连福不敢有任何造次。"给你说个事。其实，不说，你也知道个大概了。就是你的婚姻大事，拖不得了。给你找个山西的媳妇。这就是命。答应也得答应，不答应也得答应。"

面对这样一件不能再拖下去的大事情，连福哪有拒绝的理由呢？莲莲生前也提醒过连福，让他不要一条道走到黑，希望他朝前看，不要纠缠过去的恩怨，让自己在错误的道路上越走越远。莲莲还说，人这一辈子就是天注定的命，老天让你遭什么样的罪，你就得受什么样的罪。莲莲这些话不能不说是她的肺腑之言，连福又怎能不相信呢？

送走赵家瑞以后，连福回到屋里，一个人平静地坐在桌子的东边，望着屋外那棵两搂粗的梧桐树，他的眼睛湿润了。连福在心里面说，莲莲，你的话，我都听，请你相信，我会带大你的儿子。莲莲，放心地去吧，顺河虽然是你的儿子，但我视同己出。连福痛苦地低下头，泪水唰唰地落下来。莲莲啊，你是一位好姑娘，因为一场失败的婚姻，白白牺牲了你年轻的生命。这是一件多么令人痛心又是多么不公平的事情啊！

老天爷啊，你为什么连一个如此善良的女人也不放过呢？难道，凡是和我赵连福有关联的女人，你都不希望她们活得长久吗？连福的脸色极为难看，他不由自主地哽咽着。可爱的莲莲是在连福的怀里死去的，连福至今也不敢去回忆莲莲那张惨白的脸。

听说连福从县城回来了，光棍们纷纷过来看望这个老伙计。恳切的言辞中，连福没有丝毫戒备，把即将和一个外地女人结婚的消息告诉给每一个人。没多久，蓉花就迈着轻盈的脚步走进他的小院。蓉花站在连福的南屋门旁，什么话也不说，只管盯着连福哭泣。在连福面前，蓉花已不止一次哭过，每次哭完，眼睛就会肿成两个石榴，让人心生怜悯。

"想什么呢？"蓉花的身子歪在掉漆的门框上，用一种异常的眼光瞅着连福。"又要娶媳妇？"连福不以为然地回敬蓉花："什么叫又娶媳妇？"蓉花说："不知道我一直在喜欢你吗？"这是蓉花最直接的一次表白。她十分珍惜这次机会，甚至不惜用文秀嫁给顺河为代价来达到这个目的。

"我们之间没有任何关系。"连福冷冰冰的脸上没有丝毫怜悯。别的事情都好说，这件事上，连福觉得没有和蓉花解释的必要。"有！在汴塘俺家那个小院，你摸过俺！"连福的脸涨得通红，而后变得铁青。他咆哮起来，像一头犟驴，吓得蓉花向后退去。

蓉花不知道自己是怎么离开连福的小院的，她只觉得包括那棵粗壮的梧桐树在内的万物生灵都毫无章法地旋转起来，像一个个笨拙的男人跳着丑陋的舞蹈。蓉花愈发感到这个世界再也不属于自己，特别是连福屋后那间小屋拆除后留下的木棒、草笆、小木门、尿罐等，都像特别讨厌她这个疯女人似的。蓉花惊恐地向北汪狂奔着，来到夺命口时，她才清醒过来。

骆驼站在蓉花的身后，耐心地等待她转过身子。刚才发生的这一切对骆驼来说意义重大，他为自己迎来了一道爱情的曙光而窃喜。骆驼再也不忍看到自己喜爱的女人一个个地离他而去，甚至在这个世界上无端地消失。这些女人当中，除了蓉花以外，还有美丽的三朵。每当想起三朵姣好的面容，骆驼就感到痛苦不堪，甚至甩自己几个耳光。他恨自己不该逞强好胜，不仅没有使朱为民得到应有的惩罚，还让三朵失去了年轻的生命。

骆驼也有清醒的时候，他希望三朵去了那个世界以后，没有一点烦恼和忧愁，不缺吃，不缺喝，自由自在，快快乐乐。可当三朵托梦给他，盼望骆驼也能去过这样逍遥日子的时候，骆驼吓得连续三夜在庄头的小路口烧了八次火纸，才赶走三朵的魂魄，总算落个清净。骆驼不想死，他只想在这个混沌的世界里混下去，即便活不出个模样，起码在追求女人的过程中感受一番快意。

骆驼理了理不算很凌乱的头发，心平气和地说："嫁给我吧。"蓉花笑着问："你是谁？"骆驼微笑着说："我是爱你的骆驼啊！"骆驼的真情表白并没有引起蓉花的反感和厌恶，她反而站起身来，朝骆驼挪动了一步。

面对楚楚动人的蓉花，骆驼的心像猫抓似的痒痒起来。他伸出双手，想把蓉花

的小手攥在自己的手心里，并将自己的温情传递给蓉花，在她干枯的内心留下涟漪。两个年轻疲惫的身躯如饥似渴地交织在一起，那将是多么美妙的结果啊！正当骆驼的思绪飘忽不定时，蓉花果断地伸过了左臂，而将右手藏在身后，嘴角挂着微笑，似有话要和骆驼说。骆驼攥住蓉花的一只手时，猛然想到她身后的另一只手，就惊慌地把手缩了回去。蓉花笑着说："不敢吗？"

　　布谷鸟的叫声越来越近了，从西边太阳的光度和热度来看，正是老布谷鸟最后一次给孩子喂食的时间。这种鸟在后行特别常见，每到麦收季节，它们就会悄无声息地从远方迁徙到这里，不仅给村庄带来了丰收般的欢声笑语，还在浩瀚的芦苇丛中繁殖哺育它们的后代。在微风的吹拂下，芦苇宽厚悠长的叶片相互温情地摩擦着，发出的沙沙声让人浮想联翩。

　　骆驼小心地把蓉花的手掌放在自己的鼻子下，闻了闻，香气还未完全消散，他的胆子越来越大了。热情地望着面前这位让他魂牵梦绕的女人，骆驼顿时感到一切的担忧都不复存在了。四只手愉快地握在一起，骆驼兴奋地说："终于等到了这一天。"蓉花说："徐凤举的队长不能再干了。"骆驼漫不经心地问："谁能干？"蓉花说："只有连福才能让社员过上好日子。"

二十三

只一夜之间，蓉花在连福心里留下的阴霾就烟消云散了。天亮后，连福请来庄里三位巧木匠，伐倒屋口那棵皂荚树，又在赵家瑞老先生的悉心指导下，花了两天工夫，做成了一个大立柜、一件新式样菜厨、一张双人大床和四把新款椅子。新油好的家具摆在连福老宅堂屋中间的木梁下方，散发出呛人的油漆味道，为这个幽暗的小屋带来一份红彤彤的喜气。在后行，人人喜欢红色，把大红大紫当成一辈子的追求。谁家的男孩结婚，就用红漆把旧门旧窗重新漆一遍。闺女结婚，也会套几床红被，女人生孩子，鸡蛋被染红后再散发给亲戚邻居。

送走吃饱喝足的赵家瑞和几位师兄弟，已是下午四点，连福顾不上身体上的疲惫，步行十里路来到山庙街。在那家新开张的理发店里修剪好头发以后，连福又让理发师用吹风机给造了型，打上蜡，抹上油，顿时亮堂许多。连福又在下班前赶到供销社的布匹门市，扯了一身灰蓝色棉布，来到街西头裁缝铺时，天已经上黑影了。裁剪师本不想接这个夜活，连福好说歹说，答应给他双倍的工钱，他才同意连夜给连福做好这身新衣裳。担心次日早饭后过来取衣服耽误事情，连福就在裁缝铺里的长条凳上坐到了天亮。

这一天，格外晴朗，没有一丝风，火红的太阳把人照得清爽亮堂。刚下过雨的村庄又恢复了往日的热闹，几个赌鬼钻进那间小屋，很快在两个方桌前坐下来，按骰子点的大小落座后，推牌九开始了。小屋里挤满了男男女女、老老少少，个个脸上洋溢着期待。几个看热闹的女人伸长黑不溜秋的脖子，眼睛一眨不眨地盯着桌上的牌。那个三十七八岁的女人齐腰的长发几乎触到骆驼的脸部，使他感到惬意钻心。

骆驼一边抓牌，一边斜着那双浑浊的眼睛，小心翼翼地盯着女人的秀发欣赏。不大一会儿，他的嘴角流出了口水，滴在地上。别人看得清楚，骆驼却浑然不觉。骆驼手气不错，抓了一张好牌，一圈下来，赢了三毛钱，却被那长发女人抢走一毛，很快引发一场混乱。秩序好不容易得以恢复，骆驼不和那女人一般见识，又继续赌

起来。

女人趁人不备又钻进来凑热闹,但不敢站在骆驼身后,而将目光悄悄瞄准腰间别大茶杯的徐凤举。女人故意把长发甩在徐凤举的额上,却遭到徐凤举一个闪亮的白眼,而后又听到他几句冷言冷语。当这个女人向徐凤举赔完笑脸悻悻离开以后,蓉花走进了小屋,她不仅主动向赌棍们一一问好,还向他们投去热情的媚眼,大伙心里美滋滋的。当徐凤举和骆驼两个人从余光中瞥见蓉花动人的身影和她手中那只洁白的手帕时,几乎同时流出了口水。

骆驼拿出一毛钱,让蓉花去代销点买点饼干解馋,却被蓉花呛了一句,再也不敢吭气了。徐凤举不便拿钱"收买"蓉花,只希望蓉花的目光和他对闪几次。蓉花不仅做到了,还嘻嘻地对徐凤举说:"没个大人样,老的知足少的乖。"在大家哄笑中,徐凤举并没有生气,反倒觉得这是一种奖励,他笑盈盈地说:"就这样说你公公的!"蓉花一阵大笑过后,说:"你这个队长也算干到头喽!"说完这些,白蓉花转过身去,甩着优雅的身段走了。

徐凤举不敢说话,探头朝门外望去,却见到了韩黑娥那双大脚。徐凤举扔下最后一角钱,匆忙离开了这间小屋。徐凤举明白女人的意思——女人过来是想提醒他,到了去给三朵烧纸的时间了。按老理说,徐凤举不该去,可他又必须去——三朵死得不明不白,他至今还没有搞清楚闺女的死因。

三朵死的时候,浑身赤条条的,身上没有一件衣物,按骆驼的说法,三朵是被朱为民奸杀的。徐凤举没有请公社派人过来处理这件事,因为他是后行最要脸的一个人,可人算不如天算,一次次的家庭变故已使他失尽了颜面。三朵是被徐凤举偷埋在场屋后的旮旯地里的。

那是个雨夜。徐凤举不敢找别人帮忙,就让韩黑娥把高昌民请到家里,好酒好菜招待一番,唯恐有所怠慢。趁此机会,徐凤举在场屋后偷偷挖了一个大坑,稀里糊涂地将穿戴齐整的闺女埋在里面。担心别人发现破绽,徐凤举不敢给闺女起出坟头,还特地铲了几锨牛屎铺在新土上。回到家以后,徐凤举像个没事人似的,和高昌民喝酒聊天,有说有笑。那晚,老徐足足喝了一斤半酒。高昌民也不算白喝,他破天荒地给徐凤举带去五只又热又红的鸡蛋。

凤妮的心情比过去明显好转了。这天,她蹲在磨盘前,唱着唱着就笑起来了。凤妮刷好饭锅和碗筷,准备好中午做饭用的山芋、菜叶以后,就走进堂屋,提起一只小凳,慢慢地走出屋子。穿过那间已除去霉味的过道屋,凤妮喜笑颜开地来到了大门口。坐在凳子上,凤妮象征性地摆弄着手里的白线轴。猜测儿媳妇刘君利的模样,凤妮不由得抿着嘴笑了。

凤妮特意打扮了一番,换上了那件刚干透的灰色外衣,又破例在脸上搓了一层香腻的雪花膏，飘出的香味多远都闻得到。凤妮觉得害臊，又走进院内，取下那条晾在绳上的新蓝条杠毛巾，盖在脸上，来回划拉一气，总算使香味不再那样呛人。见周围没人，凤妮张嘴大笑，甚至笑出了眼泪。

　　从介绍人轻而易举地带走八百块钱的那一刻起，连福无奈地感到自己就要和眼前这个怀着别人孩子的女人睡一辈子了。蹲下来抽支烟的工夫，连福想起了莲莲。那年四月间的一天，大概是初七的上午，空中下着蒙蒙小雨，应莲莲之约，连福来到运河北岸的大榆树下。莲莲哭得伤心极了，不停地用手擦着鼻涕。凝视着莲莲的脸颊，连福不知道说什么才好。这个妹妹已经越来越憔悴了，身子瘦得不成样子，体重最多八九十斤。

　　当连福看到莲莲两个被高志锐打得伤疤摞伤疤、又瘦又细的胳膊时，心中的愤怒达到了顶点。他强忍怒火，苦笑着说："常哭的女人，脸上会长皱纹的。"莲莲破涕为笑："变成老太婆，还对我这样好吗？"连福说："净说傻话，你永远是我的好妹妹。"莲莲难掩心中的兴奋，对连福说："连福哥，我有孩子了，叫峰峰，小家伙胖着呢，一顿能吃一个白馒头，特别爱吃猪肉，跟狼似的。"连福惊讶地问："志锐的病好了？"莲莲说："抱人的，和亲生的没两样，孩子就和我有缘。"连福高兴地说："好啊，都一样，什么亲生不亲生的，养着养着就和亲生的一样了。"莲莲问："连福哥，让我来，有事吗？"

　　连福说："我还没问你呢，你找人叫我来，什么事？"莲莲说："不对，我没让人找你啊！这到底是怎么回事？"

　　到了此时，连福才知道他俩被人骗了，而骗他的人无疑是高志锐。连福说："他为什么要和我过不去？咱俩不就是见了几面吗？难道一个庄的兄妹就不能说上几句话？"莲莲回答："他小肚鸡肠，容不得我提到你。"连福说："我问你，莲莲，他对你怎么样？不行，赶紧离开那个混蛋。""离了，谁要我呢。"她多么希望连福说"我要你，一辈子照顾你，把你捧在手心里"啊！那样，她就用不着去管那些风言风语，更不用再去理会什么世俗了，可连福始终没有说话。莲莲的内心痛苦极了，眼泪再一次模糊了她的双眼。

　　连福劝不动莲莲，只得说："别哭，我去找那个混蛋，咱后行庄的姑娘凭什么就该受这份窝囊气？"莲莲推了连福一把，急切地说："我有个预感，他就在附近，你要赶紧离开这里。"连福没有听从莲莲的忠告，而是沿着这条大堰，撒腿朝肉联厂宿舍跑去。莲莲在后面追着连福，口中呼喊着他的名字，希望他理智一些，连福却像没听到似的，只顾朝前奔跑。巧的是，在百十来米外的地方，高志锐突然出现在连福的面前。两个人虽然只是在韩秀明的婚礼上见过一次，却留下了极为深刻的印象。连福冲上前去，恨不得一拳将高志锐撂个底朝天。可让他没有料到的是，高

志锐身后两个彪形大汉同时蹿了出来，不容分说，对他一顿狠踢猛打……

凤妮不仅让连福当晚就和刘君利圆房，还不准他把媳妇带到新家去。交代完这些，凤妮才进了里屋，躺在床上，呼呼睡去，鼻腔里发出嗡嗡声，惊扰得两只一公一母的老燕在屋内飞来飞去。面对连福这个陌生的男人，刘君利无话可说，直接到南屋去了。连福留在堂屋里，望着屋梁上方那只半圆形燕窝，心里有着说不出来的酸楚。

这只燕窝少说也有二十一年历史了，每一年的春天，这对老燕或它们的后代都要到这里来，繁衍出一代又一代的小燕。长年累月，燕子的叫声给这个冷冰冰的庭院和老屋增添了无穷的乐趣。有了这些悦耳的叫声，才使连福顺利度过了许多难熬寂寥的夜晚和孤独的青年时期。燕窝下方那只接粪便的纸壳是连福糊好吊上去的，离燕窝半米远，既能接住燕子拉下的粪便，又能让老燕子感到宾至如归，不再跑到其他人家去落户。

南屋里没有一丝一毫的喜气，甚至连张大红"囍"字也没有在墙上张贴，喜联就更不用说了，一切都显得那样低调和沉闷。此前，连福征求过刘君利的意见，是否需要将喜事办得隆重些。刘君利既不点头，也不摇头，好像这件人生大事和她无关似的。

刘君利的脸稍胖，两只眼睛黯淡无光。她静静地坐在床沿上，盯着墙上的斑斑点点，眼里噙满了委屈的泪水。听到连福开门时发出的动静，刘君利脸也不转，她不想见到这个无所谓的男人。从进后行的那一刻起，刘君利就讨厌这个鬼地方。这里荒凉，没有一丝生气；这里的人都不友好，瞧她的眼光不怀好意；这里的人说话尖酸刻薄，不会关心人，和自己的山西老家难以相提并论；这里的人自私，都为个人利益着想，从不过问别人的感受甚至死活。刘君利更未想过要落户这里。她恨那些骗人的贩子，包括王继民的小舅子常安喜和她的表哥在内，是他们让她远离了芮城县城优越的生活和一度幸福的家庭，更使她失去了宝贵的人身自由。刘君利读过高中，是县里的重点中学。她成绩优异，却失去了上大学的机会。高考恢复以后，她参加了招生考试，可她的男人孙敬国却硬把她从考场里拽了出来。

连福来到刘君利面前，脱掉身上的衣服和鞋子，只留下一件黑裤衩。连福依然是个健壮的男人，肌肉结实，肤色黝黑，脸上的胡子刮得清清爽爽，不失一个好男人形象。连福抱歉地对刘君利说："都怪事情办得毛糙急促，没来得及给你买身新衣服，还让你的肚子饿了大半天。"说到这里以后，连福带着歉意走出屋子。他光着身子，走路沉稳，分两次从堂屋里端来猪肉、白糖茶和两张小麦煎饼。连福把饭菜和茶水放在床头："趁热吃下去吧，别把肚里的孩子饿坏了。"

连福的这些举动和温暖的话并没有引起刘君利的好感，相反却使她感到危险在一步步地逼近自己。刘君利要保持一个洁白的身子，她不想被孙敬国以外的男人触碰。她更要保护好肚里的孩子，这是她的希望，不管以后是什么样的结局，她首先要保证孩子的安全和健康。

刘君利面无表情，眼神呆滞，嘴巴撅得老高，像个木橛子，可以拴两头牲口。尽管刘君利表现得冷漠，仍得到了连福的爱怜。连福再次催促刘君利趁热吃了这些东西。刘君利仍无动于衷，像没听见似的。刘君利朝地上吐了一口唾液，然后爬到床上，用被子裹紧蠢笨的身躯。

连福把碗筷朝桌子北面推了推，接着吹灭了那盏油灯。按理说，连福不该让这盏长明灯熄灭，但他认为只有这样，才不会使刘君利感到过分的恐惧。连福坐在床沿上，褪去身上的大裤衩，伸出手去拽被子。连福这个举动引起刘君利的反感和排斥，她两手紧紧抓住被角，唯恐被连福撕开一道口子，使自己失去不该失去的东西。刘君利的身躯紧缩着，头埋在被窝里，对连福说："回你的堂屋去吧。"

连福笑着说："我娘住堂屋，这才是我的家。如果你觉得在这里过日子不方便，我还有一个家，就是离这里远点，新建的，环境不错，没人打扰。"刘君利从被窝里探出头，吼叫着说："谁稀罕你的新家！"连福说："既然不愿去新家，就住这里好了，我娘在这里，吃的、喝的、用的，都能照顾得周全。"刘君利生气地说："我是说这根本不是我的家，我的家在山西。"连福说："是芮城吗？听你的口音很像。"刘君利说："跟你有关系吗？"

连福哽咽着说："不瞒你说，我在风陵渡生活过，那里有我的爱人，还有我娘。我在那招过婿，可好景不长，我爱人王梅得急症死了。不管怎么说，我和山西有缘。现在你来了，就是我的亲人，我会像对王梅那样待你。"刘君利停了一阵，似有所思地说："你喜欢那个地方和那里的人吗？"连福说："喜欢，如果不是我山西的娘撵我回来，我会留在那里照顾老人一辈子。那里的人都很好，朴实、干净、低调、务实，待人如亲人。"刘君利说："其实哪里都一样，都有好人和坏人。"

连福说："什么叫好人，什么样的人是坏人？其实是无法判断的。秦桧是坏人吗？是的，可他没做过一件好事吗？显然不是。也就是说，好人有坏的时候，坏人也有好的时候。评价任何一个人，都要一分为二才行。比如我，你说我是个好人吗？也未必。是好人的话，就不能强人所难。你看我，还光着个身子。但这样就是个坏人吗？我也说不清楚。不过，既然来到了江苏，来到了后行，来到了我赵连福的家，就说明我和你有缘，你和我这个家有缘。我听人说过，凡是生命中遇到的人，或相处得时间长，或处得时间短，或擦肩而过，或卿卿我我、甜甜蜜蜜，或仇恨交加、不共戴天，或仅见一面、一走了之，都是缘分，都是老天安排好的，只是缘深缘浅罢了，谁也躲不掉，谁也求不来。正如你我，无论因为什么情况我们走在了一起，

或以后因什么而分离，都是注定的，谁也无法更改。讲了这么多，或许你以为我给你上课的目的无非是想得到你的身体，往白了说，是希望和你睡一觉。其实，这也是人之常情，如果你愿意的话。"

连福长舒一口气，看得出来，他还有心事。连福的这番话是莲莲讲给他听的。莲莲是个爱学习的女人，可偏偏又是个爱钻牛角尖的人。过去，他不信莲莲的话。现在，他确信无疑。他恨自己没有能力救活莲莲。莲莲是被高志锐逼着从铁路桥的栏杆上跳进运河的，她跳下去的同时，高志锐抱着峰峰也跳了下去……

那一幕，连福看得真真切切。孩子掉进水里的时候，他只用了半分钟时间，就把孩子抓在手中，举过头顶。同时，他抓到的还有高志锐的一只胳膊。孩子并无大碍，高志锐却来不及挣扎一下，就去了另一个世界。阴阳两隔，仅仅几分钟。莲莲还活着，她被连福拖上岸的时候，两只手臂还紧紧地抓着这个男人的肩头，久久不愿松开。莲莲死在连福的怀里，嘴角现出一丝满足……

连福痛苦地想着这件难以释怀的往事。如果莲莲还活着，他的生活将是什么样子？或许，十分美好吧，两个人漫步在运河北岸，走下那座小码头，坐上一条小船，慢慢悠悠，稳稳当当，有说有笑。小船驶到运河南岸，又折回头，回到码头。两人下船，来到大榆树下，坐在石台上，诉说着情谊，畅想着未来。也或许，十分糟糕吧。莲莲苟活下来以后，孤儿寡母惨淡地过着孤独的日子，精神将会遭受多么残忍的折磨啊！

连福不由得在心中感慨一番：世界啊，你就是这个样子，有时候你很讲道理，有时却蛮不讲理。比如莲莲，她嫁给了高志锐，得到了一份期待已久的好工作，这是她的幸运，比起庄里的其他姑娘，只有她实现了进城的梦想。

然而，莲莲那些年的痛苦又有谁懂呢？她嫁的男人高志锐是个无用的男人，婚后的那些年里，她得忍受多大的痛苦啊！如果说没有夫妻生活的日子莲莲尚能忍耐的话，但没有自己的亲骨肉，是她心中的剧痛啊！每当看到别的女人带着孩子高兴地玩耍时，她的心就像被刀割似的。每到夜间，她就独自一个人坐在运河岸边，哀叹自己是个苦命的女人，抱怨老天对她不公，竟用这种方式来惩罚一个无辜的女人。

可是，这对高志锐来说又何尝谈得上公平呢？他不仅肢体上残疾，生理上也出现了严重的危机。刚结婚时，细心的莲莲请了几位老医生给高志锐治病，历经半年，不仅没有任何进展，还在生育能力上被医生判了死刑。好在后来两口子抱养了一个孩子，多多少少给他们的心灵带来了一些慰藉，人生又重新燃起希望。然而好景不长，莲莲生活中有意无意地拿着志锐和连福相比，这对一个男人不能说不是一个巨大的打击。

假如两口子能够坦诚相待，多一份理解，少一些猜疑，或许事情就走不到这一步了。只是，世界上没有一点假如的可能，属于莲莲的一切都过去了，好在还有顺河，也算是她生命的延续吧。

连福依然坐在光滑的床沿上，与刚才不同的是，他重新穿上了那件黑裤衩，点燃一支烟，顺便把油灯点亮。他抽出一根火柴，用没药的那头拨了拨灯芯。灯芯上结了花，这让连福尤为兴奋，觉得好兆头来了。望着刘君利白皙的额头，连福心里升腾起男人固有的欲望，但他却是个理智的人，很快控制住自己的情绪。连福理解刘君利的处境，来到一个陌生的地方，从心理上还没有完全接受连福这个陌生的男人，抑或是和前夫离婚不久，对另一个男人仍心存芥蒂。基于这样的认识，连福的心境从急切趋于平和，说话尽量哄着她、劝着她，可她始终没有一个好脸色。

刘君利再次钻进厚厚的被窝，小声啜泣起来。床头的油灯闪烁着温和的光线。透过这扇老式窗格，连福向屋外看去。外面静得连麻雀的叫声也未曾听到。几个擅长闹房的家伙躲得远远的，或许他们认为对付一个怀孕的外地新娘没有成就感吧。连福扔掉第七个烟头，轻声提醒刘君利："脱衣服吧，睡得安稳。"

被窝里传来刘君利的怪叫："休想！"接下来是一阵可怕的沉默，连福只能耐心等待着。约半个小时后，连福不由得又脱去裤衩，费了好大的劲才掀开被子："你已经是我的媳妇了。"刘君利对连福说："我是被人贩子卖到这里来的，我家里有男人。"刘君利的嗓音近乎声嘶力竭，不啻为一声响雷，震得连福头皮发麻。"这怎么可能？"刘君利说："我和男人没离婚。"连福惊诧地看着刘君利高挺的鼻尖，问："你为什么不早说？如果早给我讲，会是这个结果吗？"刘君利哭泣着说："我表哥说，只要我说出实情，他回去就杀掉我全家，包括我的男人和我的弟弟。"

"你表哥会是人贩子？既然你有男人，你表哥怎么会把你卖到江苏来？你是个有文化的人，难道分辨不出来？我看你才是个骗子！骗我的钱，骗我的情，到头来，还祈求我放你走？你想得美！"连福彻底绝望了，他掀开盖在刘君利身上的被子，扔在地上，骂道："我让你睡，骗子，都是骗子，还不快给老子滚，滚得越远越好！"

刘君利恐惧地坐起来，身子蜷缩在墙角，但她并没有下床，更不准备马上离开这里。刘君利不是不想离开，但她认为连福并非真心，她更担心走了以后，连福会追上来，要了她和孩子的命。刘君利只想缓和屋里的气氛，让连福平静下来。鸡叫第一遍的时候，连福觉得身上有些冷，就往墙边靠了靠。同样，刘君利也朝连福的身边偎了偎。刘君利试图擦去连福脸上的泪珠，却遭到他的拒绝。两个人再无话可说，身子却靠在了一起。两个苦命人就这样背靠着背，通过体温的相互传导，给对方带去了一点点难得的暖意。连福无奈地说："你睡吧。"

刘君利说："你是个好人，你所有的损失，我会补偿给你的。"连福说："走吧，我不让你补偿。"刘君利含着泪说："谢谢你。"说完这句话，她猛地抱住连

福的头，恳切地说："你也睡吧。"连福说："我看着你睡。"刘君利哽咽着说："我要和你一起睡。"

连福却推开刘君利，重新穿上裤衩，跳下床，穿好衣服，找来一块草苫，铺在外间，和衣睡去。直到天明时分，刘君利的鼻孔里才传来一阵轻微的鼾声。连福几次来到床前，试探地抚摸着刘君利的额头，她却一点反应也没有，依然沉浸在自己的梦境中。连福几次脱掉鞋子，但又很快穿上了。一整夜，连福只能用烟叶麻醉自己，脑袋一片空白。连福是在不知不觉中睡去的，喉咙里发出清晰的呼噜声。连福醒来时，刘君利还在睡。

天雾蒙蒙的，大地仿佛披了一层白纱。凤妮早早起来，手持一把电筒，光束从窗外射到床上。凤妮看得出来，连福不在。凤妮气冲冲地走进锅屋，点火烧水，冲好两碗鸡蛋茶。连福进来以后，蹲在灶口前，燃一根枯枝，点上嘴里的烟棒："身体要紧，起这么早，不多睡会儿。"凤妮说："睡不着，习惯了，鸡叫两遍就醒了。"连福问："鸡蛋茶冲好了？"凤妮对连福说："好好补补身子。"连福笑着说："是该好好补一补。"凤妮嘲弄地说："你还需要补吗？"连福笑着说："我身体棒棒的，哪里需要这碗鸡蛋茶。"

凤妮用勺子敲着锅沿说："打倒的媳妇，揉倒的面，谁睡跟谁亲。不管那女人看上与看不上你，你都要狠下心来，把她当自己的女人看待。只要睡在一起，她就什么都能听你的。这个理你不懂？"连福说："她肚里不是怀着孩子吗？"凤妮用勺头指着连福的脑门："按理说，老不管少事，可这事俺不能不管。感情是睡出来的，一个在北场，一个在大队部，能产生感情吗？"连福笑着说："慢慢来，不能躁。"凤妮气呼呼地说："又不是没娶过媳妇，办这事还要人教？只要把她睡了，她就是想跑，还舍不得呢。"

连福把鸡蛋茶端进屋里，放在床头桌上。虽然连福觉得和这个女人的前途难料，但他还是希望待她好一些，不愿让自己的婚姻再次以失败告终。连福看刘君利的眼神并没有头晚那般热情，但也不失关心。"喝了吧，俺娘弄的。俺娘这人脾气不好，心眼却不坏。开始处的时候觉得她怪怪的，时间一长，就看到她的好了。不管怎么说，你是我的媳妇，我会照顾好你的，至于其他的事，就别想了，只管在家养着，把孩子生下来再说。"听着连福这些貌似体贴的话，刘君利已明确地感到她和这个家暂时难以分开了，纵使心头有数不尽的厌烦，也必须忍耐下去。

在以后的日子里，连福的确尽到了一个男人的责任，他尽可能地关心这个外来女子，每天都要亲自下厨，为刘君利做一些好吃的。只要刘君利能说得上来的饭菜，连福都尽量满足她，办不到的就和她解释，变着法子哄她高兴。凤妮看不惯连福的做派，对连福说，好媳妇不是惯出来的，你对她越好，她越不把你当回事。你呛着她、吓唬她、欺骗她，甚至揍她一顿，她反倒老老实实，没事就往你怀里钻。连福不以为然，他表面上点头，背地里依然尽量把女人朝好处照顾。

刘君利很少出屋，她除了在室内踱步，就是睡在床上耗时间。去厕所时偶露一次面，也从不与人打招呼。凤妮想考考刘君利的针线活，就让她做副鞋垫，结果针线筐原来怎么放的最终还是怎么放。凤妮又把笤帚放在门口，让她没事时扫扫地，权当锻炼身体，结果时间过了八天，笤帚还是在门东旁原样放着。

这天，刘君利在房里整整待了一个上午，到了吃午饭的时候，照例没有出屋。连福把饭和菜端进屋里，哄刘君利吃下去："看我烧的这鸡蛋汤，有模有样，快起来享用。君利，你是赵家的大功臣，不管肚里是谁的孩子，生在这里，就随我的姓，这也不算吃亏，赵钱孙李，周吴郑王，赵姓是天下第一大姓，列百家姓之首。再说，姓赵的都是当大官的料，宋朝开国皇帝赵匡胤咱就不说了，当今社会有句话叫'要吃米，找万里，要吃粮，找紫阳'，这个紫阳也算是赵姓的新贵吧。"

刘君利只管听，背对着连福一声不吭，连福只好将两只碗放在床头的桌上，说："饭菜和汤都放在这里，五分钟内必须吃完，凉了再热就不好吃了。"刘君利不理连福，只顾假装打着呼噜，声音很响，像从男人的鼻孔里发出来的似的。刘君利只想用这种办法让连福厌烦她。连福心里有气，却不便说出来，转身准备离开，却闻到一股令人讨厌的怪味。连福不由得停下脚步，用鼻子使劲嗅了嗅，一股骚臭味扑鼻而来。

猛然看到地上那坨还在冒着热气的屎，连福愤怒地扔掉手里刚点着的烟，手指着地上的粪便："这是在作践我，你知道吗？我对你怎么样？刘君利，我问你，我到底对你怎么样？是不是每天都把你捧在手心上，是不是把你当老祖对待，是不是对你肚里的孩子比他亲爹还疼他？你说话啊！难道你是个哑巴？"

刘君利瞅着墙壁，一句话不说，嘴角却露出了浅浅的笑意。对刘君利所做的这一切，连福想忍下去，就不吭不响地走出屋，拿来锨和笤帚，将竹筷、烟头、粪便一并清理干净。再次回到屋里时，连福竟发现刘君利脱光了衣服。刘君利的肚子很大，皮肤紧绷，亮光闪闪，看样子要生了。

连福背过脸去："这是要做什么？"刘君利没有说话，径直来到门口，然后迈开步子，跑到院里去了。连福追上去："想出去孬我？"刘君利竟大笑起来。连福再也难以忍受，来到刘君利面前，伸出巴掌，打在她脸上。刘君利哭着回到南屋，把自己关在里面，一声不吭地待了整整一个下午，却在连福傍晚从外面回来时，破天荒地笑着脸迎接他："给你做顿饭吧，这几个月都是你伺候我，我总要表现一下。"

刘君利说到做到，她挺着蠢笨的大肚子，来到锅屋里。锅屋里没有窗户，光线暗淡，屋顶也被烟油熏得黑漆漆的。半个月前，连福扫过一次，但禁不住烟熏火燎，现在又变得乌黑一片。这里的确不能和自己的老家相比，刘君利哀叹一声，先把孩

子生下来再说吧。她又想起了凤妮，这位老人虽是个冷面孔，心地倒很善良，虽然批评她，可为她做的事情却不少。尽管这样，刘君利还是希望尽快离开这里，但她清楚仅凭自己一个人的力量绝对跑不掉，她需要的是耐心。

天逐渐冷了，是干冷的那种。凤妮告诉刘君利，今冬应是个干旱的季节，雨雪较少。刘君利不想听凤妮胡诌，又不敢堵住耳朵，就随口说："娘，你又不是气象专家。"这一声"娘"让凤妮等了许久，终于等来时，这个沧桑的老人却被惊呆了，泪珠在眼圈里打转，但她终究没让眼泪流出来。凤妮多么希望能够痛快地大哭一场啊！可她忍住了。在儿媳妇面前，她要有一个当老人的样子，她更不想让刘君利抓住自己的软肋。凤妮的鼻子抽噎一下，马上换上一副笑脸："什么叫气象专家？"刘君利说："就是预报天气的。""再好的专家也不如咱老农民的话灵光，俺说今年雨雪稀少就一定稀少，不信走着瞧。"

凤妮说的这些并非没有道理。进入农历的八九月以后，天气始终干燥，一点儿雨没下。重阳无雨看十三，十三无雨一冬干。重阳那天没下雨，十三那天更是艳阳高照，万里无云，连块黑云也不曾飘过来。凤妮又说："别老以为自己是个城里人，高高在上。俗语说得好：'过时的凤凰不如鸡。'还有句话叫：'别看今天闹得欢，说不定你就没明天。'"刘君利嘻嘻哈哈地说："我怎么发现你话里有话呢。"听着刘君利的话，凤妮自感得意，但她没有吭声，继续为刘君利肚里的孩子缝制着那双黑花虎头鞋。刘君利接过凤妮手里的鞋子，自然把婆婆夸赞一番。凤妮高兴地说："孩子的名字俺给起好了。"刘君利惊讶地说："你给起好了？我孩子的名字？"凤妮用那条半新半旧的黑色手帕在脸上擦了一把："看这话说的，什么你的孩子，他的孩子，那是俺老赵家的孩子，这事俺就当家了。当然，也是连福让俺给取的，俺想了几天，就叫虎子，赵虎子。这名字多好啊！虎虎生威，谁也不敢欺负咱。"

四十一天过去以后，刘君利顺利诞下一个男婴。她是在南屋生产的。孩子出生时，梧桐树上飞来十七只喜鹊，喳喳地叫了半天，让人顿觉喜庆。凤妮对这些"客人"亲热得像见到娘家人似的，为尽到地主之谊，特地在磨盘的东边空地上撒了两大把小麦。平时凤妮哪舍得吃这些细粮啊！可这一天不同，这是个大喜的日子。二十八九年以来，虎子是头一个出生在这个小院的孩子啊，怎能不让这个信奉基督教的老人感到兴奋呢。等喜鹊们吃完又飞到树杈上欢叫的时候，凤妮在磨盘南边用清水淘了九斤小麦，背到大队部磨坊，碾了几瓢白细面。路上凤妮逢人就夸她孙子虎子长得帅，和连福一模一样，特别是两只大眼睛不光好看还光彩照人。

看到有的人偷着笑，凤妮却不在乎，她只管向别人报喜。回到家里，凤妮蒸出了一锅白馒头，在帘子上面晾干，又用纱布包好，放在自己的床头。凤妮不是担心馒头被顺河偷吃了，她是不希望那几只饥饿的老鼠趁机瓜分了她的劳动成果。凤妮最反感那些小东西，吃了不足惜，就怕它们嘴里的细菌传染给大人和孩子。

凤妮暂时不再担心刘君利会逃走，就围着庄子转了两大圈，宣传她又添了一个大胖孙子。这样，一些老户人家就坐不住了，只好派出家庭妇女前来向凤妮贺喜。部分人带来了一包红糖，伸出脏兮兮的手，拧拧虎子的脸腮，向凤妮和刘君利说了几句祝福的话，就告辞了。送十只鸡蛋的人居多，喝下一大碗红糖茶，拿着两只红鸡蛋走了。

到了第三天晚上，凤妮数了数送礼的人，最该来的人蓉花却没有来。凤妮坐在刘君利床前，指导儿媳妇给孩子喂奶。凤妮的心很细，做事虽零零碎碎，却从不拖泥带水，这让刘君利深受感动。刘君利对凤妮说："娘，忙乎几天了，您也该休息一会儿了。"凤妮反问刘君利："看俺能休息吗？"刘君利嗔怪道："还对俺不放心？"

凤妮拾起掉在桌子上的半块鸡蛋白，填进嘴里，边嚼边说："说句实话，俺对你很放心，俺不放心的是俺的孙子。满庄人都知道俺添个二孙子，都过来贺喜，送来这么多好东西。你走了，俺觉得没什么，你要是敢把俺虎子带走，俺不会轻饶你的，追到山西也得把孩子抢回来。"

刘君利刚给孩子喂好奶，凤妮干脆抢过孩子，抱在自己怀里。凤妮对刘君利说："你年幼，不懂事，虎子夜里俺搂着。该喂奶的时候，俺就过来叫你。等虎子睡下，俺就给你煮几只荷包蛋去，把你的身子养好，大老远过来的，又是城里人，娇气，不伺候好你的月子，俺心里过意不去。不过，是个女人都得走这条道，不生不养算什么女人？当年，俺养这三个孩子，就没像你费这么大洋劲。生大孩的时候，只在床上躺了三天，就下地干活了，什么活都干，和正常人没有两样，从来不知道什么叫月子，老奶奶死得早，没法。现在生活好一点儿了，风俗又和从前不一样了。你年纪轻，多注意身体，别受了风寒。俺就是当年没注意，落下了病根，关节炎，胃病，老寒腿，还好，死不了。"

顺河开始叫刘君利"娘"了，他并不想称呼这个胖得像肥猪一样的女人"娘"。每当想起她在屋子中间屙下的那坨绿莹莹的臭屎，他就恶心得要命。他不光恶心那坨臭屎，更恶心刘君利和凤妮打得火热的样子。但他又不能不听凤妮的话，凤妮让他叫，他就得叫，只是叫了以后，心里产生了一个巨大的疑惑：刘君利显然不是他的亲娘，那他的娘又是谁呢？

他很想知道，凤妮却不告诉他，又不敢去问连福，只得把这事和文秀讲了。文秀也说不知道，就让顺河去问蓉花。蓉花搂着顺河的头，泪盈盈地说："看我像你娘吗？"顺河猛然挣脱蓉花的怀抱，盯着她那张越来越俏丽的脸，不停地摇头。看

来，我们的小顺河已经到了懂事的年纪了。

蓉花很想去找连福问个究竟，但那个长着一张死人脸的臭男人却不给她一个机会。每次打照面的时候，连福就赶紧溜掉，像那条盘踞在北汪里三十多年的黑鱼，连影儿都不见了。蓉花想起了过去的时光，那个时候连福并不是这个样子，至少会和她打声招呼，可现在他变了，变成了一个陌路人，不愿再搭理她，让她伤心透顶，只能悄悄地躲在家里小声啼哭。

夜深时，蓉花反复琢磨着莲莲说的那些古怪的话。莲莲曾告诉蓉花，男人就像一口井，一口老井，一口深井。当你站在井口边，想看个究竟的时候，却只能见到自己的影子，而水下很深的地方到底有什么，谁也弄不清楚。莲莲还说，男人藏在井下的最深处，像个水鬼，女人越想知道水下的世界，水鬼就把水搅得涟漪不断，最后竟连自己的影子也看不到了。

蓉花懵懵懂懂，就想和骆驼交流一下。骆驼说过，连福最爱的人是莲莲，蓉花却持有不同的意见，她认为莲莲最爱的人是连福。连福的最爱呢？当然不是她。那是谁呢？带着这些疑问，蓉花把骆驼喊进了自己的家。骆驼说："寡妇门前是非多啊！"蓉花说："怕是非的不是你吧。"骆驼笑着说："你想通了？说起来，我也是个好人，是个知冷知热的男人，只是你的心在连福身上。可连福现在已经有人了，你也该考虑自己的出路了。我思来想去，还是觉得咱俩最合适。至于赵平均、狗剩那些人，绝不可与我相提并论。不管论什么，我都在他们之上。"

骆驼继续说："当然，我也知道，他们都比我有钱。你说赵平均那个熊孩子哪来那么多的钱？莫非他娘和他爷死前给他留下了不少洋钱？这倒很有可能，他家是富裕中农成分，解放前家里有七十多亩地呢。"骆驼顿了顿又说，"更让我想不通的是那个狗剩，家里的钱竟多得花不了。我听说，他爷又托人给他说媳妇了，还给赵新菊一百块钱呢。天哪，我觉得他的这些钱来路不明。"蓉花问："看出来，又能怎样？""你说怎样，格杀勿论。"说完，骆驼还做个抹脖子动作，惹得蓉花哈哈大笑起来："就你这个老鼠胆子，还格杀勿论？吓不死你！"

骆驼不屑地说："想当初，我是怎么教训朱为民的，你又不是不知道？"蓉花说："还教训朱为民呢，就我手里拿着一根针，你就怕得不行，以为我真要刺你呢。"蓉花说着，笑着，眼泪都流出来了，她继续说，"如果当时你不怕那根绣针，说不定我还真把你当个男人了。"

二十四

刘君利比往日乖巧了许多，完全像变个人似的，见人都笑眯眯的。刘君利说话很甜，特别的方言吸引了不少男人捏扁头和她交往，不厌其烦地听她说家乡话，讲家乡发生过的一些事。即便来家看热闹的人很多，凤妮也从未放松对刘君利的监管。这个老女人的身影像个幽灵，时刻出现在刘君利的身旁，使这个外地女人不得不重新考量自己的前途。几日后的一天晚上，刘君利叫来八个八九岁十来岁的小孩子，教他们唱歌。刘君利的歌唱得动听悦耳，颤音连连，调子像美声，实际是通俗唱法的变种。刘君利会唱很多歌曲，还会唱家乡的小戏，深受孩子们喜爱。

唱完一段山西梆子，刘君利接下来就为孩子们动情地演唱了一首《映山红》。这是电影《闪闪的红星》的主题曲，旋律优美，歌词深沉，且被她发挥到了极致。听着这些欢快的歌曲和小戏，孩子们的脸上都绽放出满足和幸福的笑容。可爱的孩子们啊，就是因为他们生长在偏僻的农村，消息闭塞，教育迟滞，才对这些已流行多年的歌曲感到陌生和新鲜。孩子们虽然都弄不懂大人间的恩恩怨怨和复杂的心思，但在欢腾的音乐旋律中着实获得了一番快乐的享受。

这就是艺术的力量！艺术的伟大之处在于能陶冶人的情操，振奋人的精神，给孩子们带来乐趣，促进他们快乐成长，也能给劳动者增添无穷的力量，使日子过得有滋有味，对未来充满憧憬和希望。因而，无论社会发展到什么阶段，国家无论处于什么样的时代，都应该创造一个宽松的进步的文化环境，让劳动者和他们的孩子们享有精神生活的权利和自由。

就这样，孩子们渐渐和刘君利建立了深厚的感情，只要一天不去她那儿听歌，就觉得百无聊赖。凤妮却逐渐明白了，刘君利不仅是在和她打一场心理上的拉锯战，更是打一场博得大伙同情的人民战争。无论是"战役"，还是"战争"，对凤妮来说，只能赢，不能败，若有半点儿闪失，她就要被外人耻笑。那将是一种什么样的滋味啊？买媳妇的八百块钱算不得什么，钱没了，可以再赚回来，媳妇

跑了，带走孙子，人就丢大了，还怎么在后行过下去？数百年前，后行的赵姓祖先交代儿孙弘扬"忠厚传家远"的家训，才使赵家走向兴旺发达，可几百年后的今天，赵家宗族虽然越来越壮大了，但亲情血脉却越来越稀薄，人与人之间的竞争也日趋激烈，究竟又是为了啥？连我们精明的凤妮也搞不明白这个复杂的社会问题，谁又能解释得清楚呢？

　　其实，哪个人不想出人头地？从他出生的那一刻起，就想着凌驾于别人之上，只是时代的发展远不能实现他们的目标罢了，一旦可以相互离开走向独立时，人与人之间、户与户之间、族与族之间，就会忘却他们共同的祖先留下的那些训导，各扫门前雪，从而使那种建立在家族伦理之上看似牢不可破的关系瞬间土崩瓦解。

　　刘君利经过一番努力之后，已不再感到孤寂落寞，在教歌的过程中感受快乐的同时，也为实施下一步的逃跑计划创造了更加有利的条件。在和连福几个月相处的过程中，两人之间并不是没有建立一些真情。连福是个厚道人，对她疼爱有加，对虎子也是悉心照料，常从县城捎来奶粉，弥补她奶水的不足。连福是个本分人，不再为得到刘君利的身体而急躁冒进，在日常生活中对她更为体贴关心，遇到高兴事也会和她分享一番。这样一个老实心细的男人，刘君利又有什么理由不对他好呢？凤妮也是个令人尊敬的老人，虽然这个老女人把她盯得死死的，甚至连条缝隙也不留给她，刘君利却能够理解老人的心情。

　　这是一个让许多人垂涎的夜晚，小院愈加静谧，虎子睡得比往日更加香甜，通红的小脸蛋非常好看，两只小手分放在头的两侧，安稳入睡的样子让人爱怜。男女之间的"战斗"总有结束的时候，虽然两个人都希望这样的"战事"持续的时间越长久越好，可天下没有不散的宴席，任何一场激烈的"战争"终究有落幕的时候，只是发生在一个男人和一个女人之间的"战役"很难说得上谁是真正的赢家。

　　连福双手垫在头下，眼望着屋顶上那片黑黄色屋笆，大口喘着粗气。此情此景，连福像拿下一座久攻不破的碉堡似的，脸上露出一种复杂而浓烈的表情。谁也没有说话，风平浪静后，他们觉得无话可说。刘君利转向靠墙的儿子，她半闭着眼睛，嘴里轻轻哼起一支难懂的曲子。连福侧着身，点着一支烟，又点亮油灯，吐了一阵烟雾……

　　许久以后，连福对刘君利说："老待在家里也不是个事，跟我去县城吧。当然，谁也不指望你去干重活，只管带好咱们的儿子，照顾好顺河就行。到时候，我们单租一间屋，顺河可以在那上学，县城条件好，要把这孩子培养成一名大学生。"刘君利得意地说："这个主意不错，给孩子创造好的学习环境，是当父亲的责任。顺河这孩子聪明、善良，将来一定会有大出息。"连福说："你是高中生，文化比我高，顺河学习上的事抽时间多检查检查。对男孩子的教育不能放松，你松一尺，他就松一丈，到头来害的还是咱们的儿子。到时候，俺娘也一起过去，多多少少能替你分担一些家务活，况且，她一个人在家，我也不放心。"

听说凤妮也要去县城，刘君利的脸略微沉了沉，说："其实，孩子在哪上学都一样，看顺河的成绩，在家里上，照样可以考上大学。"看连福不吭声，她又说："我看不如这样，我有缝纫基础，再到金花那里的缝纫班学习个把月，回来开个缝纫店，起码能赚几件衣服穿。"连福喜悦地说："有道理，看国家现在的形势，一切都在悄悄发生着变化，干个体将会成为一股潮流。我看过了，桥北头正好有块空地，盖间缝纫铺，你一学习回来，咱就开业大吉，还不兴咱老赵家发大财，我就不信了。"

次日早饭过后，刘君利就向凤妮提出去汴塘学缝纫的事。凤妮想也没想，就骂刘君利好日子不过，耍枪攮牛，白日做梦，说得比唱得好听，财不是想发就能发的，还是乖乖地待在家中照顾孩子，别这山巴望那山高。当刘君利说这是连福的主意的时候，凤妮更生气："我就知道这是他的馊主意，等你男人回来，告诉他，你娘俺是杀过鬼子的人，走过的桥，比他走过的路还要多。这么说吧，谁心里是怎么想的，俺一心的数，他一撅腚，俺就知道他能屙几粒驴屎蛋！"

连福虽然已经来家数日了，但不需要参加生产队里的劳动。在家闲着也是闲着，他准备到田地里去，和那些上工的老伙计聊一聊当前的形势。连福先来到菜园里，转了一圈，就去了夺命口。在那里，连福遇到了骆驼。骆驼坐在地上，面无表情，像想着心事。连福站在骆驼身后，轻轻咳嗽一声。见是连福，骆驼又将脸转向水塘。

塘里的水不多，已见不到冰冻，水面上冒着些许热气；塘边通红的土壤松松垮垮，像一个受伤的男人身体上出现的道道疤痕，在温和的阳光照射下显得极为邋遢。连福蹲下来，揽着骆驼的脖子："别忘了，兄弟，这是夺命口，我估计三朵和她二姐都是在这里意外身亡的。"

这个问题，连福已问过骆驼三次，骆驼都没有正面回答。这次，骆驼却说出了一些重要的消息："我查了好些日子，总觉得三朵的死和三豁子高昌民有关。"连福问："是他？怎么会呢？"骆驼说："饲养场东边的小路是三朵出走后行的必经之路。"连福问："为什么不是南桥？"骆驼说："她没去南桥，直接朝北去了。"连福递给骆驼一支烟，两人几乎同时点着。

连福意味深长地说："骆驼，你是个有情有义的男人，但人死不能复生，振作起来吧，三朵的在天之灵会保佑你寻觅到属于自己的幸福的。"骆驼频频点头，他觉得连福的话不是没有道理。是啊，事情已过去这么久了，就算是高昌民所为，又能怎样呢？骆驼站起来，拉着连福的胳膊："大哥，大伙都念叨你呢。你这一回来，就和蛮嫂子打成一片，黑了睡，白了睡，黏黏糊糊的，怕是把兄弟们都忘记了吧？"

连福没有按骆驼的思路往下说，而是向骆驼询问了一些关于生产队的情况。骆驼一一向连福说了。连福眉头紧皱，说："徐凤举这人真是老朽了，再这样下去，就把社员拖进了泥坑，也会把生产队拖垮的。火车跑得快，全靠车头带，没一个像模像样的领导，就是个灾难。老徐这人干了二十年队长，论经验，还是有一套的，但脑筋转得慢，跟不上形势发展，又有许多人掣肘，自己的身体不好，媳妇也病恹恹的，自然没有精力去干好大集体的工作。"

在骆驼的引领下，连福来到饲养场东边的麦地里。凤妮说得果然正确，整个冬季不仅没有下一场像样的雨水，连白雪的影子也没有见到。在地里干活的大约有三十位社员，身上都穿着一件笨重的黑棉衣。蓉花的脸膛更加娇媚，两只长辫子甩在屁股上，把她衬托得像一朵初冬绽放的棉桃。由于追肥任务不重，多数社员只是充人头。干完活，徐凤举清点一下人数，又在草纸封面的小本上记录下上工者的名字。见骆驼坐在地上磨磨蹭蹭，不曾施一把化肥，徐凤举心中生气，就动笔划掉了他的名字。过了一会儿，徐凤举又觉得不妥，就给骆驼记了半个工。

当蓉花将徐凤举的这些举动告诉骆驼以后，骆驼想好好教训一下徐凤举，就趁乱抢走了他身上的那只大玻璃茶杯。徐凤举撒腿追赶骆驼时，掖在胳肢窝里的那个小本子掉在了麦垄间。蓉花拾起本子，看也没看，便撕个粉碎。徐凤举回到原地时，见本子已成了碎片，却不敢生气，转过脸默默地走了。

连福不便在麦地里继续待下去，他只身去了北汪。在芦苇地里，连福足足待了一个中午。他静静地坐在那块干裂的空地上，一支接一支地抽着老烟叶。想起和宝珍曾经度过的那些美好时光，这位耿直的汉子洒下了难过的泪水。连福不停地责怪自己是个多愁善感的男人，时间都已过去这么久，自己也已经有了家室，再去想那些青春年少时的事情还有什么意义呢？可他越是压抑这些纷乱的念头，那些场景就越出现在他的脑海中，而且越来越清晰，越来越沉重，越来越折磨他苦痛的神经，曾一度使他的脑袋处于空白状态，像一张白纸，没有一点儿痕迹。他觉得自己变成了一个怪物，或是一只鸭子，或是一头驴，所有的思想都消失殆尽，只知道凶猛地抽烟、抽烟、再抽烟。连福强迫自己忘却这些老掉牙的往事，他站起来，越过一根根芦苇茬，来来回回地奔跑起来。

直到下午三点，他才懒洋洋地往家走去。凤妮将连福堵在过道里："你那个馊主意，俺都知道了，俺狠骂了刘君利那个死孩子一顿。千万别小看那个女人，她是哑巴脸、猴子心。她是怎么想的，你不知道，俺清楚得很。哪都不准她去，就让她在家待着。知道她过去为什么不跑吗？她精明得很。朝哪跑？肚里有孩子。现在不一样，无官一身轻，想朝哪跑就朝哪跑，腿长在她身上，自由着呢。"连福嬉皮笑脸地说："虎毒不食子，她还能把儿子一扔就走？"

凤妮指着连福的额头："白上几年学，书都念狗肚里去了。"连福说："她是我媳妇，我还能不了解？"凤妮说："你了解个屁！别以为和你睡一觉，就是你的女人了！你是瞎精，人家是真精，跟猴似的，睡着都比你精明。你也不想一想，跑回山西以后，她带人过来向咱要虎子，咱给还是不给？就算她跑不掉，信总能寄吧，老赵家尽出憨人！你爷要是不憨，早当官了，他有文化，共产党给他安排工作，要他当粮管所长，多好的差事，不干，就想种地，这不是憨，又是什么？还有你，当初带宝珍跑，去汴塘你大妹家躲一夜，走山路，去煤城，直接去济南你三表叔家，就算他徐凤举有千军万马，也想不到你俩会渡过大运河去山东吧。娘的，偏偏朝山庙跑，抓住也就抓住了，吃个哑巴亏算了，还不走心！四妮都嫁人了，还去想人家的好事，用剪子戳你几下都是轻的，要了你的命，你也没辙。"

几天后，刘君利还是如愿去了汴塘。她是被金花带过去的。金花的话，凤妮是要听的。

金花住在街上，见过世面，男人又在外做工，每月都有不少钱进账，日子过得比一般人富足。而且，金花为人慷慨，尤其重视娘家人，不分远近彼此，平时不来，一年两个节却从不落下。她不仅要给凤妮买来好吃好喝好用的，送来零花钱，还要把节礼送给半个庄的亲友，深得大伙念叨。那年中秋过节时，金花有事没来后行，使得几十个社员先后来凤妮家质问，弄得凤妮很难堪，像是她有意不让闺女给他们送礼似的。后来，金花再也不敢空手回娘家，节日更要带来大包小包的礼品。

刘君利在汴塘学习缝纫期间一直在寻找寄信的机会，可未能如愿，一个月后只得苦闷地回到了后行。虎子吃得又白又胖，让刘君利对凤妮十分感激，向婆婆说了一大堆客气话，还不忘把二两冰糖拿给凤妮享用。再一次从县城回来的连福越发感到刘君利是个知冷知热的女人，就更加用心疼她。

为让缝纫铺早日开张，连福亲自登上徐凤举的家门，放下两瓶"运河香醇"酒和一条"丽华"香烟。空地闲着也是闲着，徐凤举答应了连福的请求。连福激动得一宿未合眼，于次日起从公社窑厂拉来四板车红砖，又从山庙街运来一车瓦片，芦苇有现成的，家里积攒的几块碎石也派上了用场。和泥、递砖、砌墙、铺笆、上瓦……就在连福忙得不可开交的时候，蓉花款款地来到凤妮家，希望帮老人炒菜做饭。

凤妮不想让蓉花插手自己的家事，让刘君利陪蓉花说话，她一个人在锅屋里忙活着。女人遇到女人总有说不完的话。刘君利挨着蓉花坐下来，拉了一些家长里短。在刘君利看来，蓉花是一个很好相处的人。多个朋友多条路，谁也说不准哪根干树枝能发出新芽来。刘君利笑着说："还惦记我家男人，早干啥去了？"蓉花笑逐颜开地说："只要你和他日子过得美，我也就放心了。莲莲说过，爱一个人，不一定非要和他一头睡觉。"刘君利问："莲莲谁啊？他曾经的恋人吗？"白蓉花答："也

算是吧。"刘君利说:"我男人也够骚的。"蓉花说:"连福个头大,身体又壮,你可得小心点儿。"刘君利说:"说啥呢,怪难为情的,还好吧。"

蓉花大笑一番,泪却流了出来,她倒吸一口凉气,缓缓地说:"有用得着我的地方尽管说,在你眼里满庄的人都不可靠,我却是个例外。你想没想过,你离开连福,谁最高兴?"刘君利拉着蓉花的胳膊:"你的意思是可以帮我?"蓉花故意问:"你不想?"刘君利佯装生气地说:"我和连福已不是一天两天,要是在以前,我还真希望逃离这里,可现在我不想了,儿子都这么大了,走什么走?到哪还不都是跟男人睡觉。再说,婆婆对我这么好,我又怎能去做一个忘恩负义的人呢?这个日子,我算是过定了,就这命。"蓉花站起来,朝锅屋里瞥了一眼,气愤地说:"算我多管闲事。"刘君利把放进怀中的那只手哆嗦地收回来,意味深长地对蓉花说:"来日方长。"

缝纫铺盖得还算顺利,垒到四檐齐的时候,连福买来一挂鞭炮,在门口燃放了。屋顶建成以后,连福用白灰泥平内墙,又用扫帚将外墙清理一遍,从外观上看,小屋建得有模有样。不久,连福通过关系从县城买来一台缝纫机。一切准备就绪,就等开业大吉了。然而出乎连福意料的是,这一天上午十点左右的时候,开业的鞭炮刚隆隆炸响,一个瘦弱的男人从一辆崭新的吉普车上跳下来,直奔连福走去。男人脸上长满胡须,眼睛很小,像两个黄豆粒,嘴却很大,像个螃蟹窟,可以塞进闷驴的一只后蹄。他的两只门牙翻转在嘴外,走路的样子十分难看,腰弯得像只煮熟的小虾,像得了重病似的。

男人说话很逗,一句话要老半天才能说完,总是一个字一个字地往外蹦。跟在男人身后的是两个公安局的同志。在惊愕中,连福终于弄清了这个男人是刘君利的"前夫"孙敬国。两位公安局的同志中,一个来自芮城县,一个来自润水县。润水县公安局的同志是个小个儿头,声称要把刘君利和虎子一并带走。连福惊愕得一头雾水,像迷失了方向,苍白的解释难以说服来人。润水县公安局的同志向连福出示了刘君利和孙敬国的结婚证及户口本。

连福再也无话可说。趁大伙都来瞧热闹时,骆驼喊来了凤妮。刘君利跟在凤妮身后,嘴角露出狡黠的惊喜。她没和连福打声招呼,就抱着虎子直接坐上那辆吉普车。连福真想跑过去,抢走虎子。这毕竟是他含辛茹苦养大的孩子啊!虎子虽然不是他的亲骨肉,可一年多来他尽到了一个父亲的责任,并和孩子建立了深厚的感情,又如何让他割舍得掉呢?连福终究没有那样去做,因为事实就是事实。他和刘君利的婚姻是违法的,他只能将希望寄托在刘君利身上,希望她主动留下来,和孙敬国离婚,然后名正言顺地成为他的妻子。

刘君利的眼睛只顾瞅着面前的挡风玻璃,一言不发,甚至连看连福一眼也不肯。

连福彻底失望了。凤妮没有承认失败。在困难和挫折面前，她天生就是一个强人。凤妮快步来到车前，直挺挺地躺在路面上。刘君利探出头来："娘，我走了。"凤妮用手指了指刘君利，突然晕厥过去。痴傻的连福和骆驼好不容易把凤妮抬到家里。凤妮醒来时，头脑逐渐清醒了，对连福说："快去县里，找高厂长想办法，说什么也不能让那个混蛋女人带走俺的二孙子。"

来到县城以后，连福并没有去找高福刚帮忙。他在县城的大街小巷里转悠了一个下午，饭也没吃，累的时候，就坐在路牙石上歇下脚，任凭车辆从跟前呼啸而过。他望着乌蓝的天空，目光黯淡，痛苦的表情仿佛定格一般，犹如一座可怕的雕像，引来无数人驻足侧目。华灯初上时，连福懒散地行走在一棵棵歪七扭八的梧桐树下，艰难地呼吸着肮脏的汽车尾气和随风刮来的尘埃。躺在出租屋里的小床上，他把头埋进发臭的草枕里，硬是把一滴滴干涩的泪咽进了肚子里……

第二日，天晴得漂漂亮亮，没有一丝风，飘零的树叶眨巴着窘迫的眼睛。凤妮坐在门前那棵佝偻的槐树下的凳子上，居然一袋接一袋地抽着老烟叶。烟气呛得她眼睛昏花，喉咙里像冒出一团团火苗。凤妮平时很少抽烟，除非心情特别烦闷时，才取下这只挂在南屋西墙上老伴生前用过的烟袋，装半斗粗烟叶，沉闷地抽上几口。凤妮不敢眨眼，焦急地等待连福的身影突然出现在面前，竟把正在燃烧的黑乎乎的烟灰直接磕进蓝布褂的口袋里，任凭烟火燃着衣物，发出一股股焦煳的味道。

蓉花穿戴整齐，神不知鬼不觉地出现在凤妮西边邻居家的屋后。在那棵桑树的掩护下，她惊讶地发现凤妮的褂子已着起火来。蓉花的穿戴讲究多了，上身是一件绿洋布褂子，两排黑纽扣整齐地并列在胸前，显现出完美的曲线。她的下身是一条灰裤子，虽然陈旧，但洗得干干净净，看不出一点儿褶皱。她脚上穿的那双黑布鞋是她亲手为刘君利做的，凤妮嫌她做的鞋子脏，不让刘君利要，她只好自己穿了。鞋码有点儿大，她在里面放了四个鞋垫。她嘴里吐出一片南瓜子碎壳，轻轻砸在那根窄窄的干草叶上，颤动的叶片极像一只善舞的飞虫。

当一缕似白非白的烟雾从凤妮的怀中袅袅升到空中的时候，蓉花快步跨到过道门口，拿起那把靠在西墙上极少被派上用场的木锨，狠狠砸向凤妮的胸部。木锨是凤妮家的私有财产，是连福十年前精心打制的，做工十分细致。在晒生产队的粮食时，彩霞常把它带到场上使用。平时，这把木锨就闲置下来，很少用得上，由于长期遭受雨淋，表层已变得乌黑，刃上留下七个大豁口，小豁口更加数不清，从远处看倒像一把木耙。

凤妮趔趔地跌倒在光滑的沙土地上，两腿平稳地伸向空中，绕出两道弧线。凤妮身上冒出的烟已变成黑色，焦煳的味道更加浓烈。蓉花掐着腰，指着凤妮的额头，

说：“打滚，会吗？像驴一样！就是生产队那头闷驴！懂不懂？打滚！打！"

蓉花的口气特别严厉，俨然是一个不孝顺的儿媳，在教训平日里作威作福的婆婆。眼看火势越来越旺，蓉花再次举起木锨，向凤妮横扫过去。凤妮不敢和蓉花作对，自觉自愿地躺在地上，连打十八个滚儿。蓉花扔掉木锨，猛扑过去，伸出双手，用力撕开凤妮身上那件已被闷火烧得窟窿连窟窿的大襟褂子，费了九牛二虎之力，最终使她脱险。凤妮惊喜地坐起来：“怎么是你？"蓉花说：“是我，怎么了，稀奇吗？又不是头一回来。"凤妮问：“是你把火扑灭的？"蓉花"嗯"了一声：“不信吗？"凤妮问：“就是用这把木锨？"得到蓉花肯定的回答以后，凤妮说：“你等着！"

凤妮愤怒地拿起那把木锨，扬起颤抖的双臂。眼看木锨就要落到自己的身上，蓉花吓得扔掉手中攥得死死的七八粒南瓜子，转头向西跑去。蓉花颠颠的样子和疯子无异，她扬起的两手时不时磕在自己的耳根上，惹得凤妮大笑起来。凤妮完全忘记自己还光着上身，耷拉的两片乳房左右摇摆着，像一对过了冬的干丝瓜。笑完以后，凤妮才发觉自己被蓉花戏耍了。她急忙披紧破褂子，盯着蓉花的背影，骂道："你这样的女人，还不快快去死，早死早托生，省得在后行丢人现眼。怪不得燕华他变着法子整你，就你这样的骚货，搁谁也得一天揍你八竿子。一个少脑子货，还有脸到处张狂。给俺听好了，只要俺一天不闭眼，你就休想进俺老赵家的门。觉得跟谁都不错似的，想哪会来俺家就哪会来，也不撒泡尿照照自己。俊，咋了，当饭吃，还是能当汤喝？别看你屁股左右摆个不停，可就是生不出个男孩来？想进俺的门当媳妇，做梦去吧。"

回到堂屋里，凤妮从桌子上拿起一根竹筷，狠狠刺向自己的大腿。凤妮握着筷子的手一直没有松开，她在不停地用力攥紧它，仿佛只有这样，才会迫使刘君利半道上良心发现返回这个半冷半暖的家。凤妮又想起虎子，那个喊了她半个月"奶奶"的牙牙学语的孩子，白白胖胖的脸蛋在她脑海里萦绕着，使她的心又揪在一起。凤妮的大腿开始疼痛，她不忍看到腿上白皙的肌肉由白变红、由红变紫，就放下被她卷到大腿部的黑裤。凤妮想痛哭一番，发泄不幸、牵挂、愤慨的思绪，可老天偏不让她这样去做。凤妮的大脑逐渐冷静下来，望着南屋半开半闭的木门，她凄厉地冷笑一声：“老天爷，你是故意的！"

徐凤举晃着疲惫的身体来到了凤妮的大门口，他咳喘的喉咙里冒出一口浓痰，被他重重地吐在地上。他还想再吐，可那口带血的黄痰竟死死地黏在他的嘴角上一动不动。他用手抹去痰迹，费劲地甩了几下，恰巧落在了自己的左脚上。他懒得去擦，直奔凤妮的院里去了。凤妮只用眼角的余光就看到了徐凤举苍老的身影。十多年前，徐凤举是这里的常客。宝珍也常来这里欣赏屋棒上那个可爱的燕窝。每次欣赏燕窝时，宝珍都要坐在连福身旁，无拘无束地谈着天说着地，十分欢快。

徐凤举的腿脚再不像从前那样利落，走路的样子像一只瘸腿的母鸭，左右摇晃得很厉害。这位经历过沧桑岁月的老汉一来到凤妮面前，就站立在原地，细心观察着凤妮表情上的变化，两只垂下的手孤独地放在大腿两侧，尽显诚恳和慌张。徐凤举的双腿抖来抖去，像筛糠一样。徐凤举病了，不仅仅是身体上的毛病，更是精神上的。虽然随着时间的推移，他已故意把宝珍和其他人屡次伤害自己的往事淡化了，但这并不意味着他真的全部忘记了过去。究竟谁是杀死三朵的真正凶手？这个问题纠缠他很久很久了。

看到院里的人越聚越多，凤妮的脸色越加难看。徐凤举想安慰凤妮一番，喉结翕动几下，话到了嘴边，还是被咽了回去。他曾不止一次领教过凤妮的厉害，在这个特殊的场合，更不想让自己变得被动和难堪。凤妮压低声音说："不就是俺儿落难出洋相了吗？你来干什么？想安慰俺？不是吧？你是想来看俺家热闹的，笑话俺郑凤妮也会有今天，不是吗？别不承认，老徐，你不吱声，俺也知道你心里在想什么。今天，俺家是落难了，是难看了，谁想笑话，谁笑话去！"

"不是，听我说。"徐凤举尽量赔着笑脸，说话的语气显得软绵绵的。凤妮吼叫："你说，说啊！人少，觉得不过瘾，那就让韩科成把全大队的人都喊来。你这个队长不是觉得很有能耐吗？去啊，去把全大队的人都叫来！俺算是看透你了，老徐，表面上嘻嘻哈哈，让人觉得那些事都错在俺身上，其实你老徐心里的花花肠子俺最清楚，只是不愿说出去。当着大伙的面，俺再说一遍，连福再困难，他也是个见过世面的孩子，哪些事该做，哪些事不能做，他心里头比谁都有数，再拿屎盆子扣在俺儿子头上，俺这个人，大家都清楚，不是个饶人茬子。"

听了凤妮这番话，徐凤举的脸红得发烫，像被凤妮扇了两巴掌，又像被她用辣椒水反复揉搓了无数遍，火辣辣得难受，恨不得找个老鼠洞钻进去。凤妮不打算再给任何人留情面，听风凉话的滋味不好受，与其遭人奚落，还不如主动出击。徐凤举摇着发蒙的头，只得动员大伙尽快离开这里。见大伙愣着不走，徐凤举缓缓地摆着手："都走吧，就算我这个老家伙求你们了！"

徐凤举是第一个离开凤妮家的。他拨开面面相觑的人们，走出院子，径直向东去了。然而他不敢走得太远，担心凤妮出意外。见大伙都陆续散去，他又折回头，背靠着凤妮的堂屋门蹲下来。"我拍胸脯保证不是来看你家笑话的，我知道，我没法让刘君利回头，可话又说回来，人这一辈子不就图个平安吗？只要连福没事，再大的事也都不是个事。留得青山在，不愁没柴烧。连福和四妮子的事我就不多言了，过去就过去了，我这人心眼小，但不坏，别跟我一般见识。"

听到徐凤举这些虔诚的客气话，凤妮心里的气居然消了许多。她从菜厨抽屉里

翻出半包"丽华"烟,递给徐凤举一支。"没事了,抽支烟。俺说话冲,别在乎。""真没事了?"凤妮轻松地说:"我老婆子什么事没经过,想当年俺还杀死一个小鬼子呢。那家伙年轻,不比俺大几岁,还是个当官的!老徐你放宽心,俺还是俺,连福还是连福,都不会有事的。"

二十五

　　凤妮一个人站在自家院子里，难免胡思乱想，想到伤心处的时候，竟抑制不住伤感，鼻子酸了一下，泪水就汩汩地滑落在她的腮上了。正在这个时候，北江的芦苇丛里传来了一阵布谷鸟的叫声，这让凤妮的心情稍微舒缓了一些。听到布谷鸟的叫声，梧桐树上那只似蹲非蹲、似飞非飞的喜鹊也跟着莫名狂叫起来。喜鹊的叫声听起来十分动听，像唱歌一样，节奏起伏，又像弹钢琴，流畅清脆。听到喜鹊的叫声，凤妮竟咧嘴笑起来。她止住泪水，心里感到暖洋洋的。是啊，好久没听到这么美妙的声音了，这声音让这个略显驼背的老人倍感亲切。她仰望着蔚蓝色天空中那只飞来飞去的喜鹊，心里闪现出一丝橙黄色的幻想。

　　徐宝珍进入小院的时候，凤妮已经着手准备晚饭了。平时凤妮和大伙一样，每天只吃两顿饭，考虑顺河已到了长身体的年纪，她特意给孙子加了一顿。不能让孙子受屈，这是她当奶奶的底线。凤妮从锅屋里出来看到宝珍的时候，她拿勺子的手激动得抖了起来。她居然不相信眼前这一切是真的，像做梦似的。宝珍急忙走过去，搀着凤妮的胳膊，一口一个"大娘"地喊着。宝珍的脸色比以往好看多了，白白胖胖，皮肤细腻，闪烁着动人的光彩。

　　宝珍笑盈盈地摘掉头上那只乳白色草帽，放在小凳上。她急于知道连福和刘君利的事情。

　　千万不要错怪这位从庄里走出去的漂亮女人，她并非是想撕开留在老人记忆深处的伤疤，更不是来看凤妮笑话的。宝珍是在后行小学听一位老师的公开课时才了解到这一情况的。

　　宝珍已经有好长时间没来后行小学了，她从心里抵触这个伤心之地，可这是中心校安排的任务，实在无法拒绝，只得硬着头皮来了。她不想再见到朱为民那张丑陋的嘴脸，连个照面也不想打，只管查阅备课、听课。在宝珍看来，当初她和朱为民结婚，完全是朱为民通过非正常手段逼她就范的。朱为民不仅玷污了她洁白的身

体，还把她的亲生骨肉卖掉了，卖的四百块钱被他输得一干二净，彻底摧毁了她的精神世界。徐宝珍不想再踏进后行庄半步，可她身不由己，听完一节语文课之后，就鬼使神差地过来了。

凤妮拉着宝珍的手，心里五味杂陈，但更多的是对宝珍的怜惜和疼爱。含泪看着宝珍喝掉碗里的白糖茶，凤妮主动把家里发生的一切告诉给这个同样苦命的女人。老人的每一句话都让宝珍的心像被一把利刃剧烈地来回划割一般，疼痛难忍，泪水不由自主地再次流了出来。

宝珍想对老人说一些体贴、感恩和抱歉的话，但此时此刻，她又觉得再多的话都是多余的。沉默地望着屋上那只美丽的燕窝，宝珍心里顿生感慨。小的时候，每次见到这只燕窝和那些伸长脖子的雏燕，她都会感到无比兴奋。那一次，连福指着燕窝里的小燕说，靠西边那只最活泼的小燕就是她。宝珍的脸当即红了，她兴奋地趴在连福的肩膀上，轻轻吻着吊在他耳朵上的那只银环……想到这些的时候，宝珍再也控制不住激动的情绪，心里像翻江倒海一般。她急忙用手捂住嘴巴，嗓眼里发出悲切的声响。

连福一走进老宅的过道，就听见了宝珍和凤妮的谈话声，但他没有过去惊扰宝珍。他蹲在过道的一角，抽起了香烟。宝珍的声音还和过去一样富有磁性，让连福想起了那些令人热血沸腾的岁月。宝珍参加毛泽东思想宣传队比连福早一个月，常一个人演两个角色，既饰演少女，还装扮成老太太。宝珍的每场演出都让观众报以最热烈最持久最响亮的掌声，特别是她在宋庄大田地里的那次演出产生了极大的轰动效应。演出结束后，全宋庄的男男女女约一千二百口人将宝珍围得水泄不通，无论年轻人，还是上了岁数的妇女，都热情地让宝珍报出姓名和住址。更让人深感意外的是，从第二天开始，宋庄的媒婆就纷纷踏入宝珍的家门。那时的宝珍青春靓丽，热情奔放，不仅是后行的一枝花，周边七个大队都难以找到一个可以和她媲美的姑娘。当媒人接踵而至的时候，宝珍害怕地藏进了北汪芦苇丛里。

是连福为宝珍送的饭，并陪她度过了几个漫长的黑夜。连福胆子大，使宝珍不感到孤单和恐惧。那夜，两人背靠背，诉说着美丽的往事和新近发生的事情。连福将白天打听到的事情讲给宝珍听。听说媒人和徐凤举急得像秋天的蚂蚱，宝珍爽朗地大笑起来。听到宝珍悦耳动听的笑声，几窝小布谷鸟不耐烦地抖动着翅膀，叽叽喳喳地叫唤着。离开芦苇丛的时候，两个人深情地亲吻在一起。

宝珍失魂落魄地告别凤妮，当她进入过道的时候，连福已经走远了。这让憨厚的连福能怎么办呢？不错，他做梦都渴望见到他的心上人，可一旦有了见面的机会，却从心里感到恐惧。他不忍心向这个苦命的女人诉说自己痛苦的经历，那不光会引起宝珍的伤感，更让自己处于尴尬的境地。再美好的东西都已经烟消云散了，如同一只红透的番茄，被咬掉一块后，必须一口吃掉，否则很快就要腐烂，再也找不回原汁原味了。

宝珍越走越远，躲在柴垛后面的连福清楚地看见了她的身影。她的身材没有多少变化，腰依然那样纤细，走路依然那般沉稳，像什么事也没有发生过一样。她头上那顶白草帽发出的亮光足以让他心碎。连福独自来到北汪南岸，沉闷地抽着香烟，一根接着一根，没完没了，直到把烟盒里的十支烟全部抽光。他从身上的裤兜里翻出一把烟丝，共卷出十二根烟棒。当所有的烟叶都要被连福抽完的时候，骆驼过来告诉他，赵新菊跳井自杀了。

老井旁边已聚拢了许多人，里三层外三层，连插脚的空也没有。赵新菊被连福打捞上来时，脸部已严重扭曲，基本上看不出人形了。一个韩姓女人哀叹一声，夸赞赵新菊功德无量。骆驼却将夸赞赵新菊的妇女揍了一顿。于是，引起一场混乱。韩姓和赵姓两个家族的人们扭打在一起。在二十分钟后收手时两败俱伤，各自带着斑斑血迹回家去了。有个老人指着尸体说，赵新菊终究是赵家人，虽没有后代，但也得找个地埋了，不可暴尸于此。

骆驼的父亲赵德彬站在井口边，说："应该找到赵新菊自杀的原因，待后人问起来，以便有个交代。"赵德彬算是个幸运的老人，从河南杞县回来以后，就整天乐呵呵的，因为他找到了自己的老家。他父亲并不是国民党军官，只是一个地地道道的农民，因为贫穷，才托人把年幼的赵德彬扔在后行的。带着当地开具的证明回来以后，赵德彬向韩科成做了汇报，韩科成竟和颜悦色地拍着他的肩膀，说他胖了不少。

骆驼瞪了赵德彬一眼，冷冷地说："赵新菊这人死有余辜。""对，死有余辜！"所有在场的光棍都这么大声吼叫。赵德彬不敢看骆驼的眼睛，仿佛饱含着一股杀气。赵德彬不得不退出人群。从杞县回来以后，赵德彬一直以为自己是个见过世面的老人，不再看所有人的脸色，一切按照自己的意愿去做一些想做的事情。可面对儿子的冷眼，他发现自己错了，骆驼才是他最感恐惧的人。骆驼是他的儿子不假，可他的确没有尽到当父亲的责任，因而常为这事苦恼。他也曾讨好过骆驼，希望带儿子回杞县过日子，得到的却是一顿奚落。其实，赵新菊的死亡不能完全责怪骆驼一个人，如果不是全庄三十三个光棍合伙向她索要一千六百零六块媒钱，她也不至于走上这条不归路。赵新菊也不是不想把钱退给这些光棍汉，完全因为钱被一个蟊贼偷得精光。

自这眼老井开掘使用以来，水源就一直不断，水面清澈，味道甘甜，却在这个时候使庄人丢了性命，这让老井深感自责，愧疚地发出一阵狂啸。水浪瞬间冲出井口，像发了一场大洪水，漫过井台，直奔东边的小路去了。看到红而黑、大而凶猛

的水流，大伙吓得掉头就跑。

接下来的两天时间里，谁也不敢再到这里来，更没人愿意安葬赵新菊的尸体。连福感念赵新菊为庄上人做的那些好事，就把自己家东边那棵柳树伐了，不动声色地做成一只小匣子，又在饲养场东边的玉米地里掘出一个小坑，趁着夜色，将她葬了。黑夜中，连福叼着一根烟，匆忙往庄里赶去。他没有回自己家，而是直接去了夺命口。月光不很明朗，却把汪塘照得清晰可见。东北方的芦苇丛、正北方的水面、西方的荷叶以及眼前十米远处的那些杂草，都纷纷映入他的眼帘。杂草前是一块约一百平方米的水面，清澈透明，波光粼粼，干净无物。连福很想在夺命口痛快地洗个澡。他脱下衣服，连裤头也没留，想也没想，就跳了下去。连福浮在水面上，在这个开阔的地方游了三个来回，似乎找回了少年时的感觉。突然，他一个猛子扎了下去，身子迅速沉到水底。好大一会儿，他才迫使自己游上来。

冒出头来的时候，他发觉自己还活着，只是心跳加快了一些。他踩着水，划到岸边。这时候，一条黑鱼向连福游来，速度极快，像支利箭。黑鱼很大很长。连福根据经验判断它的重量至少在十斤以上。黑鱼被人称为孝鱼，连福是知道的，但他弄不明白既然是个"孝子"，为什么这条巨大的黑鱼却偏偏活了下来，黑鱼犹如一个怪物，嘴巴张得很大，仿佛要把这里的活物一网打尽。连福想到了死，可他绝不情愿死在这个魔头的嘴里。黑鱼游得越来越快，来到连福的身边时，却拐了个弯，一头撞在岸边的那块黑石头上，翻了个白身，死了。连福不想让人知道这件事，可偏偏被骆驼看见了。

骆驼直接把黑鱼抱到自己家里，磨好菜刀，把鱼剁了十九块，放在两个盆里，又从徐凤举的锅屋里偷来半斤大粒盐，腌了二十分钟以后便下锅煮了，竟没油可放，不得不二次返回徐凤举的锅屋里，直接偷了一个黑油瓶。

连福喝了一个中午的酒，直到凤妮从外面回来，他还在悠悠地喝着，轻飘飘的大脑已使他适应了酒精的刺激。白天，谷凤玺来了一趟，他说县酒厂又有一个工程等待发包，竞争者很多。谷凤玺找过几个熟人，希望揽下这个大活，但都失败了。谷凤玺和其他工友只得把希望寄托在连福身上。连福在喝酒期间，已做好了回县城的准备，等谷凤玺从汴塘一回来，两人就坐车回去。

白蓉花终于做通了凤妮的工作。凤妮试探性地征询连福对蓉花的看法。凤妮尽可能地把话说得圆满委婉，让他能够顺利接受。"要俺说，还和山西一样招婿吧。改姓也行，只要能生孩子，日子怎么不是过？你小子也是个能人，三个媳妇就算都没拴住，也比庄里那些孩子强，好歹你也是两个孩子的爹！"

连福居然大笑一声，眼里发出吓人的光线。凤妮瞅了连福一眼，咽下一口唾液，说："祖上几代也没出过你这样的神经病。"连福说："我就是神经病！"凤妮紧张地说:"可别吓唬俺。"连福说:"开玩笑的。""谁给你开玩笑?"凤妮想骂儿子几句解气,可她还是收敛地坐下来。即使连福不吭声,凤妮也清楚连福已知道自己的意图。她清清嗓门,说:"让文秀娘来咱家先过一阵子,处处看,她有这个意,就等你一句话。"

  凤妮的话音一落下,整个屋子就变得异常沉默,连燕子和麻雀都不敢作声了。小生灵们像什么都懂似的,呼啸着盘旋一阵,紧接着小心翼翼地飞走了。娘俩谁也没说话,谁都无话可说。连福把桌底的酒瓶摆成一条直线,九只白酒瓶和两只绿酒瓶交叉地展现在他面前。他像一个刚识数的孩子,蹲在地上,从东向西数了一遍,又从西向东数了两遍,接下来又毫无规则地乱数一气。沉闷的气氛让凤妮喘不过气来。她走出屋子,仰起头看着蒲扇大的梧桐树叶。她也像连福一样,从里向外,又从外向里地查着叶子的数量。她始终查不清楚。大约数到一百零四的时候,她嘴里的数字忽然变成了六十七。她的脑子全乱了。

  连福不再数酒瓶,他已引燃两支香烟和一支卷烟,满屋的烟味呛得他睁不开眼。他剧烈地咳嗽一阵,吐出一口黑痰。他再一次深刻地回想着凤妮要表达的意思。如果让他和蓉花过日子,他宁愿立刻离开这个鬼地方,虽然他同情蓉花的遭遇和有一顿没一顿的苦日子,但同情和喜爱毕竟是两码事,无论如何也不可画上等号。他不知道蓉花是怎么想的,简单的大脑里难道只容纳他一个人?好多的光棍都在认真追求着她,她怎么就不放在心上偏偏冲他来呢?他和她不是一路人,怎么也尿不到一壶。这是连福最真实的想法,但对凤妮和蓉花来说却是最残酷的。他已顾不得凤妮生气与否,更从凤妮突变的态度上确定她和蓉花之间已达成了某种"协议"。

  时间一分一秒地过去,两个小时后,太阳落山了。娘俩依旧谁也不理谁。直到谷凤玺到来,才改变了这个苦闷而浑浊的气氛。凤妮着实感到轻松,她拉着谷凤玺的手,亲热地喊着"大侄子",谷凤玺也是一口一个"大娘"地叫着。乍听起来,谷凤玺倒像是凤妮的亲侄子。

  连福昏暗的肤色下难以遮挡逃离这里的迫切心愿,可谷凤玺说要喝两盅明日冉走,连福只得答应。连福从菜园里摘来三根弯黄瓜,用刀拍成十六截,又将捣好的蒜泥铺在瓜上,连同新鲜的醋蒜、盐豆和黑咸菜,摆满了不大的桌子。他特意在饭锅里放些切碎的青番茄,抓把大粒盐,放在勺里,然后在锅里搅拌一阵,烧成鲜亮的妈妈汤。这是一桌丰盛的晚餐,兄弟两人少不了就着新鲜的凉菜尽情地喝一番酒。连福边喝酒边向谷凤玺逐个询问其他工友身体、家庭、婚姻等方面的情况。从谷凤玺嘴里得到来自四面八方的工友们生活得还算幸福,最烦闷的是赚不到钱的情况后,连福从心里哀叹一声,觉得对不起这些朝夕相处的朋友。谷凤玺劝连福别再自责,给他端起酒杯,坚持敬他一杯酒。

酒喝下后，连福像变成另外一个人似的，思绪回到了尘土飞扬的工地上，似乎只有那样的环境才是他平生最大的追求。在那里，他可以无限地放飞自己的心情，在拉着笨重的建筑材料时嘴里不经意地欢唱一曲，是那么舒适和惬意，也为自己通过艰辛的劳动创造的价值由衷地感到幸福。谷凤玺也是个烟鬼，烟不离手，甚至比连福的烟瘾还要大。他的酒量却不怎么样，只喝下七八盅就有些醉了，不敢继续喝下去。连福不好相劝，又不好意思独自喝，就和谷凤玺聊天。谷凤玺谈到了他的女儿，他说闺女像雨后春笋一样疯长，再等几年就变成大闺女了。时过境迁，连福却不愿再和谷凤玺谈儿女私情了。

　　第二天，连福伫立在桥北头的缝纫铺前，望着小门上那张尚未褪色的春联，他沉默了许久。无论身在何地，处于什么样的境况，即便东奔西颠，看尽人的眼色，尝遍人间的冷暖，他也从未退缩过。在他的人生字典中，只有前进，没有后退，面对天大的困难，也不会轻易屈服。他不仅是为了自己，也为了这个家，为了莲莲的儿子，他更希望像骆驼这样的光棍汉们都能过上衣食无忧的日子。骆驼对连福说："把缝纫铺打出去吧，搁这里放着，你心里也不好受。"连福叹口气说："还是你来经营，我放心。"骆驼脸上露出惊喜："真的？"连福说："这还有假？兄弟，再不要去找朱为民报仇了，人不能总生活在仇恨中。好好赚钱，赶快找个女人过日子。我的意思是，如果蓉花不行，就去四川带个女人回来。现在都兴这个。听说不是骗子，挺会过日子的。"连福离开后行以前，他不仅把缝纫铺无偿地送给了骆驼，还从谷凤玺那里借来一百块钱作为骆驼投资开业的本钱。

二十六

运河酒厂位于润水县城的青年路的南边，大门朝北，规模比周边几个国营企业要大得多。这个为全县经济做出重要贡献的厂子占地约六十五亩，共建有三个烧酒蒸馏车间，院子北侧三层办公楼极为耀眼，两座水塔分别位于厂子正中间的东西两侧，成为这个工业集聚区的主要标志，多远都能看得到。特别是当你站在运河大桥上的时候，水塔更加清晰威严。

这个建于一九五九年的老厂的前身是官湖公社的一个老酒坊，公私合营后搬迁到这里，有六百余口干部职工，为全县的待业青年提供了生活和事业上的出路。伟大的新中国啊！正是有了一批批朝气蓬勃的年轻人的无私奉献，才开启了祖国工业时代的新局面，从而使中华民族在复兴的道路上越走越有干劲儿。这不由得让我们对执政者产生了由衷的钦佩。作为生活在这里的人们，无论他是工人、知识分子，还是一名以耕地为生的农民，只要看到或感受到家乡的变化，都会从心底向伟大的党致以崇高的敬礼！

酒厂办公楼前新建了一座小亭，前面是一片空地，因为没有树木和高大建筑物的遮挡，站在这里向东可以看到很远的地方，包括那座具有苏联建筑风格的人民剧场和穿过青年路的南北铁路专线，都能尽收眼底，给这个静谧的清晨带来了一片生机。一缕缕轻柔如丝绸的阳光滑过广阔大地，绕过一座座高耸入云的红砖烟囱，像仙女散花似的，将温和的光线尽情地播洒在办公楼前的小广场上。

革命同志是块砖，哪里需要哪里搬，镶在屋檐不骄傲，踩在脚下不悲观。高福刚就是这样一块极其普通的砖，两个月前，接到上级的调令，他就过来任职了，这正好可以发挥他的专长。他也很无奈，家庭的接连变故，使他越来越离不开白酒了。他不仅喜欢喝酒，更在空闲的时候潜心钻研酿酒技术，早在一年前就把研究成果无偿地献给了酒厂，不仅使酒厂渡过了难关，五十三度老白干酒还畅销七八个省份。

高福刚已在位于厂子中心路西旁的第二酿酒车间里整整待了一夜，他和工人们一直奋战到天亮。这位快到退休年纪的老人已经累得不行了，腰酸背痛，眼圈通红，却没有停下来休息的意思。为了让酒厂新研制的成果转化成高品质的白酒，高福刚已在酿酒车间里实验了大半个月，连近在咫尺的家也未曾回过一次。儿子高志锐去世以后，妻子不久也撒手而去，让这位饱经沧桑的老人不愿再踏进那个冰冷的家。

在高福刚的感召下，厂领导班子成员及技术工人也是几夜没合眼了，他们都把精力投入到这项科研之中，希望自己研制的产品获得成功——从小的方面来说，能提高酒厂的效益，从大方面说，就是给社会主义"四化"建设做出一份贡献。当阳光透过车间顶棚的缝隙照射在高福刚脸上的时候，高福刚觉得时候不早了，就停下手中的活，让同志们回去休息片刻。

四十六度佳酿在全国食博会上获得银奖不久，高福刚接到县委扩招一百名待业青年的指示，当即组织召开酒厂班子会，将报名条件、考试时间都做了详细安排。很快，一百名新职工招聘完毕。由于这些工人大多住在农村，进厂后需要住宿，高福刚和他的"战友们"一致同意，在工人上班前建成一个标准化的宿舍楼。经过几轮竞争，连福最终赢得了建筑材料的运输权。这是一项艰巨的任务，高福刚只给连福十天时间，让他确保把沙子、石子、水泥、石块、白灰、青砖等材料运到指定位置。

立下"军令状"以后，连福和他的工友们发扬了啃硬骨头连轴转的拼搏精神，实干加巧干，仅用了七天时间，就完成了全部任务。结算的时候，连福主动提出少要三分之一的工钱，希望为酒厂的技术革新出一把力。当所有的工作告一段落的时候，连福已累得几乎散架了，可他只休息了六天，就和他的老战友谷凤玺一起来到了红旗砖瓦厂，打算找分管销售的张副厂长将运输的活拨给他们一部分。他不能让车队没活可干。当然，连福也知道这是一件很艰难的事情，因为这个季节找活的农民越来越多，县城的运输市场已经出现了僧多粥少的状况。可是连福不信这个邪，他坚定地认为一分耕耘一分收获，哪怕只有一点点机会，也要尽百分之百的力量去争取。

连福硬着头皮走进张厂长的办公室时，看到的却是一张张熟悉的面庞。这些站着、坐着或蹲着的人都是曾经和连福一起战斗过的老伙计，他们和连福一样，脸色凝重，嘴里不停地向外吐着烟雾。张厂长深感无奈，他劝来劝去，让大伙再耐心等一等，一旦有活，就保证给他们一口饭吃。连福无可奈何地走出张厂长的办公室，他一句话也不说，直奔砖瓦厂的大门口去了。

谷凤玺跟在连福身后，抬脚驱走一个砖块，他已经沉重地感到希望离车队越来越远了。连福的心情虽然凝重，但他并没有灰心丧气，反倒觉得越是在困难的时候越要有足够的耐心。

连福来到大门口的时候，等活的人都已经陆续散去，这又给他增添了一丝希望。

他蹲下来，一支接一支地抽着香烟，眼睛不时地望着遥远的西北方。那里是他的家乡，有老母亲，还有心爱的儿子，这一老一少永远都离不开他，他怎么能让亲人们失望呢。

连福在这里一直等到天黑，曙光才出现在他的面前。他是从张厂长的口中得知李口庄有一户富足人家打算盖幢三层小楼的消息的。于是，他毫不犹豫地直奔李口庄去了。由于连福只要一半的工钱，房主毫不犹豫地答应下来了。只花了两天时间，连福和工友们就把建房所需的材料全部备齐了，但在结算工钱时，等来的却是一伙小痞子的围殴……

迎来亲爱的骆驼时，连福正拉着那辆乌黑的板车行走在青年西路上。这条通往酒厂的大路经过整修以后重新焕发出生机活力，清新的柏油在阳光的照耀下闪烁着灿灿的亮光。连福拉的板车足有一千五百斤重，让他的腰弓得像一只运河里的大虾，沉重而富有节奏地从东向西挪着细碎的脚步。

县城里的活似乎越来越少了，仅有的几个开工建设的工地上竞争力也日趋激烈。几位队友因找不到更多的活赚不来更多的钱已离开这里，回老家去了。这也是连福的主意，他不愿看到那些和自己朝夕相处的朋友因赚不到养家糊口的钱在这里饱受煎熬。

骆驼来县城是向连福借钱的。经过一番打听，骆驼找到了一条去四川寻媳妇的路子，只是他在庄里难以筹到那笔高昂的费用。审视着连福费力爬坡的样子，骆驼心酸地掉下眼泪，他后悔不该来这里给连福添麻烦。既然来了，骆驼就和连福打了招呼。兄弟相视一笑，但谁都没说话。骆驼紧跑两步，跟在车后，帮连福推着笨重的石块。

来到酒厂院内的西南角，连福卸掉车上的石头，就和骆驼一起有说有笑地走出了酒厂。连福将车子停靠在酒厂门西边的拉面馆旁，让骆驼先进去点两个小菜、要两碗牛肉拉面，顺便帮他照看门口的板车，而他却去找工友们为骆驼筹钱去了。当连福回来的时候，骆驼惊讶地发现连福手里提着一只鼓鼓囊囊的黑皮革包。连福把包里的钱倒在骆驼面前的空地上，整整一千块。这些钱少数是连福自己攒下的，其余是向工友、朋友借来的，高福刚也伸出了援助之手，借给连福一百块钱。

连福再三叮嘱骆驼，要把钱花在刀刃上，尽快启程去四川，寻觅到真正的幸福最好，但四川山多人生，如果实在为难，就抓紧回来，更要注意人身安全。谁都想不到骆驼从县城回到庄里以后，准备卖掉连福在桥头上建的那间缝纫铺。听闻这个消息后，十几个光棍一前一后地来到桥头，看是否有可乘之机。高昌民绝不是来凑热闹的。当着大伙的面，他说盘下缝纫铺后，让蓉花过来经营。高昌民还说，蓉花好歹是他的儿媳妇，心灵手巧，缝纫活样样都会，家中又有一个吃粮的孩子，是高

家唯一的血脉，他不能袖手旁观。这样，原本一个简单的事情就变得复杂起来。

　　起初，大伙都坐在桥爪子上面，各自抽完一支烟后，说出了不同的理由和盘下来以后的经营打算，气氛还算融洽。当骆驼提出三百块钱的底价时，狗剩毫不犹豫地愿意以三百一十块钱成交。接下来，有人出三百二，又有人出三百五，还有一个人出了三百六，高昌民却一口出到了四百。当其他人都灰溜溜地离开以后，高昌民对骆驼说："一口价，爷们，一百八十块，也算仁至义尽了。你想，这个钱是你白得的，连福又不要一分。如果连福怪罪于你，就把这事往我身上推，由我承担，你只管放心去四川。到那儿以后，如果缺钱，还可以吱一声，或捎个信来，说什么我也不会不理不睬的。这些年来，咱爷们相处又不是一天两天，我的性格你不是不了解，都是别人欠我的，我从不欠别人的人情。就说你小子吧，到处败坏我的名声，说三朵是我杀的，说得有鼻子有眼，让人信以为真。你是看见了，还是听到了？我再不是人，也不至于又奸又杀吧？这些污蔑我清白的话，我就不计较了。这些钱，你拿好了，走人，是正道，待在这里，没什么好处。不过，你放心，我不会对你怎么样的，毕竟你我之间还没走到那一步。"

　　蓉花搬进这间门向西东墙借桥梁为基的小屋以后，就干起了她最拿手的缝纫活来。因为她手艺精到，活儿做得快，价格又比街上便宜，光棍们就纷纷从街上买来布料请她做身像样的衣裳。骆驼临行前不仅买来一块给自己做裤子的布料，还给蓉花扯了三尺花布，希望和她友好地相处下去。蓉花转过身去，骆驼趁机搂住她的腰。这个时候，高昌民突然闯进缝纫铺里，让骆驼的美梦彻底碎掉了。骆驼三番五次来到饲养场，向高昌民赔不是，又是磕头又是作揖，最后拿出一百八十块钱的保证金，才勉强让高昌民答应不去公社告发他强奸民女。

　　王鸿海从不把心思放在一些鸡毛蒜皮的小事上，而是集中精力准备公办教师的二次招考。第一次考试时，他发挥失常，以七分之差落榜。看着几个同事喜滋滋地上了县师范学校，他决定再拼搏一次。顺利通过招生考试的一周后，他收到了邮递员送来的《润水县师范学校录取通知书》。开学前，王鸿海专程到凤妮家拜访。过去，由于凤妮不待见他，他很少来这里做客。尤其是首次考试失利后，他更觉得没脸去见自己的丈母娘。见不到王鸿海，凤妮心中的怨气没处撒，常在彩霞面前骂王鸿海不通人性。她没有别的目的，只想让彩霞传话给自命不凡的王鸿海。彩霞是个实在人，每次都把凤妮的话原原本本地说给男人听，使王鸿海对这个丈母娘反感透顶。

　　这次来凤妮家，拜访只是王鸿海的一个说辞，他想趁机显摆一下能耐，堵住丈母娘的嘴。凤妮不愿和他一般见识，将提前买好的肉切成两块，肥肉熬成荤油，留着以后炒菜时再用，另一块瘦肉连同肥肉渣被她一并放进锅里。肉炒得差不多以后，凤妮又在锅里放进一些土豆块，炒出一盆香喷喷的大菜——一个女婿半个儿，女婿再让她心烦,也得照顾彩霞和四邻的面子。除这盆大菜,凤妮还特意备了三个小炒。她不准备用盐豆、咸菜招待贵客,但踌躇再三,还是把几样家常菜端出来凑数。

桌子被凤妮抹了一遍又一遍,直到桌面干净清爽,再无杂物,才站起身,用手在腰间砸几下,眼前竟冒出了几颗金星。幸亏,她用左手扶住了大立柜的玻璃,才没摔倒在地上。

菜摆满了饭桌,凤妮又将酒盅和筷子摆上。按理说,王鸿海应该心满意足才是,因为凤妮也已是小半年没吃到猪肉了。可王鸿海依然觉得凤妮慢待了他,心里产生了一些怨恨,但不敢表露出来,只能忍气吞声地喝着闷酒。王鸿海话不多,凤妮问一句,他答一句,不问,再无话题。

饭后,王鸿海觉得再无留在这里的必要,就带着彩霞一起离开了。凤妮追上彩霞,交给闺女一个灰布包。王鸿海斜睨一眼,看到包里裹着六个新蒸的白馒头。回到学校的家中,王鸿海朝彩霞发了一通脾气。他骂彩霞在娘家没地位,自己遭罪罢了,连他也深受其害。他还骂凤妮是个地地道道的小气鬼,明知他要去县里上"大学",连一个子儿也舍不得花。

彩霞坐在床沿上,红着脸一声不吭。嫁给王鸿海以来,彩霞从不多说一句话。无论在什么场合,她都以男人为中心,包括在自己的家里,王鸿海说什么就是什么,她从不与其争执。王鸿海气愤地抓起那只凤妮送给他的布袋,抛向空中。馒头撒落在地上,滚得到处都是。看着男人怪异的举止,彩霞竟埋怨起母亲来了。好歹自己是娘的亲闺女,出嫁前也为家里出过力、流过汗,活儿干了不少,竟拿自己当外人。明知鸿海去县城上学要花钱,却用几个破馒头打发了。彩霞站起身来,激动地说:"我去找她问问。"

"别去丢人了!"王鸿海朝地上的布袋狠狠地踢了一脚。由于用力过猛,他整个身子倾倒在地上。他刚想叫骂,却看到面前有个纸卷,就赶紧爬过去,牢牢抓住它,激动地揽在怀里,唯恐被别人抢去。过会儿,王鸿海一骨碌爬起来,盘腿坐在地上,用力撕掉捆在纸卷上的细绳和发黄的报纸。

"还真是钱!"王鸿海咧开嘴,心花怒放地站起来,跨到彩霞身后,拽着她的胳膊,把她从门旁拉进屋里。彩霞紧张地坐在床沿上,不敢吭声。王鸿海揽住彩霞的脖子,说:"我数,你记。"彩霞红着脸说:"我记不准,还是你边查边记。"查完钱以后,王鸿海说:"乖乖,这么多!二百五十块呢。"话音未落,王鸿海跳下床,像个孩子似的手舞足蹈起来。

对彩霞家的困难,细心的凤妮没有坐视不管。鼻子再臭,总不能割掉扔了,不看僧面,还要看佛面。在这个思想的支配下,她从连福捎来的五百块钱里取出二百五十块,作为支持王鸿海去县城读书的费用。同时,她希望通过"二百五"这

寻常人家

个数字，戏弄一下自以为是的王鸿海。然而，王鸿海却没往这方面想，使凤妮的如意算盘再一次落空了。

王鸿海迫不及待地亲吻着彩霞的脖子，喃喃地说："如果能生个儿子出来，我王鸿海就五子登科大满贯了。"彩霞戏谑地说："你是皇上。"

有了凤妮给的盘缠，王鸿海很快做好了去师范学校报到的准备。为节省来往路费的开销，王鸿海对彩霞说，如果家里没有什么大事，他学期中就不再回来了，让彩霞在家好好待着，不得随便走动，更不许和朱为民搭话。在王鸿海的眼里，朱为民已变成一个彻头彻尾的色魔，一直惦记着彩霞。得到彩霞的保证，王鸿海放心地在她额上吻了三下。

山庙的汽车站不大，每天只有一班去往县城的车从这里经过。王鸿海和那位一起等车的女同学有说有笑，完全忽视了彩霞的存在。王鸿海的一只脚踏到车上时，彩霞上前一步，拉着男人的衣角，心疼地说："别亏了自己，缺钱，我让人给你捎过去。如果嫌寄信麻烦，就去找我哥。"王鸿海心不在焉地说："你哥充其量就是个出苦力的，找他有鸟用？"彩霞还想说点儿送别的话，可王鸿海不耐烦地说："别啰唆了，车要开了，记住我说的那些话。"

彩霞这天午后独自待在家里，消沉地望着屋外空荡荡的操场。王鸿海已离开她三个月了，开始她还能适应，没事就到菜地里转一转，消磨时光。可如今，她感到的是寂寞和孤独。她想去县里找王鸿海诉说相思之苦，可又不敢，怕王鸿海骂她乱花钱。在季节轮换的时候，彩霞托人给王鸿海捎去了崭新的衣物和鞋子。可该死的王鸿海从未给她寄过一封信，甚至连一句掏心窝的话也没捎回来。同样住在学校的朱为民每天放学后都要找个理由来到彩霞的屋里，问长问短，问她生活上有什么困难，对学校还有什么要求。彩霞不便说什么，又不能撵他，只好默默地干着自己的事情。

快到冬至的时候，彩霞给王鸿海做了一双新棉鞋，缝制了三双鞋垫，希望他换着穿，不仅暖和，还可以节省刷鞋的时间。朱为民帮她劈木柴时，眼睛总偷瞄着她的脸。在他眼里，彩霞虽说不上多漂亮，但比三朵的气质好，耐看，骨子里透出一股冷峻的美。日子长了，彩霞有时也会不自觉地瞅朱为民一眼。四目对视时，她一笑了之，很少往心里去。有时，两人也会说上几句闲话，话题却不敢离开王鸿海。

那一次，朱为民进屋就对彩霞说："我喜欢上你了。"听到朱为民这句唐突冒失的话，彩霞惊愕了半天。不知为什么，她的心跳骤然加快了，说话也变得结结巴巴起来。她说："我有男人，你，不是不知道。"朱为民惊愕一下，缓缓地说："这屋太小，给你调间大的吧。"彩霞不敢抬头看这个表情热烈的男人，淡淡地说："小是小点儿，可就我一人，住得下。还有一件事，本来不想告诉你的，可你是校长，还是和你说一声吧。我就要搬走了，回娘家住段日子。一个人在学校，不是那回事，让人说闲话，不好。"

可怜的彩霞做梦都想给王鸿海生个孩子，哪怕是个女孩，也能缓解他俩已日趋紧张的夫妻关系。结婚的头一年，她和王鸿海度过了人生最美好的岁月，两人卿卿我我，夫唱妇随，被外人羡慕。可几年下来，她的肚子没有一丝变化，让王鸿海深感苦恼。王鸿海常对她待理不理，有时还要拳打脚踢，把她折磨得多次失去和他过下去的信心。对于男人不给她写信，起初她给予了很大的理解，觉得王鸿海功课多，没有闲暇顾及她和这个微不足道的家。可经过近些日子的思考，她总算明白了王鸿海的心思。即使再没空闲，写封信的时间总会有吧。这样的想法压抑着她，但她只会记在心里，绝不可能向朱为民诉说这些。不错，朱为民对她不赖，处处关心她、帮助她，陪她说话解闷，给她讲许多道理。他讲的道理，她不是不明白，可她还想等待男人回心转意。她通过熟人给王鸿海捎去了自己点灯熬油织成的毛衣，热烈盼望王鸿海能捎来一句暖心窝的话，可十多天过去了，依然杳无音信。她深深地失望了。

朱为民多次催促彩霞搬进西头那间大屋，她始终没有答应。好不容易等来了星期天，她收拾好东西，准备搬到娘家去住。她已和凤妮打过招呼，说自己害怕一个人住在学校里，空旷的老学堂里阴风很大，常在夜间传出一些可怕的声响。凤妮疼爱彩霞的心情没有变，她理解闺女的难处，答应彩霞择个吉日搬回来。彩霞不想再等待那个吉日，她担心出事，打算趁朱为民不在学校时赶紧离开这里。彩霞提着一个帆布包，走出了小屋，刚锁上门，朱为民就突然出现在她面前。他手里捏着一封信，让彩霞赶快开门。彩霞鬼使神差地打开屋门，让朱为民进去说话。她放下帆布包，走到大桌前，晃动一下红暖瓶，里面没水。彩霞感觉有些不好意思。

朱为民坐下后说："是鸿海的信，这小子的字进步很大，龙飞凤舞。"他的话已不像过去那么难懂，甚至融合了本地的方言。彩霞轻描淡写地说："我识字少。"朱为民说："你撕开，我念给你听。"彩霞低声说："不用，扔了吧。"朱为民劝彩霞："还是看看吧，说不定是张奖状，给你报喜的呢。这小子，成天疑神疑鬼，以为我会对你怎么样似的。其实，我是个有分寸的人。我是对三朵好过，喜欢过她，可我从不强人所难，只能怪那女人没享福的命。彩霞，你不知道，我的工资又涨了七块钱，光工龄每年就有五毛。"

彩霞突然问他一句："宝珍那么好的一个人，为什么不跟她过日子？"朱为民没想到彩霞会突然问起这件事。沉默好一会儿，他才无奈地说："别提宝珍，好不好？"彩霞继续问："知道你和她生的孩子在哪吗？"提到孩子，朱为民的脸色霎时变得十分难看，他愤恨地说："别提那个野种。"彩霞问："野种，谁的？"朱为民说："不管是谁的，总之不是我的。"彩霞说："就算不是你的，也不该

把他卖给别人吧。"彩霞坐在靠窗的地方，脸色冷峻。朱为民对彩霞说："我渴了，烧点儿水吧。"

彩霞缓缓地站起来，朝煤油炉走去。她没想到他会在她身后抱住自己。他的力量很大，喘气声很粗。彩霞的屁股朝后撒一下，重新坐回窗前椅子上。她理了理纷乱的头发，却不敢看朱为民的眼睛。他的眼里有一团火，像随时都能够烧焦她的肉体。彩霞双手扯着那封字迹潦草的信，将它撕成碎片，抬手扔出窗外。望着飘在空中纷纷扬扬的纸屑，彩霞的眼泪涌了出来。朱为民没有说话，只是深沉地看着她长了十七个黑星子的面庞。

彩霞从山庙回到学校时，手里握着一本《离婚证》。彩霞竟在不久后怀孕了！她的肚子渐渐隆起来。抚摸着孕育着幼小生命的腹部，彩霞热情地感受着将要做一个母亲的幸福。但让她焦虑的是，朱为民迟迟定不下结婚的日子。彩霞不敢在家里继续住下去，就找个托词，告别母亲，重新搬进学校。还是在那间熟悉的小屋里，彩霞躺在床上辗转反侧。从朱为民越来越冷淡的态度中，彩霞感到了一种深深的恐惧。

第二天天未明，彩霞就从床上爬起来，在中间教室的东山墙旁等待着朱为民。看见彩霞的身影，朱为民转过脸，径直朝办公室走去。彩霞顾不得学生们已经陆续走进校园，大声喊着朱为民的名字。朱为民跑出办公室，紧张地朝周围看了几眼，才来到彩霞的身边。他把彩霞拉进小屋，问："究竟想干什么？"

"我能干什么？"彩霞指着自己的腹部。朱为民说："中央落实政策，我准备回南京了。"

她惊喜地说："这是好事啊，就让俺娘俩和你一起回去。"他回答："我南京有爱人，是我的初恋。现在她离婚了，想和我复合。你知道她对我来说有多重要吗？是她托关系把我弄回南京的，我不能对不起她。"彩霞吼道："你就能对不起我？"

朱为民哄她来到屋里，说："其实，我也放不下你和肚里的孩子。彩霞，亲爱的，虽然咱俩今生今世做不成夫妻，但你是我孩子的妈，以后我每月给你们打钱过来。十五块，够你们娘俩用的了。亲爱的，你是我的女人，永远是。等儿子长大了，你就带他去南京，那时，我们一家三口就能团聚在一起了。我给你们买一栋楼，让儿子在最好的学校读书，一直读到大学。如果你不愿意去工厂或百货大楼上班，就在家里做做饭，没事的时候还可以去公园锻炼下身体，其乐融融，岂不美哉？"

听着朱为民这些看似美妙的安排，彩霞并不领情。相反，她认为这是一个美丽的圈套。她冷笑一声，大骂道："只有畜生才能说出这样的话。"朱为民没想到这招会失灵，就伸出巴掌，用劲儿打在自己的脸上。他停下来，说："我是畜生。"彩霞说："既是畜生，就得去死。"朱为民抱着头，做出沉思状，而后不无感慨地说:"其实,彩霞,这个世界已对我毫无意义,死是迟早的事情,没什么可怕。相反,我倒希望立即死去。更何况,今天,在你身上,又让我看到了什么才是伟大的爱情。既然两个相爱的人不能生活在一起,就让我们带着孩子勇敢地去死吧。"

彩霞脸上立刻表现出一种不屑和视死如归的神态。死亡对她来说更没什么可怕的。她觉得死才是解决问题的唯一办法。彩霞清楚地明白,事情败露后遭外人指指点点自己尚能忍受,但传扬出去后,势必将对凤妮和连福造成巨大的伤害。即便他们不恨之入骨地处置她,生活在这个世界上也毫无意义可言。既然生不如死,不如一死了之,早死早安生。只是没亲眼见到腹中的孩子,听他叫自己一声"娘",这是她唯一的缺憾啊!她没有合适的话来安慰未出世的孩子,只希望和她一起死去的孩子别埋怨她的狠毒和无奈,就足以让她烧高香了。同时她感到,可怜的孩子与其来到这个令人讨厌的世界后遭受各式各样的苦痛而不能翻身,不如直接胎死腹中,和母亲一起了断。

当天夜里,空中蒙着一块巨大的滚来滚去的黑布。这块汇聚了一万个心灵手巧的织女花了一百年时间才织成的大布随时都有可能撒下一张无形的巨网将地上的万物生灵一网打尽并将其困死、饿死。冷漠无知的月亮嵌在黑布上,像被一个做事草率的仙女一不小心挖出了一枚五分钱硬币大的窟窿,让人觉得这是个通向深不可测的无底洞的死亡之口,地上,包括人类在内的所有动物都将被一股巨大的魔力吸入这个洞,而后经王母娘娘一番拷问,再被仙子们安排进入黑布的反面。至于黑布那边的世界是个什么样子,没人答得上来。

按彩霞的话说,那是一片辽阔的空间,没有茂密的庄稼和相互绞杀的人类,到处是神秘的森林和一望无际的水流。所有能吃、能喝、能穿的被一位位美丽的仙子源源不断地运送过来。仙女们像一个个丫鬟,殷勤地笑眯眯地围在她的身旁,不遗余力地照应她的饮食起居。她想睡就睡,想吃就吃,想划船的时候,还可以轻轻地摇着纤细的橹,从一个湖泊到另一个湖泊,一直划到天涯海角……

后行没谁在意彩霞的行踪,谁也不去打听这个已经出嫁为人妻后来又离婚的女人日子究竟过得怎样,吃饭或许不成问题,精神状态有哪些变化,谁也不知道,谁也不想去了解和自己一点儿关系也没有的女人的处境来满足自己的好奇心。在这个寂寥的夜晚,那些不赌不足以证明自己思想麻木、懒惰成性的光棍们,在徐凤举的带领下酣畅地激战在一起,早已适应了烟熏火燎的肮脏环境,完全置身在一分、二分,很少超过五毛输赢的你争我夺的浑浊的氛围中,对有人自杀这样的事情他们会感到滑稽可笑!何况又是彩霞,和他们绝无任何的瓜葛。

来到北汪塘深水区的岸边,彩霞徘徊了半个小时,终于见到等候在夺命口的朱为民。他俩谁也没有说出一句告别和后悔的话,甚至连相互看一眼的兴致也感到多

余。两个人默默地站在岸边，真诚地等待对方先跳下去。自以为是个游泳健将的朱为民必须首先勇敢地跳进水里，才不至于让彩霞打退堂鼓造成前功尽弃的结果。朱为民跳下去的刹那间猛然睁开愤怒的眼睛。彩霞大义凛然的眼神表明她绝不会向死亡妥协，她勇敢地跳了下去。在和朱为民相距不远的地方，她笑盈盈地看着这个差点儿让她当上母亲的男人。

不一会儿，彩霞娇小的身躯开始挣扎，两只胳膊晃动的速度越来越快，几乎失去支撑力量的头部迅速向下沉去。她喝了七口水，绝望地喊道："我不想死，救我。"朱为民双脚娴熟地踩着水，幸灾乐祸地说："亲爱的，只能来世再见了。"彩霞说："可咱们的孩子……"朱为民伸出粗糙的手，企图拉住她，可他已经自身难保了。彩霞惊恐到极点，来不及叫一声，便消失在幽深的水底，甚至连一个涟漪、一个泡泡也不曾出现。朱为民在水里挣扎一阵，逐渐恢复了水性，慢慢地靠向岸边。

骆驼鬼使神差般地来到这个谁也不敢停留的地方。从四川绵阳回到云龙以后，他在市区的一家破旅馆里待了三天半，才步行赶回后行。他没脸向庄里的兄弟爷们儿诉说自己遇到的难处和空手而归的结局，就来到夺命口，想一个人静一静，理一理混乱而难过的思绪，找到化解危机的办法。这时，他听到了朱为民的呼救声。朱为民面色如土，挣扎半天后才明白夺命口名不虚传。他不愿客死他乡，成为彩霞的陪葬人，从而和初恋情人天各一方。但他的体力几乎消失殆尽，嘴里呼喊的"救命"声越来越微弱。骆驼拾起岸上的木棍，说："抓住它。"朱为民说："骆驼兄弟，谢谢你。"

"是你？"骆驼惊讶地发现水里的这个人竟是朱为民，他独特的口音在后行没有第二个。

也是这种声音，曾吓退骆驼替三朵报仇的意志和决心。正是那次没有成功的复仇，才导致三朵被人奸杀。

"知道这是什么地方吗？"骆驼问。

"夺命口。"朱为民答。

"就你一个人吗？"经历了一番毫无结果的长途跋涉，往常从不动脑筋思考问题的骆驼才真正地意识到这个世界并非他想象得那样简单，表面的平静绝不可替代背地里交易的龌龊和人与人之间错综复杂的思想情绪与行为习惯。好一个骆驼！他在坎坷的人生道路上，经历了现实沉重的打击以后，无论从心智还是思想认识上都成熟了许多。骆驼隐约地感到朱为民自杀只是一种表象———个日子过得有滋有味、每月拿民办老师三倍工资的人怎么会去自杀呢？

"不是的。"朱为民答。

朱为民不希望自己的谎话引起骆驼的反感，从而使自己珍贵的生命遭到放弃。

朱为民真不愿说出彩霞沉下水底的实情，这样会使他更加被动而毫无悬念地被骆驼置于死地。彩霞从水底漂浮上来。"彩霞？是你！"骆驼惊慌地把木棍扔在岸上，一个猛子扎进水里。骆驼把彩霞拖到岸上，又转头跳进水里。他恐惧地感到朱为民失踪了。

　　朱为民的尸体是七天后被韩科成带着庄人用七条撒网、七十八只推网、一百六十个抓钩，累计投入九百九十九个劳力，在公社中心校于校长和朱为民远在南京的初恋情人到来前被找到的。看着被黑鱼咬噬得只剩下额头和下颌及大部分身躯的朱为民，他的这位娇滴滴的初恋情人将手里的调动表撕得粉碎，扔在地上。她没再回头看一眼汪塘四周一千余人好奇呆滞的目光，只管坐上从县城租来的机动三轮，绝情地离去了。

　　朱为民的尸体原打算就地掩埋在芦苇丛的纵深处，庄人大都没意见，纷纷赞成韩科成的提议。韩科成想以此告诫庄人，夺命口就是夺命口，容不得半点儿怀疑。是于校长让韩科成改变了主意。考虑朱为民作为知识分子为后行的教育事业做出的贡献，将青春和热血播撒在这个一穷二白的黄土地上，于校长在小学校操场上组织全公社教师，召开了一场较为隆重的追悼会。会上，于校长迫使韩科成改变初衷，将朱为民的尸体葬在学校后面汪塘的西北角，并立碑为念。徐凤举没有参加朱为民的追悼会，虽然死者为大，又曾是自己的女婿，但他对朱为民的憎恨始终无法消除。

　　宝珍来到追悼会的现场，她和大多数参会者一样，右臂上用关针别了一束纸做的白花。她站在队伍的最后排，面无表情，像是在完成一次政治任务。来这里以前，她经历了一番痛苦的抉择，最后才决定参加朱为民的追悼会。她并非为了悼念前夫，因为他欠她的太多，已经无法用言语来表达了。为了弄清朱为民淹死的隐情，她询问了许多人，但所有的人都说不知道，就连于校长在悼词中对他的死因也只是一语带过。

　　宝珍不相信朱为民死于一场意外。有时候，事情就是这样，有心栽花花不开，无心插柳柳成荫。当她不想再去为这事自寻烦恼时，竟轻松地知道了答案。这简直超乎她的想象，事情简单到只和彩霞见上一面，就弄得一清二白了。

　　追悼会并不是一帆风顺的。参会的学生们排成了许多长队，从一年级到五年级的男女学生大多哭鼻抹泪，听着主席台上于校长读的悼词，激动得热泪盈眶。顺河站在队伍的最中间，因为他的个头不足以站在前面或后面。他和其他同学一样，对失去了朱为民这样一位好老师、好校长而感到难过。可让他想不到的是，文秀居然来到他身后，将他拽出队伍。文秀递给顺河一沓白纸，上面写着几行小字。顺河来不及看上面写的内容，就按文秀的吩咐，独自一人跑到台上。谁也没注意到顺河的存在，更想不到他会把一沓白纸抛到空中。能替文秀做一件事情，这是他几年来最

大的愿望。他得意地大笑一声，一溜烟地跑开了。他感到很荣幸，不仅报答了文秀当年对他的恩情，更使他骄傲地感到自己终于可以像个男人一样，做了一件轰轰烈烈的大事。

这是骆驼的主意。离开庄子前，骆驼找来一根棍子，把棍头削得尖尖的。来到学校老师办公室的后面，他敲碎一块玻璃，用棍子的尖部戳穿几个作业本。他在每一张纸上写下"朱为民是个大魔头"几个毛笔字后，已是后半夜了。直到蓉花保证按要求完成任务，骆驼才放心地走了。参会的老师和学生争相传阅这些传单，场面一片混乱。于校长费了九牛二虎之力，才稳定住局面。总算把追悼会开完了，于校长决定追查混乱制造者，却被韩科成以种种理由拒绝了。

彩霞没有脸面去追悼会的现场，她坐在院内梧桐树下用柳木弯成的小椅上，面色难看，像害了一场大病。她不知道自己是怎么从夺命口上来的，也不知道是怎么活过来的，总之，几天前发生的事情她已记不起来了。她只知道自己没死，而朱为民死了。她骂朱为民是个畜生，把她害成这样，自己却到那个世界享福去了。这样的日子还有什么意义呢？她希望结束自己的生命。可当她再一次将那根七米长的井绳缠绕在屋梁上时，凤妮拿着一根不粗不细的木棍，狠狠地砸在她的屁股上。她终于清醒过来，嘴角却扭曲着，说出一些令人似懂非懂的话。

从彩霞断断续续的表述中，凤妮了解到是朱为民这个猪狗不如的东西糟蹋了彩霞。凤妮瘫软地坐在地上，她为没有照顾好彩霞深深自责。她想，如果老天爷非要把罪过和灾难降临到她的家庭，那就让她自己来承担这一切好了，为什么偏偏选择她的一对苦命的儿女呢？凤妮终究战胜了自己，她用坚强的意志驱走了心中的魔鬼。她苦口婆心地对彩霞说："好死不如赖活着，留下一条命，将来或许还有出头之日。听娘的话，明天就去医院，把肚里的孩子打掉。如果嫌去医院丢人，俺就找个郎中，开几服药，也能处理掉。路走错了不要紧，站起来，重新走，怕就怕不回头，认死理，一头撞在南墙上，九头牛都拉不回来。那个朱为民也不是为你死的，他是害你没害成，作孽死的，没什么可惜的。你也不要担心俺的面子，你娘遇到这样的事，也不是头一回了，丢一次人是丢，丢十次、百次也是丢，没什么大不了的，保命要紧。"

二十七

宝珍终于回到了阔别已久的家，站在门楼前，难掩心中的悲凉，泪水止不住地流了下来。她沉默了许久才迈开沉重的脚步，跨进了寂寥的小院。她环视了整个院落，那只圆圆的磨还摆在那里，只是已经很久没有用过了，石槽里和磨顶上都落下一层厚厚的树叶，俨然好久没有打理了。堂屋像是比过去矮了不少，两扇门上的黑漆几乎掉光了，显示出一派破败的景象。韩黑娥一个人平静地躺在床上，听到屋外熟悉的脚步声，费力地睁开好久没见到光线的眼睛，吃力地问："谁啊？"

宝珍快步来到韩黑娥的床前，弯下腰，一只膝盖几乎跪在地上。当她握住母亲两只干瘦的手时，已泣不成声了。韩黑娥却认不得这个让她朝思暮想的小闺女了，她只是狠劲儿地摇着头，痛苦地闭上了眼睛。望着消瘦憔悴的母亲，宝珍忍住泪水，轻声唤了一声"娘"。也就是这一声"娘"，才使这位在病榻上躺了一年又四个月的老人的脸上泛起一层微弱的红光，然而没过多久，红光又消失了。韩黑娥颤抖地问："是四妮吗？"

宝珍双膝跪在床前，捧着韩黑娥病恹恹的脸颊，心里悲痛不已。此时，宝珍有许多话想对母亲说，包括她这些年来的痛苦经历和在与母亲失联的时间里发生的大大小小的事情，都想一股脑地说给母亲听。可面对病入膏肓的母亲，加上自己繁杂痛苦的心绪，她又能说出些什么呢？她忍不住默默地流着心酸的泪水，泪珠不断地掉在韩黑娥的病床前。

过了一会儿，宝珍躬起身子，扶起韩黑娥羸弱的身躯，让她背靠在床头的墙壁上。韩黑娥大口喘着粗气，看样子时日不多了。虽然死亡在后行十分普遍，甚至有许多少亡鬼连老祖林也入不了，只能在小沟边、树林里或沼泽地，孤独地忍受风吹日晒，但韩黑娥看得很开，她不觉得死亡有什么可怕，反倒希望尽快离开这个灰暗的世界。这样，她就可以忘却世上的一切忧虑和牵挂，更不需要在无穷无尽的痛苦中奋力挣扎了。

韩黑娥有气无力地拉着宝珍的手，强迫自己露出一丝笑意。严重的哮喘引起的心脏病已把这个老人折磨得不成人样，双眼和两腮深深地凹陷下去，露出了两处高耸的颧骨和窄窄的脑袋。宝珍停止啜泣："娘，想吃点儿什么，我去给你弄。"韩黑娥回答："什么也不想吃，就说说话吧。"宝珍再也不忍看到母亲可怜的样子，她偷偷抹去眼泪，安慰老人几句，就准备去凤妮家拉拉家常。可在她跨出门槛没走几步时，却遇到了徐凤举。徐凤举怔了一下，说："来了。"

　　见到宝珍，徐凤举并没有表现出特别的讨厌，也没觉得有什么好奇怪的。来了也就来了，反正这也是闺女的家。俗话说，闺女是爹的小棉袄，爹是闺女的保护神。这些年来，徐凤举反复琢磨着这句话饱含的意思，也逐渐领悟了它的真谛。作为闺女，从感情上自然应该与父亲更亲近一些，并常回家看看，温暖他那颗冰冷的心；作为父亲，徐凤举又深感自责，他为没有照顾好、保护好闺女常唉声叹气，甚至于在夜深人静时抽自己的耳光。徐凤举多么希望时光会倒流啊！如果让他和宝珍都回到十年前，他宁愿让宝珍和连福结合，宁愿把最朴素简单的爱补偿给孩子们，可这一切都为时已晚了。其实，这又何必呢？世事无常，冷暖不均，各家都有一本难念的经，不光是徐凤举，后行任何一户也都有一堆难事。

　　徐凤举又欣喜地说："来了就好，来了就好。"宝珍"嗯"了一声，算是做出了应答。她又能说些什么呢？纵使她有千言万语，又从何说起呢？她淡淡地说："走了。"可当她调转身子的时候，无意中瞥见了徐凤举的额上起了个大包，显然是被什么东西碰的。看到父亲消瘦的面庞和他额上越来越明显的血包，宝珍收住脚步，眼睛忍不住圈了一汪泪水。她多么想大声叫徐凤举一声"爹"啊，可终究没有喊出来。

　　徐凤举掏出一包黑烟叶，费力地蹲下来，倚在门框上，问："有事吗？"这是一些经历过一个夏季的烟叶，早已长出了半截霉毛，徐凤举却舍不得扔掉，准备抽到冬至为止。对过一天是一天的日子，徐凤举已经感到厌倦，身体和心灵上都非常疲惫，他宁愿躺在病床上的那个人是自己，而不是他的妻子韩黑娥。

　　宝珍低下头，瞅着徐凤举的脚板，这双过去曾是那么有力的大脚像是小了许多，灰色的鞋帮上破了三个窟窿，露出几缕又脏又黑的老棉絮。宝珍说："没事，就过来看看。"点上一支烟，徐凤举深吸一口，吐出一股呛人的烟气。侧脸对着宝珍，徐凤举再也无话可说。

　　宝珍难堪地摆弄着身上的挎包，眼瞅着脚上穿的那双皮鞋，再也没说出一句让徐凤举暖心的话来。这双新皮鞋是宝珍在县进修学校学习期间从百货大楼里购买的，花了二十九块钱。她不光买了这双皮鞋，还买了一身漂亮的墨绿色时装，只是没敢穿出来，怕被人笑话。第一次穿出这双皮鞋时，幼儿园的同事就讥讽她妖里妖气，骂她不正经。

当宝珍发现徐凤举的嘴角突然冒出来一股浑荡荡的口水时,她感到父亲当年的威风已消失殆尽了。她本该对这位可怜的老人施以怜悯,可记忆里的那些东西又死灰复燃了。在宝珍强烈的直视下,徐凤举像一个频频做错事的孩子,不自觉地摸着身上那只老茶杯,茫然不知所措。正是这只生"锈"的大玻璃杯,才勾起了宝珍儿时残存的温馨记忆。她找来一只发霉的板凳,一声不吭地坐在过道里,将手里的白挎包平放在两条腿上,眼里呈现出淡淡的哀愁。

徐凤举半蹲在地上,向里面挪了两下,背靠着掉渣的墙壁。一阵剧烈的咳嗽过后,徐凤举缓慢地抬起头,盯着闺女的脸庞看了一眼,而后又把目光移到院内那棵杏树上。杏树原本就是他菜园地里的那棵,因每年都毫无收获,他只得将其移栽在院内,不管果子结多结少,每天看它一眼,心里觉得舒坦。每到杏黄的季节,他都要蹲在门旁瞅着那些黄杏,脑海里常想起宝珍小时候活蹦乱跳的样子,他会起身摘下一颗,然后自言自语,要给宝珍解馋。每当发觉这一切都是徒劳时,老泪就会沿着他脸上纵横交错的沟壑流淌下来。然而,在闺女真正出现在自己面前时,他又觉得无话可说。他理解宝珍的处境和心情,他不指望她能够实现自己的心愿,但他还是希望能和她生活在一起,每天可以看到她的身影,从而减轻自己的罪孽感,可是这些本该脱口而出的话,又被他咽了回去。

宝珍尽可能地不去想那些委屈和恩怨,心稍微平静下来后,她对老两口的养老和归宿更加担忧起来。宝珍说:"你们都老了。"徐凤举说:"在家陪你娘吃顿饭吧。"徐凤举多么希望闺女能够留下来和他一起生活,可他又觉得这个愿望是不可能实现的。宝珍说:"我还有事。"徐凤举说:"连福也是个苦命孩子,和你一样。当初,都怪我,不该干涉你们。其实又不全怪我,是那个该死的朱为民造的孽。"宝珍说:"你想开点儿。"徐凤举说:"能原谅我吗?"

"什么原谅不原谅的,娘身体不好,你也老了,要多保重。"宝珍不敢再和父亲说下去,她知道要不了多久,她那颗沉重的心就再也难以承受亲情的来回撞击。宝珍掏出五十块钱,放在凳子上,捂着脸走了。徐凤举站起来,身子踉跄一下,老泪瞬间流了出来,他想不到自己的身体会垮得这么快。他扶着墙,走出过道,希望追上闺女,可宝珍已走得很远很远了。

为不让父亲看出自己的行踪,宝珍特意跑到北场,直到徐凤举苍老的身影转身回去才折回头。在去往连福家的小路上,宝珍见到了许多熟人,即便是那些曾拆散她和连福姻缘的帮凶,她也都主动招呼他们。待看清这个娇媚的女人是宝珍的时候,他们又都摇摇头,背着粪箕子溜了。对这样一个嫁出去的女子,他们又能说些什么呢?即便是徐凤举的闺女又如何?出过嫁的闺女,泼出去的水,何况她的风流往事屡次败坏了村庄的名誉,还是离得越远越好。

凤妮家院内三棵梧桐树上的叶子已经落尽了,几十只麻雀,或许还要多一些,它们在枝条间跳上跳下,叽叽喳喳地寻觅着食物,也许不是。院子被凤妮打扫得干干净净,垃圾和废料堆放在南屋东面的空地上,木棒和碎柴也码得整整齐齐。

宝珍进院后,猛地抬起头,看到那个精致的燕窝,不禁心生感慨。燕窝啊,你还是那只燕窝吗?过去,你不仅抚育了一代又一代的雏燕,为它们的茁壮成长和繁衍生息提供了最好的住所,还演绎出一段凄美的爱情。可现在你变了,在这个寒冷的初冬,你已变得让人感到陌生了。宝珍不禁打了个寒噤,心里感到一阵酸楚。望见那个接燕屎的纸盘,她的眼里涌出了两行泪水。宝珍失望地站起来,她不顾凤妮的热情挽留,低着头,轻轻地走出了过道,娇俏的身影很快消失在茫茫的村庄……

运河酒厂加快了扩建的步伐,工地上到处是一派忙碌的景象。连福将车上的红砖卸下来,整齐地码放在东南角的空地上。这段日子里,连福浑身像是有使不完的劲儿,更对前途充满了希望。这得益于他的勤劳,更和高福刚的关心密不可分。士为知己者死,连福宁愿少赚一些工钱,也要把活干得漂漂亮亮,为酒厂建设出力流汗。

连福常告诫工友们,人过留名,雁过留声,哪怕只是一项小工程,也都要尽心尽力做到完美,这不仅是一份挣钱的买卖,更是一份沉甸甸的事业,等到大伙都老去的时候,看到这些厂子继续焕发出青春的光芒,城市一天天地变得更加美好,作为建设者中的一员,那将多么令人骄傲啊!

连福每一次都至少要抱二十块砖,最上面的砖块正好抵着他的下颌,在来来回回的搬运过程中,他的嘴巴就有些吃不消了,一阵阵剧烈疼痛。约半个小时后,连福终于卸完了车上所有的砖块。休息时,他掏出随身携带的黑烟叶,卷了三只长短一致的白烟棒。只有连续抽完三支烟,才可以抵挡住他血液里的那些瘾虫,从而让体内散发出一股冲天干劲儿。抽烟不仅成了连福的习惯,在这群工友当中,很少有不抽烟的人。但这些农民工只能抽劣质香烟或粗烟叶,他们自觉不能和城里的工人相比,因为在这个人群当中早已流行了"飞马"牌香烟。抽完三根烟棒,连福站起来,伸了几下懒腰,做了七八个扩胸动作,觉得精神多了。连福催促工友们尽快卸掉车里的砖块,力争午饭前再去红旗砖瓦厂拉一趟砖,尽可能提前完成这项任务。

连福不希望因为懈怠而耽误酒精车间的建设工期。连福已不再年轻了,他已三十六岁了,是个不上不下的年纪,虽然干起活来还和以前一样不要命,但并不是说他身体上没有丝毫的毛病,最大的隐患莫过于肩周炎,特别是到了寒冷的冬季或者阴雨天的时候,肩上的疼痛足以让他精神崩溃。他硬是靠着顽强的毅力战胜了病魔,完成了一项又一项非常重要的任务,深受厂方领导的赞许。为调动大伙的劳动积极性,连福还把每一项任务分成十余份,实施包干到人。在第一个完成任务以后,他还要帮助一些力气弱的工友干活,以便能够齐头并进,不至于使一些人因落后而感到不安。

在帮助谷凤玺卸红砖时，连福的手被两块砖头尖挤出了一个血包。连福并没有埋怨什么，也没有停下来休息，轻伤不下火线，他继续乐呵呵地卸着车里的砖头。是啊，受这样一点儿皮外伤，对连福来说，又算得了什么呢？他是车队的队长，必须带好头，如果他懈怠偷懒，其他人就会失去榜样的力量。同时，在困难出现的时候，连福总是表现出一种乐观豁达的态度，这也给工友们带来了巨大的鼓舞，使他们都尽心尽力地去完成各项任务。

当然，也总有一些喜欢指手画脚的城里人不理解这些出苦力的汉子，有时候还批评他们因为不爱动脑筋，才导致胸中没有一点儿墨水，只能挣点儿养家糊口的小钱。连福又何尝不想挣大钱呢？但他是这么想的：再苦再累再脏的活，总要有人去干，如果都不屑一顾，社会又如何发展呢？城市也将不会有城市的样子。因而，每当听到这些讥笑的言语，他都是一笑了之，从不和他们争高论低。生活就是这样，你越是去计较高低得失，心里就越堵得慌，精神就越来越失衡，再好的机会也把握不住，以至于眼高手低，到头来竹篮打水一场空。

更让人佩服的是，连福并没有感到这些鄙夷的言语是对自己的侮辱，反倒觉得这是激励他前行的动力。对听不得这样话的工友，连福就向他们解释劳动的真正含义。他说，劳动是一件极其光荣的事情，不偷不抢，凭力气赚钱，花着踏实；而且，通过参加生产劳动，不仅使身体得到锻炼，磨炼了意志，也使整个社会朝着积极的方向发展，对这样一件一举多得的好事，还有什么可计较的呢？就这样，工友们都和连福一样，保持了一种平和进取的心态，把出苦力当成一种荣耀，把将城市变美、变富裕当作自己的人生追求。

这些农民工们就是这般可爱！正是有了他们辛勤的付出，县城才发生了如此巨大的变化。因而，生活在这里的人们应该感谢他们的贡献，而不应以讥讽的眼光看待这些只能出苦力的老农民。

连福和这些从农村出来的打工者们一起并肩作战，从接到任务的那一天算起，他们已连续工作十来天了。在连轴转的工作状态中，他们不敢有丝毫的马虎，常加班到深夜，不仅将码好的材料如数交给厂里的验收人员，还知难而上，跟着建筑师们学到了一点点建筑手艺。

每当建筑队人手不够、忙不过来的时候，连福就带几个工友替补上去，帮他们递砖、和泥、砌墙、放楼板、打地坪、勾砖缝等。连福十分感激那个大工师傅的点拨，使他逐渐掌握了一些建筑技巧，常在建筑中一展身手。连福一专多能的技艺深得建筑队老板的喜欢，多次邀请他加入他们的建筑队，共同实现发财的梦想，但被连福婉拒了。

但有的时候,连福真想拉起一支建筑队,在社会主义建设的浪潮中奋斗拼搏,可谷凤玺等人不同意他这么去做。谷凤玺的理由似乎很充分:他们就是干杂活出重力的命,一旦和建筑打起交道,就会落个四不像的下场。

这事虽然搁置起来了,但并不等于连福把这件事忘了。两天前,他找过高福刚,希望这位老领导帮助他成立一支建筑队,实现赚大钱的梦想。高福刚不是不想帮连福实现这个梦想,而是希望给连福一个意外的惊喜。有连福这个精明能干的强人带头,工友们都干得非常起劲儿,从没有偷奸耍滑的。平时,他们都住在工地附近,睡在同一个简易的板房里,只有在闲下来的时候,才搬进位于索家的出租房里喝酒、打扑克,消磨掉闲暇的时光。

为解决大伙就近吃饭的问题,连福找到酒厂的食堂负责人,经过一番商讨,食堂负责人答应连福,他们每天每人只要交五角钱,就可以让大伙都吃到香喷喷的大米饭和一茶缸粉条炖肉,还免费供应菜汤。这让连福十分高兴,当即从百货大楼买来十六套餐具,茶缸、铁碗、筷子。就这样,这一天的中午,他们吃到了最可口的饭菜。这让工友们感到十分荣耀,因为有了和酒厂职工一样的"待遇",他们更加感激连福的辛勤付出。

连福只管做好自己的工作,从不担心人际关系的好坏,这除了得益于高福刚的关心支持外,还与他具备良好的个性品质有关。连福尊重厂里的管理者和每一位打过交道的,认识的与不认识的,只要见过一次面,他都尽力与别人和平相处。无论见到谁,当官的,还是普通工人,他都主动递烟给人家,闲暇时刻也会和他们拉拉家常。

连福不拘小节,待人热情,深受职工们喜爱。对于分内的工作,连福一刻也不会耽误,这使领导很放心;对一些分外的事,他也会抢着去做,给钱多少都行,即便不给钱,只要有人发话,他照干不误。看到建厂产生的垃圾没人运送,他就利用空闲时间,不声不响地把垃圾拉送到运河铁路桥下的洼地里。了解到这些情况后,高福刚特意安排人给连福送来一百块钱,作为工钱或奖金,但他坚决不收。连福的这种做法并不是没人提出异议,有的工友说他傻,谷凤玺干脆批评他拿大伙的钱去送人情,以此巴结领导,想要进厂当工人,摇身变成一个城里人。

车队有了固定的工作和收入以后,谷凤玺看不得连福的威望越来越高,就催促他尽快回后行当队长去。连福从来没有从更深的层次上去思考谷凤玺的意图,他只是在想,这帮兄弟们从未品尝过当官的滋味,太把队长放在心上了!为了达到取连福而代之的目的,谷凤玺不光自己劝连福回家,还鼓动其他工友劝说连福早日离开车队。但连福只把精力放在工作上,对他们的好意从不表态。是啊,兄弟们的心意是好的,但经历了这么多的风风雨雨之后,连福已对当队长没有兴趣了。

几天后，劝连福回去当队长这件事居然形成了一股浪潮。见连福迟迟不表态，谷凤玺就和几个队友轮番去做连福的思想工作，激动时还差点儿大打出手。这让连福深深地感到困扰和痛苦。但他弄不明白为什么会形成这样的局面。

这天傍晚，工地上的活总算告一段落了，连福就着伙房郝师傅特意留给他的二两狗肉，喝下去三两散酒。尽管赚钱比过去多了不少，连福却依然保持勤俭节约的好习惯，喝的是最便宜的散酒，吃的是最简单的饭菜，从不多花一分钱。没事的时候，连福还要帮助伙房里的郝师傅掌勺做菜。郝师傅觉得过意不去，特意给他买来了两瓶好酒，但被他婉拒了。

吃了半个馒头后，连福就钻进低矮的工棚，和衣睡下了。他思考了一夜，最终决定留在县城里发展，不再回后行去。他担心一旦回到偏僻的乡村，出的力和收入将难成比例，这是他不愿看到的。连福理清了在县城发展的好处：逐渐高涨的经济浪潮将给每个人带来良好的发展机遇，家乡固然需要他，但封闭的村庄远不能形成创业的氛围，与其让精力在和乡亲们的争执中弥散掉，不如找到一条更好的出路，赚取更多的钱，尽快改善一家老小贫苦的生活境遇。

天蒙蒙亮的时候，连福走出了酒厂，一个人来到了青年路上。这个时候大多数人还在梦乡中，只有三三两两的生意人穿梭在空旷的马路上，脚步匆忙却充满希望。路上的车辆极少，运煤的大车早已完成任务，停靠在青年西路的两侧，使这条马路处于一个相对清洁干净的状态。县城的早晨静谧而祥和，没有噪音，没有吵闹，这和两个小时后的热闹氛围比起来完全是另一个世界。太阳还未升起来，但遥远的东方已现出一个美丽的轮廓，在层层朝霞的簇拥下，即将以主人翁的姿态出现在人们的视野中。连福也想学着老职工的样子进行一番晨练，就迈开双脚，大踏步地向东跑去。在青年路立交桥附近，他遇到了已跑了六公里的高福刚，惊喜顿时写在了他的脸上。从高福刚语重心长的话语中，连福得知酒厂准备续招五十名工人，考虑连福给酒厂做出的贡献，特意给他留了一个合同工指标。这让连福感到十分高兴，更对高福刚产生了深深的感激之情。

一回到工棚里，连福就把这个好消息告诉了大家，希望他们和自己一起分享这份快乐，但他听到的不是祝福和勉励。听连福说即将进厂当工人，谷凤玺很不乐意，言语中充满了指责和愤慨。谷凤玺的一番话引起大伙的共鸣，对连福的责难立刻升级了。他们愤怒地你一言我一语，怒批连福不顾兄弟手足之情，踩着他们的肩膀达到了自己的目的。

经过一番思考，连福已深刻地感到自己亲手创立的大运河车队已不再属于他，实在没有待下去的必要了。这也难怪，这么多年来，他们干在一起，吃在一起，有福同享，有难同当，共同维护车队的信誉，为了一个共同的目标，大家彼此间融洽

地相处着。但同时,这些朴实的汉子们也付出了沉重的代价,心中积攒了许多怨气。而连福只顾让大伙干活,却没有及时地掌握他们思想上的动态,当遇到合适土壤的时候,这种怒气就很容易爆发出来。此外,在所有人看来,他们都是一只只不会飞的鸡,突然有人摇身变成了一只凤凰,飞向了遥远的高空,就迅速打破了这种平衡,其余的人群起而攻之也就不难理解了。

撕毁这张来之不易的《招工表》以后,连福黯淡地离开了县城。没有鲜花,没有掌声,没有美酒,没有祝愿,甚至没有一声道别和问候,这使他心中的苦痛只能向滔滔的运河水倾诉去了。他不敢再去运河边打扰莲莲的幽灵,只能躬着身,向埋葬莲莲的地方,深深地弯下了腰。连福清晰地记得莲莲去世前的那一幕:莲莲深情地依偎在连福怀里,嘴角挂着灿烂的笑容,淌下了最后一滴眼泪,接着就紧紧地闭上了眼睛。

二十八

后行第一生产队队长的选举大会终于召开了。各家各户的当家人都先后来到北场仓屋前的空地上，投下了手中最神圣的一票。所有人都十分关注这件大事，把计票人员团团围住，唯恐有人从中弄虚作假。高昌民沉闷地抽着长烟袋，他心里一点儿底也没有，嗓子眼儿里发出一串串咳嗽声，一双滴溜乱转的眼睛以及走路不稳的样子足以让人看出他心中的慌乱。他大概已经知道在这场选举中注定要成为大伙的笑料，特别是在蓉花的恫吓声中，他更加痛苦地感到为自己投下的那张票是那样多余。果然不出所料，票数被民兵营长韩四五统计上来以后，大伙都兴奋地向连福致以狂欢般的高呼。让高昌民没有料到的是，他虽然只获得了仅有的一票，却和儿媳妇蓉花并列第二位，引起社员们一阵嘲笑。

高昌民背着双手走出会场的样子，并没有引起任何人的关注和侧目，大伙的劲头依然在连福当选队长的兴奋的欢呼中。高昌民最终将没当上队长的原因归罪于蓉花，他认为是蓉花从中作梗，让所有人都认定他是杀死三朵的真凶。

聆听着邻居家的鸡叫声和门前小河里蹿出水面的鱼儿欢快的游水声，望着对岸柳树上婆娑的枝条竞相摆弄身姿，连福感到社员的好日子总有一天会到来的。当上队长以后，连福身先士卒，脏活、累活总抢在别人前面干，让大伙更加坚定了奔向小康生活的信心。社员们也和连福一样，干起活来十分卖力，并尽可能地干到十全十美的程度，没有人会开小差，更没有人无故旷工，只要连福一声令下，再重的活儿都干得漂漂亮亮。在连福的感召下，社员们不仅用力用心投入生产劳动中，所有超过三十岁的老光棍和新增加的十七个二十五岁以上的小光棍共五十四人，都被他紧密地团结在身边，干起活来甚至连命都可以不要了。

听到连福打算在东湖地里挖一条排水沟的计划后，居然有十来个光棍没等连福下命令，就不吭不响地从傍晚一直挖到次日拂晓。迎着冬日的冷风，望着红红的旭日，光棍们坐在那道漂亮的水沟前，呼吸着新鲜的空气，虽然都没有说话，心里却

畅想着富裕的未来。

骆驼再一次两手空空地从四川回来以后，经不起高昌民的多次挑唆和欺骗，他前后在这个老家伙身上共花掉三百一十六块五角钱，希望入赘高家，给高昌民当"儿子"，却遭到蓉花无情的呵斥。用同样的办法，高昌民先后从联合、赵平均、狗剩等光棍身上讹诈了七百七十七块钱。这样，高昌民积攒下来的财富已远远超过整个一队其他社员的全部收入之和了。

这是一个无风无月的夜晚，高昌民独自来到赵新菊的坟前，小声数落着："你也有今天！如果不是当初你死皮赖脸问我要那四块钱，你又怎会死得这么快这么惨，差点儿连埋葬你的人都没有呢？若不是连福那小子愣头愣脑，对我横眉冷对，我绝不会让他把你埋在我身边的。你不是想吓唬我吗？不是想要那四块钱吗？我现在就给你。王朝，马汉，你俩过来，将这小厮拿下，和徐凤举一并斩了。"

不知从何时起，高昌民把自己看成了新社会的铁包公，更不知何故，他连徐凤举的性命也要拿下。呼，呼，一阵旋风掠过，瞬间将高昌民吹倒在地上。费了很大的劲儿，高昌民才爬起来。他不知道自己是怎么走进牲口棚的。他发现小屋里竟亮着灯，壮着胆子进去以后，床头那盏油灯的灯火却渐渐熄灭了。床西头坐着一个女人，披头散发。高昌民嘴里喊出了一个"鬼"字。

次日高昌民醒来的时候，遥远的东方已出现了一道鱼肚白。高昌民发觉自己在地上睡了一夜。他费力地坐起来，晃晃脑袋，点着一锅烟。微弱的亮光中，他清晰地看到一个年轻的身影，那是三朵，他惊恐地扔掉了烟袋。

两天后的傍晚，高昌民独自一个人坐在饲养场的小屋里，边抽烟，边数钱，竟激动地数了一夜。天快要亮时，他拿着那只装钱的小罐子，来到埋葬三朵的地方。这是一块杂草丛生的荒地，但在高昌民的粪便和牲畜粪便的共同滋润下，并排长出了三棵碗口粗的柳树。

高昌民忍不住心中的兴奋，舒坦地坐下来，两只眼睛望着西北方向的那个小路口。高昌民记得，每年的七月十五日中元节的时候，他都能看到辛勤一辈子却最终两手空空的徐凤举在那里为三朵烧纸钱的身影。每次烧完纸，哀痛无比的徐凤举就用笤帚将灰烬清扫干净，不给别人留下猜疑的把柄。上一年的鬼节，看到徐凤举跪在路口给三朵烧纸的时候，高昌民竟热泪盈眶地从身上掏出五毛钱，潜伏到三朵坟墓后，把钱塞进那道被蝼蛄拱出的缝隙里。在徐凤举离开不到半个小时后，高昌民又偷偷来到三棵柳树下把钱掏了出来。

再过三天就是冬至了，这是一年中最冷的日子，也是烧纸祭奠亡灵的日子。高昌民舍不得给三朵捎去一些真钱，更舍不得拿着真钱去代销点买刀火纸焚烧。高昌民把罐子里的钱全部倒了出来，一张一张地摆放整齐，他只能用这种形式悼念三朵。

与其说他是想以此寄托自己对三朵的哀思，不如说是忏悔罪过。他拼了老命地挤出了三滴眼泪，说："小三朵，我可不是故意的，如果你的眼没有睁得那么大，我又怎么忍心杀死你呢？"

"哈哈！"高昌民话音刚落，空中居然传来了一阵轻蔑的笑声。这个声音明显是三朵的，高昌民听得出来，和她死前发出的声音一模一样。高昌民恐惧地爬起来时，从西北方向吹来一阵冷飕飕的阴风，将柳树下的钱票刮得稀里哗啦。费了九牛二虎之力，他才找到十四块三毛五分钱。他瘫坐在地上。如果不是那根随身携带的细绳，他无论如何也不可能依托树干的力量，拽着两个绳头，慢慢地爬起来。大部分钱飘落到芦苇丛中、草垛旁、场屋前、沟渠里，被上工的社员轻易地装进了腰包。

高昌民装作什么事都未曾发生过的样子，依然将牲口喂养得肥肥胖胖，以此期待连福的褒扬。一朝天子一朝臣，这朝不用那朝人，这是高昌民信奉的信条之一。高昌民不能让自己闲下来，铡了一笥草料以后，急忙拿起一把扫帚，打扫牲口圈内的卫生去了。高昌民走路的样子变了，两腿弯得很厉害，像一只濒死的旱鸭子。

大年初一的下午，约莫四点钟的样子，这位为保卫集体财产不受损失的老者在后行史上一场罕见的暴风雪中英勇牺牲了，年仅五十九岁。死前，高昌民终于再一次得到了蓉花清爽的身子。为给闺女文秀治病，蓉花不想再去麻烦连福，况且连福故意离她越来越远。她只能把希望寄托在高昌民身上。但是刚让黑马和闷驴交配过的高昌民却在蓉花最需要帮助的时刻欺负了这个寡妇。

蓉花手持一把砍刀再次来到牲口棚时，遭遇了那场特大暴风雪。牲口棚顷刻垮塌，犹如一场剧烈的强震，让蓉花惊呆了。约五分钟后，那匹刚交配完的黄白相间的公马突然挣脱缰绳，跨过北面的东西小沟，直奔宋庄的方向跑去。蓉花破门进入小屋，亮出手中的砍刀，吓得高昌民向后退去，直到退无可退时，屋的后墙被大风吹塌了一半。高昌民立即从缺口逃了出去。所有的牲口看见自己的主人以后，都扯着嗓子哀号起来。当蓉花跑出屋子再次扑向高昌民时，闷驴挣开绳索，没命地在雪地里奔跑起来。

高昌民死在了追赶闷驴的路上。这位和牲口打了三十年交道的老者在冰雪上滑倒以后，头撞在那棵最细的洋槐树上，血尽而死。连福发现高昌民时，他已经没气了，手里却紧攥着那根拴驴的半截缰绳。

鉴于高昌民为集体做出的巨大贡献，韩科成组织一队社员在高昌民牺牲的地方为他举办了一场追悼会。韩科成的肺病已经很严重了，咳嗽不止，他只能用简短的话语总结了高昌民坎坷受苦的一生，并希望大伙化悲痛为力量，以饲养员高昌民为榜样，齐心协力建设美好新家园，为实现四个现代化贡献力量。值得一提的是，在蓉花的坚持下，高昌民的遗体装入大队为他购买的棺材后并没有葬入他的老祖林，

而是被人简单掩埋在两个兄长栖身地的附近。

文秀病重的消息是顺河告诉连福的。在蓉花家的大床前，望着脸色蜡黄、额上渗出一层冷汗的文秀，连福对蓉花这个粗心的女人进行了一阵责备，然后抱起一声不吭的文秀上了拖拉机的车厢。骆驼加足油门，不到十分钟时间就来到了公社卫生院。文秀躺在连福怀中，眼睛已经闭上一阵子了，从她微弱的呼吸中看得出这个年幼的女孩快不行了。

连福紧张地催促医生尽快给孩子诊治。在连福的坚持下，大夫让别的病人暂时等一等。

连福坐在那把长条凳上，他把孩子平稳地抱在自己的胸前，希望用自己的体温让孩子的病尽快好起来。蓉花站在门口，像是忘记了文秀是自己的孩子似的，或者这里发生的一切都仿佛与她无关。她两眼呆滞地看着连福凸起的眼睛，嘴角竟露出一丝让人难以察觉的笑容。

这位中年医生只用一个听诊器就判断出文秀患了严重的肺炎，然后对连福进行了一番训斥，嫌他过于粗心大意，延误了孩子的病情，幸亏早来半天，否则孩子就活不过这个夜晚。连福没有辩解，只是拼命地点着头，向医生说出一些道歉和感激的话。连福让骆驼抱着孩子，他自己去了外面的窗口，很快为孩子办好了住院手续。

望着盐水默默地流淌进文秀胳膊上细嫩的血管里，蓉花居然放声大哭起来，哭声中饱含着种种复杂的情绪。蓉花瞥了这个近在咫尺的男人一眼，心里冰冷冰冷的，她越来越清楚连福的心离自己越来越远了。

连福望着窗外那只喳喳叫唤的麻雀，长长地叹了一口粗气。这个强硬的汉子从眼角里流出了一滴泪，流到瘦弱的脸庞上，闪出灰暗的光芒。同样，连福的伤感也是极其复杂的。从县城回到后行以后，虽然事业干得风风火火，让大伙都感到有了奔头，可他孤独的内心世界里究竟想的是什么，谁也弄不清楚。连福的两只大眼睛让蓉花止住了泪水。她忘不了，永远都忘不了连福曾借给她的四十块钱。也就是因为他当年那个义举，才使蓉花从深深的感激逐渐转化成一种情愫，令她越来越离不开这个男人了。

两天后，文秀的病情虽然得到了较大缓解，但仍然发烧不止，有时高达四十一度。连福找到给文秀诊治的医生，医生却表示已经尽心尽力了，如果孩子命大，度过了这个晚上，或许还能好起来。听到这样的话，连福气愤至极，差点儿动手打那个医生。看到孩子的两只小手日渐瘦弱下去，蓉花心里虽然极度痛苦，但不打算再把文秀转到县医院治疗，落个人财两空。骆驼非常赞同蓉花的观点，他说，就算孩子活过来了，八成也是个残废。况且，女孩子再好，迟早也是别人家的人，花那么多钱不值得。

面对两个不明事理的人，连福愤怒地吼叫一通，然后颇为耐心地把他们教育一番。连福的态度十分坚决，就算倾家荡产，也要把孩子的生命挽救回来。孩子走了，希望也就没有了，何谈后行的未来呢。连福的坚持和教诲让蓉花感到无地自容，在她的头脑中，连福是个真正的汉子，他的形象越来越高大，而自己却越来越渺小了。还有那个骆驼也是同样的感觉。连福让骆驼和蓉花在这里好好照看文秀，他自己急匆匆地往后行赶去。回到家中，他取出全部积蓄，共三百六十块钱。来到医院时，连福没能找到骆驼的身影，就自己驾着那辆拖拉机，将文秀送到了县医院。

骆驼行走在山庙的东西大街上，他自己也不知道究竟要到哪里去，心里的忧伤越来越强烈了，竟不知不觉地来到了中心幼儿园的门口。骆驼蹲在那尊一米高的石狮子前，卷起了一根粗细不均的烟棒，含在嘴里，竟忘记了点火。从绵阳山区回来以后，骆驼一直处于这样浑浑噩噩的状态，很少搭理谁，包括连福在内，也懒得打交道。但他清楚连福是个好人，从未张口叫他还钱。更让他感动的是，连福还经常给他一些零花钱，帮他度过了这段艰难的日子。骆驼夫四川带的钱并非全部花在了路上，他恨自己不争气，居然相信了一个女骗子，将他手里的九百块钱一次性骗得精光。每当想起这件事，他就后悔莫及，不该贪一时之欢，而忘记了自己的使命。

当天下午，经过县医院大夫们的精心治疗，文秀度过了危险期。高烧退去后，文秀的身体不再抽搐，慢慢地睁开了眼睛。到了第二天中午，孩子的病情总算稳定下来了。连福抚摸着孩子的小脸蛋，眼睛里流出了激动的泪花。他不想让别人见到自己脆弱的一面，就转过脸去，偷偷地抹掉几乎要掉下来的泪水。望着连福高大壮实的背影，文秀幼小的心灵里把连福看成了一个最可敬可爱的长辈。

确认三朵被高昌民害死的事实后，徐凤举蹒跚地来到埋葬高昌民的地方，恨不得掘地三尺，刨出尸体，放一把篝火，将他烧得永世不得翻身，可他还是忍下来了。他有这个心，却没有这个力量了。徐凤举又趁社员去东湖给小麦追肥的机会，见新上任的饲养员兼保管员赵德彬不在，偷偷地溜进没上锁的仓库里，偷走了那个只用了一少半的农药瓶，企图在少有人去的北汪芦苇丛里了却残生。最终他没有喝下这瓶农药，他不想这么早地就告别这个越来越热闹的世界。

看到连福的风头像木柴火一样旺盛，又深受社员们的喜爱和拥戴，平时从不去湖里干活的凤妮，有的时候也会到地里走一遭。她无须提出什么建议，社员们都能感受到这个老人一颗火热的心。在凤妮的感召下，一些上了岁数的老妇、老头，也来到社员干活的地方，给他们加油鼓劲儿。

趁天气好，赵德彬把粮仓里的陈粮翻腾出来，铺到外面的空地上，晒上一番。休息的时候，他来到新盖的牲口棚里，将一桶拌好的草料倒进闷驴的石槽里。他不

忍让又怀上身孕的闷驴去地里运送肥料，希望养好它的身体，再为生产队留下一头能出大力的骡子。欣喜地看着闷驴津津有味吃草的样子，赵德彬满意地大笑起来。

这天清晨，阴暗的空中下起了细小的雪花，这意味着后行又一个冬天来临了。后行的冬天一直特别寒冷，每年都要下六七场大雪，常常发生大雪封门的现象。还没到午饭的时候，沉闷的庄子上空就纷纷扬扬地飘起了大小相同的雪花。随后不久，刮来一阵凛冽的西北风，风力约十一级。大风夹杂着大雪，仅一夜工夫，就使全庄的房屋倒塌了三百六十余间，折断树木一千零五棵，损失异常惨重，并且造成了少量的人员伤亡。

当韩黑娥因寒冷身亡后，引起了县委的高度关注，山庙公社特意给徐凤举送来了一百块钱抚恤金，希望他过好以后的日子。韩黑娥发丧的时候，徐凤举没有通知任何亲戚，包括闺女宝珍在内，他都懒得去告诉。他悲愤地认为，两个闺女即便回来，除了哭泣哀号，再无别的用处。他谢绝找上门要求帮忙的韩氏族人，在四天后的那个深夜，他踏着冰雪，独自一人将韩黑娥埋在了三朵坟墓的西北角，以此希望娘俩彼此有个照应。

进入阳春三月，后行沉睡了一冬天的土地终于醒来了。社员们给小麦施完化肥以后，大都着手盖新房或者修缮老屋。连福经过一番考察，又召开了社员代表大会，最终把位于凤妮家西一百米的空地确定为部分社员建新宅的地方，每块宅基均为三分地，建三间堂屋绰绰有余。家庭条件好的还能趁机造一间偏屋，一处过道，拉一圈院墙。由于连福的家离山庙大沟太近，生活不方便，存在一些安全隐患，他也因此分到了一块宅基地。连福通过抓阄得到的这块宅基地介于前后两排之间，位置居中，算不上很好，也绝不算差，平平整整，没有深沟水塘，也无须砍伐树木，只要垫出半米高的土基，就可以在上面建造新房了。

趁着空闲，连福仅用了三天时间，就从埋葬高昌民的河堰上拉来了四五十车软土。连福请来几个帮手，很快将土堆摊平，然后把两根粗细均匀的木棒绑在一块重达二百斤的石头上。一切准备就绪以后，八个壮年男子嘴里喊着号子，唱着浑厚的夯歌，将笨重的石块一遍遍地夯打在画好石灰线的地基上。此后，连福从乱营子山上拉来了十七八车红石块。为了节省饭菜烟酒支出，他没有请帮工，自己一个人搬起一块块红石，垒砌出了一圈石框。尽管石头磨破了手，累得腰酸背痛，但当他看到这些劳动成果时，心里却是美滋滋的，完全忘却了连日来的疲惫。

砌第一道墙的时候，连福将掺有麦草的泥巴一铲一铲地放在石基上。每放一层，他都要赤着双脚在稀泥里踩几遍，让墙变得更加坚固。待踩第三遍也是最后一遍的时候，蓉花来了。她不忍心看到连福流这么多的汗，希望给他打个下手，但被连福拒绝了。蓉花气呼呼地说："好心被你当成驴肝肺了。"连福挥舞着手中的叉子，说：

"你也有好心？"蓉花胆怯地问："还是为刘君利那事生我的气？"连福缓缓地说："其实，这也不能全怪你，我就这个贱命，即便你不替她寄信，她早晚也会跑掉的。"

日子快得像翻书一样，眨眼就到了农历的四月初六。在一阵鞭炮和用来血祭的公鸡一声尖长的惨叫声中，连福和几个帮手用绳索、木棒架起那个三角木梁，稳稳当当地横放在南北墙上。顺棒、上瓦只需小半天时间，所有的工作均在傍晚六点前顺利完成了。几名参与建房的社员在凤妮家饮完酒，脸面红润，说了一堆祝福的话，才恋恋不舍地回各自的家去了。

连福并没有回自己的家，他在凤妮的堂屋里待了一夜。他一句话也没说，只想默默地陪伴已经熟睡的老母亲。这个愿望在他心里已很久很久了，但因为长年在外打拼，使他几乎丧失了这样的机会。他面前的饭桌上放着那本《钢铁是怎样炼成的》，这部几乎被他翻烂的书是他唯一的精神寄托，也只有在阅读这部书的时候，他才能够真正地感受到心理上的满足。

他把书拿起来，边抽着劣质香烟，边默诵着书里那些被他用钢笔圈圈点点的段落。烟头散落了一地，他的眼圈变得又红又黑，可他仍然觉得时间短促，不知不觉中已到了黎明时分。

在全庄的公鸡开始叫唤的时候，他一个激灵站起身，拉开两扇木门，走到南屋窗前。听到顺河的鼻腔中发出阵阵甜蜜的鼾声，他才放心地到北场看望那些牲口去了。饲养员赵德彬干活还算勤快，但这个人还是改不掉好睡懒觉的毛病，万一再让牲口没吃上夜草就糟糕了。

回来以后，连福带着顺河去了河边的家，好歹烧出一锅糊涂饭，里面有不少疙瘩。顺河做梦都想吃点儿滑溜溜的大米，可那是奢侈品。当顺河端着饭碗说"什么时候能吃上大米"时，连福下了决心，砸锅卖铁，也要让生产队栽上一百亩水稻，让孩子们吃上香喷喷的米饭。上学前，顺河不忘和连福道别。从简单的话语中看得出来这个孩子已十分懂事了。这不仅与学校老师辛勤的教育有关，也和凤妮平时对他那些特别的关照不无关系。连福在顺河的头上抚摸了一把，满含深情地看着孩子吃得越来越胖的脸蛋，心中充满了一种成就感。

连福不知从何时起养成了喝早酒的习惯，顺河走了以后，他继续喝着盅里没饮完的散酒。摆在他面前的是两个圆形碟子，一个盘子里是咸菜，另一个盘子里稍好一些，也不过放了一些花生米。如果说肉还是一种奢侈品的话，花生米却是连福必不可少的下酒菜。咸菜盘里有两个半硬咸菜疙瘩，那块被爷俩啃得乱七八糟的半个咸菜头上留下了许多极不规则的齿痕，深的是连福的，其余是顺河的。从这些痕迹上可以想象到，顺河吃咸菜时是那么不情愿。花生盘里仅剩下六粒油炸花生米，三个大的，粒粒饱满，油光可鉴，然而三个瘪花生却各有各的形象，西边的那粒瘦弱

一点儿，像一只黑棉铃虫，东边那只更加瘦小，像一只苍蝇头，北边那个最小，几乎可以忽略不计。瓶里的酒仅剩下三两，从连福神态自若的面部表情看得出他已做好了喝完的准备。

骆驼终于凑齐了五百块钱，他舍不得花钱建新房，打算用这笔钱到云南偏远的山区去找一个女人，却害怕路途遥远，再次落个人财两空。这晚，骆驼是在自己家里喝的酒。想起这些年的悲惨遭遇，他放声大哭起来。哭声持续了近两个小时，他最终下定了去云南文山的决心。他从山庙街坐汽车来到了云龙市，好在火车站离汽车站不远，他只花了五分钟时间，就来到了火车站前的广场上。云龙市是淮海地区数一数二的大城市，上百万人汇集在这里工作和生活。同时，云龙市又依托丰富的地下煤炭资源，吸引了周边五个省份的成千上万名打工者过来淘金，而云龙站广场又常常是打工者们找活的最理想的地方。

骆驼拨开人群，直接走进了售票厅，他刚从一卷卫生纸里掏出一个布包，胳膊就被一个女人拽住了。骆驼惊愕地看了半天，还是跟女人来到了广场上。女人脸庞秀丽，说话的语气极其温柔。她问骆驼："出去打工吗？"骆驼说："打个屁工，连个媳妇也没混上。"女人笑着说："看俺咋样，还行不？"

骆驼激动得连鼻涕都流出来了，当晚就带着这个漂亮女人住进了大湖旅社。第二天，两人手挽着手回到了后行。女人最多二十六岁，娃娃脸上透出成熟的苹果红。听她的口音，应该是安徽萧县或砀山人，说出来的话带有一股甜甜的梨子味。看热闹的人不仅占据了骆驼的小屋，就连外面台子上的每一个角落也都站满了人，使后行沐浴在久违的喜庆气氛中。

骆驼得意地指着女人，说："这是我媳妇，一分钱没花，不是我吹牛，自愿的，倒贴，不要白不要。还有人说我这是歪打正着，就算是歪打正着，你们也带一个回来，让后行的兄弟爷们儿看看，没那个能耐吧？正应验了那句话，十年河东转河西，莫笑穷人穿破衣。大伙都看见了吧，我这事办的，在咱后行还是头一炮呢。"那女人点了点头，然后和大伙说："俺以后就跟俺男人过了，什么穷不穷的，日子都是人过的，俺娘说了，到了润水县，就等于掉进福窝里去了。"

有人在嘀嘀咕咕，说："八成又是个骗子，看那张嘴，抹得跟妖怪似的，还有那两条腿，罗得很，分明是生过孩子的。再看她那张脸，俊是俊，就是一点儿臊也不知道害，没见过这样不要脸的女人。还说没花一分钱，这倒是有点儿可能，谁借钱给骆驼这样的人？听说连福借给他的钱，都记着呢，不倒打一耙，让连福赔偿他的精神损失费，就已经很给连福面子了。这样的人，天下少找！还有他爹赵德彬，听说牲口饲料倒卖了不少，我亲眼见过，老家伙每次回家，裤裆里都是鼓鼓囊囊的，装的不是豆子，就是麦麸子。这爷俩，真是够受的，越架越往胳膊上屙屎，不是一家人，不进一家门。"

这个女人和骆驼成双入对生活了三个月以后，骆驼懒惰的习性悄然发生了改变。在家里，他端吃端喝，把媳妇照顾得舒舒服服。到生产队上工时，他冲锋在前，唯恐比别人落后，让社员都觉得他仿佛变了一个人。其余的光棍们都羡慕骆驼，纷纷来到云龙站的广场上，期待好运降临到他们的头上。功夫不负有心人，几个光棍没费劲儿就找到了媳妇，也都不要一分钱。

韩狗剩带来的女人虽然是个寡妇，三十五岁，人高马大，却温柔得像个少女，把狗剩伺候得逢人就说还是有个女人好。此后，赵联合也领来一个寡妇，三十一岁，人长得极为标志，从当夜入洞房算起，直到缠绵了四天四夜，两个人才一前一后地走出小屋。就这样，以贫穷、光棍多著称的后行在不到半年的时间内，共有十六个光棍娶到了说话带一股梨子味道的同一个地方的女人，却没引起任何人的警觉。他们都沉浸在喜迎春节的各类活动中，如上河工、排演春会、唱戏、买年货等，绝想不到意外即将发生。

后行的春节是热闹的，大年三十这一天，天还未亮，家家户户的男人就从床上爬起来，趁着朦胧的夜色，将预备好的木棍横放在自己的大门前。用连福的话说，这样做的目的是为了拦住已住进屋里多日的金马驹，从而让社员过上更加甜甜蜜蜜的日子。与此同时，庄人们还在门的两旁点燃了两堆麦草，他们希望用这种燃狼烟的办法将牛鬼蛇神挡在门庭外，以免它们和金马驹相冲，让穷人们一直穷困下去。

放鞭炮更不用多说，在这个贫困的村庄里，人们燃放鞭炮的热情从未消减过，且愈演愈烈。到了大年初一的早晨，来不及包饺子的、包好饺子来不及下锅的、下了饺子来不及吃的，都把用报纸卷成的二十头的鞭炮挂在门前的树枝上。相继点燃鞭炮后，整个村庄就被淹没在一片噼里啪啦的响声中了。可就在这天夜间的十一点十分左右，十六个女人带着四个孩子集体逃离了后行。

这一消息直到大年初二早晨的四点半才被人知晓，可是已经晚了。女骗子们带走的不仅是三个后行的种、一万七千六百八十八块钱，还有可怜的光棍们对女人们的一番真情实意。光棍们咽不下这口气，把责任都一股脑地推给了骆驼。很快，引起了一场混乱。光棍们像疯子似的追到北场，终于抓住了骆驼。这个骗婚事件的始作俑者乞怜地跪在光棍们面前，眼泪一把，鼻涕一把，哭得惊天动地，却丝毫不能引起任何人的同情和偏袒。挨了光棍们一顿愤怒的拳脚以后，骆驼自觉有苦说不出、有冤无处诉，就一直低着头，不敢做丝毫的反抗。

光棍们陆续散去的时候，骆驼悲愤地来到饲养场里，趁着赵德彬不在，他把准备好的绳子扔在了草棚的横梁上，并且在绳头上打出来一个活结。望着三朵的坟头，

他扑通一声跪倒在地上，给三朵连续磕下四个响头。为了把损失降到最低，以韩狗剩为首的十六个光棍，拿着铁锨、洋镐，将骆驼的家翻个底朝天，却一分钱也没有找到。

相距骆驼的小屋约二百米的地方是连福新分配给社员们的自留地，块状排列着，每户约二分地。连福的菜园地被他收拾得井井有条，他把家里攒下来的粪便晒成粪干，一篓篓地背到这里，掺入一半比例的黄土，弄成细碎的营养很高的杂肥。他希望靠这些土法制作的农家肥，使开春以后种下去的黄瓜、辣椒、豆角、西红柿，长得都比别人家的强。在这个寒冷的季节里，连福头年试种的那片大蒜长得十分茂盛。他有个新的打算，等到了秋季，他要把这些大蒜分给大伙栽种，要不了几年，后行说不定就成了名副其实的"大蒜之乡"。这样的话，人们的生活就真的离小康不远了。

赵德彬来到连福的菜地里，准备拔一些蒜苗，配上高昌民的鸡下的蛋，炒一盘上等的好菜下酒。他光顾着欣赏绿得发亮的青苗，却忘记了看路，竟被脚下的石块绊倒在地，嘴巴被棍尖穿出一个窟窿，鲜血直流。等到大伙发现赵德彬的伤情越来越严重的时候，才想起骆驼，就齐刷刷地直奔北场跑去。

听到饲养场外面传来一阵急促的脚步声和叫骂声，骆驼果断地把脚下的凳子蹬倒了。骆驼还是得救了，但精神变得恍恍惚惚，被人揍了几巴掌，才朝着赵德彬出事的地点跑去。大队诊所的老大夫无法缝合赵德彬的伤口，劝骆驼带他去公社医院治疗。回来的路上，骆驼问赵德彬："还有钱吗？反正我是一分没有，都被那个又白又胖的女人胡赛花骗光了。我看还是先回你的小屋去，养几天，说不定就自愈了。"赵德彬有气无力地说："我不想死。"

骆驼带着怒气说："谁又想死呢？谁不想有儿有女地活下去？可是你没有，老彬，你既没有闺女，也没有儿子。你可能说，你有儿子。但我还是说，你没有，你儿子已经死了。可话又说回来，老彬，你比我强，你还有个死半截的儿子，而我连个媳妇也没有，更谈不上一儿半女。这么些年都过来了，我也不想骂你，我说不到媳妇，责任也不能全归在你头上！当年你唱花巷，唱来的是白菜萝卜咸菜缨子，却没给我唱出个媳妇。前几年，你不着家，偷偷去了河南，逍遥地认祖归宗去了，留下我一个人，被打成了黑五类。老彬，你知道我是怎么过来的吗？死的心都有。我恨这个社会，恨所有人，包括韩科成、朱为民、白蓉花、徐凤举在内，都是我的仇人。我也恨赵连福，他抢走了我的队长，让我唯一的希望也破灭了。可我又恨不起来，连福带着大伙干得起劲儿，红火日子很快就要到来了，而我却等不到了。老彬，俺爹，我最后叫你一声爹，你也死了吧，不然我放心不下。"

七天后，赵德彬死在了那个漆黑的夜晚。赵德彬的尸体被连福发现的那一天，骆驼疯了，他只穿一条破棉裤，光着脊背，离开了后行。办完赵德彬的丧事，连福请蓉花暂时顶替饲养员这个差事。对此，蓉花不仅没有一点儿意见，相反还觉得这是一项光荣的任务，就欣然接受下来。两人约定，白蓉花负责饲养场白天的事务，而夜晚就交给连福打理。与此同时，连福安排所有在家的劳力、妇联、识字班，四处打听骆驼的下落。全生产队一百多名社员，分成五十个小组，分赴七个公社、七十二条大小道路、三十三道大小沟河、一百零七个村庄，折腾了近一个月的时间，也没有发现骆驼的身影。

二十九

到了这一年的清明时节，连福郑重地向社员们承诺：今年入冬的时候，一定让全队的老老少少都吃上香喷喷的大米饭。这一天晚上，星星悄然出现在头顶，鲜草的嫩芽上晃动着点点滴滴的露水。连福不顾连日来的疲惫，带着一伙人，把从县城农机局买来的抽水桶，安装在北河堰上新建的电灌站里。这项浩大的旱改水工程自筹备、开工建设到全部竣工，倾尽了连福所有的精力。这个强壮的汉子却在电灌站建成后的第二天病倒了，高达四十度的体温持续了三天三夜，他却没打一针，没吃一片药，硬硬地挺了过来。社员们感激连福对集体的付出，纷纷过来安慰他，有的社员还捎来几个鸡蛋，给他补充营养。徐凤举给连福送来了五根大葱。凤妮从锅里盛出了一碗漂着青菜叶的咸汤，客气地递给生产队这位老当家人。徐凤举在剧烈的咳嗽声中颤抖地接过这只带花的白碗，费劲儿地吐出一口黑痰。凤妮清楚地看到痰里有一缕细微的血丝，她的眼角流出了一滴泪水。

徐凤举噘着嘴，试着喝一口汤，却无法辨别咸汤的滋味。回家的路上，徐凤举觉得自己的寿数就要到了。值得庆幸的是，他已提前准备了后事，棺材尺寸和丈母娘的一模一样。来到家中，他不由自主地想起了四个闺女的归宿。二闺女离家出走是他一生的疼痛，至今还没有她的一丁点儿消息。做梦的时候，二闺女曾经告诉过他，她去了北京，在首都歌舞团里当了一名歌唱家。他已记不得二闺女的模样了，只知道她的额上有颗硬币大的红痣。亲爱的三朵是一朵漂亮的月季花，却禁不住命运的摧残，早早地凋谢而去。而对长眠于电灌站附近的高昌民，他却再也憎恨不起来了。至于宝珍对他的那些伤害，他早已释怀了。最可怜的是他的大闺女，在男人死了以后，连续四次改嫁。想起这些的时候，徐凤举心里五味杂陈，甚至分辨不出杏和黄瓜造型上有什么区别。突然，徐凤举担心起来。百年以后，谁为他送终？他不由得又骂起宝珍来。到了这个节骨眼，他才真正感到命运的无助和生命的绝望。他纷乱的目光里流露出浅灰色的哀愁。

水稻秧苗蹿出半尺来高的时候，连福和所有对水稻的丰收寄托无限憧憬的人们都来到地头，含着泪欣赏这一盛景。有几名社员脱掉脚上的鞋子，跑到地里，蹲下身子，深情地亲吻着尖尖的稻叶。这场轰轰烈烈的"旱改水"大生产运动成功了，它不仅是一队的成功，更是大队的成功，使山庙公社水稻全覆盖工程胜利告罄。为此，新任支书韩秀明受到公社革委会的表彰。当胸戴大红花的韩秀明坐着公社孟书记的吉普车回到后行的时候，被已退居二线的韩科成瞧个正着。

韩科成不想参与这个热闹的场面，他独自来到北场仓屋前的空地上。当初做出建这排仓屋的决定时，他只是一名民兵连长，在和父亲韩万里据理力争后，就强行实施了这个建设计划。没让公社花一分钱，没到县里的机关单位化缘，在勒紧裤带干革命的大形势下，他靠着集体的力量，硬是在两年后建成了这排巨型仓屋，长度达一百米，宽足足十一米，可储藏全大队生产的粮食。

仓屋无论从建筑设计风格还是储存能力，在全公社均首屈一指，这成为韩科成引以为豪的资本，而到处加以炫耀。可历史的车轮绝不以个人的意志为前行的指令，韩科成这位干了二十年的老支书最终也和社员们一样，在曲终人散的时候，怅然若失地感慨着人情冷暖。他曾经告诫韩秀明：生活在同一个村里，低头不见抬头见，大队干部和群众之间有着错综复杂的关系，要么是本家，要么是亲戚，远亲、近亲，层层叠叠，五花八门，一点想不到，就会产生意见，甚至出现矛盾，在处理大队事务上，要有如履薄冰的意识。

站在韩万里生前建设的七座炼钢炉前，韩科成像一个醉酒的魔鬼，甚至不用一锨一铲，仅花了六分钟时间，就用两只手推倒了所有的土炉子。他的心脏病犯了。这个平时常犯的毛病并没有引起他的重视。他在地上躺了一会儿。然而，仅仅过去两分钟，他就彻底失去了挣扎的能力。

一队社员们的生产热情到了近乎狂热的程度，因为再有三个月就能吃上大米饭了。在离目标实现的日子越来越近的时候，他们更加卖力地管理着田间的秧苗，除草、打药、施肥、间苗，无一不在有板有眼地进行着。可就在插秧的四天前，徐凤举过世了，或是韩科成的鬼魂牵引他走向了这条归途，或是他的病情已到了不得不离开这个世界的程度，或许……唉，谁说得清呢？

这位可怜的老人没能吃到自己地里生产的大米。他这一辈子就算交待了，没有功劳，也有苦劳，虽然膝下的孩子都是闺女，但并没受到庄人太多的歧视，也算坦然地过了一辈子。没痛快地吃上一碗大米饭是他一生中最大的遗憾，比没有男孩还让他牵挂。死前，他跟连福比画了三次。连福让他有点儿耐心。他希望等到那一天，可老天爷偏偏不让他再等下去，在大伙都忙着往地里灌水的时候，老天爷把他喊走了。在几个孩子都没长成人的时候，有个亲戚曾给他送来了二斤大米。那是他第一

次见到大米，兴奋之情自不可言。他找来一块纱布，缝成一个袋子，放进一两米，扎死口，系条长线，将袋子扔进锅里，线留在外面。饭烧好后，他捞出米袋，均匀地分给四个孩子。他和韩黑娥只能靠喝点儿汤解馋。大米的味道真香！再次做饭时，他又把米袋子放进锅里煮了一遍。就这样，两斤大米足足吃了一个月。其间，孩子们逢人就高兴地吹嘘自己家里有吃不完的大米。

调好徐凤举的灵床，连福在床下捡到一只布袋，里面是徐宝珍给徐凤举的五十块钱。他舍不得买真茶叶喝，钱一直藏在床底下。攥着布袋，连福忍不住流下了眼泪。生老病死对于后行人来说是一件再寻常不过的事。建庄几百年来，死了不下七八百口人，连曾叱咤风云的韩科成都会死去，何况这些人呢？大伙都习以为常了。

蓉花这个不知疲倦的女人一干起集体的活来，就像上了扫了层金水的发条，在和牲口打交道的过程中，她想尽办法让那些看上去野蛮无比的公牛们逐渐习惯了新主人的喂食方式，而变得温文尔雅，又让那些看似温柔实则刚烈的骡子们，拐弯抹角地服从她聪明而不厌其烦的指挥。只要看见那头患有重病的闷驴，白蓉花的心就隐隐作痛。若不是它挣脱缰绳逃离这里，高昌民无论如何都会死在她的刀下。

对着饲养场小屋内那个北墙上挂的小圆镜，白蓉花看到额上那道浅浅的抬头纹，她猛然意识到自己变老了。她的心一阵战栗。她再也控制不住心中的悲戚，痛苦地撕掉身上那件花白背心，任凭泪水滴在光滑的身体上。镜中的光线将蓉花几根整齐排列的肋骨及身上稀疏的汗毛、腋窝中的蜷毛、南墙上的手电筒、马灯以及墙角的镰刀把、干瓢、地铺等，像放电影似的无一遗漏地投进连福凸出许多的眼球里，瞬间形成一个真实加缥缈、沧桑加无序、期待加迷茫的复杂的综合影像。

连福迅速逃离了小屋。他蹲在闷驴的石槽前，一根接一根地抽着香烟。拴在槽眼上的牲口们有序地趴在地上，满足地摇着长长的尾巴，眼睛眨也不眨地盯着连福，嘴里有永远倒不完的沫。过完烟瘾以后，连福心满意足地把囤积在小屋里的旧麦草翻出来，铡了一刀又一刀，均匀地把草切成五厘米长的草料，又将其堆放在那只专用筐里，用手摁了摁，才放心地对蓉花说："文秀娘，夜里的草料够了。"蓉花说："听说周边几个大队的地分出去了，叉子、轱辘、拖拉机、牲口，也都分给了社员。"连福淡淡地说："等等再说吧。"

后行的夕阳真的很美，小半个红日羞羞答答，像一个待嫁的少女，胖嘟嘟的脸蛋仿佛是一朵正要开放的月季花。连福留下来值夜的时候，反复问自己，什么是幸福？在这个只有他一个人，其余是牲口、树木、蚊虫、庄稼、烂草、鬼魂的环境中，一袋接一袋地抽着老烟叶，从深夜挨到天亮，或许是他梦寐以求的幸福吧。连福似乎已过了遇事就感慨万千的年纪，在一整夜的操劳中，他什么也不去思考，有时记忆只开了个头，就被他无情地扼杀了。他给牲口拌好草料，烧了一堆柴火，驱走棚里的蚊虫。每抚摸完一头牲口的脊背，他就蹲下来，和它们总有说不完的悄悄话。

天亮的时候，连福仍然没有一丝睡意，他披上灰蓝色大氅，走出了饲养场，来到仓屋前的场上。迎着空中浅红色的霞光，连福皱七皱八的脸颊上露出了一丝笑容。他倚在那棵弯曲的老槐树背上，兴奋地点上一支烟，嘴里吐出一缕浓浓的白雾。有人在他的肩膀上轻轻拍了一下。会是谁呢？他急忙把脸转过去。这是一张亲切的面孔。

"骆驼，是你！"连福惊喜地说，"这两年还好吧，在哪发财的，看样子混得不简单，骆驼，你小子行啊！""NO！叫我赵总。"跟在骆驼身后的是白蓉花。这个女人脸上滋润得要命，飘出一股仙气。骆驼介绍白蓉花道："这是我的秘书兼技术顾问。"连福惊愕地看着精心打扮一番的白蓉花。白蓉花亮出脖子上的项链，说："队长，是这样的，赵总在深圳发了大财，准备在咱庄建一个山芋糖厂，由我当技术员。"骆驼叼着一根"土匪"烟，说："都种上山芋，我全包了。不光一队，全大队、全公社的山芋，我都要了。"

这是一个晴朗的星期天，万里无云，祥和的天空中一群白鸽在自由自在地飞翔，完全把这里看成了自己永久的家。它们的样子非常可爱，雪白的肚皮上发出亮灿灿的光芒，姿态也十分优美，忽上忽下，忽高忽低，轻盈掠过树梢，机灵地穿过叶丛，像一群训练有素的飞行员，自由自在地变换着漂亮的身姿。这群小生灵在高空中得意地表演一番，然后各自铺开两只轻薄的翅膀，整齐地向低空俯冲，连喳喳的叫声也是那样欢快而富有节奏，像一个个奔跑在田野里的小姑娘，双手扯着一条白色纱巾，嘻嘻哈哈地奔向美丽的远方。白鸽继续向下滑行，飞得最低的时候，双翅几乎可以触到孩子们苹果般灿烂的脸蛋。

顺河兴奋地跟在连福的身旁，挎着他的一只胳膊。爷俩出现在别人羡慕的眼光中的时候，常常引来一阵发自内心的赞叹声。孩子幸福地和连福交流着在学校里的所见所闻，以及功课上遇到的难题，他甚至把连福看成了自己的偶像，无论什么话题都直截了当地和他讨论一番，从没有丝毫的顾忌。连福虽然弄不懂那些深奥的知识，但每当孩子征求他的意见时，他总是笑呵呵地将知道的东西毫无保留地告诉顺河。连福掌握的知识大多与小学课本无关，更多的是关于历史上发生的那些惊心动魄的故事，吸引孩子不停地猜测着事件的走向及结局。

连福天生是个讲故事的高手，这与他酷爱阅读历史书籍有关，也与他常在街上听那个戴眼镜的说书人边敲架子鼓边讲述凄婉动人的故事有着密切的关联。他几乎每个赶集日都要抽半个小时时间花一毛钱听那个自命不凡的家伙说大鼓，包括三国演义、水浒传之类的故事，常令他如醉如痴地坠入说书人设置的悬念中。讲到动情处，说书人准停下来，不用他说话，大伙就知道该掏钱了。

顺河长得很快，已蹿出老高了，比一般的孩子要高出半头来，像雨后的春笋似的，仿佛只是眨眼间，就长成了一个英俊的少年。顺河十分懂事，常把凤妮给他的饼干送给连福吃。连福喜欢顺河率真诚实的性格，走到哪里，就把他带到哪里。有孩子在身旁陪伴，连福觉得幸福的日子离自己越来越近了。

位于北场以北五十米的山芋地约一百二十亩，站在东边小路上难以看到地的西头。山芋埂大多南北排列着，一道又一道，起起伏伏，像一个个戴着柳枝帽子的解放军战士，正严阵以待，准备向敌人再一次发起冲锋。社员们带着抓钩、锼子等生产工具，来到地头，摆开阵势，在不算强烈的日头下辛勤劳作着。

有人边刨边吹着口哨，有人引吭高歌，吸引一些社员站直身子侧目欣赏。连福唱得最动听，他像演员一样，边唱边表演，乐得大伙哈哈大笑，仿佛回到了大演大唱的年代。表演一番以后，连福弯下腰去，抡起那把抓钩，准确地刨在了田埂上山芋秧的空当间。他只轻轻地勾了一下，几只山芋就露出了可爱的面目，像一张张红彤彤的笑脸。

连福在前面刨，顺河蹲在埂子的一边，把一块块又红又胖的山芋放进篮子、条筐、粪箕子里。装满后，他又把山芋倒在一旁的空地上，很快堆成了一座"小山"。通红的山芋长得十分喜人，在明媚多情的日光照耀下，尽显出妖娆的姿态。

湖里一派忙碌景象，不分大人、小孩、老年人，都在奋力地干好各自手里的活，唯恐比别人落后一截。社员们打心里深感兴奋，尽管脸上都抹了一层黑汗，身上被山芋秧染成了墨绿色，也都毫不在乎。此时，天空和大地、人类和万物，深沉而伟大地融合在一起，构成了一幅天底下最美的油画。正是这样一幅出自劳动人民之手的画作，才更富有韵味和激情，激励年轻的孩子们奋发图强，为这个新的时代的到来而欢呼。

连福望着这些靠千辛万苦换来的劳动成果，幸福立刻洋溢在他的心头。没有什么能比这再让这个老实巴交的汉子更为高兴的事情了。一分耕耘，一分收获，只有通过自己的双手和智慧创造出来的东西，才更让人倍加珍惜。正如凤妮说的那样，连福是土命，大地才是他的根，只有深深地扎根在这块土地上，通过自己的勤奋，让贫瘠的黄土地变成肥沃的土壤，才能为子孙后代创造出更加有价值的东西，从而让自己的人生闪烁出道道光芒。

日头已升到头顶了，连福光着膀子，抡起抓钩，用力刨着山芋。当锋利的抓钩落下去的时候，他想起了那封来自山西的信件。三天前，那个熟悉的年纪不超过二十岁的邮递员来到他家，交给他一封信，不用拆开，他也知道这是刘君利寄来的，无非是想以说媳妇为名，从他这里讹诈钱财，作为她多病丈夫的治疗费用罢了。连福看着邮递员骑上绿色自行车离开后，将信件扔进河里的想法渐渐被好奇心替代了。

刘君利在信中向连福哭诉了自己惨痛的处境，丈夫孙敬国患肝癌死了以后，留下了四千块钱的巨债，让她失去了生活的勇气。只要连福不嫌弃，她完全可以来后行，和连福重续姻缘。然而，刘君利诉说的这些事再也感动不了连福那颗被生活蹂躏成碎渣的心。他将撕碎的信件扔进门前的小河里，纸片被一群群小鱼竞相啃噬，漂到很远很远的地方去了。想到这些，他突然憎恨自己是个狠心的男人，面对别人的灾难竟无动于衷，像个木偶似的。万一刘君利遭遇的苦难是真实的，作为曾和她同床共枕的男人，无论如何也不能见死不救吧。

这时，连福的心情已经变得越来越复杂，越来越紧迫，越来越压抑，越来越喘不上气了，以至于他手里的那个抓钩随意地落了下来。王梅的死是他一生的疼痛，那是他远在千里之外的妻子啊！他默默地盼望着那位曾把他当成儿子的老妇长命百岁。有朝一日，他希望再踏上那片黄河大地，孝顺他心中那位慈祥的"母亲"。抓钩稳稳当当地砸在顺河的头上，其中一只铁钩深深地嵌入孩子的脑瓜中……可怜的孩子啊，他甚至连眼珠子也没来得及翻一下，就晕厥过去了。

"莲莲啊！我对不起你！"连福被这个突如其来的情况吓得愣住了，他身不由己地仰睡在后面的山芋埂上，头垫着一只孩童大小的红芋，两只眼睁得很大很大，像两只深不可测的鳝鱼窟。刘君利啊刘君利，都这个时候了，你为什么还不放过一个好男人呢？又何必用这样残忍的手段对付一个天真烂漫的孩子！连福在心里痛苦地咒骂刘君利自私自利、唯利是图、欺瞒讹诈，企图通过眼泪、抱屈和痛楚，获得他最后一份信任。同时，他越发感到这个世界已不再属于像他这样的老实人，吃亏的终将是自己，而不是那些高高在上的人。可怜的男人啊！你哪里搞得清楚，没有老实人频频吃亏受罪，创造出来大量的物质财富，投机钻营者又如何去享受津津有味的生活呢？

天蓝得出奇，像是被一个调皮的孩子偷偷爬上去，用两只小手均匀地抹上了一层蓝墨水。那只老掉牙的扁嘴鸟紧张地铺开两只宽大的翅膀，一头飞进高空中，钻入云层里，若隐若现，带来了阵阵旋风，预示这里将要发生一件大事，令后行在劫难逃。这一切被大伙看得清清楚楚，心里都不由得变得警觉和慌张。其实，像这样的事件在后行已不是什么新鲜事了。刚解放时，后行人均土地六点七亩，而周边的宋庄、沙埠、芦岗等七个村的土地却都少得可怜，人均不足一亩半。见不得后行连年丰收、单日吃馒头、双日吃煎饼，周边饥饿的村人联合起来，谈判失败后，就向后行展开了攻势，最终使后行牺牲了四个年轻的生命。

面对这个惨痛的结果，后行发扬"一家有难、八方支援"的精神，将结余的粮食分摊给周边村，换取了短暂的和平。到了五七年，后行又主动将较远的土地抛荒，被周边的村民哄抢一空，从而结束了绵延数年的纷争。五八年，后行参与了大炼钢

铁运动，韩万里号召庄人将家中的铁铲、铁锹、铁锤、门上的铁铃铛、菜刀，一股脑地填进建在北场西边的七座炼钢炉里。

含泪看着家用的东西化成铁水，出炉的却是一块块窟窿连着窟窿的废钢，在愤怒的村民尚未达成报复的共识时，三个好事者就被韩万里带着一百五十名民兵五花大绑，扔进了大队部的小黑屋里，活活地饿死了，其中就包括连福的父亲。唯唯诺诺是后行人共同的性格，他们每天都像僵尸一样，靠着贫瘠的土地，维系着一家老小简单的生命，也保证了国家这个庞大的机器正常运转，却不知道自己竟做出了这么大的贡献。他们也希望过上吃肉吃馍的好日子，却没有改善自己境遇的办法。成长在这里的每一个意识正常的人，都使出了冲天干劲儿，却在一次次的灾难面前束手无策。

时光来到六一年的时候，后行摊上了一场浩大的水灾，三千一百亩土地上种的胡萝卜解决不了肚里的饥饿，只能任其烂在地里，而扶老携幼，奔赴稍微富足的地方靠讨饭谋生。骆驼的出现让后行人充满了惊喜，人们不得不佩服这个高中生，有文化和没文化就是不一样，不仅得到蓉花的关爱，还出资办厂，即将让社员走进富裕的小康生活。

连福渐渐缓过神来。听到他一声长长的呐喊，人们纷纷扔掉手里的农具，像冒险淘金似的，跨过一道道山芋埂，奔着出事地点跑来。人越聚越多的时候，连福像一个受到恫吓的孩子，仿佛在突然之间，就变成了一个什么也不知道的痴呆者。他的脑袋摇晃得很厉害，双腿毫无知觉，目光呆滞，面部扭曲。凤妮比连福清醒多了，她一个巴掌打过去，连福就清醒过来了。

望着眼前土堆上被他一抓钩刨得血肉模糊的顺河，连福痛苦地哭了起来，喉咙里发出了阵阵悲怆的声音。这个运河流域的壮汉子啊，什么时候遇到过这样复杂而棘手的事情啊？放在过去，即便巴掌落在他的头上，也能从容地拿下来，而不至于和别人发生肢体上的冲突，然而现在的情势大不相同啊，这是莲莲的孩子！他恨自己不仅没有照顾好这个他视如己出的孩子，反倒亲手伤害了他，这是一件多么让他痛苦的事情啊！好在我们的连福很快从悲伤中清醒过来，他奋力爬起来，双膝跪在地上，将顺河的伤情察看一番。容不得半点儿迟缓，他必须立即把孩子送医院抢救。

连福熟练地用弯曲的摇把摇开拖拉机，坐到乌黑的驾驶台上，加足了油门。浓浓的黑烟从烟筒里冒出来，升入天空的样子像地震的前兆。彩霞抱着顺河，冷静地坐在后车厢里，小心翼翼地呼喊着孩子的名字，唯恐他撒手而去。善良的彩霞是个苦命的女人，她没有再嫁，一个人抚养着儿子，过着艰苦的日子。好在连福常接济她，给她送钱送物，才使她觉得生活有了奔头。奔跑的拖拉机的两只笨重的车轮在松软的麦场上留下了两道深深的辙痕，只一个转弯，连福开着拖拉机就稳稳地来到小路上，向北疾驶而去，穿过宋庄、小八胡、乱营子，爬上那段足有一百米长的山冈，终于来到了那条新修建的沥青路上。

过了山庙幼儿园以后，拖拉机加速前进，让连福稍稍地松了一口气。这一幕，被宝珍看得清清楚楚。看到顺河的脑袋耷拉在彩霞的怀中，宝珍的眼泪立刻像扬豆子似的滚落下来。孩子啊！宝珍不止一遍地从心底呼唤着顺河的名字，她完全把顺河看成了自己失踪多年的儿子蒙蒙！她希望"儿子"能够顽强地挺过来，躲过一劫，活出个人样，活出精彩来，为她，为连福，为后行所有的兄弟爷们儿、姊妹娘们增光添彩。

来到山庙医院以后，连福首先想到的是去请"小神仙"，只有他才能确保挽救孩子的性命。听到顺河受了重伤的消息以后，"小神仙"顾不上换下脏兮兮的衣服，跟着连福来到医院里。"小神仙"比过去消瘦了许多，这与他长年患胃病有关。这位抢救过无数生命的南方医生已经连续三次放弃了回南京的机会，只想为山庙这个偏远地方的人们再奉献几年，孤独地了却一生。同时，他也要为自己曾经做过的那件愚蠢的事情赎罪。

当一名护士把顺河推进手术室的时候，"小神仙"已备好做手术用的各种工具。他站在手术台前，静静地望着顺河，突然感到这是一张似曾相识的脸，这让他打开了封存已久的记忆，朱为民强迫宝珍进入洞房时的情景在他的脑海里渐渐地浮现出来——

宝珍恐惧地躲在衣柜后，她情愿即刻去见阎王，也不愿伺候朱为民这个流氓。可就在宝珍挣脱朱为民从洞房里跑出来求助的那一刻，"小神仙"残忍地当了一回帮凶。他只用了一个眼色，几个"街滑子"就心领神会，将宝珍拖回屋里，将她死死地摁在木床上。

交手术费的时候，连福的身上却没带一分钱，急得满头大汗。他东一头西一头地在手术室门前的走廊里转来转去，完全没了主意。在这个人命关天的时刻，连福终于迎来了一个亲切而让他心酸的身影，他禁不住亲切地喊了一声"宝珍"。

当这个熟悉的曾令他魂牵梦绕的背影转过来的时候，他清楚地看到了宝珍那张饱经风霜的脸颊，这既让他欣喜若狂，也让他对这个深受苦难的女人涌上深深的同情。连福就是这样一个人，自己遭遇再多的灾难只当什么事都没有发生过，然而当同样的灾难发生在别人身上的时候，他绝不放过一线希望。连福同时也深深地佩服宝珍拥有比常人更加坚强的意志，失去儿子以后，她并没有变成一个颓废的女人。

宝珍无法克制住自己的感情，她为眼前这个深爱的男人默默地流下两行感动的泪水。她曾不止一次地跟别人打听过，确认顺河不是连福的亲生孩子，他在县城里也从来没和任何一个女人好过。这就是连福的可贵之处啊，他把对她的爱深

深地埋藏在心间，多少年来，风风雨雨，一直就没变过，这是任何一个男人都无法和他相提并论的。这样，就更加坚定了她要和这个男人重新走在一起的想法。可是宝珍哪里会想到，顺河就是她失去的亲生骨肉蒙蒙啊！宝珍劝慰连福："孩子不会有事的。"

连福拼命地点了点头。和宝珍的心情一样，连福也没有把顺河和宝珍失去的孩子联系在一起。他现在甚至将来唯一要做的就是让顺河成为一个有出息的男孩子。宝珍上身穿了一件米黄色旧裰，被她洗得干干净净，依然能清楚地看到上面熨烫的褶子；下身是一条笔直的筒裤，是上次赶集的时候在供销社成品店里购买的，花了不到十块钱，也算是街上较为时髦的衣裳了。她深沉的面庞虽然比过去稍胖了一点儿，幽深的眼睛里却黯淡无光。她不忍看到连福湿漉漉的衣服上沾满了血液、汗渍和泥土，一股难以名状的悲伤立刻袭上心来。

交完手术费和医药费以后，宝珍躲在一个人少的地方，偷偷地抹了一把泪水。同时，她心中也在为年幼的顺河祈祷，希望孩子尽快脱离生命危险，还像她当年在后行小学听课时那样活泼可爱。在手术室门口，连福来回踱着碎步，心里在默默地为孩子祝福，并且真切地向亲爱的莲莲说出一番抱歉的话。连福设想了四种结果，但每个结果都令他不寒而栗。他焦急地点着香烟，指间的烟雾被刮来的一阵西风吹得东倒西歪，转眼不见了踪影。

屋里的钟摆从没有因为连福的焦躁不安而加快跃动的脚步，仅仅过去了十分钟，却像过了一年那样漫长。连福的神经已被烟火熏得麻木不堪，因上错厕所而遭到几个女病号的大声呵斥。宝珍只能远远地盯着手术室的大门，每当看到有人从手术室里出来，她的心就提到了嗓子眼里。她的两只手轮换着捂住嘴，唯恐体内那颗不听使唤的心脏蹦出来。她的两只眼睛睁得越来越大，身上的挎包搭在她身体的右侧，她没有察觉到包口已经敞开，那只票夹子完全裸露在外面了。

经过"小神仙"一个小时零二十分钟的紧急抢救，顺河终于睁开了两只乌黑的眼睛。连福第一个冲进手术室里，伸手抓住顺河的胳膊，眼泪夺眶而出。紧接着，宝珍走了进去，她深情地揽着孩子的脖子，可是，还没等她说出一些关心的话，顺河就懂事地朝她笑了一声。宝珍端详着顺河的面孔，像受到惊吓似的，心"咚咚"地跳起来。她眼里再次噙满泪水，拉着孩子的手，心中流淌着千言万语，却一句也说不出来。

这一年说不清是个好年头，还是个坏年头，生产队不存在已是铁打的事实，农民迎来新一轮"土改"也是事实，各家各户都分到了土地，家庭人口数量决定面积，抓阄决定土地位置，认命摊，没有骂娘的，没有跳汪的，和和气气地把这事干了。后行土地面积相对充裕，每人平均分到二亩半。连福力主把生产资料全部分配给社员,大队干部也好,小队干部也罢,谁也没说出一些自以为是的意见。这样一来,连福就将一些不常耕种的废地,包括河堰、滩涂、麦场,都零零星星地分下去了。其实,在这个时候,包括连福在内所有一队干部群众的头脑并不是多么清醒,相反,还有一些狂热,否则就不会把所有土地都分给社员独自耕种了。这样一来,生产队连一点儿机动的地也没有了,将来五保户的生活来源怎么办?谁也不去考虑这个看似十分遥远又特别无聊的事情。在热热闹闹地分配完土地以后,人们都把精力投放到自己的一亩三分地上,几乎忘记过去那些年大集体劳动时的情景。

时值冬季,那些人不再到桥头聚集,也不去那间专门用于赌博的小屋试手气,而是单个地来到自己的地头,察看小麦成长势头,无形中对前途充满幸福的畅想。特别是那些上了年纪的人,嘴里吧嗒几口老烟以后,眼睛眯成一条缝,竟唱起柳琴戏来了。老人们嘴里的柳琴戏唱段多是从大队大喇叭里学来的。支书韩秀明酷爱柳琴戏,并有意让这个地方特色文化发扬光大,就买来一百张唱片,没事的时候轮番放,让社员们大开眼界。

骆驼也好这口,只要一吃完饭,就到大队部去,料理完糖果厂的事情,就和韩秀明闲聊,他们居然成了无话不谈的朋友。可惜的是,骆驼的糖果厂办得并不景气,常入不敷出,很多时候生产的山芋糖卖不出去,积压在那间曾关过连福的黑屋里。在仓库门口,人们常常可以看到骆驼单薄的身影。这个时候,骆驼只能靠烟草来麻痹自己的神经。他期待有朝一日远在广州的合作伙伴杰卡斯从香港回到内地,以解他的燃眉之急。

骆驼以最大的耐性等待着那个只懂七个英语单词的广州人杰卡斯。他不得不这样做,因为他找不到其他可以销售糖果的渠道,连韩秀明也帮不上他的忙。至于蓉花,骆驼更指望不上。建厂初期,白蓉花是一位技术人员,通过她的努力,厂里的确生产出一批像模像样的山芋糖,被冠以"骆驼"牌后,销量"蹭蹭"上涨。就在糖果厂遇到前所未有的困难的时候,白蓉花怀孕了。

看着蓉花日渐明显的肚子挺得又高又远,骆驼心里美极了,见到连福一次,就说一次蓉花怀了他的孩子,自己马上就要做父亲了,并承诺,等孩子一生下来,就和蓉花拜天地,结百年之好。连福还是没有吭声。蓉花肚里的孩子是谁的种,这一直是个谜。多数社员确认是骆驼的,因为骆驼刚从广州回到庄里,就送给她一对金手镯和一条金项链。虽然金项链后来被蓉花证实是假货,不是纯金制造的,仅扫了一层铜水,但骆驼在她心里的分量并未降低,总认为跟现在的他生活一辈子心里踏实,不会再遭以前那样的罪,况且自己手脖上戴的这对镯子非同一般,尽管一些人说它们不是金子做的,但也绝非扫一层铜水这样简单。蓉花专程去街上找人鉴定过,

那个卖生姜的老头肯定地告诉她，这是一对银手镯。银质也算比较昂贵的了，还有什么理由不去相信骆驼的诚意呢。再看这糖果厂，一派红红火火的景象，顺风顺水，非要赚个盆满钵满才好。

人算不如天算，才一个多月的光景，厂子就面临倒闭了。当然，蓉花也顾不上这个，只管在家里养胎，备足婴儿衣裳，享受骆驼每天屁颠地带来的一大包好吃的东西。骆驼每次来蓉花家，都要弯下腰，掀开蓉花的衣服，仔细倾听她肚里的胎音。对蓉花怀的究竟是不是他的种，骆驼不是不怀疑，他甚至断定跟他一丁点儿关系也没有。可他不敢问蓉花，因为他正处于最困难时期，害怕失去这个女人。他宁愿相信孩子是自己的，而不希望被包括韩秀明在内的庄人耻笑。

当骆驼再次试探性地问连福的时候，连福只好说了实话，结果遭到骆驼一阵奚落。骆驼骂他就该说不到媳妇，打一辈子光棍，说不定连顺河也是从外地捡来的，与他无关。按理说，这些话应该刺激到连福越来越迟钝的大脑，甩开膀子无所顾忌地与骆驼战上几回合，或干脆一脚撂倒这个死货，摁在地上，扇他十来个巴掌，让他以后放尊重些。可这大可不必，骆驼发达了，成人了，有了家，有人疼了，或者说可以去疼惜一个女人了，又有了事业，他这个当大哥的应该高兴才是。

顺河无疑是连福的种。可这种事在后行自己说了不算数，要其他人都认可才确定，这就是后行人的逻辑。连福不管这一套，"小神仙"的话可信，宝珍的神情可信，爷俩心心相通的感情可信，至于其他人没必要去管。顺河伤口痊愈以后，连福并没有让他立即出院。在这期间，宝珍接到了县师范学校的录取通知书。临行前，她在医院里和顺河依依惜别。虽然母子连心，宝珍却不能确定顺河就是她朝思暮想寻找的骨肉。宝珍希望连福说出一些挽留的话，她或许可以放弃这个改变身份的机会，甚至重新回到后行，一家三口团聚。可连福居然像个木头人，一句话不说，只瞥了她手中的通知书一眼，就蹲在病床前抽起了老烟叶。

在足足五分钟时间里，谁也不再吭声，可宝珍的喉咙却哽咽了，泪珠从眼里滚了出来。离开医院以后，宝珍在回幼儿园的路上焦灼地思考着：若连福当真挽留，她真的就可以留下来不走吗？宝珍脑中乱糟糟的，已消失多年的记忆在她脑海里重现：王鸿海在写给她的那封洋洋洒洒的求爱信中，言语间不可谓情不真意不切。"终于要毕业了，可学校已正式通知我，让我留校工作。可我真的不愿待在这里，一天也不想，只想飞到你身边，和你夫唱妇随，奔向远方……亲爱的，我不希望痛苦的思念成为你我之间的沟壑，让有情人身隔两方……我挽着你的手，你挽着我的手，四目对视，莞尔一笑，倾国倾城，再艰苦的生活也会充满阳光。啊，亲爱的珍，为了四个现代化，为了我们将来共有的家，我愿付出一切，到白头的那一天，我依然会对你说，亲爱的，我爱你！"

世界上任何事情都交织不清，公说公有理，婆说婆有理，比如，连福、宝珍、骆驼、蓉花……这些人，赶上一个变化的时代，万事万物无不在变化着，形象而生动，迷茫而怅惘，然而对于这群不算年轻但尚未走出年轻影子的男男女女来说，他们之间的感情又是多么微妙啊！这怪不得任何人，他们的圈子本来就这么小，认识的人也就这么多，需求却又是这般相似和迫切。然而，无论结果如何，这些人总要在自己的人生舞台上留下一串美丽的脚印应该不会错。

三十

　　顺河已成长为一个十二岁的小少年了，这从他嘴角一层薄薄的胡须可以印证小家伙正逐步走向成熟。至于他的未来是个什么样子，至少不是现在要考虑的事情，毕竟年轻一代有年轻一代的活法和追求。他是个有理想的孩子，和他的父辈小的时候一样，心中也埋藏了一个让人捉摸不透的希冀。他又是一个多情的孩子，朦胧的感情已在心中描绘出粗糙的轮廓，或许是美好的，或许是一种期盼，但在对文秀的情感上从未变过，他甚至希望将来有一天娶这个要强的女孩为妻。

　　日子过得比流水还快，水流动的时候尚能听到声音，而时间就是这般倔强，像什么事情都没发生过似的，也像这个世界除了它其余都不存在似的，谁也看不到它摇头晃脑的样子，谁也看不到它得意扬扬的样子。不知不觉又到了插秧的季节，而多情的庄人却不愿和时间一般见识，该干什么干什么，从不去考虑它的感受。后行历来是个多灾多难的地方。这里曾发生过许多让人唏嘘的故事，一些人的非正常死亡并没有引起太多人太复杂的痛楚，都像是被一只蚊子叮咬一口，随便骂一声，吐口唾液，在红肿的地方搓几下，又呼呼睡去了。由此看来，后行是个集体失忆的地方，再多的天灾人祸都随风而去，留下的依然是踩在炽热大地上的那些枯瘦的脚板。

　　后行在插秧前发生了一大一小两场灾难。先说这起小灾吧。这一天对于后行学校的孩子们来说是一个再正常不过的日子，星期三，晴天，万里无云，碧蓝的天空像碧蓝的大海一般，空旷而又神奇。谁见过大海？后行人没谁敢大声说"我见过"，有的人只会小声说"见过，在梦里。大海很大，比北汪大，要说到底有多大，差不多是三个北汪大"。

　　看见大海是顺河的梦想，这个曾在城里生活过的孩子也从未到海边去过，大海的宽广他难以去想象。但他知道，大海不是像有人说的那样，只是三个北汪那么大，大海要大得多，甚至比中国的国土面积还要大。

　　后行的学校并没有因为新调来一位校长而在形象上有所改观，依然是那个老样子。不过，校长说过，他准备在送走这个毕业班以后，盖两间浑青砖瓦教室。在顺河看来，他是等不到在新教室里上课了。就算等不到，他也替学弟学妹们感到高兴。更让他感到兴奋的是，他见到了一块手表，新买的，"钟山"牌，但不是校长的，他十来块钱的工资断然买不起这个价值三十块钱的奢侈品。别看校长平时常穿一件白涤丝褂子，生活却十分简朴，抽的烟都是"丽华"牌，从不抽"淮海"。校长看过文秀手脖上这块崭新的表，他的确看过，不是简单地看，看到这块手表的时候，所有的学生都看得出来他两只眼在闪烁着奇特的光芒，但他并没有替文秀感到骄傲，反倒讽刺这个小女孩"手表代表不了什么"。校长还为此说过一句名言："清风不识字，戴表又何为。"

学生们都懵懵懂懂，不知道这句话的真正寓意。校长是从中学调到这个学校来的，姓赵，教书卖力，课讲得生动，学生都愿侧耳倾听，且能够做到互动，很让校长觉得脸上有光。校长是后行人，在中学时候教物理，培养了不少优秀的学生。他本不愿来庄里任教，觉得当地不养核桃，又对前任校长朱为民的死心有忌讳。可中心校于校长不答应，让他无条件来后行任职，三日不到任，开除回家。这话是公社书记说的，于校长只是传达而已。赵校长没法，只得顶着压力来了。其实，这也不见得是一件坏事，毕竟家里分了六亩责任田，闺女要上学，媳妇一人忙不过来，离家近一些，方便照顾。男人嘛，也不能光顾着事业，还要兼顾家庭，分担点儿家务，老的、小的都照料好了，人生才算比较完美。开始的时候，校长并不是这样想的，总觉得中学老师有面子，高小学老师一等，可当他脑筋转过弯儿来的时候，心里就坦然许多了。

校长事业心的确很强，既然带的是毕业班，学生大多是亲邻，总要教出个名堂，多一些学生考上初中，才可以显出能耐，对上对下好有个交代。校长三十七八岁，老高中毕业，算是个全才，不仅精通理科文科教学，字也写得老道规范，还会唱几首新歌。他唱腔优美，几乎可以和一些高音歌唱家媲美。

这天，在语文课刚上一半的时候，赵校长突然心血来潮，教学生唱起了《年轻的朋友来相会》这首歌。这是一首刚流行的歌，节奏感强，有一定的旋律，很受学生喜爱。当"再过二十年，我们来相会，伟大的祖国，该有多么美……"的歌声回荡在教室里的那一刻，天气骤变，突然间变得一片黑暗，分不清是坐在室内还是室外，就像所有学生和课桌椅都处于黑暗的野外一般，几乎可以听到不远处传来一阵狼叫声。

这一切来得这般突兀，让所有人包括校长在内都惊呆了。当教室外面的天空变得既浑厚又灰黄的时候，东北方向刮来一阵飓风，杀人般的声响回荡在教室里，久久不愿离去。同学们吓呆了，嘴巴张得很大，脸色变得异常难看。别看坐在第三排

的文秀平时咋咋呼呼，像个没头没脑的女汉子，却也被这样的场景吓得不知所措，竟歪着厚厚的嘴唇，轻声哭泣起来。很快，她的神情变得复杂而单调，头一会儿趴在桌上，一会儿歪到顺河这边，最后竟直接倒在顺河怀里，像个不懂事的婴儿，在下意识地寻找一个安全的港湾。

　　文秀的面容已非"姣好"这样的词可以形容的了，柔嫩的面庞特别惹人喜欢，而且特别白皙，和面粉一样，不是八五面，是七五粉，也白得像大米，青白的那种米，特别好看。顺河这个小家伙竟心血来潮，伸出一只手，在她的乌发上轻轻抚摸，表现出一种喜爱和好奇。顺河停止这个荒唐的举动不是在老师呵斥下完成的，也不是在同学们起哄声中让文秀离开他怀抱的，而是天又重新变黑，接着下起雨来了。雨下得并不大，砸在屋脊上，发出的声响极为沉闷。

　　这对同学们来说算是虚惊一场，只是一场雨而已。因而，文秀很快停止哭泣，眼瞅着屋笆，笑起来了。也是在这个时候，同学们都笑了，校长也笑了，歌声再次嘹亮起来。

　　"我有预感，会有大事发生。"顺河低着头对文秀说。他声音很小，小得只有她一个人听得到。望着文秀垂下来的秀发，顺河多么希望通过这个举动，吓唬文秀再次趴到他怀里，聆听他激动的心跳。可是没有，尽管外面的雨停了，继而出现冰雹，那个令他心神荡漾的情景依然没有出现。他失望了，简直太失望了。

　　冰雹下得很大，密集地砸在屋顶，几块青瓦被击得粉碎。文秀依然没有哭，也没趴在桌上，更没有藏到顺河怀里。冰雹愈下愈大，发出的声音使人惊恐，这可从校长的脸色上看得一清二楚。或许，校长又想到早逝的朱为民。朱为民的死亡在后行引起了较大反响，最终大伙还是抱着一颗同情心把他葬在学校西北角的"英雄园"内，希望他深眠的同时看到学校的变化，并没有因为他坑害了连福兄妹和宝珍对其有太多的憎恶。现在的情形却不一样了。赵校长调来以后，不想一探头，就看到朱为民隆起的坟头，只对韩秀明说了一次，韩秀明就找人拆除了韩科成亲手建造的"英雄园"，将六个坟头一并迁到一队电灌站东的河堰上。这样，朱为民就和三豁子高昌民成了近在咫尺的邻居。恰巧二人现在的"居所"又和南面一百米处徐凤举的坟墓遥遥相对，形成一个狭窄的三角。人死不能复生，但愿死去的人们安息，过好自己的生活，而不要把世间的恩怨带入另一个世界，让那颗不安分的心继续遭受煎熬。

　　朱为民的坟墓迁走以后，赵校长本该无须继续思考这个烦心问题，可心不由己，脑海里常出现这个公办教师的影子。赵校长还是个民办教师，做梦都想成为一名正式老师，享受国家俸禄，改变自己身份，可惜已错过考"民师班"的年龄，只寄希望于国家"民转公"政策的出台。闲下来的时候，他常想，连王鸿海这样的混子都能摇身变成吃公饭的人，而自己只能继续享受民办教师低廉的待遇，还要被于校长这个不学无术的家伙呼来喝去。

午休归来，同学们又兴奋地聚拢在一起，谈论各家各户的损失情况。孩子们喜欢讨论这样的问题，尽管他们不清楚这个雹灾意味着什么。最大的损失莫过于棉花，叶子被冰雹打得精光，大多只剩下一根光秃秃的棉秆儿，孤零零地在风中飘摇。这场冰雹不仅让地里的庄稼受到严重损害，也使燥热的天气凉爽许多，有的学生还穿上了一件黑棉袄。校长也穿上了一件厚衣服。细心的同学发现他灰黑色中山装里套着一件红棉袄。不错，是红色，是她媳妇的棉袄。这样一来，校长的脸色就变得异常难看。不知道是不是巧合，从这天起，他再没教学生唱歌。

冰雹灾难过去没几日，后行又出现了一次更大的灾难。这场灾难虽然只涉及一个家庭，按理说不该引起轩然大波，却因为死者是白蓉花，连同肚里的孩子，双星陨落，才让整个庄子又沸腾了一次。所有男人和女人聚拢在一起，对这件事指指点点，大有不整出几句盖棺定论的话来决不收场的阵势。是啊，一队已经一年多没死人了，如今有人死了，说几句惋惜的话也在情理之中。可偏偏又是白蓉花，这个当年被众多光棍追慕的女人因为难产死去，这无疑是骆驼这个暴发户的罪过。如果不是骆驼抢走白蓉花，这个女人就不会死，也不会死得这样难堪，连接生婆都奈何不了，任凭她赤条条地死在床前。

骆驼又"幸运"地成为了众矢之的，没人打算给他留一点儿余地。这不只因为死了一个白蓉花，还有骆驼欠下他们的山芋钱，至今没有结算。眼看糖果厂要倒闭，再不给骆驼施加压力，钱就要泡汤了。骆驼是个聪明人，听到围攻他的风声后，立即找到连福，跪着求他看在兄弟的情分上请庄里的兄弟爷们放他一马。经过连福反复做工作，又答应半年后结清山芋款，还给各家各户计算两倍银行利息，大伙才看在连福的面子上，答应不再追究骆驼。至于白蓉花的死，骆驼实在难辞其咎，只好答应在白蓉花出殡的时候披麻戴孝，这才平息了众光棍的怒气。

装白蓉花尸首的棺木最终不是骆驼送下湖的，是连福这个"少脑子"的家伙把蓉花抱在一辆板车上，葬在高家老祖林内的，与燕华同穴，也算了却了燕华生前的愿望。蓉花的去世对文秀打击很大，她足足沉默了一个星期，才和顺河一起去上学。文秀答应顺河，两人并肩前行，以优异成绩考取理想的大学。对待文秀，连福不能不管不问，所有人都可以不去关心这个没有任何依靠的孤儿，他不行，他要对得起自己的良心，毕竟蓉花曾对他好过，这样一份感情他绝不会忘记。连福找过韩秀明，希望韩秀明为白蓉花的死多少做点儿什么，至少她是为生下韩秀明的孩子才难产致死的。

韩秀明膝下无子，接连生下三个闺女，为让自己后继有人，和白蓉花订立了"攻守同盟"，只要是个男孩，就把骆驼报成"万元户"，作为山庙公社代表到县里领奖，还答应白蓉花提拔骆驼当村委会副主任。白蓉花怀孕以后，韩秀明的媳妇曾和他闹过，可最终被韩秀明说服，接受了这个残酷的现实。当得知"儿子"夭折的时候，韩秀明只身去了一趟润水县，直到白蓉花被连福送下湖才赶回来。韩秀明没想到连福会问他这个问题。他不好回答，又不能不回答，在答应连福帮乡邻找回骆驼的时候，连福才心满意足地走了，竟忘记来找韩秀明的真正目的。

到了插秧的时候，一队男女老少都赤膊上阵，拔秧苗的拔秧苗，放水的放水，刨地的刨地，运秧的运秧，插栽的插栽，都忙碌得像推磨的驴，一圈又一圈，蒙着眼向前走。几乎没人闲着，像凤妮这样的尖脚老太也来到地里干活了。别小看这些老妇，虽大都是第一次干这类巧活，但都尽力干出样子，很难让人挑出大毛病来。

凤妮已步入老人行列，可不服输的性格依然可以从她明亮的双眸中看出来。嫁到后行以来，她并没干出一些惊天动地的大事，甚至连儿子的婚事至今都八字没一撇，但她并不认为自己是个失败者，相反，她更加骄傲地确认好运即将到来。儿子虽然还是队长，拿着百十来元"年薪"，只是在做插秧这类大事的时候，才把少数社员组织起来，在干诸如灌溉、浇地之类事情的时候，方看出他还是个队长，至于其他事情，社员都各干各的，互不相干，权力明显比过去小不少，但毕竟还是队长，咋咋呼呼中依然是一些弱势社员的主心骨。

凤妮想得没错，一些困难户每逢遇到难题，都要去请连福出主意、想办法。至于其他劳力充足的，无须连福多问，该耕种的时候自然会耕种，该除草的时候自然会除草，该收获的时候自然把粮食收到家。一般情况下，各扫门前雪，只有平日关系处得不错的在干完自己地里的活以后，才相互帮衬一下，也仅限于做一些急难险重的事情；大部分都是自己的事情自己去完成，尽量干得快点儿，即便落后一些，也不想去麻烦他人，张口容易闭口难，万一遭拒，脸面不好搁。因而，能备齐的农具尽量准备齐全，大型机械暂时没有，就用自家分到的牲口运送一些大件东西，到耕地耙地的时候，打足柴油，买几包烟，趁着分到拖拉机的户闲下来时，说几句好话，到了饭时，买瓶酒，弄几个小菜，招待一番，也将就着把这件大事办了。每到农忙，各家各户需要的是家庭成员的齐心协力，才不至于让几亩庄稼烂在地里或场上，吃不上新粮不说，背后准有人说三道四。"这家子，不是个过日子人家"这样的话是避免不了的。

插秧的第二天就发生了一件事情，看起来只是件小事，一不小心却发展成了一件要命的大事。高家一户人，家主高三胖排行并不是老三，上有俩姐，好事者就给他起了这个名字。三胖其实不胖，体重八九十斤，个头一米四五，五十来岁，却说到了媳妇。媳妇长得算不上俊，却不笑不说话，五十多岁了，还有不少老光棍见她"丫头嫂长、丫头嫂短"地叫着，她也自鸣得意。女人小名叫丫头，生得娇滴，结婚后，三胖宠她,天天唤她小名。传开以后,大伙都喊她丫头,讲究的人常在"丫头"后面带个"嫂子""婶子""妹妹""灿烂娘"之类的称谓。

灿烂是三胖的大儿,没有媳妇,人称大灿,二灿是三胖的二儿,以此类推,直到小儿子六灿。六灿十七岁整,上了十一年一年级,二年级刚上,就被丫头叫回家了,理由是家里分了地,一人一份,干就有吃的,不干,该滚哪滚哪去,这话是四灿说的。四灿原来是光棍一个,分地的第二个月,也就是春节前,靠蓉花好说歹说,硬把在糖果厂打工的唯一女人介绍给了他。女人虽是二婚,死了男人,又拖着三个闺女,可四灿一点儿意见也没有,嘻嘻哈哈地和女人上了床。

插秧的第二天,也是六灿参加劳动的第三天,六灿由于身体瘦小,比三胖还轻十一斤,却不得不拿着一把铁锹去田里筑堰、放水。六灿干起活来虽不成样子,却尽可能卖力去干。但不巧的是,在干到半个小时的时候,一锹下去,堰上的泥没铲到,脚板愣是被铲出一个血窟窿。经过简单包扎,六灿只能在家闭目修养,疲倦的时候还可以反反复复地哼着"正月里来正月正,正月十五挑花灯"。

由于六灿只会唱这一句,家里所有人听得厌烦,其他兄弟几个好说,心里烦不使在脸上,而四灿不一样,自从有了媳妇,就有了更多话语权。当六灿继续唱这句词的时候,四灿果断骂了一句:"不去死的,吃我的,喝我的,什么活不干,油瓶倒了不扶,孩子哭了听不见,不想干活就明说,何必靠铲破自己脚躲清闲。"

可怜的六灿闭口不再唱歌,然而只在床上睡了三天,就趁家人不在,喝下半瓶农药,死在了蓉花屋后的厕所里。他的尸体是被四灿发现的。四灿二话不说,直接把六灿埋在了这个干裂的茅坑里。巧合的是,四灿从茅坑一侧找到了高艳华生前用过的那只黑烟包,竟完好无损,被他洗净后继续使用。

当这些无厘头的事情接连发生以后,连福的内心处于极度彷徨和痛苦之中。究竟因为什么才出现这样的局面?他难以理清头绪,心头像压着一块巨石让他喘不上来气。他扔掉只燃了半截的香烟,朝地里望去。这块生产队最大的地已被分割得支离破碎,一道道笔直的堰埂或南北排列,或东西排列,形成一个个不规则的"田"字。大部分社员的地已栽插完毕,苗子绿油油的,在只有二级风力的东风中尽情摇曳着不算太美的身姿。然而仍有少部分户秧苗只栽插一半或一小半,像他这样没有女劳力的户,地里虽然灌满河水,浑荡荡的一片,看到的却是一排排露出黑头的麦茬。

彩霞已经嫁人了,连福不忍看到这个朝夕相处的小妹装作高兴的样子,一个人艰难地拉扯着闺女,人前人后抬不起头来。二回头的日子不好过啊,对于连福来说,这不算什么,妹妹遇到人生中最苦恼的事情,不来娘家又能躲到哪里去呢。因而,对待这个落魄的妹妹,连福只能用更加细心的照料,帮助她度过困难时期,早日重新找到一个好归宿,开启人生的新航程。连福常从街上捎来一些好东西,小半分给

顺河，大半给了妹妹的孩子，使小外甥女长得白白胖胖的。经过他的一番努力，金花最终给彩霞找到了一个新婆家。

彩霞的婆家也是汴塘的，跟金花住在同一个街上，光景虽远不及金花，日子也算过得去。男人姓李，家有一老母，父亲去世早，娘俩相依为命。老李四十来岁，却是头婚。见面后，老李履行了结婚必备的各种程序，新建三间瓦屋，小启、大启相继传好，结婚当日派出三辆拖拉机，在其中一辆车上扎出一顶粉红色的花轿，光明正大地把彩霞拉走了。连福心疼彩霞，不仅把老李传启的东西全部返还，还陪送不少嫁妆，相比较彩霞的第一次婚礼风光多了。连福本打算留下小外甥女自己养，可老李执意不肯，他只能作罢。

弯腰栽出五六米长秧苗的时候，连福的腰显然承受不住了，他试着站直身躯，竟费了好大劲儿，眼里冒出一串金星。他把手里剩下的几棵秧苗扔在水中，水花连同泥浆溅在他的身上。他用手捋了捋上衣，所有的泥水均匀地铺开，使那件灰褂变成了泥黄色。他忍不住地往周围看了两眼，见到一些男劳力和上了年纪的妇女都在低着头，左胳膊肘死死抵在大腿上，手指费力地撮出秧苗，慢腾腾地栽进泥里，唯恐不牢靠，几根指头使劲儿往下摁。其实，很多社员不知道，秧苗栽得过深，苗子返青慢，影响产量。可没人普及这方面技术，他们只能凭着感觉栽插。

看到这些情景，连福心头难过极了。直到金花这个好妹妹和她一位邻居的姗姗到来，才让连福长长出了一口气。大妹家里的农活已干得差不多了，栽完自己家的水稻以后，就急急忙忙地来到娘家，好歹给大哥搭把手，以免这个生产队的当家人落在别人后头。

金花干活利索，比庄里许多年轻姑娘干得都快，因为汴塘长期栽稻，每个妇女都炼成了"快枪手"。连福把从秧板田里担来的秧苗一把把地均匀地抛在水地里，在金花整齐地插好几垄苗子以后，他主动把白塑料线绳两头的木棍固定在东西两头，形成一个狭长的齐整水块，以便金花和她的邻居插秧。

这个时候，水地里的人越来越少了，一些落后的户由于请来了"援兵"，很快完成了栽稻任务。忙完水田里的活计，他们陆续去了旱田，摆弄地里的棉花稞去了。棉花是经济作物，孩子上学、老人治病都要依靠它。因而，对于水稻栽插落后的户，即便有人心里想帮一下忙，也身不由己，先伺候好自己的责任田再说。

不知不觉到了水稻收割时间，骆驼却在这个时候从外地赶回来了。骆驼又去了一趟山西。这次不赖，和他一起回到后行的是一个小姑娘。安顿好小姑娘以后，骆驼急忙去找连福。一见面，骆驼就夸赞刘君利仁义，没有忘记于后行几年间在连福家的吃吃喝喝，更没忘记连福细心照顾虎子的恩情。小姑娘是刘君利介绍给骆驼的。骆驼还转告了刘君利的话，如果连福不嫌弃，刘君利打算一入冬就来后行，和连福重续前缘。

连福对这些事情一点儿也不感兴趣，在问了虎子的有关情况后，他拿出一瓶运河老白干酒，给这个从远道而回的兄弟接风洗尘。这瓶白酒有些年头了，还是连福在县城打工时酒厂厂长高福刚送他的，一直舍不得喝，就想留下来当个纪念。对高福刚这个不是亲兄弟胜似亲兄弟的好朋友，连福一直念念不忘，没有高福刚的帮助和鼓励，他很难度过那段昏暗的岁月。连福依然不忘关心骆驼这个好兄弟，对于骆驼欠下的债务，他多次诚恳地做社员工作，才答应暂时不再追究。可酒过三巡以后，骆驼居然耍赖不认账，说这一切纯属子虚乌有，他骆驼生不改姓死不改名，都是别人欠他的，而他从不欠任何人的钱。到了话不投机的时候，断绝与骆驼一切关系的想法渐渐占据了连福整个大脑，这倒不是因为连福绝情，是骆驼对大伙的态度惹恼了这个刚强的汉子。然而，想法归想法，连福最终还是说服了自己，肉烂了不能割掉扔了，肚子疼还得自己去揉。

吃百家饭的文秀再也忍受不了这种朝不保夕的生活，把自己的苦衷向顺河做了倾诉。不错，对文秀这个苦孩子，高姓家族给予了很大关照，一是可怜这个无爹无娘的孩子，二是显示高家团结，大伙并没有因为文秀失去爹娘而让她流落庄头。这些日子，文秀在高姓三十户人家中轮流吃饭，每家一天，在谁家吃，就在谁家住，不管怎么说，大伙都是一个台子的，从族亲来讲，都处在五服边缘，说亲不亲，说远也不远，一笔写不出两个"高"字，一大家人，以团结为重，不能被赵姓人笑话。

文秀总算度过了这段难熬的日子，可在第二次轮到在三胖家吃住的时候，三胖多了个心眼儿，他把文秀留下来当闺女，打算将来给又矮又小的六灿转个人家，或者在族人不反对的情况下直接给小儿子当媳妇，还能省下不少钱。可在六灿自杀以后，三胖越来越觉得文秀是个多余的人，饭量一天比一天大，对五灿又没有好脸色，又不好做得太过，怕被族邻骂他背信弃义，好吃的吃了，不好吃的吐了，哪有这好事。因而，三胖子眉头一皱，提议把文秀交给连福处理，得到全家拥护。孩子哭找她娘，天经地义，地分开了，一队没散，人还是这些人，连福不管不行。

连福还真的接受了，他既没有去找高家人做工作，也没对外宣布理由，无条件收留了文秀。这样一来，高家人不满意了，又不敢去找连福理论，就把气撒在三胖子身上。三胖和丫头两口子不敢露面，把这事交给几个儿子处理，很快引来一场家族混战，最终以四灿被乱棍打死告终。公安局来了人，找不到真凶，直接把四十余个参与混战的青年男子都抓进了山庙派出所，待了三十八天，所有人都说打了，又都说没打，此事只能不了了之。四灿死了以后，媳妇早想离开高家，另寻出路，大灿、二灿、三灿都不同意，都想把这女人留在身边照顾。于是，又引来一场家庭混战，结果三败俱伤，被五灿捡了便宜。

骆驼带来的小姑娘名叫尚琬妮，十九岁，长得好看，鼻是鼻，眼是眼，看不出一点儿拖沓。在连福主持下，骆驼和尚琬妮举办了一场隆重的婚礼。连福本来不打算过问这事，搭上时间是小事，湖里的活早干一天晚干一天没什么大不了，关键还要搭上一笔钱。谁挣钱容易？都是一铲一锹一汗一血换来的，可骆驼跪下的一刹那，连福心软了，搀扶起满脸热泪的骆驼，爽快地答应负责所有的桌席开销，不能直接给骆驼现金。

骆驼勉强答应以后，就把和尚琬妮结婚的消息散布出去了。不管怎么说，大伙都是一个庄的，再承包单干，也要顾及本庄本邻的情分，就一家出一个人，每人上一块钱礼，到骆驼家喝喜酒来了。大伙喝得有点儿高，走路不当家，双腿打叉，眼睛迷离，瞎骂一通。

骆驼虽然心里不痛快，但只能忍着，把事情办砸了脸面没法放，可又担心他们来硬的，暴揍他一顿，向他索要山芋钱。这些都是小事，万一尚琬妮被抢，失去的不仅仅是脸面，还有送给刘君利的三千七百元媒钱。这女人够狠，张口就要五千，在讲到四千的时候，伺候她美美睡了一晚，才主动把价码降到三千七。该来的真的来了。趁着酒性，光棍们手持家伙，齐刷刷横在骆驼面前。二灿说："既然在尚琬妮身上花的钱都是大伙的，那尚琬妮就是大伙的，大家轮着来，今晚算我的。"

事情越闹越大，最终变得混乱不堪，场面几乎到了不可控制的地步。好在连福及时提出了诚恳的处理意见，才把事态稳住。连福说，糖果厂里积压的所有货物分给一队各家各户。这意见立即得到大伙响应。连福顺手扔出手里的钥匙，先被二灿抢走，又被三仙夺去，最后落在六疯手中，撒腿就往村部跑。其他人不甘落后，连滚带爬蜂拥而去。骆驼得到喘息的机会，怕洞房被外人占领，偷偷把尚琬妮藏在白蓉花的小屋里。

抢到糖果的人喜滋滋地回家去了，七八个一无所获还被暴揍一顿的家伙，只好来找骆驼撒气。见不到骆驼的影儿，带头的二灿拆掉骆驼家门板扛着离开了，其余几人见没什么可拿，就赤手空拳，把骆驼的小锅屋砸个稀巴烂。在和尚琬妮秘密缠绵一夜后，骆驼的精神好多了，不再担心女人被别人睡了，腰杆直了不少，说话也敢大声大气了，头抬得老高，到哪都把尚琬妮带着，卿卿我我的样子引得光棍们醋意大发，攻击是不可避免的，理由还是还山芋钱。当骆驼说出两不欠的时候，大伙愤怒地再一次对他进行殴打，直打得他鼻青脸肿才收手。骆驼只得跪在地上祈求他们宽恕。越是这样，他们越加看不起骆驼，直到骆驼答应给他们每人找一个媳妇，事态才逐渐平息。

日子像数钱一样快，这个学期渐渐到了尾声。在小升初就要来临的时候，顺河和他的同学都进入临战状态，争分夺秒地做好应试准备。小升初考试并非想象得那样简单,由于全公社初中教育资源匮乏,又赶上小学生源高峰,入学率仅百分之七十左右,部分考不上初中的学生还要复读。中心校对各小学毕业生教学情况每年都要进行评比,奖优罚劣,因而各小学校都像上了发条似的,加班加点辅导学生,唯恐考试落后挨批。

终于熬过紧张的复习阶段,顺河自认为语文的字词句章都掌握透彻、数学进出水管之类的难题全被攻克、时事政治一百题背得滚瓜烂熟,心从容多了。考试是在中心小学教室里进行的,监考老师十分严格,考前老师教的那套作弊方案根本用不上,所以考试成绩基本上可以反映一个学生的真实学业水平。走出考场的时候已是下午四点钟,在到处都是小卖部的学校门口,文秀掏出一毛钱,买了两根冰棍,递给顺河一根。冰棍的味道好极了,顺河很喜欢。吃完冰棍,顺河花两毛钱买了一只大梢瓜,用小刀划开,给了文秀大半个。从两个孩子快乐的表情中看得出来,他们已融入这个复杂的家庭中了,且相处融洽、相互体贴、彼此照顾。考试分数是五天后公布的,学生们兴高采烈地来到学校,领到了一张梦寐以求的《初中入学通知书》。赵校长容光焕发,主动和同学们打招呼。大家考得不错,二十二名同学都被宋庄带帽中学录取——所谓带帽,就是以小学办学为主,顺带办初中的教学班。

骆驼和尚琬妮的感情不像别人看上去那么不堪一击,许多光棍自以为聪明,错误地判断尚琬妮最多能在这里待半个月就要偷偷溜走,个别光棍甚至认为即便尚琬妮不逃跑,也绝不会和骆驼长期生活下去,最终的归宿是成为别人的媳妇。

别看尚琬妮看上去单薄弱小,干活却是一把好手,不管是家务,还是地里活,都干得井井有条。不论大伙怎么议论,她都不去理睬,只管做好自己的事情。这样一来,大伙就转变了态度,重新做出判断——尚琬妮不是骗子。当所有人认为尚琬妮是个正经过日子女人的时候,尚琬妮的娘来到了后行。这个个头不高却能说会道的老太在山西等得实在不耐烦,就只身来了,趁夜深人静,劝说尚琬妮尽快离开这个鬼地方,如果只在一棵树上吊死,就等于自寻死路。骆驼听到娘俩谈话后大吃一惊,然而他仍装作什么也没发生过似的,从桥头商店里带回来一瓶运河老白干和一包蚕豆花,打算好好招待丈母娘一番。喝到尽兴的时候,骆驼的丈母娘居然提出一个要求,让骆驼大喜过望。

再次来到后行时,骆驼的丈母娘带来了两个女子,其中一个仅十七岁,长得黑黑的,却不乏热情,笑的时候露出一对白闪闪的门牙,不大不小,煞是喜人。另一个女子是刘君利。这个饱经风霜的女人看上去比骆驼的丈母娘小不了几岁,左眼凹陷下去,像受过伤。经过一番辨认,骆驼不仅认出了刘君利,也看得出她的眼睛的确受了伤。

刘君利的到来并没有引起连福的厌恶,凤妮也比过去豁达多了,只是不愿去见

这个曾让她伤心欲绝的女人。连福还和刘君利来到北汪夺命口，两人长谈了一个半小时，但当刘君利谈到以为光棍牵线搭桥为名做生意时，连福愤怒了，他真想踹这女人一脚，可最终没有下手。他不屑去惩罚这个欺骗他的女人，他更不允许刘君利再去欺骗别的光棍。离开北汪的时候，连福向刘君利下了最后通牒，限她三日内离开后行。

　　刘君利最终不敢在后行多待一天，第四天就回山西去了。自此，这个女人再也没有踏上后行的土地。然而，她从后行赚到的钱财却越来越多了。刘君利和骆驼以及骆驼的丈母娘三人协商成立了一个叫"后行俱乐部"的婚介机构，并进行任务分工，刘君利负责在芮城物色女人，骆驼的丈母娘负责往后行带人，骆驼和尚琬妮负责为女人找到合适的下家。每安顿好一个山西女人，骆驼从中提成三百块钱，大头则被刘君利赚去了，骆驼的丈母娘只赚些吃喝，就觉得不错了。随着时间的流逝，后行人们的生活过得越来越好了，娶山西媳妇的价码也水涨船高，从开始时两千元左右猛增到四千元，个别老光棍要五千元才娶得到一个不像样的女人。

　　连福开始谋划未来的生活。他的第一笔生意是从打绳开始的。他并不会打绳，但他对顺河说，人没有生来就会的手艺，只要有头有脑，没有学不会的。打绳需要人手，他请来不少人帮忙。他好客，热情，干完活，就请大伙喝酒，常酩酊大醉。醉酒后，连福总有说不完的话。

　　连福打绳渐渐有了些名气，方圆几十里地没人不知道后行的老赵打的绳子结实耐用。连福打出的绳子大都卖到了煤城，那里矿多，需要大量绳子。为此，他赚回不少钱。有了钱以后，连福买来三十方红砖和一些青瓦，准备建新房。上完梁以后，连福特意杀只红公鸡，将鸡血滴在屋脊上，然后把鸡剁了，作为一道主菜，犒赏帮忙的大伙。酒宴开始后，大伙喝得尽兴，就海阔天空地闲聊起来。有人说顺河成绩好，在班里是第一名，一定能考上县重点高中。有人说，这新房一盖好，顺河就能鲤鱼跳龙门了。有人说，庄里从没出过一个大学生，让顺河给全庄争口气。还有人说，考上大学，就不用在家种地，城里好啊，吃香的喝辣的，风不打头，雨不打脸，让人羡慕。

　　众人你一言我一语对顺河表达完祝愿后，话锋就立刻转到韩原身上。韩原和顺河是同学，两人交往并不多。韩原天生是个贼，常干一些偷人的勾当，有几次居然威胁顺河当他的帮凶，从韩秀明和赵校长的办公室里共偷走十五块钱。有人说，韩原是白搭了。还有人说，韩原是个贼。这让顺河心里猛然一惊。"贼"这个字眼儿让他出了一身冷汗。这时，连福指着顺河，说："这孩子也差点儿成贼了。"

　　听到连福的话，顺河感到自己再也没有一点儿尊严。他的脸很烫，整个身体像在被火烧烤着。他真想找个地洞钻进去，赶紧逃离这个地方。这个时候，连福又说：

"如果不是被我及时发现，让韩原改邪归正，这俩孩子早废了。"

顺河心里变得复杂起来，到了这个时候，他才真正知道亲爱的父亲不光会干活赚钱，对他还这般细心。作为一个父亲，儿子每周末从学校归来，他都要包一些鸡蛋馅饺子，犒劳这个大学苗子。同时，连福对文秀的爱已超出乡邻乡情，在长年累月的相处中他已把这个女孩子当成了自己的闺女，尽可能地把她培养成才。

骆驼的丈母娘再次来到后行时已是次年阳春三月，和她一起来的是一个不太懂事的小女孩，最多十五岁，让人心生怜悯。其实，到了这个时候，后行的光棍汉除了一两个五十多岁的老男人，婚姻问题大都得到了解决，虽然涉及钱的交易，但大部分人很难说违法，因为都得到了这些成年女人的认可，双方家庭也没提出反对意见。女人落户后行以后，虽然不很满意男人的年纪，但为了自己家中兄弟的婚事能够办得顺利，只好学着适应这个陌生的环境。

嫁来早的女人有不少已生下孩子，有的女人一年生一个，摊上计划生育的，就交几百块钱，再给韩秀明买条烟。家里实在拿不出罚款的户，就分批交，用家里的树木、牲口、粮食抵扣也行，广亲庄邻的，互相给个面子，不至于把事情弄僵。不像沙埠、宋庄、乱营子那些村，村民和干部之间因为计划生育常出现打砸现象。沙埠有一户人家生了二胎，属于两女户，哀求支书和计生专员手下留情，好歹给刘家留条血脉，让已怀胎七个月的儿媳生完以后再去医院结扎。支书心硬，踹老妇人一脚，然后让人爬上屋顶，扬言扒房子。老头老太为保全家产，只得眼睁睁地看着计生专员拽着儿媳妇走了。

彩霞和金花也摊上了计划生育。金花处境还算不错，连夜从汴塘拉来一板车粮食和柴草，主要是柴草，其他副食品也必不可少，装了满满一车，到凤妮家躲避来了。后行虽然复杂，但对于躲避计划生育的后行闺女还是挺宽容的，包括韩秀明在内，也都睁只眼闭只眼，直到这些大龄妇女把孩子生下来。金花挺不容易的，不仅带来部分家产，还把三个闺女也带过来了，两个大些的闺女要上学，连福就给安排在后行小学，总算解决了娘几个的后顾之忧。金花的男人老韩只在这里住了一夜，就赶往煤城做木工活去了。老韩闲不住，一天不见几个钱，心里不踏实，况且又是老亲戚，多待心也烦，就赶早，牙也不刷，走了。

最让人头疼的是彩霞，她摊上了计划生育，但无处可去，就找村干部理论。自从彩霞离开后行成为老李的女人以后，再没见她来过。这不怪她，临上轿时，凤妮还和她吵了一架，骂她是个不喘气的货，坑娘家，巴婆家，走了就走了，永远不要回来。当时，彩霞是流着泪上花轿的，虽然有舍不得的感情在内，但更多的是对绝情的亲娘的抗议。她心里发誓，永远不再回这个让她心碎的后行。她说到做到，可老李不听她的，曾经来后行几次，每次来，都要带一筐粉条。老李是个勤快人，在家里置办一个粉条加工作坊，挣了不少钱，居然盖起一座两层小楼，清一色红砖，清一色红瓦。老李通常在过节前来后行，从筐里拽出一捆粉条，放在地上就走。凤妮懒得看这小个子男人一眼，心里说，才多大年纪，就镶三颗金牙，说话时嘴张得跟二盆一般大，不跑风？

哈哈，这就是凤妮，老了老了还是这种风格，真应了那句话，青山易改，禀性难移。老李毕竟是客，丈母娘再不待见，也不便说什么。虽然有人常说，一个女婿半个儿，但毕竟不是儿，没有一丝一毫血缘关系，又长期不住一起，特别是凤妮和彩霞娘俩还闹着别扭，老李夹在中间，过年过节能送来一筐粉条也算识大体、顾大局，不是心疼彩霞，凤妮连这些粉条也吃不上呢。可话又说回来，吃不吃的，不就一筐粉条吗？饿不死人的，可有胜于无，又是女婿送来的，还讲究那么多干吗？这凤妮，坏脾气非要带进棺材里去才罢休吗？老李不论心里怎么想，还是要露出笑容来的，每次返回汴塘前，都要对凤妮说："孩娘挺好。"

老李一走，凤妮受不了了，常哇哇哭闹，摔碎一两只豁碟也是常有的事。这老人，说哭就哭！其实，她心里苦啊！有多苦，只有她心里最清楚，别人看到的只是她的反面，都说这样一个爱说爱笑的老太太，心里怎么会苦呢？不可能吧。

彩霞生下一个闺女不久，村计生专职就找上门来。彩霞求村干部："我们只生一个孩子，不该罚。"计生干部说："校长孩子也算。"看来，彩霞的事已家喻户晓了。村干部还算讲究，只罚款，没让她结扎，才又怀上身孕。老李对彩霞说过，生下儿子后就回后行看看。老李也和凤妮说过同样的话。彩霞没表态，凤妮则直接说不行。连福劝过凤妮，这么久没来过一趟，彩霞也想这个家啊！凤妮只是掩面流泪，却不肯松口。其实，彩霞很早就想回家看看，但还没到回来的时候，只要这次生下来的是个男孩，她就回娘家一趟，给大伙瞧瞧，她彩霞混得不差，还是那个有脸面的后行闺女。

骆驼的丈母娘带来的这个小女孩见了五六个男人，却都看不中，只想和顺河好。每当顺河从学校回到家中，她就缠着骆驼带她去顺河家玩。骆驼实在被缠得够呛，就来连福家，把这事说了。别说顺河不答应，连福听了也十分气愤，把骆驼骂个狗血喷头。这事让文秀知道以后，她二话没说，拿起粪耙子就直接放进骆驼的饭锅里煮了。

大灿从不认为自己老了，在二灿、三灿相继娶到山西媳妇以后，他准备亲自去一趟芮城，不能生孩子的女人也行。当骆驼四处为小姑娘找对象的时候，大灿觉得机会到了，主动找上门来，愿意出六千元带走小姑娘。骆驼找不到不答应的理由。第二天一吃罢早饭，大灿就把钱点给骆驼，一分不少。骆驼把钱放在一个隐蔽的地方，却见不到小姑娘的影子。来到北汪夺命口，骆驼意外地发现小姑娘已经死去。

尸体被人打捞上来的时候，小姑娘的脸已变形，看样子已死去几个小时了。

俗话说，人点背的时候，打个哈欠都能接到一泡鸟屎。顺河在面临中考的时候左腿受伤了，不得不在打膏以后坚持上课。这段时间，老师抓得特别紧，校长、班主任耳提面命，唯恐学生考不好。镇教委也给学校下了死命令，争二保一，考取一个小中专奖励三千块钱，考取两个奖励一万。顺河过去一直是学校的重点保护对象，但一生病，这个重点保护对象的指标就给了文秀。就是这般现实。但没办法，学校要生存，校长和老师也想要个好名声，考砸了，唾沫星子能淹死人。

由于初三学习生活枯燥，学生们常偷偷进入校内那片杨树林里谈天说地，或独自闭目养神想事情，或手捏石子砸树消磨时光。这是一个非常廉价的游戏，游戏者准备七八个小石块或泥蛋，手握其中一个，闭上一只眼，瞄准一棵树，顺手一掷，"当啷"一声，中了，手舞足蹈，没中，嬉骂一句，再用第二个小石子瞄准，循环往复，时间就被消磨掉了。铃声响起的时候，就往教室里跑，唯恐迟到挨班主任骂。班主任个头不高，数学教了多年，虽不是个老学究，代数、几何题没有他不会做的。个别自以为聪明的学生常找来一些几何难题让他讲解。打眼一看，两道辅助线一加，思路就出来了，三下五除二，讲得学生面红耳赤。班主任是不容易当的，因为学生年龄不小，十七八、二十左右很正常，蹬鼻子上脸的事情常常发生，因而不严肃不行。

学校不大，称谓由戴帽中学改为联中以后，扩招到四个班。有意思的是，在学校十五位教师中，全是清一色民办老师。其实，不光是宋庄联中，全镇老师中九成以上是民办待遇。纵观这些年，也就是这拨全身心投入到工作中去的民办教师支撑起了全镇的教育事业。因而，从某种意义上说，就是这些拿钱少、奉献多、无怨言、好使唤的亦工亦农者为这个年代的蓬勃发展做出了贡献。

五十余名初三学生中真正把心思放在学习上的并不多，十来个人而已，大部分学生只是在混日子。不混不行，辍学回家，要种地，挨累被晒的滋味不好受；不混不行，从小学到初中，基础没打好，一步跟不上，步步跟不上，别说考高中上大学，能不能混张初中毕业证也难说。

这些成绩不好的学生中大部分已厌烦小树林的空洞和寂静，一有空就二五结队钻进附近的录像厅。在那里，他们可以看到一些港澳台出品的录像片。有的时候，为多赚一些昧心钱，虚情假意的老板还买来一些黄带子，供几个街滑子和二窝街滑子看。那个地方，顺河从没去过，不是录像厅没有吸引力，也不是没人拉他下水，而是他用坚定的信念和毅力战胜了诱惑。电影院他倒去过一次。

电影院位于学校南面二里路的地方，坐在里面可以欣赏到头上广阔的天空和周边几棵挺拔的杨树。电影院里设了百十来个水泥凳，小长方体，上面仅容得下一个人的屁股。电影每晚都要上映，每场都坐满观众。票价不高，一毛，最多两毛。看

了电影《红衣少女》后，文秀学习女主角安然，穿上了连福给她做的一身红裙子。堂而皇之地穿在身上时，包括那些"街滑子"在内的所有学生都被她的装扮惊得目瞪口呆。原来她可以这般漂亮！包括顺河在内，心里也啧啧赞叹。

这样，文秀就成了许多男孩子眼中的白雪公主，收到不少求爱信，但都被她一把火烧掉了。课务繁重时，顺河不能回家，只好吃住在校。他的伙食简单到每顿都要吃星期天从家里带来的煎饼、咸菜和盐豆，菜有时是炒熟的，也算吃到了油星，待到周五周六时，饭菜已馊得不成体统，也照吃不误。

文秀的待遇要好一些。连福常对顺河说，文秀是他家的客人，又是女孩，不能被人笑话，吃穿要体面一些。连福每周要给文秀三块钱菜钱，比顺河多一块。文秀虽然是个懂事的孩子，非常感激连福无私的帮助，但在屋檐下不得不低头的阴影还时刻困扰着她，言语和行为中常表现得小心翼翼。因而，文秀常把省下来的钱花在顺河身上，为他买一些必需的学习用品，如笔、墨、蜡烛等。蜡烛是学生的必备。其实在之前很长一段时间里，文秀和顺河只能用煤油灯照亮来学习。

顺河的思想并没有文秀这般复杂，连福给他多少钱，他花多少，至于给文秀多少，他从不提意见，更不往心里去。对于文秀的帮助，顺河更觉得毫无深意，给了就收下，钱不够花再另寻出路。因而到了学期的最后几周，为了改善伙食，顺河一改过去简朴的习惯，从学校附近庄里赊来一些锅饼，吃不完的就给文秀享用。打锅饼老板是不怕赊欠的，学生都要在他准备的小本子上记下名字、住址、家长姓名和锅饼重量。仅两星期时间，顺河就赊欠二十六斤锅饼，要用四十斤小麦偿还。

中考越来越近了。文秀找到顺河，对他说："考小中专也不错。"顺河说："只想考县重点高中，将来上大学，实现理想抱负。"可惜的是，顺河的理想终究未能实现，倒不是因为成绩不行，而是没有这样的机会。县教育局出台了一个规定，凡有普通高中的乡镇都不安排重点高中指标。

这让我们的顺河极度失望。这事被连福知道以后，他怀着一种愤怒的心情，坐车去县城找高福刚想办法。对于两个孩子将来的发展前途，连福常在脑海里划来划去。他认为文秀是个女孩子，能考取师范这样的中等专业学校将来当个老师看家守近是个很不错的选择。至于顺河，他是个男孩，将来要做大事，不能将就，最大的浪费莫过于人才的浪费。

高福刚已退休赋闲在家，平时没什么要紧事可做，种些花花草草消磨时光。好在他身体还算硬朗，每天坚持做好三件事：第一件是做些简单的家务；第二件是去人民剧场门口打太极拳；第三件就是读几本线装老书。新出版的书他是不看的，觉得无聊，喜欢无病呻吟，不是骂别人，就是骂自己，好像不骂人就不给出版似的，还冠以"泪痕小说"，莫名其妙。高福刚就是这样认为的，所以他从不逛新华书店，每天戴一副老花镜，看半个小时书，然后闭目养神。他对研究白酒已不感兴趣，即使运河酒厂在他任上取得了全国白酒产量第三名的辉煌，却也不再饮酒，就连一只酒瓶也很难在他家里找到。

高福刚理解连福的心情，也希望顺河这个孩子能更上一层楼，就联系教育局王股长。在去李集中学的路上，坐在汽车里的连福泪眼模糊。遇到一个贵人、好人是人生之大幸啊！高福刚对自己的感情已超过一个普通朋友，像一位长辈，时刻不忘关心自己的孩子。

校长爽快地同意顺河转入李集中学，和这里的同学一起竞争三个考重点高中的指标。顺河不怕竞争，他向连福保证，不考第一，不再回后行，颇有些说走就走的英雄豪迈气概。可就在他带着十三个日记本准备离开宋庄联中的时候，班主任死活不让他转学。这些花花绿绿的日记本是同学们赠送顺河的，顺河人缘不错，男女同学待他都很好，家里条件好的买来一个日记本，送给这个即将离开的同学以示纪念，希望他将来有朝一日再翻开日记本的时候，能回忆起孩提时代的同学和发生的那些往事。

赵校长亲自找连福做工作。他说，小中专不错，毕业就能解决户口，就是城里人，能拿工资，这是多少人梦寐以求的好事。

顺河没被校长说服，连福被说服了。连福一被说服，顺河不得不服。你又让我们的连福怎么办呢？已过不惑之年的连福心气上虽然还是过去那个连福，可经验告诉他，随着年龄的增长，他将来不见得有能力供养顺河这个心气高傲的孩子上更好的学校。

顺河的大学梦想就这样破灭了，像一只含苞待放的花蕾，想消灭它，真的是一件很容易的事情，或大量浇水，或让它长期干旱，或直接掐掉，干脆连根拔起扔掉算了。顺河就是这只花蕾，还没来得及绽放，就蔫了。

三十一

打了一年多的绳子，连福却不得不丢掉这份养家糊口的生意，因为打绳子的人越来越多，竞争愈加激烈，利润越来越稀薄，除去成本基本上赚不到钱。为了两个孩子的未来，连福不得不另谋出路。在贩洋麻去往山东销售长达百公里的山路上，着实让他感到自己的体力下降了许多，精力再没有年轻时候那般旺盛，就像一眼老井，总有枯竭的那一天。他当然希望这一天来得越晚越好，可是岁月不饶人，当他拉着上千斤重的洋麻行走在山坡上的时候，往往爬一个小岗也需要歇三四次，这在以前是绝对不可能的。

对于这个自然规律，连福并非不懂，只是他不愿意认输。认了，人生也就结束了。所以，面对困难的时候，他要死扛下去，直到扛不动的那一时刻才肯罢休。他不相信会有这么一天，他希望用酒提神。这不见得是个好事，但的确让他的精神为之一振，劲头更加高昂，拉起沉重的板车的时候突然感到这个世界还属于自己。到达临沂后，连福把洋麻卖给石膏矿，换来了一些沾满泪滴的血汗钱。当他往手指上吐口唾液搓着皱七皱八的钞票数数的时候，脸上的神情是快乐的，是天真的，像个调皮的孩子，嘴角不时增添一些笑容。默默抽烟的时候，他在想，人真是个奇怪的东西，只要见到钱，身体上的疲倦和心灵上的痛楚都会在眨眼间消失得一干二净。每数完一遍钱，连福的心情就会兴奋一次，就会下定再来一次临沂的决心。

连福给临沂石膏矿送去十七车洋麻，尽管一来一回需要三四天时间，可在大量的酒精与少量猪头肉的双重刺激下，他感到自己重新回到了年轻时代，总有使不完的劲儿，恨不得两天就能打个来回。连福终究没有送第十八趟洋麻，倒不是因为十八是个不吉祥的数字，有进地狱之嫌，而是连福病倒了，病得不轻，发四十度高烧，这是积劳成疾的缘故。在床上足足睡了七天七夜之后，连福靠着坚定的信念和每天三顿白开水硬是挺了过来。退烧以后，他颤悠悠地从床上爬起来，想再去周边几个街上收购一车洋麻，但被凤妮拦住了。

凤妮苦苦相求："孩子，再去临沂，命都没了，听娘的话，钱是赚不完的，够吃够喝就行了。人再强也强不过命。一辈子有多少钱，过什么样的日子，老天爷都给定好了。"凤妮信命，特别是这几年，她更加深信不疑，所有的遭遇都会往命运上扯。比如，在她眼里，骆驼是个无用的孩子，除了会念几句书歌子，会说一些俏皮话，脸皮比墙厚，其余的方面，比起连福来，连数也不识。可骆驼偏偏混得比连福强。哪里还有天理？一个混子，不仅赚了钱，娶好几个媳妇，欠的债还不用还，就连山西小女孩的死也怪不到他头上，只是可怜了大灿。想起这些，凤妮的泪又像泉水一样奔腾起来。

可怜的年过半百的大灿被带进派出所，后来又被移送到县看守所，再后来竟被法院稀里糊涂地判了刑期。而骆驼什么事也没有，嘻嘻哈哈地告别众乡邻，带着尚琬妮到山西继续骗吃骗喝去了。按理说，公安局该找到骆驼，了解事情经过，谁对谁错，总要给个交代，把大灿逮进去算什么？好在大灿只在号里蹲了半年就被释放了，原因是他患了精神病。被送回后行的时候，大灿嘴里还念叨着死去的小姑娘，逢人就打听她在哪里，至于被骆驼骗去的六千块钱倒从未提过。

骆驼这个杂碎！凤妮一想起他就想骂，骂他凭什么比连福强。其实，这又有什么可比的呢？人比人气死人，各有各的活法，各有各的死法，鱼有鱼路，虾有虾路，老天饿不死瞎鹰。比如，一个人，他可能被谁打倒呢？在战争年代，要么是敌人，要么是流弹，也可能是自己人，但到了和平年代，打倒自己的恐怕只有自己了。凤妮这个老太太哪里知道骆驼已经犯事，小姑娘的死和他有关。

这些日子，校园里到处充满朗朗的读书声，追求上进的同学在埋头学习，像这个世界除中考以外再没有其他，甚至连日月星辰也不复存在。顺河和文秀的精力都投入到学习上，两人相互帮助，亲姐弟般的情谊在紧张忙碌的学习中日渐加深。但两人又是对手，相互竞争，暗暗较劲，都希望拔得头筹，一鸣惊人。中考和高考一样，竞争甚至比高考还要激烈，就像千军万马过独木桥，谁脚踩得准，走得快，走得稳，谁最终就能抵达胜利的彼岸；谁若稍松一分神，就会被挤下去，掉进万丈深渊，连个回声也没有，不是被摔得遍体鳞伤，就是变成痴呆者，向后转，齐步走，回家种地去吧。这是顺河的班主任说的。校长也这么说。校长甚至还说，考过去就步入天堂，过不去就如同深陷地狱。这些吓人的话，老师每天都在耳提面命，翻来覆去，讲得一嘴白沫，从不嫌烦，学生早听得厌倦了，他们还不厌其烦地讲，似乎一天不讲，学生就找不准方向，一失足成千古恨。

每天清晨不到四点钟，文秀和顺河都要准时起床，来到教室复习功课。待其他学生来到教室的时候，两个小时已过去了。县里分配给学校两个预考名额。大家都知道，竞争对象主要是顺河、文秀等五个人。五打二，谁都有可能胜出，谁也都没

有十足把握。顺河在和文秀交流的时候，文秀对他说："别怕，如果我是两个之一，而你是第三，我的名额就让给你。"这让顺河激动得要哭，但他没有哭。

没过几天，顺河患了轻度阑尾炎，腹痛不止，不得不去山庙医院挂水治疗。连福每天用板车拉他去医院。顺河躺在走廊里，一边聆听滴水声，一边仰望天花板。第六天挂完水回到家以后，凤妮对连福说："这孩子中了邪魔。"

没多久，凤妮从宋庄请来一位老太。老太七十岁，个头不高，尖尖的小脚上穿了一双绣花鞋。老太爱抽烟，递给凤妮一根，凤妮竟接过来抽了。老太对凤妮说："我是'白大姐'转世。"凤妮急忙跪在地上，向"白大姐"三叩首。"白大姐"麻利地剪好一双鞋，又剪好一身衣，都是彩纸做的，鞋是红色，褂是蓝色，裤是绿色。"白大姐"对凤妮说："烧了它，孩子才有希望。"凤妮急忙去拿那些东西，却被"白大姐"制止了。白大姐说："你不能烧，让小家伙去。"她指了指顺河。顺河不依，想溜。凤妮追上他，说："傻孩子，挺灵的，别不信。"顺河对凤妮说："要烧你烧，反正我不烧。"凤妮截住顺河，说："只有按'白大姐'吩咐的去做，病才能好，学才考得上。"顺河说："我没病。"凤妮流着泪说："你病得不轻。"顺河苦笑着说："俺爹说我好了。"凤妮着急地说："你爹懂个屁。"

祖孙俩正争执，"白大姐"叫顺河进屋。她找来一只镜子，放在饭桌上，又递给顺河一枚五分硬币，说："我能把硬币竖在镜面上，而你不能。"顺河真的不能，他试验六次，都没成功。而"白大姐"成功了，只一次。顺河只好拿起这些"衣裳和鞋子"，走出门时，"白大姐"吐了一口烟，把握十足地说："是死鬼校长缠住了你，还缠住了徐宝珍。"

顺河惊讶地张大嘴巴。徐宝珍？他脑海中浮现出宝珍的影子。那次在医院里，顺河忘不了宝珍的表情。她握着顺河的手，只是流泪，却不说话。宝珍还和连福谈到了朱为民。她说着，骂着，哭着，恨得咬牙切齿。后来，顺河向凤妮打听过宝珍和朱为民的事，虽然被凤妮骂了一顿，但凤妮还是给他讲了宝珍和连福相好的经过。顺河同情宝珍，更同情连福，对朱为民深恶痛绝。当"白大姐"提起朱为民的时候，顺河变得怒不可遏。"白大姐"又严肃地说："你在校长坟后屙过两次屎、尿过两次尿。"这话更让顺河迷茫。尿过也好，没尿过也好，他不打算再和这个神老太纠缠。

顺河一声不吭地拿着"衣裳"去了屋后。他并没有烧这些东西，而是塞进茅坑里，招呼不打一个，就赶往学校去了。顺河的病居然好了。他并没什么大病，在医院消炎后，那点儿毛病已消失得差不多了，是凤妮的眼泪让他感到病情加重的。他甚至不去思考为什么不能把那枚硬币立在镜面上。肯定是自己太紧张了。人嘛，正常状态下，什么事都能应付自如，一旦有人说出提醒的话，就让人从心理上感到一股无形的压力存在。比如，一个人问另一个人，会系口袋绳吗？这人想，扎口袋有什么难，整天扎，又不是头一回。于是，瞪对方一眼。既然有人提醒，这人肯定高度重视，也就是说心理上开始紧张。越觉得非要系好不可，于是越用力，结果绳断，自然被对方耻笑一番。

回校以后，最高兴的是赵校长和他的班主任。老师们发给顺河一沓沓油墨未干的讲义。他不想做，可文秀劝他，好记性不如烂笔头。他说："我要保持冷静。"文秀说："临阵磨枪，不快也光。"顺河说，我敢和你打赌，从今天开始，一直玩下去，也能考上，而且比你考得好。不过，我还是希望咱俩能一起考上同一个学校。文秀说，叔想让我当老师。顺河问，你是说县师范学校？文秀说，唱一段《十五的月亮》吧，董文华的。顺河说，只想听你唱《望星空》。文秀知道，顺河就想听到"即使你顾不上看我一眼，看上我一眼……"

夜深的时候，校园内已经没有学生在刻苦读书了，包括那位视调皮学生如敌人的矮个头班主任也回家休息去了。文秀依依不舍地朝宿舍走去。顺河没有看她一眼，包括她挺直的后背和那两条飘洒的辫子，在他眼里也都是模糊的。其实，不是顺河不愿看，而是顾不上，他把这份情深埋在心底。

预考结束没几天，文秀和顺河都顺利入围。中考考点设在县三中，两人同在二十六考场。六门科目，顺河潇洒从容应对。在这里，有必要一提的是，考化学的时候，顺河主动将一个大题答案告诉文秀。成绩出来以后，文秀超过分数线十五分，而顺河以近六百分的成绩名列全县第三。两人都填报了县师范学校，顺河担心面试过不去，文秀就鼓励他，教他唱《望星空》。

顺河的初中生涯就这样过去了。这意味着他曲折而质朴的童年结束了，走向真正的少年时代，同样，他的青年时代也不再遥远。顺河唱的这首《望星空》在面试的时候虽然没获得高分，但总算合格，铲除了通往师范学校最后一个拦路虎。

在这个闷热的暑假里，顺河只做一件事，盼望录取通知书早一天到来。每天，他除了睡觉，就是站在家门口，迎接那个好说好笑的年轻邮递员。而我们的文秀正在阅读养殖方面的书，这一摞摞科技书是她从街上新华书店里买来的。从一个个树叶书签颜色的变化可以看出来，这个姑娘已把这些书阅读了无数遍。还有，那几个顺河用不上的日记本也被她记下好多知识点。经过近一个月风吹日晒，这个爱打扮的俊俏小姑娘已不再追求穿戴，装束上和一个常干农活的姑娘无异，脸上呈现出一种成熟。

通知书到了以后，文秀看也不看一眼，就把通知书藏在一个没人知道的地方。地里的活文秀很少去干，她来到集上，用卖蒜的钱给顺河买了衣物和学习用品。担心顺河要面子，她还给顺河买了一只柳条箱子。

当连福了解到文秀的想法以后，他非常生气地批评了文秀，骂她不该瞒着家人

放弃这次难得的机会。文秀却安慰连福:"家里这么穷,哪供得起两个学生呢?我就在家养鸡种地,帮您一点儿是一点儿。"

顺河特别期待去县城感受一下那里的生活。考试和面试期间,他没时间好好欣赏县城风光,可他知道,这一来一回需要不少钱。因而,他几次想向连福要钱,最终没敢开口。文秀懂顺河的意思,就说服连福,让顺河去县城配眼镜。其实,文秀何尝不想去县城转一转啊!她更盼望顺河为自己说句话,带她一起去逛逛,可偏偏被顺河忽略了。

来到县城以后,顺河像一只终于见到森林的小蓝鸟,无论到了哪里,都感到新鲜和亲切。在双龙眼镜店,店里的小姑娘给他验光以后,配了一副金边眼镜,还少收一块钱。他心生感激,不自觉地看了小姑娘一眼。怎么会这么像?简直是一个模子刻出来的。但顺河清楚,这不是文秀。

从师范学校的校园里走出来已是中午时分,顺河抬头看了看太阳,觉得时候不早,就急急忙忙地朝汽车站走去。两排法梧桐从身旁闪过的时候,他才知道这里还不是自己的家。比起后行,县城好是好,但真要说出它哪方面好,是高楼大厦多,是人多车多,还是其他,顺河答不上来。他唯一能说上来的是,这里的人不管是谁,即便是一个不起眼的修车师傅,看人的眼神也会让顺河觉得他的口袋里有的是钱,多得花不完。

来到汽车站门口,顺河想吃碗豆腐脑,可身上的钱已不多,如果为了好奇而破费的话,就对不起连福和文秀了。他下了决心,等自己将来有了钱,就给凤妮、连福、文秀和家里其他人多买好吃的,可劲儿地买,不怕花钱,花多少,有多少,就怕把天下的东西买光别人都饿死了咋办?谁来织布做衣裳?谁来和面打锅饼?谁来生产自行车?谁又来支撑这个飞速发展的社会?顺河想得太多,也太忧国忧民,更担忧这个世界会不小心崩溃,开裂出一条太平洋一样大的口子,使人无处藏身……这些他都想到了,唯独没想到骆驼。

顺河和骆驼的感情历程是极其复杂的,从令他讨厌到可爱到再讨厌到化为乌有。骆驼的确犯了事,他是在山西落案的,后行人只有连福和顺河知道。连福只是随口一说,顺河当时也没在意。这个时候,他却突然想起了这事。人世间的事,皆有因果,假如为了享受不该享受的东西,得到的必是恶的果,各家自有其道,何必说谁是正宗?心里坦然,从善如流,半夜必不惊。

骆驼是个有媳妇的人,曾经长期无妻,为了对身后有所交代,苦苦追寻女人,当然包括寡妇;和白蓉花修好,却不能白头终老,又遇白蓉花和韩秀明苟且,孩子没了,家没了;又偶遇尚琬妮,花钱不少,总算感动骗子,留在身边过了段舒心日子,然而大半年过去,妻子的肚子仍平平如初;爱恨交加之际,又遇外来小姑娘貌美，与其被大灿折腾欺负，倒不如捷足先登，财色两贪，也算平衡了人生缺陷。怎奈小姑娘贞烈，誓死不从，投汪身亡，使大灿稀里糊涂地获了刑；与其说是不动声色地离开后行，倒不如说遮人耳目做得滴水不漏，但人算不如天算，最终因分赃不均栽在刘君利手上。

然而，世上就没有十全十美的事情，刘君利经过一番打听，确认死去的小姑娘竟是自己亲生的，犹如一声霹雳，心生惭愧，给虎子留下一封短信后不知去向。敢问世事为何物，怎一个因果报应了得。若不因生活所迫，小姑娘也不会在她三岁时被亲娘卖给别人喂养；若不是利欲熏心，刘君利也不会把正和虎子谈恋爱的小姑娘卖到江苏；若不是……太多的若不是……就因为这么多的若不是，才使很多人为改变现状铤而走险，最终掉进害人害己的深渊。睡着的人一喊就醒，装睡着的人百喊不醒，对付那些越来越多装睡着的人最好的办法就是在他的耳畔大叫一声，这钱是谁掉的？

顺河想起连福说过的那些话。如果骆驼从山西号里出来，回到后行落户，不管他过去如何，只要改造好了，还是后行人，还应该享受后行人的待遇。后行人究竟有什么特别的待遇呢？是二亩地吗？把该骆驼种的地要回来，分给他不就完了吗？顺河不理解连福的良苦用心，爷俩第一次有了认知上的冲突。这孩子，一旦有了思想，就不认得只讲老八本的爹了。

顺河突然又有了恻隐之心。如果有机会见到骆驼，要买点儿好东西慰问他，毕竟坐过牢，那份罪不好受。其实，骆驼坐牢，是刘君利告发的不假，但也和顺河不无关系。从这点来说，顺河觉得对不住骆驼。骆驼被判刑以后，媳妇没了，不是死了，是跑了，嫁给一个本地老头，缺一只胳膊，画圈的那条腿细得像根缝衣针。据说，结婚没几日，老头就死了，留下两层小楼，尚琬妮舍不得丢，就没再改嫁，没想到竟怀了老头的孩子。

骆驼劳改，完全是顺河的"功劳"，如果不是他提醒连福，连福还不知道问题有这么严重。肉烂在锅里，好歹都是一台人，关系亲亲疏疏、扯扯拉拉，总归祖上曾在一锅抹过勺子。连福和大伙一样，也希望维系赵姓大家庭的团结，对此睁一只眼闭一只眼。可学过法律的顺河，他不想此事就这样销声匿迹，毕竟涉及一个花季少女的性命，必须让这个十足的恶棍得到应有的惩罚，才能使庄人更加清醒地认识到自己的愚昧和无知。

顺河的理想不能说不高不大不远，如今又即将成为师范学校的学生，虽不是一名大学生，但在庄里也算放了一颗卫星，没人不羡慕，没人不祝贺，没人不说连福不赖，教子有方，种瓜得瓜，种豆得豆，种子发芽，枝头开花，硕果累累，三代发达。这些祝福语，顺河听得不耐烦，又不能不开口笑。于是，大伙都说："这孩子没变，

还和小时候一样，招人待见。"但有的人就不一样，哪壶不开提哪壶，在顺河面前偏偏说起朱为民，还有人提到徐宝珍，甚至有人提到了死去多年的韩莲莲。什么乱七八糟的，愠怒的顺河恨不得把这个唯恐天下不乱的家伙一口吃掉方解心头之气。他挥舞着两只拳头，在半空中划了半个圆，那个家伙就灰溜溜地跑掉了。

顺河压根想不到会在车站里遇到蓬头垢面的骆驼。骆驼从山西回到了县城，身上背个黄色日本尿素袋子，四个宋体字虽然特别刺眼，但中日已友好多年，作为改革开放的重要成果已经被广大人民群众接受，特别是尿素这玩意儿，管用，一斤顶七八斤碳铵，划算，深受农民喜爱也就不难理解了。袋里装了些东西，是坐牢前穿的衣服。出狱以后，他首先想到了尚琬妮，翻山越岭，找了两个月，终于见到了心爱的女人。无奈女人不念旧情，将衣服扔还与他，便闭门不出。骆驼自知无趣，纵然对尚琬妮恋恋不舍，也不敢继续停留，唯恐被老头的三个儿子揍一顿。

双眼昏暗得如井底淤泥的骆驼认出了顺河，不是刚认出的，而是早盯上了这个双手插在裤兜里昂头乱转的小家伙。大概是顺河鼻梁上架了一副眼镜的缘故，骆驼才没敢打招呼。顺河先和骆驼打了招呼。听说顺河考取了师范学校，骆驼惊讶地不敢相信这个曾淌黄浓鼻涕的小不点居然为赵氏祖上争了光。骆驼喜极而泣，对顺河的成功赞不绝口，并希望他继承连福一往无前的不服输的品质，干出一番成就，使后行辉煌于天下。

说完这一套饱含赞美之意的话以后，骆驼感到再无话可说，就到那个只有一名漂亮女售票员在值班的窗口去了。从骆驼踱来踱去的神态足以证明这是一个自作自受的穷光蛋，或许不至于，身上的钱还可以买一张回后行的票，然而他在售票口前徘徊好一会儿才向售票员打听票价，接着又远远地离开窗口，偶尔回一下头，脸拉得像水杉棒一样细长。如果说英雄也有走麦城的时候，可骆驼已经不再把自己看成一个叱咤于后行、天不怕地不怕的英雄，从他憔悴的身形和忐忑的眼神不难看出他的确走了麦城，东山再起的理想已全部化成乌有，剩下的只是英雄气短，不得不拼尽全力喘了一口粗气。

骆驼一个人默不作声地蹲在车站的玻璃门旁，透过这一层薄薄的东西，谁都看得出他的精神正走向消亡。他把尿素袋子平铺在地，径自睡了上去，任凭三五个身穿灰褐色衣服的旅客脚步漫过他瘦弱的身板，眼睛却不眨一下，空洞地仰望着空中的白云，仿佛自己的心灵也随着这些缥缈的东西进入一个极乐世界。

此时，站里摆钟的表针已指向三点半。顺河急忙去窗口买了一张返程票，突然又想到可怜的骆驼，就再次返回售票口。来到骆驼身边时，顺河发现他的眼睛睁得像腐烂的杏一样圆，唯独缺乏精神。没有精神的人就不叫人，是一具僵尸，仅能动弹而已。谁会想到骆驼会落魄到今天这个样子？如果连福在场，会不会为自己当初的"宗族背叛"而深深自责呢？骆驼有气无力地劝顺河说："你自己走吧。"

顺河用更加同情的目光审视着骆驼，又觉得自己居高临下太龌龊，穷人乍富也不过如此，居然同情起伟大的骆驼来了，这在以前是难以想象的。骆驼是谁想同情就可以同情的吗？他虽然曾是个囚犯，但那是过去，不代表现在，更不代表将来。于是，顺河改用平等的口气，更主要的是用平等的心情，来对待这个"囚徒"。他说："咱一起回家去吧。"骆驼却说："我要坐车。"顺河说："正好买了两张票，这是你的。"骆驼挣扎着身子坐起来，打足精神说："票钱还要你小子掏？只是多少日子没走路，腿也僵化了，你坐车走吧，我要走着回去，说不定不回去了。"

这一老一少最终是步行离开县城的。走了六个半小时，速度不算慢，深夜的时候回到了后行。看清眼前这一切的时候，骆驼并没有像以往那样张开两只有力的臂膀，面向曾掠走无数条生命的夺命口，大声叫喊"我骆驼又回来了"。他身上已没有气力，再低的呐喊声都将是最大的奢侈，加上一天多来不吃不喝，甚至多走一步都极有可能让他走向灭亡。顺河说："到俺家去住吧，俺爹盖了三间浑青屋，是给我预备的，将来在城里生活，早晚总要回来住一段时间的。"

骆驼感动得一塌糊涂。连福就是这样一个人，希望家业积累得越大越好，希望自己的孩子在外面的世界里游刃有余，希望自己的孩子发达以后别忘了远在农村的家。

顺河很想知道骆驼在号里的表现或发生的事情，但骆驼一路上闭口不言此事。顺河凝视着他苍白的脸颊。他茫然的神态告诉顺河他有自己的想法。骆驼终于说话了。他说："我要给死去的小姑娘立块碑。"他蹒跚地回过头来，又补充说，"我回来的事千万不要告诉任何人，包括连福。"顺河不知道骆驼胡芦里卖的什么药，但顺河会信守这个承诺。

骆驼迈着轻飘飘的脚步朝东湖走去，留给顺河的只是一个神秘而令他同情的身影，不久就消失在茫茫的田野里。这是一个雾气泛滥的季节，前日的雨水已把广阔的田野清洗一遍，对这种以前常可以见到的家乡美景，丝毫不能引起骆驼的兴致，他唯一要做的是尽快找到小姑娘的墓地。来到小姑娘墓前，他深深地鞠躬致歉，眼里没有泪水，却道出无限的忏悔——好端端的一条生命，如同一朵可爱的月季花在自己手里凋零而去。他给小女孩立了一块碑。说是碑，其实不是，只是一根木棒。他用一把小刀在朽木上刻出四个拳头大的字——"喜人之墓"。

凡见到墓碑的人，谁也不知道这几个字是啥意思，越是不知道，越引起人们的好奇心。人们纷纷揣测：难道"喜人"是小姑娘的名讳？难道死了人还是一件喜事？难道这个墓碑是大灿立的？大灿不是精神有问题吗？他又怎么会立这个木碑写这样的碑文呢？这些问题在骆驼走后困扰着越来越多感到惊奇的人，包括大灿。

有个好事者真的去询问大灿小姑娘墓前的那块碑是不是他所为。大灿欢天喜地地来到墓碑前，手舞足蹈地表演一番，然后亲手扒掉坟上的干土，但被人制止了。他还想拔掉木碑带回家搂着睡觉，也被人制止了。大灿唱了几句戏词，也是六灿生前最拿手的——"正月里来正月正，正月十五挑花灯。"他边唱边脱裤子，最终一丝不挂地走出了这块浩瀚的集聚全世界热量的玉米地。

　　既然不是大灿所为，立碑者真正用意是什么呢？这引起大伙极高的兴致。很快，大伙把墓碑和小姑娘的死联系到了一起。凶手到底是谁？这是首先要弄清楚的问题。大伙再次找到大灿，说他不是真凶，杀害小姑娘的另有其人。可大伙怎么也想不到大灿掏出生殖器直接尿开了，玉米色的黄尿很快浇灭了大伙的自信心，不得不中途离开。直到连福说："墓碑极有可能是骆驼所立。"大伙才真正明白奸杀小姑娘的凶手非骆驼莫属。到了真相大白的时候，大灿不但不再穿裤子，就连褂子也不穿了，十日后竟在小姑娘坟前的柳树上吊死了。据说，大灿出殡的时候，缩在嘴里的舌头依然呈肉红色。

　　对于"走"这个字眼儿来说，像是造字先生专门为骆驼而造的。骆驼说走就走，和他爹在世的时候一样，到一个不知名的地方去了，说不定再也不回来了，也可能三年两载后又转回后行来，或许腰缠万贯，或许和一个江湖人士无异——身背破口袋，嘴里含烟袋，腰系黑围巾，家乡是四海。骆驼留下那块木质墓碑远走他乡了。这对他来说是个最大的解脱，因为这里他已没有牵挂，所有的一切都不再属于他，只有那朵不该凋零的小花是他心里永远的痛。

　　风姿不再的赵彩霞这个暑假里的确偷偷来过后行一趟，但并没有去探望她的亲娘凤妮。和骆驼一样，她牵挂的那个人已经死去。这个死去的人曾加害于她，为什么还让她如此动情？谁解释得清楚？解释不清是最大的解释。所有人都忘记了这个死者，只有彩霞还牵肠挂肚。这份情是何等壮烈，却又让后行人笑掉大牙。因此，彩霞必须秘密地表达自己的心思。和骆驼一样，她潜伏在一个完全没人知道的地方，神不知鬼不觉地把要办的事办了。蹲在坟墓前，她不敢哭泣，也不敢烧纸，害怕烟火暴露自己的身份。

　　其实，彩霞哪里知道，她面前这个土疙瘩已不是朱为民的墓穴，只是几个调皮学生围起的土堆，却被她严肃地认为这就是心上人的坟，必须顶礼膜拜。然而，就算找对坟墓，细想一下，一堆白骨又有什么好祭奠的呢？可这就是彩霞和众人的不同之处。众人皆睡她独醒，众人皆浊她独清。她一直认为自己就是这样一个人，来无影，去无踪，我行我素。彩霞不识字，写不成碑文，只能立一个无字碑，以示对心目中那个男人的思念。

　　后行牵挂赵彩霞的人不多，全庄不过两三个。这样一个极其普通的女人，和嫁出去的其他所有姑娘无异，又有何让人牵挂的资本？就像那口老井，赵新菊死在井里以后，井断水了，也没渴死一个后行人，家家打了洋井，放进一些饮水，除其气体，有了压力，水自然而出，清澈得让人感到新鲜事物比老式东西强多了，谁还会在乎老井曾养活了十几代人？老井早被人填平了，原来的地方只能见到一个高台子，再难以引起别人的兴致。又如放电影，后行人已很少看电影，村部买了台彩电，全庄人都去那里看电视剧，一看就是两集，还有其他热闹的节日，看到半夜也不困，谁还在乎电影是什么样子。

新的东西就是新的东西，容不得你去抵制，你越抵制，它越扑来，速度极快，让你眼花缭乱，让你心力交瘁，让你感到存在就是多余，死的心都有。可新东西再多，亲人对亲人的情意是不会变的。也有变的，骆驼对他爹的态度一直在变，变到他爹含泪死去为止。对赵德彬的死，骆驼从未有过悔意，从没去他的坟上烧过一张纸，更谈不上立碑，这个待遇只有那个死去的女孩有，赵德彬只能化作孤魂野鬼，说不定早离开后行的田野，飘到他的河南老家去了。骆驼是不是去了河南，谁也不敢确认，但没人否认有这个可能性，落叶归根嘛。

骆驼的离去引起的风波固然是深远的，但彩霞为朱为民立碑的事情败露以后，也久久平息不下，让后行很多人有了更多谈资。见到这块无字碑，大多数人感到彩霞是个疯子，丢的不仅是老李家的脸，连赵姓所有人的脸都给丢尽了。高姓、韩姓两大家族的人争先恐后地用这件历史上从未发生过的怪事向赵家频频发难，但由于连福以守为攻，最终让这事趋于平息。

尽管彩霞闹出了大笑话，连福对她的牵挂却有增无减。这人别看嘴上不说，其实心里无时无刻不在牵挂这个和失踪无异的妹妹。他绕道去过汗塘一次，想好好和彩霞聊聊，但没见到人，金花家的人说彩霞全家到煤城躲计划生育去了。

连福过日子虽然精打细算，但钱袋子总也鼓不起来，愁煞这个老家伙了。两个孩子要去县城上学，吃穿和学费花销已经是一笔不小的支出，他还打算给俩孩子买一辆自行车，新车他不指望，先对付一辆二手车，市场上有卖的，不贵，二三十块钱就能买辆好的，来来回回的，省了车票钱。可后来，他又告诉顺河和文秀，别急，等秋后把甘蔗卖掉，就买一辆。

连福种了三亩甘蔗，他每天都要钻进幽深的甘蔗地里，把甘蔗伺候得一天一个模样，至于浑身淌满臭汗、身上被叶刺儿弄得伤痕累累也只能笑着面对。比起即将到来的丰收，这点儿伤痛算得了什么呢？不值一提。

在整个后行庄，连福的确比大多数人能干许多，不怕吃苦，脑子好用，但术业有专攻，在伺候土地上他算不上内行，比那些种庄稼的老细们弱许多，干农活常感到劳累，看到人家的进度心里着急，越急越不出活。这样一来，他土地上的收入明

显落后于一些农户。因而，他只能另辟蹊径。别人说他穿花鞋走俏步。这也是没法的事情。其实，做生意也不是一件容易事，易的不赚钱，赚钱不容易，道理谁都懂。更何况，这个时代已越来越体现出知识的重要性，靠体力和蛮干只能解决吃饭问题，赚大钱要靠头脑。可连福的知识就这么一点点，更新不了，丰富不得，只能啃老本，弄什么样是什么样。

　　但不得不佩服连福不服输的性格。这人永远都是这样，没有他想不到的，没有他不敢干的。想到了就干，这也是他的做事风格。连福曾成功过，享受过点点滴滴的喜悦，然而毕竟是少数，他历经的路几乎是失败铺就的。他曾栽过三亩桃，三年后竟没有一株树挂果，不得不铲除掉。他养了两年鸡，遇到两场瘟疫，两百只小鸡没过百日就都见阎王去了。连福在去往山东送洋麻的间歇，还学习过蘑菇栽培技术，花了一百六十块钱的培训费，但没能成功，蘑菇只露出一个小芽就枯掉了。

　　接二连三的失败并没有打倒这个天生的先行者，连福在三亩桃地里栽上了甘蔗，希望通过这些甘蔗改变接连的背运。庄里人都是喜欢看别人笑话的，背地里常骂连福又出洋相，好日子不过，觉得自己是个神，其实连个人也不是，稳稳当当刨点儿吃点儿过得去就行，种地的命偏要去当皇上的驸马，不失败才怪。穿金戴银的公主是谁想睡就能睡上的？状元郎又有几个？还有娶了公主被满门抄斩的呢。看笑话归看笑话，后行人还是很精明的，一旦连福真挣了钱，比如打绳，就一窝蜂地全上了，满庄老老少少都齐上阵打绳。市场就这么大，打绳的人多了，自然就赚不到钱。赚不到归赚不到，只要大伙都赚不到，也就没什么可抱怨的。这是什么心态？这是后行人最流行、最普遍的处世方式。

　　甘蔗目前是连福唯一的希望所在。等卖了钱，他首先要给孩子买辆车。这件事只能赢不能输。连福觉得赢定了。

　　开学这天是九月九日，毛主席就是这个时间逝世的，可已经没人记起他老人家的丰功伟绩，这事也只是在顺河的脑海里一闪就过去了。来到师范学校后，顺河和文秀各自揣着连福带着体温的二十九块钱交了学费，领了草席、苫子、被单、床罩等生活用品。文秀乖巧，剩下的钱绝不乱花，告别连福就到自己的宿舍去了。

　　顺河心里除了兴奋还是兴奋，完全忘却了这些钱是连福用血和汗换来的。他不管这么多，也没有多想，而是尽可能地让连福再给他买一些生活必需品，如牙刷、牙膏之类，至于新衣裳他是不好开口的。见到前来报到的同学都穿戴一新，他当然也想打扮得鲜亮一些，可连福始终没开口，他几次想要也只好放弃。长这么大，顺河从未刷过牙，还不知道刷牙的滋味呢，很想试一试，就买了两盒中华牙膏。上届同学热情得很，是学生会安排的，帮顺河拿东西，又把他送到宿舍。

　　连福终于实现了一个愿望。他带顺河来到人民剧场。在剧场门口，顺河并不愿进去，因为他将来有的是看电影的时间。况且，和连福坐在一起看电影，他以前从未想过。连福只好自己走进剧场，给顺河只留下一个淡淡的背影。

离开县城的时候，连福很想去看望一下高福刚，可兜里实在拿不出钱来，就放弃了这个想法。空手去毕竟不好，老朋友老长辈老恩人，不能一支烟就打发了。连福回后行去了，他还要伺候他的甘蔗，那是他全部的希望啊！

顺河是要吃豆腐脑的。这个小家伙像苍蝇遇到腥臭味一样，哪里有好吃的早瞄上了。县医院南面的馄饨摊常围满人，他还未去品尝，不知贵贱。学校大门西侧小屋里卖的豆腐脑价格便宜，屋里时刻坐满学生。老师倒不常见。社会上的人也不常见。唯独师范学校的学生自以为遇到了物美价廉的美食，便一窝蜂地去尝鲜。

顺河吃完一碗豆脑，还准备要第二碗，却良心发现似的，交完钱，慌张地走出小屋，来到校园里。

师范学校很大，比宋庄联中大得多，比顺河见过的任何学校都大。到现在，顺河也没弄清师范学校的建制和历史。顺河一个人静静地走在这排法梧桐树下的时候，学校的喇叭开始叫唤了。喇叭里出现两个声音，一男一女，都是学生腔，普通话还算标准，虽然比中央人民广播电台新闻和报纸摘要节目的播音员要差许多，但也说得过去。男音浑厚，明显有点儿装腔作势；女音发嗲，摇摆不定，由此可判断其长相并不怎么样。

这对男女播音员播报的是师范学校的建校史，也是一部光荣史。人们总要把最好的东西摆出来给别人看，这个学校也不例外。

这所建于一九二八年的老师范学校，第一任校长是中共地下党员。抗日战争时期，老校长是著名的抗日分子，把学校里的十几位普通老师也发展成为抗日分子，成立了运河抗日救亡大队，土山一战中为国捐躯者达十九人。解放后学校获得新生，一名学生在联合国任职，还有一名学生被中日友好组织评为知名书法家。就是这样一所伟大的学校，近年来又为地方培养了三百多名中小学教师，为周边几个县的基础教育做出了重要贡献。

学校楼房很多，多得一下子难以数过来。办公楼自不必说，教学楼有两座，一东一西，相互呼应；图书馆的楼很耀眼，三层高，苏联建筑架构，颇有文化韵味。

校内还有一处水杉林，位于图书馆前面。从外观上就能看出这个神秘的树林是学生恋爱或师生恋的最佳场所。这里十分僻静，来这里的少有干其他事情的，干其他事情的人是不到这里来的。比如，买东西要去百货大楼，洗澡要去医院浴室，吃包子要去新乐包子铺，这是乱不得的。小树林就是恋爱之地，进来就要谈恋爱，不谈恋爱该哪去哪去。这像是一条铁规，或是约定俗成，总之，这里因葱茏幽暗出了名。校外也有很多人知道这个秘密。有人说，不带个媳妇回家，白进师范学校混三

年。这话说的，好像学校是恋爱者的摇篮似的，才开放几天，只看到飞进来的苍蝇，视欣欣向荣而不见，何其毒也。

已担任教务副主任的王鸿海有一个著名的论断：上自习课的时候凡不在教室的学生，十个有十个可以在小树林里见到他（她）的踪影；凡只有一个孤单的身影独处在小树林一角的，准是恋爱失败以后做深刻反思或哭鼻子抹泪的。这是新版本的"两个凡是"，却屡试不爽。王鸿海虽官至副主任，却每晚都在为得不到徐宝珍的芳心而潜伏在两张水泥乒乓球台间苦苦度过孤独的时光。

到了吃晚饭的时候，顺河独自到食堂去了。师范学校食堂是一个庞大的建筑物，既给学生提供吃饭的地方，学校集会也要在这里举行。换句话说，这里既是食堂也是会堂。顺河的勺子是新买的。说实话，他从家里来的时候带了一双筷子，是连福装进他包里的，但被他偷偷扔在学校垃圾桶里了，因为他看到所有同学都买了勺子，自己也不能落后，怕被人笑话。

顺河是这么想的：从农村来到城市，就要适应城市的生活习惯，而用筷子吃饭对这个欣欣向荣的城市显然是一种不可饶恕的亵渎。顺河不希望自己的所作所为给这座城市抹黑，在扔掉筷子的刹那间，他壮烈地感到与传统、与农村彻底决裂了，新的生活注定要造就一个伟大的人物。这个伟大人物无疑就是他自己，而其他所有人都不可企及。

学校食堂空间格外大，如果不计算操场，它比宋庄联中其余建筑物的面积总和还要大一些。就因为庞大，才确立了它至高无上的地位，至少在学生心里是这么认为的。

食堂里常演绎一些激动人心的故事，但又不同于水杉林，水杉林里含情脉脉，食堂大厅内风起云涌。这是学生就餐的地方，也是学生打架斗殴的场所之一。

打架的往往是两伙或三伙人，都是逞强好胜者。插队只是一个导火线。排队的学生大都老实本分，对插队的人很少有出面制止的，敢怒不敢言。制止插队的往往也是一些插队者，插队者之间的战斗就在所难免了。只要插队继续进行，制止插队的插队者就以正义者的名义唤来许多人，对另外一些插队者实施报复，最终演变成两个班级或数个班级学生间大规模的"战斗"。从食堂打到校园，从校园打到宿舍，从宿舍打到教室，从教室打到操场，没完没了。

战斗不仅仅是两个阵营的争斗，夹杂许多争风吃醋的故事以后就变得复杂而难以消停了。这不，排着排着，二十多支队伍瞬间乱了。先乱的不是新生，不是排队者，而是老生，是插队者。队伍中出现插队者，争斗就自然而然地开始了。两个班的学生大打出手，所有铁碗铁勺都被用作武器扔向对方，遭难的常是那些还在排队的无辜者。饭桌被掀翻十来个，凳子直接被人扬起，胡乱扔出去，一派嘈杂，一片狼藉。

顺河被挤到队伍后面。等他战战兢兢地打好饭的时候,大多数学生已跑出食堂看热闹去了。等他们大摇大摆回来的时候,嘴里还唱着歌。这是胜利的歌曲吗?是,他们在庆功,他们并没有被打败。相反,他们把另一伙打到一个可藏身的地方苟延残喘去了。

唱歌的人买来饭菜以后,狼吞虎咽一番,又为轮到谁刷碗、谁再买五块钱饭票争执不休。此乃内部矛盾,不必大惊小怪。顺河从窗口边端着铁瓷碗来到饭桌旁的时候,一路不敢抬头,怕比他高一级的同学无事生非。来到饭桌旁,他还是抬起头来了。文秀问:"住几零几?"顺河没有急于回答,像得了暂忘症。文秀手里拿着一本书,是《飘》。顺河早想买一本,可一直没舍得。文秀说:"看完就给你。"

学校的两栋教学楼都是三层,高度和宿舍楼基本一致。顺河的教室是东面这栋,和西边教学楼隔一座花园。花园的花工居然是徐宝珍。每次见到顺河,宝珍眼里总会饱含惊喜和激动。这位来自后行的知名女性,是韩莲莲死后后行唯一吃国家供应的人。在师范学校读两年民师班后,宝珍本打算再回山庙教书,却被王鸿海苦苦追求。他通过于校长,托关系、找门路,最终把宝珍留了下来。

伺候花木尽管是一项艰苦细致的活儿,宝珍还是格外珍惜这份来之不易的工作。与花草打交道久了,让她忘记了许多烦恼,渐渐找回年轻时候的感觉,整个人看上去比实际年龄小五六岁。尽管宝珍已确认顺河是她丢失的儿子,但她不敢表露出来,怕孩子难堪。因而,在和顺河的聊天中,她尽量使自己的心情平静下来,用一个后行长辈的语气和这个好高骛远的小家伙谈论一些无关紧要的事情。

宝珍住在学校东南角的一间小屋里,靠近女生宿舍楼。顺河到她家去过。不久以后,徐宝珍的命运发生了改变。学校安排她当食堂会计。这是王鸿海找关系办的。对于宝珍来说,在花园里干挺好的,她并没抱怨什么,更不想让王鸿海帮忙。可惜了,王鸿海这个自命不凡的家伙的一腔热情就像一件短裤扔进运河当中听不到一点儿回应。

顺河这天来到宝珍家里。宝珍热情地给他倒了一杯热水,放了一勺咖啡。顺河从未喝过这东西,每抿一小口,就伸出半截舌头舔三次嘴角。他这个动作瞒不过宝珍的眼睛。宝珍又给顺河放了一勺咖啡,用汤匙搅动了几下。顺河端起茶杯,一股香喷喷的味道沁入心脾。他仿佛陶醉一般,喝下半杯时,神经像触电似的,感到一阵从未有过的舒爽。喝完咖啡以后,顺河突然觉得自己已经是个城里人了,注定要和咖啡这类稀奇古怪的外国货打一辈子交道。这在后行是不可想象的。

顺河喝着浓浓的咖啡时,又重新燃起奋斗的希冀。宝珍说:"农村人不易……"顺河希望宝珍尽快往下说,可她只说半句就停了下来。就是这半句话,使顺河如鲠在喉。他把茶杯放在茶几上,想质问这个女人:农村人究竟怎么了?他还想质问,

你过去难道就不是一个农村人？强烈的自卑感使顺河断然站起来。他懒得看宝珍手里那沓红色饭票。宝珍追上顺河，硬把饭票塞进他的口袋。她说："出门在外，不能光要面子，有事就来找我。"

又一天，顺河懒洋洋地走在去宿舍的小路上。这是一段水泥路，路旁栽了两行半死不活的柏树。小路不知是哪位别出心裁的家伙设计的，目的是想显示学校的底蕴，没承想弄巧成拙竟有陵园之嫌。这段日子，顺河再没有踏进徐宝珍的家。他觉得受到了她的嘲弄。他绝不想为巴结一个城里人而使脆弱的自尊受到毫无底线的伤害。可从食堂回教室是绕不过伙食会计室的。宝珍常站在门口和顺河打招呼。顺河不得不停下脚步，但绝没有向宝珍妥协的意思。

师范学校学生伙食实行国家供应，每人每月可领到八块钱菜票和二十九斤饭票，男女一样，女生吃不了，常有结余，男生则不够吃，要家里补贴一些才行。可连福对家里的钱控制得越来越紧，隔三岔五要骑车子带一些煎饼过来。他还让文秀监督顺河，能省点儿就省点儿。顺河不想再吃煎饼，不是吃不下去，而是觉得丢不起这个人。连福第一次送来的煎饼被他瞒着同学吃光以后，就对文秀说："再也不吃煎饼了。"文秀说："我饭票吃不完，每月分给你一半。"这样，连福每次送来的煎饼文秀都留给自己吃了。

时间是医治误会最好的医生。这么久了，也该去宝珍家看她一眼了。可顺河终究没去，他误以为宝珍给他的那些饭票是慷公家之慨。顺河讨厌这样的做法，不管是谁这样做，包括给他泡过咖啡的宝珍，都是不可谅解的。不过，宝珍也是可以常见到的，宝珍也常和他打招呼，问寒问暖。那天，他又见到了宝珍。宝珍递给他一个纸包。顺河问："是饭票吗？"宝珍说："这孩子，是我掏钱买的，别误会。"

顺河突然觉得自己是个小人。宝珍说："我们这代人，吃惯了苦，总不想让你们年青一代再跟着吃苦。我这辈子就这样了，无儿无女，留钱干什么？看着你健康成长，我这个当姑的高兴。"走进教室那个瞬间，顺河突然明白了宝珍"我们这代人"的真正含义。是啊，徐宝珍是长辈，经历了贫穷、落后、饥饿，甚至还有更多，而他们这代本应该是幸福的一代，可生活还是这般苍凉。诚然，日子一天比一天好过了，但离过上富足的小康生活还需一段时间，更需要他这代人去努力，去拼搏，去创造。顺河想得更远。年轻人有一双手，只有用这双会劳动的手去创造，才能获得真正的幸福。到那个时候，像宝珍这样的老一辈才会放心地安度晚年。

又一天的傍晚，宝珍对顺河说："不知为什么，总想见到你。"顺河愕然，我一个农村人凭什么被善良的宝珍惦记着呢。从他茫然的神情，宝珍似乎明白了他内心深处的东西。宝珍双手竟颤抖起来，哆哆嗦嗦地说："如果能去我家一趟就好了。"面对宝珍这个小小的要求，顺河能够满足她吗？顺河还会为自己那颗本不该有的虚荣心而倔强下去吗？再次来到徐宝珍家时，顺河看到一个不一样的宝珍。她面容憔悴，头发凌乱。她身体怎么就垮下去了呢？一夜之间，竟发生了这么大变化。宝珍拉着顺河的手，说："我得了尿毒症。"

尿毒症？顺河心里恐慌不安，虽然他还不知道尿毒症是什么病，但从她不安的话语中听得出这是一种难以治愈的怪病。宝珍突然说："认我做干娘吧，我没有孩子。"顺河惊讶地坐在板凳上一言不发。他知道，干娘就是娘，干儿就是儿子。他虽然没有娘，渴望得到母爱，但也不会随便喊一个女人"娘"的。可面对宝珍期待的眼神，顺河又犹豫了。然而，他最终没有答应这个女人的请求。顺河临出门时，转一下脸，看到宝珍眼里冒出汩汩泪花。顺河不忍再看到那张痛苦的脸，急忙转过身去，心里酸酸的，眼泪已忍不住流出来了。

此后的日子里，拜访宝珍成了顺河每周都要去完成的任务。来到宝珍家，门没关，他直接走进去，他还没养成敲门的习惯。宝珍竟神采飞扬地让顺河坐到椅子上。顺河问："姑，您身体还好吧？"宝珍说："你爹捎来的桃枝有效果，我的病比以前强多了，又能上班了。"顺河很想知道宝珍为什么要认自己做干儿子。他也在为这位看似风光实则可怜的女人感到悲戚，心里产生巨大的同情。但他说不出一些安慰她的话，心却不停地颤抖着，嘴巴也在嗫嚅。宝珍说："人生在世，其实平安是第一位的。"顺河听不懂她的话，只在心里酝酿着对这个可怜女人的同情。他的心在挣扎，完全可以就此叫她一声"干娘"，可他说不出口。他站起来，对宝珍说："我要走了，还有功课要做。"

顺河走出去老远，宝珍边追边说："我说的是真的。"顺河的心仿佛要流血一般。为什么一个可亲可爱的弱女人会遭到这样不公平的待遇呢？顺河的眼泪围着眼圈转着。跑进二楼教室的瞬间，他顿感轻松多了。他站在窗口，正好可以看见那条去宝珍家的小路。宝珍并没有追过来。顺河倒吸一口气。宝珍啊，其实，顺河已在心里承认你这个"干娘"了。

三十二

炎热的夏季来临以后，后行却是另一番情景。连福蹲在冬瓜地的瓜趟里抽完烟，把冬瓜挨个翻转过来，便于把瓜上面的黏土晒干，不至于冬瓜腐烂在田里。连福绝不拘泥于种地，他的理想还是那样高远，趁着身体还好，多赚些钱，将来给文秀置办一些嫁妆，也能让顺河风风光光地实现自己的抱负。在这个中年人心里，文秀是个好孩子，温顺懂事，拿他当父亲，只是没叫出口。对这样乖巧的孩子，连福是要给她找个好人家的。什么闺女，什么儿子，手心手背都是肉，都应该得到器重。顺河这孩子虽然不常回家，连福懂他的心气，志存高远，把心思花在学习上，将来或许能真正走进更加广阔的天地。对一个农民来讲，连福尊重知识、尊重人才的思想着实让许多人望尘莫及。他唯一的私心是希望通过孩子的成才使这个家庭走向中兴。

连福提着两只水桶，打算到南面的沟渠里担些水来，让东半部分那些冬瓜尽快成熟起来。来到地头，他拾起一把铁锨，横打一条土堰，挡住向东流去的水。当他在冬瓜地里挖出一道细水沟时，沟渠里的水已蓄满，他一桶桶地把水池里的水挑到地里，又一桶桶地灌进小沟里。看着缓缓流动的清水滋润着即将长成个的冬瓜，连福仿佛变成一个孩子，脸上绽出幼稚的笑容。他手里捏着半截烟头，在地里小心地走来走去，不很挺直的背影依然是那般结实。坐在地头休息时，看到地里栽植的甘蔗又获得了丰收，他心里感到暖洋洋的。

甘蔗已长得很高了，紫红的秸秆非常饱满，即将走向成熟。连福站起来，来到甘蔗地里，折断一根，清甜的汁液流进他的肚里，使他感到一阵从未有过的爽快。包括连福在内的这代人真的太不容易，他们的付出完全不是为了自己，而是为了孝敬老人、抚养好下一代。正如宝珍所说，她们这代人就是一根蜡烛，只要能照亮儿子前行的路，即便自己烧得一点儿不剩，心里也会感到欣慰。

仰望头上飘浮的团团白云、叽喳叫唤的飞鸟和杨树上那些翻来卷去的墨绿色枝叶，连福决心用实实在在的努力让全家人过上幸福生活。扔掉手中的半熟甘蔗，他一骨碌爬起来，拍掉身上的泥土，又来到水池旁。幸亏到得及时，才没使越来越大的水流冲毁土堰。他又一桶桶地将水送到小沟里，他只想让这些水尽快浇灌在每一寸土地上，使冬瓜长得又肥又大，以便卖出好价钱，改善家里生活。同时，他还要维护好这个复杂家庭的团结，特别是凤妮和彩霞娘俩的关系更让他深感头疼。

到了酷暑的时候，连福地里的冬瓜变了大样，长得膘肥体壮，像一个个漂亮娃娃，睁着明亮的眼睛，望着碧蓝的天空，满脸笑意。连福把摘下的冬瓜整齐地码在板车上，用两道绳子将冬瓜捆扎好，使其固定。顺河对连福说："最好一次性卖给大食堂，省事。"连福说："看情况吧，尽量在菜市场里卖，多卖一点儿是一点儿。"文秀说："叔，要注意安全，过运河后，那段路坑洼不平，千万要小心。"

连福拉着沉重的板车来到芦苇丛前面的小路上时，文秀拎着一只黄帆布书包追了上来，包里面除秤盘和秤砣外，还有她给连福煮的鸡蛋。文秀说："叔，别忘多吃点儿好的，您喜欢吃猪头肉，就多买点儿，别舍不得，酒要少喝。"连福笑着说："你这丫头，这些我都知道，又不是小孩，你就放心吧。"文秀哪里放得下心，连福都走出老远了，她还在车后，帮连福拥着车。连福说："行了，回去吧。"文秀说："七八百斤呢。"连福说："没事，你叔有的是力气。"文秀说："五十多里路呢。"连福说："你俩在家注意安全。"

车子十分笨重，吱嘎地行走在新垫的红石路上。连福转脸看车上的麻袋一眼，里面除了冬瓜还有一只打气筒。气筒是文秀装进去的，她怕万一车胎爆裂，连福要是一时找不到气筒准得发愁。文秀还把修补胎的胶水和碎皮放进麻袋里，直到这条红石路被甩在身后，连福才发现。不幸的事情还是发生了，板车左车胎轧在一块石头尖上，车胎气很快跑掉。连福只好把车停在路边。担心车子跑偏，他用两块小石头嵌在右轮两侧。很快，连福发现自己这个动作是多么愚蠢，更是多余的，因为左轮已不能动弹。但他又自嘲地想，嵌总比不嵌强。

连福取下麻袋，翻出打气筒和补胎工具。他用木棍撑起板车，使左轮有了足够的伸展空间。连福将车外胎扒掉，翻出里胎，很快找到漏气的地方。他取出那把小铁锉，在破损处用力磨了几下，放上胶水，又将那块剪裁好的圆旧胎皮贴在上面。

上好车胎，打足气，连福又上路了。费力上了运河大堰，宽阔的运河一览无余地展现在连福面前，轮船的汽笛声也传进他的耳朵里。下坡时，连福用力拖住车把，使车后头着地，以便产生较大的摩擦力，尽量将车身重心放在后面。对于拉车人来说，这是一项难度较大的活，既需要力量，也需要技术，更需要勇气。如果被滔滔的运河吓倒，在往下放车的过程中，极有可能出现"栽车""撞击""入河"等一系列危险状况。好在这些情况都没有出现。

当连福胜利地来到码头上时，那辆机动运输船恰巧驶到岸边。直到平稳地将板

车拉到船上，连福才发现浑身已湿透，裤衩紧紧贴在身上。很快，船向对岸驶去。来到河中心时，连福放眼眺望，运河风光尽收眼底，一排排船队按各自航线缓缓前行，一条条小船见缝插针，来回穿梭在船队间，载着三五人，不紧不慢驶向对岸。

上岸以后，连福拉着板车行走在一条泥泞的小路上。这条通向汴塘的路一直未整修过，甚至连红石子也没有铺设，到处坑坑洼洼，有的坑足有一米深，且极不规则。路上到处是车辙沟，是拖拉机留下来的，给拉板车的人带来极大不便，稍有不慎，就可能发生翻车事故。

连福小心翼翼地行走在小路上，他目不转睛，尽量避开较深的车辙沟和较大的深坑。这个时候，已有四五辆板车栽了跟头，车上东西全部摔在地上，甚至有个拉车人被满车麻袋压在下面，不能动弹。麻袋很重，装的是粮食，有玉米，也有小麦，撒在地上，让人心疼。

这时，又一辆板车歪倒在西边深沟里。沟里蓄满脏水，一人高的蒲草十分张扬地向行人示威着。好在那人很快从货堆里爬上岸，捡回一条命，但被吓得够呛，面色苍白，双手抖个不停。每当遇到这样的危险状况，连福都要停下来，尽可能给遇到困难的人提供帮助，也给后面的人树立榜样。他这样做，不光为了搭救他人，也希望在自己发生危险的时候，别人也能给他搭把手，共渡难关。

连福将板车放在一个相对平整的地方，跑到那个被麻袋压住双腿的人身边，奋力移开两只麻袋。那人活动一下双腿，觉得没大问题，向连福表达谢意。连福对那人说出一些安慰的话，让他小心。那人含着泪说："完了，这是我闺女的学费啊。"说完，那人又躺在地上，大哭起来。连福说："一个大男人，哭什么哭？"那人说："你不知道，我闺女有多乖，今年考上小中专，到北京去上，就等我这车粮食卖钱当学费呢。"连福一声不吭地跳进水里，费力地把三袋粮食拽到路上，又搬上板车。那人爬起来，拉着板车，小心地跟在连福身后，往前走去。

终于心惊肉跳地走完这段难走的泥路，顺利到达一条东西大道上。说是大道，其实只比刚走完的路稍宽一些，却好走许多。那人给连福一支烟，说："交个朋友吧。"这位年纪比自己大许多的秃顶男人，嘴角上有颗黑痣，眉毛茂密，像两片梧桐叶，像在哪见过，但连福想不起来了。那人说："抽支烟。"连福接过烟，说："都是为了孩子。"那人问："你孩子在哪上学？"连福说："县里，读师范。"那人问："去矿上卖冬瓜吗？"连福说："是。"那人说："何必舍近求远，汴塘我有熟人，乡政府，就这车冬瓜，食堂会包圆的。"

连福没有理会，他怀疑那人的动机，就拽着板车往前走。那人只好回去拉自己的车，抓住两只车把，用尽浑身力量。来到汴塘街西那棵国槐下，连福无奈地冲那人一笑。那人却没笑，眼里仿佛喷出怒火。连福不想和他僵持下去，就说了句感谢的话。他竟笑了，将手里那支攥湿的香烟硬塞给连福，说："抽一支，解乏。"

连福想丢掉香烟，可那人又催促："抽吧，不会害你的。"那人接着又说，"庄稼地里打不完的虫、割不尽的草，和蚯蚓、虫子相伴的滋味不好受啊！"说完，那人点着烟，狠命抽一口，像个瘾君子，烟气咽进肚里时的样子很神秘，双眼眯着，深呼吸一次，又从鼻孔里冒出两股白烟。那人睁开眼睛说："抽烟的滋味真好，像喝酒一样。当年，咱在县城，那叫一个顶呱呱，论抽烟，没谁敢和我比，早晨睁眼到起床一包烟没了。对了，老弟，卖完冬瓜，请我喝酒。"连福说："有缘千里来相会。"那人说："我该走了，感谢你救了我。"连福笑着说："言重了，见到你处在危险中，谁都会出手相救。"那人说："话不能这么说，连人带车摔倒后，过去的不止你一个吧，没人理我。"

连福说："谁都会遇上有急事的时候。"那人说："自己摔倒自己爬，可那时我真的爬不起来，但凡能爬起来，也绝不会让你帮忙的。不过，你这一帮忙，让我看到了光明，也让我领略到生命的价值，这世上还是有好人的。"连福说："生命是一种责任，听你口气像全世界的人都得罪了你似的。"那人半天没说话，抓起连福的车把，说："放心吧，我外甥当副乡长。"连福说："差点儿忘了，大热天，请你喝瓶汽水。"那人说："想请，就来一碗茶吧。"连福买来两碗茶，从包里掏出两个鸡蛋，递给那人一个，说："吃吧，没有酒，将就吧，你也是好人。"

喝完茶，那人又递给连福一支烟，说："乡政府就在前面拐弯的地方，不远，你在这儿等着，我去找我外甥。"那人边说边拉着连福的冬瓜车走了，又不忘回头，叮嘱连福，"在这里等我，千万别走远。还有，我那车子，给我看紧喽。看你，老弟，我能害你？烟还不抽了。你这人真是，脸有点儿熟，兄弟，咱们以前是不是认识？我姓蒋，在县里干过。你是不是姓赵，叫什么名字，看我这记性。慢慢抽，等我回来再说。"

姓蒋，谁？蒋队长？哪有这么巧的事情。蒋队长家在煤城，不是汴塘啊！连福不小心点着了烟，抽了两口。姓蒋，还真想不起来了，看我这记性，这老家伙，怎么知道我姓赵？这人真是。连福又抽了两口。半截烟抽完以后，连福竟趴在卖茶老人的石桌上睡着了。醒来时，那人车子却不见了。连福急忙站起来，四下张望。卖茶老人说："醒了。"连福刚想打听那辆车，老人说："你放心，车在我院子里。"亲眼看到车子，连福才松口气。连福问老人："刚才那人回来没有？"老人说："来了。"顺着老人手指的方向，连福看到那人正睡在他的板车上。车上只有那人、绳子、袋子和一只书包，而冬瓜没有了。

连福摇醒那人。那人说："你醒了。"连福问："冬瓜呢？"那人答道："还能被我吃了？"连福急切地问："冬瓜呢？冬瓜到底在哪？"那人笑着说："卖了，

都卖了，外甥一句话，食堂师傅都留下了。"连福舒口气说："谢天谢地。"连福又追问："钱呢？"那人反问："烟抽了？"连福说："可别吓唬我。"那人问："好抽吗？"连福问："钱呢？"那人不紧不慢地从身上掏出一张纸条，说："我都记下了，共七百二十四斤，一毛五一斤，卖一百零八块六毛钱。"连福惊喜过望："真的？居然卖一毛五一斤。"那人说："食堂师傅一斤多给二分钱。"连福说："能卖一毛三就不错，钱呢？"那人从胸前掏出一沓钱，钱是用报纸包裹的，包了三层。那人说："点点，一百零八块六。"

连福接过钱，同时也接到他递来的一支烟。连福问："这烟什么牌子？"那人说："没牌子，自制的。"连福"哦"了一声，把烟棒放在耳朵上夹着。连福看了看钱，说："不用点了。"那人说："账目清，好弟兄。"连福数了数，正好。

连福欣喜地给卖茶老人五毛钱，要了两瓶汽水。那人猛喝一口，说："第一次喝这么好的汽水。"连福说："光顾着办我的事情，你的粮食咋办。"那人说："我是在报恩。"连福说："别再说报恩了。"那人说："在哪见过你，像我一个老朋友。"连福说："该回去了，家里还有冬瓜等我卖呢。"那人说："兄弟，交个朋友吧。自从十年前离开县城，就没交到一个好人，连喝酒说话的人都没有一个。"连福说："如果有缘，再次遇见的时候，请老哥喝二两。"那人问："你是不是姓赵？"连福没有回答。

望着那人拉着笨重的车子越走越远的背影，连福心里很不是滋味。朋友，我真的不是不想和你交朋友，也不是不想请你喝酒，冬瓜是俺全家的希望！卖茶老人问连福："认识他？"连福点点头，又摇摇头。老人又问："怎么会和这样的人在一起？"连福生气地说："你认为他是骗子？"老人说："如果你不这样认为，就把你手里这支烟抽了。"连福问："抽了会怎样？"老人说："不想试试吗？"连福说："他是好人。"老人说："他手头不干净。"

连福说："你看走眼了。"老人说："汴塘街没人不认识他，叫蒋奇正，出了名的小偷。"连福惊讶地想，这世上重名的人真多。连福说："即使是小偷，也属于过去，他以后不会再偷，他的背影告诉我，他在用力去往前方。"老人说："你不试试？"连福问："试什么？"老人说："烟。"连福说："试就试。"

连福真的试了，烟气从他鼻孔里冒出来，觉得很惬意，心情舒畅，像变成一个仙人，得意地坐在石桌前的小凳上。老人问："认识我吗？"连福说："认识。"老人说："喝汽水吗？"连福说："多少钱一瓶？"老人说："一百零八块一毛。"连福说："不就是一百零八块一毛吗？老子有的是钱，不多，也不少，正好一百零八块一毛。看，钱在这里，都是你的，一百零八块一毛。"老人说："这是汽水。"连福说："这是钱。"老人说："都给我。"连福笑道："凭什么都给你？"老人的脸唰地红了,蹲在地上,头也不敢抬一下。连福说:"坏人能变好,好人也能变坏。"

人的思想总要跟着潮流发展的,连福去煤城卖了五次冬瓜后,突然想起了那头闷驴。从韩原家牵来那头毛驴的时候,顺河恰巧从县城回来。他和连福开玩笑说:"不要付钱吧?"连福说:"必须付,牲口不是白养的,要吃草料,还要加营养,生病了要花钱看,天热还要给它逮蚊子,等从煤城回来,就给人家一些钱作为报酬。韩原他爹不容易,一大家人,七八个孩子,上学都要花钱,看那孩子穿成那样,就知道花钱不少。"顺河没头没脑地说:"宝珍姑让我喊她干娘。"

连福说:"这就对了,她对你这么好,别说喊干娘,喊娘也是应该的。再回学校的时候告诉她,她那病不算啥,回后行来,要不了一年身体就好了,后行水养人。"顺河"嗯"了一声,说:"爹,看你这么辛苦,心里不好受,还是让我跟你一起去卖冬瓜吧。"连福说:"那哪成,你是干大事的人,在家好好看书吧,不打无把握之仗,明年学校推荐考大学的时候争取考上。"顺河望着连福愈加凸出的眼球,问:"要是我和秀姐都考上咋办?"连福说:"傻孩子,爹供得起,都考上,老子更有面子。"

好久没使牲口了,为适应毛驴的习性,连福特意套上板车,装了一车粪土,去了湖里。老驴虽然掉了牙,力量大不如从前,却让连福省了不少力气。地里的大部分冬瓜已卖掉,除了第一车,其他四车都是在煤城的菜市场里卖的。煤城是著名的矿区,地下储存了丰富的烟煤,两个省共十八个县在那里建了三十多座煤矿,加上一些个体大户逐渐加入采煤行列,现有煤矿已达七十多座,工人十几万名。工人们少部分来自附近各县,其余的来自外地,对冬瓜情有独钟。每次去煤城,连福都是当晚赶到,第二天卖光,夜里赶回来。在煤城,连福就在市场里的水泥台上将就住一夜,至于蚊虫叮咬都是小事,只要能顺利卖完,他准要兴奋一个星期,吃饭时总有说不完的话。

拉了几车粪,连福逐渐摸清了闷驴的习性。次日上午,连福把冬瓜装上板车以后,炒了二斤黄豆,在石臼里捣碎,给毛驴拌一筐草料,驴吃剩下的东西又装在一只口袋里一并带上。

第二天,天不亮,连福赶着毛驴车出发了。他只让毛驴拉车,绝不让它驾辕,怕它瘦弱的身躯抵挡不住千斤冬瓜的分量。连福双臂架着车把,平静地吆喝着,使驴的步伐尽量和自己一致。闷驴伸长脖子,平稳地迈着脚步,不慌不忙行走在石子路上。

连福除要掌握好车子平衡,还要用力向前拉车,尽量给这头老驴减轻负荷。路两旁的杨树一闪而过,叽喳的小鸟在头上飞来飞去,似乎在为连福喝彩。连福身旁这条小河平静而和缓地从西向东流着,一头老牛坐在岸边草丛中,将头伸进水里,

发出"噗噗"的吸水声，少顷又仰起头，发出一阵"牤、牤"的叫声。面对这幅美丽的图景，连福无暇顾及，只顾赶着驴车继续出发，很快走过这座建于六十年代初的老桥。

　　路上，炽热的太阳照在连福的背上，黝黑的胳膊愈加亮灿了。小路像被烤化了似的，一会儿泛白，一会儿发黑。呈白色的时候，像冒出一层热浪，刺得连福睁不开眼，豆大的汗滴砸在地上，仿佛能听到回音。只有路面发暗的时候，他才感到太阳已被云彩遮住，袭来片刻凉意。前边不远处是一个瓜棚，一老者戴一只芦苇斗笠，嘴叼一支二尺长的烟袋，烟气从鼻眼里冒出来，口水随着"吧嗒"声从嘴角溢出。他面前摆了几只西瓜，切开的半个露出通红的瓜瓤和乌黑的籽。

　　连福咽下口水，他渴了，渴极了，再也不想挪动脚步。闷驴和连福一样，望着这些和冬瓜般大的西瓜再也不走了。无论连福咋呼、叫骂、和它商量，都无济于事。毛驴渴了，尽管不一定非要吃西瓜，但喝点儿水的待遇是应该有的。连福托起车把，让车后头着地。连福问老者："西瓜多少钱一斤？"老人说："你吃，不要钱，白送。"连福问："为什么？"老者说："前几次，你从我瓜摊经过，看也不看一眼。"连福问："那又怎样？"老者说："你战胜了诱惑，不简单。"连福说："就为这？"老者哈哈一笑，说："这还不够吗？老赵，赵连福。"

　　"老赵，熟人，你是？"连福问。老者抬起头来的时候，连福终于看清了他的面目。是蒋队长，不错，就是他。老蒋，我的队长？！蒋队长站起来，朝前迈出一步，两个老战友紧紧抱在一起。连福惊喜地说："真是你。"蒋队长说："是我，上次没敢认，这几次，我算认准你小子了。"连福苦笑："还小子呢，四十多岁的人了，老了。"蒋队长说："没老，我们怎么会老呢。"

　　蒋队长让连福坐下来，他从棚下抱出一个瓜，用刀在中间划道口子，鲜红的汁液随即冒出来，又细又软。花道瓜是蒋队长自家种的，种了十五亩，除赶集卖掉一部分，其余的就在路边卖给过往行人。蒋队长这人不易，为了孩子上学、结婚，什么生意都做，贩过棉花，卖过豆饼，粮食、西瓜、青菜没有不种的，五十岁的人，一头白发，心还像年轻人，从没认过输。蒋队长说："再干十年，孩子的事情就办完了。"连福说："到那个时候，孩子都成家了，给两个钱就够你花的，咱两个老友也能坐在一起喝两盅了。"

　　蒋队长把连福吃剩的半个瓜放在皮槽里，又放些麦麸和水，搅匀后，端给闷驴吃。毛驴一边吃，一边抬头，用两只拳头般的大眼睛望着和善的蒋队长，像要说一些感激话。蒋队长冲它笑笑，说："当时我和连福在县城拉车，靠的就是一副臂膀和一双脚，走遍大街小巷，结下了深厚的友谊。当时啊，老赵，那会儿哪有牲口啊，要像现在，也不至于累出一身病。"

闷驴像懂人语似的伸长脖子,仰天长吼几声,算是礼貌地应付了蒋队长。蒋队长拍着驴背,对连福说:"你的老伙计吃饱喝足了,走吧。小子,还记得当年我在车队说的那句话吗?"

连福钻进两只车把之间,放平板车,敬重地看着蒋队长,说:"没忘,再富不忘本,再穷不失志。"没等连福吆喝,闷驴就迈开四蹄,向前走去。滚滚的热浪袭扰了整条道路,连福每走一步,都感到十分艰难。毛驴和连福一样,撅着苹果般的屁股,费力地往前挪着碎步。

路两旁树木稀少,好久才可见到一棵白杨或灰桐。桐树叶子越来越小,像一只只小虾蜷缩在发白的枝条上,动也不动。蝉鸣声更加猖狂,每一声尖叫都像一把利刃插进连福的心窝。没有树荫,更没有一丝风,连福浑身在冒热汗,大把汗珠从额上滚下来,使他苦不堪言。毛驴身上也湿透了,它艰难地向前再向前,尾巴夹在屁股里更紧了,任凭牛虻在身上叮咬,也懒得用尾抽打。

这是一段石子路,但好在不是红石子,是用青碎石子铺成的,稍显平整。过了这段漫长的必经之路,就离煤城不远了,连福却无法让驴走得更快,因为这不是推磨。推磨的时候,为了鼓励驴走得快一些,可以用铁勺敲击盆底,让它误认为粮食所剩无几,很值得用力做最后一搏。想到这里时,连福才真正弄懂望梅止渴有的时候是多么重要啊!可这里除了石子和沟涧,没有杨梅,无法使驴达到不用扬鞭自奋蹄的境界。除非到了傍晚,见到了夕阳,它才可能自觉用力,拉着这车笨重的冬瓜奋力前行。

对于这个几乎见不到边际的山野来说,连福的板车就像一只缩头蜗牛,在山冈上慢慢腾腾地爬行。天更热了,虽然已是下午四点的太阳,发出的光线却令行人更加狂躁。阳光啊阳光,你就不能再温柔一点儿吗?风啊风,为什么不能刮得强烈一些,直到驱走我心中的阴霾,使我看到美好的将来呢?

连福的心情愈加复杂,两边的山包也愈来愈高大,愈来愈让他心烦意乱。老天爷啊,如果再不来点儿凉风,或下一阵细雨,这个壮汉准会被晒晕在旷野里。风始终未刮,雨终究没下,连福只能迈着千斤重的双脚,艰难地向前挪腾。这简直不是人走的路,也不是人干的活。为什么会是这样?已过去大半辈子的人了,还要在这样的环境中挣命!投错胎了,还是吃错了药?简直是……简直是……连福想骂一句,骂两句,一个劲儿地骂,可他哪来骂人的力量呢。

连福心里产生了一个奇怪的念头,如果当即晕倒在地,就会有足够的时间休息一下,或毛驴赖着不走,那该是一件多么美好的事情啊!好一个驴!它当真站在那里,再也不抬起它的脚步,任凭连福斥责、呐喊、叫骂,就是一动不动。连福不能停下来啊!但他又不忍用车上那根藤条抽打驴的背或屁股,如果用上这样的"酷刑"

将是一种什么状态？直接飞起来，只几分钟时间就赶到煤城，太不可思议了吧，连福不敢奢望。连福希望这个曾经一起战斗过的老伙计继续和自己保持一致，战胜炎热，天黑前抵达目的地。

　　驴真的停下来了，且不再动弹。连福也只好停下来。顺着它眺望的方向，连福看到一个小汪塘。他兴奋地来到沟涧旁，蹲在那个有水的地方，捧了一些水，痛快地喝了起来。说实话，这味道比蒋队长的西瓜好多了，纯水，没有一点儿渣和灰，直接顺着食管进入了肚里，无须过滤，解渴、过瘾，像一个三十七岁老光棍的家突然走进一个妙龄女人，笑眯眯地，无须任何条件，就想和老光棍同床共枕。这算是一件美妙的事情吧。做梦去吧。这个年头，还真没几个再敢做这样梦的，即便偶尔睡姿不当做个美梦，醒来时准大骂一声，凭什么不让我的好梦继续下去，非这个时候叫醒我。因为该下地干活了，做美梦的权利也被剥夺了。

　　这时，驴大叫。连福能想到的是马上给毛驴降温，让它品尝一下难得的甘露。连福爬到路上，解下绳子，牵着驴，准备下坡，可驴贪婪地睡在地上，来来回回，打几个滚，就是不肯站起来。驴，这家伙就是这脾气，甭管什么性别的驴，温顺的时候极为温顺，抱着它的头和它亲嘴都没事，倔起来的时候又是这般倔强，谁的话也不听，怎么拽都赖在地上不起，像个吃奶孩子，不达目的，誓不罢休。驴的性情连福是了如指掌的，像自己身上哪有颗痦子一样再清楚不过。这需要等待。时间是治疗创伤的良药，等待是对生命起码的尊重。人类误以为天下第一，再统治地球几万年，也没有其他生物可以代替自己，便作威作福，掠夺属于全物种的资源。驴子一旦当家做主，岂不是又一番情景，难以想象。

　　这时，一个声音传来，是辆拖拉机，撞飞了连福的板车。其实，不是飞，是跑，是栽，是翻，冬瓜全掉进沟涧里。好险！连福误以为这是一场梦，不是美梦，胜似美梦，舍了冬瓜，保了性命。性命保全后，便是对物的占有。我的冬瓜！驾驶拖拉机的人像已睡着，或被高温炙烤得晕厥过去，任凭拖拉机在路上横冲直撞。连福惦记自己的冬瓜，还有板车，那都是心血，血汗付诸东流是什么滋味，敢问谁品尝过，唯有连福。但他又是幸运的。

　　驴伸出后蹄，踢在连福的大腿上。连福疼得惨叫一声，随后顺着陡坡滚进沟里。好在跌进水塘，性命无忧，身体无大碍，只是大腿在隐隐作痛。连福气得大骂毛驴，可转念一想，是驴救了自己。难道闷驴有意为之？连福心存感激地爬到路上，抚摸着驴背，完全没有注意到拖拉机已翻进沟里，露出锈迹斑斑的铁皮，车厢和车里的东西都被淹没在水中。

　　连福脑子里产生的第一个念头就是：拖拉机驾驶员的小命完了。唉，好好一个人，就这样没了，像一只鸡，头晚还活蹦乱跳，夜间说不定就被黄鼠狼吃得一点儿不剩。可是，连福又惊喜地看到沟里露出一只手。这是驾驶员的手。接着，驾驶员露出头部，用尽全力呼喊救命，只一声，又沉入水底。他已经没有力气了，只想在死亡线上做最后挣扎。连福想去救这位可怜的人，可当他看到一张生硬的脸颊和那条稀里糊涂的舌头向外翻卷时，确定这人已经断气了。

天黑得一塌糊涂，连福这个汉子感到恐惧，他急急忙忙地套上驴，双手尽力握住车把，希望尽快逃离这个是非之地，以免被那人的魂魄黏上，再也脱不了身。连福费力地抬起左脚，但不知道是什么原因，右脚始终动弹不得。难道受了伤？他心里产生一个不祥的预感。如果是，在这个毫无人烟的地方待上一夜会是什么滋味，他不敢去想。好在有这头老驴相伴，只要脚伤在第二天清晨痊愈，就能赶个早市，卖掉这车冬瓜，不至于耽误孩子们开学需要的费用。

连福又试了几次，企图迈出右脚，可还是无济于事。看来，他的脚彻底完蛋了，或许是生命中本来如此吧。他心里反复思考着这个宿命般的问题。可他又不信邪。一个堂堂正正的男人，大风大浪都闯了过来，还有什么好惧怕的？可这不是宿命，又是什么？难道是驾驶员的鬼魂缠着他，企图让自己与他同归于尽？

天越黑，连福的大脑越混乱，像炸裂一般，还不如被人一枪毙了，省去很多麻烦……他不敢再想下去，又去迈右脚，奇迹发生了。正如嗑瓜子，以为是条黄虫，想丢掉，又舍不得，拨开瓜子壳发现竟是一颗珍珠，真是走狗屎运了。连福没有这样的好运气，自打一出生，就吃苦受累，仿佛一只任人踩踏的小毛虫，逆来顺受惯了。

在和毛驴的共同努力下，连福的右脚终于抬起来了，竟像一个没事人一样，大踏步向前走去。其实，不是在走，是跑，"逃跑"最为贴切，跑得越快越好，尽早离开这个鬼魂聚集地。连福更不敢相信自己的双脚竟这样利索，脚底像安装了一百个"飞翔"牌滑轮，眨眼间就来到山岗上。就在他准备下冈时，仿佛听到一个微弱的声音，像有人在呼喊救命。天哪，是人是鬼，是人，声音如此轻微，是鬼，还要喊救命。的确，是在喊救命。可这样的声音他以前闻所未闻，像从蚯蚓嘴里叫出来的，软绵绵，肉乎乎，让人心灵震颤，更感到恐惧。

连福突然莫名其妙地憎恨起一个人来，这人就是他的好友蒋队长。蒋队长啊蒋队长，如果不是遇到你，一定会躲过这场灾难的。如果再次把冬瓜卖给汴塘乡政府食堂，这一切都不会发生。该干好事时不干，不该干时却净逞能。可连福知道怨天尤人已经来不及了，因为他又听到有人在痛苦地叫喊"救救我"。声音比刚才清晰多了，像是用尽浑身气力做最后的呼喊。或许有效，或许无效，即便无效，喊比不喊强，正像一棵枣树身披绿叶，看不清有无枣子，只有扬起竿子打几下才知道。

连福不能袖手旁观，不能见死不救，万一是熟人，万一是宝珍，即便不是熟人，陌生人也有活下去的权利，而这里只有他才有救人的可能。若充耳不闻离开这里也

不见得有人骂他是个冷血动物，可良心过不去。他是讲良心的，别人待他再糟糕，他都以恩抱怨，何况要救下一条生命。

连福做了一次深呼吸，大叫一声，把驴吓得够呛，浑身抖起来，转过头，望着连福，像不认识似的，倒以为要死的人不是沟涧里那个而是憨头憨脑的连福。连福解下毛驴脖子上的缰绳，把绳子缠在路旁的大石头上，系了个死扣。这里没有一棵树，只有几块石头。这里没有一个行人，更没有一辆车经过，到处黑压压的，即使是远处的山头，也是黑压压一片。

山是荒山，除了石头，还是石头。山上没有一棵树，连一丝可怕的光线也不曾闪过。山头上有一座不太高的亭子，隐约地可以看到上面飘着一块丝布，"古战场"三个字已看不清楚。这里历史上曾发生过许多战争，像楚汉之争、淮海战役。潮起潮落，跌宕的历史又离不开一次次角逐。究竟是谁推动历史前进的步伐？当然是人。可人为何非要这样血腥地去创造历史呢？谁也不知道。

连福只知道眼下最要紧的是救人，救出这位可能还有一丝生命气息的拖拉机驾驶员。滑到沟涧边，连福看到拖拉机车头和车身都已沉入水底，水里漂着一层黑沫，这让人很容易猜测到这个驾驶员是做煤炭生意的，为了生存，接连疲劳驾驶，不幸的是遭遇车祸，幸运的是遇到了连福。

驾驶员似乎听到了一丝动静，求生的本能迫使他再次呼出"救命"。一个人头冒出来，并没有完全被水淹没，身躯却动弹不得，像是被车厢压住了双腿。来到这人跟前，连福发现事实和想象中一样，驾驶员的大腿被车厢压住。必须搬开沉重的车厢，这人才有救。可无论他用多大的劲儿，车厢就是纹丝不动。连福对那人说："千万要挺住。"那人拼命地点头，似乎还想说些什么，但嘴巴张合几次，愣是没吐出一个字。

长脸毛驴嘶喊一声，却让连福情急之下想出一个施救办法。人和动物就是这样默契，看样子这个世界离开谁都不行，别看只是一头驴，关键时候却比人强。连福跌跌撞撞地爬到路上，解下绳索，牵着毛驴，来到沟涧边。连福和毛驴配合得太好了，省力省时，车厢被挪动了几公分，仅仅几公分，就能救人一命。可等连福回过头准备说多亏了驴时，那人没影了。

连福急忙丢掉绳子，再次跳入水里，将那人拖上岸。驾驶员已奄奄一息，只有鼻孔里还尚存一丝气息。连福卸掉车上的冬瓜，码放在路旁。庆幸的是，瘦弱的驾驶员仅有一百斤重，连福只轻轻一抱，就把他放到了板车上面。遗憾的是，这人不是令他朝思暮想的宝珍。宝珍啊，宝珍，如果你知道这世上还有一个好男人这般惦记你，你会怎么想呢？是不是要立即抛弃师范学校闲适的工作来家乡任教，和这个男人一起并肩战斗呢？做梦吧你！似乎有人在提醒连福。这个家伙，居然笑了，是笑自己多情还是为宝珍并未出现险情而心安,谁知道呢,随他去吧。

关键时刻,驴倒听连福的话,他的一声吆喝就让这个老伙计四蹄奋起。连福坐在车上,小心地吆喝着牲口,嘴里发出的"驾"声却不像以前那么生硬,唯恐惊扰这头救过他性命的驴。驴是善于走夜路的,坑洼处尚能辨别,尽量加快脚步又不至于让车上的两人感到颠簸。

坐落在人民路南旁的煤城人民医院医生尽心尽力,经过一番忙忙碌碌的急救,终于使驾驶员睁开眼睛。这个世界并没有因为他捡了一条命而有所改变,灯光还是灯光,墙壁还是墙壁,医生依旧话语如金,护士依然忙忙碌碌。待驾驶员完全清醒的时候,连福突然发现这个受了重伤的中年人竟是谷凤玺。

谷凤玺的大腿被车厢砸断,急需住院治疗,可他的钱包还泡在水里啊!这不是最重要的,最重要的是命还在,活下来就有希望,连福这样安慰着谷凤玺。连福身上仅有的百十米块钱虽然是杯水车薪,但好心的医生还是收留下病人,安排在病房住下来。

回去拉冬瓜的路漆黑一片,空旷的山野间除几只名气不大的鸟儿嘴里发出怪叫声,几乎听不到其他声响,一切都处在静谧之中让人心生畏惧。连福不敢往四周看,唯恐蹿出几只神秘的野兽遭到它们的围猎。他更担心路旁坟墓里缓慢地走出一些小鬼,挡住他前行的道路。最终让他战胜这些邪念的是宝珍,她出现在他的脑海中。宝珍像一只百灵鸟,欢畅地在他前面引着路,一边走一边鼓励连福,为他增添了无穷的勇气。

繁星总要退出空中的,夜幕降临的时候它们有着很大的优越性,想唱就唱,想跳就跳,想闭眼就闭眼,想调皮就调皮,谁也阻拦不了,不问人间世事,只为奉献光明;黎明一旦到来,它们又都隐去,不击鼓鸣冤,也不吹嘘功劳,走了也就走了,给人们腾出空来,让大地重新焕发青春。

连福跳下驴车,惊讶地发现那堆冬瓜竟安然无恙地躺在那里,整整十一麻袋,一袋不多,一袋不少。他激动地趴在破损的麻袋上,像一位多日见不到自己孩子的母亲,疯狂地亲吻着这些长毛刺的家伙,仿佛闻到一股股朴素的清香……